D1012133

El anticuario

El anticuario

Julián Sánchez

rocabolsillo

© Julián Sánchez, 2009

Primera edición: enero de 2010

© de esta edición: Roca Editorial de Libros, S.L.
Marquès de l'Argentera, 17. Pral. 1.ª
08003 Barcelona
info@rocaeditorial.com
www.rocaeditorial.com

Impreso por Litografía Roses, S.A.
Energía 11-27
08850 Gavá (Barcelona)

ISBN: 978-84-96940-82-6
Depósito legal: B. 41.129-2009

Algunos de los acontecimientos narrados en esta novela son reales. Dejo a la imaginación o a la capacidad de investigación del lector descubrir qué de lo contado a continuación sucedió en realidad. Lógicamente, todos los nombres de los personajes han sido modificados.

Dedicado a los míos.
Para Julia,
que se convertirá en la flor más hermosa,
tu tiempo ya ha llegado.
Para Iván,
el hijo que creció para transformarse en un amigo,
la persona más noble que conozco.
Y, sobre todo, para Mercedes,
espejo de mi sueño, voz de mi razón,
gloria de mi vida.

EL ANTICUARIO Y EL ESCRITOR

1

*E*ra un hermoso día de abril y Barcelona lucía radiante. El sol calentaba la atmósfera con fuerza, como si fuera un acto de desagravio por la inhabitual crudeza del pasado invierno. Las calles, repletas de paseantes ansiosos por olvidar días de lluvia, gozaban con la animación añadida de ser el vigésimo segundo día de abril, jornada previa a la festividad de Sant Jordi.

En el Carrer de la Palla, una pequeña y estrecha revuelta que nace junto a las plazas de Sant Josep Oriol y del Pi para desembocar en la Plaça de la Catedral, centro histórico de las actividades del gremio de los brocantes, un hombre trasteaba entre numerosos libros situados sobre la mesa de trabajo de su tienda. Era una persona mayor, de unos sesenta y tantos años, pero que a simple vista aparentaba bastantes menos. Esbelto, de mediana estatura, vestido con un sencillo traje de color azul oscuro —quizá ya pasado de moda y levemente ajado—, sus cabellos blancos perfectamente peinados y la delgadez de su figura le conferían cierta cualidad etérea, que se veía reforzada por unos movimientos, que, pese a lo escaso de su recorrido, estaban dotados de una notable elasticidad impropia de sus muchos años.

En su rostro, surcado por numerosas y bien definidas arrugas que nacían de la comisura de los labios y de los párpados, destacaban sus azules ojos, cubiertos por unas finas y alargadas gafas metálicas. Su mirada desprendía fuerza vital y denotaba la capacidad de concentración de un hombre apasionado por su trabajo; un hombre que, encerrado en su pasión, era perfectamente capaz de sufrir por todas las distracciones que entorpecieran su labor. Las gafas se apoyaban sobre una nariz tan singular que por sí sola bastaba para definir el conjunto: el hueso estaba hundido a resultas de algún viejo golpe; la nariz, torcida a la manera de los boxeadores de las viejas películas norteamericanas de los años cincuenta, presentaba un aspecto sólido e inquebrantable que contrastaba vivamente con la motivación intelectual inherente a su actividad.

Sus manos, finas, de alargados dedos y uñas cuidadas, manipulaban con ternura los viejos libros y los delicados manuscritos que disponía sobre la mesa. En uno de sus dedos, brillaba un pesado y antiguo anillo de oro que tenía una inscripción inscrita en su dorso: una A gótica, sello y símbolo durante generaciones de la casa de los Aiguader, que portaba su último descendiente, Artur Aiguader: librero y anticuario.

La mesa en la que Artur clasificaba los viejos volúmenes del último lote, adquirido hacía muy poco, estaba situada en la habitación-estudio de su tienda. El local era de los mayores dentro del gremio de los brocantes, al que pertenecía Artur desde hacía no menos de cuarenta años. Tenía tres ambientes.

Una amplia sala hacía las veces de tienda. Era un confuso revoltijo de muebles, esculturas, pinturas, libros y objetos de la más variada índole, que se entremezclaban sin orden aparente; sin embargo, resultaba sumamente atractivo a los viandantes que se detuvieran a contemplar el establecimiento desde la calle. A tal efecto debía de ayudar la bella decoración de frutas y flores siempre frescas. El aroma a incienso y sándalo quemados en un pequeño brasero completaba el efecto.

El segundo ambiente era el estudio personal donde Artur desarrollaba sus actividades de clasificación e investigación. El anticuario era un filólogo e historiador autodidacta. Estudiaba todo tema que atrajera su interés, si bien prefería los asuntos relacionados con la historia de alguna ciudad. En realidad, en muchas ocasiones, orientaba sus adquisiciones más en función de su propio gusto personal que de las necesidades reales de un negocio que le había dado más de lo necesario para vivir.

El estudio estaba situado al final de la sala. El espacio estaba distribuido de tal manera que Aiguader podía vigilar la tienda desde el lugar. Sus paredes estaban forradas con estanterías repletas de toda clase de libros, principalmente antiguos. Junto al ventanal, desde el que se dominaba la sala, Artur se sentaba ante un precioso escritorio secreter del siglo XVIII, de madera de nogal adornada con marquetería e incrustaciones de bronce. Una amplia mesa de trabajo similar a las utilizadas por los arquitectos, cubierta de libros y manuscritos, ocupaba la mayor parte de la habitación. Entre la mesa y el escritorio, una esbelta mesita de madera de cerezo y tres hermosas butacas castellanas clásicas de cuero viejo completaban la sencilla decoración de su estudio personal.

El tercer ambiente era, en realidad, un gran almacén al que se accedía por el Carrer del Pi y que conectaba con la tienda por un portalón de madera de gran tamaño. En él, Artur, y un viejo colega y amigo, Samuel Horowitz, depositaban los lotes adquiridos antes de clasificarlos y rehabilitarlos; también lo utilizaban para almacenar provisionalmente aquellas piezas que, ya restauradas, quedaban a la espera de ser enviadas a los domicilios de sus compradores o de ser expuestas en la tienda. Era un local de gran tamaño, quizá trescientos cincuenta o cuatrocientos metros cuadrados, y si la profusión de muebles y piezas de todo tipo propia de la tienda era notable, la del local resultaba sencillamente abrumadora. Así como el estudio y la tienda recogían toda la delicadeza propia del gusto de Artur, el almacén resultaba exclusivamente funcional y poseía los rasgos propios de su antigüedad: el olor a humedad y cierto aroma a viejo, unidos ambos al perfume característico que se enseñorea de los locales donde los gatos pasean a sus anchas, que convivía con los de productos químicos y el aroma a ceras para la madera.

Artur estaba estudiando unos manuscritos cuando llamaron a la puerta de la tienda. Deslizó la montura de las gafas sobre su nariz, lo suficiente para comprobar de quién se trataba. Accionó el interruptor que le permitía abrir la puerta. Un sonoro chasquido metálico. Un hombre de cierta edad entró en la tienda. Era alto, corpulento y completamente calvo. Sus labios eran gruesos y para nada resultaban sensuales. Sus ojos oscuros estaban enmarcados por unas largas pestañas y unas cejas gruesas. Vestía de *sport*, pero con no disimulada elegancia. Anduvo hasta el centro de la sala, donde se detuvo. Sus andares tenían un rasgo peculiar apenas perceptible, un rasgo que a Artur le recordaba la prudencia y la tensión propia de los felinos: parecía esperar constantemente un imprevisto que le obligara a saltar en cualquier momento. Puso los brazos en jarras y esperó en silencio junto a un altar de mármol.

El anticuario se incorporó con exagerada lentitud, fruto quizá del cansancio acumulado tras una larga semana de trabajo. Anduvo hasta la escalera sin mirar al piso inferior. Se detuvo. Su visitante continuó en silencio.

—¿Y bien? —preguntó Artur.

—¿Y bien, qué? Todavía estoy esperando. —El visitante poseía un peculiar acento extranjero, vagamente gutural; suavizaba y alargaba las eses.

—No es el momento ni el lugar. Estaba trabajando.

—Trabajando en algo interesante, claro…, tan interesante como para que prefieras olvidarte de lo que realmente nos ocupa.

—Así es, algo interesante. He obtenido viejos documentos pertenecientes a una antigua familia de la burguesía catalana, los Bergués —respondió Artur en un claro intento de desviar la conversación hacia otros derroteros—. Parecen prometedores. Ya he localizado un par de manuscritos que pueden poseer gran valor, y además…

—No lo dudo, no lo dudo —cortó su frase el hombre sin disimular su ironía—. Serán muy, muy adecuados para olvidar el último «objeto» que te entregué.

—Será mejor que vuelvas más tarde, cuando haya cerrado

—respondió el anticuario, cuya paciencia parecía estar a punto de acabarse.

—Será mejor esto, será mejor aquello, será mejor lo de más allá —se burló—. Sí, siempre se te ha dado muy bien dar órdenes: haz esto, haz aquello, sube, baja, vete y ven. —Las zetas y las eses se estiraban hasta superponerse a la palabra siguiente—. Pero quizás estoy harto de todas estas órdenes envueltas en palabras sugestivas. Ahora quiero hechos.

—Francés, insisto en que no es el momento.

—¡Déjate de estupideces! Me he ganado el dinero, y sabes que lo necesito de verdad. No me importaría esperar si las circunstancias fuesen otras, pero tengo muchos problemas que solventar. Yo cumplí mi parte; dos meses de preparación, una planificación detallada, una actuación discreta —pese a lo complejo del lugar—, un traslado difícil, el silencio cómplice de otros… ¡Cumple tú la tuya!

Artur descendió la escalera, alarmado ante las voces de su visitante, dispuesto a calmarlo como fuera. Se situó en el lado opuesto del altar, frente a su interlocutor, y habló con deliberada lentitud.

—Escucha, Francés: déjame hablar. Estamos de acuerdo: el material es muy bueno, el mejor que hemos encontrado en años. Pero tú sabes, como yo, que el mercado está saturado y que la crisis nos afecta a todos por igual, se tenga mucho o poco dinero. El comprador se retiró después de efectuar el pedido, pese a saber que eso implicaba la pérdida de lo entregado a cuenta. La operación ya estaba realizada. Cubrí tus gastos y tienes todo el sobrante como indemnización, según lo estipulado. No obtuve beneficio alguno. ¿Qué más quieres que haga? Necesito tiempo para pulsar el mercado antes de ofrecer semejantes piezas. No todo el mundo puede desembolsar así como así…, en fin, no sé cuánto es en euros, pero cincuenta millones de pesetas…

—¡Bla, bla, bla, bla! ¡Excusas! Hablas y hablas. No pretendas liarme. Cumplí mi parte, como siempre he hecho. No puedes negarme mi dinero, lo he ganado en buena lid. Además, seguro que dedicas más tiempo a bucear entre tus malditos libros que a buscar algún comprador.

—No puedo darte lo que no tengo —contestó Artur, su paciencia a punto de colmarse.

—¡Entonces deja que yo lo resuelva! —ofreció amistoso el Francés; una perversa sonrisa mostró sus anchos colmillos—. Dame el nombre de quien lo encargó; enseguida lo convenceré para que me pague. ¡Poco o nada tardará en aceptar mis condiciones!

Artur negó con la cabeza. Era la primera vez que veía perder el control al Francés.

—¿Qué estás diciendo? ¡No puede ser! Las reglas son las reglas. Los nombres de los clientes son confidenciales; sólo yo debo conocerlos. Es la única manera de que el negocio funcione: mantener la privacidad. Rompe las reglas y estaremos acabados, no sólo nosotros dos, también el resto de la profesión. ¿Decirte el nombre? ¡Menuda ocurrencia!

—*Merde alors!* —El hombre golpeó el altar con el puño—. Tienes que arreglarlo. Cubre tú el dinero.

Artur evaluó la oferta. Quizá lograra reunir esa cantidad; además, antes o después la pieza saldría al mercado. Un retablo medieval tan expuesto durante años a la devoción de los lugareños como a la dejadez de la Iglesia y de diversas instituciones, que habían dejado pudrirse casi a la intemperie el patrimonio de tantos años. Ahora la pieza estaba perfectamente escondida en un lugar que sólo Artur y el Francés conocían; estaba completamente a salvo, iniciado ya el imprescindible proceso de rehabilitación de la carcomida madera y con la garantía plena de que su policromía restaurada sería capaz de subsistir otros setecientos años. Era tan hermosa… Se sintió tentado de ceder, sobre todo por poder seguir disfrutando de su presencia, saboreando los detalles, disfrutando de su sencillo y cálido conjunto. Era imposible; el trabajo no debía mezclarse con el placer, y ceder ahora podría conducirle a un punto de no retorno.

—Ése no era el trato. Llevamos trabajando veinte años y jamás, repito, jamás hemos tenido un problema semejante. Ten paciencia, no tardaré mucho en colocar la pieza; con suerte, un par de meses. —La mirada del Francés se tornó agresiva—. Si lo necesitas, yo podría dejarte algo de dinero, el suficiente para que salgas del paso…

—¡No se trata de eso! —exclamó el Francés—. Necesito todo el dinero. Yo he cumplido; ahora, cumple tú.

—No puedo. Esta profesión tiene sus riesgos, lo sabes perfectamente.

El Francés, nerviosamente, se paseaba en círculos por la tienda, frunciendo los labios mientras Artur esperaba una respuesta, apoyado en el altar sobre las palmas de sus manos. Tomó una decisión repentina.

—Esta conversación se ha acabado —dijo junto a la puerta, y lo señaló con el índice—. Quiero el dinero para el lunes por la mañana, según es costumbre; si no me lo das, atente a las consecuencias.

—Suena como una amenaza —respondió Artur con serenidad—. No me das miedo: no te lo daré.

—Lo dicho: si no, atente a las consecuencias. —El hombre sonrió y cerró la puerta de la tienda con una inesperada delicadeza.

El anticuario respiró hondo cuando se quedó solo. Pequeñas gotas de sudor perlaron su frente, y sintió que su corazón, hasta entonces bajo control, se aceleraba. De nuevo estaba solo en su ambiente, rodeado por las cosas que conocía y apreciaba. Aquel episodio que había alterado el orden de su particular universo había finalizado de un modo un tanto desagradable, pero quiso creer que no inesperado: el Francés actuaba en su vida personal por impulsos y, de vez en cuando, perdía los nervios que en su irregular trabajo jamás le habían traicionado. En cualquier caso, esa súbita irrupción en su tienda, en horas de atención al público, resultaba tremendamente peligrosa, lejos de la prudencia recomendable para un hombre como él. No cabía duda: el paso del tiempo no beneficiaba el equilibrio mental del mejor proveedor del mercado ilegal de arte español.

Artur no tenía muy claro si comentar lo ocurrido con Samuel, su mejor amigo y confidente tras tantos años de vivencias compartidas, o si esperar hasta el lunes. Las fanfarronadas del Francés no le asustaban, pero su mano tembló unos instantes mientras acercaba a sus labios una copa de añejo *brandy*; no intentaría nada contra él, estaba seguro…, ¿o aquello no era más que un consuelo solitario con el que tranquilizarse aplazando el problema? Ya anteriormente habían mantenido agrias discusiones, que, finalmente, se solucionaban en cosa de días, incluso de horas. Nadie en su sano juicio haría nada por asustar o matar a la gallina de los huevos de oro. Sabía que en este tipo de negocios, las discusiones estaban a la orden del día, y que su magnitud andaba en proporción con la dimensión de los trabajos; sin embargo, había demasiado que perder como para que los enfados se prolongasen. Así pues, decidió olvidar aquellas amenazas y continuar con su trabajo.

Tomó asiento frente a su escritorio, decidido a reanudar su trabajo. Algunos de los documentos adquiridos en su último lote resultaban fascinantes y no dudaba acerca de su evidente valor histórico, más allá de las consideraciones comerciales que se derivaban de su profesión. Se sumergió con avidez en la mesa de trabajo, rodeado por legajos a veces incomprensibles, pero siempre reconfortantes y hermosos, capaces por sí solos de restaurar el orden perdido del incierto mundo en el que le había tocado vivir. Aquello le permitió olvidar por completo la desagradable escena de la que había sido protagonista.

Enfrascado en su trabajo, se le pasó el tiempo. El timbre de la puerta lo condujo de vuelta al mundo real; tras una breve ojeada accionó el control de acceso y tres hombres entraron en la tienda charlando animadamente. Artur comprobó la hora en un reloj de bolsillo y se quedó asombrado: habían transcurrido seis horas desde que se pusiera a trabajar en la clasificación de la biblioteca Casadevall, tras ser interrumpido por el

Francés; en ese tiempo ni siquiera había sentido la urgencia del hambre. Se incorporó y anduvo hasta la escalera, donde invitó a los recién llegados a subir al estudio:

—Subid, subid. Y perdonad que no tenga preparado el café, pero he estado trabajando y se me ha pasado la mañana sin darme cuenta; en realidad, ni siquiera he almorzado.

Los tres hombres cruzaron la tienda en dirección a la escalera. Uno de ellos era joven, acaso de treinta años, con el cabello rubio cortado a cepillo; unas gafitas redondas le proporcionaban ese inconfundible aspecto de intelectual, que se veía ratificado por sus ponderados gestos y su evidente timidez. Vestía sencillamente y su rostro reflejaba a la perfección lo discreto de su carácter: levemente redondeado, con unos pómulos sonrosados y finos labios, la nariz aguileña y una frente amplia que anunciaba una incipiente calvicie. En suma, un rostro discreto incapaz de llamar la atención, quizá más por voluntad propia que por otra cosa.

El segundo invitado parecía tener la edad de Artur. Completamente calvo, su rostro surcado por numerosas arrugas recordaba un mapa de montaña marcado por innumerables curvas de nivel; lucía un rasgo identificativo de esos que marcan para toda una vida: uno de sus ojos era de color oscuro, casi negro, y el otro de un suave color verdoso, casi como la miel. Vestía un discreto traje de franela gris, a juego con la severidad de su aspecto, y se apoyaba al andar en un bastón de marfil de trabajado pomo de bronce que imitaba la cabeza de un dragón; lo llevaba más por completar su estampa de *dandy* que por verdadera necesidad.

El último de ellos era de mediana edad, acaso cuarenta años, vestía con suma elegancia; era alto, con sus cabellos color azabache peinados hacia atrás con gomina, labios delgados pero provistos de una refinada sensualidad, ojos verdes y una nariz perfecta y proporcionada. Vestía un impecable traje de alpaca azul con una elegante camisa blanca y un pañuelo granate en la garganta, y calzaba unos negros zapatos de hebilla.

Era, en suma, un hombre consciente de su atractivo tanto en lo externo como en lo interno, un seductor. Era él quien dominaba la conversación que mantenían los tres hombres, y fue él, cómo no, el primero en hablar.

—¡Artur, querido amigo, siempre tan obsesionado con tu trabajo! ¿O debiera decir con tu placer?

—Has dicho bien. Para mí, supongo que para ti también, no es sólo un trabajo, sino un placer reconocido —repuso sonriente el propietario de la tienda—. Venga, subid, amigos. Hoy os prepararé una mezcla que auguro extraordinaria: moka, cumbre colombiano y turco a partes iguales, regada con un poquito de coñac añejo.

—Quizá fuera mejor que lo pospusiéramos hasta que hubieras comido algo… —aventuró con timidez el más joven de los tres.

—De eso nada, Enric. Los viejos como Samuel —y señaló al tercero de sus visitantes —y como yo no necesitamos comer en la misma medida que vosotros. Subid y preparaos para descubrir algo nuevo.

Los tres hombres se acomodaron en torno a la mesita del estudio mientras Artur abría la puerta de un confesionario que cubría una pared del antiquísimo edificio y que, a causa de un viejo chiste privado, albergaba ahora un completo equipo de cocina, vajilla y mueble bar donde podían encontrarse botellas de los más exquisitos y prestigiosos licores. Una vez por semana, y alternativamente en cada uno de sus locales, los cuatro compañeros brocantes se regalaban, tras la hora de comer, las más variadas mezclas de los distintos cafés y licores, en una suerte de competición no reconocida destinada a encontrar la combinación más sabrosa. De todos modos, era una competición cuyo fin en realidad era una simple excusa para regalarse su mutua compañía. El café no tardó en estar preparado; su inequívoco aroma flotó por el estudio y se fundió con los restos del incienso empleado como ambientador, apagado horas antes pero aún presente. Artur lo sirvió en un juego de café del siglo XVII, una pieza de porcelana de Sèvres de gran valor, decorada con bucólicos motivos. Depositó la bandeja sobre la mesa y acercó su sillón, ayudado, pese a expresar en repetidas ocasiones que no era necesario, por Enric, siempre servicial. Artur escanció unas gotas de la vieja botella de coñac tallada en cristal veneciano. Degustaron la bebida en silencio.

—Bien, ¿qué os parece? —preguntó Artur.

—Soberbio —contestó Guillem—. Puedo asegurar que no he probado otro mejor hasta ahora.

—Por una vez, y sin que sirva de precedente, estoy de acuerdo con nuestro habitualmente exagerado compañero: la mezcla es realmente excepcional —añadió Samuel—. Querido Artur, hoy has logrado superarte. Y eso que la mezcla de Enric de la pasada semana era también de las mejores que he probado.

—¿Y tú, Enric? ¿Qué opinas? —preguntó, expectante, Artur.

—Delicioso —respondió mientras se servía una segunda taza—. Parece que también en esto nos llevas ventaja.

—Bueno, Artur, cuéntanos: ¿qué es eso tan importante que ha conseguido que olvidaras nuestra pequeña reunión? —preguntó Guillem—. Que yo recuerde, es la primera ocasión en los dos últimos años que sucede algo semejante.

—Nada tiene de particular. Como os dije antes, no era más que amor al trabajo. Estaba clasificando los manuscritos y libros de mi última adquisición, ésa ha sido la causa de mi olvido. Y olvido relativo, pues ¿acaso no os he sorprendido con esta mezcla extraordinaria?

—Señores —dijo Guillem, que se incorporó y se quitó un sombrero imaginario—, saludemos al viejo maestro, que una vez más nos ha sorprendido.

Los amigos rieron juntos. Así era Guillem, siempre extrovertido y alegre.

—Dinos, Artur, ¿es un lote muy amplio? —preguntó Enric.

—Así es. Se trata del mobiliario, y eso incluye una fantástica biblioteca de unos quinientos volúmenes, de una vieja mansión cercana a Ripoll, propiedad de la familia Bergués. Hi-

cimos el traslado el pasado martes y ya he iniciado las primeras valoraciones de los muebles. ¿Os suena el apellido?

Los hombres se miraron entre sí; parecía que la concentración de los invitados no respondía únicamente al deseo de responder la pregunta de Artur, sino que reflejaba un nuevo
juego en el que se ponía a prueba su propia capacidad profesional. Samuel fue el único en contestar:

—Creo recordar ese apellido relacionado con los siglos XV
y XVI. Una familia que perteneció a la naciente burguesía de la
época y que acabó por adquirir un título de nobleza por dinero.
Un ciudadano honrado, ¿quizá tenía relación con la Biga?*

—Tu memoria es, como siempre, prodigiosa —sonrió Artur ante la exhibición de Samuel—. Sí, comenzaron como
constructores, arquitectos, pero a mediados del XVI modificaron su actividad principal y pasaron a dedicarse a la importa-
ción de salazones. Se mantuvieron así hasta finales del XVIII,
donde la rama principal no tuvo descendientes directos, pero sí
«colaterales», que mantuvieron aún cierta influencia en la sociedad civil catalana. Finalmente su estrella se desvaneció, y se
perdieron en propiedades rurales de poca monta, diseminadas
por el principado.

—En ese caso, puede que hayas encontrado algunas piezas
de indudable valor —comentó Guillem sin disimular su creciente interés.

—Sí. El mobiliario es de épocas posteriores, especialmente
del siglo XVIII, y se conserva en relativo buen estado. No precisará un elevado gasto de acondicionamiento, y creo que tendrá muy buena salida en el mercado. Lo mejor es una colección de arquetas documentales y baúles roperos que están
francamente bien. Pero, dejando aparte el mobiliario, lo ex-
cepcionalmente atractivo del lote son los títulos de la biblio-

---

* Biga: asociación de «ciudadanos honrados» que controlaban la economía y ejercían una fuerte influencia política.

teca. Es amplia, con dos incunables en un relativo buen estado. El resto de la biblioteca tampoco está nada mal, aunque el valor de los libros radica más en lo que tienen dentro que en su continente.

Artur guardó un deliberado silencio y se concentró en revolver adecuadamente un pequeño terrón de azúcar en su taza. Le gustaba el sonido del metal deslizándose sobre la delicada porcelana, tanto o más que la expectación que su silencio causaba.

—Viejo amigo, parece que disfrutas abusando de tus invitados —intervino Samuel, que le guiñó el ojo—. Cualquier persona con un mínimo de sensibilidad no mantendría intencionadamente semejante silencio, salvo que tuviera guardado en la manga un buen as.

—¡Me habéis pillado! —sonrió, pícaro, el anfitrión—. Hacer sufrir a los amigos, que a la par son la mismísima competencia, es uno de los placeres otoñales de este pobre anciano. Veréis, la biblioteca en sí es variada y diría que hasta vulgar. Lo sorprendente es la presencia de un arcón documental que diría que no se había abierto en muchísimos años, repleto de diversos ejemplares de temas religiosos, aunque no de contenido exclusivamente católico; diría que los propietarios de la biblioteca se acercaban a ambas orillas del pensamiento religioso.

—¿Ambas orillas?¿Has encontrado la biblioteca de un judío converso, de un masón conspirador? —apuntó Guillem.

—No hay suficientes volúmenes para considerar que formen un bloque representativo de cuestiones religiosas. Son más importantes algunas traducciones manuscritas de viejos textos árabes, griegos, latinos y, esto te interesará especialmente, Samuel, hebreos. Algunos tratan sobre magia, ocultismo, doctrina; otros son traducciones parciales del Corán y del Talmud… Por otro lado, dentro del arcón encontré una pequeña arqueta cerrada con llave que contenía numerosas cartas manuscritas de diferentes épocas, todas de la familia Casadevall, junto con lo que parece una especie de dietario.

—¿Casadevall?

—Así es. ¿También conoces este apellido, Samuel?

—Pues… Creo recordar algún Casadevall, siglos antes a los Bergués, pero no sabría concretar exactamente a qué se dedicaban.

—¿Y vosotros?

Enric y Guillem negaron tras mirarse.

—El primer Casadevall conocido, y al que hacen referencia estos documentos, fue un adjunto a los maestros de obras en la construcción de la catedral, a finales del siglo XIV. La mayoría de las cartas tratan asuntos intrascendentes, pero no dejan de ser una curiosa muestra de los tejemanejes de la familia. Aún no he analizado sino una cuarta parte de estas cartas, pero estoy a la espera de descubrir algún manuscrito de los más antiguos antepasados.

—Lo que se llama un verdadero cajón de sastre —intervino Guillem—. ¿Podrías decirnos cómo demonios logras hacerte siempre con semejantes tesoros?

—Amigo mío, eso es el único secreto profesional que no puede compartirse —contestó, risueño, Artur—. Todo lo demás se puede aprender, pero no revelar tus fuentes de información es tan sagrado para nosotros como para los periodistas… o para los confesores, y valga el símil teniendo en cuenta el caso.

—¡Venga, Artur! Los últimos cuatro o cinco lotes de verdadera importancia que han salido al mercado en los últimos años han ido a parar a tus manos, y el que se te ha escapado lo ha acaparado este viejo judío. Antes —señaló a Samuel con el índice— estabas a la altura del resto de los anticuarios, quizás un poquito por encima, pero desde que te asociaste con Mariola Puigventós te has ido acercando progresivamente al dios de los brocantes barceloneses aquí presente, y dentro de poco ya no os dignaréis en tratar con nosotros, pobrecitos mortales. A este paso, me veo vendiendo viejos baúles de pino, cosa que no me permitirá llevar la maravillosa vida disoluta de la que presumo. Enric —y miró directamente a su joven compañero—, creo que lo mejor que podríamos hacer es cambiar de negocio y dedicarnos a la restauración, que parece estar experimentando cierto auge.

—Este viejo judío te sugiere amablemente que no gastes tanto dinero en salir por las noches; así podrías emplear las mañanas en mejorar tus contactos.

—Demonios, Samuel: ¡si no saliera por las noches, no tendría «contactos»!

Todos rieron. Lo cierto era que la tienda de Guillem también era una de las más frecuentadas por los decoradores y compradores ávidos de antigüedades; él mismo era un excelente profesional poseedor de gran cultura. Podría decirse que todos ellos formaban parte de la elite barcelonesa de anticuarios: capaces, instintivos y eruditos.

—Bueno, Artur, que ardo en deseos de saber más. Has dicho que varios de los libros son traducciones manuscritas de otros idiomas. ¿Tienes alguna de ellas a mano? —intervino Samuel.

—Sí, precisamente estaba trabajando sobre ellas. En mi casa de Vallvidrera tengo los libros que ya he clasificado, quizá dos terceras partes. Sobre la mesa del estudio están los que me quedan por clasificar y aquellos que atrajeron especialmente mi atención después de una primera ojeada. Mirad —se levantó y se dirigió a la gran mesa de trabajo, y todos lo imitaron—: aquí los tenéis. Los de la derecha son los que ya he visto; el resto está esperando volver a salir al mundo tras su larga temporada de exilio.

Sobre la mesa descansaban una parte de los viejos libros rescatados del olvido por la gracia y obra de una familia necesitada de dinero y por un viejo anticuario deseoso de comprender el pasado a través del legado de generaciones anteriores. Grandes y pequeños, bien conservados los unos y a punto de deshacerse en las manos del lector imprudente los otros, habían esperado pacientemente durante años a que alguien abriera sus portadas y ojease su contenido. Y, de entre todos los hombres que pudieran acceder a ellos, pocos lo hubieran hecho con el cariño y la dedicación que iba a emplear Artur. Con gran respeto y delicadeza, los cuatro hombres rodearon la mesa hermanados por un silencio reverencial, tanto por ser anticuarios que tenían ante sí posibles piezas únicas, como por lo que éstas representaban. Eran amigos porque tenían idénticas aficiones, la principal de ellas la bibliofilia; los libros viejos eran, en sí mismos e independientemente de su valor, objetos hermosos que debían preservar para un futuro incierto. Ojearon los diversos libros con tranquilidad, y analizaron someramente sus características.

—Mirad, *Sophismata*, de Paulus Venetus. Y este otro, una Torah fechada en 1654 —intervino Guillem.

—Un ejemplar del *Ars Generalis*, de Llull, sin fecha. A juzgar por la encuadernación, es una reedición de mediados del siglo XVII —dijo Samuel.

—*De la verdad de la fe católica*, traducción a la lengua vulgar del manuscrito en latín del mismo nombre escrito por Santo Tomás, copia directa de la edición de Nicolás Jensen, de 1480.

Comentaron otros títulos en voz alta, a excepción de Enric, quien, reservado, no intervino en aquel culto divertimento; se mantuvo al margen y centró su atención en un ejemplar específico de los mejor conservados. Iba a depositar sus manos sobre él cuando Guillem, en broma, le golpeó en la espalda.

—¡Vaya, vaya! ¿Qué es eso que tanto llama tu atención, querido colega? ¿No será por casualidad ese volumen de ahí? —Alargó la mano hacia el libro en cuestión.

La mano de Enric vaciló durante un instante sobre el ejemplar y la de su compañero, como si fuese a detener su movimiento inicial impidiendo que Guillem lo cogiera, pero incluso para su sorpresa, acabó por volver a abrazarse con su hermana cediendo la iniciativa a su colega. Guillem tomó el volumen, comentó la ausencia de título y analizó sus características.

—Vamos a ver…, una encuadernación de becerrillo sobre

tabla estilo gótico, adornada con filetes gofrados y grelas de cabecitas encerradas en óvalos. Muy detallista, francamente hermosa. Veamos su contenido…, manuscrito no fechado. Escrito en latín con letra muy retorcida y adornado con diminutas y constantes anotaciones en los márgenes en buena parte del texto… Mi latín no es maravilloso, pero a simple vista no parece haber nada excepcional… Por cierto, que es un texto que no reconozco en absoluto. ¿Sabes de qué se trata? —le preguntó a Enric.

—No, pero me llamó la atención que, aparentemente, está bien conservado. Déjame ver.

Guillem le tendió el libro y centró su atención en un nuevo manuscrito; Artur y Samuel se aproximaron a Enric, y juntos tradujeron diversas partes.

—Veamos, veamos. —Artur se aproximó deslizando las gafas por la nariz en dirección al entrecejo—. Habéis encontrado el manuscrito-dietario. Precisamente sobre éste había realizado ya unas primeras anotaciones.

—Latín clásico; la letra parece propia de persona culta, probablemente del ámbito eclesiástico —añadió Samuel. —Mirad aquí. —Señaló los curvados trazos de las terminaciones de diversas letras. Posiblemente de finales del XIV, quizá del XV.

—Parece constar de diversas anotaciones correspondientes a las actividades de una persona —terció Enric—. Fijaos en ésta: «Reunión del maestro con el obispo»… Y esto de aquí parece un listado de asuntos que debían tratar.

—O esta otra —intervino Guillem—: «Llegada de las nuevas piedras de la cantera de Segur». Un tema que nos orienta sobre su escritor, probablemente un maestro de obras o un adjunto de éste.

—O esta de aquí: «Reunión con los representantes de las órdenes religiosas».

—Mirad; la mayoría de las anotaciones laterales están en catalán antiguo, o eso parece; hay pocas palabras que se lean con claridad, pero no cabe la menor duda. Mirad aquí. —Samuel señaló un ejemplo tras adelantar varias páginas.

—Parece que las anotaciones sólo aparecen a partir de una determinada fecha —intervino Guillem.

—¡Vaya, parece que os resulta interesante! Éste es el manuscrito Casadevall, así lo he bautizado. Y, respecto a las anotaciones, parece como si, siglos después de ser escrito, alguien hubiera trabajado sobre el texto. Ya me había fijado en eso, aunque aún no había llegado tan adelante.

—Las anotaciones parecen señalar con frecuencia al apellido Casadevall —añadió Enric tras pasar varias páginas—. El nombre consta en diversos lugares; además, en otros, la presencia de varias ces mayúsculas puede que se refieran a ellos.

Samuel pasó diversas páginas. Artur lo detuvo en una, aparentemente escogida al azar, aunque la rapidez de su gesto parecía indicar lo contrario.

—Es cierto, es cierto —repuso Samuel sin conceder más importancia a la traducción—. Y es evidente que el autor de las anotaciones no es el mismo que el escritor original; la caligrafía es muy diferente, probablemente de otra época. Mirad las efes mayúsculas, y las terminaciones de las eses y las tes. Parece interesante. —Pasó varias páginas repentinamente—. Me parece que has encontrado un juguete con el que podrás pasar muchas horas muertas.

—Detente, Samuel, justo ahí. —Artur indicó una página concreta señalada con un marcapáginas—. Prestad atención. Si os dije antes que se trataba de un lote excepcional se debe fundamentalmente a este manuscrito, y más en concreto al punto exacto en el que te encuentras. Lo he remarcado con lápiz.

—«… la situación del objeto es, en sí misma, un misterio que debe ser conservado bajo la responsabilidad estricta de este maestro…» —tradujo Samuel.

—Curioso comentario, ¿no os parece? —intervino Artur.

—¿Por qué lo dices? ¿Has descubierto algún secreto oculto?

—Digamos, de momento, que he descubierto la posibilidad

de regresar a ese pasado que tanto amo. Este manuscrito va a encargarse de proporcionarme el entretenimiento que las personas mayores necesitamos y que antes señalaste.

Samuel cerró el manuscrito y se lo ofreció a su dueño.

—Bueno, ya tendrás tiempo para leértelo de cabo a rabo, y no dudo que lo harás inmediatamente.

—De hecho, como habéis visto, ya he realizado las primeras anotaciones, apenas un primer esbozo, pero me parece lo suficientemente atractivo para continuar el trabajo durante el fin de semana. —Bajó las gafas hacia el extremo de la nariz mientras lo recibía de su amigo—. Tengo curiosidad por ver qué puede dar de sí.

—Si está en tus manos, no dudo que le sacarás todo el jugo —aseguró Enric.

—Artur, envidio tu buena suerte —concluyó Guillem—. No sólo tienes en tus manos un ejemplar único, sino que te has hecho con él sin ni siquiera ser consciente de ello. Y vete tú a saber qué otras joyas te esperan en ese revoltijo de libros. Señor —y levantó sus manos al cielo—, ¿por qué sólo proteges a unos pocos privilegiados?

—Está bien, está bien —contestó, risueño, Artur—. El Cielo únicamente me protege a mí, pero ya va siendo hora de abrir la tienda… Además, quisiera comer algo antes. Permitid que os acompañe amablemente a la puerta. Nos veremos la semana que viene.

Acompañó a la calle a sus tres invitados, y cerró la tienda con llave.

—Bueno, señores, me voy a comer algo al bar del Pi antes de abrir. El próximo viernes le toca invitar a Samuel; allí nos veremos. Por cierto, Samuel, ¿te importaría acompañarme hasta el bar? Quisiera comentarte una cosa.

—No hay inconveniente. Mariola está de viaje y no llegará hasta mediada la tarde, pero ya sabes que no suelen venir clientes a primera hora.

—Bien. Muchachos, hasta la próxima semana.

Tras despedirse, las dos parejas tomaron direcciones opuestas. Samuel y Artur anduvieron despacio y en silencio por la calle vacía hasta alcanzar la Plaça de Sant Josep Oriol. Un mendigo, desde una esquina de la plaza, canturreaba monótonamente, abandonado entre sus ensueños, rodeado por dos envases de vino malo ya vacíos y aplastados. Una sensación de abandono emanaba de su cuerpo enjuto, envuelto entre los jirones de una manta tan raída como su alma. Artur se acercó sonriéndole con ternura.

—¿Qué tal, Pomés? ¿Ha conseguido lo necesario para la pensión?

—Ya ve, señor Aiguader —señaló un pañuelo en que brillaban algunas monedas de escaso valor—, el corazón de los barceloneses está más encogido que Gulliver en el país de los gigantes.

Artur echó mano de su cartera y le entregó un billete al anciano.

—Aquí hay suficiente para algo de merienda, para la cena y para una pensión decente. Y no se lo gaste en vino; aunque suene a tópico sé perfectamente que más de una vez lo ha hecho. Yo voy a comer algo con mi amigo, así que cuando salga del bar del Pi, espero que haya ahuecado el ala y haya dejado desierta la esquina; después de quince años tiene la forma de su espalda y no se la quitará nadie.

—Señor Aiguader, aún quedan caballeros de los de antes, aunque por desgracia formen parte de una especie en extinción. Descuide, me esfumaré de aquí en dirección a Casa Felisa, una pensión digna y en la que se admiten tanto parejas fogosas como desheredados de la tierra…, mientras tengan con qué pagar.

El mendigo se incorporó con esfuerzo y desapareció por el Carrer del Pi. Artur y Samuel se sentaron a una mesa de la plaza, casi desierta a esas horas. El camarero se acercó solícito y Artur pidió unos calamares al capricho, especialidad de la casa. Comió en silencio hasta que Samuel intervino:

—Sabes tan bien como yo que acabará gastándoselo en vino.

—Es posible, pero quién soy yo para decirle en qué gastarlo… Déjalo, que se refugie en su mundo de ensueño; éste, poco le puede dar, como no sea las patadas de los gamberros. Con suerte le llegará para ponerse a tono y también para la pensión. Además, míralo: aún lo recuerdo de joven, quien hubiera dicho que iba a acabar pasando sus días de borrachera en borrachera… Y en aquella época, como acabó él hubiera podido acabar cualquiera.

—Eres un exagerado, aunque un exagerado de corazón generoso.

—No reconoceré la generosidad como un defecto, aunque eso no supone que por oposición deba ser una virtud.

Artur terminó de comer en silencio. Por fin Samuel decidió tomar la iniciativa.

—Venga, dime: ¿qué ocurre? Se te ve preocupado.

Artur se acarició el lóbulo de su oreja derecha, tal y como siempre hacía al encontrarse inseguro o indeciso.

—Esta mañana, a primera hora, ha venido a verme el Francés. —Al decirlo, experimentó el alivio cierto de aquellos que saben que están en un brete, que desconocen la manera de expresarlo y que por fin consiguen hacerlo.

—¿Y? No es lo habitual, pero tampoco encuentro que tenga nada de particular —comentó Samuel.

—Tenemos un negocio en marcha.

—Entiendo —asintió Samuel, que comprendió entonces la irregular conducta del Francés.

—Con la operación ya realizada, el comprador se ha arrepentido. El Francés se presentó en la tienda para exigirme una solución al problema. Le comenté que no podía colocar en el mercado una pieza de semejante tamaño y características en menos de un par de meses, y esto no resultó de su agrado. Me pidió los datos del comprador; evidentemente, me negué. Después dijo que yo debía cubrir el valor de la pieza.

—¿Le abonaste la indemnización pactada?

—Claro, en eso no hubo problema. El cliente no la había entregado por adelantado porque era de confianza, pero al retirarse hizo efectivo el pago. Todo correcto.

—¿Una pieza grande? —aventuró Samuel.

—Sí, y de gran valor.

—Estará en lugar seguro. ¿Conoce él dónde…?

—Por supuesto que no lo sabe. ¿Qué esperabas?

—¿Por qué estás tan susceptible? Estás a la defensiva.

—Perdona: no dejes que pague contigo mis propios errores. Sí, lo estoy —reconoció con fastidio Artur después de un prolongado suspiro—. Pero creo tener motivos para ello. Antes de dejar la tienda me amenazó. Me dio de plazo hasta el lunes para conseguir el dinero. Samuel, no es la primera vez que discuto con el Francés, pero, por primera vez en veinte años, me dio la impresión de que podía decirlo en serio.

—Ya.

—Dime, ¿qué harías tú?

—Bueno. Su comportamiento vulnera todos vuestros acuerdos, de eso no hay duda. Que yo sepa, nunca había amenazado a ninguno de sus colaboradores.

—Así es. Todos sabemos que el Francés a veces se salta las normas; además parece que ahora tiene problemas económicos. Y, la verdad, aunque me cueste admitirlo, estoy un poco preocupado.

Samuel negó con la cabeza, poco sorprendido por la irregular conducta del Francés.

—No es la primera vez que se pone nervioso, pero sí la primera en que se comporta de tal modo. Es el precio que tenéis que pagar por contar con sus servicios. Es el mejor. Sólo tiene en su contra su estúpido temperamento. Es un tipo irascible y lo tenéis demasiado acostumbrado a tales desplantes, no debes olvidarlo.

—No, no lo olvido. Pero estoy preocupado. De un tiempo a esta parte, puede que un par de años, se está volviendo más agresivo que de costumbre. Presentarse así, en la tienda, en pleno día… Creo que está perdiendo el rumbo; la verdad, cualquier día se descubrirá el pastel. Hace dos años estuvieron a punto de cazarlo en aquel desgraciado asunto de Tortosa y, desde entonces, no hace más que preparar su definitiva retirada, que va postergando mes a mes para seguir realizando trabajos cada vez menos discretos aunque de mayor rendimiento económico.

—Bueno, tranquilízate, no creo que sea para tanto. Me da la impresión de escuchar mucho ruido pero ver pocas nueces. ¿Me pides consejo? Es su carácter, ya se le pasará —concluyó Samuel.

—En tu tranquilidad se percibe que el amenazado soy yo, y no tú —cortó tajante y de mal humor Artur.

—Ésa es una observación de mal gusto —repuso sin perder la calma Samuel— Entonces, ¿para qué me pides la opinión?

—Yo…, perdona. —Artur frunció los labios—. Lo del Francés me ha puesto nervioso.

—Tenías que haberlo dejado hace años. Nunca comprendí porque continuaste con los negocios cuando te propuse dejarlo en el 79. Artur, Artur, estas cosas nos superan, no son para nosotros. Nos hacemos viejos, y no necesitamos el dinero. Los años pasan y nuestros intereses dejaron de ser los de antaño. ¡Deja que sean las nuevas generaciones las que se peleen con él!

—No esperarás que lo haga igual que esas nuevas generaciones sacaron tu negocio del ostracismo.

Samuel contempló, incrédulo, a su amigo. Su malestar se hizo patente cuando golpeó la mesa de metal con un sordo puñetazo que liberó toda su rabia y que atrajo la atención del resto de comensales.

—No imaginaba que la conversación con el Francés te hubiera puesto nervioso hasta hacerte perder las formas —contestó Samuel, que apenas pudo contener su rabia.

Artur se acarició de nuevo el lóbulo de la oreja antes de responder. Sabía que había ofendido a su compañero y amigo al recordarle los tiempos difíciles que atravesó su negocio unos

años atrás y que se solucionaron al asociarse con Mariola Puigventós, pero un extraño orgullo difícil de dominar le impidió
pedir perdón por tercera vez. Se sintió dominado por una tristeza culpable.

—Es posible que no sea de tu agrado, pero lo cierto es que
tu negocio no funcionaba y que sólo la incorporación de Mariola evitó que acabaras cerrando. Si nunca quise prescindir de
los trabajos del Francés fue porque aseguraban unos ingresos
mínimos que me permitían enfocar la actividad de anticuario
hacia mis verdaderos intereses; cuando tú elegiste acabar la relación con él, sabías a lo que te exponías, asumiste el riesgo y a
punto estuvo de salirte mal. Sin embargo…, sin embargo, los
años no pasan en balde y me da la sensación de que no hago
otra cosa que decir estupideces. —Estaba arrepentido de sus
palabras—. Quizá tengas razón y también debería retirarme,
tal vez haya llegado el momento y no quiera darme cuenta.
Quizá deba retirarme no sólo de estos trabajos, puede que
también sea la hora de cerrar definitivamente.

Samuel lo miró sorprendido, dejando que la tristeza sustituyera al enfado. De nada valía discutir con su viejo amigo por
algo que no dejaba de ser cierto.

—Bueno, no te preocupes. De verdad, dudo que la cosa
vaya a más. Lo olvidará en cuanto se le haya pasado el pronto.

—Tienes razón, es mejor olvidarlo.

Se miraron, y de nuevo el silencio se interpuso entre los
dos. Se habían dicho verdades dolorosas. Artur sintió cómo un
invisible muro de distancia se había alzado por su precipitación
y falta de tacto. Arrepentido, pero sin valor suficiente para reconocer su error, se parapetó en una fingida indiferencia.

—Tengo que abrir la tienda; como te dije, Mariola no vendrá hasta tarde. Por cierto, ya se me olvidaba; si te apetece una
buena distracción, Mariola insistió en que te recordara la reunión que da su padre en el Boulevard dels Antiquaris.

—No iré. —Habitualmente se mantenía un tanto al margen de la vida social del gremio, pero en las peculiares circuns-

tancias que estaba viviendo lo que menos deseaba era mantener contacto con otros colegas, que no harían sino recordarle, con su misma presencia, la figura amenazadora del Francés—. Tengo demasiado trabajo que hacer para malgastar el tiempo en un acto social. Si le dedico el fin de semana completo a la clasificación, posiblemente habré terminado el lunes. Discúlpame ante ellos, y explícale al viejo Puigventós y a su hermosa hija lo que me retiene; él lo comprenderá.

—Así lo haré, aunque a Mariola no le gustará. Está bastante enfadada contigo porque nunca vas a las reuniones gremiales; cuando no es un motivo es otro, y ya sabes que te aprecia.

—Lo primero es lo primero. Y no habrá mejor distracción que ésa.

—Entonces, hasta el lunes.

Se incorporaron. Artur pagó y dejó una generosa propina; después, sin darse las manos, cada uno anduvo camino de su negocio.

La tarde del viernes fue pródiga en clientes. Los viernes solían presentarse en las tiendas parejas de distintas edades interesadas en decorar sus domicilios con todo tipo de piezas históricas, y aunque a Artur, como buen anticuario que era, le agradaba atenderlos con esmero, la proximidad de los libros en el estudio estimulaba su imaginación y multiplicaba sus ganas de que llegara la hora del cierre. Pasadas las ocho, bajó la persiana de la entrada y subió al estudio, donde estuvo enfrascado en la lectura de los libros hasta altas horas de la madrugada. A las tres de la mañana abandonó la tienda y se fue a dormir a su casa de Vallvidrera.

A la mañana siguiente, Artur se levantó tarde, sobre las diez. Desayunó tranquilamente, ojeó los periódicos matutinos en la terraza como cualquier otro día y regresó a Barcelona. El maravilloso tiempo, prácticamente veraniego, contribuyó en gran medida a embellecer la festividad de Sant Jordi, que registró un altísimo índice de participación. Las calles estaban abarrotadas; las Ramblas, tan repletas de paseantes que Artur no pudo resistir la tentación de, después de dejar el coche en el aparcamiento del Carrer Hospital, dar un pequeño paseo hasta el puerto antes de regresar a la tienda y a las maravillosas promesas de misterios que encerraban los libros de la familia Casadevall. Aprovechó la ocasión para almorzar en el Londres, pese a no tener demasiada hambre; sabía que, una vez comenzara a trabajar, las horas pasarían a tal velocidad que no sólo olvidaría el almuerzo, si no, a poco que se descuidase, la mismísima cena.

Entró en la tienda por el acceso del Carrer del Pi y dejó la puerta abierta, pero la persiana bajada, para ventilar la tienda; el edificio era muy antiguo; las paredes despedían ese inconfundible aroma a rancia humedad propio de los viejos caserones. De esa manera, la madera se oxigenaba y evitaba que la humedad impregnase el ambiente.

Durante todo el sábado estuvo trabajando en el extraño manuscrito de los Casadevall. El libro no era propiamente un diario, sino más bien un dietario, aunque recogía también las impresiones de su autor, a quien identificó como el adjunto a un maestro de obras, allá por los principios de siglo XV. Identificó al posible redactor del texto original como al maestro de obras Casadevall, que ostentó dicho cargo entre los años 1398 y 1424. Le resultó imposible identificar al autor de las notas al margen, aunque no dudó en una cosa: el conjunto de la traducción resultaba el más complejo al que se había enfrentado en años, y podía dar fe de haberse encontrado con muchos manuscritos y vieja correspondencia que se le había resistido en menor medida que aquel enigmático texto. A medida que transcurrían las horas, la lectura detallada del manuscrito y de sus anotaciones comenzó a revelarle hechos inauditos. Transcribió en hojas de borrador diversas anotaciones que resultaban confusas y que debía comprobar cuanto antes, pero el texto resultaba tan misterioso y críptico a medida que progresaba en él que prefirió continuar desvelando los secretos ocultos durante siglos que correr a confirmar en otras bibliotecas o archivos la veracidad de lo hallado.

Cuando Artur miró de nuevo el reloj, ya eran las dos y media de la madrugada. La primera traducción del libro le había costado trece horas de trabajo ininterrumpido; incluso para un experto como él en lenguas clásicas la apretada letra del arquitecto había complicado mucho la cosa. Con la vista cansada y unas terribles ganas de orinar, acordó consigo mismo finalizar la sesión. Le dolía la espalda; por la puerta aún abierta entraba el fresco aire de la noche. Había refrescado y la tienda estaba helada. Hizo sus necesidades, cogió la chaqueta y se dispuso a dirigirse a casa. Miró detenidamente el manuscrito Casadevall. Por primera vez en muchos años, sintió una punzada de verdadero miedo. No era la angustia que sintiera tras hablar con el Francés; aquello que antes sintiera como miedo era apenas un esbozo de la sensación que ahora nacía en su interior y que tenía su raíz en una increíble historia. Era un miedo profundo, cerval, incontrolable, que iba creciendo lentamente, pero sin pausa, pese a su edad, pese a su experiencia, pese a su seguridad. Lo combatió, y lo venció no sin esfuerzo.

Decidió llevárselo a casa, pero cediendo a un instinto desconocido lo tomó entre sus manos y, con esa pericia que da el conocimiento y la experiencia, desbrozó los hilos que unían las viejas hojas al lomo. Repitió la maniobra con uno de los viejos ejemplares de su biblioteca de trabajo, de similar tamaño y escaso valor, el volumen primero del *Exercicio de Perfección,* e intercambió los contenidos no sin unirlos con cola de secado rápido. Depositó el libro de los Casadevall en la estantería, arropado entre otros cien o doscientos ejemplares de valor relativo, únicamente para especialistas. Tomó el lomo sobrante y abandonó la tienda con éste y las páginas originales del libro utilizado como sustituto; lo arrojó todo a una papelera cualquiera. El contenido del manuscrito había despertado uno de esos miedos atávicos a lo desconocido que Artur creía haber superado con el paso de los años y la llegada de la edad adulta.

La calle estaba desierta. Desde la tienda hasta la Plaça del Pi apenas había cien metros, pero los recorrió intranquilo. Respiró aliviado al llegar a la plaza. Los bares estaban cerrando. Artur aprovechó la amistad surgida con los dueños de uno de ellos tras muchos años de convivencia en el mismo barrio para cenar frugalmente, pese a que el local tenía la persiana bajada. Después cruzó las Ramblas y se dirigió al aparcamiento, donde subió al coche que había de llevarlo a su casa, donde se tomaría un merecido descanso.

El domingo amaneció fresco y nublado. El buen tiempo del fin de semana parecía haberse concentrado en el sábado; la mañana, de veras desapacible, rasgada por frías ráfagas de viento procedente de los todavía nevados Pirineos, invitaba al descanso y a remolonear en la cama. Había dormido mal; sueños extravagantes que jamás tuviera antes poblaron una noche difícil, en la que más que dormir permaneció en un incómodo duermevela. Las horas pasaron lentamente: Artur oía la canción que cada cuarto de hora emitía el reloj del salón mientras su mente, activada por las revelaciones que creía haber hallado en el libro de los Casadevall, imaginaba delirantes escenas que se sucedían una vez tras otra y que colmaban y excedían los sueños de un viejo anticuario. Se despertó segundos antes de que sonara el despertador, igual que en aquellos viejos tiempos en que la urgencia de las cosas acuciaba la necesidad de controlar la hora con toda exactitud. Estaba cansado, pero tenía mucho trabajo que hacer, tanto, que desayunó más ligero que nunca y no se detuvo ni a leer los periódicos. Sólo se detuvo en la biblioteca para recoger determinados libros que podrían serle de ayuda; en ese momento recordó la larga carta que tenía que mandar a su hijo y que reposaba sobre la mesa de su estudio. Ése era un momento tan indicado para finalizarla mejor que cualquier otro, pues podía añadir una noticia sorprendente que, a buen seguro, causaría las delicias de un hombre poseído por tan gran imaginación que le había llevado a convertirse en escritor profesional. Garabateó unas apresuradas líneas como posdata, la introdujo en un sobre en el que escribió la dirección y pegó los sellos necesarios. Arrimó un mechero a la barrita de lacre con la que sellaba sus cartas, y cuando estuvo lo suficientemente seco aplicó con fuerza el anillo en el que constaba su inicial, no sin antes aplicarle a éste un gota de aceite para evitar que el lacre se le pegase. Con la carta en las manos salió de su casa y subió al coche; sólo se detuvo un instante en el buzón de correos de la plaza del pueblo, donde depositó la carta antes de conducir hacia la gran ciudad.

Estuvo trabajando todo el día. Analizó las diversas transformaciones del casco histórico de la ciudad en un mapa con unas improvisadas calcas, logró encontrar información complementaria acerca de la familia Casadevall y situó en su contexto histórico la figura del arquitecto. Refrescó sus viejos conocimientos sobre libros cabalísticos, desconocidos por la mayoría y que honraban su biblioteca, fundamentales en esta ocasión. Sus conclusiones confirmaron la veracidad de buena parte de los enigmas que el texto planteaba. Para confirmar determinadas impresiones telefoneó a Samuel, quien le orientó dentro de sus posibilidades, pese a lo deliberadamente inconcreto de lo preguntado. De hecho, una vez Artur obtuvo diversos datos aparentemente complementarios, prácticamente colgó el aparato dejando a su viejo amigo con la palabra en la boca. La información de Samuel le resultó útil para confirmar las expectativas creadas, y además sirvió para deshacer la frialdad surgida entre ambos a raíz de su conversación del viernes.

Únicamente le quedaba obtener mayor información directa sobre Casadevall, y para ello debería consultar los libros de obra incluidos en los archivos de la catedral de Barcelona y del arzobispado. Tendría que armarse de paciencia y esperar al lunes para poder trazar un esbozo sobre el carácter y la conducta del maestro de obras Casadevall, requisito que juzgó imprescindible en su investigación. Con los datos que pudiera obtener estaba seguro de lograr su objetivo: comenzaba a imaginar de qué podía tratarse y disfrutaba con la llegada del misterio y de su cercana resolución.

Cuando llegó a esa conclusión hacía varias horas que había anochecido. Depositó el camuflado libro en la estantería y se dispuso a abandonar la tienda. Entonces unos golpecitos en el cristal de la puerta le advirtieron de que no estaba solo. La oscuridad de la sala de exposición le impedía ver de quién podía tratarse. Pese a su edad, Artur no era un pusilánime.

—¿Quién anda ahí?

—Soy yo, Artur. He venido a hablar un momento contigo.

Artur, intranquilo por lo tardío de la hora, reconoció de inmediato la voz.

—No podía imaginar que estuvieras aquí a estas horas, es muy tarde.

—Verás, me ha surgido un problema inesperado y he pensado que podrías ayudarme.

—Bien, veamos qué puede hacerse. Sube, estoy en el estudio —dijo mientras pulsaba el interruptor que abría la puerta.

Una sombra avanzó con prudencia, sorteando los objetos de la tienda, y ascendió por las escaleras.

—¿Cómo supiste que estaba aquí? —preguntó, suspicaz, Artur.

—Pura casualidad, vi algo de luz y pensé que podías estar aquí. Me extrañó, es bastante tarde, y pensé que quizá te la hubieras dejado encendida. Pero no: estabas trabajando.

—La pasión de este anciano, como bien sabes, es el trabajo. Y hoy he encontrado algo que puede valer la pena, una clave oculta que me propongo desentrañar mañana.

—¿Una clave? ¿Qué clave?

—La que oculta un manuscrito —sonrió Artur—. Pero prefiero guardarme la sorpresa hasta que confirme todos sus extremos; de momento, no diré más. —Le dio la espalda mientras depositaba las hojas repletas de anotaciones en un cajón del escritorio—. ¿En qué puedo ayudarte?

—En nada —respondió el otro, lacónico.

La sombra, a espaldas de Artur cuando éste se volvió para recoger la mesa, cogió un pesado pisapapeles de mármol, lo levantó con ambas manos y lo dejó caer con toda la fuerza posible en la cabeza del anciano, que en ese momento se incorporaba, sorprendido por la extraña declaración que acababa de escuchar. El súbito movimiento de Artur impidió que recibiera el golpe de lleno en la cabeza, pero encontró un nuevo objetivo en la clavícula. Un sordo chasquido de huesos rotos resonó en la tienda. El anticuario perdió el equilibrio y se hubiera caído al suelo de no ser porque el propio impulso del golpe lo proyectó sobre el escritorio. Logró darse la vuelta, aunque su brazo izquierdo colgaba inerte junto a su cuerpo; la expresión de su rostro mostraba, más que dolor, una absoluta sorpresa.

Metódica, la sombra levantó por segunda vez el pisapapeles. Artur intentó cubrirse la cabeza con el brazo sano y evitó en parte la fuerza del golpe, que incidió en su cráneo lateralmente. Cayó al suelo con el rostro ensangrentado; el frío mármol había abierto una gran brecha desde su frente hasta la oreja, por la que manaba abundante sangre. Se levantó, jadeante, junto a la escalera, y se enfrentó a aquella sombra que, lo supo al cruzarse sus miradas, iba a citarlo con la muerte.

—¿Por qué? —atinó a murmurar con un hilillo de voz—. ¿Por qué?

La sombra levantó por tercera vez el pisapapeles, que ahora sí golpeó de lleno el rostro de Artur. El fuerte impacto lo arrojó hacia la barandilla, que cedió ante el empuje del anciano. El cuerpo cayó con estrépito por los aires hasta detenerse sobre el altar de mármol proveniente de una vieja iglesia abandonada y que en la tienda de Artur servía como centro neurálgico de la exposición. El visitante se asomó con prudencia; envuelto por las sombras, el cuerpo yacía inmóvil sobre el altar. El silencio restaurado se vio quebrado por la voz triunfante de la sombra.

—Porque lo que tú has encontrado tiene que ser mío —contestó a una persona que ya no podía oírle.

Recogió las transparencias que Artur había realizado durante el fin de semana. Después extrajo los apuntes de los cajones donde se encontraban. Buscó el libro en el escritorio, pero no lo encontró. Impaciente, esparció por el suelo los libros que ocupaban la mesa, pero tampoco lo halló. Regresó al escritorio: los escritorios-secreter de época solían tener algún cajoncito secreto donde poder ocultar documentos e incluso algún libro pequeño. Los cajones de la fila de la derecha se abrían todos, pero en los de la izquierda fallaba uno. Hurgó en el interior de los cajones y no tardó en encontrar el resorte que abría el cajón oculto; una de las molduras que adornaban los laterales del mueble camuflaba el cajón, que se deslizó hacia el exterior. Para su decepción, no encontró nada.

Nervioso, volvió a repasar los cajones y los libros que se encontraban en el suelo con idéntico resultado. Impaciente, pateó entre jadeos el sillón de Artur hasta derribarlo.

Miró en la biblioteca que Artur tenía en el estudio. Repasó los títulos de los lomos en dos ocasiones, pero tampoco estaba allí. «¡Maldita sea! —murmuró. —Debe de tenerlo en su casa de Vallvidrera. No hay nada que pueda hacer, a menos…».

Un leve gemido detuvo sus reflexiones. Apagó la lámpara del escritorio y descendió las escaleras. Se acercó al cuerpo de Artur. Para su sorpresa, aún vivía, aunque apenas estaba consciente. Junto al altar, en una pequeña panoplia, una colección de abrecartas de plata y empuñadura de nácar esperaba un comprador y encontró un asesino. Cogió el más largo de todos ellos y lo clavó en la espalda de Artur, entre dos costillas, en busca de su corazón.

—No puedo dejarte vivir —murmuró para sí—. Pero no honra al vencedor prolongar la agonía del vencido.

Esperó unos instantes para cerciorarse de la muerte de Artur. Introdujo la mano en sus bolsillos hasta localizar un manojo de llaves. Se asomó con prudencia a la calle; caía una fina llovizna, y, como era de esperar, no pasaba nadie. Se cubrió el rostro y salió al exterior en dirección al puerto.

2

$\mathcal{U}$n hombre joven, de unos treinta y cinco años, frente a la pantalla de un ordenador, tecleaba con tranquilidad, incluso con parsimonia. De repente, como activado por un impulso ineludible, modificó su ritmo de escritura. Las letras aparecían en la pantalla a increíble velocidad; parecía sumido en un repentino ataque de inspiración que no quería desaprovechar, sabedor de que en cualquier momento podía desvanecerse. Era un escritor experto, y conocía a la perfección el funcionamiento de su mente: se trabaja con constancia, pero arrebatos como ése suponían lo mejor de su obra: no podía desaprovecharlos.

Bajo sus revueltos cabellos castaños, sus ojos, del mismo color, bailoteaban siguiendo en la pantalla las palabras que sus dedos creaban en el teclado en un vano intento de alcanzar la irresistible velocidad del pensamiento. La lengua acariciaba sus finos labios con fruición, como si paladease el dulce sabor de la obra recién creada y bien concebida.

Mantuvo el frenético ritmo durante unos minutos, acaso veinte, lo que supuso dos páginas que, inmodestamente, consideró excelentes. Hacía una semana que estaba a punto de finalizar el que iba a ser su sexto libro, dos meses antes del plazo fijado por su editor, pero no encontraba el final adecuado. La acción se había desbocado ajena en parte a su planificación hasta imponerle un final diferente al previsto, cosa que ya le había pasado antes. Intentó por todos los medios conducir la acción según el plan, pero, pese a probar numerosas alternativas, tuvo que rendirse a la evidencia: no cabía otra posibilidad

JULIÁN SÁNCHEZ

lógica para coronar el libro que no fuese la que la misma acción indicaba. Acababa de concluirlo cuando la inspiración le
sorprendió; al cabo de unos minutos, la inspiración logró lo
que no pudo hacer en los siete días anteriores.

Almacenó la información en un lápiz de memoria y realizó
una copia de seguridad del archivo antes de apagar el ordenador. Se incorporó para asomarse por la ventana. Vestido con un
viejo pijama azul marino, Enrique apoyó su despejada frente
en el cristal del ventanal. Era alto, de un metro ochenta y
cinco, y un tanto voluminoso. Su cuerpo respetaba la proporción de su estatura, pero estaba un poco grueso; quizá le sobra-
ran algunos kilos. Tenía la piel morena. Su nariz aguileña se
aplastó sobre el cristal en un cómico efecto. Permaneció así
unos segundos y suspiró profundamente; la postura resultaba
incómoda, pero a juzgar por el cerco que su piel grasa dejó al
apartarse del cristal, y que podía verse repetido aquí y allá, debía hacerlo muy a menudo. Pudo llegar a contemplar su reflejo en el cristal de la ventana: lejano y poco claro, pero así era
como se veía a sí mismo. Parecía perdido y así quiso imaginarse, como regresando de un mundo de sueños donde en realidad habitaba una buena parte de su vida, tan diferente a la
real, pero con una intensa cualidad de perfección que la convertía en una seria alternativa a ésta. Su pelo revuelto, su mirada perdida y algo ojerosa, la dejadez que da el trabajar en
plena concentración y en su propio domicilio, en soledad, no
impedían que se reconociera en aquella figura desmañada: sí,
era él mismo: la frente despejada y noble, la mirada algo lejana
de sus mismos grandes ojos castaños, sus cejas algo gruesas y
bien definidas, la nariz que siempre consideró elegante, la
mandíbula más delgada que ancha. Sí, era él mismo, y había
regresado una vez más, desde el mundo de los escritores, ese
mágico lugar donde había estado perdido los últimos meses
hasta aislarse de la vida real.

No pudo evitar que su vista se paseara por la bahía. El cielo
estaba perfectamente despejado, y el sol refulgía con fuerza.

En días como ése, contemplar la bahía de la Concha desde su residencia constituía un auténtico privilegio. En las faldas del monte Igueldo, uno de los dos que encajonaban las imprevisibles aguas del Cantábrico en el más hermoso paraje de toda la costa, Enrique dejó volar sus recuerdos hasta aquel día no lejano en que se trasladó a ese lugar. Recordó cómo, después de instalarse, fue incapaz de escribir una sola línea durante dos meses, siempre cautivado por la enigmática y perturbadora perfección de la bahía. Había dispuesto su escritorio bajo un ventanal circular que le permitía contemplar toda la fachada marítima de la ciudad de San Sebastián, y le bastaba levantar la vista del ordenador para ensimismarse con el paisaje. El fenómeno resultó tan trascendente que incluso meditó en más de una ocasión sobre la posibilidad de mudarse de nuevo a un lugar donde tanta belleza no le distrajera, pues no cabía duda de que la contemplación de La Concha alteraba su capacidad creativa. Por fin, al tercer mes, consiguió tras muchos esfuerzos sentarse frente al ordenador y vencer el magnetismo que la vista le inspiraba. Sin embargo, todo tiene un precio, y el que Enrique tuvo que pagar fue alto aunque placentero: logró concentrarse en el trabajo; sin embargo, una vez finalizado no podía evitar pasarse horas sentado en su ventanal observando las oscilaciones de las mareas, de tal manera que se encontraba en un imparable proceso capaz de convertirlo en un moderno ermitaño.

Tras abrir la puerta de la terraza salió al exterior. Una ráfaga de fresco viento del norte acarició su rostro y tuvo el efecto de asentarle definitivamente en su retorno a la realidad. Lanzó una mirada escrutadora hacia la lejanía y confirmó su impresión: el viento era fuerte y constante, y levantaba la espuma en la mar. Tras un arrebato se vistió rápidamente con lo primero que encontró al abrir el armario de su dormitorio: vaqueros, calzado deportivo, camiseta y un jersey azul con banderitas náuticas. Abrió el cajoncito de un pequeño mueble del recibidor y extrajo un manojo de llaves. Bajó las escaleras co-

JULIÁN SÁNCHEZ

rriendo; el cartero dejaba en esos momentos el correo en los buzones. En el señalado como de Enrique Alonso, dos grandes sobres y algunas cartas esperaban ser recogidos. Dudó un instante, pero prefirió dejarlo para su regreso. Se montó en su coche, un viejo utilitario medio carcomido tanto por la humedad y la lluvia como por la dejadez de su propietario, y se dirigió al centro de la ciudad. Llegó tras unos minutos, estacionó su destartalado utilitario en el aparcamiento del *boulevard*, junto al ayuntamiento. Abandonó el coche, ni siquiera se detuvo a poner el seguro, y no cejó en su carrera hasta descender por unas escalerillas del malecón para, después de pasar por la cubierta de varios yates, llegar a la cubierta de su propio velero, llamado *Hispaniola* en homenaje y recuerdo al célebre bajel creado por la fértil imaginación de Stevenson. Allí abrió el tambucho con una de las llaves y repasó el panel de mandos y la radio: todo estaba en correcto funcionamiento. Volvió al exterior del yate y se dispuso a soltar las amarras cuando una cascada voz atrajo su atención.

—¡Vaya, vaya, a quién tenemos aquí! ¡Si es nuestro insigne escritor!

Una cabeza desprovista de pelo se asomó del yate contiguo al de Enrique. Era un hombre mayor, bien entrado en la década de los setenta, con el rostro gastado por el frío, el calor, el sol y la lluvia, vestido con una vieja camiseta descolorida por los elementos.

—¡Hola, Mikel, lobo de mar! *Zer moduz?**

—*Oso ondo*, amigo mío, *oso ondo.*** Me había parecido escuchar unos pasos apresurados, pero no imaginaba que fueras tú. ¿Se puede saber adónde vas tan deprisa, hombre?

—¿Adónde voy a ir? ¡A navegar! —contestó sin reprimir su entusiasmo Enrique—. ¡He terminado el trabajo, y ahora

---

* *Zer Moduz?* En euskera: «¿Cómo estás?».
** *Oso ondo.* En euskera: «Muy bien».

soy libre para poder salir a la mar!

Mikel dejó escapar una sincera carcajada que contagió a su interlocutor.

—¡Pero hombre, si el viento no va a desaparecer así, de repente! ¡Deberías tomártelo con más calma!

—¡De eso nada! —Su sonrisa sincera se ganó, como siempre, de inmediato el cariño del pescador jubilado—. Llevo dos meses sin navegar y casi sin salir de casa, y más concretamente seis días sin moverme de la mesa, porque no lograba finalizar el maldito libro, pero ahora lo he conseguido y voy a cobrarme los atrasos con intereses. Así que retírate a esa bañera que llamas chipironera y déjame maniobrar.

—¿Hacia dónde irás? —preguntó, ahora serio, Mikel—. El noroeste empieza a soplar con mala leche; el parte dice que aumentará al caer la tarde, fuerza seis. Y con el viento llegarán las olas, de tres o cuatro metros. Se acerca una borrasca de las clásicas y no hace falta que un parte meteorológico venga a decírmelo, me basta con sentirlo en estos viejos huesos reumáticos y en la pureza del aire.

El alto malecón del puerto durante la marea baja no impedía que la creciente brisa acariciase el rostro de Enrique y lo cubriera con deseo anticipado.

—No lo sé —contestó Enrique con un inequívoco brillo en la mirada—. Iré adónde el viento me lleve.

—Tan loco como siempre —confirmó Mikel—. Sé prudente: este viento va a ser muy puñetero, de los que causan problemas incluso a los veteranos, así que estate atento a las roladas. ¡Y deja la radio encendida!

Enrique asintió. Encendió el motor, soltó los cabos que sujetaban el *Hispaniola* al muerto y se dirigió a la bocana del puerto. Izó la mayor, después la génova, dio una vuelta por la bahía como despedida y homenaje a la belleza que lo rodeaba, desde los pies de Urgull hasta la playa de Ondarreta y regresó para cruzar después la barra en dirección al mar abierto.

Tres días más tarde, por la mañana, temprano, Enrique regresó al puerto de San Sebastián. Había navegado sin rumbo, impulsado por un poderoso viento que consideró enviado para su disfrute exclusivo. Como dijera Mikel, con el viento vinieron las olas, y la navegación se tornó dificultosa; eso permitió que todavía disfrutara más de ella, pues le exigía todos los recursos que tenía, y éstos no eran pocos. A bordo apenas pudo dormir, pero era lo que necesitaba para eliminar la tensión de haber finalizado otro libro. No sentía agotamiento, sólo un leve y flotante cansancio que, como sabía por anteriores ocasiones, esperaba su llegada a tierra para convertirse en abrumador. Su mente estaba tan despierta que incluso encontró un título adecuado para su obra, cosa que generalmente se le daba muy mal, ya que todos los editores se los cambiaban para mejor. «Éste no —se dijo con cierto orgullo—, éste será título.»

El puerto de San Sebastián, pequeño, disponía de escaso espacio para los yates. La afición a la vela no estaba demasiado extendida entre los donostiarras; los pocos veleros dignos de merecer ese nombre estaban abarloados en el extremo interior del puerto, borda junto a borda, en un espacio tan reducido que en otro puerto se destinaría a pequeñas barcazas antes que a los yates. Enrique maniobró con extrema lentitud; pescó el cabo del muerto con una pica y lo sujetó a la proa del *Hispaniola*. Ordenó los cabos en la cubierta y cerró el tambucho con llave. Pasó por las cubiertas de los otros yates hasta llegar a la escalerilla que le permitía acceder al muelle. Antes de irse a casa se detuvo en una pastelería situada junto al ayuntamiento, donde compró una abundante provisión de dulces, suficiente para satisfacer a dos personas. De camino hacia Igueldo llamó su atención el mal olor que había en el interior del coche y se sorprendió al descubrir que el causante era él mismo. Tres días de esfuerzos continuados sin lavarse, por mucho que le hubiera salpicado el agua salada, tenían su precio, pero eso no haría sino aumentar el placer del baño que pensaba darse nada más llegar a casa.

No tardó en aparcar justo enfrente de su portal. Antes de subir abrió el buzón para recoger las cartas. De un rápido vistazo las dividió en tres grupos: sin interés, compuesto por cartas de bancos, editoriales, y propaganda; por determinar, cartas de desconocidos —posiblemente lectores de sus obras—; e interesantes, cartas de amigos y compañeros escritores. De todos modos, por encima del resto, hubo una: la de su padre adoptivo, Artur Aiguader.

Antes de desnudarse abrió el grifo del agua caliente para que se fuera llenando la bañera; aprovechó los minutos en que fluía el agua para comerse todos los pasteles y abrir las cartas. Siempre comenzaba por las de menor interés: prefería pasar los malos tragos cuanto antes para saborear después los placeres de las cartas que de verdad le interesaban. Tuvo tiempo de apartar en un montoncito las facturas, vencimientos de pagos, hipoteca, estados de cuenta y similares antes de meterse en el agua. Normalmente hubiera abierto las cartas de sus lectores, pero la perspectiva de pasar un largo y placentero rato sumergido en agua caliente le hizo coger la de su padre, rasgar el lacre con el que el viejo mostraba su inconfundible voluntad de estilo, e introducirse en la bañera con el suficiente cuidado para no mojar las varias páginas de que constaba.

Se dispuso a leer su contenido con atención, pues las largas cartas que le enviaba su padre eran en verdad agradables e inteligentes, una adecuada combinación de cultura y chismorreos capaz de satisfacer a un lector exigente. Si a eso se sumaba el natural afecto que Enrique le profesaba, no podía haber en el mundo nada que impidiera volcar toda su concentración en la carta y dejar de lado la somnolencia que amenazaba con vencerle. Enrique siempre consideró que su padre debía dedicarse a las letras, pero Artur contestaba que su mundo era el pasado, y que eso no le interesaba a nadie; lo único que le satisfacía profundamente era su labor como historiador y bibliófilo, y para eso no había nada mejor que hacer lo que hacía.

Querido ahijado:

Ante todo, perdona el retraso en contestar tu última carta. La enviaste tiempo ha, y, como es habitual, la mezcla de desidia por lo personal y de abundante trabajo propio de los que amamos lo que hacemos es el causante del mismo. Conste que, como bien sabes, nuestra relación es infinitamente más interesante y enriquecedora que la referida a lo estrictamente familiar, y que, pese a ello, no pude evitar incumplir la palabra dada de contestar a tus misivas en un plazo inferior a tres o cuatro meses. Te ruego que tengas a bien perdonármelo, pues te prometo que tan gran retraso ocurre por primera —y espero que por última— vez. De paso, me ratifico en mi intención de continuar esmerándome en permanecer fiel a la palabra escrita por encima de estos inventos modernos del correo electrónico, que serán muy útiles, no lo dudo, pero que junto a otros similares indudablemente acabarán por quitarle todo el sabor de lo especial y diferente a la vida. Así que resígnate a convivir con estos residuos de un pasado majestuoso que perviven en esta época de mediocridad a la que una modernidad mal entendida nos está llevando.

Pero cambiemos de tercio dejando aparte las peculiares manías de este que te quiere tanto. En tu carta realizaste un esbozo —nada somero, por cierto, para dignarse recibir semejante nombre— del argumento y de los personajes de tu nueva novela. Me pareció en verdad interesante la elección del tema, sin duda original y escasamente tratado hasta la fecha: «explorar la relación de convivencia de una pareja con diferentes inquietudes, y analizar sus sentimientos y reacciones como si se tratase de animalillos de laboratorio». Interesante e incluso curioso.

¿Acaso crees que puedes manipular a tus personajes con tal intención? Juguetear de esa manera con temas que jamás has dominado es una imprudencia que sólo una mente ingenua, con escasa formación y evidentes limitaciones estructurales como la tuya podía atreverse a intentar. Tamaña imprudencia tiene una única salida: el desastre. Tú, que nunca destacaste por tu inteligencia a la hora de establecer y mantener relaciones personales —me refiero, claro está, a relaciones de pareja—, ¿pretendes explorar un universo desconocido? Tu especialidad consiste en hacer aquello que no debe hacerse para estropearlo todo, no lo contrario. (Por cierto, ¿cómo se encuentra Bety? ¿Sabes algo de ella?) Por tanto, tu pretensión de realizar un análisis constructivo y distanciado de una pareja se me antoja harto complejo por no decir imposible. Si tu editor te ha dado carta blanca en semejante asunto no me cabe la menor duda de que está tan loco como tú… o que te debe demasiado para negarse a tu capricho.

Te imagino sentado frente al ordenador en el artificioso intento de crear una trama que atraiga la atención del lector, y me vienen a la memoria las expediciones dirigidas por los valerosos (aunque no fueran más que un hatajo de asesinos deseosos de saqueo y rapiña) exploradores del Nuevo Mundo acaecidas durante los inicios del siglo XVI: no las de aquellos que lograron su objetivo como Pizarro, Cortés o Jiménez de Quesada, sino las de aquellos otros como Dortal, Ordás, Dalfinger, Federmann, Benalcázar… —¿recuerdas aquellas historias que te relataba cuando apenas levantabas dos palmos del suelo y que tanto te gustaban?—, que se revelaron como infructuosas. Ellos no sabían hacia dónde se dirigían, y fruto de su ignorancia evitaron por pocas jornadas de marcha el destino anhelado para dirigirse a tierras despobladas de todo bien donde acabaron por encontrar todos los desastres existentes y, por último, el único y definitivo final que a todos acaba por llegarnos. Buscarás, sí, pero no encontrarás tu destino, sencillamente porque está fuera de tu alcance.

Aunque se me ocurre otra explicación a tu inusitada empresa: ¿no será algo personal? ¿No estará vertiendo en esas páginas tus problemas, tus propias miserias personales, convirtiendo lo que debiera ser un simple ejercicio literario en una justificación o exploración de tus problemas personales? No me extrañaría nada, teniendo en cuenta tu natural tendencia a justificarte. Siempre has sido demasiado tolerante contigo mismo, te lo he dicho desde que tuviste la suficiente capacidad para que habláramos en semejantes términos; es más, si no te recrearas tanto en lo que eres en lugar de explorar aquello que podrías ser, no dudo que tu papel en el mundo literario daría un salto cualitativo que asombraría, a partes iguales, a la crítica y al público, en lugar de conformarte con ser un buen escritor que convive entre los buenos, pero lejos aún del Olimpo de los Grandes.

No sé en qué punto te encontrarás cuando recibas esto: a lo mejor ya has terminado tu obra y mis pronósticos se revelan como equívocos, cosa que me alegraría sobremanera, o, a lo peor, resultan plenamente válidos, en cuyo caso espero poder servirte de ayuda como cuando apareciste en Barcelona con tu segundo manuscrito —¿o fue el tercero?, me estoy convirtiendo en un viejo despistado— para que lo revisáramos juntos. Infórmame cuanto antes, no sigas las costumbres de este viejo olvidadizo y distraído.

Dejemos el apartado literario para introducirnos en cuestiones más mundanas. Quiero que sepas que, desde hace ahora cuatro meses, soy el nuevo vicepresidente del Gremio de Anticuarios de Barcelona. Llevaban varios años proponiéndome que aceptase el cargo, cosa que sistemáticamente rechazaba; ya sabes que nunca he sido muy amante de figurar en cuadros de honor o de ostentar pomposos títulos que no sirven para nada. Sin embargo, la situación del gremio en los últimos tiempos podría considerarse negativa, en especial en lo referido a la capacidad de adaptación a los nuevos tiempos. El mercado no puede absorber las ofertas que, conjuntamente, ofrecemos los viejos y esa oleada de nuevos anticuarios recientemente introducida en la zona. Se han inaugurado tantas tiendas que el Carrer de la Palla empieza a parecerse más a un zoco. Son tiendas que tienen toda la traza de servir para ocultar alguna otra actividad que preferiría no comentar, pero que no puedo soslayar: los rumores que corren apuntan a blanqueo de dinero procedente de actividades ilegales, y fuera mejor no suponer más acerca de ello ante la certidumbre de encontrar demasiadas cosas desagradables.

Esas tiendas están tan bien cuidadas en lo estético pero tan mal atendidas en lo profesional que no puedo creer que se trate de nuevos compañeros recién introducidos en el mundo de las antigüedades, donde, por cierto, sabes que nos conocemos todos. Por eso, y como medida excepcional, acepté ocupar provisionalmente la vacante en la junta directiva del gremio, con la intención de averiguar todo lo posible sobre los promotores e inversores de los nuevos locales. El viejo Puigventós insistió en que yo era la persona adecuada merced a «mi experiencia, habilidad y contactos»; mejor esto último que los dos primeros, sin duda.

Puede que tenga razón, pero maldita la gracia que me hace.

De momento, mis primeras indagaciones no han llevado a nada. Recordarás al comisario Fornells, aquel orondo vividor con el que compartí experiencias juveniles en mi época estudiantil y que trabaja en la comisaría del Raval. Bien, Fornells no ha logrado, pese a sus muchos contactos, sacar nada en claro. Y si él no lo consigue, tendremos que recurrir a instancias superiores, pues parece evidente que se trata de algo más que una mafia de barrio. Fornells comentó el caso con unos compañeros de la Brigada de Delitos Económicos en la Jefatura Superior de Policía, en la que yo aporté los datos disponibles de los nuevos locales; prometieron realizar las «averiguaciones pertinentes». Te comentaré que, excepto Fornells y algún que otro compañero suyo de las viejas generaciones, los nuevos responsables de nuestra seguridad son una pandilla de tecnócratas que parecen fotocopiados tanto en su lenguaje como en sus maneras: dicen lo mismo y visten igual. Esperemos que su búsqueda surta efecto, y permita desenmascarar a los recién llegados antes de que una indeseada porquería salpique a todo nuestro viejo gremio.

Querido ahijado, ya me despido. No olvides escribirme pronto; tus cartas son, y te lo digo de corazón, una verdadera dicha para este viejo anticuario.

Tuyo,

ARTUR

P.D.: Escribo estas líneas unos días después de acabar la carta, justo antes de enviarla. He realizado hace apenas unos días la adquisición de un lote que incluye todo el contenido de una vieja masía señorial propiedad de una vieja familia catalana, los Bergués. En su biblioteca he descubierto algo increíble, capaz de colmar las expectativas de un anticuario. No me atrevo a revelarte nada hasta haber comprobado y que no se trata de las imaginaciones de un viejo y que su fundamento se revela cierto. Por algún motivo que no alcanzo a comprender estoy intranquilo; esto es algo que, por primera vez en muchos años, me supera por completo. Si me pasara algo, no sé, cualquier arrechucho de esos que nos dan a los viejos, un ataque al corazón o algo así, te recomiendo que leas el *Exercicio de Perfección*, volumen primero. Allí se encuentra la información precisa para continuar mi trabajo. Lo encontrarás en los estantes de mi biblioteca, en la tienda.

No sé ni por qué añado esto; ¡como si tuviera que pasarme algo! ¡Valiente tontería!

Un fuerte y sincero abrazo.

Enrique concluyó la carta con una sonrisa en los labios. Como siempre, los comentarios de Artur eran tan acertados como sutil su humor. No pudo hacerse con el control de su novela según el desarrollo previsto a priori. Perdió mucho tiempo hasta asumir que el trabajo realizado carecía de calidad, cohesión e interés, y se vio obligado a comenzar de nuevo con un simple esbozo del tema, tal y como señalara su padrino. ¡Cuánto tiempo ahorrado si hubiera recibido antes la carta! No cabía duda: Artur lo conocía a la perfección, mucho mejor de lo que tantos y tantos padres conocen a sus hijos. Y, probablemente, lo quisiera todavía más de lo que lo conocía.

Pero si algo le intrigaba era el final de aquella carta: ¿qué podría ser ese misterioso descubrimiento? Estaba claro que debía tener suma importancia: nunca había visto perder el control a su padre adoptivo de la manera que mostraba la posdata de la carta. «Si me pasara algo…» ¿Pasarle algo? Podía comprender que, habiendo realizado un descubrimiento de cierta importancia, Artur tuviera miedo de morir sin llegar a sacarlo a la luz, pues no en vano los años pasan, pero su estado de salud era perfecto y no tenía tanta edad como para creer que su hora estuviera cercana. El hallazgo debía ser en verdad algo especial para que Artur sintiera ese tipo de temores. La curiosidad sobre el enigma hubiera estimulado su mente de escritor, siempre propensa a aprovechar argumentos y situaciones inverosímiles, pero se encontraba demasiado cansado para sacarle punta.

Enrique, tras releer la posdata, dejó las hojas que componían la carta de su padrino sobre el lavabo; llevaba un buen rato en el agua, que ya comenzaba a enfriarse. Abandonó la bañera para secarse con una amplia toalla cuando sonó el teléfono. Sentía el suficiente cansancio para ignorarlo, pero no había conectado el contestador, y la persona que realizase la llamada era persistente: después del décimo timbrazo se decidió a responder.

Se sentó en el sofá; el sol iluminaba el salón con unos cálidos rayos dorados. Una voz familiar, amada, odiada, y a su pesar, añorada, le contestó de inmediato.

—¿Enrique? ¿Estás ahí? ¡Por fin te encuentro!

—Hola, Bety. —Al cansancio de la navegación se añadió el hastío de ser precisamente ella con la que hablaba—. ¿Qué ocurre?

—¿Dónde te habías metido? —La voz femenina no ocultó su mal humor —¡Llevo dos días intentando localizarte!

—¿Acaso importa dónde estuviera? —contestó Enrique.

Apenas mantenía contacto con su ex; no había niños que mantuvieran un vínculo entre ambos, y, pese a no negarse el saludo cuando se encontraban por la calle, intentaban prescindir, dentro de lo posible, el uno del otro.

—Corta con esas historias. Si te llamo no es para revivir una de esas conversaciones idiotas que tan bien se nos daban cuando vivíamos juntos.

—No sé qué puedes querer decirme que me resulte interesante —inició Enrique, sin poder evitarlo, el camino sin control hacia una nueva discusión.

No había nada en el mundo que deseara menos que discutir con Bety, pero desde su separación le resultaba imposible dominarse. El rencor acumulado por una separación larvada en su incapacidad de comprenderla era superior a su deseo de quererla como amiga, que ya no como pareja.

—Escucha, Enrique: pensaba explicártelo con suavidad, pero como veo que continúas en guerra contigo mismo y con los demás te lo diré sin mayor consideración. Artur ha muerto.

La noticia de Bety, seca, tajante, definitiva, dejó anonadado a Enrique, que, con la boca abierta por la sorpresa, no pudo contestar. Se produjo un largo silencio que interrumpió ella.

—¿Enrique? ¿Estás bien?

No contestó; estaba de pie junto al ventanal, frente a la bahía, con la mirada perdida en las lejanas montañas, y no encontraba unas palabras adecuadas que, en realidad, dudaba pudieran existir.

—¿Enrique? ¿Enrique? —insistió preocupada Bety.

—Sí… —dejó colgada en el aire la palabra, incapaz de añadir nada más.

—Yo… Perdona; no te lo he dicho como lo había imaginado, pero… ya sabes que hay cosas que no soporto. Lo siento, de verdad.

—No te preocupes, lo comprendo. Yo… es que…

No podía concentrarse. Tenía la mente ocupada por la posdata que había leído no hacía ni diez minutos. ¡Artur muerto! ¿Cómo? ¿Cuándo? Recordó la carta y se estremeció al pensar en la clarividencia de su padre, aquel «si me pasara algo». ¡Cuántas veces se habían burlado ambos del mundo de los presentimientos, de lo sobrenatural, de lo desconocido!

—Enrique: sé cómo te sientes. Conozco bien lo que significaba para ti y el amor y la amistad que os unía. Si lo prefieres, llámame más tarde; puedes encontrarme en casa.

—No, no…, cuéntame qué ha ocurrido.

—No se sabe con certeza. Vieron la tienda cerrada por la mañana, aunque no le dieron importancia, pero por la tarde les extrañó un tanto. Samuel Horowitz miró a través del cristal: su cuerpo yacía muerto, encima del viejo altar. Aparentemente había caído desde el piso superior. Llamaron a la Policía. Abrieron la tienda, pero no les permitieron la entrada. Pero Enrique, verás, eso no es lo peor.

Bety se detuvo. No sabía cómo continuar explicándole lo sucedido.

—¿No?

—No. Artur fue asesinado.

—Dios santo —murmuró Enrique, absolutamente desorientado.

Bety no pudo evitar sentir remordimientos por haberle comunicado la noticia de la forma en que lo había hecho. Sabía que, la expusiera de un modo u otro, el resultado final hubiera sido idéntico, porque Enrique quería a su padre adoptivo más de lo que la mayoría de las personas ama a sus verdaderos padres, pero hubiese deseado poder explicarlo de una manera menos violenta, menos dolorosa.

—Puede que sea mejor que te lo cuente en persona —ofreció Bety con la esperanza de poder ser de alguna utilidad.

—Sí, bien; ven si quieres.

—Es el número treinta y seis, ¿verdad?

—Sí.

—Llegaré en, pongamos, veinte minutos. Tranquilízate. Enseguida estoy allí.

Enrique no contestó. Pasaron unos segundos; el sonido de la línea telefónica al comunicar le hizo regresar a la realidad. Acabó de secarse y se vistió con ropa limpia, sencilla. No podía pensar con claridad. Mil ideas diferentes cruzaron su mente en un estallido de descabelladas hipótesis que intentó desechar para verlas sustituidas por otras de inmediato. Abrió una botella de batido de chocolate y se la fue bebiendo tranquilamente sentado en la terracita, deseando que todo fuera un mal sueño, una estúpida pesadilla provocada por el cansancio y su calenturienta imaginación, un simple sueño que expusiera sus más ocultos temores. Pero no estaba dormido. El sol, velado ahora por una fina capa de bruma, no calentaba apenas, pero Enrique era incapaz de percibir la fría caricia del viento del norte.

El timbre de la puerta lo despertó de sus amargas ensoñaciones. Abrió la puerta: Bety estaba allí, tan hermosa como siempre. El mismo largo cabello dorado con el pequeño flequillo sobre la frente; los grandes ojos verdes, apenas maquillados por una pequeña línea destinada a realzarlos, los gruesos labios, el elegante óvalo de su rostro; su morena y suave piel…

Vestía con su elegancia habitual, un traje de chaqueta de alguna buena marca. Cosa en verdad excepcional, llevaba zapatos de tacón, lo que contribuía a hacerla parecer aún más alta de lo que ya era. Fueran cuales fueran las circunstancias, como ya sabía Enrique, parecía radiante.

—Hola, Enrique —acarició con la voz a su anfitrión mientras lo abrazaba.

—Hola —contestó abstraído, envolviendo sin apenas fuerza aquel cuerpo que siempre había encendido su deseo y al que hoy se revelaba indiferente.

—¿Vas a dejarme pasar? —En otro tono, la frase hubiera sido una invitación a la batalla, pero tal y como lo pronunció constituía una cálida y sincera petición de paz.

—Perdona, cómo no. Estoy un poco, no sé…, ido, despistado.

—Toma, sécate las lágrimas —le tendió un pañuelo.

—¿Qué lágrimas? —preguntó, extrañado, Enrique, hasta darse cuenta de que había estado llorando.

De inmediato, Bety se hizo cargo de la situación. Cerró la puerta y acompañó a Enrique hasta el salón donde se sentaron.

—Es un piso precioso —comentó admirativa—. Deben irte muy bien las cosas para poder permitírtelo.

—Bueno, no me van mal. El último libro se vendió mucho, ya sabes. Un éxito de crítica y de ventas.

—¿Lo has decorado tú solo? —preguntó mirando la acumulación de muebles antiguos de buena madera mezclados en perfecto acierto con otros más modernos.

—Sí. Tardé algún tiempo en encontrar lo que buscaba, pero lo hice yo solo.

—Delicado y exquisito. ¿Tienes algo de beber? —Bety deseaba comenzar la verdadera conversación en lugar de perder el tiempo en estas vaguedades pero no sabía cómo hacerlo.

—Sí. Bueno, no. Ya sabes, en la nevera hay zumos, leche, pero nada más.

—Con eso me vale. Es temprano para cualquier otra cosa.

¿Dónde…?

—Aquella puerta —señaló Enrique—. Deja, ya te traigo yo…

—Ni hablar —ordenó imperativa—. Quédate ahí sentado. Enseguida vuelvo.

Dicho y hecho, Bety no tardó en regresar con un vaso repleto de zumo de piña. Mientras hurgaba en la nevera en pos de algún zumo de su agrado, meditó acerca de cómo exponer su deseo de ayudarlo sin encontrar la manera. No le extrañó, pues durante el trayecto desde su casa fue incapaz de encontrar una solución a la manera de exponer sus deseos. Regresó al salón para tomar asiento junto a Enrique y esperó pacientemente a que él tomara la iniciativa.

—Cuéntame cómo ocurrió —dijo por fin.

Bety tomó aire. Había imaginado esa misma escena en varias ocasiones, pero le costó expresar lo sucedido con cierta coherencia. También ella se sentía dolida por lo sucedido y no daba crédito a la violenta muerte de Artur. En realidad, ella lo apreciaba casi tanto como a sus propios padres. Había establecido una relación con él que excedía la formalidad propia entre suegro y nuera, fruto de la especial bonhomía del anticuario.

—No lo sé con certeza. Después de infructuosos intentos de ponerse en contacto contigo, la Policía me localizó, gracias a Samuel Horowitz. Eras el único pariente directo de Artur, y al no encontrarte, Samuel logró contactar conmigo para explicarme lo sucedido. No tenía mi teléfono, pero lo obtuvo por medio de la secretaría de la universidad.

—No, no me hables de eso; cuéntame cómo lo mataron.

—Bien. Samuel fue el primero en ver su cuerpo a través del cristal. La investigación está en marcha y oficialmente no han explicado nada, pero me dijo que había sido golpeado en la cabeza y que le habían clavado un cuchillo en la espalda.

—Joder. ¿Eso es todo? ¿No sabes nada más?

—¿Crees que tienen necesidad de contarle más a la ex mujer de su hijo adoptivo? Me utilizaron para localizarte, nada más.

—Claro, claro, entiendo —dijo, pero no era cierto; en realidad no entendía nada de nada.

Enrique se frotó los ojos: estaban hinchados, y prácticamente se le cerraban a causa del cansancio. Jamás se había sentido tan desorientado. Ni el recuerdo de Bety en aquella noche lejana explicándole que lo abandonaba había sido tan terrible, tan capaz de alterar el orden de su pequeño y perfecto mundo.

—¿Por qué querría alguien matar a un hombre como Artur? —comentó para sí Enrique.

—¿Perdón? —contestó Bety, sorprendida.

—Disculpa, pensaba en voz alta. No entiendo por qué puede alguien querer matar a un anticuario.

—Quién sabe… Quizá para robarle… —aventuró Bety.

—Cualquier ladrón, hasta los de poca monta, sabe que los anticuarios no trabajan con efectivo. Los precios son demasiado altos para llevar encima las cantidades precisas.

—En cualquier caso, debes viajar a Barcelona cuanto antes. El comisario Fornells, que por lo visto era un viejo amigo suyo, es el responsable del caso, y desea hablar contigo. Tú no aparecías y yo no podía viajar. Con todo, ya estaba dispuesta a hacerlo; había anulado las clases en la facultad. Imagínate, en la peor época de año, cuando acaban los seminarios y con los exámenes tan próximos. Incluso tenía billete para el vuelo de esta tarde. Ahora…

—Iré yo. ¿A qué hora es el vuelo?

—A las cinco en punto. ¿Quieres que te acerque? Pareces estar muy cansado, será mejor que no conduzcas hasta el aeropuerto.

—Sí, te lo agradezco. Llevo tres días sin dormir.

—Tienes todo el aspecto de haber estado navegando, ¿no es así?

—En efecto. Y te aseguro que estoy hecho polvo. Y ahora…

—Hay cosas que nunca cambian —contestó con una suave sonrisa Bety—. Si lo deseas, puedo quedarme contigo.

—No, no, no quiero molestarte. Ya has hecho bastante.

—Te equivocas, apenas he hecho nada. Enrique, me imagino cómo debes sentirte. No en vano Artur te educó desde que apenas eras un crío de once años: fue padre, y más tarde, amigo. Yo también le apreciaba. Incluso después de nuestra separación mantuvimos cierto contacto, pues insistió en que lo considerase un amigo, y no sólo un simple pariente tuyo. Te lo digo de corazón: si puedo ayudarte, dímelo.

La oferta era sincera, Enrique no lo dudaba. Sin embargo, un sentimiento de orgullosa frialdad creció en su interior y le impidió solicitar el apoyo que necesitaba a la única persona verdaderamente capaz de dárselo. Su separación no era reciente, pero las heridas que dejara en ambos aún pervivían con la suficiente fuerza para levantar una barrera que Enrique consideraba indestructible.

—No, Bety. Te lo agradezco, pero prefiero estar solo.

—Entiendo —murmuró ella con tristeza para revestirse de inmediato con la disimulada máscara de una jovial compostura—. Bueno, en ese caso, será mejor que aproveche el tiempo. Pasaré a recogerte sobre las tres y media. Yo me ocuparé del cambio de nombre del billete con la agencia.

Enrique se levantó para acompañarla al recibidor, pero ella se negó.

—Ni se te ocurra —lo detuvo poniendo las manos sobre sus hombros—. Descansa, recupera fuerzas; en los próximos días serán necesarias.

Bety se fue. Su rechazo le había dolido, y una parte de él, malévola, se alegró de ello, mientras la otra, adormecida por el cansancio y el dolor, prefirió ignorarlo antes que enfrentarse a la realidad: todavía, años después, la seguía queriendo incluso más que al principio.

Bety apareció con su acostumbrada puntualidad: a las tres y media en punto estaba debajo de la casa de Enrique. Dos rápidos bocinazos le confirmaron su presencia a Enrique, quien, desde la ventana, le hizo un gesto para confirmar que la había oído;

instantes después, apareció por el portal con una gran bolsa de viaje. Bety abrió la puerta del acompañante, Enrique introdujo la bolsa en la parte de atrás, después se sentó junto a ella.

—¿Qué tal? —quiso saber Bety.

—Mal; me tumbé un rato en la cama con intención de dormir, pero no lo conseguí. Estoy demasiado cansado y tengo los músculos agarrotados.

—Ponte el cinturón —le señaló Bety.

—Sabes que no me gusta.

—Sé que no te gusta, pero éste es mi coche, así que no discutas. Venga, Enrique, ¿por qué tienes que pasarte la vida discutiendo cada cosa que digo o hago? ¡Sabes que cuando conduzco me gusta que mis acompañantes lleven puesto el cinturón y aún te empeñas en discutir! ¿Tanto te cuesta ceder en semejante tontería?

—No, no me cuesta —concedió Enrique, consciente de lo inapropiado del momento—. Tienes razón. —Se ajustó el cinturón en un momento—. Bety, perdona: no estoy en mi mejor momento. Había acabado mi nuevo libro, llevaba tres días de buena y difícil navegación, me sentía en paz conmigo mismo, y no podía esperar que sucediera algo semejante. Sólo deseaba meterme en la cama y dormir como un lirón veinticuatro horas consecutivas.

—Está bien, no hay problema. Vamos algo justos de tiempo, así que iremos por la autopista.

Apenas hablaron durante el trayecto. Bety, para distraer a Enrique, intentó que le hablara de su novela, pero él no tenía ganas. Condujo en silencio; Enrique abrió la guantera en busca de algunos cedés. Uno de ellos, de boleros, se lo había grabado él hacía tiempo, poco antes de su separación. Lo deslizó en el interior del aparato y lo puso en marcha; perdido en sus pensamientos, no recordó que, con esas canciones como fondo musical, se habían besado por vez primera. De hecho no le sorprendió que Bety lo conservara; él hubiera sido incapaz de hacerlo, pero ella era lo suficientemente pragmática para no hacer caso a semejantes minucias.

Aparcó frente a la misma entrada del aeropuerto; tenía el don de encontrar siempre un hueco en el punto más cercano a su destino. Acudieron a las ventanillas de la compañía Iberia, donde procedieron a confirmar el cambio nombre del pasajero que constaba en el billete. Pidieron un café en el bar a la espera de que anunciaran el embarque.

—El comisario Fornells me dijo que debía hablar contigo cuanto antes. Éste es el teléfono —y le acercó un pequeño papel donde constaba el número— de la comisaría. ¿Dónde te alojarás? Quiero tenerte localizable, Enrique. No quisiera faltar al funeral, pero me temo que será realmente difícil abandonar la cátedra en este preciso momento.

—Aún no lo he decidido. Quisiera ir a la casa de Vallvidrera, pero puede que no lo soporte. Ya veré cuando llegue allí.

—Quiero que me llames al móvil o a casa y me tengas informada de todo lo que ocurra.

—Cuenta con ello. Espero que Fornells tenga alguna pista, algún indicio que le permita investigar; ya te contaré.

El altavoz del aeropuerto indicó que había llegado el momento de realizar el embarque. Apuraron los cafés y se acercaron a la primera de las dos únicas puertas de embarque que tenía el pequeño aeropuerto de Hondarribia.

—Bueno, que te vaya bien —se despidió Bety—. Sobre todo, llámame.

—Gracias por traerme. Lo haré.

Se miraron a los ojos. Bety, en un gesto espontáneo, le besó en la mejilla; Enrique no recordaba cuánto tiempo llevaba sin sentir la caricia de aquellos gordezuelos labios en su piel, y no pudo evitar evocar tiempos más felices. Con un saludo de la mano, Bety se despidió definitivamente mientras Enrique caminaba hacia el avión.

3

El viaje a Barcelona transcurrió con toda normalidad: continuaba el buen tiempo, y al cabo de apenas cincuenta minutos el avión aterrizó en el aeropuerto del Prat. Enrique se detuvo el tiempo preciso para alquilar un coche; si deseaba moverse con independencia por una gran ciudad como Barcelona resultaba indispensable. Antes de recogerlo decidió telefonear a la comisaría del Raval para hablar con Fornells; le contestaron que en ese momento no se encontraba allí, pero que no tardaría en hacer acto de presencia. Dejó un recado a su interlocutor: debían comunicarle al comisario que había llegado a Barcelona y que, en breve, pasaría por la comisaría. Después, en el pequeño utilitario alquilado, se encaminó a la ciudad.

Como cada vez que regresaba a su ciudad —porque así la consideraba, pese a los años de ausencia—, nació en su interior un sentimiento difícil de analizar. Se mezclaba la añoranza, el deseo de regreso, y el alivio de no pertenecer a aquella ciudad. Ese sentimiento lo había acompañado durante años y años, ajeno a la duración y el destino de sus viajes, y se mantenía con el mismo vigor e intensidad que el primer día de ausencia. No en vano Barcelona había sido su hogar durante veintisiete años, y de esos veintisiete, la había tenido dieciséis a sus pies. Y hoy retornaba con un vacío en su corazón, pues en todos y cada uno de sus viajes cumplía, con el mismo rigor con el que las personas religiosas cumplen los preceptos de sus religiones, con una visita obligada pero feliz a aquel que fue primero su padrino y que más tarde, y durante dieciséis años, ejerció la función de sus difuntos padres. Así, su perenne morriña se vio en esta ocasión complementada con la amarga pena de la ausencia.

Condujo con calma. No debido a los radares que infestaban la carretera, lo hizo por la incómoda sensación de llegar a tu casa sabiendo que va a faltar algo muy importante, una ausencia definitiva con la que no deseas enfrentarte, y que intentas en vano dilatar. Entró en la ciudad por el cinturón litoral, que desemboca en el puerto para acceder por la parte baja de las Ramblas. No tardó en alcanzar la comisaría aparcando frente a la puerta.

La comisaría ocupaba tres grandes pisos de la que, a principios de siglo, fuera una de las casas más señaladas del más importante barrio de Barcelona, entrada noble hoy llena de desconches caracterizada por sus techos de tres metros de altura. La presencia en las proximidades de una universidad privada y de algunas facultades de la universidad pública contribuía a combatir la laxitud eterna propia de los antiguos barrios portuarios. Sin embargo, todavía quedaban restos de los viejos marineros, quizá nostálgicos, puede que tozudos, o simplemente demasiado viejos o cansados para buscar nuevos puertos donde atracar sus desvencijados cuerpos. Por ello, la comisaría no era un hervidero de actividad como en los viejos tiempos, pero todos los inspectores tenían acumulados en sus mesas los suficientes casos para cubrir varios meses de duro trabajo. Preguntó a uno cualquiera de ellos por el despacho de Fornells; obtuvo por toda respuesta un dedo índice señalando una habitación en el extremo interior del piso. Antes de llamar a la puerta, una voz de barítono le detuvo.

—No se moleste, aún no ha llegado.

Se trataba de un hombre joven, atlético, de apenas veinticinco años, impecablemente vestido en comparación con el resto de sus compañeros.

—Usted es Alonso, el escritor, ¿no es así?

—Sí, soy yo.

—Permítame que me presente: soy Joan Rodríguez, inspector. Colaboro con Fornells en el caso del asesinato de su padre.

—Encantado. —Enrique le tendió la mano mecánicamente y se la estrechó sin apenas fuerza.

—Fornells debe de estar a punto de llegar. Tenía una reunión de coordinación con el responsable de los *mossos* de la zona, pero me ha llamado no hace ni cinco minutos para decirme que venía para acá. Si le parece, pasemos a su despacho —dijo, y abrió la puerta.

Enrique pasó junto al inspector y aprovechó la ocasión para confirmar su primera impresión: debía pertenecer a una de las últimas promociones de los *mossos*. Su aspecto y su apostura mostraban a un individuo más próximo a un modelo fotográfico que a un policía. Sus equilibrados y armoniosos rasgos transmitían un estilo y una manera de actuar absolutamente positiva, plena de seguridad en sí mismo. Si Fornells tenía en él la suficiente confianza para confiarle un caso como el de la muerte de Artur pese a su evidente juventud debía ser un profesional muy válido. Rodríguez se acomodó junto a él, en la silla que quedaba libre frente al escritorio.

—Estoy a su disposición para cualquier cosa que desee saber, pero antes quisiera decirle que soy un apasionado lector de su obra.

—Se lo agradezco.

Enrique respondió con la automática educación y respeto que siempre sentía por los compradores de sus libros, respeto matizado en este caso por la ruptura que suponía con la imagen clásica de un policía y que servía para corroborar definitivamente su impresión sobre Rodríguez.

—Me gustó muchísimo *Crónica de un amor inexistente*, pero prefiero el mundo de la fantasía; me encantó *Tierra de sueño*. Yo quisiera…

—Si lo desea puedo dedicárselos.

—No quisiera molestarle, entiendo que no es el mejor momento.

—No se preocupe, faltaría más.

—Ya se los traeré, es usted muy amable. Pero perdone la digresión literaria; estoy a su disposición. Si lo desea puedo ponerle en antecedentes acerca de lo ocurrido.

—Bien, en realidad no sé absolutamente nada. Mi ex mujer me localizó por casualidad esta mañana, y me explicó que Artur había sido asesinado, pero no mucho más.

—Yo mismo le telefoneé en varias ocasiones, pero no logré encontrarle pese a llamar a horas muy diversas.

—Estaba en alta mar, con un pequeño yate.

—Ahora lo comprendo. Bien, si le parece, puedo hacerle un breve resumen de lo ocurrido y de lo que sabemos hasta el momento.

—Por favor —invitó Enrique.

Rodríguez extrajo una pequeña agenda de notas del bolsillo de la americana y, tras pasar algunas páginas, desgranó los hechos con una frialdad propia de un policía veterano y que contrastaba con su aire de novato.

—La autopsia confirma que la muerte acaeció la noche del domingo al lunes alrededor de las doce y media. Su padrino estaba en la tienda por motivos desconocidos, aunque parece probable, según la información obtenida por diversos colegas suyos, a saber —consultó unas notas—, Samuel Horowitz, Guillem Cardús y Enric Torner, con los que estuvo tomando un café la tarde del viernes, que estuviera clasificando lo que llamaron un lote. —Rodríguez se detuvo, como esperando confirmación para continuar tras emplear aquella palabra específica del mundo de los anticuarios.

—Siga, por favor.

—No es un relato agradable.

—Lo imagino, pero quisiera conocer los detalles.

—En ese momento, alguien entró en la tienda, aunque no hemos encontrado señales de violencia en puerta o persianas. Eso, en primera instancia, podía indicar que su padre conociera al agresor, aunque no tenemos una absoluta certeza de ello; si estaba trabajando bien pudo quedarse dormido, y al estar la puerta abierta, un atracador habría podido entrar en silencio. Ante el ruido, su padre se habría despertado, y después... Golpeó en tres ocasiones a su padre con un pisapapeles de mármol en el cráneo. A resultas de uno de los golpes, cayó desde lo alto de su estudio sobre un altar situado en la planta baja de la tienda. Allí, el desconocido le clavó un abrecartas que se abrió paso por la espalda hasta el corazón: la muerte fue instantánea.

—Es increíble —murmuró Enrique, impresionado.

—Sí, la muerte es algo terrible —reflexionó en voz alta Rodríguez—. Y la de aquellos que mueren con violencia, todavía peor. ¿Se encuentra bien? —preguntó Rodríguez al percibir la lividez del rostro de Enrique.

Enrique había ocultado la cara entre sus manos. Conocer cómo se había producido la muerte de Artur no resultó nada agradable y se sentía realmente muy afectado. Su imaginación concitó la imagen del cuerpo de Artur tumbado sobre el altar, rodeado por un charco de sangre. Se sintió palidecer. Nunca en su vida se había enfrentado a una situación semejante, ni siquiera desde la perspectiva literaria. Lo más cercano que le podían recordar esta situación eran las imágenes de las series televisivas y las películas de intriga. Desde ahora, la distancia de la ignorancia iba a verse convertida en la náusea de la proximidad.

—Perdone —se excusó—, pero es que aún no me hago a la idea...

—No se preocupe, es muy comprensible. ¿Quiere un vaso de agua? ¿Un café? —preguntó, solícito, el inspector.

—Un café, por favor.

—Enseguida se lo traigo. —Salió de la habitación. No tardó en regresar ni un minuto con una taza de loza con un espeso y humeante café. Enrique tomó varios sorbos con intranquilidad.

—¿Quién pudo hacerlo? ¿Y por qué?

—Estamos trabajando en ello.

—¿Puedo saberlo o es secreto de investigación?

—Normalmente no se lo diríamos, pero Fornells les conocía a usted y a su padre, por eso insistió en llevar personalmente la investigación, y me dijo que le explicara lo fundamental. De momento, tenemos tres líneas de investigación: la primera se ocupa de los chorizos y delincuentes habituales del Raval, sin olvidar a los de otros barrios. Pudo tratarse de un atraco que acabó de manera inesperada. No lo creemos muy probable, pero tampoco se puede descartar. Interrogamos a los chorizos de la zona, pero lo cierto es que son lo suficiente inteligentes para no agredir a las personas. Además, Artur, por así decirlo, era del barrio, y en estos casos suele mantenerse cierta proximidad que les impide tomarse libertades con posibles conocidos. También podría tratarse de un drogadicto. Un colgado en pleno viaje pierde los nervios con facilidad y se convierte en imprevisible.

»La segunda posibilidad es que se trate de, como lo diría, un escarmiento propio de un grupo mafioso. Su padre había solicitado la colaboración del comisario en cierta investigación cuyos detalles no vienen, de momento, al caso, y su muerte podía encuadrarse en una acción de ese estilo destinada a disuadir a aquellos que meten sus narices donde no deben. Pero, siendo realistas, tampoco lo creemos demasiado probable: en el caso de que existiera algo poco limpio detrás de estos asuntos lo menos probable fuera que llamaran la atención con una acción semejante. Es una línea en la que, sin embargo, trabajamos a fondo. Y queda la tercera, también considerada interesante. Pensamos que…

—Que puede tratarse de algún asunto que hasta el momento desconocemos por completo y en el que esté involucrado algún conocido del pobre Artur —intervino un nuevo personaje que acababa de entrar en el despacho—. Eso podría explicar que el asesino penetrase sin violencia en la tienda, que le robase las llaves de su casa y que se entretuviese allí toda la noche revolviéndola de arriba a abajo, cosa que hubieran podido hacer los chorizos y los mafiosos, pero que no se encuadra de ningún modo en su manera habitual de actuar. Demasiado peligroso.

La puerta se había abierto para dar paso al comisario Fornells, que concluyó al vuelo la frase de su subordinado. Fornells era un hombre bajo y bastante grueso, casi completamente calvo, con unos alargados pelillos que cruzaban su cráneo de un lado al otro en un vano e imposible intento de cubrir un cuero cabelludo huérfano. Vestía con vaqueros descoloridos, camisa de cuadros de mercadillo y una cazadora de cuero negro pasada de moda. Los colorados mofletes y unas llamativas venillas rojizas que se entrecruzaban en su nariz formando un tapiz complejo indicaban que gustaba de trasegar generosas cantidades de vino. Llevaba unas gafas metálicas propias de los años setenta y aspiraba con fuerza el humo de un grueso puro habano. Para cualquier observador representaba la típica imagen de un viejo detective anclado en un pasado de infausto recuerdo pero quizá mejor que un presente desmañado y fuera de su comprensión.

El inspector Rodríguez y Enrique se levantaron de inmediato. Fornells se aproximó a Enrique y le tendió la mano.

—Lo siento, Enrique. Ha pasado mucho tiempo y no es agradable volver a verte en semejantes circunstancias. ¿Cómo estás?

—Es cierto, Fornells, han pasado al menos, ¿siete años? En cuanto a cómo estoy, pues bueno, la verdad: desorientado, confuso y, por qué no decirlo, bastante destrozado.

—Con motivo. A juzgar por lo que he escuchado, veo que Rodríguez te ha puesto al corriente de casi todo. Iré al grano: ¿hay alguna posibilidad de que conozcas algo que Artur te hubiera contado y que nosotros no sepamos? ¿Algún asunto personal o profesional que sólo te hubiera confiado a ti?

Enrique meditó unos instantes. Su última carta no dejaba lugar a dudas: había descubierto algo muy importante, e incluso había llegado a sentir un desagradable presentimiento que se reveló como cierto. ¿Y si alguien hubiera tenido acceso al descubrimiento de Artur y lo deseara para sí? En ese caso se explicaría que registrasen la casa de Vallvidrera: buscaban datos sobre su descubrimiento, pero no podrían encontrarlos porque Artur, prudente, los había escondido. Y revelar ese dato a la Policía supondría perder de vista la documentación precisa para encontrar «lo-que-fuera». Pero no, no podía ser. ¿Matar a Artur para robarle un descubrimiento desconocido? ¡Era ridículo! Semejantes idioteces no pasaban más que en la literatura barata de aeropuerto. Por fin, consciente de que los dos policías esperaban su respuesta, se decidió a contestar.

—No, no creo. En su última carta me hablaba de la ayuda que te había pedido respecto a la proliferación de nuevas tiendas de antigüedades, pero me comentó que, de momento, vuestra investigación no había dado resultado.

—¿Tiene aquí esa carta? —preguntó Rodríguez.

—No, no la tengo —contestó Enrique tragando saliva y sintiendo que su mentira era a todas luces conocida por ambos policías—. Lo siento.

—Haz memoria, Enrique. Puede que conozcas algún detalle que para ti resulte en apariencia intrascendente, pero que para nosotros tenga importancia. Haz memoria: piensa en algo anormal, incluso algo trivial, pero que te llamara la atención.

—Fornells, me ha parecido entender que pudiera tratarse de alguna persona que lo conociera.

—Sí, es una posibilidad —explicó el inspector—. El asesino actuó en el estudio, y no hay señales de violencia en el resto de la tienda; ni puertas ni cerraduras forzadas. Si se tratase de un conocido se explicaría que estuvieran juntos a unas horas poco habituales y en el estudio de Artur. Pero yo, que conocía bien a tu padre aunque nos viéramos poco, no tengo noticias de la existencia de nadie que pudiera guardarle el suficiente rencor como para matarle. En realidad, no creo que haya ni una sola persona capaz de guardarle rencor de ningún tipo. Sus compañeros de trabajo lo apreciaban muchísimo: era una buena persona, sencilla, incapaz de hacer daño a una mosca. Por eso creemos más probable que se trate de la opción del grupo mafioso o de un móvil económico. Te lo contaré, aunque parece que ya lo sabes: Artur quería desenmascarar las actividades de blanqueo ocultas bajo la apariencia de respetables comercios, y eso puede haber molestado a los promotores, por así llamarlos.

—Es la principal línea de investigación, aunque, la verdad, no encaja con sus maneras de solucionar estos asuntos —intervino Rodríguez—. Ponerse en evidencia de semejante manera contradice su línea de actuación. Por eso pensamos que pudiera existir otra causa, otro motivo, que por el momento desconocemos.

—En su carta comentó que habían solicitado la colaboración de la Brigada de Delitos Económicos.

—En eso estamos, pero de momento sin resultados. Los procesos de investigación son lentos, incluso demasiado lentos. Y mientras los de económicos no nos amplíen la información no es mucho lo que podemos hacer en este sentido.

—Comprendo —repuso Enrique—. Fornells, ¿dónde está… su cuerpo?

—En el depósito de cadáveres. Al ser una muerte violenta tuvimos que realizar una autopsia, y como su único pariente vivo eres tú, nadie ha reclamado el cuerpo a la espera de localizarte.

—¿Es posible enterrarlo pronto?

—Sí; de hecho basta con firmar un par de documentos para que puedas retirar el cuerpo.

—Quisiera hacerlo cuanto antes, incluso mañana mismo.

—Ten en cuenta que Artur era una persona muy conocida en los ambientes culturales de la ciudad. Serán muchos los que quieran darle un último adiós.

—Artur trasladó los restos de sus familiares a un panteón

que adquirió hace años en el cementerio de Montjuïc. Desearía poder realizar una ceremonia lo más íntima posible allí mismo.

—Yo podría facilitarle los trámites en Pompas Fúnebres y el cementerio —ofreció Rodríguez—. Déjelo en mis manos: me ocuparé de los temas administrativos: esquelas, documentos…

—Es usted muy amable; se lo agradezco.

—No es necesario. Son trámites desagradables, y puedo evitárselos sin problemas. Con su permiso voy a prepararlo todo —dijo, y abandonó la habitación.

—Rodríguez es un tipo espabilado, y ha logrado tantos contactos en seis meses como los que he conseguido yo en cuarenta años. Lo hará bien, no te preocupes. Ahora dime, Enrique: ¿dónde piensas alojarte?

—No lo tengo muy claro. Pensé que lo adecuado sería hacerlo en Vallvidrera, pero su recuerdo estará tan presente que quizá no pueda soportarlo. Y si además registraron la casa…

—Tuve a dos inspectores recogiendo huellas el lunes y el martes. Tuvieron órdenes de ser cuidadosos. No encontraron nada significativo y recogí lo que pude en compañía de Samuel Horowitz para que no te causara una impresión demasiado desagradable si deseabas alojarte allí. Verás, es algo extraño: quienquiera que fuese su asesino la revolvió de arriba a abajo, como si estuviera buscando algo. No encontrarás nada en su sitio, pero…

—¿Buscando algo en particular? —la pregunta surgió de sus labios de manera espontánea.

—Eso he dicho, como si estuviera buscando algo, pero también pudieron hacerlo para confundir y dificultar nuestra labor. En cualquier caso, fue un registro concienzudo, que debió durar dos o tres horas. Según Samuel no ha desaparecido nada de valor que él conozca, y como era un habitual de la casa damos crédito a su palabra. Si notaras la falta de cualquier objeto, avísame de inmediato.

Enrique suspiró. Todo aquello le estaba sobrepasando por

momentos. Se revolvió en su asiento y tomó una decisión inesperada, decidido a salir de allí fuera como fuera.

—Está bien. Más tarde o más temprano tendría que ir, así que tanto da.

Fornells extrajo dos juegos de llaves de uno de los cajones de su escritorio y se los entregó a Enrique.

—El asesino utilizó el juego de llaves de Artur y luego las abandonó en la puerta. Por precaución debieras sustituir alguna de las cerraduras.

—Lo tendré en cuenta.

—¿Cómo has venido desde el aeropuerto?

—Alquilé un coche.

—Artur tenía el suyo en la plaza de aparcamiento de siempre, en el Carrer Hospital. Puedes disponer de él.

—Lo haré —suspiró con fuerza—. Mañana arreglaré las cosas.

—Bien. Escucha otra cosa, antes de que lo olvide: tienes que ponerte en contacto con, a ver si lo encuentro —y después de buscar en los bolsillos de su pantalón extrajo una arrugada tarjeta que le tendió a Enrique—, el bufete Santfeliu. Está relacionado con el testamento. También tengo un recado de Samuel Horowitz: quiere hablar contigo cuanto antes.

Enrique sintió cómo se le humedecían los ojos. Notaría, testamento, autopsia, cadáver, entierro: aquellas palabras conspiraban para envolverlo en un halo de incomprensión que amenazaba con hacer estallar su mente si no escapaba de aquella habitación.

—Les telefonearé mañana. Fornells, si no necesita nada más, me gustaría marcharme.

—Claro, cómo no. ¿Cuánto tiempo piensas quedarte en Barcelona?

—No lo tengo muy claro, pero supongo que, cuando menos, tendré que estar un par de semanas.

—Te tendré informado de las novedades. Y si por casualidad recordaras algo que pudiera estar relacionado con el asunto, llámame de inmediato. Aquí tienes mi tarjeta, con el número de este maldito móvil que me han obligado a llevar.

—Así lo haré. Nos vemos, Fornells.

—Mañana por la tarde, Enrique.

No tardó demasiado en cruzar la ciudad para tomar la carretera que une la metrópoli con el relativo paraíso que es Vallvidrera. Remontó la ciudad por las calles recién iluminadas recordando que la noche, en primavera, llegaba de improviso, dejando paso a una noche repentina y acerada. Los entrantes y salientes del serpenteante cinturón de asfalto sobre el que se deslizaba la Carretera de l´Arrabassada le hubieran permitido, en otra ocasión más propicia, gozar con el espectáculo de una ciudad preparándose para la noche en cualquiera de los múltiples miradores donde las parejas de jóvenes sin cama propia utilizaban sus automóviles como tristes remedos de lechos inexistentes, pero Enrique no estaba de un humor que le permitiera disfrutar de aquellos singulares placeres visuales. Aparcó cerca de la casita de su padre y dudó unos instantes antes de introducir la llave en la cerradura de la casa. En cierto modo, y aunque en buena ley pudiera considerar que aquella era su casa y que, por tanto, nada malo había en ello, lo consideraba una especie de profanación. Abrió la puerta con prudencia y encendió la luz del recibidor.

En efecto, la casa mostraba claros signos de haber sido revuelta de arriba a abajo. La intervención de Fornells y Samuel Horowitz había servido para despejar el suelo de todo tipo de objetos, pero no para restablecer el típico y meticuloso orden que tanto amara en vida Artur. Sobre las mesas y estanterías se acumulaban montañas de libros, papeles, y objetos de decoración, en su mayor parte antigüedades de cierto valor. Era un panorama desolador que se extendía por el resto de las habitaciones. Quienquiera que lo hubiera hecho no había olvidado un solo rincón de la casa.

Enrique pasó un par de horas ordenando las habitaciones conforme a la disposición escogida por Artur. Cuando hubo restablecido cierta normalidad recordó que debía telefonear a Bety, pero las llamadas tendrían que esperar un día más, pues además de ser ya muy tarde, no se encontraba con el ánimo preciso para dar explicaciones. Preparó algo de comida del bien provisto refrigerador de su padre y abrió las puertas correderas del mirador para cenar con la ciudad a sus pies. Después se dio una rápida ducha para refrescarse antes de dormir, pero el agua caliente, casi hirviendo, en lugar de contribuir a relajarle surtió el efecto contrario: le despejó por completo, y acosado por el omnipresente recuerdo de Artur en todos y cada uno de los rincones de la casa se acomodó en el estudio dispuesto a dejar pasar las horas. Repasó la carta aunque no era necesario: sus últimos párrafos estaban perfectamente grabados en su memoria. Las llaves que le dio Fornells incluían el juego correspondiente a la tienda, y allí esperaba encontrar el *Exercicio de Perfección*. Por un momento sintió el impulso de regresar a Barcelona y buscar de inmediato el libro en cuestión, pero se contuvo. Se sentía cansado, agotado; en realidad estaba más allá del cansancio, se sentía destrozado, vencido, humillado por una vida miserable que se empeñaba en dejarlo solo: sus padres, su mujer, su padre adoptivo, todos aquellos que significaban algo para él acababan por alejarse. Además, la mañana siguiente sería pródiga en momentos desagradables, y ya tendría tiempo para investigar más tarde. Desvelado, invadido por una nostalgia avasalladora que por desgracia ya conoció en otros momentos de su vida y que había acabado por hacerse en parte compañera de su viaje vital, prefirió ojear los álbumes de fotos: contenían numerosas escenas de la vida de Artur, y de paso, de la suya propia. Omitió aquellas en las que aparecía Artur en ese momento en que la primera vejez avisa de su llegada. No se detuvo hasta llegar a aquellas en las que aparecía junto a sus verdaderos padres el día de su boda. ¡Cuántas veces habría ojeado aquellas mismas fotos cuando era un crío! Su madre, tan guapa y elegante; su padre, con tanta presencia. Después, puntualmente, Enrique aparecía en diversas ocasiones: bautizo, cumpleaños, primera comunión, celebraciones familiares… hasta llegar al maldito día en que sus padres murieron en un estúpido accidente de coche. Las siguientes fotos recogían a Enrique en casa de su padrino, convertido ahora en mucho más que eso: tutor legal y padre efectivo y afectivo, encargado de cuidar, proteger y educar al que fuera hijo de su mejor amigo, su ahijado.

Aquellos años no resultaron fáciles. Enrique tardó en adaptarse al nuevo ambiente, y para un solterón como Artur tampoco resultó sencillo cuidar correctamente de un niño desorientado por la terrible pérdida de sus progenitores, pero la buena voluntad de ambos acabó por crear una perfecta coordinación. Enrique encontró un nuevo padre, y Artur el hijo que jamás había tenido.

Más y más fotos: algunos viajes, fotos con amigos y amigas, primeras novias, licenciatura, todo estaba allí. Y siempre, junto a él, Artur, velando porque Enrique siguiera el buen camino. Fotos de su boda: Bety, preciosa, una auténtica princesa de cuento de hadas, acompañada al altar por Artur, vestido con un chaqué impecable. En otras, los tres juntos de excursión por la Costa Brava. Ahora unas tomadas en su casa, en San Sebastián, antes de la separación. Y la última, de un año atrás, justo cuando Enrique compró el piso de Igueldo. A Artur no le apetecía viajar hasta San Sebastián, pero los muchos ruegos de su hijo acabaron por convencerle y no se arrepintió del viaje: valía la pena poder disfrutar con aquella vista sin igual. Ya no había ninguna más. El álbum contenía otras cuatro o cinco páginas, pero estaban en blanco, como su propio corazón.

Por la terraza entraba una suave y delicada brisa, demasiado fresca para ignorarla. Corrió los cortinones, apagó la luz de la sala y retornó, después de mucho tiempo, a la que fuera su habitación. Se tumbó en la cama, sus huesos se revelaron al no recordarla ya como propia, y no sin dar una y mil vueltas, logró dormirse y descansar unas pocas horas en un inquieto duermevela.

La mañana siguiente transcurrió como en un sueño. Enrique tuvo muchas cosas que atender: llamada a Rodríguez para confirmar los detalles administrativos; llamada a Samuel para que se encargase de la ceremonia en el cementerio, diversos recados a sus amigos barceloneses... Después entregó el coche de alquiler en uno de los concesionarios de la ciudad y recogió el de Artur en el aparcamiento del Carrer Hospital.

La visita a la notaría resultó especialmente desagradable por lo psicológicamente definitiva que le resultó: si las actividades matinales poseían ese grado de intangibilidad propia de los sueños, los abogados, con su inconfundible pragmatismo, lograron que retornara al mundo real. Le comunicaron que era el heredero universal de sus bienes, si excluíamos diversos legados destinados a Bety, a varios amigos personales como, por ejemplo, Samuel, y a diversas obras de caridad. Después de leer las cláusulas referidas a terceras personas, llegó el momento de la sorpresa: la cuantía de los bienes de Artur se elevaba a la sorprendente cifra de un millón de euros, casi ciento setenta millones de las antiguas pesetas. Se quedó perplejo ante semejante cantidad. Sabía que el negocio llevaba años proporcionando bastante dinero, pero no imaginaba que pudiera ser tanto. Heredar le suponía despreocuparse de la hipoteca del piso de Igueldo, además de recibir como propiedad la casa de Vallvidrera, con un valor próximo a los cien millones de pesetas, y una colección de antigüedades aseguradas por un mínimo de otros cuarenta. A las cantidades mencionadas debía descontarse el impuesto de sucesiones y donaciones, cuya cuantía dependía de determinadas variables, pero que podía situarse alrededor de un veinticinco o treinta por ciento del total. Sin duda, demasiado para cualquier persona normal con gustos sencillos como los suyos. Los abogados se ofrecieron para realizar el papeleo necesario. Aún aturdido por lo inesperado de aquellas cantidades abandonó el despacho, sumido en sensaciones contradictorias.

Si desagradable resultó la visita al notario, de terrorífica pudo calificarse la del tanatorio. Rodríguez, tal y como dijera, lo había preparado todo. Enrique no tuvo más que firmar un par de documentos. Quiso ver el cadáver; Rodríguez le recomendó que no lo hiciera, ya que la agresión, la autopsia y los días transcurridos desde el asesinato no lo hacían recomendable. Insistió y se lo permitieron, aunque Rodríguez tenía razón: resultó mucho más que desagradable, pero no por los destrozos realizados sobre su cuerpo, pobre carne ahora inerte. No era lo físico lo cruel, no, lo cruel sería su eterna ausencia. Le confirmaron que el traslado del cuerpo al cementerio sería a las cuatro y media, de manera que la ceremonia comenzaría a las cinco. Después se fue a hablar con Samuel.

En la tienda de Samuel estaban congregados parte de los anticuarios del Carrer de la Palla en una reunión espontánea, entre ellos Guillem y Enric. Mariola Puigventós, la socia de Samuel e hija del presidente del gremio, seguía ausente en Madrid. Los anticuarios recibieron a Enrique con muestras de sincero pesar, que éste agradeció de corazón. Regresaron a sus negocios y permitieron que Enrique tuviera una larga conversación con el que fuera mejor amigo de su padrino a lo largo de veinte años. Samuel expuso la ceremonia que había ideado, un sencillo discurso de despedida para los más íntimos y se ofreció a acompañarlo a la tienda de Artur, pero Enrique contestó que prefería no entrar allí hasta que su cuerpo hubiera sido enterrado. Siguiendo un repentino impulso, decidió abandonar la compañía de Samuel. Quería estar solo. Quedaron en ir juntos al cementerio; Enrique recogería al anciano a las cuatro y media.

En el cementerio de Montjuïc se dieron cita diversas personalidades de la vida cultural de la ciudad: políticos, poetas, la plana mayor del gremio de anticuarios, dueños de diversos negocios de los alrededores, como las galerías de arte del Carrer Petritxol, y una variada representación de los estrafalarios personajes propios del peculiar ambiente de la Plaça del Pi, que tanto se habían relacionado con Artur. Frente al panteón de los

Aiguader, el ataúd esperaba rodeado por varias coronas de flores. Los asistentes estaban sentados en los bancos dispuestos frente a la entrada del panteón. Samuel inició la ceremonia con una glosa acerca del carácter y la vida de Artur con sencillez pero con una no disimulada emoción que acabó por contagiar a todos los presentes. Artur, no cabía duda, era una persona muy querida en su entorno. Finalizada su intervención, Samuel cedió la palabra a Enrique, quien únicamente agradeció la presencia de los asistentes. Hubiera deseado decir algo más, algo brillante, algo literario, pero se sintió sin fuerzas para ello. Los operarios de las pompas fúnebres introdujeron el ataúd en el panteón. Cuando salieron, al cerrar la puerta, una congoja indescriptible estremeció el alma de Enrique.

Era el adiós definitivo.

Los asistentes a la ceremonia se dispersaron con lentitud, entre condolencias a Enrique y las conversaciones propias de aquellos que no se ven en mucho tiempo y coinciden en situaciones semejantes. Fornells fue el penúltimo en despedirse. Por último, Samuel y Enrique se quedaron solos, frente al panteón.

—Quiero darte las gracias, Samuel. Tu discurso ha sido excelente, comedido y sincero. Sé que a él le hubiera encantado.

Samuel negó con la cabeza antes de contestar.

—Sí, es probable… —Dejó la frase abierta unos segundos antes de seguir hablando—. Enrique, escucha, quiero decirte una cosa: a todos nos llega el momento, antes o después, y todo lo que nos queda es saber que aquellos a quienes educamos andan bien encauzados en la vida, andando por ella con firmeza. Te diré que jamás hubo un hombre más orgulloso de un hijo que él de ti, te lo aseguro. Y ahora vamos, muchacho, ya es hora de dejar este lugar.

—Tienes razón. —Anduvieron hacia la salida cogidos de los brazos—. Aquí queda una importante parte de mi vida, pero fue el mismo Artur el que me enseñó, tras la muerte de mis padres, que debemos mirar hacia el futuro.

—Eso está bien; así ha de ser. La muerte es parte integrante de la vida y son muchos los que se quedan en el camino mientras los demás continuamos en él. Debemos vivir con su recuerdo, hacer que su memoria siga viva en nuestras mentes, pues ése es el mejor homenaje que podemos ofrecerles, pero sin ahogarnos en el pesar ni obsesionarnos con lo irremediable de las cosas.

Más tarde, Enrique estacionó el coche en su aparcamiento habitual. Anduvieron por las Ramblas en dirección al mar hasta detenerse en el Pla de la Boqueria. Se detuvieron frente a la puerta de la tienda de Artur.

—¿Por qué lo harían? —preguntó Enrique—. No lo puedo comprender.

—Ni tú ni nadie —confirmó Samuel con un gesto de indiferente incredulidad—. Esperemos que la Policía atrape al asesino cuanto antes. Y, Enrique…

—¿Sí?

—No creo que sea el momento oportuno, pero quería planteártelo cuanto antes, porque supongo que tendrás que volver a tu casa. Imagino que no desearás seguir en el negocio de tu padre, tu mundo es la literatura. Bien, quiero que sepas que si decides liquidar el contenido de la tienda estoy dispuesto a adquirirlo a un precio razonable. Incluso me atrevería a comprar el local. Tómate el tiempo preciso para contestarme.

—Te lo agradezco. Supongo que acabaré por venderlo todo, pero de momento me veo incapaz de hacerlo. Te daré una respuesta antes de marcharme. Ahora…

—Lo entiendo, lo entiendo, no te preocupes. Bueno, también yo tengo cosas que hacer. Si necesitas ayuda o consejo, sabes dónde encontrarme. No dudes ni un instante en llamarme sea la hora que sea.

—Gracias, Samuel.

Había llegado el momento más complicado desde su retorno: debía ir a la tienda y enfrentarse con el lugar donde se había cometido el crimen. Abrió la puerta de la tienda y desconectó las alarmas. En el centro, visible desde cualquier ángulo, estaba el altar. Sobre él, quedaba una mancha oscura mal borrada como recuerdo de la tragedia. La destrozada baranda del piso superior era otro inequívoco recordatorio de la misma. Cruzó la tienda evitando mirar los lugares donde se conservaba la evidencia del asesinato y subió al piso superior. La mesa del estudio recogía una multitud de libros y manuscritos que, no cabía duda, habían sido revueltos por el asesino y depositados allí por Fornells y Samuel.

Buscó el *Exercicio de Perfección* sobre la mesa y no lo encontró. Era un lugar demasiado evidente para dejarlo teniendo en cuenta las precauciones tomadas. Debió esconderlo en la hermosa biblioteca, compuesta por unos cuatrocientos ejemplares de diferentes tamaños, temáticas, y estado de conservación. Artur había reunido a lo largo de cuatro décadas un elevado número de libros antiguos con los que calmar su doble sed de bibliofilia y conocimientos. La mayor parte de éstos se encontraban en la gran biblioteca de la casa de Vallvidrera, aunque siempre tenía un elevado número de ellos en la tienda, donde poder consultarlos cuando fuera menester. Esos ejemplares debían ser trasladados junto al resto de sus hermanos a Vallvidrera. En el probable caso de decidirse a vender la tienda no pensaba desprenderse de ellos bajo ningún concepto, pues también él se consideraba un bibliófilo, de pacotilla hasta el momento, escasos ejemplares, regalos caprichosos de uno a sí mismo, nada en comparación con aquella belleza que estaba ante él. Muchos de ellos eran verdaderas joyas, legados de tiempos pasados, importantes ya fuera por su contenido o por su presentación.

Encontró el *Exercicio de Perfección* en uno de los estantes del estudio. Estaba formado por tres viejos volúmenes con las tapas de una piel oscura corroída por el tiempo. El título, borroso, era un hilo dorado que apenas se distinguía entre la suciedad acumulada durante tres siglos de ser manoseado. Extrajo el primer volumen con una curiosidad no exenta de reverencia. Tenía en sus manos el gran descubrimiento de Artur, y, según su reciente corazonada, la causa de su muerte. Palpó la arrugada piel de la portada con suavidad y se abandonó a sus sensaciones internas. En su interior nacía una convicción. Sí, ahora estaba seguro. Con una fuerza desconocida, la intuición le decía que el asesino de Artur estaba buscando el libro que descansaba en su mano. No se trataba de ningún chorizo de barrio bajo ni de una venganza mafiosa; alguien que conocía el descubrimiento de Artur lo había eliminado para apropiarse de él, sin poder imaginar que, merced a un sexto sentido, Artur había camuflado el libro bajo la apariencia de un código de perfeccionamiento religioso donde se había convertido en un anodino ejemplar más entre cientos de ellos, literatura disimulada entre literatura. En el estudio de Artur, repleto de anaqueles rebosantes de viejos libros, disfrazado en una piel ajena, nadie hubiera podido encontrarlo, y ahora estaba en su poder. La corazonada se había transformado en una certeza de fuerza y transparencia prodigiosa.

Por primera vez en perfecta posesión de sus facultades mentales desde su llegada a Barcelona, completamente concentrado, Enrique se acomodó en el sillón favorito de Artur y examinó el libro. Su padrino había extraído las páginas originales y las había sustituido por otras, un manuscrito con diversas anotaciones en los márgenes. En ese momento Enrique comprendió que tenía en las manos el objeto por el que su padrino había sido asesinado. ¿Para qué si no había sido disfrazado un libro como si fuera otro diferente? ¿Qué contenía que fuera merecedor de tamaña ocultación? Intentó leer la abigarrada y compleja letra del autor, pero su latín estaba demasiado oxidado para permitirle una lectura consistente del texto. Era capaz de traducir algunas frases, pero perdía de vista el sentido general. Las anotaciones, en una suerte de catalán antiguo, tampoco le resultaron sencillas. Traducir el libro le llevaría bastante tiempo, a no ser que solicitara ayuda, cosa que no deseaba hacer. Si, como creía, habían matado por el contenido del libro, dar a conocer el texto pondría automáticamente en peligro al lector. Y en ese preciso instante asumió que, de hecho, él mismo estaba en peligro, pues era la única persona que, por pura lógica, podía encontrarlo, aunque el asesino no podía saber si Artur había compartido el secreto con alguien antes de morir.

Con el libro en el bolsillo, cerró la tienda y se marchó hacia el aparcamiento. Estudiar el texto era primordial, y para ello precisaría tiempo y tranquilidad. Vallvidrera sería el lugar adecuado.

4

$\mathcal{N}$i el cansancio acumulado ni su muy herrumbroso latín impidieron que Enrique obtuviera ciertos progresos en la traducción del manuscrito Casadevall. Con mayores dificultades al principio y mayor soltura a medida que refrescaba los conocimientos de las lenguas clásicas que Artur se empecinara en enseñarle años atrás, Enrique intentó sumergirse en una historia sorprendente que había sucedido hacía muchos siglos.

El texto carecía de presentación y de autoría, pero resultaba sencillo conocer al autor del manuscrito debido a las numerosas referencias a su entorno. Pertenecía a la familia Casadevall y ostentaba algún cargo relacionado con la arquitectura de su época de cierta importancia. Acabó por identificarlo como adjunto al maestro de obras gracias a la mención directa del texto, y no tardó en situarlo históricamente: uno de los viejos libros de la biblioteca de Artur, titulado *Hiftoria de la edificafió de la Chatedral de Barcelona*, «publicado en la noble ciudad de Tortosa en el Año del Señor de mil seiscientos sesenta», le sirvió para ello. El arquitecto Pere Casadevall había sido uno de los responsables de las obras realizadas durante la construcción de la catedral de Barcelona durante treinta y seis años, desde 1368 hasta 1414. La relación de sus obras no incluía nada especial, aparte del notable impulso que sufrió la edificación de la catedral, hasta ese momento poco desarrollada, gracias a la labor del obispo Planelles, y su extraño final, pues fue encontrado muerto en circunstancias peculiares y nunca aclaradas.

Su trabajo consistía en auxiliar las labores de los maestros de obras de la catedral; supervisaba el entramado económico y administrativo que rodeaba la edificación del más importante edificio de Barcelona. Era el equivalente de los arquitectos actuales, maestro de obras, pero apenas había trabajado por su cuenta. Su actividad se redujo a dirigir las obras de determinadas partes de la catedral y de algunos edificios civiles de una ciudad en pleno desarrollo.

Después de confirmar su existencia histórica, Enrique retornó a la traducción del manuscrito. Las primeras treinta páginas no revelaban nada en especial: consistían en una recopilación de las principales actividades realizadas en función de su cargo. Sin embargo, a medida que avanzaban los meses, el arquitecto comenzó a plasmar en las páginas de su libro más las impresiones generales ocasionadas en el ejercicio de sus funciones que una mera enumeración de éstas. Dicho de otro modo, el dietario se transformó en diario. Y el diario acabó por transformarse en algo más, un espacio para la confesión, para el recogimiento, para la duda.

En realidad, las anotaciones no eran diarias. Únicamente escribía sus impresiones ante sucesos aparentemente comunes o que tuvieran especial trascendencia: la enfermedad de una hija, problemas de construcción… También podían encontrarse audiencias con el arzobispo, la recepción de emisarios papales, pruebas de resistencia y calidad de diversas piedras de cantera y similares. Pero, según el texto avanzaba, dejaba de lado toda referencia profesional para centrarse en los avatares de su familia y la epidemia de peste negra que cayó sobre Barcelona en 1393.

Y en la página sesenta, por vez primera, coincidiendo con la aparición de un misterioso personaje identificado como S., Enrique se topó con las anotaciones laterales.

A partir de ese momento, su trabajo se tornó más complejo, pero no debido al mayor número de texto que traducir, sino a lo críptico de buena parte de éste. Las anotaciones laterales, escritas en catalán antiguo, le llevaron de cabeza en más de una ocasión, por lo extraño de sus breves contenidos. Poco o nada sacó en claro de ellas, por lo que prefirió centrar todos sus esfuerzos en el texto latino, y eso que incluso éste le resultaba confuso y fragmentario en su deficiente traducción. En cualquier caso, resultaba evidente que estaban íntimamente relacionadas con la presencia de S., pues constaban en todas aquellas páginas en las que éste aparecía.

Para simplificar su trabajo en la medida de lo posible, anotó en un borrador un listado de páginas con un resumen de las anotaciones; si no las entendía, copiaba una trascripción literal de ellas. Por desgracia, la mayoría de ellas resultaron incomprensibles.

Por fin, saltando entre páginas, en la noventa y cuatro, se topó con la primera referencia a «el objeto». El arquitecto había escrito que la reunión —había empleado el término «*gahal*», la palabra hebrea, de la que derivaba el término «call»— se celebraría en la casa de Ángel Martín, en el viejo call,* y que, por primera vez, se lo iban a mostrar. Enrique, preso de una gran excitación, estaba seguro de haber encontrado la primera referencia al misterioso descubrimiento de Artur. A continuación, por motivos que el texto no aclaraba, se produjo una gran desilusión: algo había fallado, pues en la reunión no le había sido mostrado nada en absoluto. Según una anotación de Casadevall, pudiera deberse a una cuestión de seguridad, una celada destinada a comprobar la fiabilidad personal del maestro de obras. Las siguientes impresiones del arquitecto describían el extraordinario efecto que la existencia de «eso» le había causado, pero sin mencionar de qué demonios se trataba. Las notas al margen continuaban en la misma línea, repletas de abreviaturas y contracciones, pero eran pródigas en signos de interrogación y admiración que anteriormente no aparecían.

* Call: barrio judío.

Enrique se sentía más confuso a medida que profundizaba en el manuscrito. El texto no aclaraba nada, excepto la extraña vinculación que el arquitecto Casadevall tuviera con el misterioso S. y los judíos del call de Barcelona, fenómeno en sí intrigante pues la notable relevancia social de un maestro de obras le impedía mantener relaciones que no pertenecieran al ámbito de sus obligaciones eclesiásticas, y, aún menos, con miembros de otras confesiones. No faltaba mucho para el decreto de expulsión de los judíos promulgado por los Reyes Católicos en 1492, pero su presencia en unos reinos predominantemente cristianos era apenas tolerada y, desde luego, mal vista por una nobleza y un clero que habían contraído enormes deudas con los prestamistas judíos. Por otra parte, los judíos serían expulsados de manera oficial del call en 1424, y además, no podía perderse de vista el recuerdo de la matanza indiscriminada acaecida por toda la península en 1391, donde Barcelona fue una de las ciudades que con más saña los persiguió. La situación social del colectivo judío era, por tanto, la de una minoría aislada, apenas tolerada, e incluso oficiosamente perseguida. Así pues, ¿cómo podía entenderse que ni más ni menos que un personaje significado de la época tuviera relación con los judíos del call, aunque éstos pudieran pasar por conversos? Incluso estos últimos estaban socialmente marginados; se los llamaba «marranos», y públicamente se les consideraba traidores a su fe y de escaso fiar.

La confusión que el complejo texto estaba produciendo en su imaginativo cerebro era de tal calibre que se sintió preso de un estado de abstracción dejando pasar las horas y olvidando las obligaciones contraídas para con el mundo real. El repentino timbrazo del teléfono le hizo regresar bruscamente a la realidad; antes de levantar el aparato supo de quién se trataba.

—¿Enrique?

—Si, Bety. —Inmerso en el oculto mundo del manuscrito había olvidado la promesa efectuada en el momento de la despedida.

—A veces pienso que eres un desgraciado hijo de mala madre. —El tono comedido no ocultaba un firme desprecio que confería a las palabras la cualidad cortante de un afilado bisturí—. Prometiste telefonearme, y no lo has hecho. Me he enterado del funeral por los periódicos, y gracias a que llamé a Fornells; un tal Rodríguez me confirmó su entierro.

El valor de la palabra dada y traicionada, el valor del compromiso aceptado e incumplido: ahí se encontraba la verdadera censura. Enrique intentó escapar de una conversación que, pese a la buena voluntad que en esta ocasión podía presidir las acciones de Bety, no le apetecía en absoluto, aunque en realidad fuera por un motivo diferente al que pudiera imaginar su ex.

—Lo siento, Bety, lo siento de corazón, pero no te imaginas cómo me encuentro. No es que lo olvidara, es sencillamente que me da la impresión de estar como en una nube, que los acontecimientos me superan, que las horas pasan sin que las perciba… Además, no tenía demasiadas ganas de hablar con nadie. —Se escuchó a sí mismo mentir, aunque sabía que la mentira sería detectada, como siempre lo fuera antaño—. Artur ya no está aquí —prosiguió con la impostura, dispuesto a llegar hasta el final en el camino ya iniciado.

—Bueno, si no te encuentras bien… —concedió Bety.

—Estar en casa sin él se hace muy extraño —continuó Enrique—. Aún no me he acostumbrado a su ausencia, y, la verdad, me resulta un tanto difícil.

—Ya —contestó Bety dejándose convencer más por el argumento que por la sinceridad.

Enrique no quería seguir hablando, consideró que era el momento propicio para acabar la conversación; pero también sabía que, en caso de hacerlo, no haría sino incentivar el interés de Bety por obra y gracia de su brusquedad. Al fin, Bety decidió desviar la conversación a cauces donde lo personal quedara en un segundo plano.

—¿Qué sabes de la investigación? Rodríguez me dijo que no podía explicarme nada, pero que tú sabías cómo estaba el asunto.

Enrique trazó un esquema de las posibilidades que le explicó Fornells, pero no añadió sus propias reflexiones. Explicárselo a Bety supondría crearle una preocupación que por nada del mundo deseaba transmitir. Sin embargo, de alguna manera, su ex mujer pareció captar, con ese peculiar instinto suyo aguzado por los años de convivencia, que le ocultaba algo.

—¿Y tú qué opinas? —tanteó.

—Ni idea —mintió de nuevo, dejándose caer al precipicio sin retorno de la mentira creciente—. Me da igual quién haya sido. Lo único que deseo es que lo encuentren cuanto antes.

Tras un nuevo silencio hablaron de la herencia. Bety se sorprendió al saber que Artur había pensado en ella, aunque fuera para obsequiarla con lo que podría considerarse un detalle, si bien no precisamente modesto. Siempre había sentido debilidad por un viejo libro fechado en 1544, una compilación en versión latina de varias obras de Aristófanes, a quien Bety consideraba uno de los grandes cómicos griegos. Artur, conocedor de la especial atracción que el viejo texto ejercía sobre su ex nuera, había decidido dejárselo como último recuerdo. El gesto la emocionó tanto que incluso derramó alguna lágrima que la distancia no pudo ocultar. En ese instante emplazó a Enrique a telefonearla puntualmente y colgó el aparato.

Se planteó regresar a la traducción, pero su estado de ánimo había cambiado. Deseaba hacerlo tanto como quería no haber manipulado la conversación con Bety. Estaba confuso y enfadado consigo mismo, preso de una mentira que no por ser necesaria deseara haber creado. Siempre le ocurría lo mismo, siempre la alejaba de su mundo cuando más falta podía hacerle. Nunca supo compartir los recovecos de su mundo privado, quizá porque él mismo podía encontrarlos excesivos y hasta sorprendentes, aun sabiendo que ello no hacía más que ahondar la distancia que los separaba.

El teléfono registró una segunda llamada. Meditó sobre la conveniencia de contestar; no le apetecía, pero considerar que pudiera tratarse de Fornells con novedades le animó a descolgar.

—¿Dígame?

—¿Enrique? —preguntó una singular voz de barítono que evocó un recuerdo impreciso en su memoria.

—Soy yo.

—Buenos días. Soy Guillem Cardús, ¿me recuerdas?, un anticuario amigo de tu padre. Nos presentó Artur hará unos cuatro años, en su tienda, una tarde que estabas de paso por Barcelona, nos vimos también anteayer, en el local de Samuel.

—Sí, lo recuerdo. Ayer estuviste en el cementerio, gracias por asistir.

—Artur era un buen amigo y compañero, por ese orden. Faltar hubiera sido una descortesía y una deslealtad imperdonable.

—Te lo agradezco. —La cortesía del agradecimiento no ocultó la sequedad de su respuesta.

Ésta sí que era una conversación que no le apetecía; estaba dispuesto a no ocultarlo. Dejó que el silencio se convirtiera en su aliado; cualquier iniciativa pasó a manos de su interlocutor. Para su sorpresa, Guillem tenía intenciones que de inmediato estimularon su interés, aunque en una dirección diferente a la prevista.

—Te llamo, pese a reconocer que no es muy oportuno hacerlo, por un asunto de negocios.

—Te escucho —contestó Enrique, asombrado ante aquello que cualquiera, menos un auténtico emprendedor catalán, considerara como un momento inapropiado.

—Mira, Enric Torner, un compañero que, como quizá sepas, también era buen amigo de Artur, y yo pensamos que a lo mejor no deseas continuar con el negocio de tu padre. Si fuera así, estaríamos interesados en adquirir el contenido e incluso el mismo local. De manera individual nos resultaría imposible hacer frente a las cantidades que consideramos razonables, por lo que hemos decidido, en caso de que aceptes, constituir una sociedad. Estamos dispuestos a realizar una buena oferta, una oferta que difícilmente será superada por cualquier otro. Eso nos permitiría continuar con la particular filosofía de trabajo de Artur, que ambos compartimos.

—Comprendo. —Enrique ocultó su naciente sorpresa—. Mira, Guillem, para serte sincero, aún no he pensado en qué hacer con el negocio. Tomaré una decisión durante los próximos días; cuando lo haga, te llamaré. Supongo que tu número constará en la agenda de Artur.

—Sí, seguro que lo tiene. Te lo agradezco. Y perdona que te moleste, pero antes de despedirme quisiera hacerte una pregunta más.

—Dime.

—¿Alguien más se ha ofrecido a adquirir la tienda de Artur?

—Sí, Samuel Horowitz me lo propuso ayer mismo. ¿Por qué quieres saberlo?

—El viejo Samuel. Ajá. Era de esperar. Bien, siempre conviene conocer a tus competidores. Espero tus noticias. Gracias por todo —contestó con rapidez, y colgó.

—No hay de qué —contestó Enrique, tarde, a nadie.

Una luz de alarma se encendió en su cabeza apenas hubo colgado. En apenas veinticuatro horas, las tres últimas personas con quien habló Artur antes de morir le habían ofrecido adquirir tanto el local como su contenido. Si las circunstancias carecieran del orden lógico que ahora comenzaban a poseer, hubiera podido considerarse algo natural, pero desgraciadamente resultaba muy llamativo. Sí, algo extraño estaba ocurriendo ante sus mismas narices sin que se diera cuenta hasta el mismo momento de hablar con Guillem. El manuscrito pertenecía al lote vendido por la familia Bergués, y eso implicaba que obraba en poder de Artur pocos días antes de su muerte. Tal y como Fornells le había contado, las tres últimas personas de su entorno que vieron con vida a Artur fueron sus tres colegas anticuarios, al margen del dueño del bar del Pi y del encargado del garaje, con quienes apenas cruzó un par de palabras. ¿Podía resultar plausible que, de alguna manera, uno de ellos hubiera averiguado la importancia del manuscrito y, aprovechando el fin de semana, lo hubieran asesinado para robar el libro y eliminar a un posible competidor? O quizá sólo quisiera robar el libro y fue sorprendido por Artur…

Todo parecía casar a la perfección. Uno de los tres anticuarios podía ser el asesino, pero ¿cuál de ellos? Debía descartar a Samuel, pues ¿cómo iba un hombre a matar al que había sido su mejor amigo durante veinte años? No, no podía ser Samuel. Y si se le eliminaba de la lista de sospechosos, ésta quedaba reducida a dos nombres: Guillem y Enric, que ya habían realizado su primer movimiento. Tendría que encontrar la manera de desenmascarar al asesino; debía informar a la Policía si quería averiguar qué era aquello que buscaban.

Informar a la Policía… Pero ¿en qué estaba pensando? En apenas unos segundos pasó de considerar ridícula su teoría a meditar si debía explicársela a Fornells. Estaba claro que si le explicaba todo no podría averiguar qué misterio ocultaba el manuscrito, o cuando menos no podría tenerlo en exclusiva, pero tampoco podía ocultarle a la Policía información que condujera a la resolución del caso. Y, además, ¿no era un tanto ridículo considerar sospechosos a Guillem y Enric? Dos anticuarios también amigos de su padre, pese a la diferencia generacional, y de los que, en más de una ocasión, había recibido la mejor de las referencias a través de las misivas de Artur, e incluso en persona y ante Guillem, tal y como sucediera cuatro años atrás.

No podía ser. Sería mejor olvidar el asunto durante un tiempo y centrarse en la traducción. Sí, cuando hubiera acabado sería el momento de replantearse la situación. Así, como en tantas y tantas otras ocasiones, escondiendo la cabeza debajo del ala, Enrique alejó sombríos pensamientos de su mente, apagó el móvil, desconectó el teléfono de la sala y regresó al trabajo.

Dos días después tenía bastante claro el desarrollo de los acontecimientos sucedidos a principios del siglo XV y que, para su sorpresa, no eran sino una extensión de unos sucesos anteriores. Del manuscrito del arquitecto se infería que él no había sido sino una pequeña pieza en el engranaje de la historia, y que ésta se remontaba a tiempos pretéritos.

El texto aclaraba que Casadevall se había puesto en contacto con un grupo de judíos conversos. Si bien los conversos habían abjurado de su religión, en el ámbito privado mantenían sus preceptos y principios, y los rabinos eran, como únicos intérpretes válidos de la ley, las figuras de mayor relevancia entre su pueblo. «J» poseía un notable ascendente moral entre los suyos, lo que permitía deducir que era el líder espiritual del grupo. Que constase en el manuscrito por su inicial podía deberse a una simple medida de prudencia: sería preferible que nadie pudiera relacionarlo con una persona concreta, y para ello debería evitarse toda referencia explícita a él en cualquier documento escrito.

Lo cierto era que la frecuencia de sus encuentros, muy esporádica al principio, aumentaba considerablemente después. Enrique lo interpretó como el asentamiento de una relación ciertamente fluida una vez vencidas las lógicas reticencias iniciales. Apenas constaba nada sobre el motivo de las reuniones: breves referencias a lugares y personas, meros esbozos de información muy diferentes a las escrupulosas y detalladas anotaciones que caracterizaron el inicio del manuscrito. El arquitecto no quería correr el riesgo de olvidar la información sobre los encuentros, pero tampoco quería que constasen de manera explícita. Parecían, por tanto, regirse por una notable discreción.

Una fecha concreta, el 12 de mayo de 1401. Ese día se rompía la escueta monotonía de las anotaciones. Presa de un arrebato de excitación, Casadevall había escrito, textualmente, las siguientes palabras:

Estamos en pleno mes de mayo, el mes que los hebreos llaman *shevat* y los musulmanes *jumada*. Y en este mes se ha producido el prodigio: ¡hoy van a mostrármelo por vez primera! S. me ha confirmado que hoy asistiré a un *gahal* diferente a los anteriores. Se lo había pedido tantas veces que me cuesta creer que se hayan decidido a hacerlo. Que Dios me asista e ilumine.

¡Ahí estaba! Sí, por vez primera parecía cerca de su objetivo. Enrique no se detuvo a meditar sobre el significado del comentario y prosiguió su análisis del texto con la esperanza de encontrar una clave que le condujera a la solución de los cada vez más numerosos enigmas planteados. La página siguiente era pródiga en extrañas observaciones que desembocaban en una contundente y casi dramática conclusión. Una vez finalizada la trabajosa traducción de esas páginas, que consideró claves, leyó de nuevo con todo detenimiento el texto que, lo sabía, debía encontrarse preñado de errores de traducción; pensó que éstos podían minimizarse teniendo en cuenta que el sentido general presentaba continuidad. A medida que repasaba lo escrito su capacidad de sorpresa aumentaba, hasta tal punto que parecía ser incapaz de hacer rebosar su copa. ¿Qué quería decir todo aquello? Toda esta historia y, en especial, aquellas líneas que quedaron grabadas a fuego en su memoria.

Después, S. murmuró una extraña letanía en lengua hebrea, y pese a mis esfuerzos por entenderla debo confesar que me resultó imposible. Puede que hablara en algún dialecto poco frecuente, o quizá se tratara de alguna fórmula mágica perteneciente a eras remotas. A continuación apartó el candelabro y presionó un punto de la moldura que rodeaba el altar. El lugar donde se hallaba el sello descendió; la moldura controlaba un mecanismo que permitía mover la Piedra. Introdujo sus manos en el hueco y lo extrajo.

Lo que ocurrió a continuación resulta demasiado increíble para ser relatado o escrito en estas páginas. Todo lo relatado por S. resultó ser cierto. Baste con decir que su nombre estaba allí, y S. se atrevió a pronunciarlo.

Ahí se producía un vacío, una pausa. Parecía como si el arquitecto hubiera reflexionado acerca de lo ocurrido, o que se hubiera asustado al releer lo escrito. Lo cierto es que un espacio de varias líneas estaba en blanco, un espacio que se correspondería con el final de la narración iniciada y que, por algún motivo, había sido soslayado.

Tenían razón. Es mi deber como cristiano, y como ser humano, ocultarlo para siempre. Debo encontrar la manera de esconderlo y de olvidar que lo he visto, que lo he tenido en mis manos. Que Dios me perdone, porque mi pecado ha sido el mayor de los pecados. Que me perdone, porque si pequé fue para evitar que otros pudieran hacerlo y que daños mayores descendieran sobre la humanidad. Así me condeno, consciente; que el Señor tenga piedad de mi alma.

Así finalizaba esa parte del texto, en la que Enrique había volcado sus esfuerzos de los dos últimos días. ¿Qué podía ser? ¿De qué hablaba Casadevall? «Que Dios me perdone…», había escrito. ¿Qué había visto y tocado con sus manos para cometer tan notable pecado? Resultaba más que meridianamente claro que se trataba de algún objeto de importancia, pero el texto no parecía aclarar en qué se fundamentaba. ¿Importancia religiosa? Probablemente sí, pero esa imperativa necesidad de esconderlo de la vista de los demás «para siempre» resultaba muy extraña. Y la referencia a «su nombre» tampoco era suficiente para aclarar nada.

Enrique, presa de una notable excitación, continuó la parcial traducción del texto a la espera de encontrar una pista que pudiera aclararle de qué se trataba, pero las siguientes páginas sólo recogían diversas notas sobre el proceso de construcción de varios edificios. Se nombraba a los diversos maestros de obras en activo en ese momento, que proporcionaban datos sobre la evolución de diversos edificios en construcción. El largo y prolijo listado suponía una importante quiebra respecto al grado de tensión que se desprendía de las últimas anotaciones. Dudó largo rato acerca del motivo por el que el arquitecto había realizado aquel interminable listado, pero acabó por llegar a una única conclusión posible: buscaba un emplazamiento capaz de albergar, y más que de albergar de ocultar, de manera definitiva, el objeto en cuestión. El listado reflejaba las diferentes posibilidades que se le presentaban, y varias de ellas estaban marcadas por varios números, sin que siguieran un orden determinado. Parecía como si, una vez confeccionada la lista, y de manera aleatoria, hubiese escogido los más adecuados antes de la decisión final. Enrique ojeó con desesperación el listado a la espera de encontrar alguna nota, número, o señal de cualquier tipo que le permitiera identificar el emplazamiento escogido, pero tuvo que rendirse ante la evidencia: nada parecía indicar que uno prevaleciera sobre otro. La nota que cerraba el diario no aclaraba nada, aunque reflejaba una certeza que para Casadevall resultaba evidente y para Enrique exasperante:

He hecho lo que he podido. Al final, asistido y escoltado por el amor y el buen juicio, he encontrado en el Reino de Dios el único lugar lógico que el buen Señor ha tenido a bien señalar.

Por otro lado, la mayoría de los edificios señalados tenían quinientos años o más, y la ciudad, pese a mantener bastante intacto el casco antiguo, había experimentado los suficientes cambios para que las referencias de las calles y de los edificios fueran insuficientes para localizar muchos de ellos. Hoy en día, edificios con quinientos años de antigüedad eran los menos, tanto en Barcelona como en cualquier otra ciudad del mundo. Eso convertía a los pocos que persistían en luchar contra el tiempo en fácilmente localizables, y él mismo conocía el emplazamiento de casi todos. Pero eso no bastaba. Enrique había llegado a un punto y final. Sus conocimientos de la ciudad eran amplios; Artur los había cuidado con especial mimo desde la infancia, pero no eran ilimitados. Sin ayuda le sería imposible no sólo localizar el objeto, sino incluso identificar los mismos lugares donde podían haberlo escondido. Sólo la suma entre un enciclopédico saber, el gran amor que sintiera por su ciudad y su impresionante experiencia como historiador habían permitido a Artur averiguar dónde debía de estar escondido «aquello», y los conocimientos de Enrique no bastaban para dar con la clave.

Se sintió vencido por tercera vez en su vida. La primera fue cuando le comunicaron la muerte de sus padres; era lo suficientemente mayor para entenderlo plenamente, pero no lo suficientemente pequeño para olvidarlo con rapidez. La segunda vez, cuando Bety le anunció, con la total ausencia de sentimientos que proporciona una resolución inapelable, que iba a abandonarle. No por saber que ése era el único final posible de su relación estaba preparado para semejante noticia, y no pudo evitar sentirse hundido. Tardó cierto tiempo en aceptar su nueva situación, pero su carácter, entonces extrovertido y alegre, le sirvió de gran ayuda. Ahora, dolido por el asesinato de la persona a quien más amaba, sentado frente a la clave que le explicaría por qué había muerto, se veía incapaz de resolver el enigma. Y, además, tenía la sensación de estar cerca del asesino, pero desconocía el modo de actuar preciso para desenmascararlo.

Centró todos sus esfuerzos en eliminar la rabia y la impotencia, en vaciar su mente para poder pensar con claridad. Ofuscado por su incapacidad no hubiera sido capaz de llegar a la única conclusión posible: necesitaba ayuda, y sabía quién podía proporcionársela. Extrajo su agenda de la bolsa de viaje y consultó unos teléfonos. Marcó el número correspondiente al domicilio de Carlos Hidalgo sin obtener respuesta. Probó con el número de la oficina y al cuarto timbrazo saltó un contestador. Ocurrió lo mismo con el móvil. No dejó mensaje alguno; si su propietario no estaba ni en su domicilio ni en su despacho, Enrique creía conocer a la perfección el lugar donde podría encontrarlo. Abandonó la casa tras recoger el *Exercicio de Perfección* y todas las anotaciones realizadas en su investigación. Tras introducirlas en el amplio bolsillo de su cazadora montó en el coche.

Descendió por la sinuosa Carretera de Vallvidrera con cierta lentitud, casi recreándose en la visión de Barcelona, de su Barcelona, y se sintió presa de una nostalgia avasalladora. Sumergido en las evocaciones de una época que ahora le parecía muy lejana, no tardó en verse rodeado por el denso tráfico de la gran ciudad. Mientras conducía, sus pensamientos tomaron formas extrañas, incontrolables. Artur no tenía que haber muerto; era bueno, noble, honrado. Sólo deseaba vivir rodeado de sus libros y de sus antigüedades, y acogió a un pobre huérfano como si fuera su propio hijo. Hubiera podido vivir en una isla desierta, ser un nuevo Robinsón; no necesitaba a nadie a su alrededor, pues nadie era tan autosuficiente como él. Y tuvo tiempo para dar amor, amistad y cariño, y todo lo que necesitó estuvo a disposición de un niño solitario. Y ahora estaba muerto, enterrado en una fría tumba… ¿Por qué tuvo que morir?

Su conducción se volvió agresiva, puro reflejo de su estado de ánimo. El automóvil descendía de nuevo por el Carrer Balmes esquivando los numerosos vehículos que a esa hora transitaban por ella. Tuvo que frenar bruscamente ante el súbito cambio de color del disco de un semáforo, y rodeado por varios perplejos conductores fue consciente de las miradas que le observaban: confusión, enfado, incluso miedo, pero no le importó. Lo que pudieran pensar le traía sin cuidado. Respiró profundamente e intentó calmarse al reconocer que se encontraba fuera de sí, poseído por la versión agresiva de un Enrique que ocasionalmente se presentaba, de improviso, haciéndose con el control, esa versión distorsionada de su personalidad que tanto odiaba. Debía calmarse.

Un bocinazo le indicó que el disco del semáforo había vuelto a cambiar. Reanudó la marcha con la mente en blanco; se esforzó por no pensar en nada. Diez minutos después, aparcó el coche junto al puerto olímpico. La fresca brisa de la noche sirvió para que se diera cuenta de lo mojadas que estaban sus mejillas; extrajo unas toallitas de papel de la guantera y se limpió el rostro. Después, más calmado, se dirigió a la zona de embarcaciones. Una pequeña luz situada en la cubierta de uno de los yates le confirmó su intuición.

—Disculpe, señor, pero está prohibido el paso —observó un guardia jurado situado junto a la sombra de una palmera—. Sólo pueden pasar los propietarios de las embarcaciones.

—Voy al pantalán número cinco, al *Corsario*. Soy amigo del patrón.

El guardia jurado lo observó con prudencia. Su aspecto parecía normal, y era cierto que en el pantalán número cinco estaba amarrado un yate con ese nombre, pero algo en la cara de Enrique no debía resultar muy natural cuando dudó al permitirle el acceso. Lo observó fijamente y el guardia no tardó en apartar la mirada. Era evidente que todavía no se había desprendido de la agresividad que lo embriagaba y que el vigilante, quizá por la experiencia de haberse visto en trances similares, había decidido evitar un conflicto para el que no le pagaban lo bastante.

—Está bien, pase. —Separó la cadena que impedía el paso a los peatones.

Enrique no se molestó en darle las gracias. El guardia no era sino una de las hormigas que tanto despreciaba y con las que esa noche estaba en guerra declarada, apenas un insecto indigno de ser considerado salvo cuando entorpeciera sus obligaciones. Avanzó por el muelle dejando atrás los primeros cuatro pantalanes. Al llegar al quinto, descendió los escalones y el suave movimiento del mar sobre la madera flotante sirvió para, de inmediato y como por ensalmo, serenar profundamente su ánimo. Ése era el poder que la mar ejercía sobre él, su única compañera en los peores momentos. Casi en el extremo, un yate de treinta y tres pies de eslora se mecía sobre las aguas. Estaba aproado; se apoyó en la amarra y de un ágil salto ganó la cubierta. Una cabeza se asomó por el tambucho; el peso del cuerpo de Enrique sobre la amarra generó un desplazamiento del yate que puso sobre aviso a su propietario. Momentáneamente cegado por la diferencia de luminosidad, el patrón no distinguió a su visitante, pero justo antes de que

preguntara quién era detuvo sus aún no pronunciadas palabras. Una sonrisa iluminó el rostro moreno; se mesó sus largos
y espesos cabellos apartándolos de unos extraordinarios ojos
verdes y subió a la cubierta despacio. Vestía una ropa ajada por
el sol, como todos aquellos verdaderos marinos que disfrutan
de la mar por encima de modas y clases. No era muy alto,
acaso metro setenta y cinco, pero sus miembros se adivinaban
gruesos y fuertes, templados por la dura vida marina.

—Es toda una sorpresa verte por aquí —dijo el patrón—.
Hace tanto tiempo que no nos veíamos que ya casi ni recordaba
tu cara.

Enrique se aproximó al tambucho, y la sonrisa del patrón
se desvaneció lentamente. Se sentó junto al timón y perdió su
mirada en la bocana del puerto sin molestarse en contestar.

—Dime qué te sucede —ofreció su viejo amigo Carlos al
constatar con un simple vistazo el terremoto interior que Enrique estaba sufriendo.

No hubo respuesta. Carlos, prudente, no añadió nada más.
Si Enrique estaba allí era porque evidentemente necesitaba su
ayuda. Y tras tantos años de amistad y tantas experiencias
compartidas en común conocía la manera de actuar y de sentir
de su amigo. Su amistad se remontaba a la adolescencia. Esperó
con contenida paciencia a que Enrique se sintiera con fuerzas
para romper su silencio y explicar lo que le ocurría. Por fin, pasados unos minutos, acaso cinco, Enrique por fin habló.

—Quisiera que navegáramos un rato —musitó con la voz
entrecortada, enronquecida, una voz que se atravesaba en su
garganta como si no deseara expresar sus miedos y angustias.

—Bien, no es mala idea —contestó conciliador Carlos, dispuesto a facilitarle las cosas—. La noche es hermosa y sopla un
suave viento de poniente. Navegaremos como en los viejos
tiempos. Encárgate de las amarras, yo me ocupo del timón.

Enrique deshizo el nudo que unía el *Corsario* al pequeño
bolardo del pantalán mientras Carlos encendía las luces de posición y el motor. El ronroneo del diesel apenas se oyó, aho-

gado por el ruido de los numerosos bares y restaurantes que flanqueaban los espigones de un puerto que se había puesto de moda. Con facilidad pese a la escasa luz del puerto, Carlos maniobró con soltura para conducir al *Corsario* hacia mar abierto. Superaron la bocana del puerto; Carlos aproó el yate hacia el viento para que, sin necesidad de órdenes, Enrique izara la vela mayor. Después apagó la luz de cubierta, hizo lo propio con el motor e izó la génova. El viento, suave pero constante, impulsó el ligero yate con una soltura no desprovista de cierta alegría. Con las maniobras ya realizadas y el *Corsario* en disposición de navegar un largo rato sin necesidad de mayores atenciones, Enrique tomó asiento junto a Carlos en el tambucho, mientras éste timoneaba descuidadamente con una sola mano más pendiente de las reacciones de su amigo que de la navegación en sí.

—Abajo, en el armario junto a la cocina, encontrarás las chaquetas de agua. Ponte una y sube la otra para mí… junto con algo de beber.

Enrique, obediente, se despojó de su cazadora y no tardó en aparecer en cubierta con un pesado impermeable y un par de latas de cerveza. Carlos se abrigó, más por la presencia del inevitable rocío nocturno que por verdadero frío, y luego abrió las latas. Bebieron en silencio. El viento, mucho más fresco en la mar que en tierra, acariciaba sus rostros con delicadeza.

—Necesitaba algo así —habló Enrique—. Gracias, Carlos.

—No tienes por qué dármelas. Así, cuando algún día pase por San Sebastián y te pida algo semejante, no te podrás negar —sonrió Carlos. Inspiró con fuerza y continuó hablando—. ¿Te encuentras mejor?

—Sí. —Era cierto, pues su rostro se había desprendido de la tensión acumulada tras días de amontonar pena y esfuerzos de concentración y que dejó al embarcar en el *Corsario*.

Carlos comprendió que Enrique se estaba relajando por momentos. La navegación siempre había obrado milagros en ese carácter irascible y algo volátil que presidía la mayoría de las acciones de su amigo desde aquellos años lejanos en los que ambos comenzaran a iniciarse en la aventura de navegar. Siempre, tras unos días de navegación, la natural respuesta agresiva que, en primera instancia, estaba indisolublemente unida al carácter de su amigo, tendía a desvanecerse, a diluirse ante la inmensidad de la mar y la obligación de trabajar en equipo de la que dependen las vidas de los marinos. Navegar era como aplicar un bálsamo capaz de transformarlo.

Carlos no pudo evitar recordar una travesía que realizaron juntos en circunstancias semejantes; si él era capaz de rememorarla por una pura asociación de ideas, estaba seguro de que su amigo también podría hacerlo. Y qué mejor que un recuerdo de juventud preñado de nostalgia para acabar de romper, definitivamente, la cadena de angustia que a Enrique le impedía expresarse.

—Al verte ahora, de noche, en la cubierta, estaba recordando aquella locura juvenil que cometimos en la Semana Santa del 83. ¿Recuerdas? ¿Recuerdas la jeta que le echamos al asunto?

Enrique se cubrió el rostro con ambas manos y dejó únicamente a la vista sus ojos. Carlos no podía saber si sonreía, pero un brillo asomó a su mirada al evocar su primera gran aventura. Sí, lo recordaba. ¿Cómo iba a olvidar algo así?

Eran otros tiempos. En aquel entonces, Carlos y Enrique, alumnos desde hacía cuatro años de la escuela de vela del Real Club Náutico de Barcelona habían afianzado una excelente amistad que presumían sería eterna. Compañeros inseparables, pasaban todos y cada uno de los ratos que tenían libres en las instalaciones del club, donde ya eran conocidos por todos. Su principal objetivo lo constituía el poder compartir cualquier posible salida a alta mar que los dueños de los yates amarrados en el puerto pudieran hacer y que precisasen alguna ayuda. Normalmente, los viajes eran salidas de un día, y ambos amigos ponían en conocimiento de sus familias con una llamada telefónica la circunstancia para que los padres estuviesen tranquilos. Pero la ocasión que refería Carlos resultó ser muy diferente. Ángel Llompart, heredero de una adinerada familia, tenía previsto viajar el fin de semana a Menorca. Sus padres tuvieron a bien regalarle un hermoso treinta y tres pies perfectamente equipado que debió costarles un buen pellizco. Ángel disfrutaba navegando, pero solía hacerlo con yates de menor eslora y, normalmente, acompañado. Para el viaje a Menorca, la que sería su primera travesía con el yate nuevo, decidió contar con la colaboración de los dos amigos. Un mayor número de tripulantes aumentaba la seguridad de la navegación. Pero Carlos y Enrique sabían sin lugar a dudas que sus respectivos progenitores no les permitirían embarcarse en una travesía de ocho horas en cada trayecto, y mucho menos con un novato que estrenaba yate. Así que, de mutuo acuerdo, fascinados a los dieciséis años por la magnitud de su atrevimiento, decidieron mentir en casa y explicar que iban a pasar el fin de semana cada uno en casa del otro.

La noche del domingo, a eso de las diez, arribaban al puerto de Barcelona. Para su sorpresa, en el pantalán, les esperaban Artur y los padres de Carlos con caras de muy pocos amigos. Por puro azar se habían encontrado dando un paseo el sábado por la mañana en las Ramblas, de manera que la pequeña conspiración de los jovencitos quedó al descubierto. Los padres, muy preocupados al principio, descubrieron que en casa de ambos faltaban las chaquetas de agua, por lo que no tardaron en deducir que estaban embarcados. Se personaron en el club, donde les confirmaron que se les había visto partir en el yate de Ángel Llompart. La hoja de ruta que éste dejó en las oficinas ponía de manifiesto el destino y las horas previstas de llegada a Mahón y a Barcelona. Así, cuando Carlos y Enrique arrojaron el cabo al pantalán y los vieron, se les cayó el mundo encima y el alma al suelo. Dos instantáneos y poderosos bofetones eliminaron el ansia de aventura para una buena temporada.

Carlos había acertado de pleno en el recuerdo escogido. Enrique parecía haber alejado definitivamente la melancolía para instalarse con un humor más cómodo y asequible, el justo y adecuado para poder averiguar dónde estaba el verdadero problema que le había traído hasta allí.

—Cuéntame que te ocurre —pidió sin rodeos Carlos.

—Artur ha muerto asesinado. —Decirlo supuso para Enrique liberarse de una pesada carga.

—Joder. ¿Cuándo?

—Hace una semana. Lo encontraron muerto en la tienda el lunes siguiente a Sant Jordi. Alguien le golpeó en la cabeza con un pisapapeles de mármol. Tú conoces el local: a resultas de los golpes cayó desde el estudio a la tienda propiamente dicha. No contento con ello, su asesino quiso asegurarse de su muerte y lo remató con un viejo abrecartas. Después registró la tienda de arriba a abajo, cogió las llaves de casa de Artur e hizo lo mismo que en la tienda.

—Entiendo. —Las cosas parecían aclararse. No sólo conocía el motivo de la angustia de Enrique, sino que comprendía que apenas acabara por tener otra salida que venir a contárselo a él. Carlos Hidalgo, de profesión investigador privado. Pero no uno cualquiera, no un husmeabraguetas de tres al cuarto, uno de los mejores de la ciudad y con un prestigio reconocido en el ámbito nacional—. ¿Quién lleva el caso?

—El comisario Fornells. ¿Lo conoces?

—Sí, cómo no; es un hombre veterano y experto, al más puro estilo de la vieja escuela. Un residuo reconvertido de la vieja época franquista, un viejo que debe de estar a punto de jubilarse, pero que sigue poseyendo olfato y eficacia. Si dirige la investigación existen verdaderas posibilidades de encontrar al asesino, siempre y cuando existan indicios y pistas razonables.

—La Policía tiene un par de pistas, pero no lo encontrarán —contestó Enrique.

—¿Por qué dices eso?

—Fornells me explicó las posibilidades. Puede tratarse de un chorizo que intentase atracar la tienda.

—Poco probable —razonó Carlos—. Hasta los quinquis más novatos saben que los anticuarios no trabajan con efectivo sino con tarjetas de crédito.

—Eso mismo dijo Fornells, y estoy de acuerdo. Por otro lado, Artur había impulsado una investigación policial acerca de la misteriosa proliferación de nuevas tiendas de anticuarios en Barcelona. Se creía que podía estar relacionado con alguna mafia dedicada al blanqueo de dinero.

—Eso suena más plausible, aunque las mafias no suelen mancharse las manos con sangre. Asesinatos y escarmientos son propios de las películas norteamericanas, pero no tienen nada que ver con la vida real, y mucho menos, de momento, con la de aquí. ¿Han averiguado algo?

—De momento, nada. Esperan la información que la brigada de delitos económicos pueda suministrarles.

—Ya. ¿Qué más?

—No encontrarán al asesino porque siguen pistas equivocadas —contestó, sombrío, Enrique.

—Explícate. —Carlos lanzaba el cabo y esperaba la respuesta de su interlocutor. Era bueno en su oficio. Sin prisas.

—Artur estaba realizando una investigación sobre un viejo manuscrito de principios del siglo XV. Había encontrado algo, desconozco el qué, de gran importancia. Mira esto —buscó en el bolsillo interior del impermeable y extrajo la carta que le escribiera el día anterior a su muerte—, aquí, en la posdata.

Carlos encendió el foco de cubierta y la leyó dos veces con todo detenimiento.

—¿Crees que pudieron matarlo a causa de ese descubrimiento?

—Estoy convencido de ello.

—Has dicho que el asesino registró la casa de Artur; si lo hizo es porque el manuscrito que buscaba, o bien no se hallaba en la tienda, o bien no pudo encontrarlo.

—Eso es.

—¿Lo encontró en la casa de Vallvidrera?

—No.

—Entonces lo tienes tú —concluyó Carlos.

Enrique no dijo nada.

—¿Cómo es posible que, si el asesino conocía el manuscrito, no lo encontrara en la tienda o en la casa de Artur?

—Ya has leído la posdata de la carta. Artur tuvo un extraño presentimiento y cambió las tapas del libro por las de otro ejemplar de su biblioteca. Rodeado por otros quinientos libros, convertido en uno más de ellos, nadie hubiera sido capaz de encontrarlo, sólo quien conociera el secreto.

—Si piensas que la policía no podrá encontrar al asesino es porque buscan en la dirección equivocada —prosiguió el razonamiento Carlos—, y si crees eso, significa que, en primer lugar, no conocen la existencia del manuscrito, y en segundo lugar, que imaginas quién ha podido ser el culpable.

—Sí, así es. Hubo tres hombres que pudieron ver el manuscrito que originó su descubrimiento cuando Artur estaba clasificando la biblioteca de su última adquisición. Descarto a uno de ellos, Samuel Horowitz; era, y es, un amigo de la familia de toda la vida, y no es posible que se mezclara en algo así.

—Me suena su nombre. Alguna vez te habré oído hablar de él. Pero cometes un error si piensas así: está demostrado que, en el noventa por ciento de los asesinatos, el culpable es una persona cercana, familiar o amigo del difunto —añadió imperturbable, concentrado en el ejercicio de su profesión más que en el desempeño de la amistad.

—No puede ser él. No podría creerlo si así fuese. ¡Son amigos desde la juventud, me he criado casi tanto en su casa como en la mía propia!

—Está bien —le interrumpió—. Continúa.

—Los otros dos son Guillem Cardús y Enric Torner, dos jóvenes anticuarios de la última generación. Creo que uno de ellos, si no ambos al alimón, fueron los causantes de la muerte de mi padre.

—¿Los conoces personalmente?

—Poco. Se iniciaron en el mundillo de los anticuarios hace años, pero cuando adquirieron los locales con los que se independizaron yo ya me había trasladado a San Sebastián. Lo que sé de ellos es gracias a conversaciones mantenidas con Artur en las que me contaba sus cosas. Son profesionales competentes. Guillem es un tipo extrovertido, simpático; Enric es más discreto, incluso tímido. Pero ambos son brillantes y con olfato para los negocios, sus locales funcionan y Artur me hablaba de ellos ponderando su capacidad y, sobre todo, el estilo.

—Entonces también ellos podían considerarse amigos de Artur.

—Sí. Mantenían la costumbre de tomar café juntos un día por semana.

—Oye, Enrique: ¿estás seguro de lo que me estás diciendo?

—Completamente.

Carlos asintió lentamente, como si madurara en su interior la historia de Enrique. El viento roló del norte; con una sucinta indicación mandó a Enrique a modificar la posición de la génova para a continuación virar en dirección al puerto olímpico.

—Cuéntame más —ordenó—. Con los datos que me has proporcionado no es posible considerar que sean ellos los culpables. Seguro que sabes algo más.

—Sé algo más. En apenas tres días he recibido dos ofertas de compra sobre la tienda de Artur. Las dos ofertas se corresponden con las últimas tres personas que le vieron con vida y que mantuvieron una conversación con mi padre. La primera la hizo Samuel; la segunda, Guillem y Enric, dispuestos a constituir una sociedad para sufragar los gastos. Es demasiada casualidad.

—Entiendo. Pero ten precaución, podría serlo. Si son las personas del mundo de los anticuarios que mantenían mayor relación con Artur, es razonable que se ofrezcan a colaborar contigo o incluso a adquirir la tienda. Pero lo cierto es que tienes razón; trece años de oficio me hacen desconfiar de la casualidad. —Carlos apuró la lata de cerveza—. Supongo que si me has contado toda la historia es porque necesitarás ayuda.

—En efecto.

—Enrique, necesito saber algo muy importante: ¿por qué no se lo has contado a Fornells? Creo comprender que la información que le has ocultado puede ser fundamental para la resolución del caso. Dime, ¿por qué?

Enrique dudó antes de contestar. Ni él mismo encontraba una explicación lógica, más allá de su deseo de averiguar qué podía ser ese tan importante descubrimiento capaz de incitar a un hombre a cometer asesinato.

—No lo sé. Tenía la impresión de que la causa de su muerte estaba relacionada con el manuscrito, y cuando lo encontré y lo tuve entre mis dedos, estuve seguro de ello —divagó Enrique—. Y entonces, yo…

—Contesta a mi pregunta.

Enrique guardó un significativo silencio.

—Ahora dime: ¿qué puede esconder ese manuscrito para que existan personas dispuestas a matar por conseguirlo?

—No lo sé —contestó, lacónico, Enrique.

Carlos extrajo un cigarrillo del bolsillo y le prendió fuego con un encendedor de mecha.

—Son demasiadas las cosas que no sabes. —Lo miró con gravedad—. Eso no me gusta. Deberías hablar con la Policía, explicarles tus averiguaciones; no venir a hablar conmigo. Te recuerdo que ocultar cualquier información que puede conducir a la resolución de un crimen es, en sí mismo, un delito…, al margen de ser algo éticamente reprobable.

—Golpearon a Artur con un pisapapeles de mármol tres veces hasta que cayó desde el estudio al nivel de la exposición. Y después le clavaron un abrecartas entre las costillas hasta llegar al corazón. Ese cerdo no tuvo compasión. Ayúdame a cazar al hijo de puta que mató a mi padre —musitó, sosegado, Enrique.

Carlos dio una larga y profunda calada al cigarrillo y asintió levemente con la cabeza. Aquella historia no tenía ni pies ni cabeza, pero Enrique era su amigo y contra eso no se podía luchar.

—Lo intentaré.

5

*D*urante los dos días siguientes, Enrique se vio obligado a hacer una de las cosas que más odiaba en la vida: esperar. Tenía un universo de actividades esperándole, todas relacionadas con el manuscrito, aunque su verdadero interés no estaba en los archivos y las bibliotecas que visitaba con la esperanza de encontrar una pista que pudiera clarificar el lugar donde el arquitecto ocultó el objeto, sino en las noticias que Carlos le proporcionara sobre el asesino de su padre. Constantemente presente, la dilatada espera conllevaba un insoportable sufrimiento que en más de una ocasión estuvo a punto de hacerle perder los nervios. La única actividad que consideró provechosa fue gestionar el traslado de la biblioteca de la tienda hasta la casa de Artur. La empresa especializada trató los libros con todo el esmero y mimo imaginables; la factura fue tan elevada como su competencia hacía imaginar.

Por otro lado, la suma de su escasa paciencia y el pobre resultado de sus averiguaciones crearon un resultado explosivo, un indigesto cóctel que muy pocas personas hubieran sido capaces de soportar.

Por fin, Carlos dio señales de vida. Al regresar a la casa de Artur, encontró, entre otros, un escueto mensaje en el contestador del móvil; su interés era inversamente proporcional a su extensión: «Soy Carlos. Llámame cuanto antes».

No ignoró las otras llamadas. Bety insistía en mantener una constante comunicación con él, aunque a Enrique no le apetecía nada. Intuía que ocurría algo extraño que él no quería contarle. Enrique evitaba las conversaciones con su ex mujer, pues estaba seguro de una cosa: nunca fue capaz de ocultarle nada, y tampoco lo sería ahora. Por eso, únicamente la llamaba cuando sabía que estaba en la universidad. Le dejaba mensajes tranquilizadores que, pese a todo, no podría mantener mucho tiempo sin levantar mayores sospechas.

Uno de los mensajes era de Samuel. Se interesaba por su estado y le rogaba que lo llamase. Sintió cierta ternura ante la preocupación del viejo. Tantos años de amistad…, no cabía duda de que se sentía en cierto sentido responsable del estado de su hijo adoptivo.

La cuarta, igualmente interesante, era de Fornells. El comisario le pedía que se pasara a verlo por la comisaría del Raval en horas de oficina.

Decidió telefonear a Carlos. De todos los recados, ése era el más importante. Marcó su número; contestó una agradable voz femenina que Enrique no conocía.

—Dígame.

—Buenas noches. Quisiera hablar con Carlos.

—Sí, un momento. ¿De parte de…?

—Enrique Alonso.

Al cabo de medio minuto, Carlos se puso al aparato.

—Perdona, estaba en la ducha.

—No sabía que estabas acompañado, si te interrumpo llamo más tarde.

—No, ya terminaba. Te he dejado un mensaje en el contestador; tenemos que hablar.

—¿Has averiguado algo? —Su voz delató su ansiedad.

—No. Precisamente por eso debemos hablar.

—¿Cuándo? —ocultó su descontento Enrique.

—Mañana por la tarde. Pásate por el despacho sobre las seis. A esa hora estaremos tranquilos. Hasta mañana. —Colgó sin darle tiempo a despedirse.

Desilusionado, de pésimo humor por la ausencia de resultados, se abstuvo de llamar a Bety y a Samuel. Cenó de cualquier manera y se metió en la cama dispuesto a dormirse cuanto antes. Como los días anteriores, no pudo conciliar el sueño hasta bien entrada la madrugada.

Mientras desayunaba, Enrique planificó la mañana: esperaba que el archivo del arzobispado pudiera ayudarle en algo; por la tarde visitaría en primer lugar a Fornells, de quien esperaba pocas novedades; después se acercaría al despacho de Carlos, en la Plaça Reial.

Esa mañana, como las anteriores, no contribuyó a mejorar su nefasto humor. Tenía perfectamente ubicado el momento histórico en el que centrar su investigación, pero ello no era sinónimo de éxito. Hurgó al azar, como los días anteriores, en un sinfín de consumidos legajos de los que no extrajo sino una prolija lista de sucesos que no guardaban relación con su interés. Al mediodía, harto de perder el tiempo, dejó aparcados los mudos documentos hasta una mejor ocasión. Comió con tranquilidad y tomó un café en el patio del Ateneo, donde, pese a no ser socio, era de sobra conocido por haber dado varias conferencias, lo que le franqueaba la entrada normalmente restringida a unos pocos escogidos. A la hora convenida, paseó Ramblas abajo, en dirección al mar. Como era habitual estaban repletas de todo tipo de gentes, una colorida fila de confusos desconocidos que erraban en busca de desconocidas quimeras. Se detuvo en un kiosco para adquirir, por puro acto reflejo, un ejemplar del *Diario Vasco*; en San Sebastián sólo compraba *La Vanguardia*, pero durante su matrimonio leía el *Diario*, pues era el periódico preferido de Bety. Ahora, sin saber exactamente por qué, avanzaba hacia la Plaça Reial ojeando sin mucho interés las páginas de un periódico que le evocaba confusos e imprecisos pero amables recuerdos sobre la ciudad que era ahora su hogar. Acabó por doblar el ejemplar. Lo alojó bajo su brazo y se dio la vuelta, presa de una repentina intuición. Creyó ver una figura conocida entre la confusa marea de gente que deambulaba de aquí para allá, pero el mismo indescifrable vaivén de la multitud le impidió situar a la persona en cuestión. Si no había visto mal se trataba del inspector Rodríguez, el joven que ayudaba a Fornells con el caso, pero no hubiera podido asegurarlo. No era extraño ver personas correctamente vestidas con traje y corbata en una zona como ésa, aunque la mayoría prefiriese un estilo más cómodo y desenfadado, pero hubiera jurado que, en efecto, no se trataba de uno de los empleados de los bancos cercanos. Y si lo fuera, tampoco debía resultarle extraño: la comisaría del Raval estaba próxima, y no tenía nada de particular que pudiera ver casualmente al ayudante del inspector en las Ramblas. Intentó aparentar despreocupación, pero no pudo evitar cierta sensación de intranquilidad que temió pudiera resultar evidente.

Poco después, Enrique llegaba frente a la comisaría del Raval. Un confuso tumulto adornado por tres o cuatro estridentes sirenas le sirvieron de inequívoco faro para ubicar su emplazamiento. De un coche zeta descendieron tres policías de paisano que llevaban esposado a un individuo de apariencia absolutamente normal, con la mirada un tanto ida, como ajeno a la realidad que vivía. Lo trataron con la característica brusquedad que emplean las personas cuando algo les repele o asusta. Enrique atinó a ver cómo lo introducían a través de una puerta situada en el fondo del portal y que, seguramente, conducía a los calabozos. Entre el trajín de gente que iba de aquí para allá, quizá quince o veinte personas, localizó a Fornells, quien lo saludó; con un gesto de la mano le indicó que subiese. Parecía cansado y tan ausente como el mismo detenido; Enrique encontró en su mirada el sabor amargo de un cansancio infinito, la convicción de que, hiciera lo que hiciera, no podía romper el orden natural de unos acontecimientos indeseados pero inevitables. Fornells entró por la misma puerta que el detenido, no sin dar antes un par de voces que sirvieron como repentina guía para la confusa masa de personas que se arremolinaba en el portal; como de común acuerdo, la multitud se disolvió repentinamente. Pasaron en un instante de vagar sin aparente rumbo, presas de la confusión, superados por algún acontecimiento inesperado, a encontrar en la voz del inspector un asidero que los devolviera a sus quehaceres habituales.

Enrique despertó del sueño colectivo y subió a las dependencias de la comisaría. Uno de los policías le dijo que debía esperar un rato. Enrique quiso saber qué había ocurrido, pero nadie se molestó en contestarle porque, posiblemente, nadie se cercioró de su presencia. Fornells tardó en aparecer, acaso media hora. Sin una palabra, lo invitó a pasar a su despacho.

—¿Cómo has tardado tanto en aparecer? Bueno, da igual —dijo moviendo la mano—. Perdona, pero tenemos un verdadero problema. —Mantenía el mismo aspecto ausente que Enrique percibiera en el portal—. Un hijo de perra se ha cargado a uno de nuestros agentes en una inspección rutinaria. Los vecinos del asesino oyeron jaleo del bueno en su domicilio y nos avisaron hará media hora. Enviamos un coche zeta a comprobar qué sucedía. Los policías llamaron a la puerta del ruidoso y tal cual le pidieron que se identificara extrajo un revólver de la cazadora y le pegó un tiro en la cabeza a nuestro hombre. Parece ser que había sorprendido a su mujer en la cama con su mejor amigo, y el muy cabrón no pudo matarlos a ellos; tuvo que asesinar a uno de mis muchachos.

—Lo lamento —dijo Enrique tras meditar qué respuesta podría ser adecuada en circunstancias como ésas y no encontrar ninguna solución mejor.

—Pobre chico —negó con la cabeza Fornells.

—Si le parece, puedo volver más tarde, o mañana…

—No, no —le interrumpió el comisario, que ante la deferencia de Enrique pareció recuperar su habitual ritmo de trabajo—. Ya que te he hecho venir no permitiré que te vayas sin contarte antes las noticias que tengo.

—¿Ha averiguado algo? —preguntó esperanzado.

—Más bien lo contrario. Me ha llegado el informe de los Delitos Económicos. Artur tenía razón: los nuevos locales parecen ser una tapadera para el blanqueo de dinero procedente de actividades ilícitas, pero los aspectos legales están, de momento, tan bien cubiertos, que descartan su posible implicación en su asesinato. Las conclusiones son definitivas al considerar que no sólo no existen pruebas para encausarlos en actividades de blanqueo, aunque sea evidente que el motivo real de la apertura de las tiendas sea ése, sino que, además, añade la siguiente apostilla: su único interés consiste en pasar desapercibidos, y un asesinato es la mejor manera para convertirse en el foco de atención. Por desgracia, su análisis coincide plenamente con el nuestro.

—Fornells: si no fueron ellos, ¿quién demonios mató a mi padre?

El inspector inspiró ruidosamente antes de contestar.

—No lo sé, muchacho, no lo sé. Pensaba que los de económicos aclararían el asunto, pero han hecho todo lo contrario. Tendremos que reconducir la investigación.

—Vaya. —La respuesta de Enrique fue más la constatación de la naturaleza de un hecho irreversible que una genuina muestra de fastidio. Le sonó falsa, aunque estaba seguro de que Fornells no lo habría percibido. Y no supo si debía alegrarse o entristecerse por ello.

—Lo siento —contestó el comisario más por conveniencia social que por manifestar su pesar—. Enrique, tal y como te dije hace unos días, ¿estás seguro de no conocer algún detalle que, por pequeño que sea, pudiera conducirnos en la dirección correcta? Pienso en algo que ni tú mismo puedas considerar una pista, en alguna conversación que tuvieras con Artur en la que pudiera mencionar algo fuera de lo habitual, alguna preocupación, no sé, cualquier cosa fuera de lo normal.

Enrique sintió cómo si Fornells pudiera mirar en su interior y ver con total transparencia lo que le ocultaba. Estaba atrapado en el centro de la telaraña, paralizado, con el corazón acelerado y con un vuelco en el estómago ante la ola de vergüenza que sentía nacer en su interior. ¿Podía tanta insistencia deberse a alguna sospecha de Fornells? ¿Era casualidad que hubiera visto —o creído ver— a su ayudante siguiéndole? Las palmas de las manos comenzaron a transpirarle, y, de vuelta a la infancia, como un niño cogido en plena mentira, Enrique se dispuso a hablar, a explicarlo todo, a contar la verdad y a pedir perdón por todos los errores cometidos. Las palabras estaban a punto de escaparse de su boca cuando observó el rostro de Fornells: no le miraba, su atención estaba ya en otra parte, perdida en algún asunto diferente, seguro que en el joven policía asesinado unas horas antes. Y Enrique comprendió que no debía temer, que la pregunta de Fornells era meramente retórica, un ejercicio del estilo propio de un policía que repite una y otra vez una lección aprendida, necesaria y aburrida, de la que nada espera, pero que no puede evitar emplear.

—No. —No hacía falta mayor respuesta.

—¿Piensas seguir en la ciudad?

—De momento sí, pero no puedo estar en Barcelona indefinidamente. Supongo que dentro de unos días volveré a casa.

—Si decides regresar a San Sebastián, avísame.

—Así lo haré. Buenos días.

No tardó mucho en recorrer la distancia que lo separaba de la Plaça Reial. A esas horas de la tarde, el recinto porticado reflejaba un ambiente peculiar. Su aparente tranquilidad no podía engañar a nadie: sus balcones, sus paredes, los locales cerrados, emanaban una sensación de energía incontenible, dispuesta a desparramarse por doquier en cuanto se ocultara el sol. No carecía de ambiente durante el día, pero estaba oculta bajo un sutil disfraz dispuesto para hacerla digerible a los ojos de una multitud confiada en el correcto orden de las cosas. Por la noche eliminaba su disfraz con un simple cambio de iluminación para transformarse en un mundo extraño, anormal, diferente, pero no por ello menos bello.

En el portal dieciocho, junto a la cervecería Ambos Mundos, cuyo inspirado nombre resultaba perfecto reflejo de la ambivalente realidad circundante, estaba la oficina de Investigaciones Hidalgo. El portal estaba abierto; un viejo portero lo contempló con una curiosidad no carente de cierto hastío. En un instante fue clasificado, acertadamente, como una persona cuyo interés sólo podía centrarse en la oficina de detectives, y sin añadir nada más; una admirable economía de recursos que se desarrolla con la edad, murmuró un gruñido vagamente identificable como «el tercero».

En el ascensor colgaba un cartel: AVERIADO. La escalera, pintada únicamente en el portal, reflejaba bien a las claras la deprimida realidad del barrio entero: pintura tan gastada por los años que nadie hubiera podido imaginar su color original, desconchones e inscripciones de todo tipo… En el rellano del segundo piso alcanzó a escuchar una aguda voz femenina gritar toda una sarta de ordinarieces, y acto seguido, un sonido de cristales rotos. Estaban en plena discusión, sin duda.

Ya en el rellano del tercer piso, Enrique llamó al timbre. Nadie contestó. Empujó la puerta; estaba abierta. La oficina estaba compuesta por un gran salón de alto techo, propio de lo que en otra época, ahora lejana, fuera una hermosa casa de cierta clase. Varias mesas repletas de papeles y documentos sobre las que reposaban terminales de ordenador y un pequeño rincón con una mesita y varios sillones junto a una máquina de café constituían toda su decoración. Al fondo, junto al ventanal, estaba el despacho de Carlos.

Carlos estaba sentado frente a la ventana, con unos informes en sus rodillas; ni siquiera fingió haber estado hojeándolos. Sin saber por qué, Enrique tuvo la impresión de que le estaba esperando en ese preciso instante, e incluso creyó percibir en la conversación que conocía perfectamente las novedades que le traía; o sabía por qué, acaso por el matiz sabio que traslucía su mirada perdida, o por el cigarrillo que humeaba indolente en el cenicero, ajeno a su dueño. Tras que le pusiera al corriente, no manifestó ni sorpresa ni indiferencia. Acomodados junto a la mesa, Enrique inició la conversación:

—¿Y bien?

Carlos frunció los labios y se acarició la barbilla.

—Te lo dije por teléfono: nada.

—¿Qué quiere decir eso? —preguntó, alarmado, Enrique.

—Quiere decir que he reunido cierta información acerca de tus dos sospechosos, y nada indica que puedan ser considerados como tales.

—Explícate.

—Veamos... —Hurgó entre varias carpetas y extrajo dos de ellas—. Guillem Cardús Solans. Hijo pequeño de la familia Cardús, gente bien de Sant Cugat, forrada gracias a negocios inmobiliarios. Antes de dedicarse de lleno a las antigüedades cursó estudios de Historia, especialidad en Clásicas. Diversos cursos de posgrado. Siempre buenas notas, aunque ya en su etapa universitaria manifestó cierta tendencia a vivir la noche a tope. Conocido en los ambientes nocturnos de gente bien. No consume drogas de ningún tipo, aunque en ocasiones le da al frasco más de la cuenta. Simpático, extrovertido, con don de gentes. Presenta el perfil típico del sospechoso que nunca levanta sospechas para acabar siendo el culpable. La noche del crimen se le vio en diversos locales nocturnos, como Otto y Up&Down. Su presencia allí coincide con la hora aproximada del crimen, de acuerdo con la autopsia realizada por la doctora Santiago. Los testigos parecen gente de fiar, no sólo son conocidos directos suyos. Por tanto, queda automáticamente, en principio, descartado como asesino.

»El otro es Enric Torner i Pons. Filólogo, experto en latín, griego clásico... Esto es interesante, ha publicado tres monografías sobre temas relacionados con la bibliofilia. Persona respetada dentro de círculos académicos, de los que nunca se ha desvinculado. Ganó una plaza como profesor auxiliar en la Facultad de Filología de la UB, pero no llegó a ejercer, oficialmente por cuestiones profesionales: heredó la tienda de antigüedades de su padre cuando éste murió; pero extraoficialmente se sabe que difícilmente hubiera podido hacerlo debido a su exagerada timidez. No fuma, no bebe, no se droga, no sale, no va de putas..., y no tiene una coartada de las consideradas completamente fiables, aunque sí parece buena. La noche del crimen estaba en Santa Cristina de Aro, en la torre de una amiga suya. La mujer en cuestión es Anabel Garrido, que ha dado fe de ello ante el instructor. Es un único testigo, pero no parece que se dude de su palabra. Existen comprobantes de la autopista, pasó por ahí. Para la Policía, queda descartado como asesino, aunque, de nuevo extraoficialmente, puedo decirte que comparten mi punto de vista: éste sí es el típico sospechoso «verdaderamente sospechoso». Los tipos raros, retraídos, no suelen caerle bien a nadie, y Enric pertenece a esa clase. Bien, como puedes ver las coartadas son buenas, especialmente en el caso de Guillem. Tus sospechosos jamás lo serán para la Policía.

—¡Me cuesta creerlo! ¡Sólo podían ser ellos!

—Te dije que un conjunto de casualidades hace sospechar a cualquier persona que se dedique a esto, pero ante semejantes coartadas…

—¡Tiene que haber alguna posibilidad, por pequeña que sea, que los señale como culpables!

—Calma; excitarse no conduce a nada. Que tengan coartada no implica necesariamente su inocencia, pero sí complica extraordinariamente la investigación. Existen medios para matar a un hombre que no requieren la participación directa del verdadero asesino: podían haber contratado a un sicario. Pero, si te soy sincero, no lo creo. Y si descartas a éstos y a Samuel Horowitz no te queda a quién culpar, al menos con relación a la carta de Artur.

—Es increíble. —Enrique no ocultó su decepción.

—Entiendo lo que te sucede: creías haber encontrado al o a los culpables, y descubrir que no lo son es algo inesperado. Pero así son las cosas.

—Tuvieron que ser ellos —insistió Enrique—. Sólo ellos conocían el contenido del manuscrito.

—No es cierto; también lo conocía Samuel… —Dejó en el aire la frase.

—No, es imposible. Samuel sería incapaz de hacer algo semejante a cualquier persona, pero menos aún a mi padre. ¡Joder, Carlos, eran amigos desde hace treinta años!

—No existen amistades eternas cuando en el camino de dos hombres se cruzan el dinero, el poder o una mujer. Lo descubrí hace años, y me extraña que tú, un hombre que vive de escribir, no lo sepas.

—El mundo de las novelas no es el mundo real.

—Escucha, y hazlo atentamente: no hay nada, entiéndelo bien, nada, que sea sagrado y que no pueda comprarse, así es la vida. La amistad, el amor, incluso la misma salvación espiritual para aquellos con creencias religiosas…, todo tiene un precio. Basta con encontrar el resorte adecuado y conseguirás que un hombre haga algo que jamás se hubiera imaginado. Podría darte pruebas más que suficientes de ello con sólo abrir ese archivador de allí. —Señaló un viejo y pesado armatoste adosado a una pared—. Quiero creer que la sorpresa te ha hecho hablar sin pensar; si no fuera así, te aseguro que cambiaría en mucho mi concepto de ti, aunque nunca, de eso puedes estar seguro, modificaría la amistad que nos une.

Enrique asomó la cabeza por el cristal y se abstrajo en la contemplación de la extraña mezcla de viandantes que poblaban la Plaça Reial: turistas despistados, quinquis de barrio bajo, vendedores de droga camuflados bajo la inocente apariencia de inmigrantes ilegales consumiendo las horas de sol, gente del barrio que pululaba por aquí y por allá con la compra recién hecha…

—¿Y entonces…? —preguntó Carlos.

—Entonces, ¿qué? —respondió Enrique.

—Despierta, amigo. Me pediste ayuda y te la he prestado. Las respuestas no han sido de tu agrado, pero quizá se deba a que las preguntas no eran las correctas. Contesta: ¿quieres que investigue a Samuel?

Enrique dudó. Su anterior firmeza se había resquebrajado tras el elocuente parlamento de su viejo amigo. Sabía que Carlos tenía razón, pero le costaba aceptarlo: ¿Samuel sospechoso?

—Está bien. —Enrique se rindió ante la lógica—. Hazlo.

—Ya lo he hecho —contestó su amigo, que inclinó el rostro y achinó los ojos.

—¿Cómo?

—Lo que has oído, ya lo he hecho. Un detective no puede dormirse en los laureles. Y antes de que te entre una rabieta de las tuyas, guarda silencio hasta escuchar mis motivos.

En efecto, Enrique sentía cómo la rabia se le acumulaba en las tripas, esa rabia maldita que pocas veces dominaba. Pero Carlos no era un desconocido que se cruzaba en su vida accidentalmente, no en vano se conocían desde que eran apenas dos niños. Que hubiera investigado a Samuel no era lo importante; lo que sublevaba su ánimo era que se hubiera tomado una decisión importante sin su consentimiento.

—¡Pero cómo te has atrevido a …!

—Calla la boca —ordenó Carlos, tajante—. Llevamos un muerto en el zurrón, esto no es un juego. Para comenzar, te diré que no puedes esperar conducir esta investigación como si se tratara de una novela. Aquí, las riendas las llevo yo. Accedo a ayudarte, y lo hago con gusto, pero ten en cuenta que desconoces por completo el terreno que pisas.

»Samuel es un sospechoso tipo, te guste admitirlo o no. Y el problema no es que yo lo considere así gracias a los datos que me has proporcionado, sino que Fornells, que es viejo y, por ello, inteligente, también lo ha considerado como tal. Yo no he hecho más que acceder a los datos de la investigación que reflejan ese particular, así como a algunos otros. Y te diré, para tu conocimiento, que carece de una coartada fiable, y más que eso, apenas cuarenta horas antes del asesinato se le vio discutir con tu padre en un lugar público un tanto acaloradamente, con puñetazo en la mesa incluido. Preguntado sobre el particular reconoció una diferencia de opiniones sobre un asunto profesional que les afectaba a ambos. Sé que Fornells considera oficialmente esa posibilidad, aunque en privado la descarta, ya que lo conoce tanto o más que tú, y lo considera incapaz de matar una mosca. Así que la investigación, en lo que a Samuel toca, consiste en encontrar pruebas que lo exculpen antes que lo contrario.

—¿Qué puedo hacer ahora?

—Esperar. Fornells ya ha hecho todo lo que ha podido y te recuerdo que tiene muchos más recursos que yo. Pero déjame que acabe de indagar acerca de Samuel y sobre los otros por medio de informadores de confianza. Cuando hayas hablado con Fornells y conozcas la información de Delitos Económicos tendremos nuevos datos que analizar.

Enrique inició una frase que no llegó a abandonar sus labios. Carlos, dominando la situación, le urgió a proseguir.

—Ya has hablado con Fornells —adivinó sin dificultad.

—Sí, vengo de la comisaría.

—Y lo que te ha dicho no te ha gustado en absoluto; es más, crees que no me gustará a mí.

Enrique asintió.

—Tiene la información que solicitó a la Brigada de Delitos Económicos: existe una trama organizada que utiliza los nuevos locales para blanquear dinero, pero se descarta cualquier posible conexión con la muerte de Artur.

—Ya —concluyó Carlos—. Era de esperar. Esto nos deja pocas salidas. —Su voz se quebró repentinamente para convertirse en esa propia de los bebedores más que habituales—. Que un grupo mafioso se hubiera cargado a tu padre me resultaba demasiado sucio. Los responsables de las operaciones de blanqueo jamás se mancharán las manos con sangre. No es muy probable la opción del robo casual a manos de un chorizo que pasaba por allí. Si alguien hubiera ido a dar un palo, probablemente ya se sabría a través de los informantes del barrio. Y si descartamos estas tres opciones del grupo de sospechosos, no podemos sino centrarnos en los que ya hemos investigado.

—Los sigues considerando sospechosos…

—Digamos que, en lugar de sospechosos, podrían ser posibles pero improbables culpables.

—Dijiste que tienen buenas coartadas. ¿Cómo podremos atraparlos?

—Investigar más de lo que hemos hecho los pondría sobre aviso, e incluso podrían acudir a la Policía. Eso no nos conviene, o mejor dicho, no te conviene.

—Entonces…

—Entonces tendremos que tenderles una celada; ponerles un cebo atrayente, irresistible, que no puedan evitar y que los conduzca directamente a nuestras manos.

—¿Qué cebo?

—¡Vamos! ¿Un tío con tu imaginación no es capaz de deducirlo solito? ¡Voy a empezar a pensar que tus libros los escriben «negros»! —simuló indignación Carlos.

Los ojos de Enrique se iluminaron repentinamente al comprender las intenciones de Carlos.

—Es arriesgado.

—Todos los cebos lo son. Por eso se utilizan cuando no queda otro remedio.

—¿Cómo lo harías?

—Bueno…, creo recordar que te hicieron una oferta de compra de la tienda de Artur. ¿Has decidido algo al respecto?

—No, la verdad es que no. Puigventós, el presidente del gremio de los brocantes, me comentó que si deseaba liquidar la tienda y su contenido lo mejor sería preparar una subasta: se obtienen mayores beneficios y podría realizarse directamente para los miembros del gremio, sin que trascendiera al público en general. Lo definió como un medio efectivo y discreto, «todo en familia».

—Esa solución puede venirnos muy bien para preparar el cebo.

—No entiendo…

—Escucha: ellos no tienen por qué saber que tú sospechas, y eso nos da todas las bazas. Convócalos a una reunión en la tienda de Artur; no te costará conseguirlo. El objeto será comunicarles que agradeces su oferta, pero que has decidido, aconsejado por ese tal Puigventós, realizar una subasta, y que necesitas su ayuda para establecer una serie de precios de salida para los objetos depositados en la tienda y en el almacén. O mejor aún, en vez de plantearles eso, ofréceles un regalo personal mientras deniegas su oferta, suena más verosímil. ¡Ah, y no olvides que Samuel debe estar presente! Él también te hizo una oferta de compra, y al no ser convocado, él, o los, culpables podrían sospechar.

—Pero no…

—¡Déjame acabar, impaciente! La tienda tiene un estudio, ¿no es cierto?

—Sí.

—Sobre la mesa del estudio debe estar el manuscrito, en todo su esplendor, rodeado por un montón de notas de tu propia mano que dejen bien claro que estás trabajando con él.

—Eso no será difícil.

—Lo imagino —apostilló con severidad Carlos—. Debe estar perfectamente visible, ser el centro de una liturgia inexistente, pero no ha de resultar evidente que es lo que es. Si el asesino está presente, no tendrá más salida que intentar hacerse con él cuanto antes: eliminó a Artur porque estaba sobre la pista, y a partir de ese preciso instante, lo estarás tú.

—Suena peligroso.

—Lo es. Aunque más o menos sabes cómo mataron a tu padre, no has leído el informe del forense: yo sí. Su asesino actuó con verdadera sangre fría, y su ensañamiento se debió a su total premeditación. Y tú estarás en mitad de su camino. Puedes correr peligro. Pero también tienes otra opción. Acude a la Policía y enséñale a Fornells la carta que te mandó Artur antes de morir. Con esa nueva pista, Fornells puede tomar las riendas del caso y evitarnos muchos problemas.

—No.

—Asumes muchos riesgos, pero, en fin, ya eres mayorcito…

—Acepto el juego. Prepararé el cebo lo antes posible.

Cuando la puerta de la casa se hubo cerrado, Carlos marcó

un número de teléfono. Después de varias llamadas, le contestó una voz femenina, suave pero firme.

—¿Ana?

—Sí, dime, Carlos.

—Localiza a Pedro y que continúe él con tu seguimiento. Te necesitaré en otro trabajo; descansa hasta que te llame.

—Ok, jefe. Hasta luego.

—Adiós. —Colgó.

Jugueteó unos instantes con el teclado del ordenador y no le sorprendió leer la frase que inconscientemente había escrito en la pantalla mientras hablaba con su empleada: «Las casualidades no existen».

Enrique abandonó el despacho sumido en un verdadero mar de dudas. Carlos, si bien no había eliminado de la lista de sospechosos a Enric y a Guillem, había manifestado sus dudas sobre la participación de éstos en el asesinato, y Fornells las tenía respecto a los presuntos blanqueadores de dinero. ¿Samuel? Completamente absurdo. ¿Un chorizo desesperado? No, no podía ser. La clave tenía que ser el manuscrito; lo habían matado por él, estaba absolutamente convencido de ello. Guillem tenía una buena coartada, pero la de Enric dependía de una única persona. Podían estar protegiéndole; sí, eso debía de ser. Cuando Carlos supiera las novedades, estaría de acuerdo.

Se dirigió a Vallvidrera. Había meditado sobre la posibilidad de sumirse en el sinfín de viejos documentos del Archivo Episcopal, en los que, estaba seguro, se encontraba la solución al enigma; sin embargo, convencido de su incapacidad para dar con una solución que suponía sencilla aunque ahora resultara inalcanzable, decidió regresar a la relativa tranquilidad del hogar. Tranquilidad relativa, sí, pues el recuerdo de Artur estaba siempre acechante, dispuesto a surgir de cualquier rincón, por sorpresa, con el inocente disimulo de las cosas sencillas y, a la vez, inexorables.

Tardó en llegar a su casa. Una vez superado el embudo de

la Plaça Sarrià, avanzó con relativa fluidez hasta la Carretera de Vallvidrera. Cinco minutos bastaron para que llegara frente a su casa. Estacionó el coche frente a la puerta, tomó la cartera que en esos días nunca abandonaba y que contenía tanto el manuscrito como los apuntes que sobre él tomara y se dispuso a abrir la puerta cuando una inesperada voz femenina le sorprendió por completo.

—Pensaba que no ibas a llegar nunca.

¿Aquella voz? ¿Era verdad? Con la inevitable y contradictoria mezcla de alegría y de cierto enfado irracional que siempre le acompañaba contempló la radiante belleza de Bety.

—¿Qué haces tú aquí? —dijo completamente sorprendido.

—Vaya recibimiento, aunque, la verdad, no esperaba uno mucho mejor. —Su voz denotaba aquella hiriente y distante frialdad—. Supongo que al menos me invitarás a pasar.

—Sí, claro. —La respuesta de Enrique no resultó menos cortante. Como siempre, no deseaba responder así; como siempre, así había sido su respuesta.

Abrió la puerta; Bety llevaba con ambas manos una pesada bolsa de viaje que Enrique intentó coger. Ella negó su ayuda. Entraron en la casa sin dirigirse la palabra. Enrique estaba perplejo. Había intentado mantenerla al margen de todo el asunto, consciente del carácter metomentodo de su ex y del peligro que rodeaba el asunto, y, por lo visto, sus intentos habían resultado vanos.

Su estimulante presencia, como siempre, cautivó de inmediato la imaginación de Enrique, que no pudo evitar el recuerdo de aquellas ocasiones, no tan lejanas en el tiempo, en que habían compartido cama en la habitación contigua, cuando Enrique acudía a Barcelona para visitar a su padre adoptivo. Bety, con un gesto decidido, abrió la puerta del dormitorio y depositó la bolsa con un postrero esfuerzo sobre el colchón; un chirriante sonido de muelles dejó claro que, desde entonces, nadie la había utilizado. Enrique esperó con paciencia a que ella acabara de vaciar la bolsa y acercarse a hablar con él.

Bety se recreó en la suerte de ordenar sus pertenencias. Su visita era una sorpresa, pero aquella frialdad en el recibimiento… Molesta, perdió las ganas de explicarle que si estaba en Barcelona era para ayudarle; estaba muy preocupada por su silencio, y no merecía un recibimiento semejante. Enrique no tardó en comprender, con retraso, como siempre ocurría, que su respuesta no había sido precisamente correcta, y se asomó por el dintel de la puerta para intentar solucionar la situación.

—Perdona. No quise decir eso.

—No lo empeores. Lo dijiste, y no se dicen cosas que no se sienten o se piensan —contestó Bety con una fingida serenidad.

—No te enfades conmigo, Bety; ya sabes cómo soy.

—Sí, desgraciadamente lo sé. Aunque lo descubrí demasiado tarde.

—Ven, vamos a sentarnos en la terraza.

No se molestó en contestarle, pero le siguió hasta el exterior. Se sentaron en los cómodos sillones de bambú.

—¿Por qué has venido?

—Estaba preocupada por ti. —Enrique creyó percibir una ligera vacilación en su firmeza—. Hace seis días que evitas deliberadamente hablar conmigo, no te localizo ni por el fijo ni por el móvil, y pensaba que podías necesitar a alguien que… estuviera a tu lado.

—No es que no quisiera hablar contigo, es que todo se me hace un tanto extraño, estar aquí sin Artur. No sé…, prefiero estar alejado del resto del mundo.

—Es lo mismo: no querías hablar conmigo. —Expresó una total convicción en sus palabras que nada ni nadie podían modificar—. Escucha: las últimas reuniones del claustro ya han puesto en funcionamiento todo el sistema de exámenes, así que, hasta que llegue el momento de corregirlos, estoy libre. Los profesores auxiliares pueden encargarse de controlarlos, y eso me da un margen de diez días. Pensé en venir a verte porque creo que tu comportamiento no es normal; me tienes bastante preocupada.

—No tienes motivo —sonrió, tranquilizador—. No pasa nada. Ya sabes que me gusta la soledad, y no hay mejor momento para estar solo que cuando una persona querida muere y nos abandona.

—Mentiroso —le espetó Bety sin compasión—. A otro perro con ese hueso. Podrás engañar a otra, pero, a estas alturas de la vida, conmigo no lo consigues.

—Me disgusta, y mucho, que creas que te estoy mintiendo —respondió Enrique con excesiva firmeza.

Bety esbozó una sonrisa que fue creciendo hasta convertirse en una incontrolable carcajada, tan contagiosa que incluso Enrique acabó por sonreír, pese a realizar denodados esfuerzos por evitarlo. Al ver el extraño semblante de Enrique, sumido en pleno esfuerzo de tragarse una risa incontenible, las carcajadas de Bety aumentaron en tal grado que debieron oírse en cien metros a la redonda. El enfado de Enrique se desvaneció con lentitud, forzado por el lenitivo que suponía la alegría de Bety. Tardaron unos minutos en recobrar el aliento y la calma, sometidos a continuos accesos de repentina euforia que se traducían en nerviosos hipidos y suaves carcajadas, últimos coletazos de la inesperada explosión de alegría.

—Me parece que no había para tanto —habló Enrique, ya recuperado.

—¡Ya lo creo que sí! ¿Mintiendo? Como si no nos conociéramos de sobra…

—Tienes razón —concedió Enrique—. Hemos vivido juntos demasiado tiempo para que pueda pensar en engañarte. La verdad es que ésa, y no otra, era mi intención, pero ahora…

—Ahora debes explicarme por qué no querías hablar conmigo.

Enrique observó el rostro de Bety, expectante, intenso, lúcido, y no pudo evitar dejarse llevar por un sentimiento de admiración: con su perspicacia habitual, había captado algo anormal: su única pista, algunos mensajes telefónicos grabados en su contestador…, y lo había dejado todo para acudir en su ayuda.

Seiscientos kilómetros, un rato indeterminado de espera frente a la casa… No podía evitarlo.

Durante las siguientes dos horas, Enrique le contó todo lo sucedido desde la noche de infausto recuerdo en que murió Artur. Concibió para ella una narración tranquila, relajada, decidido a no olvidar ningún detalle. Bety lo escuchó como hiciera otras veces, repentinamente sumida en una narración bien organizada, pero lóbrega a la par, cuyo centro era la muerte de una persona querida. Enrique captó sus diferentes estados de ánimo según transcurría el relato: desazón, rabia, incredulidad, asombro, temor. Nunca había escondido sus emociones y no iba a hacerlo ahora.

Cuando hubo finalizado, Bety suspiró, señal inequívoca de la impresión causada por la tensión contenida en la historia de Enrique. No le había interrumpido ni en una sola ocasión. Enrique la observaba con atención; esperaba una opinión, una respuesta.

—Quisiera ver la carta y el manuscrito —dijo.

Enrique no tardó en depositar en la mesa de la terraza una cartera de piel para documentos y extraer de su interior la carta de Artur y el viejo volumen. Bety leyó la posdata de la carta con atención, y después hojeó despacio el manuscrito, más con la curiosidad de tener en sus manos la causa de un asesinato que con verdadero interés histórico.

—¿Murió por esto? —preguntó en busca de una confirmación.

—Sí. Lo mataron para que no pudiera encontrar lo que quiera que el libro esconde.

—Lo que quiera que el libro esconde y que tú no quieres que encuentre la Policía u otros estudiosos, al menos antes de que lo encuentres tú.

Había dado de lleno en la diana. Ésa era la clave, lo que Carlos no llegó a expresar por pura cortesía, algo que para Bety carecía de toda importancia.

—Así es —reconoció, y al hacerlo, se sintió en parte liberado.

Bety no añadió una palabra, no realizó un solo gesto, ni siquiera un sencillo alzar de cejas o un movimiento de sus labios, pero Enrique supo desde ese justo momento que ella no compartía su punto de vista.

—Tengo un motivo para hacerlo —se defendió—. Además de encontrar a su asesino, quiero hallar aquello por lo que Artur dio su vida.

—Carlos te dijo que utilizar un cebo es peligroso. —En su frase Enrique creyó ver algo más, un ruego oculto.

—No existirán riesgos si somos prudentes.

—Quisiera poder ayudarte.

—Ya lo has hecho. Estás aquí.

Sus miradas se cruzaron; la vieja complicidad existente entre ambos estaba muy debilitada, pero aún no había desaparecido por completo. La pasión y el amor podían haber disminuido hasta casi desaparecer, pero quedaba un elemento que hacía su unión indisoluble: la admiración y el respeto. Enrique alargó su mano hacia la de ella, sabedor de que no lo iba a rechazar; permanecieron así un buen rato, con los dedos enlazados, a sus pies la ciudad.

6

*C*uando se levantó a la mañana siguiente, Enrique se encontró con un completo desayuno sobre la mesa del salón. Bety, madrugadora, acostumbrada al estricto horario de la facultad, era incapaz de mantenerse dormida pasadas las ocho en punto. Se había levantado con la exactitud de un reloj, en parte debido a la costumbre, en parte por ser una de esas personas con un conocimiento intrínseco del tiempo, sin distinción entre laborables y festivos. No estaba en casa, aunque la leche, todavía caliente, indicaba que no podía hacer mucho que había salido. Desayunó, por primera vez en una semana, con un humor excelente. La presencia de Bety en la casa era incentivo suficiente para modificar su maltratado humor y sosegar sus alterados nervios. El inevitable recuerdo de tiempos mejores trajo consigo una suave añoranza. La noche anterior se acostaron en cuartos separados; por primera vez compartían casa sin dormir juntos. Enrique estuvo tentado de llamar a la puerta de su habitación en más de una ocasión, y, de hecho, llegó a pasar un par de minutos junto a la puerta con los nudillos levantados, sumido en la trascendente duda de romper definitivamente con los tiempos pasados o prolongar la agonía de una separación en apariencia definitiva, pero que podría haberse evitado. No se atrevió a llamar, probablemente por miedo a encontrar una respuesta negativa más que por cualquier otra disquisición teórica. Bety era una mujer de decisiones duras, consecuente con sus actos, sumamente responsable, pero la noche anterior creyó captar en su comportamiento un algo más que hubiera podido significar una invitación a actuar en ese sentido. Sin embargo, no se atrevió: el miedo al fracaso, o quizás al éxito, se convirtió en una barrera infranqueable, y ahora nunca sabría qué pudiera haber pasado.

Acababa el desayuno cuando Bety regresó de la calle enfundada en un ligero chándal, empapada en sudor. Todas las mañanas corría media hora antes de realizar cualquier otra actividad, y estar de viaje no suponía ninguna excepción. Lo saludó con la mano y se introdujo en el baño. Mientras Enrique recogía la mesa, Bety se regaló con una rápida ducha. Luego, salió al salón envuelta en una amplia toalla de baño, con el cabello mojado y suelto sobre sus hombros.

—¡Buenos días! —exclamó de buen humor.

—Ojalá lo sean.

—Arréglate cuanto antes. Tenemos mucho trabajo que hacer.

Enrique odiaba trabajar temprano; lo sabía. Sus horarios habían complicado más la convivencia; Bety trabajaba como docente por las mañanas, y Enrique se encontraba más inspirado tras la sobremesa, cuando ella llegaba a casa deseosa de salir a la calle a pasear, cuando le apetecía quedar con sus amigos o ir al cine. No concebía que la creatividad pudiera ajustarse a un horario determinado, y, por tanto, no comprendía la actitud de Enrique de trabajar por las tardes. «Si eres capaz de crear, si el Cielo te ha regalado ese don, no puedo creer que lo limite a unas horas determinadas al día. Así que escribe por la mañanas y compartamos juntos las tardes», le decía. Enrique contestaba que su rendimiento disminuía en calidad y cantidad, y que no podía hacerlo. Este tema, como tantos otros, tampoco ayudaba a su vida en pareja.

—¡Venga, no pongas esa cara! Si no has sido capaz de localizar «lo que sea», y Artur pudo hacerlo, hay algo que falla en tu comprensión…, no sé, o en tu traducción.

—¿Has pensado que sus conocimientos podían haberle proporcionado las pistas que yo no he podido o sabido encontrar?

—No quisiera atacar tu ego masculino; sí, lo he pensado.

Pero me parece más probable que haya ocurrido lo primero que lo segundo. En cualquier caso, servirá para descartar una de ambas posibilidades, lo que nos permitiría centrar nuestro trabajo en otros aspectos. Venga, vístete. Iremos a uno de esos archivos donde has estado trabajando tranquilamente y donde nada pueda distraernos. —Le empujó hacia su dormitorio.

—¡Está bien, está bien! Me rindo, te acompañaré, pero no me empujes.

—Haces bien; más vale ceder ante la lógica al comienzo que hacerlo al final: ahorra tiempo, y el tiempo es oro —sentenció Bety.

—De todas maneras no puedo pasar toda la mañana contigo —añadió Enrique—. Debo ir a hablar con Puigventós para preparar la subasta.

—Con que tengas el tiempo suficiente para orientarme en el texto y descifrar tus jeroglíficas notas, tendré suficiente. Una vez lo hayas hecho, serás libre —dijo, y le guiñó un ojo.

—De acuerdo. Vamos a vestirnos.

Una hora más tarde, se instalaron en la amplia sala de lectura de Ca l'Ardiaca, biblioteca y archivo a la par, casi vacía a aquella hora. Únicamente algunos estudiosos, personas de cierta edad, los observaron con la curiosidad propia de aquellos que sienten invadido un terreno que consideran privado, y una vez completada su exploración y su censura, regresaron a sus quehaceres. Enrique explicó las líneas y claves generales de su traducción. Proporcionó una visión global del texto en sus tres partes: la primera, más un arrastre de actividades en forma de dietario que otra cosa; la segunda, compuesta por las anotaciones que daban inicio al verdadero misterio, y marcada por el comienzo de las anotaciones laterales; la tercera, el prolijo listado de edificios.

Enrique indicó que debía comenzar la traducción por la segunda parte, al considerarla la más importante, pero Bety rebatió su argumento.

—Ése es el problema: no tienes alma de investigador, no eres sino un aficionado de medio pelo. Tus notas son fragmentarias, y la clave para la resolución del enigma podría encontrarse ahí, aunque es poco probable. No es conveniente dejarla de lado; si bien no creo que nos proporcione una solución, no debemos evitar mirar el manuscrito en su conjunto. Las prisas siempre son malas consejeras.

Una hora después, con la traducción realizada por Enrique ya organizada y con sus abreviaturas y garabatos descifrados, Bety permitió que se marchara.

—Ya estoy en condiciones de empezar a trabajar. Puedes irte.

—Muy bien. ¿A qué hora quieres que vuelva a buscarte?

—Ven por la tarde, a última hora. Sólo saldré un rato para comer algo.

—Bety…

—Seré cuidadosa con el manuscrito, no debes preocuparte —interpretó a la perfección la sugerencia no formulada de Enrique—. No pienso dejarlo aquí solo ni un instante.

—Adiós.

—Ve tranquilo.

Enrique dejó a Bety trabajando en el archivo; le dominó cierta intranquilidad por dejarla sola con el manuscrito. Anduvo en dirección al Boulevard dels Anticuaris para entrevistarse con el viejo Puigventós, el presidente del gremio. Atravesó el Portal de l´Àngel, tan repleto de tiendas de moda como de jóvenes consumidores ansiosos por vaciar su contenido, se plantó en la Plaça de Catalunya, e inició el ascenso de la señorial Rambla de Catalunya. Suponía un pequeño desvío utilizar la Rambla en lugar del Passeig de Gràcia, ya que la entrada del *boulevard* estaba en este último, pero siempre le había gustado lo que le parecía un aspecto afrancesado en la deliciosa avenida arbolada por frágiles tilos. Sus edificios, elegantes, armoniosos, apenas mostraban huellas del salvaje crecimiento urbanístico de la gran Barcelona; aquí y allá, aislados, un hotel, algún edificio de oficinas, recordaban a la ciudad presente, actual, que, sin embargo, había sido incapaz de penetrar en aquel reducto sagrado de luz y belleza. Anduvo por el ancho paseo central, que primaba al peatón sobre el conductor, extraño reducto de otra época que completaba el encanto de la Rambla, sumido en recuerdos de la infancia. De pequeño había vivido allí; se sintió atraído por aquella tranquila avenida que antaño frecuentó en tantas ocasiones con su madre, tan silenciosa respecto a su entorno, tan elegante, con los imaginativos edificios modernistas que la salpicaban de magia y color; deseó vivir en una de esas casas con un ingrávido mirador desde el que otear el paseo alfombrado por el verde de sus tilos. Sueños del pasado, inequívocamente asociados al recuerdo de sus padres, al de su adorada madre...

Cruzar los seis carriles del Carrer Aragó difuminó los recuerdos. Los lugares donde hemos vivido experiencias que amamos poseen la cualidad de amplificar la emoción que nos producen; son capaces de centrar los recuerdos como iluminados por un repentino faro, capaz de extraerlos de entre la casi infinita vorágine de vivencias para revivirlos con dolorosa lucidez. Cruzó de la Rambla al Passeig de Gràcia por una conocida galería comercial que se expandía en tortuosos pasillos por la manzana situada entre ambas calles. Frente a uno de sus locales sintió el repentino deseo de adquirir un regalo para Bety, como hiciera en tantas otras ocasiones, pero lo pensó dos veces y decidió no hacerlo. Presa fácil de la añoranza por un pasado idealizado, le costaba retornar a la realidad del presente; parecía que los recuerdos se instalaban en su mente para distorsionar la realidad; eliminarlos suponía un esfuerzo ímprobo, no quería dejarlos de lado.

Subió las escaleras que llevaban a la exposición permanente del Boulevard dels Anticuaris. Puigventós tenía allí un amplio local, situado al fondo mismo de la exposición. Era un hombre mayor, de casi ochenta años, el decano del gremio, del que era presidente desde hacía veinte años. Su empresa era de carácter familiar: sus antepasados habían sido ilustres artesanos en el arte de la talla de la madera, y con el paso de los tiempos, su padre instaló un negocio de antigüedades que prosperó lo suficiente para convertirse en uno de los principales de la ciudad. Tras la muerte de su padre, heredó un gran local, que con la posterior creación del *boulevard* trasladó a éste.

Atravesó la galería, rodeado de la hermosa herencia del pasado, hasta llegar al local del viejo. De detrás de un biombo chino surgió de improviso una elegante mujer, de algo menos de cuarenta años. Era alta, acaso metro ochenta. Sin duda consciente de su atractivo, vestía un ajustado traje negro de una pieza que realzaba su buena figura. El cabello, castaño muy oscuro, casi negro, estaba recogido en un moño; su rostro mostraba los típicos rasgos de las catalanas más atractivas: amplio de osamenta, un tanto redondeado, generoso en los pómulos y en los gordezuelos labios. Apenas llevaba maquillaje, sólo una nota de color en las mejillas, una suave raya bajo sus azules ojos; los labios pintados con un discreto color aguavino. Se acercó a él, y habló con una seguridad que excedía a la intrínseca en la relación experto-vendedor ignorante-comprador. No había duda: era una mujer con clase y carácter.

—Buenos días. ¿Puedo ayudarle?

—Buenos días. Soy Enrique Alonso; quisiera ver al señor Puigventós.

La respuesta de Enrique pareció sorprenderla.

—¿Enrique Alonso? ¿El hijo adoptivo de Artur?

—Sí, soy yo.

—¿Ya no te acuerdas de mí? —le sonrió—. Soy Mariola Puigventós.

Enrique le estrechó la mano y se encontró con un fuerte apretón, casi masculino en su intensidad. Su hija… hacía por lo menos quince años que no la veía.

—Mi padre está abajo, en la oficina gremial. Permíteme un momento; voy a llamarle.

—Quizá prefiera que yo baje… —insinuó Enrique.

—No, no. Le gusta recibir las visitas aquí arriba, en lo que él llama «sus dominios». Se siente más a gusto. Toma asiento, por favor. —Telefoneó mientras Enrique se sentaba en una silla estilo modernista.

Mientras Mariola hablaba por el teléfono, paseó la vista por la tienda. Puigventós estaba especializado en el estilo modernista y en los posteriores; no exhibía muebles anteriores a 1870. Incluso podían verse diversas piezas de vanguardia perfectamente coordinadas con su entorno pese a las dificultades que eso entrañaba. «El estilo —recordó las palabras de Artur—, el estilo es la clave de los grandes. El estilo marca la diferencia.»

—Subirá enseguida —dijo Mariola.

—Gracias.

—No hay por qué darlas. —Hizo una pausa—. Quisiera decirte lo mucho que lamentamos todos la muerte de Artur, sobre todo en semejantes circunstancias. Es un golpe que ha afectado al colectivo en general, y a nosotros en particular. Artur era un buen hombre, y con mi padre mantenía una relación casi familiar.

—Agradezco tus palabras.

A Enrique le parecía una mujer educada, culta, o más bien refinada, y también competente. Una mujer con experiencia, muy hermosa, con la belleza propia de una madurez bien llevada, de las que acrecientan la belleza con la edad.

—No quisiera ser indiscreta, pero ¿te encuentras bien?

—¿Perdón?

—Disculpa, pero he observado que estás abstraído, un tanto ausente.

Sus dotes de observación sorprendieron a Enrique.

—Eres una mujer observadora. Sí, lo cierto es que estoy un tanto distraído. Me resulta difícil estar aquí, en Barcelona, en estas circunstancias.

—Es lógico. Artur me contó varias veces lo unidos que os sentíais. También me dijo lo orgulloso que estaba de ti.

—De nuevo debo darte las gracias, Mariola. Eres muy amable.

Se produjo un silencio incómodo, aunque no lo parecía para Mariola.

—Mariola, mi padre me habló de ti en alguna ocasión, hace ya varios años. Creo recordar que no vivías en España.

—Después de casarme me trasladé a Nueva York. Mi marido era marchante y crítico de arte, y su oficina estaba en Manhattan. Hace cuatro años nos separamos y regresé a Barcelona, junto a los míos.

—Disculpa, no quiero parecer un cotilla...

—No, no, no te preocupes. Si te lo he contado es porque he querido hacerlo. Ahora bien —reflexionó en voz alta—, creo recordar que tú también estabas casado.

Enrique se sorprendió. Sin darse cuenta, le había preguntado por su vida personal, y ella, en lugar de obviar el asunto, le había contestado en iguales términos. El juego de la seducción. Ella le devolvió la pelota sin la más mínima sombra de duda, seguramente a sabiendas de la respuesta que iba a dar.

—Lo estuve. Ahora no.

—Entiendo. —Su sonrisa iluminó la tienda toda—. ¿Sabes?, pese a residir muchos años en Estados Unidos, he leído tus libros.

—¿Cuál te gustó más? —preguntó con la casi total certeza de conocer la respuesta, y un tanto desconcertado por el cambio de conversación, a la par que halagado.

—El *Arte del amor imposible*. La historia es muy hermosa, y la escribiste con tanto sentimiento... Es uno de mis libros preferidos.

—A los escritores siempre nos agrada oír cosas así. —En su caso era muy cierto.

—No lo digo por agradarte. —Su mirada alcanzó una intensidad difícil de soportar.

—No he insinuado que lo hubieras hecho. —También sus ojos refulgieron con fuerza.

En aquel momento hizo su aparición el viejo Puigventós. Entró en la tienda con una energía que desmentía su edad, pese a lo cansino de su arrugado rostro, en el que un rasgo concreto brillaba con luz propia: los ojos, tan atractivos como los de su propia hija. Enrique miró al anciano, y de inmediato volvió la vista sobre Mariola.

—Miras nuestros ojos, ¿verdad? —preguntó la mujer con seriedad.

Enrique asintió. Eran idénticos.

—Padre, permite que te ayude. —Mariola se aproximó al anciano y lo tomó por el brazo—. Mira, Enrique está aquí.

—Encantado, joven. Lamento no haber podido asistir al funeral en memoria de Artur, pero, a mi edad, el cuerpo nos juega malas pasadas y dejamos de ser dueños de nuestros actos.

—No debe preocuparse por ello. Conozco la amistad que mantenían, y sé que, pese a no poder asistir, usted se encontraba allí.

—En efecto, allí estuve. ¡Pero tutéame, por favor! ¡No me hagas sentir aún más viejo de lo que soy!

—Como quieras.

—Hija, acompáñanos al estudio.

Anduvieron hasta el extremo más alejado de la tienda, donde Mariola abrió una puerta situada junto a un espejo que daba paso a un pequeño y coqueto despacho de trabajo. El anciano se acomodó en un confortable sillón y Mariola le ofreció a Enrique hacer lo propio en uno similar.

—¿Necesitas algo, padre?

—No, hija; gracias.

—En ese caso os dejo solos —dijo, y salió sin mirarlos.

Enrique la acompañó con la mirada y se sorprendió al comprobar que el espejo situado junto a la puerta de entrada y en el lado exterior era una ventana en el lado interior, desde donde se podía controlar a la perfección parte de la tienda y el pasillo de acceso. Puigventós rio, complacido al comprobar que Enrique se había dado cuenta de ello.

—Es un instrumento muy útil —explicó—. Perteneció a una respetable familia de clase alta, cuyo nombre omito, que lo tenía instalado en una de las paredes de su dormitorio. Sin duda, lo destinaban a usos menos habituales que los nuestros.

—Creo que puedo imaginarlo.

—Ya sabes, en público se da una imagen, y en privado otra muy distinta. Siempre ha sido así y siempre lo será. Pero no dejes que te entretenga con divagaciones propias de ancianos. Veamos: ¿a qué has venido?

—He decidido aceptar su ofrecimiento. El testamento de Artur me señala como heredero universal, y voy a liquidar su negocio. Creo que, tal y como me comentó, el mejor procedimiento será realizar una subasta para los profesionales de las antigüedades.

En la parte de la tienda visible desde el despacho, Mariola, elegante, ordenaba con mano experta unos centros de flores secas. Enrique se preguntó cuánto había de necesidad en sus actos y cuánto de inconsciente —o quizá consciente —exhibicionismo. Realizó un notable esfuerzo para sustraerse al encanto de una observación disimulada y se centró en la conversación con el anciano.

—… haces bien al aceptar —decía éste cuando Enrique retomó el hilo de la conversación—. Te supondrá mayores beneficios, y la memoria de Artur impedirá que puedan engañarte en exceso; en esos temas somos muy corporativistas. ¿Cómo piensas organizar la subasta?

—Si le soy sincero, pensaba que usted…

—Recuerda que debes tratarme de tú.

—… pensaba que tú podrías ayudarme en la organización. Sólo existe un apartado que quisiera preparar por mi cuenta: tasar el precio de salida de algunos artículos.

—Pensaba proponerte que te ayudara Mariola. Tiene buen ojo para esas cosas; lo heredó de su difunta madre, que en paz descanse.

La oferta desorientó a Enrique. Contempló de nuevo a Mariola a través del falso espejo. Muy hermosa. Pensaba realizar la escenografía del cebo al solicitar la ayuda de los sospechosos para tal menester, pero la perspectiva de pasar un par de tardes en compañía de Mariola le resultó tan atractiva que, en un arrebato de inspiración, modificó su resolución.

—Si ella quiere, estaré encantado.

—¡Claro que querrá! —contestó Puigventós con exuberante entusiasmo—. Apreciaba demasiado a Artur como para negarle un favor a su hijo adoptivo. Bueno, planifiquemos las fechas —comentó mientras abría su agenda—. La tasación podríais realizarla el fin de semana, incluso el viernes por la tarde; por muchas piezas que tenga la tienda, y me consta que las tiene, no serán necesarios más de dos días de trabajo. De modo que la subasta... podríamos realizarla, por ejemplo, el próximo miércoles por la mañana, el día de descanso del gremio. Sí, sería un buen momento. ¿Estás de acuerdo?

—Si Mariola no tiene inconveniente, yo tampoco.

—¡Perfecto entonces! Yo me encargaré de la coordinación; me vendrá de perlas para variar un poco mis aburridas responsabilidades como presidente del gremio. Ayúdame a levantarme, hijo.

Enrique le ofreció el brazo y lo acompañó al exterior. Mariola acudió al encuentro.

—¿Qué, ya habéis resuelto vuestros asuntos?

—Sí, hija mía, aunque me temo que he vuelto a tomarme la libertad de disponer de tu tiempo para ayudar a otra persona que no sea yo.

—No doy por perdido el tiempo si es para ayudar a nuestros amigos —repuso mirando un momento a Enrique.

—Enrique va a liquidar la tienda de Artur; una subasta. Necesita un experto para tasar los muebles y objetos.

—Comprendo. Me alegrará ayudarte, Enrique —le dijo directamente—. ¿Cuándo quieres que comencemos?

—Tu padre tiene previsto realizar la subasta el próximo miércoles.

—Podríamos realizar la tasación el fin de semana —propuso Mariola—. Si me ayudas, no tardaremos demasiado.

—De acuerdo.

—Telefonéame a este número…, no, mejor será que te llame yo a ti. Dime tu número de móvil.

Enrique dictó el móvil y el número de la casa de Artur, y Mariola lo apuntó en una pequeña agenda que extrajo de su bolso.

—¿A qué hora puedo localizarte?

—En casa, sobre las once de la noche, sería extraño que no estuviera; el móvil suelo llevarlo apagado.

—Muy bien; entonces, hasta pronto —dijo, y le tendió la mano.

—Eso espero. —Su breve frase significaba mucho más—. Gracias a los dos.

—No hay por qué darlas, hijo. Recuerda que somos tus amigos.

Enrique abandonó el local sumido en una habitual sensación de *déjà vu*. La certeza de haber vivido una situación similar con anterioridad se afianzó con fuerza en sus pensamientos, y de nuevo se vio obligado a plantearse qué podía significar todo ello, por qué le pasaba con tanta frecuencia.

Sin conocer lo que su conversación con Puigventós podía depararle, tenía la intuición de que algo diferente a lo planificado iba a ocurrir. Mariola surgió de detrás del biombo chino como por ensalmo, y Enrique se sintió arrebatado al instante. Los acontecimientos se sucedieron con la naturalidad de la predestinación, y no supuso una preocupación que el destino alterara su plan de citar a los sospechosos para que le ayudaran en la tasación, pues instantáneamente se le ocurrió cómo tender el cebo. Bastaba con convocarlos el viernes para hacerles un ofrecimiento especial: invitarles a un café y aprovechar la ocasión para regalarles cualquier objeto de la tienda que

fuera de su agrado, en recuerdo de la memoria de Artur. Acu-
dirían a la cita pensando que contestaría a sus ofertas. Era el
momento idóneo para tenderles el flamante y reluciente
cebo. Después, sólo cabía esperar, con paciencia, a que el pez
picara el anzuelo.

Y estaba seguro de que lo haría.

7

*E*nrique pasó la tarde realizando un recorrido nostálgico por los lugares que marcaron su infancia. No podía ayudar a Bety, que quería traducir libre de la influencia de su primer intérprete, y no encontraba la adecuada disposición mental para sumergirse en nuevas investigaciones sobre el paradero del desconocido objeto. Resultaba más cómodo esperar a que Bety finalizara su trabajo: su aguzado ingenio, que tantas veces había sufrido en sus carnes, tenía que suponer el revulsivo necesario para retomar la empresa con mayores posibilidades de éxito.

La cercanía del «cebo» le preocupaba relativamente. No dudaba de su éxito, pues se sabía buen actor, y tenía los mejores motivos para que su actuación resultara convincente —el deseo de justicia, la venganza, el odio—, pero no por ello podía afrontarlo con una despreocupación inconsciente. Uno de sus invitados había matado a sangre fría, sin escrúpulos. Confiaba en Carlos, que garantizaría su seguridad; eso le tranquilizaba ante el asalto de esporádicas imaginaciones de sorpresa y muerte.

Firmemente decidido a distraerse, encaminó sus pasos al barrio que le viera crecer. Tras la muerte de sus padres en el fatídico accidente, Artur decidió que debía seguir yendo al mismo colegio, los Salesianos de Rocafort. Era un colegio religioso que en aquella época le parecía enorme: una manzana completa del ensanche barcelonés ocupada por un edificio de tres pisos, con altos portones, rematado por una iglesia de aspecto siniestro que siempre se le aparecía en sus peores pesadillas. Llegó sobre las cinco de la tarde, la hora en que los niños daban rienda suelta a la alegría, en la que salían de clase. Madres e hijos se confundían en la gran puerta de acceso al patio interior. Pasó desapercibido entre ellos, camuflado como uno más, y se asomó al gran patio, que ya no lo era tanto. Su fisonomía había cambiado lo suficiente para desorientarlo unos segundos: tras el muro con que limitaba el colegio se alzaba ahora un edificio con una nueva serie de balcones asomados sobre el patio interior. La construcción de un aparcamiento y de un polideportivo subterráneo habían modificado el patio; la disposición de las pistas deportivas chocaba en los recuerdos de Enrique. Sin esfuerzo, localizó las aulas de su infancia a través de los amplios ventanales y los recuerdos se agolparon en su mente. Estaba claro: tenía uno de esos días nostálgicos. Profesores, compañeros, anécdotas, todo formó una confusa mezcolanza. La mayoría de los recuerdos resultaron divertidos; algunos, tristes, pero todos eran parte de su pasado y sirvieron para construir su presente: diminutas piezas del rompecabezas que formaba su ser.

El patio se fue vaciando y el encargado de vigilarlo, uno de los jóvenes seminaristas de la orden religiosa propietaria del colegio, le conminó con amabilidad a que lo abandonara. Enrique abandonó el recinto con la huella del pasado en su corazón y cierta preocupación: desde la inesperada llegada de Bety no hacía sino mirar atrás en lugar de hacia adelante. Estaba distraído, ensimismado, y en aquellas circunstancias no podía permitírselo. Paseó por el barrio en dirección hacia el archivo de Ca l'Ardiaca; llegó hasta las lindes del barrio Gótico a través de la Ronda. Evitó deliberadamente la zona cercana a la comisaría y llegó hasta el Carrer Ferran, hasta la plaza de Sant Jaume, el centro mismo de la actividad política y de gobierno de la ciudad. Caminó por las calles de la judería, entre distintos edificios pero pisando los mismos callejones que contemplaron las andanzas del maestro Casadevall y del misterioso S., y que posiblemente conocían sus secretos.

Junto a la catedral está Ca l'Ardiaca, en cuyo interior se encuentra una de las más importantes bibliotecas de Barcelona, tanto por su contenido como por lo excepcional del lugar. En la planta superior de la biblioteca, Bety estaba traduciendo el manuscrito. Subió los escalones de dos en dos; Bety estaba sentada junto a uno de los ventanales de la biblioteca, enfrascada en su labor.

El responsable de la biblioteca reconoció a Enrique con una distraída ojeada y le franqueó el paso; no en vano había acudido varios días consecutivos para intentar desentrañar la clave al enigma del manuscrito. Se aproximó en silencio; Bety, enfrascada en su labor no percibió su presencia hasta tenerlo junto a ella. No perdió el tiempo en saludos inútiles. Le indicó que se sentara junto a ella y habló llena de entusiasmo.

—¡Es un documento excepcional! Su valor intrínseco supera en mucho a su posible valor material, al margen del misterio que lo envuelve. Todos los estudiosos de las formas de vida de la baja Edad Media se dejarían arrancar la piel a tiras gustosos a cambio de tenerlo a su disposición.

—¿Por dónde vas?

—Todavía estoy en la primera parte del manuscrito, la que tú, ofuscado en tus asuntos, has considerado carente de importancia, escritorzuelo corto de vista.

—Tengo suficientes motivos para prescindir del interés de todo aquello que no se relacione con el objeto —le espetó Enrique.

Bety, cortado de raíz su entusiasmo de investigadora, cobró repentina conciencia de su único objetivo.

—Perdona. —Su voz congeló la atmósfera—. Me dejé llevar por el entusiasmo; no volverá a ocurrir.

—No importa, sigue.

—Bien —continuó Bety—. Tu traducción es, en líneas generales, correcta, pero demasiado… libre. Cometes excesivos errores de sintaxis que desvirtúan el contenido del manuscrito. Es preocupante: si los has cometido en la primera parte, los habrás cometido en la segunda. Tu latín no está oxidado, sino herrumbroso, y cuando hablamos de una traducción a semejante nivel, que puede revelar una posible clave oculta en cualquier momento, no resulta válido —sancionó, severa—. Observa estos ejemplos: mira aquí y aquí, confundes genitivos y dativos, nominativos y vocativos. Mira aquí, y este otro, por ejemplo. —Le mostró anotaciones con los ejemplos referidos—. Por otro lado, aunque resulta menos grave, cometes errores morfológicos al confundir determinadas acepciones. Creo que desvirtúan bastante la traducción, pero no sabré en qué medida hasta haber concluido.

—Tienes razón —concedió, conciliador, Enrique—. Hace demasiado tiempo que no me enfrento a una traducción de semejante calibre, y está claro que es un trabajo superior a mis posibilidades, pero no tenía a quién acudir.

—Siempre es positivo reconocer nuestras limitaciones —le interrumpió Bety—. Antes no solías hacerlo. Quizá te sientan bien los años.

—Ya —zanjó rápidamente el tema Enrique—. ¿Cuándo crees que finalizarás la traducción?

—No podría decirlo con seguridad. Es un trabajo delicado, y más, como bien observaste, a medida que el texto abandona su condición inicial de dietario para transformarse en una especie de diario... Durante un intermedio les eché un vistazo a las páginas que más nos deben preocupar, y la estructura se hace más compleja, incluso arquitectónica. Los maestros de obras no dominaban el latín tanto como las jerarquías eclesiásticas de la época, pero Casadevall poseía recursos lingüísticos superiores a la media de sus coetáneos. Necesitaré, al menos, tres o cuatro días para esta primera aproximación.

Enrique suspiró con fuerza al escuchar la conclusión de Bety.

—Ármate de paciencia y espera —recomendó Bety.

—Paciencia —contestó más para sí que para ella—. Habrá que tenerla.

—¿Vamos a casa o prefieres que cenemos por aquí? —preguntó Bety.

—Sí, tomemos algo; no me apetece cocinar.

Tomaron una cena ligera en una de las terrazas de la Plaça del Pi. Enrique se dirigió allí inconscientemente, por la pura costumbre de encaminar sus pasos al lugar de Barcelona que más le atraía. Bety habló y habló de mil y una cosas, amparada en la facilidad que la caracterizaba para cambiar de conversación dejando de lado las preocupaciones profesionales o personales. Enrique, distraído, apenas prestaba atención; apenas respondía con monosílabos, pero eso no parecía molestar a Bety, capaz de entretenerse consigo misma. Ni el mismo ambiente bohemio de la plaza, tan similar al del barrio latino parisiense, consiguió atraer su atención. El recuerdo de Artur flotaba sobre Enrique y aquel lugar no hacía más que potenciarlo. Y a él se unía el de Mariola, extrañamente presente sin que encontrara un motivo para ello.

Bety propuso que regresaran a Vallvidrera. Enrique aceptó, deseoso de buscar la falsa tranquilidad del mundo de los sueños. No tardaron en llegar; ya en la casa, él se dio una rápida ducha cuando sonó el teléfono. Bety contestó mientras Enrique se secaba la cabeza.

—Es para ti: una tal Mariola —dijo desde detrás de la puerta.

—Dile que ahora mismo voy.

—Ya se lo he dicho.

Enrique se enrolló una toalla en la cintura y salió al salón. Bety estaba sentada en la terraza, aparentemente distraída.

—Buenas noches —dijo con tanta calidez que se sorprendió a sí mismo.

—Hola. ¿Pasaste una buena tarde?

—Sí, no estuvo mal. Perderte en tus recuerdos es algo que viene bien de vez en cuando.

—Tienes mucha razón. Enrique, mañana por la tarde me resulta imposible estar contigo, pero he organizado el fin de semana para estar a tu disposición.

—Perfecto. Pero no quisiera causarte ningún problema

—mintió Enrique—. Precisamente mañana por la tarde tenía previsto acudir a la tienda con unos amigos de Artur para entregarles un obsequio.

—No supone trastorno alguno.

—Tu padre comentó que la tasación llevaría bastantes horas...

—No debe preocuparte. ¿Quedamos el sábado sobre, por ejemplo, las diez?

—¿El sábado? Muy bien.

—Hasta entonces.

—Muchas gracias, Mariola.

—No hay por qué darlas —dijo, y colgó.

Enrique regresó al baño y acabó de secarse. Después se vistió con un pantalón corto y una camiseta, y se sentó junto a Bety en la terraza. Ella no dijo una palabra. Su humor parecía haber sufrido una inexplicable transformación que Enrique no acababa de comprender; por su parte, él se sentía extremadamente comunicativo, incluso alegre. Pese a su torpeza habitual, no tardó en comprender que algo no funcionaba.

—¿Qué ocurre?

Obtuvo silencio por única respuesta.

—Bety, dime qué te pasa —insistió.

—Me resulta increíble que no seas capaz de imaginarlo.

—Pues la verdad, no sé qué te pasa.

—No debiera extrañarme; eres perfectamente capaz de ser indulgente con tus propios errores, contando con que descubras que los has cometido, pero no resultas muy comprensivo con los de los demás.

—¿De qué estás hablando? —Su sorpresa comenzaba a verse sustituida por enfado.

—En la biblioteca te dije que habías cambiado; me equivoqué —enunció sin ninguna agresividad—. Sigues siendo el mismo crío irresponsable que eras hace unos años.

—Dime de una vez qué te ocurre..., déjate de historias. Si nos separamos fue para evitar oír constantemente recriminaciones.

—¡Sí, te lo diré! —gritó enfadada—. Tenías un plan preparado para atrapar al asesino, un cebo, así lo llamaste. Yo no estaba de acuerdo porque podía ponerte en peligro, pero no me
hiciste caso…

—Hablar con la Policía no es lo adecuado.

—¡Cierra tu bocaza y escucha! —Y tanta rabia concentrada tuvo la virtud de silenciar a Enrique—. He venido a ayudarte convencida de poder hacerlo. Me he visto envuelta en un
asesinato y en tu estúpida idea de solucionarlo al margen de la
Policía, sea por deseo de venganza, sea por la ambición de resolver en exclusiva un enigma del pasado. Te estoy ayudando
en la medida de mis posibilidades, desatendiendo mis obligaciones personales. Y tú, inútil incompetente, te permites el
lujo de modificar los planes que tenías previstos sin ni siquiera
dignarte a comentármelo. ¡Me he enterado gracias a tu conversación telefónica con esa Mariona, o como quiera llamarse!
Como comprenderás, después de pasar cuatro horas intentando distraerte con los temas de mayor actualidad internacional y los cotilleos más casposos de San Sebastián, y recibir por
toda respuesta la más variada colección de gruñidos realizada
desde la consecución de la inteligencia por parte de la raza humana, no puedo sentirme precisamente halagada.

Como siempre, Bety tenía razón. Debió habérselo contado.

—¿Quién es esa Mariona?

—Se llama Mariola.

—¡Me importa un pito cómo se llame! ¿Por qué no haces
la tasación con Samuel y los otros dos? —Era absurdo, pero la
razón no dominaba las palabras de Bety.

—Recuerda que Puigventós lo ofreció antes, y que fue el
mismo Carlos quien señaló la conveniencia de no mezclarlos
con la tasación…

—… y tú aceptaste por pura educación, ¿no es así? ¡Apuesto a que esa tal Mariola no es una ancianita de sesenta años
cargada de espaldas y repleta de arrugas!

Enrique no respondió.

—¡Contesta! ¿Verdad que no lo es? —preguntó socarrona.

—No, no lo es —replicó Enrique—, pero no veo qué importancia puede tener en nuestros asuntos.

—Si no lo ves es que estás ciego. Te ayudo, y como pago no recibo agradecimiento, sino que me mantienes al margen de las novedades que suceden.

—Pensaba decírtelo, pero estaba distraído.

—Si pensabas decírmelo, ¿por qué no lo hiciste? No, no digas nada —le interrumpió cuando se disponía a contestar—, yo misma te lo diré: estabas pensando en ella, y no te atrevas a discutírmelo.

—Bety, yo…

—No sé por qué me sorprendo —reflexionó para sí—. Cualquiera de mis alumnos veinteañeros es más maduro que tú.

—¡Basta ya! Ahora me toca hablar a mí. Si he estado toda la tarde abstraído ha sido porque mañana por la tarde tengo una cita con el asesino de mi padre. ¿Cómo quieres que permanezca insensible ante semejante hecho? Es cierto que no te he informado del cambio en los planes, pero no ha habido mala fe en ello, ni tiene nada que ver con Mariola. Sencillamente, me pareció poco importante.

Bety se levantó sin mirarle y se dirigió hacia su dormitorio. Enrique, entre enfadado y preocupado por una nueva idea que no había imaginado hasta ese preciso instante, la siguió hasta la puerta de la habitación.

—No digas nada más o me harás perder la escasa fe que tengo en ti. Me quedaré el tiempo justo para finalizar la traducción y después regresaré a casa —dijo, y cerró la puerta tras de sí, dejando a Enrique con la palabra en la boca.

Sorprendido, una idea cruzó por su cabeza como un repentino relámpago; era, a partes iguales, halagadora y encantadoramente inesperada. ¿Estaba celosa? Estaba enfadada por no haberle contado el cambio de planes, pero su actitud respecto a Mariola dejaba entrever un comportamiento poco receptivo.

Cuando se separaron, Enrique creyó que existía entre ellos

mucho más de lo que ambos dejaban entrever. Las miradas, los gestos… Nunca acabó de comprender a las mujeres, pero sí se consideraba capaz de descubrir cuándo existía química entre dos personas; posiblemente por eso había tenido más relaciones que la mayoría de las personas que conocía. Recordaba a la perfección el momento de la firma de los documentos legales: Bety, aparentemente investida en un aura de frialdad, utilizó un bolígrafo diferente al suyo, que colgaba olvidado en el bolsillo exterior de su americana. Un detalle tan aparentemente intrascendente carecería de importancia en otras personas, pero nunca en el paradigma de meticulosidad que era su ex esposa, tan apegada en su vida diaria a comportamientos casi obsesivos. Ese detalle, intrascendente en apariencia, convertía su actitud en una pose perfecta pero afectada por una fisura para aquel que la conociera de verdad.

Otro punto que analizar era el viaje sorpresa a Barcelona, motivado, como ella mismo dijo, por ser la única persona capaz de ayudarle en esos momentos. Después de una temporada de un alejamiento casi radical, difícil de sostener en una ciudad relativamente pequeña como San Sebastián, y más aún si se comparten amigos, aparecía como por ensalmo junto a él, solícita, dispuesta a compartir su dolor. ¿Cómo podía interpretarse semejante actitud? Si no hubiera mencionado a Mariola, Enrique no lo hubiera imaginado: estaba celosa, y si lo estaba, eso implicaba que estaba presente en sus sentimientos con mayor fuerza que la de una simple amistad residual provocada por unos años de convivencia común.

Más alegre de lo que se había sentido en meses, Enrique tomó un último vaso de zumo y se acostó. Por vez primera desde la muerte de Artur no tuvo dificultad para conciliar el sueño.

La mañana del viernes transcurrió como una frenética sucesión de acontecimientos que, no por ser planificados de antemano, carecieron de la intensidad y viveza de lo imprevisto.

Acompañó a Bety a Ca l'Ardiaca, parca en palabras durante todo el viaje. Tras dejarla en la biblioteca aprovechó las primeras horas de la mañana para acercarse a su editorial, dispuesto a pasar el mal trago de soportar unas condolencias sentidas, pero que no le apetecía escuchar, y entregar su última obra a Juan Vidal, el editor. Los empleados lo recibieron con la amabilidad esperada; Juan, con quien mantenía lazos de amistad forjados por años de esas constantes batallas entre el deseo de preservar el texto original y el de modificarlo para mejorar su calidad, no se detuvo en demasiados cumplimientos. Era un buen amigo y un buen profesional, pero a la hora de expresar sus sentimientos resultaba un verdadero incompetente. Por eso cogió el lápiz de memoria que almacenaba la información con un no disimulado alivio cuando, tras dar el pésame, Enrique modificó el rumbo de la conversación hacia asuntos exclusivamente literarios. Conversaron buena parte de la mañana sobre las modificaciones que había introducido en el argumento en los últimos capítulos, que en primera instancia no resultaron de su agrado, pero que prometió estudiar de inmediato para darle su opinión en breve. Al despedirse ,Juan le ofreció asistir a una cena con otros compañeros de profesión, pero Enrique declinó la oferta alegando motivos personales. No era el momento.

Solucionados sus asuntos laborales emprendió camino hacia el Carrer de la Palla. Al igual que durante la reunión con Juan, tuvo la impresión de que los acontecimientos se sucedían de una manera diferente a la habitual. A su alrededor, el tiempo parecía haber modificado su curso. Sólo conseguía centrar su atención en la reunión que iba a mantener con el supuesto asesino de Artur; el resto, las mismas calles, los otros viandantes, carecían de fuerza, eran figuras clandestinas que apenas percibía como sombras huidizas aquí y allá. Primero conversó con los dos sospechosos; después, con Samuel. Todo transcurrió con la irrealidad propia de un sueño. Pasó en un momento de entrar en la tienda de Guillem a salir de la de Samuel, con el objetivo cumplido de haberlos citado a los tres en la tienda de Artur a las ocho y media, cuando hubieran cerrado sus negocios. No les quiso explicar el motivo; ellos supondrían que iba a responder a sus ofertas, cosa que era cierta, aunque no en el sentido que ellos esperaban.

Con el terreno preparado, acudió a la biblioteca para recoger el manuscrito. Bety se lo entregó con cierto recelo, a sabiendas del peligro que ello suponía para Enrique. No se extendió en sus progresos respecto al texto, que podrían calificarse como notables, y le recomendó la máxima prudencia después de la representación que iba a realizar. Enrique le ofreció las llaves del coche, pero ella repuso que no pensaba ir a Vallvidrera si no era con él.

—No me parece oportuno que estés en la reunión.

—Y no estaré. Te recogeré a las nueve y media, una hora después de que hayas quedado con ellos. Mientras, esperaré en algún bar de la plaza. Y no insistas —finalizó, tajante, Bety.

Dejó en la Plaça del Pi a Bety, que no disimulaba su preocupación. Aún estaba enfadada con él, pero la inquietud era superior a su malestar. Enrique entró en la tienda por la parte delantera; activó las luces de la sala, entrecerró la puerta y anduvo hasta llegar a la escalera. Allí no pudo evitar mirar el viejo altar donde una mano experta había borrado todo rastro de la muerte de Artur, todo rastro excepto una barandilla rota y un recuerdo indeleble: una mancha rojiza sobre el viejo mármol del altar.

Ya en el estudio dispuso la trampa con todo lujo de detalles: situó uno de los confortables sillones frente a la amplia mesa y dispuso en ella el manuscrito abierto por sus últimas páginas y buena parte de las anotaciones junto a él. Comprobó el efecto que causaría a cualquiera que subiera por la escalera y obtuvo una indudable conclusión: iba a dar el pego a la perfección.

Meditando sobre la reacción que tendría el asesino al regresar a la tienda sonrió al comprobar que el viejo tópico de las novelas de misterio iba a cumplirse: el asesino siempre regresa al lugar del crimen. Estaba seguro de que no experimentaría ningún tipo de emoción, pero ¿qué podría pensar? ¿Qué pensamientos se esconderían detrás de la máscara de pesar que mostraría su rostro? La hipocresía de quien fuera que fuese el culpable le indignó, pero se esforzó en dejar de lado semejantes ideas: tenía un papel que desempeñar y debía hacerlo a la perfección.

Cinco minutos después de la hora prevista, los tres anticuarios llamaron a la puerta de la tienda. Se asomó desde el estudio y los invitó a pasar con una seña. Mientras entraban en la tienda, Enrique bajó a su encuentro.

—Pasad, amigos, adelante —saludó.

Le devolvieron el saludo; Samuel, con aire ausente, permitió que sus ojos miraran el altar y negó con la cabeza. Una lágrima se dibujó en sus ojos.

—Perdonad —dijo—. Al verte bajar la escalera no he podido evitar acordarme de la última vez que estuvimos aquí, junto a Artur. Hizo lo mismo que tú, acercarse a recibirnos…
—Su voz se quebró; no pudo continuar.

Enrique le sujetó con fuerza por los hombros.

—Animo, Samuel, olvídalo. No pienses en ello.

—Lo intento, hijo, lo intento, y ya me lo había quitado de la cabeza, pero al regresar aquí y verte bajar la escalera, no lo he podido evitar.

—Bueno, vamos a cambiar de conversación. Os voy a explicar por qué os he citado aquí. —Todos lo miraron expectantes—. De vosotros tres he recibido una oferta para adquirir los muebles y objetos de la tienda en caso de que quisiera liquidar el negocio de Artur. Bien, he decidido venderlo, pero no voy a aceptar vuestro generoso ofrecimiento… ni el de ningún otro —añadió, a propósito, después de una estudiada pausa—. Puigventós me sugirió que el mejor sistema para liquidar el negocio era realizar una subasta privada para los miembros del gremio y algunos particulares vinculados a él, y yo he decidido aceptar. Su hija Mariola me ayudará a realizar la tasación de todas las existencias durante el fin de semana.

Los tres anticuarios no mostraron emoción alguna después de escuchar a Enrique, quien prosiguió su exposición.

—Pero, de alguna manera, me sentía en deuda con vosotros, no sólo por la amistad que mantuvisteis con Artur, sino por la ayuda que habéis estado dispuestos a prestarme en todo momento. Por todo ello, y en el nombre de Artur, quisiera que tuvierais a bien aceptar un obsequio. Sé que, tanto en la tienda como en el almacén, debe haber, a buen seguro, algún mueble u objeto que sea de vuestro agrado; quiero que me hagáis el honor de elegir uno y llevároslo.

Samuel, Enric y Guillem hablaron a la vez; insistieron en lo innecesario de semejante gesto, pero Enrique se mostró inflexible.

—No me sentiré tranquilo, en paz conmigo mismo, si salís de aquí de vacío. Tendréis que hacerlo aunque sólo sea para darme ese gusto.

Guillem fue el primero en reaccionar. Tras mirar a sus compañeros tomó la palabra.

—Creo que hablo en nombre de los tres al decirte lo mucho que apreciamos este detalle. Te repito que lo considero innecesario, pero no pienso discutir contigo. Aceptamos este ofrecimiento en lo que vale, que es mucho, y quiero que sepas que, personalmente, no lo olvidaré.

—Soy una persona discreta por naturaleza —intervino con una inusual decisión Enric—; hablo cuando me veo obligado, o lo que es lo mismo, en muy escasas ocasiones. Todos lo sabéis. Pero ahora voy a hablar. Artur era un hombre excepcional en muchos aspectos: a su enciclopédico e inagotable afán de saber se unía una sin par vocación por nuestro mundo, pero no eran estas dos facultades las que más brillaban en su persona. Si destacaba por algo era por su humanidad, cualidad primordial entre las buenas personas. Esa conjunción de virtudes era la que le confería el excepcional carisma que tenía sobre todo en el colectivo de brocantes. Y era una humanidad que compartía con todos y cada uno de sus miembros, tanto los noveles como los veteranos. Si Guillem y yo tuvimos el honor de considerarnos sus amigos fue gracias a su voluntad de compartir la magia de nuestro peculiar mundo con todo aquel que la sintiera. No puedo decir mucho más, salvo lo siguiente: se nota que él te educó, porque compartes muchas de sus virtudes: la amistad y la generosidad brillan entre ellas.

Samuel intervino a continuación.

—Yo no diré nada; tú sabes lo que siento. Gracias.

Enrique les dio las gracias efusivamente, y un sentimiento de duda nació en su interior. ¿Cómo podría alguien que se expresara en semejantes términos haber asesinado a Artur? O se había equivocado o eran los mayores mentirosos del universo.

Dejó aparte estas preocupaciones. Los tres anticuarios, incapaces de reaccionar, cogidos por sorpresa, parecían esperar una orden para moverse. Enrique los animó a que cogieran lo que les gustase, independientemente de su valor, a excepción de los libros, que, les explicó, pensaba incorporar a su biblioteca.

Guillem y Enric anduvieron por la tienda mirando a su alrededor, sin saber por qué decidirse. El primero escogió una colección de abanicos expuesta en un vajillero, y el segundo, un diminuto autómata parisiense de principios de siglo. Samuel, dubitativo, acabó por decidirse después que sus compañeros.

—Artur guardaba una vieja baraja francesa del siglo XVIII en uno de los cajones de su escritorio. Es una pieza descatalogada, bien conservada, y, por ende, de inestimable valor.

—Tuya es —sonrió Enrique—. Acompañadme arriba. Además de entregarle su obsequio a Samuel, aprovecharé para invitaros a tomar un café. No resultará tan sabroso como los suyos, pero la voluntad es lo que cuenta.

Subieron las escaleras tras él. Una lámpara Tiffany's original tamizaba con reverente suavidad la luz que caía sobre la mesa de trabajo donde reposaba, ajeno a su importancia en la escena, el manuscrito Casadevall, oculto por la pléyade de notas que tomó Enrique al intentar desentrañar sus misterios. En el rellano, Enrique les hizo pasar delante, en un gesto deferente que en realidad pretendía servir para controlar sus reacciones en caso de que vieran el manuscrito. Si lo hicieron, nadie se dio por enterado. Encendió la lámpara de techo mientras, siguiendo la costumbre impuesta por su padre en tantas tardes, sus invitados tomaban asiento. No tardó en preparar un espeso y humeante café que sirvió en el mismo juego que utilizó Artur. Después, el mismo Samuel extrajo la baraja del cajón del escritorio.

La conversación discurrió por diversos derroteros. Enrique estaba asombrado por la indiferencia mostrada con su cebo, y su seguridad en dar en breve con el asesino de Artur se resquebrajó por completo. ¿Estaría equivocado? Puede que, a fin de cuentas, Artur muriera a manos de un ladrón de barrio bajo repentinamente asaltado por el síndrome de abstinencia. Pero también podía ser que el asesino estuviera allí mismo, sentado junto a él, en la escena del crimen, impertérrito, para evitar cualquier tipo de sospechas.

La charla decayó por sí sola. El lugar no era propicio para expresarse con ánimo alegre; las heridas abiertas por la muerte de Artur eran recientes y Enrique había simulado a la perfección el ritual diario que sus invitados y su padre adoptivo habían compartido durante años. Guillem solucionó la inflexión con un nuevo y oportuno tema.

—¿Estás trabajando en una nueva novela? —preguntó a Enrique.

Era una ocasión regalada por algún Dios benevolente.

—Acabé mi último libro justo antes de venir a Barcelona, pero, de manera inesperada, me he encontrado con un argumento atractivo que estoy considerando utilizar.

—¿De qué se trata? —intervino Samuel.

—La historia aún no está definida. Encontré, aquí mismo, en la tienda, un viejo manuscrito en un lugar donde mi padre no solía guardar los libros. Me extrañó lo suficiente para que, en estos momentos en los que necesito distracción, me propusiera traducirlo, y los resultados han sido llamativos.

El propio Enrique era el primer sorprendido por la fluidez con que improvisaba una mentira que ni urdida *ex profeso* hubiera sonado más auténtica.

—¿Qué quieres decir? —preguntó Guillem.

Sus tres invitados mostraron una repentina atención que confundió a Enrique, incapaz de discernir en sus rostros si era mero interés o algo más.

—No estoy muy seguro —continuó improvisando un inspirado Enrique—. Mi latín no está muy fresco, y no he hecho sino ojearlo, pero deduje que cuenta la historia de alguna sociedad clandestina en la Barcelona del siglo XV. Es una historia relacionada con la iglesia y los judíos de la época, y habla de un objeto misterioso, pero eso no es lo importante. Me va a servir de orientación, de referente, para la que espero que sea mi primera novela histórica. No tengo muy claro de qué tratará, a excepción de que debe seguir el esquema tradicional de una novela de misterio.

—Los temas históricos son muy complejos; se precisa mucha documentación si no se quieren cometer incongruencias —sentenció Samuel—. Si persistes en el tema, puedo ayudarte; ya sabes que soy un experto en todo lo relacionado con la historia de los míos. Y ahora que lo dices, también Artur estaba trabajando en un documento que llamó «manuscrito Casadevall». Nos lo enseñó el fin de semana, antes de…, de su muerte.

—Es el mismo, llevo varios días tomando notas. Por otra parte, te agradezco la oferta, Samuel. Supongo que acabaré por pedir tu ayuda, aunque de momento me basta con gestar aquí dentro —señaló su cabeza— el argumento. Bueno, señores: la compañía es grata, pero, si no os importa, me van a venir a buscar dentro de unos minutos…

—… y quisieras estar solo —concluyó la frase Guillem—.

Muy bien. Amigos, tomemos los objetos con los que Enrique ha tenido a bien obsequiarnos en memoria de Artur y continuemos nuestro camino.

Enrique los acompañó hasta la puerta, donde se despidieron. Los vio alejarse en dirección a la Plaça de Sant Josep Oriol y empujó la puerta, asegurándose de que estuviera cerrada, presa de un repentino temor. Ahora que la representación había acabado la tensión acumulada cobró su precio. Un súbito escalofrío desmintió la calurosa atmósfera reinante y le puso la piel de gallina. Subió las escaleras de dos en dos e introdujo el manuscrito y los apuntes en su cartera de piel, para, a continuación, bajar corriendo hacia la puerta. Allí, dudoso, acabó por tomar una decisión: abrió la puerta, echó una ojeada a la poco frecuentada calle y bajó la persiana de un tirón.

No podía esperar a Bety en el interior de la tienda. Estaba seguro de haber compartido un café con el asesino de su padre en el mismo lugar donde se cometió el crimen, y a la angustia que sintió al regresar a media tarde a la tienda, se le había añadido el miedo de llegar a sufrir idéntico destino. La calle, aunque sombría y no muy bien iluminada, estaba frecuentada por despreocupados viandantes que le conferían una sensación de seguridad, quizá ficticia, pero suficiente. Apoyado en la pared para dominar ambos extremos de la curvada calle, vio en la distancia a Bety. Salió a su encuentro y la tomó por el brazo. Se dirigieron hacia el aparcamiento por la salida opuesta a la Plaça Sant Josep Oriol.

El Carrer de la Palla desembocaba por su otro extremo en la Plaça de la Catedral. Allí, entre los numerosos patinadores noctámbulos, Enrique respiró tranquilo. Tomaron asiento en uno de los bancos situados frente a la hermosa Catedral gótica y le explicó a Bety el desarrollo de la conversación, en especial la curiosa indiferencia que habían mostrado respecto al manuscrito. Sólo un comentario acerca del manuscrito, y apenas de pasada. Era cierto que se había desviado prontamente la conversación hacia temas literarios, pero no se hizo más que

ese único comentario. Para Bety, no resultaba importante, y sí
lo era saber quién había picado el cebo, es decir, quién había
iniciado la conversación. La respuesta, Guillem, confirmó sus
sospechas.

Bety intentó tranquilizarlo. Pasó su mano por la espalda de
su ex: los músculos estaban completamente agarrotados, crispados. La piel respondió a su contacto:

—¿Estás bien? —le preguntó.

—No, no lo estoy —le respondió.

Se levantaron. Bety lo tomó por la cintura y Enrique pasó
su brazo sobre los hombros de ella, y así, juntos, caminaron
hacia el aparcamiento de la Plaça de Catalunya.

Detrás, amparada al abrigo de las sombras que las podero-
sas torres romanas de vigilancia proyectaban en la plaza, una
figura envuelta en la penumbra les vio alejarse, callada, inmóvil. Cuando se perdieron de vista dio la vuelta sobre sus propios pasos y se internó entre las sombras, en un laberinto de
callejones.

8

*D*urante el desayuno, Enrique recordó la impresionante bronca que, vía telefónica, organizó Carlos la noche del viernes. Le telefoneó para explicarle que había tendido con éxito, según su impresión, el cebo; por toda respuesta obtuvo una sarta de palabras obscenas que habrían impresionado al más curtido de los marineros. Su genuino enfado estaba motivado tanto por la increíble imprudencia de haberse expuesto a cualquier reacción imprevista por parte del presunto —y desconocido— asesino, como por organizarlo todo sin haberle tenido en cuenta. Bety, atenta por el otro teléfono, no pudo evitar una sonora carcajada que, afortunadamente, Carlos no llegó a escuchar.

Ya desahogado, Carlos le ordenó que cerrara puertas y ventanas hasta que recibiera una llamada telefónica a su móvil en la que únicamente dijeran la palabra «tranquilo». Eso querría decir que la vigilancia ya estaba dispuesta, y que podía descansar sin preocupaciones. A partir de ese momento estaría vigilado durante las veinticuatro horas del día por detectives de su agencia, expertos en la discreción necesaria durante los seguimientos. También le recomendó que la próxima vez que tomara una iniciativa de cualquier tipo sin consultarle previamente aprovechase para buscarse otro detective.

—El asunto es demasiado serio para que un aficionado piense que puede actuar por su cuenta y salir bien librado. Recuerda que la ignorancia es atrevida, y que el precio que se paga en caso de error puede ser tu propia vida.

—Y ¿qué debo hacer ahora?

—Haz vida normal. Tienes que moverte para proporcionar al asesino la posibilidad de actuar, pero siempre dentro de los cauces habituales de tu conducta. No realices ningún movimiento extraño que pueda desorientar a tu ángel de la guarda. Si quieres un consejo, trabaja, en bibliotecas o en tu casa, como prefieras. Distraerse es lo mejor.

—¿Debo llevar el manuscrito encima?

—Da igual. Lo que a él le importa no es tanto el manuscrito como que tú conozcas sus secretos, pero simular que lo llevas encima incrementará la posibilidad de que actúe antes. Piensa que, en caso de atacarte, podría matar dos pájaros de un tiro. Si decides no llevarlo contigo, procura esconderlo donde no pueda encontrarlo.

—Muy bien.

—Apunta este teléfono. —Le dictó el número—. Es el móvil; en él me podrás localizar a cualquier hora y en cualquier lugar. Si ocurriese cualquier cosa extraña que despierte tus sospechas, llama. Aunque sea una chorrada, algo intrascendente; más vale despertarse por una idiotez que después lamentarse. ¿De acuerdo?

—De acuerdo.

—Suerte y hasta pronto.

—Gracias por todo.

Bety salió de la habitación y se le acercó.

—Fíjate: no soy yo la única que se enfada porque no le comunicas tus planes. Pero a Carlos no le falta razón al decir que anoche te expusiste en exceso. ¿Cómo no se nos ocurrió antes?

—No pensamos que el asesino se planteasen actuar tan pronto.

—Pues pensamos poco en ello, o pensamos mal. Nunca se puede saber cómo funciona, cómo discurre, la mente de un asesino. Lo probable era que no te atacase de inmediato, sin planificar sus movimientos; estabas en la misma escena del anterior crimen, y encontrar tu cadáver allí después de mantener una reunión con ellos despertaría la mente del policía más incompetente. Pero, a la hora de analizar sus movimientos, debemos dejar un resquicio para lo imprevisto. Puede estar bajo presión, sentirse acosado, y obrar de manera inesperada.

—Y, si eso hubiera ocurrido, yo estaría muerto.

—Y quizá lo estuviera hasta yo —añadió Bety—. No resulta extraño que tú no lo pensaras, pero que me pasase eso a mí…

Ambos se rieron.

Más tarde, después de la cena, esa vieja magia estuvo a punto de revivir. Bety insistió en darle un masaje; Enrique no se negó. Tumbado en el sofá, de espaldas, sintió sus manos deslizarse sobre sus músculos, hasta el punto de convertirlos en una masa gelatinosa, pura arcilla primordial. En esos instantes, ambos debieron de sentir lo mismo: el recuerdo de su pasado resultaba difícil de olvidar. Se miraron, súbitamente asaltados por un sentimiento indefinido; Enrique no recordaba que sus labios se hubieran acercado a los de Bety, pero debió ocurrir, ya que ella se incorporó y salió corriendo hacia su cuarto mientras el timbre del teléfono resonaba en la habitación. Su ángel guardián intervino para separarlos. Sólo en el sofá, se golpeó la frente con la palma de la mano y maldijo su mala suerte.

A la mañana siguiente, se despertó eufórico. Se vistió, sumido en sus pensamientos, y acudió a la cocina para desayunar. Bety, tan madrugadora, aún estaba en su cuarto; era evidente que no quería verlo. Le dejó una nota:

Querida Bety:

Tengo que acudir a la tienda para la tasación. No necesito el manuscrito; podrás trabajar con él. Si necesitas cualquier cosa, llámame allí. He hablado con Carlos para que ambos estemos protegidos.

Y recuerda que, si sales a dar una vuelta, no debes dejar a la vista el manuscrito, o aún mejor, llévalo contigo.

Sé prudente.

Un beso,

ENRIQUE

La colocó de manera que sobresaliera entre las páginas del manuscrito, que dejó en el suelo, frente a la puerta de su habitación. En el coche, intentó en vano descubrir en qué automóvil le espiaba su celoso vigilante. Por más que quiso, le resultó imposible distinguirlo. Por un momento le tentó la idea de realizar algún movimiento extraño, repentino, como tomar un desvío inesperado, para forzar a su vigilante a delatar su posición. Su imaginación solía entretenerse en crear imágenes de sucesos similares que, evidentemente, luego no se atrevía a realizar. Ya perdido en la vorágine del tráfico barcelonés, medianamente denso para ser la mañana de un sábado, desistió en su empeño. Estacionó el coche en el aparcamiento, se detuvo en un kiosco para comprar el periódico, y se plantó en la Plaça Sant Josep Oriol, plagada, como cada sábado por la mañana, de pintores jóvenes, y no tan jóvenes, condenados —o, según se mire, recompensados— a exhibir su obra en tan magnífico entorno, lejos de los privilegios y obligaciones de las galerías.

De allí hasta la tienda de Artur, solo había unos pocos metros. Junto a la puerta le esperaba Mariola: distinta, y a la vez, idéntica a la mujer que reencontró dos días atrás. Vestía con menor elegancia, más juvenil, pero no podía disimular su clase, su buen gusto. Pertenecía a ese escaso grupo de personas que, ajenas a modas y vestimentas, cautivaban a todos los que las rodeaban. Se saludaron; Enrique dudó un instante y Mariola le ofreció la mano. Él la estrechó con delicadeza; luego, levantó la persiana y le invitó a pasar. A esas horas, el sol iluminaba buena parte de la calle y penetraba, sesgado, en la tienda. Una nube de polvo alborotada revoloteó por entre los rayos del sol.

—Nadie viene a limpiar desde que ocurrió —explicó Enrique—. Antes venía una interina, pero ahora…

Mariola no hizo caso, absorta en contemplar los objetos y el mobiliario que la rodeaban.

—Artur era un hombre de un gusto exquisito y poseedor de una gran experiencia. La disposición de los muebles es tan sabia…, atrapa la vista sin que uno pueda evitarlo. —Miró a Enrique—. Tu padre sabía cómo atraer la atención de los que pasasen frente a la tienda: verde veronés y azul ultramar son chillones por sí solos, pero realzan la madera noble como pocos colores.

—Conozco poco de vuestro arte, pero sus amigos siempre alababan sus combinaciones, su estilo.

—Con motivo —repuso con seguridad Mariola—. Tenía un toque especial. Bien, ¿dispuesto para el trabajo?

—A tu disposición.

—Toma lo necesario para escribir y acompáñame. Comenzaremos por la tienda y después seguiremos por el almacén, pero antes quisiera echar una ojeada.

Enrique iluminó el almacén. Los fríos fluorescentes esparcían una luz pálida, que apenas llegaba a iluminar los numerosos recovecos del espacioso local. Mariola se movía con un andar elegante por entre los numerosos muebles. Unos estaban recubiertos por grandes sábanas blanquecinas; otros, cubiertos por una gruesa capa de polvo, clara muestra del olvido. Con una energía que desmentía su aparente fragilidad, Mariola apartó súbitamente uno de los cobertores. La tela se deslizó sobre el mueble: un maravilloso aparador de madera de teca adornada con incrustaciones de metal dorado. Miró a Enrique, casi pidiendo un perdón anticipado por los que fueron sus siguientes movimientos. Inspirada por la revelación que supuso devolver a la luz un mueble de gran belleza, paseó entre las avenidas de fantasmas despejándolos de sus ocultos misterios, como un hada que los golpease con su mágica varita para convocarlos desde la nada hasta la realidad. Escritorios, vajilleros, una gran jaula de bambú, vitrinas, un pedestal con una escultura clásica… Enrique, anonadado por el inesperado giro de los acontecimientos, se sorprendió al escuchar por vez primera la argentina risa de Mariola. Sí, se reía; debía sentir algo diferente, algo especial, sumida en una rítmica orgía de descubrimientos a cuál más sorprendente.

Cuando la última sábana hubo caído al suelo, Mariola, con una cautivadora sonrisa en su rostro, se acercó, levemente jadeante.

—¡Es maravilloso! —exclamó—. ¡Artur tenía aquí dentro una de las colecciones de muebles más hermosas que jamás haya visto!

—Tienes razón; es maravilloso —concedió Enrique, aunque él no se refería a lo mismo que ella.

—No entiendo por qué no los exponía en la tienda. ¿Sabías algo de esto? —Señaló con ambas manos en derredor.

—No sé qué decir. Tengo algún conocimiento en antigüedades, cómo no, pero no sabría discernir el valor exacto de un mueble y de otro.

—Escucha. —Adoptó el aire cómplice con el que un adulto le contaría un cuento maravilloso a su hijo favorito—: Artur tenía en el almacén dos tipos de muebles. Unos estaban destinados a salir al mercado; son los que no estaban protegidos por las sábanas. Dentro de ese grupo podemos hacer una segunda distinción, entre aquellos que precisan restauración, los situados más cerca de la puerta del almacén, y los que ya han pasado por tal proceso, más próximos a la tienda. —Se detuvo un segundo para recobrar el aliento—. Pero, entre todos ellos, hay una serie de muebles de diferentes épocas, usos, y materiales, absolutamente diferentes. Es un mobiliario que destaca por conjuntar materiales de alto nivel con acabados exquisitos.

—No entiendo lo que quieres decirme.

—Perdona, te lo estoy explicando como si pertenecieras a nuestro gremio —rio de nuevo Mariola—. Enrique, tu padre tenía aquí un museo. Sí, un museo.

Su cara debía de reflejar verdadera estupefacción, pues Mariola rio de nuevo, y con más fuerza que la vez anterior.

—Había conservado esas escasas piezas extraordinarias que a lo largo de toda una vida pasan por las manos de un anticuario experto. Y esto sólo tiene una explicación: tenía un pequeño museo para su uso y disfrute personal.

—Por eso estaban cubiertas por las sábanas.

—En efecto. Están restauradas con exquisitez, en un alarde de trabajo artesanal, y cuidadas con todo mimo y esmero. Pero no cabían en la tienda, y son casi imposibles de tener en una casa corriente por su tamaño o dificultad de estilo.

Enrique, contagiado por la espontánea alegría de Mariola, deambuló por los estrechos pasillos, rodeado por los muebles que Artur amó tanto.

—¿Te lo imaginas aquí, descubriendo los muebles uno a uno…?

—… con deliberada lentitud —la interrumpió Enrique—, regodeándose en el mismo acto de devolverlos a la luz. Su gesto sería pausado, como lo era su vida, pero también intenso, porque amaba lo que hacía, y esto debía de suponer un oculto placer privado. Lo imagino —prosiguió— al adquirir las pequeñas joyas de su colección. El primero de sus muebles fetiche debió de estar aquí mucho tiempo, mientras dudaba sobre si desprenderse de él o sacarlo al mercado. Poco después, un segundo mueble vendría a perturbar su decisión al situarlo próximo al otro, dos joyas rodeadas por una multitud de mediocridades. Así debió formarse su colección, más en su corazón que en su cerebro, basada en el impulso y no en el método.

Mariola no dijo nada. Se limitó a mirarlo sonriente; ni siquiera los que más la conocían hubieran sido capaces de averiguar qué se ocultaba tras su enigmática expresión. Enrique, todavía impresionado por el descubrimiento de una faceta desconocida en la vida de su padre, oculta a lo largo de los años como un vicio privado, destinado a permanecer escondido para que nada ni nadie pudiera compartirlo, no llegó a fijarse en

Mariola. Se sintió emocionado, y sus ojos se humedecieron, aunque se esforzó en retener las lágrimas. No le gustaba mostrar sus sentimientos, y, extrañamente, pensar que Mariola podía verle, sirvió para retraer el dolor a lo más profundo de su interior. Inmediatamente cayó en la cuenta del porqué de su actitud: el hombre atractivo para las mujeres es el macho poderoso, al que nada le afecta. No pudo evitar sonreírse al comprender que Mariola le gustaba lo suficiente para que su subconsciente se pusiera en funcionamiento.

Durante unos segundos pareció existir una tregua entre los dos. Estaban callados, por diferentes motivos. Mariola rompió el sereno embrujo que parecía haberlos silenciado.

—¿Preparado para trabajar? —preguntó con delicadeza.

—Cuando tú lo ordenes.

—Empezaremos por aquí. Toma nota de la siguiente manera: numera las piezas a partir del uno; te diré el tipo de mueble, la madera, su estado, la época y el valor base aproximado. Haré una foto digital de cada pieza y así evitaremos trasladar las de mayor tamaño.

Así pasaron las horas, con la suavidad del río poblado de remansos donde las aguas se detienen a descansar, fatigadas por lo largo de su interminable viaje. Mariola, feliz entre los objetos de su mundo, dictaba la interminable lista de objetos del más diverso tamaño, desde los enormes escritorios estilo regencia hasta la colección de pequeños encendedores de principios de siglo, expuesta en una diminuta vitrina de mesa. Enrique, atento a las exactas explicaciones de Mariola, disfrutaba de su proximidad, del halo de su discreto perfume, del dibujo de sus gordezuelos y hermosos labios. La atmósfera estaba cargada de la radiante felicidad que Mariola sentía en su interior y que, incapaz de guardar para sí, transmitía a su perplejo e improvisado secretario.

Apenas descansaron media hora para tomar un bocado con el que reponer fuerzas antes de proseguir su labor. Enrique se sentía transportado a un mundo de dicha que había dado por

JULIÁN SÁNCHEZ

perdido hacía muchos años. El reencuentro con la magia de la infancia, cuando Artur le contaba hermosas historias improvisadas sobre el pasado de las antigüedades que exponía en la tienda, unido a la calidez de los sentimientos que los adultos experimentan cuando comparten determinadas vivencias con personas del otro sexo, le hizo olvidar, incluso, que en aquel mismo lugar había sido asesinado, unos días atrás, su padre adoptivo. Por la noche, con gran parte de la tienda incluida en el listado, Mariola decidió que había llegado el momento de detenerse.

—Ya está bien por hoy. Hemos trabajado mucho y mañana por la mañana podremos finalizar. ¿Qué hora es?

—Las campanas de la catedral dieron las nueve hace apenas unos minutos.

—Bueno, creo que me he merecido alguna recompensa. ¿Me invitas a cenar? —dijo, y le miró largamente con sus azules ojos.

—Pobre pago será ése a lo mucho que te adeudo.

Mariola insistió, caprichosa, en cenar en la misma Plaça Sant Josep Oriol.

—Hace mucho tiempo que no vengo a comer por aquí —explicó.

Todas las mesas estaban ocupadas por grupos de estudiantes, por turistas bien informados y por la variopinta fauna propia del barrio: pintores, poetas, músicos, intelectuales… Gracias a la amistad de su padre con el dueño del bar del Pi, Enrique consiguió una mesa adelantándose a la larga lista de espera. La instalaron en el extremo de la terraza situado hacia el centro de la plaza, un poco al margen de la barahúnda de conversaciones que, con la típica falta de discreción hispana, se superponían unas a las otras en una especie de orquestada ceremonia de la confusión. El camarero tomó nota de inmediato y no tardaron en ver la mesa ocupada por una gran ensalada y un par de tortillas rellenas.

—Esta plaza posee un encanto particular que no he encontrado en ningún otro lugar de Barcelona —explicó Mariola—. Es un rincón de París trasladado a Barcelona y que, misteriosamente, ha conseguido adaptarse a su entorno y a sus gentes.

—¿Conoces París?

—*Très bien.* —Lució un acento purísimo—. Estudié allí Bellas Artes. Mi padre es una persona muy conservadora, de esas que sólo creen en la educación religiosa; y entre que los curas de la época eran muy afrancesados y que la Escuela de Artes de París es famosa en el mundo entero, en un alarde de falta de imaginación, pasé cinco años de mi vida en un apartamento de Montmartre junto con otras dos amigas. ¡Papá nunca imaginó que aprendería mucho más de lo que mis profesores me enseñaban! —rio de nuevo, complacida por la evocación de su pasado, envuelta por las nostálgicas notas que el pianista del local parecía tocar para ella—. Su inocente niñita se esfumó ya el primer año para dejar paso a la mujer que él nunca esperó encontrar en mi interior.

—Pocos son los padres que saben ver crecer a sus hijos sin estancarse en algún momento del proceso.

—¿También te sucedió a ti? —pregunto, curiosa, Mariola.

—No, creo que no. Puede que, por ser hijo adoptivo, Artur mantuviera una relativa distancia entre los dos. Entiéndeme, no quiero decir que no me quisiera, sino que intentaba, en virtud de la responsabilidad contraída y del recuerdo de mis padres, ser lo más profesional posible en mi educación. Ahora, desde la perspectiva de la edad, veo que se comportó como un tutor inflexible que, a la vez, era mi propio padre, pero, bajo esa máscara de persona inflexible, estaba la persona adorable que siempre fue pugnando por salir al exterior. Era un hombre con una gran personalidad.

—Estoy de acuerdo. Incluso tenía demasiada.

—¿Por qué lo dices?

—Cuando le propuse a Samuel asociarnos se opuso frontalmente. La situación de su negocio no era buena, eso lo sabrás; el arte religioso es un mercado complejo, y atravesó un momento crítico. Consideró que se trataba de un capricho pasajero propio de una niña malcriada, recién divorciada y, por tanto, aburrida, una manera de evitar la soledad. No pensaba que fuera a involucrarme en el negocio cómo lo hice, y así me lo hizo saber, directamente, sin intermediarios. Fue educado, faltaría más, pero no agradable. Tardé un par de años en ganarme su respeto con mi trabajo. Y el respeto de Artur, en un colectivo tan chismoso como el nuestro, era capaz incluso de contrarrestar la influencia de mi padre, que no quería ejercer su potestad para no ser acusado de favorecer a su hija.

—No sabía nada de eso. —Enrique se mostró compungido. Artur jamás le había contado nada sobre el particular; sintió, quizás irracionalmente, que podía levantar una barrera entre Mariola y él.

—No tiene importancia; la tuvo en su momento, pero todo acabó por arreglarse. Desde entonces mantuvimos una relación cordial; no hubo amistad porque él creyó que yo me sentiría ofendida por su reacción inicial, y no fue así, pero siempre mantuvo cierta distancia. Estuvo un par de años sin venir a las fiestas que organizaba mi padre; últimamente, para mi satisfacción, la situación se estaba normalizando y ya solía regalarnos con su presencia en nuestros convites. Pero hablábamos de tu familia. ¿No tenías parientes ni por vía materna ni por vía paterna?

—Sí, los tenía, pero como si no existieran. La rama paterna de la familia se exilió a Rusia después de la Guerra Civil, a excepción de Artur, y mi madre era hija única, la última de su estirpe. Quedaban primos y tíos, pero la relación con ellos se desvaneció por completo tras la muerte de mis padres. No se llevaban bien con Artur.

—Debiste de pasarlo muy mal. —Le cogió la mano.

—Sí, así fue —afirmó Enrique, que no rehuyó aquel primer contacto—. Un niño de once años, privado repentinamente de sus padres…, no puedes imaginarlo. Nadie puede imaginarlo.

Mariola, por toda respuesta, le estrechó la mano con mayor fuerza.

—Por fortuna, Artur me educó con todo esmero, como al hijo que había decidido no tener.

—No entiendo…

—Es bien sencillo —rio—. No se puede decir que Artur fuera un misógino, pero decía que las mujeres sólo sirven para distraer a los hombres. Sé —dijo con complicidad— que tuvo diversas aventuras cuando yo era pequeño; él debía de pensar que yo no me enteraba de nada, pero lo cierto es que yo era muy espabilado para mi edad.

—Y tú, ¿compartes su opinión? —Mariola, con el codo izquierdo apoyado en el brazo de la silla y la barbilla sobre su mano, lo miraba fijamente con una sonrisa que Enrique consideró pícara.

—No.

—Me alegra saberlo —contestó con seriedad.

La cena fue tan agradable que los minutos dejaron paso a las horas sin que se dieran cuenta de ello. Cuando Enrique escuchó las campanadas de las once se sorprendió; había olvidado que Bety estaría esperándole.

—Es muy tarde. Debo volver a casa —comentó repentinamente.

—Comprendo —respondió Mariola recordando la voz femenina que atendió su llamada—. Tienes quien te espera.

—No como tú imaginas. Es mi ex mujer, Bety. Estaba muy unida a Artur y no pudo asistir al funeral. Vino unos días después, por si podía ayudarme en algo.

—Ya.

—¿Quieres que te acerque a casa? —ofreció Enrique.

—No. No te preocupes. Prefiero quedarme aquí y dar un paseo. Más tarde cogeré un taxi.

—Está bien. Mañana…

—A las diez, igual que hoy. Habremos acabado al mediodía.

Enrique se aproximó y se besaron en las mejillas, sin que

hubiera el menor atisbo de complicidad en el gesto. Se alejó, y desde el pequeño paso que une ambas plazoletas, miró hacia atrás. Mariola ya no estaba allí.

Bety le estaba esperando en la terraza, a oscuras, envuelta por la noche. El fulgor del carbón encendido de un cigarrillo fue la única pista que le permitió encontrarla, pues no respondía a sus llamadas ni la vio al buscarla por las habitaciones. Se sentó junto a ella; a sus pies, Barcelona, iluminada por el resplandor de millones y millones de bombillas, sumergida en el guiño de los inestables centelleos provocados por la distancia, construía un espectáculo mágico.

—¿Qué tal te ha ido con el manuscrito? —preguntó Enrique, a sabiendas de que sería el único tema del que querría hablar.

—Bien.

—¿Has progresado mucho?

—Algo. Pero para trabajar debo encontrarme a gusto, y no lo estoy.

—¿Por dónde vas?

—Estoy a punto de comenzar el listado.

—Esa parte resulta fascinante, ¿no es cierto?

—Sí.

Enrique, desesperado ante la parquedad de Bety, no sabía cómo continuar, hasta que una repentina y afortunada inspiración se dignó iluminar su pensamiento.

—¿Sigues encontrando errores en mi traducción?

—Los suficientes para poder confeccionar con ellos un manual de enseñanza dirigido a estudiantes de primero de filología clásica. Son tantos y tan variados que consiguen sorprenderme, y varias veces he llegado a preguntarme: ¿será posible? Como te dije el otro día, es la traducción de un aficionado…, no olvido que es lo que eres.

Enrique creyó, al escuchar su parrafada, haber roto las reticencias iniciales de Bety para conversar, y se esforzó en seguir esa línea. La prefería así, enfadada antes que silenciosa.

—Ahora que has localizado los errores en la parte fundamental del texto, puede que tengas una nueva interpretación de éste, algo que nos permita dar con la solución.

—Por desgracia, no es así —dijo, y dio una profunda calada al cigarrillo—. En su momento imaginé que, si tamizáramos tus errores de sintaxis, podríamos encontrar, o, cuando menos clarificar, el texto, pero aparte de sorprenderme por su contenido, el manuscrito continúa siendo un misterio para mí. No tengo ninguna nueva pista. Es interesante de por sí, pues nos muestra las reflexiones de Casadevall, sus angustias, sus problemas, pero de momento nada más.

—Todo sigue igual.

—En efecto. Y, cambiando de tema: ¿cómo ha ido la tasación? Imagino que habréis trabajado mucho, porque has vuelto bastante tarde. —No ocultó cierto tono de reproche.

Enrique aprovechó la oscuridad para morderse el labio inferior y meditar una respuesta prudente.

—Sí, así ha sido. Sólo nos detuvimos el tiempo necesario para comer y cenar algo. —El silencio de Bety le obligó a continuar—. Hemos tasado el almacén y gran parte de la tienda; Mariola cree que acabaremos al mediodía.

—¿Cómo es ella? —le preguntó repentinamente Bety.

Enrique, cogido por sorpresa, no tardó en comprender perfectamente el significado de su pregunta. Su voz, átona, deliberadamente desprovista de sentimientos, le urgía a responder con sinceridad.

—Es espléndida —aseveró Enrique.

—Lo imaginaba. —Apagó la colilla en el cenicero, se incorporó para situarse detrás de Enrique y sujetarle por los hombros—. Que tengas suerte.

Bety entró en la casa; Enrique se levantó dispuesto a hablar con ella, pero cierto instinto le impelió a detenerse en el umbral de la terraza. No meditó sobre el significado de su conversación. Hacerlo implicaría un conflicto que no deseaba afrontar.

El humor de Bety cambió radicalmente al cabo de veinticuatro horas. Si el sábado estuvo del suficiente mal humor para ignorar por completo a Enrique, el domingo, seguramente a resultas de la conversación de la noche anterior, volvió a comportarse con toda naturalidad, como si se hubiera desembarazado de dudas e inquietudes. Enrique alcanzó a escuchar cómo se levantaba de la cama para ir a correr, y después desayunaron juntos. Hablaron del extraño comportamiento de Casadevall y de los extravagantes misterios relatados en su manuscrito. Para Bety, se trataba de una licencia expresiva, de un exceso de imaginación; Enrique, quizás por deformación profesional, consideraba que todo lo relatado podía y debía ser real. No hablaron de la tasación. Al finalizar el desayuno, Bety le comunicó que regresaría a San Sebastián cuando hubiera concluido definitivamente la traducción, probablemente el martes o el miércoles. Enrique asintió, entristecido; era cierto que su presencia había contribuido no solo a ayudarle en lo relativo a la investigación, sino también en lo personal. Su calidez, su habitual buen humor, habían sido una suerte de bálsamo en las heridas abiertas por la muerte de Artur y dulcificaron su pena.

En su trayecto a Barcelona, le acompañó la impresión de que Bety había decidido apartarse para dejar vía libre a esa posible relación que parecía nacer entre Mariola y él. Tenía que descubrirse ante ella: era capaz de realizar los más ajustados análisis de conducta con los menores datos disponibles. Había visto, incluso antes que él mismo, que en las actuales circunstancias su presencia ya no era pertinente; así pues, había decidido marcharse, no quería ser un estorbo. O quizá lo hiciera para no intervenir. O quizá por ambas cosas. Enrique luchó con la ilusa vanidad masculina que suponía el sentirse apreciado por el sexo opuesto, y, aunque le costó notables esfuerzos, reprimió unos sentimientos que le parecían infames, pero que los hombres difícilmente son capaces de evitar.

El resto de la tasación se convirtió en un juego dialéctico entre Mariola y Enrique. El trabajo ya era escaso, y eso les permitió concentrar su atención más en sus vivencias que en el listado que debían realizar. Poco después de la una, Mariola dio por concluida la tarea. Todo estaba consignado en una carpeta.

—La secretaria del gremio se encargará de convocar a todos los interesados a la subasta. Déjame el listado; lo adjuntaremos con la convocatoria para que todos conozcan su contenido. —Enrique le alargó sus anotaciones—. Enrique, ¿no hay ninguna pieza que desees conservar?

—Sí las hay. El problema es que son demasiadas para poder llevármelas a casa.

—Es una excusa como cualquier otra para redecorar tu hogar.

—No hace ni un año que tengo el piso, y la decoración me gusta; es práctica y moderna. Admiro la belleza de muchos de esos muebles, pero no podría instalarlos sin perturbar el ambiente. Además, prefiero romper con el pasado —añadió—. Tendrían demasiadas reminiscencias de sucesos que prefiero olvidar.

—Otra cosa: debemos realizar el traslado a los locales gremiales cuanto antes, a ser posible, el mismo lunes, a primera hora. Vaciar el almacén —miró en derredor para calcular el tiempo preciso— con la calma adecuada para no afectar los muebles nos llevará bastantes horas, quizás un par de días.

—El lunes me resulta del todo imposible acudir a la tienda. Tengo algunos asuntos que resolver con Bety. ¿Cómo podremos arreglarlo?

—¿Confías en mí?

Enrique se sumergió en sus azules ojos y se sintió completamente arrobado. Aquellos ojos tenían el color de la juventud, el sabor de la inocencia, el aroma de una primera vez, y, junto a ello y sobre todo, la promesa de una posibilidad.

—Sí —contestó sin reservas.

—Entrégame las llaves. Tengo total confianza en la casa de mudanzas a la que encargaré el trabajo, pero, aun así, lo supervisaré personalmente.

Por toda respuesta, Enrique le dio las llaves. Después, apagaron las luces y se dispusieron a cerrar la tienda. En el umbral, Enrique sujetó a Mariola por el brazo para detenerla.

—Espera: quisiera decirte algo —dijo, repentinamente, inspirado.

—Te escucho. —De nuevo se sintió atravesado por su mirada.

—Quiero hacerte un regalo. Quiero que tengas un recuerdo tanto de Artur como mío, en agradecimiento por la ayuda que me has prestado. Ahí adentro debe de haber algún mueble u objeto que sea de tu agrado, estoy seguro de ello. Si es así, deseo que sea tuyo.

Repetir el ofrecimiento que hizo dos días antes contribuyó a tranquilizar su espíritu. Consideraba que el del viernes estaba viciado por su objetivo y por, si exceptuábamos a Samuel, a quién se dirigía. Si lo había hecho era forzado por las circunstancias. Por eso, realizarlo dirigido a Mariola, implicaba de alguna manera restablecer su pureza. Mariola sonrió, encantada por la idea.

—Hay mucho donde elegir, pero, en especial, destaca una sola cosa.

—¿Aceptas?

—Sí —rio complacida—, pero no te diré cuál es. Dejaré que lo adivines… si es que puedes.

Enrique bajó la persiana.

—¿Y ahora? —preguntó Mariola, mientras guardaba las llaves en su bolso.

—Ahora, ¿qué? —preguntó a su vez Enrique.

—Pensé que a lo mejor te apetecía venir a comer a mi casa.

Enrique ahogó la imagen de Bety antes de contestar.

—Estaré encantado de hacerlo.

No sabía dónde vivía Mariola. Ella le indicó que se dirigiera hacia el Putxet, una colina situada cerca de la Avinguda del Doctor Andreu, más conocida como Avinguda Tibidabo. El Putxet se elevaba como un repentino mundo de verdor y silencio dentro de la urbana monotonía del gris y del ruido constante. Allí, en la parte alta de Barcelona, colina aprovechada por la burguesía a principios de siglo como refugio vacacional que acabó por ser absorbido por el vertiginoso crecimiento de la ciudad, Mariola tenía su refugio.

—La casa actual está construida sobre los cimientos de una antigua mansión señorial que perteneció a la familia Bisbal, unos industriales de inicio de siglo venidos a menos —explicó—. Mi padre adquirió los terrenos hace quince años para construir en ellos lo que pretendía que fuera su hogar, pero acabó por cambiar de idea; cuando volví de América, me los regaló. Yo prefería vivir en un apartamento céntrico y me resistí a sus propósitos. Ahora, en cambio, me alegro tanto que no puedes imaginarlo. Vivir en ese lugar supone un privilegio.

Enrique subió por el Carrer Balmes, y tras cruzar el primer cinturón de ronda, giró a la derecha según las indicaciones de Mariola.

—La entrada al Putxet está tan disimulada que casi se convierte en inaccesible para los que la desconocen. Además, lo estrecho y sinuoso de sus calles impide el acceso de autobuses, incapaces de maniobrar entre ellas. El único transporte público es, ahí a la derecha —le indicó—, una parada de metro que pasa de refilón por la parte baja del barrio. Por eso mi padre decidió no venir a vivir aquí: no conduce, y sin coche te ves expuesto a tener que andar un buen trecho. En ese cruce, a la izquierda. Y, como ya ves, todo es cuesta arriba.

A medida que se internaban y ascendían en la colina, los pequeños bloques de apartamentos no superiores a tres o cuatro pisos de altura dejaban paso a edificios privados con jardín, postreros restos de las pasadas glorias burguesas. Mariola señalaba un camino que subía constantemente; pasaron junto a una reconocida clínica privada frente a la cual el camino se bifurcaba en dos. Tomaron el de la izquierda; Mariola, después de una curva, le indicó el lugar.

—Es ahí. Para frente a la valla; yo te la abriré.

Enrique detuvo su coche junto al alto muro, cubierto por una capa de frondosa hiedra que caía hasta casi llegar al suelo. Mariola le franqueó el paso e indicó el lugar donde aparcar. Al traspasar el muro, Enrique se sumergió en un mundo de fantasía. La casa de Mariola estaba construida aprovechando el pronunciado desnivel del terreno, como una serie de tres escalones. Pero lo impresionante no era en sí la construcción, sino el sofisticado acceso y el jardín que rodeaba toda la casa y se extendía hacia la cima de la colina. Frente a la casa, protegida de miradas curiosas por una sabia disposición de árboles de diferentes tamaños y numerosos parterres, había una piscina de estilo clásico con suelo de mosaico y flanqueada por columnas.

—Menudo lugar —exclamó con asombro Enrique.

—Es uno de los elementos originales que decidí mantener. Los Bisbal eran amantes del lujo, y aunque me resulta un tanto excesiva, no puedo evitar considerarla hermosa. Pero si esto te parece lujoso, no quiero pensar que hubieras opinado del conjunto original.

—¿Quieres decir que, a su lado, la piscina no era lujosa?

—Sí, señor, así es. La entrada de carruajes rodeaba la piscina por la derecha para quedar bajo unas cocheras cubiertas allí detrás. Al pie de las cocheras estaba la entrada de servicio y el ascensor privado que conducía a la villa, una inmensa torre clásica que tenía más de cincuenta habitaciones, bodega horadada en la roca, dos campos de tenis y un jardín iluminado y regado por numerosas cascadas que se extendía desde la misma cima de la colina, donde, bajo una glorieta, podían contemplar la ciudad a lo lejos. Parte del jardín es el segundo elemento que he podido conservar.

—Debían de estar forrados —comentó admirado Enrique.

—Y al decir eso, lo haces extensivo a mí.

—No. Bueno, en realidad sí —se corrigió con sinceridad—. Sólo mantener semejante lugar en condiciones debe de ser carísimo.

—Parte del terreno lo vendimos al Ayuntamiento para la

ampliación del jardín público colindante. Eso supuso una importante inyección económica que permitió, con casi todo el capital de mi padre, construir esta casa. En cuanto al mantenimiento del jardín, de acuerdo con el mismo convenio de cesión de terrenos, se hace cargo el Ayuntamiento a cambio de una futura opción de compra de la casa. Ven, subamos.

Condujo a Enrique por unas escaleras de mármol hasta la primera planta.

—Aquí tengo la sala de estar, amplia, como a mí me gusta. En el segundo nivel tengo dos aseos y los dormitorios, y en el tercer nivel está el estudio. Todas las habitaciones son exteriores, y tienen luz natural durante todo el día gracias a su orientación sur —dijo mientras corría el ventanal que separaba la sala de una pequeña terracita.

Enrique estaba sorprendido ante tamaña exhibición de lujo. Pensaba que era un privilegiado por vivir, primero en Vallvidrera, después en la falda del Igueldo, pero aquel lugar le parecía de cuento de hadas. Tenía casi la misma vista de la casa de Artur y las comodidades propias de un césar. Sin embargo, no dejaba de resultar algo excesivo.

—¿No es demasiado grande, demasiado terreno para una persona sola?

—Es mi mundo privado —contestó Mariola—. Viviendo aquí no necesitas nada del exterior. Lo tienes al alcance de tu mano para lo poco bueno que puede ofrecerte, pero estás protegida de todo lo malo por esos viejos y resistentes muros.

—¿No te da miedo? Quiero decir, estás aquí sola, y hoy en día hay tanto loco suelto por el mundo…

—No —negó ella—. Después de vivir durante cuatro años en Nueva York, Barcelona parece una ciudad pequeña. Eso es lo que me ocurrió al regresar de allí. Allí todo, sin excepción, es tan enorme, tan desproporcionado que Barcelona parece un juguete a su lado. Además, la casa tiene conectado un sistema de seguridad, y en la mesilla de noche de mi dormitorio tengo una pistola. Supongo que, si entrase un ladrón, la alarma bas-

SÁNCHEZ

taría para disuadirlo, pero te aseguro que no tendría escrúpulos en usar la pistola para defenderme.

—Me dejas de una pieza —reconoció Enrique—. No te imagino con un arma en la mano haciendo frente a un ladrón.

Mariola se rio.

—Si tú hubieras vivido allí una temporada te sorprendería comprobar la cantidad de costumbres que acabas por cambiar. No te imaginas la cantidad de personas armadas que circulan por Nueva York.

—De cualquier modo, creo que me resultaría imposible hacerlo —repuso Enrique—. Te aseguro que las armas me provocan verdadera angustia.

—¡Bah! Si te vieras en una situación que te obligara a ello no dudarías en utilizarlas, te lo aseguro. Todos tenemos nuestras ideas, pero las situaciones son las que mandan.

Enrique meneó la cabeza. Quizás ella tuviera razón.

—¿Quieres que te prepare algo de beber? —cambió de tema.

—Bueno, ponme un bitter.

—¿Con o sin alcohol?

—Sin. Apenas pruebo las bebidas alcohólicas.

—Bueno, después de todo tenías que tener algún defecto.

—¿Sólo uno?

—No conozco otro —sonrió con dulzura.

—Tú no tienes ni eso.

Mariola le tendió el vaso y, al cogerlo Enrique, sus dedos se rozaron. Un estremecimiento les recorrió a ambos. Después, salieron a la terraza.

—Es un lugar maravilloso, propio de un cuento —dijo él—. Si no fuera tan solitario sería perfecto.

—No creas que siempre estoy sola: papá organiza aquí las fiestas del gremio, y no te imaginas el trabajo que eso supone, y muchas veces vienen a verme amigos norteamericanos, y...

—Y alguna vez invitas a alguien a cenar —acabó la frase Enrique.

—Sí —afirmó ella—. A veces encuentro a alguien capaz de comprender ciertas cosas que no están al alcance de los demás.

—Si ese alguien comprende esas cosas, ¿por qué no está aquí, contigo?

—Que haya quien comprenda una parte no implica que comprenda el todo. Eso es más complejo de lo que te imaginas.

—Yo prefiero no imaginar nada y encontrarme las cosas según vengan.

Enrique se acercó a ella, que estaba apoyada en la baranda, asomada al jardín, y se situó a su lado, de cara a la sala. Deslizó una mano por su cuello, entre sus recogidos cabellos. Localizó el pasador que sujetaba su recogido y lo soltó con delicadeza: sus negros cabellos se posaron sobre sus hombros.

—No era fácil encontrarlo. Debes de tener cierta experiencia.

—Alguna tengo —concedió Enrique antes de besarla.

Bien entrada la noche, Enrique se despidió de Mariola.

—Tengo que regresar a casa. Bety está allí y no quiero dejarla sola.

—No me gusta que me dejes ahora —protestó débilmente Mariola—, pero entiendo que te sientas en deuda con ella por haber venido a acompañarte. Porque se trata sólo de eso, ¿verdad?

—Eso es —asintió Enrique—, y nada más.

Mariola se vistió con un albornoz y le acompañó hasta el coche. Ya en su interior, con la ventanilla bajada, agarró el brazo de Enrique con una energía similar a la que manifestara durante la tarde. No dijo nada; sólo le miró fijamente con una misteriosa expresión que él fue incapaz de descifrar. Luego, le abrió la puerta. Enrique se despidió con la mano tras traspasar la valla, pero ella no contestó.

9

*E*ra feliz. No se detuvo a meditar acerca de sus sentimientos, se contentó con recrearse en ellos. Estaba sumergido en la plenitud que experimentan aquellos que han realizado una conquista amorosa. Hubiera jurado que era capaz no sólo de evocar cada una de las sensaciones que durante su encuentro amoroso había sentido, sino las anteriores, los más ínfimos detalles que rodearon su entorno desde el preciso instante en que se encontraron.

Condujo ensimismado en un aroma de ensueño, con lentitud, intentando concentrarse en una carretera que lo separaba del objeto de su deseo. Llegó a su casa, como en un sueño. Era tarde, pero Bety le estaba esperando sentada en el salón; apenas oyó el sonido de las llaves en la puerta acudió a su encuentro.

—¡Por fin! Pensé que nunca ibas a llegar y no sabía dónde localizarte. Has tenido apagado el móvil toda la tarde.

—¿Qué ocurre?

—Lo han atrapado.

Enrique quedó estupefacto por la noticia.

—¿Cómo? ¿Cuándo?

—Fornells te telefoneó alrededor de las diez y media. Estaban sobre su pista, y lo atraparon a primera hora de la tarde de ayer en Sitges.

—¿A quién? ¿Cuál de los dos ha sido?

Bety sonrió, divertida por la pregunta de Enrique.

—Ninguno —respondió lacónica—. Estabas equivocado.

—¡No me tomes el pelo!

—No lo hago. No han detenido ni a Guillem, ni a Enric ni a Samuel, sino a otro acerca del cual no sé nada.

Enrique dejó a Bety con la palabra en la boca. Marcó en el teléfono el número de la comisaría del Raval, pero Fornells no pudo atenderle. Sí le pasaron, en cambio, con Rodríguez, su ayudante.

—Dígame.

—Soy Enrique Alonso.

—Ya. Ahora es poco lo que le puedo decir. Hemos detenido a un sospechoso, presunto asesino de su padre. Fornells está procediendo al interrogatorio en este preciso instante, aunque pensamos que la cosa puede ir para largo. Ese tipo es un «duro», de los que no hablará fácilmente.

—Pero ¿quién demonios es?

—Quien pensábamos que podía ser: Phillipe Brésard, más conocido por su apodo: el Francés. Es un traficante de arte internacional muy buscado.

—¡Increíble! —exclamó Enrique, desorientado ante el repentino giro de los acontecimientos. Su culpable había desaparecido, se había esfumado como un sueño al despertar. Toda la compleja imaginería desarrollada en los días anteriores carecía ahora de significado. Se sintió como un verdadero idiota, con el teléfono en la mano y sin saber qué más decir.

—¿Perdón? ¿Qué ha dicho? —preguntó un también perplejo Rodríguez.

—Disculpe, la noticia me ha afectado mucho —mintió Enrique, que únicamente reaccionó ante la sorpresa de su interlocutor—. ¿Cuándo cree que podré hablar con Fornells?

—¿Lo conocía?

—¿Cómo?

—Le he preguntado que si conocía al Francés.

—No, no tengo ni idea de quién puede ser.

—Bien —contestó Rodríguez tras una pausa—. Creo que podrá hablar con Fornells mañana por la mañana, pero no sa-

JULIÁN SÁNCHEZ

bría decirle a qué hora. Esté localizable; él le llamará al móvil cuando pueda.

Después de colgar el aparato, Enrique, desorientado, no supo qué hacer. De pie junto a la mesita donde reposaba el teléfono, ausente, con la mirada perdida, tuvo que ser Bety quien, tomándolo de la mano, lo condujera hasta el sofá. Allí, sentados, esperó con paciencia a que hablara.

—No puede ser —dijo por fin Enrique—. No puede ser.

—Pues así es. —Bety mantenía la suave sonrisa que solía caracterizarla, emitiendo un mensaje de tranquilidad.

—Todo…, todo casaba a la perfección. ¡No podía ser de otra manera!

—Lo era.

Sus miradas se cruzaron y Enrique sintió vacilar su convicción.

—Sí, lo era —respondió.

—No debes preocuparte. Quizás estabas un tanto afectado y obsesionado por lo sucedido, lo suficiente para crear una intriga coherente que supiste transmitirme y de la que fui partícipe. En cualquier caso, mañana sabremos más.

—Tienes razón.

—Vete a dormir. Te vendrá bien.

—Muy bien.

Enrique hizo caso a Bety, pero, una vez en la cama, pasó de nuevo la noche en duermevela, esta vez atosigado por una pequeña voz que parecía querer avisarle de algo desde el fondo de su conciencia, algo que no atinaba a escuchar con claridad.

Por la mañana, muy temprano, sonó el teléfono. Enrique, que no había descansado en absoluto, estaba ya levantado, esperando en el salón la llamada de Fornells. Y en efecto, de él se trataba.

—Enrique —afirmó más que preguntar.

—Aquí estoy.

—Tenemos que hablar.

—Cuando quieras.

188

—Pásate por la comisaría, pero no entres. Espérame fuera. Así iremos a desayunar juntos. ¿Te parece dentro de... cuarenta y cinco minutos?

—Allí estaré.

—Muy bien, hasta entonces.

Bety asomó la cabeza por la puerta apenas hubo colgado.

—¿Era Fornells?

—Sí. Quiere hablar conmigo.

—¿Por qué estás tan serio? Desde anoche no pareces tú mismo.

—No lo sé. Tengo el presentimiento de que algo no funciona como debiera.

—¿No crees que, sencillamente, pueda deberse a la explosiva mezcla del ego desmesurado de un escritor de éxito y una teoría fracasada?

—Ojalá se trate de eso —sentenció Enrique.

Al cabo de diez minutos estaba preparado para descender de su cielo particular. Bety lo acompañó hasta la puerta de la calle y allí se despidió tras darle un par de besos en la mejilla.

—Buena suerte.

A la hora señalada, Enrique estaba en la esquina próxima a la comisaría. Apoyado en una gastada pared que imaginó deformada por el peso de las espaldas de mil desconocidas alcahuetas en otras mil largas noches de incierto final, vio salir a Fornells de la comisaría. Al no verlo, el veterano inspector oteó ambos lados de la desierta calle. Enrique señaló su presencia con un gesto de la mano. Fornells, con un andar cansino, se le acercó. Ya frente a él, pestañeó repetidas veces; sus ojos cansados, atravesados por marcadas venillas rojizas, revelaban que la noche había sido larga, muy larga.

—Necesito tomar algo.

—A juzgar por tu aspecto, no lo pongo en duda.

—El Londres estará abriendo; vamos para allá.

Caminaron en silencio. Fornells parecía haber ganado repentinamente muchos años de edad. Anduvo despacio, con pasitos cortos que desesperaron a Enrique. En la cafetería, el turno de mañana adecentaba el local. Fornells levantó la persiana a medio echar y saludó a uno de los camareros.

—Hola, Andreu. ¿Te importa…?

—*Cap problema, home.* Pasad dentro. La mesa de la esquina es tranquila. ¿Qué queréis tomar?

—Enrique —ofreció Fornells.

—Leche templada y un par de tostadas con mantequilla.

—Para mí, café solo bien cargado con Soberano.

Fornells extrajo un paquete de cigarrillos y encendió uno con parsimonia. La cajetilla estaba arrugada, como si la hubieran estrujado, y los cigarrillos estaban levemente deformados. Aspiró con delectación un par de largas bocanadas de humo y se recreó en la suerte de lanzar un par de gruesos anillos que se expandieron por la sala del bar hasta desvanecerse por completo.

—Tenemos que hablar —dijo por fin.

—Para eso he venido —contestó Enrique.

—No va a resultar agradable.

—Lo supongo.

—Bien, bien… —Se frotó ambas sienes alborotando sus escasos cabellos—. ¿Por dónde podría comenzar? Veamos… Lo que ahora te voy a explicar no es lo que esperabas oír, pero antes de contarte lo que en realidad esperas debo explicarte otras cosas que, según creo, debes desconocer. Y, para ello, me voy a remontar muchos años atrás, cuando tú no sólo no habías nacido, sino que tus padres ni siquiera se conocían. Me remontaré a una época ya lejana y más bien tenebrosa, aunque los jóvenes de hoy ignoren el significado real de tales palabras.

»Esta historia comienza a mediados de los cincuenta. Los años cincuenta no fueron nada buenos, aunque no admitían comparación con los cuarenta. ¡Esos sí que fueron nefastos! Pero no me mires con esa cara, muchacho, no estás con un viejo chocho que divaga. Ten paciencia y escucha. En aquella época, el país experimentó cierta bonanza económica, bonanza que se tradujo en el fin de las cartillas de racionamiento. La sociedad, económicamente polarizada entre la elite de los vencedores del conflicto y todos los demás, amplió y regularizó sus actividades de manera que el bienestar general aumentó lo suficiente para eliminar las carencias más importantes.

»Puedes imaginarte bien que, alrededor de la elite que te he mencionado antes, surgió un pequeño mundo privado, que nada tenía que ver con los problemas de la mayoría. Ese mundo, en Barcelona, se compuso por los nuevos poderes fácticos venidos de fuera de Cataluña, unos pocos, y de un amplio sector de la burguesía catalana que no tuvo reparos en arrimarse a los nuevos amos con tal de conservar su estatus y sus privilegios, la mayoría. Aquí (bueno, no puedo generalizar, hubieran hecho lo mismo aquí y en todas partes), los bien posicionados recibieron con los brazos abiertos a unos conquistadores con los que, casualidades de la vida, compartían muchas cosas.

»Vivían en un ambiente extraño: en medio de una gran carestía, ellos, con mayor o menor ostentación según la discreción natural de la familia, tenían de todo: comida en abundancia, medios económicos…

»Tu padre, el adoptivo quiero decir, Artur, no Lluís, por situación social, pertenecía a ese ambiente, y en él debiera de haber crecido, pero estaba entre dos fuegos. Gran parte de su familia había adquirido importantes compromisos políticos con la República y tuvieron que exiliarse tras la guerra. Aquellos que permanecieron al margen fueron pocos, y entre ellos se encontraba tu propio padre, Lluís.

»Gran parte de los bienes de la familia Aiguader se utilizaron para, en primera instancia, ayudar a los exiliados; podían tener diferente ideología, pero no dejaban de ser primos, tíos, hermanos. Después, el nuevo régimen expropió la mayoría de las propiedades familiares, y dejó sumidos a los tuyos, que lo habían tenido todo, en el umbral de la miseria.

»Pasaron momentos muy difíciles. Pere, el padre de Artur,

estuvo un tiempo en un campo de trabajo, y cuando regresó, lo hizo enfermo. La familia dependió en gran parte de la caridad de los demás para salir adelante. Unos años más tarde, el estigma de rojos que los acompañaba comenzó a perder importancia, y la situación de la familia mejoró notablemente.

Puede que no comprendas por qué te cuento todo esto, pero lo considero necesario para situar la figura de Artur. El ambiente en que crecemos nos marca fundamentalmente para el resto de nuestras vidas, y Artur no fue una excepción a esa norma.

Fornells aprovechó una pequeña pausa en el hilo de sus recuerdos para apurar el ya frío carajillo de un único sorbo. Enrique, que hacía ya un buen rato que había tomado su desayuno, aprovechó la ocasión para interrumpir el monólogo de Fornells.

—Tenías razón. Perdona, pero no acabo de comprender…

—No te preocupes y escucha —le cortó con suavidad, y sin hacerle el más mínimo caso—. ¿Llegaste a saber por qué, tras la muerte de tus padres, fuiste adoptado por Artur? O dicho de otra manera, ¿conoces el fundamento, la razón, el motivo en el que ambos cimentaron su gran amistad?

—Bueno, yo… —Enrique se esforzó en recordar alguna conversación con Artur en la que le explicara algo sobre ese tema, sin resultado alguno—. Sé que fueron amigos desde su juventud. Verás: en las noches de invierno, cuando hacía frío, nos sentábamos cerca de la chimenea y, a petición mía, me contaba cosas de mis padres. Yo le pedía que lo hiciera una y otra vez, tantas que creo poder repetir todas las historias tal cual él lo hacía, incluso palabra por palabra. Nunca se negaba: lo creía necesario para que yo guardara un recuerdo nítido de ellos, y no los olvidara a medida que pasaran los años y su figura los sustituyera. Contaba anécdotas acerca de vivencias compartidas por los tres, o anécdotas sobre mi padre en su juventud…, pero no recuerdo que explicara nunca qué los unía.

—Lógico. Pero yo sí puedo explicarte esa razón, ese motivo. Y cuando lo haya hecho, comprenderás lo que después te explicaré. Ten en cuenta que pese a la diferencia de edad Artur y yo fuimos compañeros de colegio durante varios años.

»Verás: ya te he contado que Artur pasó sus primeros años en un ambiente de clase alta. En ese entorno conoció a los hijos de muchas otras personas respetables y correctamente establecidas en la sociedad, y entre ellos, como muchos otros, estaban tu madre, Núria Pujolràs, y tu padre, Lluís Alonso. Durante unos años, compartieron los primeros juegos, un tanto ajenos a lo que a su alrededor se desarrollaba, por una razón fundamental: pasaron la guerra aislados en su mundo privado, defendidos por un entorno que les filtraba los acontecimientos provenientes del exterior.

»Acabada la guerra, los perdedores fueron, como siempre ha sido y será, puteados por los vencedores. Eso implicó que la familia de Artur emigrase a un barrio humilde, donde vivieron rodeados de gente sencilla cuyo único objetivo, igual que, a partir de ese momento el de los Aiguader, era no pasar hambre. Así fue cómo nos conocimos: entre la pobreza. Pero, lo que para los míos había sido en mayor o menor medida un sistema de vida al que estábamos habituados, para él y los suyos supuso un terrible choque del que tardaron en recuperarse.

»Nos conocimos en la escuela, donde Artur tuvo muchos problemas: no era su ambiente y se le notaba. Poseía una definida arrogancia de clase no inherente a su personalidad, sino adquirida por la educación y el ambiente en el que dio sus primeros pasos. Perdió su altivez en poco tiempo, y de la manera más dura: a fuerza de golpes. Los chavales del barrio no entendíamos mucho de clases —sonrió Fornells—. Al poco tiempo, le aceptaron en el grupo: tenía ingenio, era inteligente, y ayudaba a los demás siempre que se lo pedían. Esa cualidad le hizo ganarse muchos amigos que, después, le resultarían muy útiles.

»Aunque era algo mayor que yo, nos hicimos amigos. No éramos una pareja de esas que no se separan ni a sol ni a sombra, pero sabíamos que podíamos confiar plenamente el uno en el otro. De la confianza a la confidencia existe una tenue frontera, y no tardé en conocer su más secreto y vital sueño: quería dejar de ser pobre. Recordaba su infancia, tan alejada de la miseria de nuestro entorno, y su único deseo era retornar a los orígenes perdidos.

»Crecimos, y nuestros caminos se separaron; yo conseguí ingresar en la Policía, que en aquella época era un sustituto del sacerdocio, para asegurar la alimentación, mientras que Artur abandonó momentáneamente los estudios. Comenzó a moverse en determinados ambientes poco recomendables, y a los pocos años había reunido cierto capital. Murió Ana, su madre, y después Pere, su padre, y libre de sus ataduras, aumentó sus actividades. El estraperlo era arriesgado y peligroso, pero rendía importantes beneficios.

»Ésos fueron los años en que volvió a reencontrarse con Núria y con Lluís. Los destinatarios del contrabando sólo podían ser las familias burguesas acomodadas. Artur, cuyo apellido era conocido en tal entorno, se convirtió en un contacto importante entre unos hipócritas que en público rechazaban lo que él representaba, así como a él mismo, y en privado le abrían, aunque con ciertas reservas, las puertas traseras de sus bien amuralladas viviendas.

»Desconozco los detalles acerca de cómo reinició su amistad con Núria. Si sé que Artur era un hombre apuesto, con cierto aire de misterio, algo que le confería su actividad ilegal. Se vieron en varias ocasiones en público, y por último, lograron verse a solas. A resultas de ese encuentro, algo cambió radicalmente la conducta de Artur: abandonó sus actividades ilícitas, dispuesto a redimirse ante la buena sociedad a la que pertenecía Núria y de la que tanto se había alejado. El amor y el odio son los únicos sentimientos capaces de transformar por completo a una persona, y Artur se había enamorado.

»Su cambio fue radical. Abrió lo que sería el germen de su negocio, una pequeña tienda en el mundo de las antigüedades, y regresó a los estudios. Su privilegiada inteligencia le facilitó

el trabajo, y al cabo de siete años había logrado acabar el bachi-
llerato y dos carreras: Historia y Filología Clásica. Tenía estudios y un negocio que, pese ir a trancas y barrancas, era honrado: creyó que podría aspirar a la mano de Núria, pero fue
tajantemente rechazado por los padres de ésta. No deseaban
manchar el buen nombre de la familia con lo que considera-
ban una unión desigual. Núria estaba desesperada: sus padres,
que jamás sospecharon la dimensión de sus relaciones, les prohi-
bieron volver a verse. Y, en su clase y en la época, una orden de
los padres jamás debía ser desobedecida, ni siquiera cuestio-
nada. Por su parte, Artur, dolido por una reacción que no esperaba, arrinconó la desesperanza y meditó sobre el camino que
debía seguir, pues estaba seguro de poder alcanzar su meta.

»Ahora te hablaré de Lluís, con quien mantuvo una curiosa relación: si bien al principio se acercó a él para facilitarse
el acceso al restringido círculo de jóvenes bien, acabó por convertirse en un verdadero amigo. Lluís no era como la mayoría
de las personas de su círculo. Era consciente del privilegio de
su situación social, pero carecía de la conciencia de clase de la
que alardeaban sus amigos. Para él, Artur era un ejemplo de
lucha y tenacidad, más un ejemplo a seguir que un modelo a
rechazar. Como el resto, conocía, más o menos, los rumores
que sobre Artur circulaban, pero prefería no darles crédito.
Hasta en eso era buena persona: siempre dijo que él no era
quién para juzgar la vida de los demás.

»Y así, de la manera más tonta, se fue fortaleciendo su
amistad. Compartían puntos de vista similares y aficiones, y
acabaron por convertirse en poco menos que inseparables. Lo
sabían todo el uno del otro, excepto una cosa: los dos estaban
enamorados de la misma mujer. Así era. También Lluís quería
conseguir a Núria, y me parece que cualquier hombre en su
sano juicio lo hubiera deseado: era una auténtica hada.

—Lo era —confirmó Enrique, recordando las viejas fotos
guardadas en los álbumes familiares.

—Sólo la vi una vez, pero esa impresión me transmitió: tenía algo etéreo; aquellos ojos tan grandes y los rasgos tan delicados... no parecía de este mundo. Pero me desvío del tema —retomó el hilo Fornells—. Tampoco sé por qué ellos, que conocían todo el uno del otro, guardaron el secreto de su amor. Quizá se debiera a que, por sincera que sea una amistad, siempre existe alguna cosa que somos incapaces de compartir; a lo mejor, sencillamente, lo sospechaban y no se atrevían a mencionarlo.

»El caso es que Lluís se decidió un día a pedir la mano de Núria, aun sin que ella supiera nada de sus sentimientos. Era consciente de que, sin la autorización paterna, no habría boda; por ello resultaba imperativo conseguirla antes de plantearse el siguiente paso. La conversación con los padres de Núria fue larga y provechosa, y concluyó con un firme acuerdo entre las partes. Resultaba el candidato ideal: buena familia y buena posición, con un sólido patrimonio del que era el *hereu*. Su unión serviría para fortalecer a ambas familias, y, aunque a juicio de sus padres, el consentimiento de Núria resultaba irrelevante, Lluís prefirió hablar con ella.

»Cuando escuchó la proposición de Lluís, ella se quedó absolutamente perpleja. Que después de tantos años de cierta relación Lluís hubiese mantenido su enamoramiento en secreto le supuso una auténtica sorpresa. Lo trató con respeto, pues, aunque no lo amaba, sí sentía verdadero aprecio por él, y por nada del mundo le hubiese causado dolor alguno. No habló para nada de la existencia de otra persona, y su rechazo fue todo lo amable que pudo ser.

»Pero Lluís no se rindió. Sin que él lo supiera, Artur languidecía de amor mientras él comenzaba a visitar con regularidad al objeto de sus deseos. Era una estrategia de desgaste que acabó por dar sus frutos: un día, Núria, le dio el sí. No sé por qué lo hizo; puede que ya no amara a Artur, y que se hubiera enamorado de tu padre. Era joven, y los jóvenes suelen ser inconstantes en sus deseos. Pero eso no lo sabremos nunca.

»Lo que sí sé es que, después de la boda, Artur se alejó de la

EL ANTICUARIO

pareja. Lluís lo achacó, en principio, a una cuestión de prudencia; dos son compañía y tres son multitud. Pero, pasado un tiempo, resultó evidente que había algo más. Así, y a requerimiento de Lluís, Artur acabó por revelar su amor por Núria. Esta declaración, lejos de enfadarle, causó el efecto contrario. Se convirtieron en los mejores amigos, y aunque al principio Artur tendía a rehuir su compañía, la insistencia de la pareja acabó por atraerlo a su lado.

»Te preguntarás cómo es posible que sepa todas estas cosas. En esos años, Artur y yo nos veíamos ocasionalmente. Yo estaba destinado en la comisaría de Via Laietana, y la primera tienda de Artur estaba en el comienzo del Carrer de la Palla, por lo que, con cierta frecuencia, nos encontrábamos por la calle o a la hora del desayuno. Y, aunque no nos relacionábamos como antaño, continuaba existiendo la misma confianza. Mucho de lo que sé me lo explicó él mismo. Otras cosas las averigüé yo por mi cuenta.

Fornells detuvo su charla. Había transcurrido hora y media, y su garganta estaba agarrotada por el relato de los sucesos del pasado. Pidió agua con gas. Fornells y Enrique pudieron ver que el Londres, abierto hacía ya un buen rato, tenía una numerosa y variopinta clientela. Andreu trajo medio litro de agua en una botella cuyo formato ya no se comercializaba y que, quizás, sólo podía encontrarse en un bar como aquél.

—Estoy seco. La noche ha sido larga, pero determinados recuerdos estimulan y reaniman a cualquiera. —Se sirvió un vaso y dejó reposar en su boca el líquido, como si paladeara el mejor vino. Observó con larguez a el rostro de Enrique—. ¡Cuántas cosas desconocías sobre ellos!

Enrique, que había seguido la larga explicación sumido en el peculiar trance que provocan las revelaciones inesperadas sobre un pasado desconocido, asintió levemente. Seguía sin comprender la razón de la conversación, pero estaba fascinado, arrebatado por la historia de los suyos. Fornells no ahogó un prolongado bostezo y reanudó su historia.

—Pasaron los años, y la relación entre los tres se mantenía igual. Dio lugar a una numerosa y variada rumorología a la que ellos no hacían el menor caso. Incluso llegó a decirse que tú no eras hijo de Lluís, sino de Artur. —Enrique se transformó en la viva muestra del asombro—. A lo mejor tenían razón.

—¡No puedo creerlo!

—Créelo. No vale la pena remover el pasado, y más si sus protagonistas ya no se encuentran entre nosotros, pero no podemos cerrar los ojos ante determinados sucesos. De joven no te parecías demasiado a Lluís; ahora, pasados los años, en tu madurez, ¿no percibes cierto parecido con Artur? La barbilla, los pómulos, el mismo pelo, no en su corte, sino en su nacimiento, e incluso la apostura. Te pareces tanto a él cuando tenía tu edad que cuando entraste en la comisaría la primera vez no pude evitar que me sobreviniera la imagen de Artur, la de años atrás. Si quisieras, podríamos saberlo. El laboratorio podría realizar un análisis genético sin la menor dificultad, pero no creo que valga la pena hacerlo, o, al menos, yo no lo haría. En cierto modo, fuera cual fuera tu padre, acabaste por ser querido y educado por ambos.

—Por eso fui adoptado por Artur.

—No cabía otra solución. Aunque no fuera tu verdadero padre, el vínculo que lo unía a Lluís y a Núria era demasiado profundo. Evidentemente, las familias se opusieron a la adopción, pero el testamento de Lluís era rotundo en ese aspecto. Se entabló una batalla legal que no pudo modificar las cosas. Artur luchó por ti como una fiera herida defendiendo a sus cachorros, y logró su objetivo. Por eso nunca tuviste otra familia que no fuera Artur; los demás no existían.

—Recuerdo vagamente a mis parientes: el abuelo, primos… Pero desde que me fui a vivir con Artur no supe más de ellos.

—No quería que te convirtieras en uno de ellos; por eso te alejó de su influencia. Te educó como a un chico normal, con un único privilegio: Vallvidrera. Vivir en un nido de águilas es un don del que uno no es consciente hasta que crece y aprende a apreciar la belleza de lo sencillo, de lo frágil, del regalo de la mirada. Si exceptúas Vallvidrera, en lo demás fuiste un chico más de los que correteaban por las calles en un barrio normal, sin privilegios clasistas. Ya te leyeron el testamento, ¿no es verdad? —Enrique asintió—. ¿No te sorprende la elevada fortuna que te ha legado Artur?

—Lo cierto es que sí —reconoció Enrique.

—La tienda funcionaba bien, pero no podía generar tal margen de beneficios. Supongo que eras consciente de ello.

—¿Insinúas que tras la fortuna de Artur se esconde algo sucio? —comentó, indignado, Enrique.

—Yo no insinúo; expongo hechos. Recuerda que soy policía, y que tengo los pies y las manos pelados de andar por las calles y de pasar páginas de expedientes. Tengo una copia del testamento y toda la documentación precisa de los bancos. Artur no podía poseer todos sus bienes sin que existiera algo irregular en sus cuentas. Pero siempre fue inteligente, y se había cubierto las espaldas a la perfección. El dinero se pierde en una maraña que ni los de Delitos Económicos sabrán desentrañar. Existieron hasta cinco sociedades relacionadas con Artur, ahora disueltas, presuntamente dedicadas a blanquear dinero negro. Sin embargo, no hay pruebas. Ni una sola. Sólo una fortuna... de origen desconocido.

—¿Tú lo sabías?

—Siempre lo supe. Le recomendé, hace años, que dejara el negocio. En mala hora decidió no hacerme caso.

—No hubiera imaginado jamás que Artur pudiera estar envuelto en un asunto turbio.

—Para ser escritor, tienes poca imaginación.

—Es la segunda vez en una semana que me dicen algo parecido.

—... pero, en este caso, resulta comprensible. ¿De verdad nunca imaginaste, nunca sospechaste nada?

—No. Y me cuesta mucho creer que Artur fuera un vulgar delincuente.

—Así que nunca sospechaste. Bueno, es posible —aceptó Fornells—. De todos modos, tampoco importa demasiado. Pero no creas que el asunto era tan turbio como imaginas. El significado de «delincuente» es, como el de cualquier otra palabra, variable, en función de mil y un parámetros. ¿Debemos considerar iguales en importancia a un asesino en serie y al defraudador de Hacienda? Ambos han vulnerado normas básicas de convivencia; por tanto, ambos son delincuentes.

»Artur sólo traficaba con arte. Habrá a quien le parezca algo abominable, pero para mí, rodeado durante cuarenta años de prostitutas, chulos, camellos y drogadictos, y de ladrones de poca o mucha monta, inmerso en la mucha mierda que produce la sociedad y que luego prefiere olvidar, no me parece demasiado importante. Desde luego, no le causaba daño a nadie. Y eso, te lo creas o no, resulta básico para mí.

—No sé si lo dices para consolarme o si en verdad lo sientes así, pero dudo que te hagas idea de lo increíblemente difícil que será para mí asumir lo que me estás diciendo. Fuera o no fuera un delincuente, estaba inmerso en una actividad ilegal. ¡Tráfico de arte! ¡Es increíble!

—¿Eso crees? Pondría la mano en el fuego a que serán más de uno y más de dos los anticuarios de cierto nivel de Barcelona que tienen, han tenido o tendrán algún negocio similar, sea de manera puntual o de manera habitual. Cuando el negocio se transforma en pasión, las personas experimentan ciertos cambios, y lo injustificable encuentra justificación.

»Pero tengo pruebas irrefutables de lo que te digo. En un almacén a nombre de un testaferro, pero en realidad propiedad de Artur, hemos hallado un retablo románico completo y en perfecto estado, embalado por piezas, cuyo origen estamos intentando averiguar. Y fue la causa de su muerte.

—Explícate.

—Verás, oficialmente no puedo explicar según qué aspectos de la investigación, así que te haré un somero relato del funcionamiento de la red. En primer lugar, debes saber que, aunque la mayoría de los robos de obras de arte suelen realizarse para, a posteriori, darles salida entre los compradores habituales, Artur sólo trabajaba por encargo expreso de ciertos clientes cuyos datos, evidentemente, desconocemos. Cuando al cliente le constaba la existencia de una pieza de su interés, se ponía en contacto con Artur. Éste tomaba nota, se desplazaba hasta el lugar donde se hallaba la pieza, y realizaba una primera valoración, tras lo cual se reunía con un especialista. Llegaban a un acuerdo económico que Artur comunicaba al cliente; si éste aceptaba, le entregaba un diez por ciento a Artur, lo que iniciaba la operación. A partir de la entrega del dinero, toda la responsabilidad pasaba a manos del especialista, que organizaba la infraestructura necesaria para cubrir y movilizar piezas de tamaños que cualquiera juzgaría inverosímiles. Realizado el trabajo, la obligación de Artur era cobrar el resto del dinero y transportarla hasta su destino. Bajo ninguna circunstancia podían mezclarse el especialista y el comprador; todos sus contactos se realizaban, en exclusiva, a través de Artur, que ejercía como intermediario para garantizar la identidad de ambas partes. Un negocio bien organizado, sí, señor.

»El especialista no era otro que Phillipe Brésard, uno de los mejores traficantes internacionales de arte. La historia de Brésard, popularmente conocido por el mote de el Francés, comienza mediados los sesenta. Sus comienzos fueron modestos, pero no tardó en prosperar entre su peculiar gremio. Sus primeros años en tan curioso negocio fueron de una progresión lineal, aunque siempre ascendente. Lo atraparon en Italia, su campo favorito de operaciones, en el 71, pero logró salir del envite con una pena reducida, sin ingresar en prisión. A partir de ahí, se convirtió en uno de los mejores. Suyos fueron los sonados golpes del Mausoleo de Verona o de las telas de la Galería Uffizzi. Se sabía que había sido él; su técnica resultaba perfectamente identificable, lo suficiente para que, pese a carecer de pruebas directas, la Interpol dictase una orden de búsqueda internacional.

»Pero, a raíz del golpe en la galería, el Francés desapareció de la faz de la Tierra. Se produjeron nuevos golpes en diversos países, pero siempre sin pistas. Era, sencillamente, ilocalizable. Sólo una vez estuvieron a punto de echarle el guante. El Francés es un sujeto temperamental, de genio vivo, que cuando trabaja se transforma en una máquina infalible. Esa capacidad explica que, tras treinta años de actividad ininterrumpida, sólo haya sido atrapado una vez en plena faena, en los inicios de su carrera, y una segunda, mediados los ochenta, pero sin relación con su «trabajo». En esa ocasión, la que refería antes, dio con sus huesos en una comisaría de la Costa del Sol tras una riña de taberna. Parece que llevaba unas copas de más y organizó un jaleo de mil demonios; pasó la noche en comisaría, y únicamente tres días después de dejarlo en libertad bajo fianza se comprobó, mediante fotografías y huellas, que el borracho juerguista era, en realidad, un buscado traficante de arte internacional con una identidad falsa. No censuro al comisario; el pueblo no era muy grande, y suelen tener demasiado trabajo para imaginar que un tipo con acento extranjero pueda ser buscado por la policía de media Europa. Y en aquella época todavía no se veía a los extranjeros como potenciales emigrantes ilegales, más bien eran la principal fuente de ingresos del país, los turistas.

»A raíz de este incidente, la Policía española supo que Brésard residía en España bajo nombres falsos. Pero ni así logramos atraparlo. Todas las pistas condujeron a callejones sin salida. Tuvimos que asumirlo: el Francés era demasiado listo para nosotros.

—¿Por qué asesinó a Artur? ¿Por qué se ensañó con él de semejante manera?

—No lo sabemos. No te engañé cuando dije que la investigación sobre el asesinato estaba en un punto muerto. No sabíamos hacia dónde dirigirnos hasta que un informante anó-

EL ANTICUARIO

nimo nos puso sobre una pista. Informaciones como ésa suelen resultar un fiasco, pero cuando no tenemos otra cosa, nos agarramos a un clavo ardiendo. Y ésta en particular tenía un cebo muy apetecible y estaba bien dirigida: llamaron directamente a mi comisaría y dijeron que el asesino de Artur era el Francés. Pero no lo llamaron por el mote, sino que utilizaron su verdadero nombre. La voz anónima también nos dijo dónde localizarlo.

»La información parecía fiable. La llamada se realizó desde una cabina pública de El Prat. Quienquiera que fuese el informante, se la tenía jurada. Y, para saber tanto de él, debía de tener cierta confianza, ser alguien de su entorno.

»Después de comprobar la veracidad de las revelaciones, fuimos a por él. No sabíamos si era el asesino, pero, dejando aparte sus otros delitos, debíamos atraparlo para descartar la posibilidad de que sí lo fuera. Residía en una hermosa casa solariega reformada, próxima a una urbanización de lujo en Sitges. Intentó huir, pero una vez se vio copado se entregó sin causar mayores problemas; es un tipo grande y fuerte, de aspecto impresionante, y pese a su edad, seguro que hubiera podido presentar bastante resistencia. Ni siquiera discutió: no dijo ni una sola palabra hasta llegar a la comisaría. Allí exigió que telefoneáramos a su abogado. Evidentemente, le hicimos caso, ¡qué remedio! Hoy en día, si no cumples con los derechos del detenido, te cae encima un puro de los de aquí te espero. Con todo, antes de iniciar el interrogatorio y de que llegara el dichoso abogado, se nos «cayó» por las escaleras en un intento de huida, pero ni por ésas; de él no hemos obtenido ni una gota de información. Es un verdadero «duro», de los que no se arrugan, y conoce a la perfección tanto lo que ha de hacer como lo que no ha de hacer. A estas alturas, la mayoría se habría ablandado, cuando menos, un poco. En fin, en esta época, todo son derechos para con los detenidos. No digo que esté mal, entiéndeme, pero en determinadas ocasiones echamos en falta algo más de libertad en el trato. Y mientras, él permanece absolutamente tranquilo, ausente, como si la mente hubiera abandonado su cuerpo. Sabe muy bien lo que se trae entre manos: no dirá nada hasta que lleguen de Madrid los de la Brigada de Tráfico de Arte.

»Pero la documentación incautada en su mansión habla por sí sola. No son más que retazos de un todo que debe tener escondido en algún lado —y que, espero, acabaremos por encontrar—, pero sí suficiente para establecer su relación con Artur.

»También intentamos relacionarlo con su entorno; de momento, entre los anticuarios nadie lo conoce, o eso dicen. Supongo que, como creo haberte dicho antes, lo que en realidad ocurre es que lo conocen demasiado bien para su gusto. Esperamos que no tarden demasiado en refrescar la memoria.

»Y así estamos ahora. Con un conocido traficante internacional de arte entre rejas, sospechoso del asesinato de Artur, pero sin una prueba que lo incrimine directamente con él, excepto una voz anónima.

Enrique respiró profundamente y se mesó los cabellos.

—Me cuesta aceptar que Artur fuera un delincuente.

—No me lo puedo creer. ¿Me estás diciendo que consideras a tu padre un delincuente? ¡Nada más lejos de la realidad! Estoy de acuerdo con que infringía la ley, pero ¿y quién no lo hace?

»Esta historia, esta organización que tanto te sorprende, no se puede ni comparar con muchas otras superiores en complejidad y con finalidades muy diferentes. La corrupción del poder, el tráfico de drogas, la prostitución, etc., son mil veces peores que lo que hacía Artur, son los verdaderos delitos. Yo lo sé, mucho mejor que tú. Lo estás juzgando de manera equivocada. Sus actividades jamás causaron daño a nadie…, excepto, ahora, a sí mismo.

—Puede que tengas razón, pero tú gozas de la ventaja que proporciona la experiencia. Él era…, para mí era… ¡Jamás lo hubiera podido imaginar! Y tú, que conocías sus actividades, ¿porqué no interviniste?

—Le dije en varias ocasiones que lo dejara. ¿Qué más podía hacer, detenerlo? ¡Era mi amigo!

La respuesta tuvo la sincera espontaneidad de un quejido. La pena quedó patente en ella y sirvió para desarmar a un Enrique dispuesto a objetar cualquier posible explicación.

—Tienes razón. Era perfectamente capaz de tomar sus decisiones sin que nadie interfiriera. Hablar de ello no cambiaría las cosas.

—Así es —concedió Fornells—. Sólo necesito tiempo, a lo sumo unos días. Tiempo para investigar y encontrar pruebas; tiempo para incriminarlo. Después, la ley se ocupará de él.

Las revelaciones surgidas de la larga perorata de Fornells, apenas interrumpidas por breves apuntes de Enrique, pesaban sobre ambos hombres, que se quedaron sumidos en el silencio, acompañados por sus impresiones y recuerdos. Fornells había revelado aspectos desconocidos de la vida de un hombre al que apreció sin poder evitar que causaran dolor; Enrique procuraba asumir las confidencias sin conseguirlo, todavía incrédulo, y sentía casi como una afrenta personal lo que juzgaba como una conducta indigna de quien fue su padre. Las dos figuras se miraban con los ojos vacíos, sin expresión, concentrados en su interior, sin ganas de continuar hablando. Fornells extrajo el último cigarrillo de la cajetilla. Enrique recordó que, al iniciar la conversación, eran más los cigarrillos que había en su interior que los que faltaban. En la conversación, no había parado de fumar ni un solo instante.

—Tengo que irme —finalizó Fornells—. Estoy hecho polvo; son tres días casi sin dormir, y a mi edad, el cuerpo no está para estos trotes. Tengo demasiado cerca la jubilación. Te mantendremos informado.

—Fornells. —El comisario, que ya se alejaba de la mesa, se volvió hacia Enrique—. Gracias.

—No hay por qué darlas —dijo, y desapareció entre la multitud.

10

*E*nrique no fue demasiado explícito en su conversación telefónica con Bety, aunque si transmitió los suficientes datos para que ésta tomara finalmente una decisión dilatada desde hacía veinte horas. Si el manuscrito ya no entrañaba un peligro mortal para su poseedor ni para los conocedores de su secreto, tenía la posibilidad de pedir ayuda a quien pudiera prestársela. Cuando inició la traducción y pudo comprobar los numerosos errores que Enrique había cometido, no le cupo duda acerca de su capacidad para encontrar la clave oculta entre la prosa del maestro; ahora, habiendo finalizado su más exhaustivo trabajo de los últimos años, no tanto por voluntad propia, sino más bien para demostrarle a Enrique su capacidad profesional, debía reconocer su derrota. El texto latino, interesante de por sí, no aportaba solución alguna al enigma planteado; debía traducir las complejas anotaciones laterales. Entre la espada y la pared, y sin la autorización de Enrique, quien, se justificó a sí misma, no se la hubiera concedido por el mero hecho de ser idea de ella, decidió recurrir a sus contactos con el mundo académico barcelonés. Al cabo de apenas veinte minutos logró ponerse en contacto con Quim Pagés, catedrático de Filología Clásica de la Universidad de Barcelona, con quien mantenía una relación de amistad —porque, entre otras razones, ella no deseaba nada más— desde hacía varios años.

Bety lo conoció poco antes de su separación, a resultas de un seminario sobre técnicas de investigación de la lingüística comparada que se celebró en Madrid. En un momento crítico de su vida, no tardó en verse cautivada por el inequívoco atractivo surgido tras su presentación. Ya de por sí la caracterizaba un aire tímido que la convertía en el centro de atracción. En aquel momento, además, se adivinaba en su rostro un no-se-qué frágil, desvalido, viva imagen de su desazón interior. Estaba en plena crisis, carcomida por las dudas, convencida de haber colaborado en el fracaso de dos vidas. Ella, siempre segura, firme en sus decisiones, se hallaba sumida en un retorcido callejón cuya salida no divisaba. Su relación con Enrique se había deteriorado hasta extremos inimaginables: llevaban una semana sin dirigirse la palabra. El seminario de Madrid suponía una excusa para poner distancia y, en teoría, meditar sobre el problema, evitando así enfrentarse a él.

Quim no tardó en percibir el conflicto que sacudía su interior; era, como casi todos los hombres, capaz de percibir sin problemas las crisis del sexo contrario y, arrastrado por el inevitable espíritu paternalista, acudir presuroso a prestar su atención, su ayuda, y, por qué no iba a ser así, lo que se terciara. No la acosó ni mucho menos; tenía demasiada clase para ello. Fue agradable y simpático, siempre disponible, un buen compañero que se transformó en amigo y confesor en el plazo de cuarenta y ocho horas. Por último, la tercera noche que pasaron juntos, se ofreció, más que para consolar, para sustituir. Bety estuvo a punto de ceder a sus requerimientos, pero un inexplicable pudor venció lo que en el fondo era su deseo, y lo dejó plantado en el pasillo del hotel con un beso todavía fresco en los labios y cierta melancólica desazón en el corazón, una sensación que no tardó en desvanecerse.

Meses después volvieron a encontrarse; consumada la separación, Bety había recobrado su entereza habitual y había revestido su corazón de una dura capa de insensibilidad que la convertía en inasequible para el sexo opuesto. Quería ser la mejor amiga y nada más; no era tiempo para devaneos amorosos. En el fondo de su ser se sabía herida por el reciente pasado, y no estaba dispuesta a poner en peligro su recién ganada independencia con una nueva relación. Quim, que intentó un acercamiento destinado a borrar el agridulce recuerdo de su anterior encuentro, se encontró con una Bety que no dudó en proporcionarle una franca explicación sobre su situación. A resultas de esa charla, en lugar de alejarse, se convirtieron en buenos amigos. Y había llegado el momento de recabar la ayuda que los amigos suelen prestarse. Si Quim no poseía la suficiente capacidad, seguro que sí conocería a la persona adecuada para proporcionarla.

A las doce de la mañana, Bety traspasaba el umbral de la más hermosa puerta de la universidad. Sobre ella, el escudo con la leyenda «*Libertas Perfundet Omnia Luce*»* resplandecía bajo la pálida luz de un velado sol como una vaga e incierta promesa de solución para un misterio no menos nebuloso.

Accedió por el pasillo de su izquierda al viejo claustro del patio de letras de la Universidad de Barcelona, un edificio de líneas neogóticas construido a finales del siglo XIX, y que durante muchos años albergó todas las disciplinas universitarias hasta que el inexorable crecimiento de la ciudad dejó pequeñas sus aulas. A esa hora era un hervidero de actividad. Los alumnos deambulaban de aquí para allá durante los breves minutos existentes entre el cambio de clase, formando un confuso batiburrillo de actividad inclasificable que abarcaba desde el más descarado tonteo entre chavales hasta la sencilla satisfacción de lógico apetito, a esas horas de la mañana.

Bety esperó con paciencia la aparición de Quim. Algunos jóvenes la miraron con curiosidad; pese a su experiencia docente nunca había llegado a acostumbrarse a ser observada con el descaro propio de la juventud y le costaba cuando menos unos días ganar la distancia necesaria al comienzo de cada curso. Cuando vio a Quim aparecer por la puerta lateral que

---

* «La libertad resplandece con luz perfecta.» La primera palabra se prohibió durante los oscuros años de represión franquista.

daba acceso al pasillo que comunicaba los claustros de ciencias y letras, no puede decirse que llegara a sentir alivio, pero sí se sintió reconfortada. Los pocos alumnos que todavía remolones no habían entrado en las aulas, observaron con mayor curiosidad, si cabe, el encuentro entre la distante figura de su catedrático y la atractiva visitante.

Quim pertenecía a ese escaso grupo de hombres que no aparentaba su edad. Cerca ya de los cincuenta, nadie hubiera jurado que tenía más de treinta y cinco de no ser por las numerosas canas que surcaban sus cabellos, y que sólo servían para aumentar su natural atractivo. Era, además, alto, ancho de hombros, con una descuidada barba de dos días y un rostro de estructura clásica. Vestía con elegancia no exenta de cierta modernidad.

—¡Qué alegría verte! —dijo mientras la besaba en las mejillas.

—Lo mismo digo —sonrió Bety.

Quim la tomó por los hombros y la observó de arriba a abajo.

—Estás maravillosa, como de costumbre.

—El mismo viejo adulador de siempre.

Quim no pudo evitar reírse.

—¡Venga, mujer! Que una vez te propusiera un intercambio que excedía de lo meramente social no quiere decir que no piense en otra cosa. No te lo digo por agradarte, es la pura verdad.

—Está bien —concedió Bety—, no te enfades. Viejo conquistador, ya sabes que no estoy en tu lista.

—Ven, vamos a mi despacho. Allí podremos hablar con tranquilidad.

Caminaron por los enrevesados pasillos interiores de la Universidad hasta alcanzar los despachos del departamento de filología. Quim saludó a un par de compañeros a la par que abría la puerta de su despacho, un ambiente funcional y coqueto que no tenía nada que ver con los amplios salones que uno pudiera imaginar en tal edificio. Ya confortablemente sentados, el anfitrión reinició la conversación.

—Tu llamada de esta mañana fue toda una sorpresa. ¿Qué haces en Barcelona?

—No es una visita turística; ha muerto el padre de mi ex, Enrique.

—Vaya, lo lamento. Pero cuando hablamos mencionaste que necesitabas cierta ayuda, ¿no es así?

—Lo es. —Hizo una pausa, pensando cómo continuar—. Tengo que traducir unos textos, más bien unas anotaciones, escritos en catalán antiguo, probablemente del siglo XVI o XVII. Están plagados de abreviaturas y contracciones, y, la verdad, no me veo capaz de hacerlo. Necesito la máxima exactitud y pensaba que tú conocerías a alguien de confianza que pudiera ayudarme con ellas.

Quim asintió en silencio; sus dedos tamborilearon en la mesa antes de responder.

—Bueno, bueno —sonrió Quim mientras sus dedos seguían tamborileando sobre la mesa—. Creo tener a la persona adecuada para eso. Es un tipo algo peculiar, Manolo Álvarez, el filólogo más cojonudo que he conocido en mi vida. Si él no es capaz, nadie lo será, tenlo por seguro.

—¿Tan bueno es?

—El mejor. —Quim tecleó el ordenador unos segundos hasta encontrar los datos que buscaba—. Aquí tengo su ficha. Escucha, escucha: Manuel Álvarez Pinzón, nacido en Mérida el veintinueve de febrero de 1955. Licenciado en Filología Románica en mayo de 1985, en Clásicas en febrero del 86, doctorado en ambas en el 87. Estudia Biblioteconomía y Documentación entre 1993 y 1995; obtiene el cum laude, como en sus anteriores carreras. Posee titulaciones a nivel de *proficiency* de italiano, francés, inglés, alemán, portugués, lenguas eslavas, hebreo y griego moderno. También domina el ruso, conoce los diversos campos de las semíticas, chino, japonés, y, no te lo pierdas que no te tomo el pelo, varios dialectos africanos de nombre impronunciable. Este hombre es increíble; cada vez que repaso la ficha no puedo evitar pasmarme.

—Con semejante currículum no dudo de su capacidad, pero ¿cómo se entiende que no haya oído hablar de él antes? ¡Un hombre con semejante don es un genio!

—Si las Naciones Unidas precisaran un único traductor, mandaría al resto de la profesión al paro; el puesto sería suyo sin discusión.

—Muy bien. ¿Dónde puedo encontrarlo?

—Espera, espera, vas demasiado rápida —pidió paciencia Quim—. Es el mejor, pero...

—¿Qué problema hay? —le interrumpió Bety—. ¿No está en Barcelona?

—Bueno, estar sí está. Lo que ocurre es que, en fin, no sé muy bien cómo explicártelo. Trabaja aquí mismo, en la biblioteca. Tiene una beca de investigación financiada por la Generalitat. A veces, viaja a otras ciudades: Bolonia, Roma, Florencia, Narbona, París... en busca de información; ahora, casualmente, puedes encontrarlo aquí. Pero verás, resulta que Manolo es un poco... especial. Quiero decir que no te dirá que no, pero puede que no te diga que sí.

—Veamos, ¿qué es exactamente lo que quieres decirme del tal Manolo?

—Lo que te he dicho, que es un poco especial. Mira, para él, sólo cuenta su mundo. Lo de los demás no le importa un ardite. Está con nosotros, en la facultad, porque su trabajo becado le apasiona. Pero no le apasiona como podría pasarle a una persona corriente; es algo diferente. En el momento en que comienza algo que lo atrae, y sólo comienza cosas que le atraen muchísimo, lo demás deja de existir. Duerme y se alimenta porque el cuerpo lo requiere: si pudiera prescindir de ello, lo haría.

—La verdad es que me dejas un tanto desorientada. He conocido a estudiosos tocados por el vicio de la investigación, pero, aun así, me lo presentas como un personaje realmente extraño, casi como un... desequilibrado. ¿Qué tal se lleva con vosotros?

—Con los miembros de la cátedra está forzado a convivir, y mantiene con todos una relación no fría, pero sí superficial. Si le pedimos ayuda, no nos la niega, porque es consciente de que no podría trabajar en la universidad sin mantener unas buenas relaciones con los profesores. Y, esto es importante, no actúa así por sentirse superior, cosa que, sin duda, es, o por despreciarnos; nada de eso, no es mala persona. Sencillamente no tiene interés en cosas ajenas a su mundo. Eso es todo.

Bety soltó un bufido antes de exponer su impresión.

—Vaya tipo.

—Eso es. Vaya tipo. El mejor. Pero no debes preocuparte. Si le traes algo interesante, te ayudará en el momento. En caso contrario, te podría entregar la traducción tanto mañana como dentro de tres meses o un año…, o tal vez nunca.

—No me das muchos ánimos. Casi preferiría que lo hiciera otro.

—¡Tranquila! Escucha: insisto en que es el mejor —rebatió Quim—. Si falla, ya recurriremos a algún otro. Precisamente aquí, en nuestra universidad, buenos especialistas en catalán antiguo no nos faltan. Pero probaremos con él antes de acudir a los demás. Y un consejo: cuando hablemos con él, procura mostrar cierta reserva respecto a tu traducción y sus fuentes. Mostrarse enigmático respecto a la traducción ayudará.

Bety consideró que mostrarse enigmática no constituiría ningún problema. Había trascrito fielmente todas las anotaciones, pues, aunque llevaba el libro consigo, prefería no mostrarlo, y, pese a haber desdramatizado en gran medida tras la captura del asesino de Artur lo relacionado con el manuscrito, seguía existiendo un misterio que resolver. Mientras menos gente conociera su existencia, mejor.

—Bien, vamos allá —se decidió Bety.

—Pues allá vamos —asintió Quim.

Emprendieron el camino por los vacíos pasillos hacia la vieja biblioteca de la universidad.

—¿En qué me dijiste que está trabajando?

—Está realizando un estudio sobre la influencia del catalán comercial en el entorno de las lenguas mediterráneas desde el siglo XI al XVII, en función del desarrollo del Derecho Mercantil Catalán y las nuevas vías comerciales abiertas tras las cruzadas.

—Apasionante —ironizó Bety.

—Es su mundo. Con ésta, son ya nueve las becas ganadas de manera consecutiva. Ganó el primer concurso en pugna con otros tres o cuatro investigadores, pero tuvo la virtud de obtener conclusiones que respaldaban la opinión de los más destacados miembros del tribunal responsable de la concesión de las becas. Y si, además de ser el mejor, llegas a conclusiones similares a las de tus jefes, la competencia no tiene nada que hacer. Bueno, hemos llegado. No has estado aquí anteriormente, ¿verdad?

—No, nunca.

—Te gustará.

Entraron en la biblioteca a través de una puerta giratoria dispuesta en uno de sus extremos. La puerta daba acceso a una gran sala de unos cuarenta metros de largo por veinte de ancho. El espacio era, por su altura, equivalente a unos tres pisos de tres metros de altura cada uno. En la planta baja estaban situados los atriles de estudio dirigidos al alumnado en general, controlados en sus extremos por bibliotecarias. El segundo piso, ya de acceso restringido, se componía de una balaustrada que permitía observar la planta inferior. El equivalente del tercer piso estaba ocupado por una alta y, aparentemente inacabable, fila de viejos volúmenes a los que únicamente se podía acceder desde una empinada escalerilla. Una iluminación escasa, que sólo permitía ver con claridad los atriles, y muy levemente los estantes, y que confería un aspecto indudablemente siniestro a la biblioteca toda, parecía dispuesta para desanimar a los estudiantes con escasa voluntad. A Bety le recordó las viejas iglesias románicas por lo escasamente iluminada. Un lugar de recogimiento absolutamente alejado del concepto moderno de biblioteca, en el que los consultantes o lectores se refugiaban del mundo real para crear uno propio, aislados del resto de los cofrades en las letras por un único e individual punto de luz.

Accedieron al segundo piso por una estrecha y empinada escalerilla; en el fondo opuesto por el que habían entrado se encontraba una vieja mesa casi totalmente cubierta por montones de libros, entre los cuales apenas se divisaba una figura que parecía sumida en un arrebato de febril actividad.

—Es él —susurró Quim—. ¿Qué te parece?

—Tiene todo el aspecto de un rata de biblioteca. Y parece en su elemento.

—Si lo sacas de aquí, es como pez fuera del agua. No te lo podrías imaginar en las fiestas del claustro.

Se acercaron a la mesa hasta poder ver sin problemas la figura rodeada de libros. Un revoltijo de enmarañados cabellos que parecían haber olvidado el contacto de un peine tiempo ha, cubrían un rostro que, dejando aparte un inconfundible aire de sabio loco propio de las películas de serie z de los años cuarenta, no tenía nada de particular. De su anodino aspecto sobresalían los refulgentes ojos, poseedores de un brillo propio; el resto era un rostro de barbilla fina y nariz aguileña, anguloso más por omisión en el yantar que por delgadez natural. Se situaron enfrente de un Manolo que no llegó a percibir su presencia hasta que Quim le saludó.

—Buenos días, Manolo.

Guiñó los ojos en un esfuerzo destinado a ver más allá de la luz que un foco directo derramaba sobre la mesa. Contestó, eso creyó Bety, guiado por la voz, no por ver realmente a su interlocutor.

—Quim —preguntó más que afirmó.

—Manolo, quisiera presentarte a una persona.

—Ah, muy bien. —No se molestó en levantarse de su asiento.

—Mira, es Béatrice Dale, profesora de Filología Clásica en

la UPV. Bety, Manolo Álvarez Pinzón.

—Muy bien. —Manolo prescindió de la ironía de Quim, o, según le pareció a Bety, no llegó ni a apreciarla.

Se produjo un silencio; Manolo esperaba claramente que le dejaran en paz para regresar a sus papelotes, pero no sabía si la conversación se daba por finalizada o no.

—Manolo, Bety necesita la ayuda que sólo un experto como tú puede prestarle —recondujo la conversación Quim.

—Bien. —El tono de su voz no delató irritación; indiferencia lo definía mejor—. Veamos qué quieres.

Se incorporó por primera vez; Bety hubiera sufrido un ataque de risa difícil de disimular de no ser por su discreción natural y por la importancia que concedía a la traducción de las anotaciones. Vestía ropa pasada de moda y tan mal combinada como planchada.

Extrajo la transcripción de las anotaciones escritas al margen del manuscrito, que, numeradas, ocupaban quince páginas, y se la tendió a Manolo. Éste la tomó sin proferir palabra, despejó algunos libros del borde de la mesa para apoyar el trasero y ojeó las páginas lenta y parsimoniosamente. Pasados unos minutos, dijo:

—Interesante. Catalán culto, segundo tercio del siglo XVI. Numerosas abreviaturas. Texto en principio sencillo, pero carente de sentido, sin un marco de referencia con el cual establecer una relación causa-efecto. —Aquí inspiró larga, profundamente—. Al decir sencillo quiero decir que no es difícil traducirlo; que tenga sentido ya es otra cosa. ¿Podría ver el original del que fueron extraídas?

Bety dudó; estaba claro que Manolo no estaba muy dispuesto a involucrarse a fondo sin mayor motivación.

—Son anotaciones laterales de un manuscrito de principios del siglo XV. Cayó en mis manos por casualidad y estoy estudiando su contenido.

—¿Lo tienes aquí? —insistió Manolo.

—Ssssí —casi susurró Bety, atrapada entre el deseo de saber y el de mantener el secreto.

—Dámelo —ordenó Manolo sin tapujos.

Bety extrajo el manuscrito del bolso y se lo tendió al traductor, que lo acogió con mucho mayor interés que el mostrado hasta el momento.

—Vaya, vaya, qué tenemos aquí —masticó las palabras Manolo.

Depositó el manuscrito sobre la mesa y amplió el hueco que albergaba sus posaderas unos minutos antes. Colocó sin el menor cuidado un montón de libros sobre otros, hasta formar dos o tres columnas que guardaron un equilibrio precario. Ojeó diversas páginas con curiosidad, flanqueado por Bety y por Quim. Por último, se volvió hacia sus contertulios.

—¿De dónde lo has sacado?

—Es… un regalo —improvisó Bety.

—No, no me refiero a cómo llegó hasta ti —comentó impaciente—; quiero decir cuál es su origen, de dónde proviene.

—Apareció en la biblioteca de una vieja masía.

—Curioso destino para una joya bibliográfica —intervino Quim.

—Sí, lo es —terció Manolo sin perder de vista los ojos de Bety—. Te ayudaré —resolvió de repente.

—¿Cuándo crees que podemos comenzar…?

—De inmediato. Ahora mismo, claro está.

—Como veo que habéis llegado a un acuerdo, os dejo tranquilos —intervino rápidamente Quim—; tengo trabajo pendiente. Bety, recuerda que me debes un favor. ¿Crees que una cena es un pago proporcional y suficiente?

—Es justo; te llamaré antes de regresar a San Sebastián.

—¿Seguro?

—Te lo prometo —sonrió ella.

—Muy bien, ya sabes dónde encontrarme. Adiós, Manolo, y gracias por ayudar a nuestra colega.

Manolo emitió un sonido equiparable a un gruñido por

toda respuesta. Y mientras Quim se alejaba por el pasillo, dejó atónita a Bety con una pregunta realizada con la más absoluta naturalidad:

—Y ahora, explícame: ¿cómo ha llegado hasta ti este manuscrito del maestro Casadevall?

La boca de Bety se abrió involuntariamente. No se había sentido tan sorprendida en toda su vida. Respecto al pasado, podía dar fe de ello; en cuanto al futuro, asumió que difícilmente llegaría a sentirse tan desconcertada; Manolo Álvarez Pinzón conocía la existencia del manuscrito Casadevall. Manolo esperaba una respuesta que Bety no podía proporcionar.

—¡Perdona! No esperaba causar semejante efecto.

Parecía querer ablandar el terreno y facilitar la conversación; Bety se dio perfecta cuenta de ello, como de que no había malicia ninguna en su expresión. Manolo no sabía sino exponer las cosas tal y como eran; tal y como las sentía.

—¿Cómo es que sabes de su existencia?

Manolo meditó un instante antes de contestar.

—*Quid pro quo*. Bueno, a eso yo le llamo intercambio de información. Podemos alcanzar un acuerdo: tú me cuentas cómo encontraste el manuscrito y lo que hayas averiguado sobre su contenido y yo te explico lo que sé de él.

Considerando los pros y contras, no tenía nada que perder y sí mucho que ganar. Habían hablado de un intercambio de información y no de una cesión del manuscrito para su estudio. Bajo ese punto de vista, podía estar tranquila, pues suya era la libertad de contarle a Manolo lo que realmente le interesase. Si éste manifestaba su deseo de estudiarlo en privado, Bety podría dilatar la entrega hasta el momento conveniente: bastaba con explicar que el manuscrito no era suyo, sino de Enrique.

—Está bien, acepto siempre y cuando traduzcas las anotaciones que te he traído.

Manolo asintió y se sentó para iniciar su relato. Bety tomó una de las dos sillas libres. Estaba expectante, y al darse cuenta, se esforzó en disimular su interés.

—Antes que nada, dime en qué lugar exacto lo encontraron. Hablaste de una masía.

—Sí, cerca de Ripoll, una propiedad de la familia Bergués.

—Muy, muy interesante. Bien, ahora, antes de empezar, necesitaría saber qué conoces acerca de la Inquisición —expuso Manolo.

—Bueno, algunas generalidades, no soy una experta. Sé que existió una inquisición medieval mal organizada hasta que la solicitud para su creación formulada por los Reyes Católicos al papa Sixto IV es aceptada a finales del XV. A partir de esa base, no conozco más que los tópicos —reconoció Bety—: hogueras, torturas, autos de fe, el brazo secular, los sambenitos, los cuentos de Poe…, ya sabes, ese tipo de cosas.

—No serían superiores mis conocimientos cuando buscaba algún tema interesante con que preparar el doctorado. Uno de mis más queridos profesores sugirió la posibilidad de realizar un estudio sobre los textos inquisitoriales; la idea me pareció atractiva. Me documenté, y en apenas una semana, había obtenido la suficiente información para comprender que podía tratarse de un estudio apasionante. Elegimos un título para la tesis: «Evolución del latín eclesiástico desde el siglo XV al XIX en sus marcos legislativos internos».

»Gracias a las recomendaciones de mis profesores, que eran conscientes de cuál era mi verdadera capacidad, obtuve licencia para investigar los Anales de la Inquisición de Toledo, actualmente en Madrid, el archivo más completo existente en España tras la quema generalizada de éstos sufrida tras la abolición de 1834. La autorización supuso un verdadero privilegio, pues únicamente se concede a los grandes investigadores. Sólo tuve una limitación: tendría libre acceso a todos los documentos, pero no podría mencionar de manera explícita en mi trabajo nada relacionado con su contenido, sino únicamente los aspectos lingüísticos que eran de mi interés.

Manolo se estaba animando al recordar sus primeras investigaciones; su expresión se volvía más suelta, y las palabras, que anteriormente pronunciara con mesura, surgían ahora de su boca como un atropellado chorro fuera de control.

»Al principio fue un trabajo que calificaría como habitual: con más partes tediosas que atractivas, pues, para establecer las conclusiones pertinentes, se requería el profuso estudio de numerosa documentación. Después, por pura casualidad, sin apenas percibirlo, caí bajo el embrujo de una actividad tan increíblemente reprobable, pero fascinante a la par, como la ejercida por los inquisidores. Tenía pensado centrar el análisis comparativo en las directrices e informes de actividades del Consejo de la Suprema y General Inquisición, el órgano central conocido como La Suprema, pero... Un día leí uno solo de los polvorientos informes..., realmente mi trabajo no lo requería, pero lo hice. Y a partir de ahí, no pude evitar la lectura documentada de cientos de actas inquisitoriales, siempre tras finalizar los plazos estipulados por mí mismo para el correcto desarrollo del verdadero objeto del estudio. Pasé largas noches ojeando los viejos legajos. Muchos eran similares, pero, de vez en cuando, aparecía alguno diferente, capaz de atraer la atención de cualquier persona con un mínimo de imaginación. Ésos son los que guardo grabados en mi memoria de forma indeleble.

»Verás, allí podían encontrarse todas las miserias, los defectos, los miedos y horrores, el dolor, la tortura, la persecución injustificada, las sanciones indiscriminadas. La Inquisición fue un organismo creado para perseguir: primero, la pureza de la raza, que debía limpiar las excrecencias que judíos y moriscos constituían para el reino; luego, a los propios cristianos viejos, por cuya pureza espiritual velaba sin descanso, acusándolos de absurdas desviaciones religiosas que acababan con la expoliación de sus bienes y, en numerosas ocasiones, daban con sus huesos en la hoguera; por último, como una herramienta tanto del estado como de la religión destinada a borrar de un plumazo las molestas injerencias intestinas que, puntualmente, sufrieran los mandatarios de ambas estructuras.

»El embrujo de la investigación me atrapó por completo, sin dejar libre de su peculiar atractivo ni uno solo de los poros de mi cuerpo. Las actas eran frías en su descripción. Se limitaban a relatar determinados apartados: genealogía y sentencia, abjuración formal, instrumento de secreto, instrumento de penitencia y documentos anexos. El primero solía ser el más complejo, y los documentos, cuando los había, consistían en la más peculiar compilación de extrañas observaciones.

»Así, hojeando viejos legajos, vestigios incompletos de dramas colosales, llegué hasta un caso diferente. Fechado el 29 de febrero de 1612; así se presenta ante mis ojos cuando rememoro su contenido. Desde el preciso instante en que mi vista se posó en ella, supe que había dado con algo especial, pues vulneraba el procedimiento habitual empleado por la Inquisición. La regla determinaba que los casos fueran juzgados por los tribunales repartidos por España, cada uno con una zona específica de influencia. Sus sentencias debían ser controladas por el Consejo Supremo y General de la Inquisición, que, normalmente, las confirmaba. Pero eso no ocurrió esta vez.

»Diego de Siurana fue la víctima elegida por la Inquisición. Había nacido en el diminuto pueblo de Siurana, que aún existe, en la provincia de Tarragona. Un lugar hermoso que acabé por conocer: apenas cinco casas, una iglesia y los restos de un castillo situados en el borde mismo de un vertiginoso barranco. Siendo niño, el párroco observó en él inquietudes poco frecuentes en la gente del campo; así consta en las actas. Unos años después, Diego recibía los votos en Tortosa. Su brillante carrera en el mundo eclesiástico, a la sazón secretario del Archivo Episcopal, según consta en las actas inquisitoriales, se vio truncada por la probable denuncia anónima de cualquier colega envidioso. Fue investigado por el tribunal de Barcelona por observar unas costumbres poco habituales: tendía a ser en exceso aseado, y, terrible delito, no probaba la carne de cerdo.

Los inquisidores investigaron en su genealogía hasta encontrar una rama colateral relacionada doscientos años atrás con un marrano, tal y como llamaban a los judíos en la época. Por sí solo, el antecedente equivalía a una sentencia. La primera sesión se saldó con un simple interrogatorio. Diego reconoció su «culpa». Pero eso no les satisfizo en esta ocasión. Buscaban algo más. Diego alegó desconocimiento; craso error, pues nada podía enfurecer más a los inquisidores que llevarles la contraria. Le dieron dos oportunidades más, y en la tercera fue sometido a tortura. Desfallecido, enajenado por el dolor, para sorpresa de los torturadores, mencionó un objeto del que nada más consta en el acta. El inquisidor recabó en consulta aparte al secretario, quien corroboró las palabras de Diego, fueran las que fueran. Con el consentimiento del médico, reanudaron la sesión de tortura hasta su desmayo. Resultaba evidente que Diego ocultaba algo, pero ¿qué? ¿Un Talmud? ¿Un Corán? Procesado como posible hereje, era lo más probable. Se produjo un examen profundo de los bienes incautados, y a través de ellos obtuvieron una serie de conclusiones que, desgraciadamente, se han perdido en parte, pues faltan ciertos fragmentos del acta inquisitorial, las páginas finales. Y, fueran las que fueran, debía tener cierta importancia cuando La Suprema, tras ser informada, decidió intervenir en el caso y elaborar un informe anexo considerado secreto del que únicamente he podido leer una parte. El anexo a las actas, un informe remitido ni más ni menos que a la misma Roma, se encuentra en un estado lamentable, corroído por la humedad, y le faltan, como mínimo, otro par de hojas. De él obtuve cierta información que intenté completar por medio de otras fuentes. Y así descubrí qué era el objeto.

Hizo una pausa para tomar aire. Bety estaba cautivada por la historia. Iba a saber definitivamente de qué se trataba, qué era aquello que tanto impresionó a Casadevall y que había ocasionado la tortura y muerte de Diego de Siurana.

—Lo poco que quedaba del informe anexo no era demasiado explícito. Hablaba de la Piedra de Dios y de cómo había llegado el conocimiento de su existencia a manos de Diego. Sólo existe la mención de un nombre: *Magister Operis Ecclesiae* Casadevall.

—¡Ahora comprendo tu interés al leer las anotaciones! —intervino Bety.

—Cualquier información relacionada con el misterio que ocasionó la muerte de Diego resulta para mí del mayor interés. Que aparezcas en esta biblioteca con el manuscrito que puede contribuir a la resolución del misterio es un regalo del Cielo.

—¿Qué es la Piedra de Dios?

—La Piedra de Dios. Casi nada —sonrió Manolo—. Tardé casi dos años en averiguar de qué puñetas se trataba. Y dos años, para mí, te aseguro que es mucho tiempo.

»Verás, una vez llegado al punto de quedar absorto por el misterio, me encontré entre dos fuegos. El tiempo pasaba y no pude sino investigar de manera fragmentaria, lejos de mi verdadero interés y de mi forma habitual de trabajo. Por fin, a los dos años, conseguí el tiempo suficiente para meterme de lleno en el asunto, y mientras más profundizaba, más fascinantes eran los resultados. En principio recabé numerosa información en diversas bibliotecas aquí, en España, pero eso no bastó. Así que, cuando quise darme cuenta estaba en un avión camino de Israel, donde mis colegas universitarios me habían proporcionado un contacto. A él, y no a otro, debo la verdadera resolución de esa parte del enigma.

—Espera, espera: me dices que tuviste que viajar hasta Israel para saber de qué se trataba. ¿Por qué no viajaste a Roma, donde es probable que pueda encontrarse una copia del informe remitido por la Inquisición?

—No existe ninguna posibilidad de acceso a esos documentos. Nadie puede estudiarlos, salvo rarísimas excepciones. Y un filólogo, por bueno que sea, no está dentro de ese club de privilegiados…, salvo que pertenezca a esos grupos religiosos católicos ultraortodoxos que gozan ahora de tanto prestigio en Roma. Seguramente sólo podrán acceder a su lectura los más altos cargos de la curia vaticana.

—Entonces, su acceso está restringido.

—En efecto, están bajo el secreto documental que todavía hoy ampara a gran parte de los archivos vaticanos. Parece increíble que tantos años después no podamos investigarlos, pero es así.

—Bueno, viajaste a Israel.

—En España conté con la ayuda de diversos colaboradores que me ayudaron en mi búsqueda. Pero no hubo ninguno entre ellos capaz de explicarme qué demonios era la Piedra de Dios. Acabaron por remitirme a uno de los más grandes especialistas en tradición hebrea, Isaac Shackermann. Redacté un informe escrito acerca del contenido de mis investigaciones y se lo envié; fue la llave que me permitió acceder a él. Shackermann es un sefardí, descendiente de una antigua familia afincada en Toledo. Era un hombre excepcional, muy querido y respetado. En general, los sefardíes son personas orgullosas de sus antepasados y de ser quienes son; en el caso de Shackermann, ese orgullo por sus ancestros es claramente palpable. Como todos los sefardíes, respetan la tradición de sus antepasados, y la llave del antiguo casón familiar de Toledo preside la habitación más importante de su casa, el estudio.

»Puedes imaginártelo: un viejecito de aspecto inofensivo protegido del mundo exterior por unas gafas de grueso cristal. Cabello blanquísimo que caía por ambos lados de la cabeza formando largos tirabuzones. Siempre vestido de negro, a excepción de la camisa, tan blanca como sus cabellos. Su cuerpo, pequeño y arrugado, de aspecto débil, no ocultaba que en tiempos pasados albergó todo un hombre en su esplendor.

»Shackermann vivía en una hermosa casa en la ciudad vieja, cerca del convento armenio de Sant Jacques. Estaba un tanto separada del resto de las edificaciones, por lo que el sol penetraba con fuerza por los ventanales. Un lugar encantador, alejado del bullicio de la gran ciudad que es Jerusalén. No se puede acceder en coche hasta su casa; las calles son peatonales, muy estrechas. Es una manera de aislarse de un mundo que ya queda fuera de su alcance, pues sus piernas están débiles y no le permiten caminar sino distancias cortas. Vive atendido por dos criados negros, judíos etíopes; uno de ellos me condujo hasta él, en el espléndido estudio donde su brillante mente, ajena a las limitaciones de un cuerpo decrépito, sigue discurriendo mil y una ideas.

»Su criado me presentó; me esperaba plácidamente sentado en un cómodo sillón, con té y unas pastas dispuestas para agasajarme. Al otro lado del estudio, un moderno ordenador dejaba bien claro que él podía ser un anciano, pero su sistema de trabajo no. Fue realmente amable. Alabó las recomendaciones que me habían conducido hasta él, cosa que reconoció como difícil de conseguir. También elogió mi dominio de su idioma, que consideró excelente. Y a partir de ahí hablamos de cualquier cosa, excepto del verdadero interés de mi viaje. Quiso conocer todo sobre mi vida, prácticamente desde mi infancia misma. Y después de hablar de mi humilde persona, hablamos del mundo y sus personas. Estaba claro que pulsaba mi carácter y mis motivos: tengo la impresión de que, si no hubiera sido de su agrado, no hubiera dudado en despedirme, eso sí, con la mayor cortesía.

»El día siguiente transcurrió por parámetros similares. Continuamos hablando, y al cabo, me propuso un juego intelectual: tenía mi currículo y, por tanto, conocía mi dominio de los idiomas antiguos. Me miró y dijo, de repente: «*Pere nost, che t'ies n ciel, siba sanctificá ti inuem, vënie ti rëni, sibe fata ti voluntà coche n ciel nsci n tiëra*». ¿Podría seguir esta oración en ese mismo viejo idioma?

»¡Me había hablado en ladino! Le contesté afrontando lo que consideré, quizá, la prueba definitiva. «Mi conocimiento del ladino es puramente teórico. Jamás lo he hablado antes. Usted está rezando un padrenuestro. Puedo intentarlo. Debiera seguir así: *Da-nes nauri nose pam d'unidi y lasce-nes dó nose debit, coche neüs biscion dó a nosc debitëures, y no nes nemé tla tentación, ma libre-nes del mal*».

»Me preguntó si de verdad nunca antes lo había hablado. No, no, lo había hecho. «Pues debe usted saber que su pronunciación está muy cercana a como debiera ser. Sigamos hablando en esa vieja lengua hoy olvidada», me dijo.

»Fue una maravillosa experiencia, pues me retraje directamente a un pasado que sólo sigue vivo en el recuerdo de hombres como él. Posiblemente formaba parte de la prueba a la que me estaba sometiendo; afortunadamente debió de ver en mí lo que realmente soy, un simple filólogo enamorado del pasado de las lenguas, absolutamente inofensivo, incapaz de pensar que la investigación revierta en su propio provecho. Los frutos que de nuestro trabajo obtengamos no son nuestros, son para toda la humanidad. Shackermann así lo percibió en esos dos días de largas conversaciones mantenidas junto al ventanal, arropados por los cálidos rayos del sol, solamente interrumpidas por la hora de la comida y por los numerosos e-mails que recibía constantemente. Acabando el segundo día, ya sabía que estar junto a ese hombre constituía un verdadero privilegio. ¡Y llevaba dos días completos de su valioso tiempo hablando conmigo, un desconocido! De eso extraje una conclusión: si me dedicaba tanto tiempo es porque estaba más que interesado en lo que yo pudiera decirle.

»El tercer día cambió el enfoque de su conversación. Hablamos directamente de religión. Preguntó cuáles eran mis creencias, cómo manifestaba mi espiritualidad, qué opinaba sobre el sentido religioso, y mil preguntas semejantes. Dudé: no soy esencialmente religioso, y temía que eso tendiera una barrera entre ambos. Pero preferí decirle la verdad, pues estaba seguro de que ya la conocía gracias a nuestras conversaciones. Bautizado al nacer —y quien no en aquella época—, abandoné la práctica religiosa a medida que crecía. Lo cierto es que nunca he analizado en profundidad mis sentimientos sobre los aspectos trascendentes de la vida. No tuve tiempo para ello; lo que para muchos es una excusa, para mí es un hecho cierto. Sin embargo, no supuso impedimento. Shackermann buceó en mi interior en busca de mi verdadero ser y, sin duda, lo encontró. Su veredicto fue positivo, ya que al finalizar la tercera jornada de trabajo me anunció que a la mañana siguiente respondería mis preguntas. No era tarde, apenas las cinco, y le pregunté si no podíamos empezar de inmediato. Su respuesta me dejó confuso: «De algunas cosas sólo puede hablarse a plena luz del día. Tendrás que tener paciencia y soportar las manías de este pobre viejo. Ven mañana».

»Llevaba cuatro días en Jerusalén, y un día más de espera no importaba. Recuerdo muy bien esa mañana: acudí a la casa de Shackermann en un día gris, lluvioso, completamente fuera de lugar respecto a sus predecesores. Se había cernido sobre el lugar, una inesperada borrasca. La ciudad vieja, oscurecida por la lluvia, perdía parte de su encanto, y la atmósfera era, en contra de lo previsible, tan plomiza y pesada como el propio día. El barrio de Shackermann, habitualmente poco frecuentado, ese día lo estaba aún menos. A medida que profundizaba en él camino de la muralla, me cruzaba con menos transeúntes, hasta que al final me encontré caminando completamente solo por los viejos y estrechos callejones. Lo cierto es que la alegre apariencia de aquellos viejos caserones se había revestido de cierto aire fantasmal, agudizado por lo desértico de las calles.

»Llegué a la casa. El criado me condujo hasta el estudio, donde Shackermann me esperaba sentado en el sillón de costumbre con una taza de té en la mano. No hacía frío, pero la chimenea estaba encendida, el fuego chisporroteaba con alegría y las pavesas saltaban con fuerza. Tomé asiento frente al viejo estudioso: el ceniciento día parecía haberle robado parte de su vigor habitual: «Qué día tan desagradable —comentó sin más, en lengua hebrea, dejando a un lado el ladino—. Parece cargado de malos presagios». Su expresión me sorprendió, aunque la consideré puramente retórica, no literal.

Guardé silencio, sin saber muy bien qué contestar. Shackermann sorbió la taza hasta agotar su contenido y me la tendió para que la acercara a la mesa. Me miró de hito en hito, en un postrero estudio de mi persona, destinado a corroborar su decisión de explicarme lo relacionado con la Piedra de Dios.

»Asintió, probablemente para sí mismo, e inició su historia. «Tu presencia ante mí es uno de esos hechos sorprendentes que a veces marcan la vida de las personas —comenzó—. Que un gentil haya trabado conocimiento con aspectos ocultos de nuestro pasado remoto es un fenómeno en sí mismo digno de ser estudiado con la necesaria perspectiva. Y que haya conocido la existencia de un objeto como la Piedra de Dios, restringida a una relativa minoría de los míos, resulta muy llamativo. Pero no es momento de semejantes disquisiciones. Ayer decidí explicarte lo relacionado con tu búsqueda, y es lo que voy a hacer. Es una historia sencilla en sí misma, pero compleja en su desarrollo. Intentaré ser breve y no extenderme en demasía, aunque me enfrento a diversos problemas. El más importante es éste: eres un profano en materia religiosa, y eso supone un importante desconocimiento que limitará mi capacidad discursiva y nos causará problemas de comprensión».

»Yo estaba expectante, incluso emocionado. Sentía esa vibración interior propia de los grandes momentos, de las ocasiones en que se corroboran las teorías imaginadas, de los momentos en que esos hechos que uno ha imaginado aparecen reflejados en un documento escrito. Shackermann inició su relato: «Resultará difícil transmitirte los datos precisos. A lo largo de la noche he meditado sobre cómo enfocar mi narración sin llegar a ninguna conclusión positiva; todo se entremezcla, se confunde, forma una misma cosa. Puedo decirte que has encontrado uno de los más grandes y más privados misterios de nuestra historia, la historia del pueblo judío. Sobre él han…, hemos, mejor dicho, estudiado e investigado muchos hombres, piadosos y de fe unos, ambiciosos y retorcidos los más. Por eso, antes de llegar a este momento, hemos hablado durante tres días, para intentar conocer el motivo que te impulsa a querer saber. Si te hubiera agrupado con los ambiciosos, no estarías aquí ahora. Sin embargo, sólo eres un estudioso: mi experiencia en la vida rara vez me engaña. Quieres saber por el mero hecho de conocer: tu curiosidad es sana, constructiva; por tanto, intentaré satisfacerla hasta allá donde pueda hacerlo. Y así, de paso, satisfaré mi propio deseo de conocimiento. Vamos allá.

»El estudio sobre el nombre de Dios ha sido una constante a lo largo de la historia del judaísmo. Debes saber que el concepto hebraico de Dios no permite su representación física, y su nombre, en el sentido estricto del mismo, no puede ser pronunciado por los fieles en voz alta. De hecho, su mismo nombre nos es en realidad desconocido, y ha sido objeto de investigación desde tiempos inmemoriales. Los nombres que de él se conocen son una aproximación que yerra su intento; sabemos cómo nos dijo que debíamos llamarlo, pero no sabemos cómo se llama en realidad. Todo se centra en Él, como es nombrado en los textos sagrados. También puedes llamarlo Yahvé, que es una pronunciación simplificada de las consonantes hebreas YHVH, a su vez abreviatura de *Yod Hay Vay Hay*. Sin embargo, esta última acepción solo debería poder utilizarse en los santuarios, los lugares sagrados; fuera del templo, Él puede ser nombrado como Adonai —Mi Señor—, o Elhoim, plural mayestático de Él. YHVH. Las cuatro consonantes forman la palabra griega llamada tetragramaton, conocida en hebreo como *Shem ha Meforash*.

»Como puedes ver, puede nombrarse de estas diversas maneras, y hay muchas más, que han sido desbrozadas a lo largo de los siglos. La cábala se ocupó de ello. Nació como el conjunto de la tradición recibida del Antiguo Testamento, pero acabó convirtiéndose en puro conocimiento esotérico. Surgió como tal en los albores de vuestro siglo II para alcanzar su plenitud al comienzo del siglo XIII. Sus cultivadores se transformaron en un grupo de reducidas dimensiones, conocedor y transmisor de determinados misterios; creían que los textos sagrados podían transferir un conocimiento deliberadamente oculto. A través de la numerología asignaban a cada letra del alfabeto hebreo un número determinado, cuya combinación permitía acceder a ese saber y liberar así los enormes poderes creativos encerrados en sus páginas.

»Uno de los cabalistas más importantes, Isaac, *el Ciego*, encontró gracias a la numerología una nueva designación de Dios. Lo llamó En Sof, en Sí Mismo, referido a la imposibilidad de aprehender su verdadera dimensión fuera de Él. Posteriormente, Moisés de León profundizó en este concepto para demostrar que Dios realizó la creación desde dentro de sí por mediación de los sefirots, que son atributos o manifestaciones de Él.»

»Llegados a este punto —dijo Manolo— debí de mostrarme tan desorientado que Shackermann sonrió condescendiente y me guiñó con no disimulada picardía un ojo: «No temas, no escuchas las divagaciones de un viejo chocho. Si te explico todo esto es porque necesitas comprender la importancia del entorno antes de profundizar en el centro del enigma. Y el enigma ya está aquí: la Piedra de Dios, cuya existencia es conocida por muy pocos, es una piedra especial, posiblemente una esmeralda, pero su verdadera importancia radica en que guarda un misterio clave, fundamental. Tiene escrita en una de sus caras el verdadero nombre de Él, y, por tanto, está animada por la presencia de un sefirá, una emanación directa de Él».

»En el exterior la tormenta recrudeció su actividad. Los relámpagos cruzaban el cielo con furia inusitada, y los truenos, apenas ensordecidos pese al grosor de las paredes, se sucedían uno tras otro. Sé que esta observación puede sonar ridícula, como recurso típico de una película barata de misterio, pero te aseguro que se trataba de la tormenta eléctrica más impresionante que he visto u oído en mi vida, algo tan completamente fuera de lugar que incluso una persona pragmática como yo pudo notar que parecía extraída de otra realidad. Hubiera jurado que alguien o algo estaban manifestando su furia ante una serie de revelaciones que no debieran hacerse, y que esa furia era percibida como una tormenta porque ésa era la única forma en que nuestro cerebro la podía captar o entender. Shakermann observó mi incomodidad e intentó tranquilizarme.

Manolo hizo una pausa en su relato.

—En ese momento, Shakermann me dijo que me notaba inquieto. Admití que sí, había algo extraño en la atmósfera. «Es el poder de Yahvé. Siempre está a nuestro alrededor aunque normalmente seamos tan ciegos como para ignorarlo, salvo cuando se manifiesta como ahora lo hace. Tranquilízate. Es cierto que hablar de según qué cosas vulnera las normas. Pero también es cierto que no será ésta la primera vez que yo, u otros, lo hacemos. ¿Por qué crees que hablamos tanto de religión estos días pasados? Necesitaba saber si era posible plantearte la Verdad, sin tener miedo a posibles problemas. No te preocupes. Estás seguro.»

»Yo asentí, acepté sus palabras: «Bueno, volvamos a la explicación. ¿Insinúa que Dios está presente en esa piedra?». «Así es. Aunque es omnipresente y está en todas partes, podríamos decir que hay lugares donde está en mayor medida que en otros. Él está en la Piedra porque su nombre se encuentra allí. Hay quien defiende que los sefirots no son en sí parte del propio Dios, sino manifestaciones suyas, pero eso es una discusión retórica que no modifica el hecho». No lo entendía. Si Dios jamás comunicó su nombre al pueblo de Israel, ¿cómo podía constar en esa piedra? «La historia de la Piedra de Dios roza más el mito que la realidad. Y el mito explica que en los albores de nuestra civilización, tras la muerte de Saúl, David se convirtió en el segundo de los reyes de Israel. Durante esos años, quizá los más dulces de nuestra historia, David se enfrentó a numerosas amenazas. Una de ellas fue el constante acoso de los filisteos, cuyas acometidas cesaron al morir Goliat, su campeón, en el combate singular que los enfrentó y en el que se decidió la suerte del pueblo de Israel. Goliat era un gigante virtualmente invencible y un experto en las artes de la guerra. En un combate normal, David no hubiera podido vencer, era imposible. Pero lo hizo: no por sus propios méritos, más bien por la ayuda de Él. La noche previa al combate, David oró implorando la ayuda de Dios; no temía por su vida, sino por el destino de su pueblo. Y Dios quiso ayudarle, y le proporcionó un sueño o visión; en él, David debía acudir a un arroyo cercano y, tras purificarse, introducir su mano hasta tocar el fondo. Allí encontraría una piedra. Esa piedra, usada con una honda, le daría la victoria en el combate, pero no debía mirarla bajo ningún concepto, pues en ella constaba su nombre, y nadie debía llegar a verlo. La Piedra sería capaz, en virtud del poder que la animaba, de dar por sí sola en el blanco y destruir al enemigo. Cumplido su cometido, debía ocultarla para siempre; era demasiado poderosa para quedar al alcance de los simples mortales. Fue creada para subyugar a un, para los suyos, invencible héroe, y cargada, por expresarlo en términos actuales, con los medios más poderosos e innombrables que el Señor poseía.

»David obedeció, extrajo de un banco de arena una piedra que emitía un fulgor verdoso y, gracias a la Piedra de Dios, como se llamó en lo sucesivo, Goliat mordió el polvo». Le advertí de que esa historia no constaba en las Escrituras. «Así es, no consta. Y no lo hace porque la propia existencia de la Piedra supone un secreto que sólo escasos iniciados conocemos. ¿Acaso crees que toda la tradición de un pueblo puede quedar plasmada sólo en unas Escrituras que incluso en su principio están al alcance de tantas personas como los sacerdotes y los escribas del Templo? ¿No guarda la Iglesia católica en Roma archivos que sólo son accesibles para unos pocos escogidos? Y, ¿no es una constante que en todas las religiones es un número muy reducido de personas el que puede acceder a los misterios más profundos e importantes de ellas, allá donde la gran masa de fieles es incapaz de acercarse por su ignorancia? Sé realista, algo así no podía quedar de manifiesto en las crónicas sobre las hazañas del rey David, incluso por razones tan simples como las políticas. Sólo los más versados en tradición y los cabalistas podemos tener noticias al respecto».

»Tuve que admitir que era una hipótesis plausible —dijo Manolo, ante la atenta mirada de Bety—. Suponiendo que la historia sea verídica, ¿cómo se podía explicar su probable presencia en España? ¿Qué relación tenía con el maestro Casadevall? Shakermann me miró: «Puedo contestar la primera pregunta; no así la segunda. David ocultó la Piedra, cuyo secreto heredó su hijo, Salomón, y un grupo muy restringido de sacerdotes. Cuando la construcción del Templo de Salomón finalizó, la Piedra reposó en el sanctasanctórum, junto a la mismísima Arca de la Alianza y las Tablas de los Mandamientos. Y nada perturbó su sueño hasta la invasión babilónica que destruyó el templo cuatrocientos años después. A partir de ahí, su pista se pierde… hasta hoy. Teniendo en cuenta que su existencia la conocía un grupo de privilegiados, y que la mayoría resultó masacrada por los babilonios, el conocimiento de la existencia de la Piedra se hizo aún más, si cabe, restringido. En cuanto a la segunda pregunta, ¿qué puedo decir? Probablemente uno de los sacerdotes lograra huir con ella. A partir de la caída de Jerusalén comenzó la primera diáspora, el exilio para miles de nuestros antepasados, obligados a dispersarse por el mundo, y con alguno de aquellos rabinos debió viajar la Piedra. Respecto a su relación con Casadevall, nada sé excepto aquello que dice tu informe. De hecho, nadie sabía nada acerca de la Piedra de Dios desde la primera destrucción del Templo, hace ¡dos mil quinientos años! ¿Comprendes ahora? ¡Dos mil quinientos años! Por eso te insistí al principio de la conversación de hoy sobre lo extraño que supone recibir información de tus manos sobre un tema tan peculiar como éste. Por eso creo que el destino asignado por el Señor me ha hecho un último regalo antes de la llegada de mi hora. Es una señal, una señal del Cielo, tan clara como la tormenta que estalla sobre nosotros: mi tiempo se acaba, llevo años escapando de la muerte, y ahora sé que mi hora está cerca.

—Tenía razón, es una historia sorprendente —dijo Bety por fin.

—Sí, la tenía —concedió Manolo—. Parece increíble la manera en que el pasado es capaz de regenerase, de proyectarse en el futuro. Para Shackermann supuso una sorpresa muy superior a la que tú o yo pudiéramos sentir. Él estaba vinculado tanto profesional como culturalmente con la Piedra de Dios. Conocer la certeza de su existencia, pues a esa conclusión llegamos ambos, significaba un punto culminante en una vida que entraba ya en su ocaso.

—¿Shackermann…?

—Murió hace tres años. Era muy anciano; no pudo superar las inclemencias de un invierno frío. Mantuvimos cierto contacto hasta su muerte; siempre estuvimos a la espera de que el otro pudiera descubrir algo más que nos condujera hacia la Piedra. Por desgracia, tu aparición se produce con retraso.

—Dices que fue un estudioso de prestigio internacional. ¿Intentó acceder al informe de la Inquisición?

—Su prestigio era indiscutible en la órbita cultural hebrea, donde todo estaba a su alcance. Pero su influencia no llegaba hasta el Vaticano. Lo intentó, pero se le denegó el permiso para acceder a los documentos.

—Todo esto resulta fascinante.

—Más de lo que te imaginas.

—¿Qué quieres decir? —preguntó Bety, aún no saciada su ansia de saber.

—La historia de la Piedra de Dios no acaba ahí, —Manolo se explayó en una marcada pausa—. Todavía hay mucho más.

—Explícate —rogó Bety, incapaz de disimular sus anhelos.

—La Piedra de Dios es un objeto místico, con capacidades mágicas.

Bety sonrió abiertamente, sin esconder su incredulidad. Era cierto que todo lo referido a la Piedra resultaba fascinante, pero convertirla en un objeto mágico chocaba en exceso con su racionalismo.

—Tu rostro me dice bien a las claras que no me crees.

—No quería ofenderte —se apresuró a aclarar Bety.

—Y no lo has hecho. Mi cara no debió de diferir mucho de la tuya cuando Shackermann me explicó las propiedades de la Piedra. ¡Imagínate! ¡Todo un erudito versado en las más antiguas tradiciones y en la cultura judía creyendo a pies juntillas en la magia! Pero él creía. —Su rostro se revistió de gravedad mientras cerraba los puños frente a sí para reforzar su expresión—. Escucha: ¡él creía! ¡Creía de veras en los poderes de la Piedra! Según él, los cabalistas eran capaces de extraer el poder de los sefirots y emplearlo para sus propios fines; podían ser positivos o negativos. Me explicó que, de por sí, los cabalistas son capaces de ejecutar actos mágicos. Si poseyeran la Piedra, su capacidad alcanzaría cotas desconocidas.

—Comprenderás que me resulta difícil de creer.

—¡Demonios, no! ¡Todo lo contrario! ¿Cómo creer en semejantes tonterías? Pero, escucha, escúchame bien, él sí creía. ¿Entiendes? ¡Shackermann lo creía de veras! —insistió—. ¿Te das cuenta de lo que eso significa?

—Creo que sí —contestó Bety tras reflexionar unos instantes—. Quieres decir que, al margen de las posibles y discutibles propiedades mágicas de la Piedra, existen algunas personas como Shackermann que creen realmente en ella, y eso supone...

—Eso es —se adelantó Manolo a la conclusión de Bety—. La Piedra sería un objeto codiciado. No por muchos, pues no creo que sean demasiados los que conozcan su existencia. Shackermann no lo aclaró, pero parecía una información restringida a un círculo de estudiosos muy específico y limitado: expertos en tradición como él, cabalistas y similares. Pero para esos pocos que sí saben de qué se trata es, sin duda alguna, un objeto con un valor inmaterial in-cal-cu-la-ble. —Pronunció la última palabra con lentitud, sílaba a sílaba—. Que pueda ser una esmeralda del tamaño de un puño es algo completamente secundario.

»Si Shackermann me concedió el privilegio de transmitirme información sobre la Piedra no fue únicamente por complacer la curiosidad de un joven filólogo, sino por saber a ciencia cierta que yo, cuando continuase la investigación, le haría partícipe de mis posibles descubrimientos. Me manipuló, tanto como yo a él. Aquel hombre deseaba la Piedra. No digo que hubiera dado su alma por ella, pues era un hombre religioso, temeroso de Dios; pero sí la deseaba con la fuerza de su razón. En su vida había encontrado un caramelo como el que le ofrecí.

—Después de regresar a España continuaste investigando.

—Esporádicamente. Mis ocupaciones habituales resultan muy absorbentes. Le dedicaba el tiempo propio de mis vacaciones, entre estudio y estudio. Estudié a fondo gran parte de la mística judía, libros como los Talmudes babilónicos y palestinos, la égida de Marabá, otros como Yetsirá, Bahir, Shoshan Edouth, Sefer ha Rimon, y, sobre todo, el Sefer ha Zohar, pero de nada me sirvió, excepto para aumentar mi enorme e inútil acervo cultural. Todos los datos que consideré relevantes los anoté en una libreta para trabajos de campo. Después me agarré a la única pista que estaba a mi alcance: Casadevall. Reuní datos sobre él, provenientes de todos los archivos históricos de la época hasta trazar una biografía aproximada de su paso por este mundo, pero no extraje ninguna conclusión útil. Vivió una vida normal, dedicada a su trabajo. Realizó ocasionales viajes por Europa a las más destacadas construcciones de la época, en especial a Narbona, algo absolutamente normal entre los arquitectos del siglo. Ahora dime: ¿qué sabes acerca de Casadevall?

—No demasiado. Era un *magister principalis operis ecclesiae* que trabajó a finales del XIV y principios del XV en las obras de la catedral bajo las órdenes de otros arquitectos...

—... como Jaumé Solà o Arnau Bargués —intervino Manolo, incapaz de contenerse—. ¿Qué más?

—Poco. No fue uno de los arquitectos principales; trabajaba bajo las órdenes de éstos en temas administrativos y de supervisión de los trabajos.

—Bien. Casadevall se mantuvo en su puesto mientras otros maestros de obras iban y venían durante treinta y seis años. Apenas trabajó fuera de Barcelona, a excepción de una temporada que pasó en Narbona, catedral coetánea de la nuestra y de estilo constructivo parecido. Treinta y seis años, mucho tiempo para la época. Al igual que sus ilustres colegas, desarrolló su actividad en paralelo entre obras religiosas y civiles. Pequeñas partes específicas de la catedral son obra suya, junto con varios edificios civiles que hoy ya no se conservan. Su legado es escaso, teniendo en cuenta que su capacidad es, a juzgar por lo poco que de él se conserva, superior a la de muchos de sus coetáneos. ¿Conoces su obra?

—No, ninguna.

—Está documentado en los libros de obra del archivo de la catedral que es el responsable de las obras del coro primitivo, del alzado del claustro y del sellado de la cuarta bóveda. La bóveda es un trabajo complejo pero rutinario, enmarcado en los planes generales de la obra y no cuenta para lo que voy a explicarte; tras levantarla en 1384, precisó un sellado en 1410, del que se encargó Casadevall.

—En resumidas cuentas: Casadevall fue un hombre más en la historia de las catedrales, un nombre oscuro, sin demasiada trascendencia por no decir ninguna.

—¿Un hombre oscuro? ¿Así lo crees? Puede que lo fuera; treinta y seis años en la sombra, a las órdenes de distintos maestros de obras sin pasar nunca a primer plano así parecen indicarlo; pero no es un hombre oscuro quien provoca la muerte de otro doscientos años más tarde. Casadevall hizo o supo algo especial, diferente, que provocó la ira, y quizás, a juzgar por las medidas tomadas, incluso el miedo, de la más poderosa organización represora que ha existido jamás.

—No lo fue —concedió Bety.

—No, no lo fue —confirmó Manolo—. Sólo fue lo que quiso ser, ésa es mi conclusión. Si hubiera querido, el título de *magister principalis* hubiera recaído en él, aunque sólo fuera por una razón de simple veteranía. Permaneció en la sombra porque así lo quiso, hasta el día de su muerte.

—Su muerte —repitió Bety, un tanto ida.

—Sabes qué pasó —afirmó Manolo.

—Sí. Apareció muerto una mañana de junio en uno de los bancos de la catedral. Los años nunca pasan en balde y las condiciones de vida de esa época eran pésimas. Para su momento vivió una vida larga, y murió en el lugar al que dedicara todos sus esfuerzos durante largos años. Un curioso final para un hombre misterioso.

—Una muerte hermosa. Cualquiera desearía morir donde ha pasado tantos años.

—La tuya es una opinión como cualquier otra. Para mí, vivió, envejeció y de acuerdo con el absurdo de nuestra existencia, acabó, como todos lo haremos, por morir.

Sus miradas se encontraron; Manolo, sin hablar, le cedía el turno a Bety.

—¿Y Diego de Siurana? ¿Qué fue de él?

—Tras su detención en Barcelona y la primera tanda de torturas, Diego fue trasladado a Toledo, donde volvió a manos del verdugo. Le aplicaron la cuerda, con la que descoyuntaron sus huesos; le aplicaron el agua, con la que destrozaron sus órganos internos; le aplicaron el fuego, con el que destruyeron sus extremidades. Sólo la supervisión médica impedía un exceso que causara su muerte. Querían que hablara por cualquier medio. Recibió un castigo insoportable y desmesurado. Pero no habló. Siempre dijo no saber de qué le hablaban.

»La tortura de Diego no fue más bárbara que la de otras víctimas de los inquisidores, pero se distinguió del resto por lo prolongado. ¡Duró cerca de diez años, y se realizaba quincenalmente! Lo habitual era que, tras tres o cuatro sesiones, el hereje fuera condenado a la hoguera, encarcelado de por vida o absuelto tras su participación en un auto de fe. Diego fue la única víctima cuyo martirio se prolongó tanto, al menos de la que yo tenga constancia, y en mis manos reposaron muchas, muchísimas actas, tantas que ni yo las recuerdo todas.

—Diez años de tortura —musitó Bety.

—Diez años. Resulta increíble que sobreviviera tanto. Al final, su cuerpo, destrozado, acabó por ceder. Puede que fuera un hombre tozudo; probablemente se volviera loco mucho antes de su muerte. Incluso en la aplicación de la tortura se vulneró el procedimiento, pues no estaba permitido torturar más de una vez, aunque solían acudir al término legal de «suspender» para reanudar las sesiones en el intervalo de unos días. Sólo podía repetirse la tortura en el caso de aportación de nuevas pruebas. Y eso, evidentemente, no se hizo. Ya muerto, el tribunal lo consideró culpable de herejía, y sus restos fueron incinerados en el gran auto de fe celebrado en Toledo a principios de julio del 1627. Y la irregularidad que caracterizara la actuación de la Inquisición a lo largo del proceso también estuvo presente: su nombre no constaba en la relación pública facilitada sobre los participantes en ese auto de fe, este dato sólo se extrae del acta.

Las manos de Manolo, que durante su relato permanecieron quietas sobre la mesa, junto a las anotaciones traídas por Bety, despertaron de su letargo. Se movieron con una gracia singular que nadie atribuiría a su propietario, hasta situarse entre ambos, abiertas, con las palmas hacia arriba. Parecía afirmar la verdad revelada con tan sencillo gesto.

—Entiendo.

—¿Entiendes?

—No es tan difícil. No querían que se conservase rastro alguno de él.

—Una valoración adecuada, pero incompleta —dijo con la peculiar sinceridad que lo caracterizaba—. La Inquisición actuaba de una manera perfectamente regulada; nadie vulneraba las normas estipuladas. Y una de las más importantes era la publicación de un listado de nombres previo en cada auto de fe, cuyo objeto era poner en conocimiento del populacho los pecados de los participantes para recordarles, además de qué no se debía hacer, que las penas purgadas por los portadores del sambenito las cometían sus vecinos, amigos, hermanos, y que, en definitiva, podía pasarle a cualquiera de ellos.

—No sólo querían evitar que se conservase su rastro, sino que querían borrar la misma existencia de su recuerdo.

—Exacto. —Ahora adoptó un tono confidencial—. Las partidas de nacimiento del pueblo de Siurana debieran de hallarse en Prades, pueblo de cuya parroquia dependía. Bien, en su momento visité los archivos correspondientes y su nombre no constaba por ningún lado. No es que estuviera tachado, no: sencillamente no constaba. Además, el Archivo del Arzobispado de Barcelona debería de recoger su nombre en numerosos documentos en virtud de su cargo, y ninguno de éstos se conserva pese a ser uno de los mejores archivos históricos de la Iglesia en nuestro país. Diego de Siurana dejó de existir, como si jamás hubiera nacido, hasta que un investigador curioso, revolviendo la porquería del pasado, se lo encontró en el presente.

—Resucitaste a un hombre.

—¡Eso es! —corroboró Manolo, presa de cierta excitación—. El poder sin par que la investigación ejerce sobre los estudiosos, sea cual sea su especialidad, es descubrir los secretos. Da igual qué secretos; lo importante es toparte con ellos, enfrentarte al misterio que desprenden —asintió Manolo—. Yo encontré uno sin darme excesiva cuenta de ello, lo transmití a aquel que mejor uso podía hacer de él, Shackermann, y cuando ese secreto pareció agotarse en sí mismo, cuando la revelación definitiva podía estar cerca, desapareció, se esfumó ante mis narices, se burló como una cortesana casquivana de mi capacidad para decirme «ahí te quedas, tan cerca, tan lejos».

Bety apenas podía dar crédito a la historia relatada por Manolo. Excedía en mucho a cualquiera que Enrique o ella imaginaran, ya fuera juntos o por separado. A cambio, no era mucho lo que podía explicarle a aquel hombre, que aparentemente había ofrecido de buena fe todo su conocimiento sobre el manuscrito y sus misterios. Sintiendo que difícilmente podría equiparar su información a la de Manolo, inició su relato.

—Ahora me toca a mí. Tu historia ha sido larga; la mía es mucho más breve. Tengo familiares en Barcelona relacionados con el mundo de la bibliofilia. Uno de ellos adquirió recientemente la biblioteca completa de una vieja masía, una casa solariega. Allí, entre otros documentos, apareció el manuscrito. Mis familiares requirieron mi colaboración en la traducción del texto. Acepté encantada, pues pocas veces tenemos en la mano oportunidades semejantes. La traducción resultó laboriosa y compleja en algunos puntos, sobre todo por la peculiar letra del maestro, pero finalizó sin mayores complicaciones. Sólo una parte del manuscrito se resistía a mis esfuerzos: las anotaciones laterales. Como ya has visto, se extienden en una parte del texto. Deduzco que alguien trabajó con él años después de ser escrito, y consignó sus impresiones en las anotaciones. Pero hay una cosa que no entiendo. Si la Inquisición quiso borrar todo rastro de Diego de Siurana, ¿cómo es que el manuscrito Casadevall, con todas las anotaciones laterales que prueban el trabajo de Diego, no fue encontrado y destruido? ¿Cómo pudo escapar a las manos de los inquisidores y llegar hasta las nuestras? ¡Esto no tiene sentido!

—Se me ocurre una primera hipótesis. ¿Recuerdas cuando al principio de nuestra conversación te pregunté dónde lo habías encontrado?

—Sí. Te dije que en la casa solariega de los Bergués, en Vic.

—Correcto. ¿Y no recuerdas que ese apellido ha aparecido antes en nuestra conversación?

—Pues… Ahora que lo dices, sí; recuerdo que cuando hace unos minutos hablamos de la vida de Casadevall mencionaste el nombre de los *magister principalis*, y uno de ellos era ¡también Bergués!

—El apellido del arquitecto era Bargués, con «a», pero es posible que el paso de los años pudiera modificar una de las letras del mismo y transmutarla en una «e» para dar un Bergués. Y esto tiene sentido: todos los hijos de esa familia fueron, durante generaciones, tal y como era común en aquellos años, constructores y arquitectos. Que Diego de Siurana pudiera tener relación con alguno de ellos trabajando como lo hacía en el obispado resulta más que plausible, es una solución tan razonable como elegante. No sé en qué circunstancias se realizó esa transmisión, pero me resulta evidente que así fue. ¿Por amistad? ¿Quizá conoció el secreto? ¿Intentó proseguir las averiguaciones de Diego o tuvo que reprimir sus deseos y olvidarlos ante la sombra de la Inquisición? Cualquiera sabe...

—Ahora entiendo por qué cuando te dije que eran los Bargués de Vic tuviste esa reacción.

—Todo encajaba desde el principio. —Manolo la observaba en silencio, sin que su rostro reflejara emoción alguna, pero Bety se sintió intranquila, como si él pudiera saber que, pese a no contar ninguna mentira, tampoco estaba contando toda la verdad—. Y ahora que ya has traducido el texto latino, necesitas un experto que te ayude con el viejo catalán utilizado por Diego de Siurana, pues no hay duda que se trata de él —apostilló Manolo—. No debes preocuparte: Quim te condujo al mejor.

Bety asintió, aparentando tranquilidad. No le cabía duda de eso: Manolo era el mejor.

Y eso, precisamente, era lo que le preocupaba.

11

—*D*e manera que aquí comenzó todo.

Enrique contempló los esbeltos arcos que sostenían las bóvedas de la catedral. En el cenit de la bóveda, los lejanos sellos que cerraban la obra parecían flotar suspendidos en el vacío, dispuestos por la mano de un desconocido gigante. Carlos acompañó su mirada por la superficie de piedra clara, restaurada a principios de los setenta para recuperar su color original tras seiscientos años de ennegrecimiento progresivo.

—Así es.

—Y ya hace la friolera de quinientos años.

—Sí —confirmó Enrique.

La catedral estaba curiosamente libre de las habituales aglomeraciones que la suelen convertir en cualquier cosa, excepto en un lugar de culto. Pese a ser una hora normal, las cinco de la tarde, apenas unos pocos fieles, en su mayoría gente de edad, creyentes veteranos e inveterados, oraban ante las capillas laterales o sentados en los bancos situados frente al altar mayor. Ni las incontroladas expediciones de japoneses en busca de la fotografía perfecta, seguramente distraídos por la fiebre gaudiniana que recorre su país, ni los turistas nacionales, incapaces de mantener el adecuado silencio que el lugar merecía, estorbaban la conversación entre Enrique y Carlos. La peculiar placidez del momento y la elevada sonoridad del recinto, quizás el más adecuado de la arquitectura gótica para escuchar conciertos de órgano, les obligaba a emplear un tono de voz muy bajo, pues el silencio reinante así lo recomendaba.

Aprovechar los bancos de la catedral para comentar las incidencias de una nebulosa historia del pasado era perfectamente lícito, como no lo era perturbar el orden y el decoro debidos, tal y como rezaba un cartelito situado en las puertas de acceso.

—Hará tres o cuatro años que no venía por aquí—comentó Carlos—. Hay que ver cómo son las cosas; ya ni me acordaba de lo hermosa que es.

—Tampoco yo —reconoció Enrique concediendo una sonrisa—. Pero lo cierto es que todo este asunto me supera, y ya no sé ni dónde estoy ni qué hago, y si me apuras, ni qué parte tomo en él. Al principio todo parecía sencillo: iba a atrapar a un asesino, vengar la muerte de Artur y encontrar un misterioso tesoro del pasado. En cambio, ahora, el asesino ha sido delatado por un desconocido, la venganza ha sido cumplida, pero de nada me sirve, el tesoro se muestra esquivo e inalcanzable en el caso de que exista; y lo más increíble: mi pasado queda de repente en entredicho.

Carlos se permitió una risa suave, contenida por mor del entorno.

—¡Dios mío! Si pusieras a cualquier aficionado a los libros de misterio en tal posición, te aseguro que acabaría tan desorientado como tú. Mira, las cosas de la vida no son lineales; están compuestas por la asociación de mil acontecimientos diferentes. Ver esas asociaciones es extremadamente complejo, tanto que son muy pocos los que lo consiguen. Y ése es el trabajo de los detectives y policías. Los buenos poseen, poseemos (modestia aparte), una facilidad innata para ello. Son, a ver cómo te lo explicaría…, capaces de ver en red, por explicarlo de alguna manera.

—Pon un ejemplo —pidió Enrique.

—Imagínate una red extendida ante ti. En la esquina superior izquierda acontece algo, que se desplaza en horizontal por la red; cada vez que alcanza el extremo opuesto, desciende un peldaño, uno de los nudos en dirección al suelo, hasta llegar a su extremo opuesto, el inferior derecho, donde se encuentra el desenlace. A eso súmale las cuerdas verticales de la red, que son los acontecimientos concurrentes. Cuando investigo un caso trato de extender la información en forma de red para así percibir las relaciones que existen entre los acontecimientos. De esta forma se puede llegar al extremo opuesto de la red sin necesidad de poseer todos los datos, que es la forma habitual de trabajar siguiendo la cuerda, por así decirlo.

—Una excelente explicación.

—Sí, bueno. Lástima que un buen trabajo no suponga garantía alguna de éxito, como ha ocurrido ahora. La investigación también descartó a Samuel como sospechoso. Tenía una buena coartada, como ya te he comentado durante la comida. Así, tus tres potenciales culpables se desvanecieron en la nada. Y, sin darme tiempo para explicártelo, apareces por el despacho, me secuestras de mis obligaciones, cosa que en realidad te agradezco porque estoy de lo más perezoso y he llegado a un momento profesional en el que mi equipo trabaja para mí y puedo vivir de rentas, para llevarme a comer a la Plaça Reial y me anuncias que han atrapado al asesino de Artur. Y no sólo eso: me explicas una rocambolesca historia que se remonta a quinientos años atrás acerca de un tesoro escondido y, para mi sorpresa, me dices que Artur estaba metido en negocios ilegales de tráfico de arte.

—No me censures. Es posible que mi alma de novelista tuviera mucho que ver en la creación de una ficción tan compleja como para engañar no sólo a Bety, sino también a todo un profesional como tú. Pero los elementos encajaban a la perfección, tienes que reconocerlo. ¿Cuál fue la frase que dijiste? La experiencia me ha hecho desconfiar de las casualidades, o algo similar…

—Sí, eso dije —corroboró Carlos—. Y lo dije porque es un hecho cierto. Pero, fuera o no una historia creíble, lo cierto es que me ocultaste información. Resultaba evidente desde el mismo momento de nuestra charla en el yate y así te lo hice saber. No me molestó, pero realmente quisiera que me explicaras por qué lo hiciste.

Enrique movió las manos y la cabeza en un intento de revelar el desconocimiento de sus motivos.

—¡Oh, vamos! Que un chaval de veinte años con la cara repleta de espinillas actúe sin saber por qué me parece razonable, ¡pero tú, un hombre hecho y derecho, y además mi amigo!

—Es la verdad, no sé qué decir. No quiero justificarme, pero quizá lo hice por la emoción de encontrar un tesoro, como cuando, siendo niño, mi verdadero padre me leía *La isla del tesoro* y después jugábamos a esconder por la casa algún objeto para que mi madre lo buscara. Sólo faltaba el fantasma de Flint apareciéndose en mis sueños y un loro cantando aquello de «ron, ron, ron, la botella de ron». Demonios, Carlos, lo siento, de verdad. No quería engañarte.

—A otro cliente le hubiera pegado una buena patada en el trasero. Pero tú siempre fuiste algo inconstante y retorcido; no te rías, siempre intentando ser el centro de la atención del mundo sin darte cuenta de que el mundo podía prescindir perfectamente de ti.

—Me merezco la regañina —reconoció Enrique.

—Sí. Pero eres mi amigo —asintió Carlos—, así que te la perdonaré por esta vez.

Guardaron silencio. La cálida fuerza de su vieja amistad fluyó sobre ellos y silenció sus voces. Saborearon un intenso sentimiento de fraternidad masculina, que tan pocas veces solemos experimentar en su plenitud; no hablaron porque las voces no hubieran hecho sino acabar con la magia del momento.

Una viejecita encendía una vela frente a la imagen de San Pancracio. El mezclado aroma del incienso y de la cera fundida flotaba en el ambiente, y cualquiera que se sintiera como ellos hubiera juzgado que se trataba de un momento irreal.

—¿Cómo llevas lo de Artur? —preguntó Carlos con una suave prudente sonrisa.

Había puesto el dedo en la llaga. Enrique apoyó la cabeza

en la valla metálica que separaba el recinto del coro antes de hablar.

—Mal —dijo, y la reclinó hasta refugiarla entre las palmas de sus manos.

La pregunta resultó dolorosa. El cambio de actitud fue radical, sin que Enrique se tomara la molestia de disimularlo. Carlos creía saber el efecto que iba a causar su pregunta antes de formularla, pero, aunque consideró necesario hacerla, no imaginó que fuera tan profundo. Desde que durante la comida Enrique mencionara las actividades de Artur no había vuelto a hablar de ello, lo que demostraba lo mucho que le afectaba. No quería dejarle con la pena dentro; el dolor, si se comparte, disminuye en parte su intensidad. No es consuelo, pero es el primer paso hacia el generoso olvido.

—Salgamos de aquí —ofreció Carlos.

Enrique se levantó junto a su amigo. Salieron de la catedral por la puerta del claustro. El sol primaveral aún atinaba a iluminar con sesgados rayos parte del recinto originariamente destinado a la meditación de los sacerdotes, hoy lugar de rápido paso para muchos y de contemplación para los menos. Caminaron sobre el suelo alfombrado de tumbas pertenecientes a los prohombres de los viejos gremios barceloneses en dirección al Carrer Bisbe Irurita. Allí, Enrique se despidió de su amigo.

—No quiero hablar de ello. Te lo agradezco de corazón, Carlos, pero prefiero pasear un rato a solas.

No insistió. Le había dado la oportunidad de expresar sus sentimientos, de aliviar su pena, como buen amigo que era. Que Enrique eligiera no hacerlo ya no era su problema, estaba más allá de su capacidad.

—Está bien —le tendió la mano—, me vuelvo a la oficina. ¿Cuándo te marcharás?

—No sé. De veras que no lo sé. Pronto.

—No lo hagas sin llamarme. Es época de tramontana; podríamos salir a navegar cualquier mañana.

—Sí, quizá lo haga. Gracias por todo, amigo —agitó la mano alejándose por la Baixada de Santa Eulàlia.

Enrique anduvo despacio por la cuesta donde, muchos años atrás, martirizaran a la jovencísima mujercita que devino en patrona de Barcelona: la introdujeron en un barril tachonado de clavos y la arrojaron pendiente abajo por el antiguo Mons Taber Romano. Le pareció un capricho del destino andar por ella en sus actuales circunstancias; también él se sentía martirizado, aunque su cruz no fuera en lo físico sino en lo espiritual. Cuando Fornells acabó de explicar las novedades sobre el caso y hubo traspasado la puerta del Londres, Enrique se sintió incómodo, como si el peso de la secreta actividad de Artur cayera de repente sobre sus espaldas, aplastante, asfixiante. Deambuló sin prisa por el puerto intentando ordenar sus ideas hasta caer en la cuenta de que ya no era necesario el seguimiento dispuesto por Carlos. En realidad, la misma investigación había perdido su fundamento, su razón de ser. Sí, acudió un par de horas antes al despacho de su amigo para explicarle las sorprendentes novedades y en busca de un consuelo que, sabía a ciencia cierta, su orgullo le impediría pedir.

Anduvo en dirección al Carrer de la Palla. Estaba inmerso en el principal centro de actividad de los anticuarios en Barcelona y no tardó en ver a lo lejos la que fuera la tienda de Artur. Un par de minutos después apoyó su frente en el fresco cristal de un escaparate donde, bajo la leyenda «S. HOROWITZ. ANTICUARIO», se encontraba el local regentado por el mejor amigo de su padre. La tienda era moderna, completamente diferente a la de Artur. Habían aprovechado los bajos arcos de sustentación del viejo edificio, de acaso cuatrocientos años, para crear un acertado contraste con el color claro de las paredes. La iluminación, cálida pero potente, contribuía a resaltar la calidad de los objetos expuestos, la mayoría de índole religiosa. Samuel regentaba una tienda especializada donde la calidad primaba sobre la cantidad. En el interior, situada entre dos arcos, una figura esbelta ojeaba diversos documentos dispuestos sobre un escritorio barroco del siglo XVII. Llevaba el pelo negro suelto sobre sus desnudos hombros. Vestía un traje ligero, de tirantes, cuyo color, burdeos, contribuía a resaltar sus límpidos ojos. Mantuvo su postura unos minutos. Mariola manipulaba los folios con lo que le pareció una gracia infinita; su estilo y su elegancia se manifestaban incluso en gestos cotidianos carentes de importancia.

Por fin Mariola percibió su presencia, más por ese oculto instinto que nos avisa de cuándo somos observados que por levantar la cabeza. Una expresión de contenida sorpresa dejó paso a una suave sonrisa cautivadora. Le invitó a entrar con la mano que sostenía la pluma, pero Enrique negó con la cabeza. Entonces, como por ensalmo, traspasó el umbral y apareció a su lado.

—Hola. —Le dio la bienvenida con una hermosa sonrisa.

—Hola.

—Pensé que ibas a llamarme durante la mañana.

—Hubiera querido hacerlo, pero no tuve tiempo. La Policía ha detenido al asesino de Artur.

Mariola frunció el ceño. Fue la primera vez que Enrique vio en su rostro esa expresión y no supo calibrar su significado.

—¿No quieres pasar? Convendría que hablásemos de ello.

—No me apetece entrar. Prefiero que salgas tú.

—Estoy sola —objetó Mariola—. Samuel tiene cosas que hacer y no puede venir esta tarde. Si salgo, tendré que cerrar la tienda.

—Hazlo —pidió Enrique.

Por toda respuesta, Mariola entró en el local, apagó las luces y conectó la alarma. Al salir, un vaporoso pañuelo de seda le cubría la garganta y una elegante chaqueta larga de color aguavino, hasta las rodillas, de amplio escote, con el cuello, los puños y los bajos forrados de angorina, ceñía su cuerpo.

—¿Dónde quieres que vayamos?

—No sé. Andaba sin rumbo hasta que aparecí apoyado en el cristal de vuestra tienda. Callejeemos sin más.

—Bien.

Mariola le tomó por el brazo y caminaron sin prisa hacia el Pla de la Catedral.

—¿Quién lo hizo?

—Bueno, en realidad no debería decirlo.

—¡Venga, hombre! —le azuzó—. ¿Crees que voy a vocearlo por ahí?

—Parece ser que fue un tal Phillipe Brésard —cedió Enrique, que en realidad deseaba fervientemente compartir la historia.

—El Francés —añadió Mariola.

Enrique se detuvo frente a ella.

—¿Lo conoces?

—¿Y quién no?

Una idea retorcida nació en la mente de Enrique.

—También has trabajado con él.

—No hay que «trabajar» con alguien, como tú dices, para conocerlo. También conozco los casos de corrupción que asolan nuestro país y no estoy asociada con sus protagonistas —contestó a la insinuación sin ningún tipo de malestar o enfado.

—¿Entonces…?

—Desde que era una niña estuve inmersa en el mundo de los anticuarios y del arte. Brésard no será conocido por las personas normales, pero pertenece a la «mitología» de nuestro entorno. ¿Cómo pretendes que los componentes del gremio no conozcan al principal ladrón europeo, y quizá mundial, del mundo del arte? Lo extraño es que tú no lo conocieras, no que yo lo conozca.

Pese a que su voz no traslucía enfado alguno, Enrique tuvo la sensación de haber cometido un error.

—No quería decir que lo conocieras. Fornells, el comisario, me explicó que, a su juicio, la mayoría de los anticuarios de cierto nivel suelen realizar tráfico con obras de arte. Incluso existe una brigada especial de la Policía nacional dedicada en exclusiva a estos asuntos —se justificó.

—Eso también lo sé, y no pertenezco a ella.

Por primera vez, Enrique contempló a una Mariola desconocida. Hasta ahora no había hecho sino compartir con ella breves experiencias que apenas bastaban para descubrir una mínima parte de su personalidad. Sabía que era culta, apasionada y algo distante. Desconocía que pudiera revestirse de tamaña indiferencia: las palabras no mostraban malestar ante la suerte de acusación de Enrique, pero sí lo hacía la átona expresión.

—No conozco a Brésard sino de oídas, y no he «trabajado» con él en mi vida —concluyó Mariola.

Enrique comprendió que eso era precisamente lo que quería escuchar. Consideró más importante que no tuviera relación con el mundo del tráfico de arte que una pequeña discusión en plena calle. Tranquilizado por su respuesta, Enrique no supo cómo proseguir la conversación. La observó: Mariola no hablaba, pero tampoco parecía en absoluto dolida. Ella guio los pasos de la pareja hacia el Carrer del Bisbe Irurita. Traspasaron las altas torres de vigilancia de la antigua ciudad romana y giraron hacia su derecha casi en el mismo punto donde una hora antes se despidiera de Carlos. La tarde caía, y unos algodonosos nubarrones oscurecieron las calles. Bandadas de golondrinas que en su migración realizaban escala en la Ciudad Condal bailaban desenfrenadas en los cielos trazando confusas figuras que el ojo humano apenas llegaba a discernir, precedidas por sus alegres e inconfundibles cánticos.

Accedieron a la Plaça de Sant Felip Neri a través de una estrecha calleja rematada por un arco. En la plaza, solitaria, se escuchaba el perfecto rumor de su octogonal fuente central. Cuatro frondosos árboles, estimulados por el esplendor primaveral, la oscurecían tanto que la pareja apenas atinaba a ver con claridad sus rostros.

Mariola tomó asiento en el borde de la fuente; Enrique se situó frente a ella, con las manos acariciando sus cabellos. Inclinó el rostro para besar sus labios, pero ella lo escamoteó hacia un costado. Lo intentó por segunda vez, pera ella puso su mano con firmeza en el pecho del otro para impedir que pudiera hacerlo.

—No quise herirte —dijo Enrique, con la sinceridad en su voz.

—Lo sé —y lo atrajo junto a ella—. Pero lo hiciste.

Unos débiles puntos de luz iluminaron con desmayo la plaza, incapaces apenas de rasgar el velo de oscuridad existente. Enrique acarició de nuevo la sedosa cabellera de Mariola, que se relajó ante su contacto. Tomó las manos de Enrique entre las suyas y levantó la cabeza para mirarlo.

—Olvidémoslo —musitó.

Enrique la besó; no fue sino un leve contacto, más caricia que beso. Con un gesto de los brazos lo invitó a sentarse a su lado. Quería Enrique romper el silencio sin saber cómo hacerlo.

—Qué lugar tan hermoso. —La plaza era en verdad maravillosa, un rincón especial en una ciudad especial.

—Lo es —miró en derredor Enrique.

El crepúsculo dejaba paso a la noche y las débiles luces de la plaza aumentaron su fulgor.

—Este rincón de Barcelona me recuerda a la ciudad más hermosa del mundo.

—¿Cuál?

Enrique tuvo la impresión de que ella había comprendido a la perfección sus intenciones y le daba pie para proseguir el diálogo.

—Venecia. Solo allí existen rincones como éste.

—Es una ciudad melancólica, como lo es tu humor —observó sagaz Mariola—. ¿Qué relación tenía Artur con Brésard?

La pregunta de Mariola cogió desprevenido a Enrique.

—Negocios —confesó apesadumbrado—. Parece ser que Artur comercializaba piezas que Brésard robaba.

—Te lo has tomado mal, ¿no es así?

—Sí.

—Nunca acabamos de conocer a las personas que nos rodean, ni siquiera a las más queridas. Quien dice conocer a los demás es un presuntuoso, pues, ¿existe alguien que de verdad pueda presumir de conocerse a sí mismo?

—Yo creo que sí.

—Veo que aquí —y le acarició la cabeza— todavía eres un crío sin experiencia. Hazme caso: nunca sabemos cómo son las personas hasta que ya es demasiado tarde. Infringiré una de mis normas fundamentales de convivencia para las parejas y te voy a dar un consejo —continuó—: nunca jamás, bajo ninguna circunstancia, juzgues a los demás. No evalúes, no juzgues, no critiques, no opines. Cada persona es un mundo único, irrepetible, con motivaciones incomprensibles para su entorno. Y eso nos incluye a nosotros. No se trata de silenciar nuestras opiniones de los demás: se trata de no tenerlas, porque: ¿quiénes somos para juzgar? Todos tenemos nuestros errores, nuestros pecados, nuestras confusiones.

—No juzgues y no serás juzgado.

—Exactamente. Quién sabe los motivos que tenía Artur para relacionarse con el Francés.

—Según lo que dice Fornells, Brésard debe de estar relacionado con muchos otros anticuarios de la ciudad.

—Es probable —reconoció Mariola—. Algunos viven por encima de sus verdaderas posibilidades, y sus cuentas serán difíciles de controlar.

Inevitablemente, el recuerdo de la casa de Mariola le vino a la mente. Tan grande y lujosa, dejaba en ridículo su piso de la ladera del monte Igueldo. Pero ella estaba asociada con Samuel, y era la única heredera de una familia burguesa poseedora de una gran fortuna. Y le había dado su palabra. Con eso bastaba.

—Lo cierto es que sólo unos pocos poseerán las relaciones necesarias para trabajar con Brésard —prosiguió ella—. Muchos años de trato habitual harán falta para generar la confianza en semejantes negocios, además de estar introducido en ambientes como mínimo selectos. Los precios del mercado negro no pueden ser bajos; nadie se arriesgaría si no existieran importantes beneficios por conseguir.

—Entonces, con Brésard detenido, pueden caer muchos de tus «honorables» colegas. Si habla, obtendrá más beneficios que manteniendo el silencio.

—Es posible. Los próximos días sabremos más cosas. ¡A más de uno la detención del Francés le causará una buena indigestión! —rio Mariola—. Pero eso no es lo importante; han atrapado al asesino de Artur. Espero que pase el resto de su vida en la cárcel.

—Bueno, todavía no es seguro que lo sea; creen que es el asesino, pero poseen más indicios que certezas sobre ello.

—¿Y si no fuera él, quién podría ser? No, tiene que ser Brésard. Artur era un hombre bueno al que nadie deseaba mal alguno.

Enrique se planteó si debía explicarle la historia del manuscrito. Ahora, visto en perspectiva, mantener el secreto parecía carecer de importancia. La culpabilidad de Brésard cambiaba las cosas y, además, ¿podía ocultarle algo después de lo sucedido entre los dos no hacía ni veinticuatro horas? Reflexionó sobre ello. Lo cierto es que se sentía muy próximo a ella, quizá demasiado para el escaso tiempo transcurrido. Era tan magnífica, tan perfecta, tan sublime… No había apreciado en ella un solo defecto, excepto aquella leve frialdad que contribuía a enriquecer su atractivo. Lo que en otra hubiera sido un argumento en contra, en ella era a favor. Su belleza era indiscutible, ajena al gusto del observador; su inteligencia, acerada; su personalidad, magnética. Mariola era diferente a todas las mujeres que hubiera conocido. O más bien era completamente opuesta a Bety, la única que en realidad había llegado a conocer.

Mariola lo había arrebatado por completo de este mundo. Ahora se había dado cuenta: pensaba en ella a todas horas. Hasta cuando su atención se centraba en otras preocupaciones, Artur, Carlos, el manuscrito, Bety, ella estaba ante él, presente en su mente, flotando entre sus ideas.

—¿En qué estás pensando? —preguntó Mariola.

—Nada en particular, divagaba sobre toda esta condenada historia.

—Venga, dime lo que sea. Estabas pensando en algo concreto, estoy segura: tu rostro te delata.

«Bety tiene razón. ¡Qué transparente resulto!», pensó Enrique, y se sintió molesto por semejante pensamiento.

—En realidad estaba pensando en ti.

—Eres un adulador, y no te creo.

—Te lo juro. —Era verdad, aunque no en la manera que expresara. Sus divagaciones tenían como centro a Mariola, pero de lo que se trataba era de dilucidar si era conveniente explicarle el asunto del manuscrito. No le preocupaba compartir el secreto; estaba seguro de su silencio e incluso de su ayuda. Pero recordaba muy bien la reacción de Bety unos días antes, y tampoco deseaba enemistarse con ella. Se había portado estupendamente, prestando ayuda y consuelo, y preferiría consultar cualquier movimiento con ella, tal y como pidiera, aun a sabiendas de cuál sería la respuesta.

Por otra parte, confesar que había sospechado de Samuel, íntimo amigo de Artur y con quien ella estaba asociada, y que incluso había autorizado una investigación, le pareció verdaderamente ridículo. Si Samuel se enterara, podía llegar a molestarle; desde luego, si fuera a la inversa, él se enfadaría, y mucho. No, lo mejor sería dejarla al margen de toda la historia, al menos de momento.

—No sé si creerte —dijo Mariola tras unos segundos de reflexión.

—¿Tienes la certeza de que no sea así?

—No.

—Entonces concédeme el beneficio de la duda —concluyó Enrique.

Unas ráfagas de fresca brisa se dejaron sentir en la plaza. Mariola se estremeció y sus ojos buscaron a los de Enrique.

—Me parece que es tarde para ir tan desabrigada —explicó—. Y debería regresar a la tienda.

—Está bien.

Abandonaron la plaza por la salida que la conectaba con la Baixada de Santa Eulàlia. Mariola buscó el contacto con su cuerpo, y Enrique le cubrió los hombros con su brazo en un intento de proporcionarle calor.

—Quisiera pedirte una cosa —dijo ella.

—Estoy a tu disposición.

—Antes hablaste de Venecia.

—Ajá.

—Te parecerá mentira, pero no la conozco. Quiero que vayamos allí los dos.

—Si tú quieres, lo haremos. Iremos cuando quieras. El manuscrito de mi próxima novela está en manos de mi editor y no precisa retoque alguno. Dispongo de todo el tiempo del mundo.

—Pronto. Lo haremos pronto —dijo, y le besó en la mejilla.

Después de dejar a Mariola en su tienda, Enrique experimentó la desoladora sensación de vacío que causa la separación del ser deseado. Deseaba tanto estar junto a ella que incluso hubiera dejado a Bety sola en casa de Artur; si no lo hizo fue por la sensación de deuda contraída que mantenía con su ex mujer. Aunque ésta aprobara de manera expresa su nueva relación, dejarla sola le parecía una falta de tacto que nadie, y aún menos ella, merecía. Así, con sensaciones encontradas debatiéndose en su interior, la pena de una revelación desagradable y dolorosa frente a la alegría del encuentro amoroso, se dirigió a Vallvidrera.

12

*E*nrique condujo hacia el pueblo. La caída de la noche dejaba en las cunetas una notable cantidad de vehículos, en su mayoría conducidos por jóvenes, más apreciativos con las maravillas que la naturaleza ha dispuesto en los cuerpos de sus acompañantes que con el espectáculo del crepúsculo. Se sentía dolido y un poco triste, o más bien desamparado: no estaba junto a Mariola, y la casa de Artur no era el lugar apropiado para descansar con tantos sentimientos encontrados en su interior. Pero no eran sentimientos, sino fantasmas, simples fantasmas. Por primera vez en su vida comprendió el tan manido recurso literario acerca de los fantasmas del pasado. Existen, acechan, dispuestos a recordarnos las inevitables miserias que conforman parte de nuestras vidas, de nuestro pasado, de nuestro futuro. Y, cuando aparecen, hay que saber apartarlos si se desea seguir avanzando, buscando el futuro.

Aparcó frente a la casa de Artur. Estaba en Vallvidrera, apoyada sobre la ladera del Tibidabo, monte cuya historia conocía a la perfección debido a su pasado como alumno salesiano. La montaña entera perteneció a una sola familia cuya última descendiente, Dorotea de Chopitea, la donó a los salesianos con motivo de la célebre visita de san Juan Bosco a Barcelona. A partir de ahí, los salesianos vendieron parcelas cada vez más importantes de ella, casi hasta su misma cima, último reducto de la orden, donde se alza un templo expiatorio dotado de unas portentosas vistas. La urbanización de la montaña no se hizo esperar, auspiciada por una pujante burguesía deseosa de gastar el dinero adquirido con el sudor de miles de trabajadores.

Brillaba una luz en el interior; Bety ya había regresado. Sentado en el coche, Enrique contempló la casa. La construcción se adivinaba ligera, frágil, alejada del estilo recio propio de su entorno, incrustada entre grandes mansiones vacacionales de una época lejana en la que Tibidabo era sinónimo de lejanía y paraíso. Artur hizo reconstruir un edificio discreto, de líneas sencillas pero elegantes, de amplia planta y escaso alzado, apenas una planta con una buhardilla en lo alto. La terraza era el elemento clave sobre el que se ordenaba la casa: amplia y confortable, orientada en curva para aumentar el ángulo de visión. Enrique no pudo evitar pensar que el terreno debió de costarle una cantidad elevada, y la construcción, otro tanto. Y ese dinero sólo pudo conseguirlo mediante actividades ilegales. Y él había vivido feliz en esa casa durante quince años, ajeno a su fundamento, ignorando su realidad. Incluso, acostumbrado a dominar el universo cercano con la vista, no pudo sustraerse al influjo de la costumbre para acabar en circunstancia similar en su nueva tierra, sustituyendo Barcelona por San Sebastián, y el Tibidabo por el Igueldo. Porque con lo que muchos sueñan a sabiendas de que es imposible, otros, impulsados por la experiencia adquirida, luchan sin desmayo para conseguirlo. Eso hizo él mismo, aún sin saberlo hasta ese preciso instante. Nada más llegar a San Sebastián se propuso volar sobre la bahía, dejar a su imaginación perdida en la sublime perfección de La Concha, prendida entre el cielo, la tierra y la mar. Y lo había conseguido gracias a su esfuerzo y a su imaginación.

Ese pensamiento le traicionó. También Artur vivió una experiencia similar cuando fue postergado de su mundo por los azares caprichosos de la historia, y luchó para sobrevivir en un entorno hostil; luchó y venció, la casa misma constituía una prueba irrefutable. Para Artur, resurgir tuvo un precio concreto: vulneró la ley, traficó con arte, con el patrimonio de todos, con unas obras que en su mayor parte se pudrían expuestas a las inclemencias meteorológicas o a las carencias económicas de una Iglesia en continua crisis económica. En cambio, él lo tuvo todo a favor. Creció en el ambiente adecuado, sintiéndose querido primero por sus padres, después por Artur. Nunca sintió frío o hambre. Siempre hubo una mano dispuesta a consolarle cuando las lágrimas corrían por su rostro. Lo educaron con esmero, más allá incluso de lo necesario, convirtiendo el aprender en una divertida obligación. Gracias al mimo con que Artur se prodigó en sus cuidados se forjó un alma creadora.

Si no hubiera sido por Artur, jamás hubiera podido escribir. Él le animó, le apoyó económicamente en los primeros años, cuando finalizada la carrera manifestó sus inquietudes, y se convirtió en su consultor y corrector de textos, primer lector y crítico. Todo lo que era se lo debía a su padre adoptivo. ¿Tenía sentido censurarle? Es más, ¿quién era él para hacerlo? Mariola tenía razón: no somos nadie para criticar, todos estamos hermanados por los errores cometidos.

Reconfortado en parte por sus reflexiones, Enrique abandonó el coche. Se sentía con fuerzas, no demasiadas, pero sí las suficientes para afrontar las pertinentes explicaciones que Bety a buen seguro le pediría. Abrió la puerta; la cocina estaba iluminada y se dirigió hacia ella. Un hombre vestido de manera estrafalaria cruzó repentinamente el umbral. Enrique, sobresaltado por la inesperada aparición, retrocedió hacia la pared opuesta atenazado por un pensamiento angustioso: era el asesino de Artur. Se miraron: el visitante, que portaba en su mano derecha un vaso repleto de zumo, lo observó con curiosidad y cierta condescendencia antes de tenderle la mano.

—Hola. Tú debes ser Alonso, el escritor.

Bety aprovechó tan confuso momento para aparecer en el recibidor. Se hizo cargo de la situación; Enrique seguía con la espalda apoyada en la pared, a distancia del desconocido.

—¿Quién es este tipo?

—Me parece que has asustado a Enrique —observó Bety, que a duras penas lograba disimular su sonrisa—. Manolo, te presento a Enrique Alonso, mi ex marido. Enrique, éste es Manolo Álvarez, un filólogo de la UB que me está ayudando en la traducción del manuscrito Casadevall.

Enrique, aún receloso, tendió su mano. Manolo la estrechó con la fuerza precisa, pero con cierta desgana. La mano de Manolo, algo húmeda por el sudor, recordó al anfitrión de la casa el huidizo contacto de un pez. Bety, que comenzaba a conocer a su nuevo colaborador, captó a la perfección el significado del gesto: cedía ante las conveniencias sociales por una cuestión meramente práctica. Plegarse a lo estipulado como correcto, pese a no comulgar con ello, significaba ahorrarse tiempo y explicaciones.

—Perdona lo de antes… —se justificó Enrique—. Me sorprendió verte aparecer así en mi casa.

—No te preocupes; supongo que cualquiera que me viera salir de improviso por una puerta lateral de su casa se podría llevar un susto de muerte.

Enrique paseó su mirada por el desconocido visitante: no entendía qué estaba haciendo en su casa semejante sujeto.

—Disculpa —se dirigió a Manolo—, pero me gustaría hablar un momento con Bety en privado.

—¡Claro, cómo no! Os esperaré en la terraza.

Enrique le señaló a la mujer la puerta de la cocina. Entraron; Bety, previsora, buena conocedora del carácter de su ex marido, cerró la puerta.

—¿Me quieres decir qué hace ese tipo en mi casa?

—Cuando me telefoneaste esta mañana con la noticia de la detención del asesino de Artur, me decidí a consultar la traducción de las anotaciones laterales con un experto en filología catalana. Yo sola no podía con ellas, así que necesitaba la ayuda de algún especialista. A través de un contacto del departamento de románicas contacté con Manolo, que es el mejor traductor que he conocido en mi vida.

—¿Traductor? ¿Ese tipo es un traductor?

—Rectifico: no sólo es el mejor traductor, sino que además es el más excelente filólogo que he conocido en mi vida.

—Sólo te falta decir que es un genio de los idiomas y postrarte ante él para adorarlo —observó irónico Enrique.

—Es un genio de los idiomas y me postro ante él por ese y otros motivos que enseguida comprenderás. Te aseguro que no existe en España una persona mejor preparada que él; posee uno de esos raros cerebros privilegiados para las lenguas que sólo se dan cada cien años. Es una especie de Burton o Von Humbolt moderno —continuó explicando con paciencia Bety.

Enrique amenazaba con perder el control.

—¡Me importa un comino su competencia! ¡No hace ni cuatro días me criticabas por tomar una decisión unilateral y ahora me sorprendes con semejante historia! ¡No me lo puedo creer! —Como siempre hacía cuando estaba de mal humor, Enrique anduvo por la cocina mientras hablaba—. ¿Cómo se te ocurre contarle la historia del manuscrito a un extraño sin consultármelo primero? ¡Joder, es que no me lo puedo creer!

—¡Cierra la boca y escucha, pedazo de asno! —ordenó Bety—. Acabé la traducción y no hallé pista alguna sobre el paradero de lo-que-sea. La última posibilidad que nos quedaba eran las anotaciones laterales, y sólo un experto hubiera sido fiable para…

—¡Eso no te daba derecho a…!

—¡Cállate de una vez!

Enrique la miró absolutamente perplejo. Nunca, ni durante su peor época juntos, había llegado Bety a levantar la voz de esa manera. Hasta había ignorado la misma presencia de Manolo, que debía haberla oído a la perfección. Jadeante, y quizá también sorprendida por su propia reacción, Bety le señaló con el índice.

—¿Se puede saber que pretendes? ¿Se puede saber a qué se debe tu interés en mantener un secreto que ahora carece de fundamento? ¡No hago sino intentar solucionar lo que tú y yo solos somos incapaces de hacer! ¿O es que el recuerdo de Artur te está volviendo incompetente?

Enrique, sin moverse, apretó los puños. Su expresión hizo retroceder a Bety, asustada por la agresividad de su mirada. Como siempre que discutían, la andanada final, en manos de Bety, resultaba mortal.

—Eso ha dolido, y mucho. No sabes, ni te imaginas cuánto. No debías haberlo dicho. —El arrebato de furia había pasado; en su lugar solo quedaba una profunda decepción.

—Perdona, no quería decirlo.

—Lo imagino. Pero en San Sebastián, cuando fuiste a mi casa a informarme de la muerte de Artur, pasó algo parecido, ¿recuerdas?, y tenías razón, al final siempre se dice lo que se siente, aunque acabe por herir al otro. Muy bien, olvidémoslo. Ahora explícame lo que sea.

La procesión iba por dentro; la aparente calma de Enrique no engañaba a Bety, que estaba arrepentida. Era mejor dejar actuar el bálsamo del tiempo y distraer la situación con las conclusiones de Manolo.

—Es una historia demasiado extraña; preferiría que te lo explicara él.

—Está bien. Pero antes dime qué sabe.

—Sólo lo relacionado con el manuscrito.

—Mejor. Vamos allá.

Manolo los esperaba en la terraza.

—¿Habéis acabado con vuestros asuntos?

—Sí, ya hemos acabado con nuestros «asuntos». Vayamos al estudio; allí podremos hablar con tranquilidad.

—De acuerdo.

Confortablemente instalados en tres cómodos butacones, Manolo relató la historia que antes le había contado a Bety. Como a ella, Enrique tardó en comprender que Manolo pudiera conocer la existencia del manuscrito sin haber tenido contacto real con él hasta ese mismo día. Escéptico por naturaleza, y aún más debido a la incómoda situación que sentía protagonizar, vulnerado su secreto, sentado frente a un erudito disfrazado como un payaso, violado el sagrario que constituía el escritorio de Artur, destrozado por el bajo e inesperado ataque de Bety, opuso toda la resistencia razonable y aún más a la historia de Manolo, que se mostró prolijo en el detalle y cuidadoso en la expresión…

—Me cuesta aceptar lo que dices —comentó Enrique cuando Manolo hubo acabado su relato—. ¿Por qué iba un maestro de obras como Casadevall a prestarse al peligroso juego de esconder un objeto como la Piedra de Dios? El contacto entre judíos y cristianos estaba restringido a las actividades comerciales. La sociedad cristiana se había despojado del clima de relativa convivencia que reinó entre ambas religiones hasta finales del siglo XII. ¿Por qué no podían esconderlo ellos mismos?

—En cuanto a lo primero, la traducción de Bety, que catalogo como de gran calidad, nos ofrece la respuesta. Ella me dijo que tú sólo saltaste por entre las páginas del manuscrito, que te centraste en la parte clave del enigma. Pero todo ello queda explicado en la primera parte. Casadevall les debía un favor, y esconder la Piedra fue parte del pago. Y en cuanto a lo de esconderlo, pues no, no podían hacerlo. Sólo cabe suponer que su nefasta situación social tras la indiscriminada matanza de 1391 les impedía gozar de la libertad suficiente. Estaban constreñidos por la barrera física del call, entonces amurallado, y no podían abandonar la ciudad sin licencia. Sólo se les permitía partir en dirección a Oriente, pero si se acogían al exilio estaban obligados a desprenderse de todos los objetos de valor que poseyeran.

—Es probable que ese factor resultara decisivo a la hora de contactar con Casadevall —añadió Bety—. Pensaban que les resultaría imposible ocultar la Piedra, y, por tanto, debían esconderla en algún lugar absolutamente seguro.

—Gracias a la enfermedad de su hija contactaron con el maestro. En virtud de su cargo, Casadevall había viajado por Europa, y eso le permitió trabar conocimiento con numerosos artesanos judíos, expertos en numerosas artes relacionadas con la arquitectura, especialmente con la vidriería. Los judíos estaban mucho mejor considerados en el extranjero que en España; todavía no habían sufrido más que contados ataques xenófobos y gozaban de relativa libertad. Eso debió de servir para ampliar el punto de vista de Casadevall sobre la raza judía, de manera que relacionarse con ellos no supusiera nada en exceso anormal.

—Es difícil de creer —se empecinó Enrique.

—Los datos que hemos aportado son concluyentes, aunque lógicamente mi parte no es comprobable de inmediato —contestó con paciencia Manolo—. No puedes ir a Toledo y estudiar así como así los archivos: se precisa tiempo e influencias de cierto nivel académico o religioso. Seguramente podrías conseguirlo; eres un escritor de reconocido prestigio y notable seriedad, pero las gestiones te llevarían días, incluso semanas. Hasta entonces, debe bastarte mi palabra. La única prueba que puedo mostrarte es este librito. —Extrajo un cuaderno de reducido tamaño, con las tapas arrugadas y gastadas por el uso—. En él están recogidas todas las anotaciones que durante años de investigación consideré que pudieran tener relación con la Piedra. Constan incluso las fechas; soy una persona metódica. Y en cuanto al manuscrito, Bety tiene la traducción completa; está a tu disposición.

Enrique ojeó el librito. Era uno de esos ejemplares en blanco que se venden precisamente para anotar en ellos lo que a su dueño le plazca. Conocía a dos o tres escritores que los utilizaban a la hora de condensar la información precisa para sus libros, de manera que se convertían en un elemento de consulta imprescindible a la hora de evitar errores.

—Si lo deseas puedes quedártelo y echarle una ojeada. No lo necesitaré; siempre tengo una copia de todos mis documentos importantes.

Enrique asintió.

—Lo haré.

—No cabe otra conclusión —prosiguió Bety—: Casadevall descubrió en la Piedra de Dios un objeto que prefirió ocultar para siempre. O mejor dicho, le mostraron ese objeto con la intención de ocultarlo, tanto da. Y doscientos años más tarde, Diego de Siurana tuvo la suerte de encontrar un manuscrito que encerraba un misterio que debió parecerle tan fascinante como nos lo parece a nosotros.

—Suerte nefasta.

—Está bien —cedió por fin Enrique ante el despiadado acoso de Bety y Manolo—. Puedo aceptar que toda tu historia sea verdadera, pero ¿qué cambia eso? En realidad, seguimos sin saber nada de nada. Lo verdaderamente importante es saber dónde lo ocultó. Personalmente ni siquiera importa de qué se trate; no somos los protagonistas de una película de aventuras, o al menos, yo ya no me siento así. Lo más probable es que la Piedra se haya perdido debido el paso de los años, de las décadas, de los siglos. Lo más probable es que en su emplazamiento original se levante ahora un banco, el edificio de correos o una hamburguesería.

Su perorata le sirvió en parte como desahogo. Sin ser plenamente consciente de lo que decía, las palabras acudieron a su mente por sí solas, cargadas de razón, o mejor aún, de hastío. Si un día antes hubiera sido capaz de casi cualquier cosa para desentrañar el misterio del manuscrito, las revelaciones de Fornells modificaron por completo su enfoque del asunto. Y no había sido consciente de ello hasta el preciso instante de enfrentarse a Bety y a Manolo. Ellos seguían pendientes de una resolución ahora intrascendente, carente de significado para él.

—Puede que a ti no te importe, pero para mí es un reto con el pasado que quiero resolver —apuntó Manolo—. Creo que Casadevall debió de esconderlo en algún lugar especial, capaz de soportar el paso del tiempo, y que si desciframos las claves ocultas del manuscrito seremos capaces de encontrarlo. Y entonces...

—Así que para ti es un reto con el pasado, ¿no? —le interrumpió Enrique—. Quieres enfrentarte a un misterio, quizás al enigma definitivo de tu vida. Muy bien, pues para mí es mucho más, o mucho menos que eso. Te diré qué es para mí: es el último recuerdo de un padre perdido. Deseaba resolver el enigma como un gesto en su memoria, un último saludo, una despedida. He tardado en darme cuenta de ello; él sabía dónde encontrarlo, y lo averiguó exclusivamente gracias a su inteligencia y a su experiencia. Si yo intenté seguir sus pasos no fue más que por homenajear su memoria.

—No sé de qué me estás hablando —contestó Manolo, sorprendido.

—Recuerda que Manolo no sabe nada acerca de Artur —apuntó Bety en un intento de imponer tranquilidad.

Enrique estaba demasiado nervioso. Las noticias sobre Artur le habían afectado demasiado.

—Mi padre murió hace unos días. Estaba investigando sobre el manuscrito y creía tener la solución a su alcance. Una carta que envió horas antes de su muerte así lo indicaba.

Manolo miró a Bety con una expresión indefinible que sancionaba la falta de información sobre el particular. Ahora comprendía por qué aquella agresividad de Enrique; su imagen se correspondía con la de un escritor conocido, con fama de persona serena y estable, lejos de la rabia contenida que se le escapaba a la mínima oportunidad.

—De verdad que lo lamento. Ahora comprendo tu actitud. Pero debes escucharme: no soy tu enemigo ni deseo molestarte. No soy una persona que ha venido a incordiar tus recuerdos, y te aseguro que me hago perfecto cargo de tu situación, mejor que muchos otros conocidos que te pueden haber expresado una condolencia fingida. Si bucear en el pasado supone perturbar tus recuerdos, no lo haré, por grande que sea mi curiosidad. Vivo en un mundo propio, tan particular que no he encontrado a nadie capaz de compartirlo. Sólo el estudio me atrae, me entretiene, y, de vez en cuando, me fascina, como en este caso.

Bety se sorprendió de la perfecta calma y dicción de Manolo, cualidades disimuladas hasta aquel momento.

Enrique lo observó detenidamente. Su rostro delataba una absoluta carencia de sentimientos o un perfecto autocontrol. Hablaba sin pasión, dejando desnuda la palabra, pura en su significado, cierta en su contenido. Y esperaba. Sobre todo, esperaba. No sabía en qué se apreciaba, pues no existía nada que lo indicase, ni un ansia, ni una angustia, ni un deseo, ni el más leve gesto. Pero esperaba.

—Comprendo —dijo Enrique.

—¿Seguro?

Bety los contempló mirarse en silencio, perdidos ambos en pensamientos inescrutables. Su presencia parecía diluirse, perdida en un combate de motivos y razones desconocidos. Ni conocía lo suficiente a Manolo ni comprendía la resolución de Enrique. Se sintió verdaderamente ajena a la conversación, espectadora físicamente presente pero intelectualmente ausente, incapaz de intervenir en un duelo para ella incomprensible.

—Sí —concluyó Enrique—. ¿Cuánto tardarás en traducir las notas?

—Supongo que, a lo sumo, dos días.

Bety le alargó unos folios. En ellos constaba un arrastre de las anotaciones.

—La traducción en sí no resultará difícil. Está compuesta por dos partes claramente diferenciadas: una refleja observaciones sobre determinados párrafos; la otra está compuesta por abreviaturas cuya traducción aproximada puedo en parte realizar, pero cuya certeza obtendré con un estudio profundo del texto original.

—¿Por qué sólo en parte?

—No son las habituales simplificaciones destinadas a agilizar la escritura. Son deliberadamente crípticas. En mayor medida que lo hiciera Casadevall, Diego de Siurana no deseaba plasmar su conocimiento acerca de lo que fuere de manera tan evidente.

—El misterio se mantiene —intervino Bety—. Las pistas nos revelan partes del conjunto sin mostrar el todo. Pero creo que la traducción de Manolo puede contribuir a la localización del objeto, sea ésta cual sea.

«¡Qué extraño!», pensó Enrique. La contempló con una sonrisilla escéptica que ella prefirió ignorar. Días atrás deseaba contarle a la Policía todo lo relacionado con el manuscrito. Ahora que el texto de Casadevall se había despojado de su aura de peligro, atrapado el asesino de Artur, también ella había cedido ante la ambición de saber… o de poseer, o de ambas cosas. Y precisamente ahora coincidía con su desinterés no únicamente por el manuscrito, sino por todo lo relacionado con el pasado. Admirado, contempló en sí mismo la distancia que provoca el desengaño, la lejanía en la que se situaban los afectos y deseos hasta poco antes principales. Mientras, Bety continuaba hablando con una contenida nota de entusiasmo imposible de disimular. Bien, continuaría adelante pese a sustraerse al embrujo del misterio en sí.

—… en realidad, el resto carece de interés —seguía hablando Bety—. La parte central podría conducirnos al objeto en sí, pero considero que la clave se encuentra en el listado final del manuscrito. Allí encontramos las anotaciones más interesantes.

—Me apetece leerlas, y de hecho lo haré más tarde…, el manuscrito entero. Pero explícame las conclusiones a las que habéis llegado en ambas partes.

Bety y Manolo se miraron dubitativos. Él tomó la iniciativa.

—Las que tenemos no son relevantes. No sabemos, y dudo que lo sepamos en alguna ocasión, cómo llegó el manuscrito a manos de Diego. Tampoco conocemos como llegó a manos de los Bergués. La casualidad lo puso en nuestras manos.

—Las anotaciones correspondientes a la primera parte del manuscrito son las que Manolo más fielmente ha podido transcribir. —Tomó el relevo Bety—. Son claras. Se inician en una fecha indeterminada, pero anterior sin ningún género de dudas al mes de febrero de 1612, fecha en la que se incoa el procedimiento contra Diego. Extrajimos las siguientes conclusiones: primera, a Diego únicamente le interesa lo relacionado con S.; segunda, a partir de aquellas páginas que revelan el enigma, que son las que mayor índice de anotaciones contienen, Diego inicia una escritura críptica destinada a ocultar datos; tercera, Diego comprobó el listado final edificio por edificio. Junto al listado constan lo que creemos son las letras iniciales de las fechas en que lo hizo. La nota final del manuscrito es «LLO SI D.», según Manolo equivalente a *LLoat sigui Déu.** Creemos que la alabanza demuestra su alegría por haber encontrado el lugar; y cuarto, el lugar debe de estar marcado por un símbolo que no conocemos, según se deduce de esta anotación —dijo, y se la mostró a Enrique.

—Parece razonable —concedió Enrique—. ¿Y el resto de las anotaciones?

—Como ya he dicho, y pese a la aproximación de Bety, preferiría estudiar el original para relacionarlas. Bety, con mucha razón, no se ha mostrado dispuesta a dejármelo sin tu permiso. Pero si permites que lo tenga un par de días, podré averiguar todo lo que ocultan.

Enrique asintió. Su curiosidad se centraba ahora en saber si Manolo sería capaz de interpretar correctamente el significado de las abreviaturas. Manolo calibró a la perfección el hilo de sus pensamientos en su ofrecimiento.

—Y no debes preocuparte por el manuscrito. Mi vida transcurre entre muchos como él; conozco su valor intrínseco y sé cuidarlos como se merecen. Retornará a ti sin el menor daño, te lo prometo.

—Bien, puedes llevártelo.

—No sabes cuánto te lo agradezco —contestó Manolo con

---

* «Alabado sea el Señor.»

una velada emoción.

Su misión estaba cumplida. Permanecer en la casa de Enrique carecía ya de sentido. Manolo se incorporó.

—Es hora de marcharme.

—¿Quieres que te acompañe? —se ofreció Bety.

—No, no es necesario. Si me lo permitís, telefonearé a un taxi.

—No hace falta —intervino Enrique sin levantarse del sillón—. A doscientos metros tienes la parada de Vallvidrera, en la plaza, bajando la cuesta.

—Perfecto. Bien; os llamaré en cuanto tenga noticias.

Enrique saludó con la mano. Bety lo acompañó hasta la puerta. Los escuchó hablar en el recibidor; la voz llegaba débil, amortiguada por la distancia. Concentrándose en ella hubiera podido saber qué decían. Pero no le interesaba. La puerta de la calle se cerró; Manolo abandonó la casa llevándoº consigo un capítulo de su vida que ya consideraba cerrado. Bety regresó junto a él. Habló de nuevo y fingió escucharla, pero no lograba concentrarse en la conversación, perdido en sus pensamientos. Bety, habitualmente tan perspicaz, no percibió su estado de ánimo. O quizá sí lo hizo y, como se sentía culpable, prefirió con prudencia dejar de lado el patinazo anterior.

—Me ronda la imagen de Diego con el manuscrito en sus manos. Existe la posibilidad de que llegara hasta él mediante la recopilación de textos relacionados con la edificación de la catedral, destinados a engrosar el archivo de ésta. Probablemente pasaran días con él a su alcance sin ojearlo siquiera. Un día posó su mirada en el ya viejo lomo del manuscrito; curioso, a buen seguro conocedor de la personalidad de su autor, decide ojear su contenido. Comienza: nada de interés atrae su atención. Es un texto más, repleto de datos con mayor o menor interés. Aquí hubiera podido detenerse, pero, para su desgracia, no lo hace. Los caprichos del destino hacen que pase una hoja de más, sólo una, y de repente su curiosidad se estimula. El manuscrito cambia de estilo, modifica su aspecto, muda su objeto. Pasa nuevas páginas y asiste al nacimiento de una pasión que, causa de futura desgracia, ignorante de ello, alienta a cada hora.

»El texto revela datos, nombres, listados. Diego se pone manos a la obra e investiga. Todo parece correcto. Los acontecimientos relatados pertenecientes a la edificación son ciertos, lo ha corroborado en otras fuentes. Los edificios existen o han existido. Todo resulta fiable en apariencia. Cautivado por el misterio, sucumbe a la emoción de descubrir algo en particular. Investiga. Su cargo le permite acceder a documentación de todo tipo sin levantar sospechas en su entorno. Por fin, descubre algo, no sabemos qué. Mientras, la Inquisición inicia su procedimiento contra él. Una voz anónima lo denuncia: probablemente un rival en las descarnadas luchas por ascender en el escalafón de la curia decide hundirlo por la vía rápida, o quizá se trata de alguna persona que ha atisbado en su comportamiento alguna irregularidad. Puede que investigara textos prohibidos presentes en el Índice o en su anexo hispano, el *Catalogus librorum reprobatorum*, situados más allá del alcance de un prometedor pero simple secretario. En cualquier caso, lo detienen. Sin embargo, cosa frecuente en la época, resulta también probable que fuera avisado con cierto tiempo para ocultar o proteger el manuscrito.

»Respecto a la ocultación del manuscrito, puede deberse a dos motivos: conocedor de sus antepasados marranos, ser atrapado con un documento comprometedor como ése equivale a una condena; también es factible que, ya conocedor del misterio que nos ocupa, decida escamoteárselo a los inquisidores. Así pues, consigue ocultarlo a tiempo remitiéndolo a los Bargués. Después lo atrapan y lo conducen a las mazmorras, donde, al tiempo, es sometido a juicio. Probablemente, Diego cree en una pronta solución del procedimiento: conoce la manera de actuar de la Inquisición, y su presencia en un auto de fe exhibiendo el sambenito debería ser suficiente para satisfacer el ansia de víctimas que precisaban los inquisidores para demostrar que estaban rodeados de herejes y que su presencia era fundamental para la supervivencia del reino.

»Sin embargo, algo falla. Los acontecimientos toman un rumbo diferente al previsto. Puede que su denunciante sea cierta persona de influencia, puede que su suerte esté echada independientemente de su posible confesión, o que las sospechas contra él no se deban únicamente a la presencia de sangre hebrea en sus venas; tal vez se le acuse también de judaizante. El caso es que se le somete a tortura. Durante ésta, Diego habla. Algo dice, no sabemos qué; los inquisidores hablan entre ellos, y la conversación no consta en acta. A partir de ahí, informan a la Suprema y trasladan a Diego a Toledo. Allí prosigue la tortura durante diez increíbles años hasta su muerte…

La historia no carecía de interés, lo reconocía. Imaginar era un ejercicio de creación que él conocía bien, como conocía bien la libertad que el narrador alcanza cuando las musas lo iluminan, mostrando un camino, una amplia avenida por la que discurra la historia. Bety no era dada a los excesos imaginativos, pero estaba literalmente embrujada por la historia de Casadevall y de Diego de Siurana, y la relataba como si fuera partícipe de ella. Se incorporó y, sin dudar, anduvo hasta el mueble bar de la sala. Artur, sin caer en los excesos, apreciaba las buenas bebidas, y solía regalarse con el lento paladeo de un añejo *brandy* o de veteranos *whiskys*. Escanció uno de ellos en una gran copa, y retornó al asiento del estudio. Bety detuvo su charla, sorprendida; en tantos años de convivencia, jamás había visto a Enrique hacer algo parecido. Él disimuló sin demasiadas ganas, y ella volvió a su relato con idéntico ardor. Hablaba, hablaba y hablaba, pero los sonidos seguían sonando para él distantes, vacuos. Al mirarla asentía, como si siguiese su conversación con interés, pero su alma estaba ausente, lejos de aquel lugar, librando una batalla perdida de antemano contra un enemigo invencible: el olvido.

EL MANUSCRITO CASADEVALL

$\mathcal{H}$abía llegado el momento. La traducción de Bety reposaba sobre sus rodillas. Estaba tumbado en la cama, cubierto por la sábana y una colcha, quizá la lectura le ayudaría a conciliar el sueño. Pero esa idea inicial, con la que intentaba demostrarse una vez más la aparente falta de interés que sentía por el enigma, se descubrió errónea: realmente, las notas de Casadevall constituían una suerte de novela fascinante.

Las primeras páginas, es cierto, no eran más que el relato de la sucesión de labores, deberes, recordatorios propios del trabajo del maestro; sin embargo, pasadas quince páginas, comenzaba el diario, de la manera más abrupta; en el manuscrito original, en mitad de una frase, la pluma marcaba un trazo hacia arriba y una mancha de tinta emborronaba el papel, allá donde sin duda, se había quebrado. Tras la mancha, un largo espacio en blanco. Después comenzaba el manuscrito Casadevall.

Estoy tan cansado… La vida, que tanto amé, que me rodea por doquier esplendorosa, que pugna incansable en esta ciudad efervescente y acaba por impregnarnos a todos los suyos ese ardor, esa ansia, ese deseo, parece ahora destinada a pasar de largo, a ignorarme, extrayéndome de la vorágine arrebatadora de un universo mundo inabarcable, en expansión, donde la obra de Dios se manifiesta a cada instante, en cada lugar, en toda intención. Sí, esa vida hermosa, la vida que el Creador de todos nosotros insufló en cada cuerpo y le proporcionó discernimiento y alma, ahora —cuando pensaba haber sufrido todo aquello que un hombre podía sufrir, habiendo llegado, si no a la paz, al me-

nos a una suerte de armonía—, me castiga de nuevo. Mi hija, la
pequeña Eulàlia, ha enfermado, y dice mi experiencia que quizás
en ella se reproduzcan los síntomas que antaño castigaron tanto
a mi esposa, Leonor, como a nuestros hijos, Josep y Lluisa.

Todo comenzó esta mañana. Había sido un día especialmente complicado: las piedras de «raig triat» de la cantera de
Montjuïc destinadas a sustentar la segunda arcada de apoyo
de la cuarta nervadura de la cuarta bóveda, donde se representa
la Anunciación, no llegaron a tiempo para ser colocadas a primera hora, parece ser que debido a un conflicto de competencias
por la construcción y refuerzo del nuevo torreón de la *fusteria*,
justo frente a la playa. Como quiera que la presencia de ciertos
navíos piratas es un hecho cierto, y que en el último mes han
sido dos las veces que se han encendido las hogueras de la torre
de vigilancia de Montgat para avisar sobre la presencia de esos
carroñeros de los mares, se ha considerado prioritario acabar la
suerte de muralla que intenta cerrar el frente marítimo, para
asegurar la defensa de la ciudad.

Y por si ello no fuera bastante, durante toda la jornada estuvimos realizando los preparativos para la izada de la campana
Honorata, famosa en la ciudad incluso antes de haber ejecutado
su función, no en vano fue una suscripción popular la responsable de su fundición.

27 de noviembre de 1393, día festivo, pasado mañana, nuestro bien amado obispo bendecirá la campana, que será instalada
sobre la cubierta de la torre de Sant Iu, y desde allí indicará para
siempre a los barceloneses en qué momento concreto del día se
encuentran merced a los toques de las horas y los cuartos, y así
no podrán olvidar jamás que lo terreno surge también de lo divino, y que sin esto último nada se explica.

Pero todo ello no es más que otro rompecabezas organiza-
tivo que debo afrontar: y mientras el *magister operis principalis*
se encuentra ausente, mía es la responsabilidad de que las obras
en curso continúen según lo previsto. ¡Todo parece multipli-
carse simultáneamente en diez frentes diferentes! Pues al problema de la cantera y de la izada de la *Honorata*, debo también
sumar los problemas con la policromía de la cripta de Santa
Eulàlia, bendito sea su nombre, y la continua discusión que por

ella mantenemos con el obispo; y no podemos olvidar los problemas de abastecimiento de la madera para el coro, el roble que misteriosamente parece insuficiente y se ha encarecido hasta precios tan elevados que han conseguido paralizar su suministro, mientras el maestro Jordi Johan y Anglada se desespera al tener a todos los tallistas con sus cinceles y buriles preparados y sin madera donde hincarlos.

Es un caos, y no en miniatura; la paradoja de estar inmersos en este desorden cuando el objetivo de nuestra empresa es levantar el edificio que por excelencia loa el orden de la Creación me estremece, e incluso consigue, en ocasiones, hacerme dudar sobre mi capacidad.

Todo ello, un sinfín de problemas que debieran agobiarme, y sobre los que tendría que estar tomando medidas extraordinarias, han quedado en segundo plano y se revelan ahora insustanciales.

Volvía del trabajo cuando Anna, la guardesa, me informó acerca del estado de la pequeña. Tenía fiebre: poca al principio, más al caer la tarde, mucha al anochecer. Pasé a verla, a su habitación, y le pregunté por las cosas del día; poco podía contarme, pues pronto había regresado al lecho, y además no se encontraba nada bien. Le rogué que descansara mientras la examinaba. No había marcas ni señales en su cuerpo, pero al palpar la garganta descubrí la sombra de una inflamación a ambos lados de la garganta. ¡Quiera Dios que no se trate de aquella enfermedad por todos odiada pero especialmente por todos temida! No podría soportar perder a Eulàlia, no podría verla marcharse tal y como vi partir a su madre y a sus hermanos. Me siento extremadamente preocupado, y no pienso en lo que supondría para nuestra Barcelona el verse de nuevo abocada a una nueva plaga de la Muerte Negra, ni siquiera pienso en mis obligaciones para con la catedral de la Santa Cruz y Santa Eulàlia, por cuyo martirio fue bautizada mi pequeña, resto postrero de mi linaje.

Esta será una noche de vigilia. Rezaré el Memorare y demandaré a la Santísima Virgen su intercesión.

Día del Señor de 29 de noviembre de 1393

Ayer, a las seis de la tarde, fue izada la *Honorata* entre el clamor de la multitud. Nuestro amado obispo Ramon D' Escaldes la bendijo frente a una multitud enfervorizada, que tan bien él sabe manejar con esa voz grave y poderosa que le caracteriza. La procesión partió de la sede episcopal flanqueada por palmeros y en un ambiente excesivamente festivo, que el obispo recondujo gracias al don de su oratoria, logrando que las ganas de jarana trocasen en sincera devoción, tan grande es su influencia sobre aquellas personas a las que somete a un imperio severo, pero dulce a la par. No pude escapar a la maniobras de elevación hasta la torre de la *Honorata*, que no fueron más complejas en lo técnico que las de cualquier otro de los componentes de la Seu, con la diferencia de que en las segundas sólo están presentes los operarios de la obra, y que en esta ocasión la maniobra debía realizarse desde el exterior rodeados por una multitud de, por lo menos, dos o tres mil curiosos, con todos los riesgos y peligros que eso conlleva. No consignaré las dificultades de la izada, pues ni me place ni me ocupa, pero sí haré constar que, aunque mi cuerpo estaba presente y daba las órdenes necesarias, mi mente estaba ausente, junto a mi hija.

El día anterior apenas me separé de su lado. La fiebre remitió un tanto, lo suficiente para considerarlo una buena señal, quizás una gracia de Nuestra Señora, que, escuchando el Memorare que le dediqué durante la larga vigilia, tuvo a bien ser condescendiente y aliviar su estado. He hecho llamar a un médico: uno de verdad, no uno de esos barberos de medio pelo que no saben sino sajar y sangrar a los enfermos y que son más matasanos que otra cosa. El viejo Aimeric es un hombre con experiencia, no en vano fue en su primera juventud un simple barbero, un *rasor et minutor* que iba de convento en convento rasurando las tonsuras de los frailes y practicándoles las sangrías pertinentes; pero por azares de la vida acabó convirtiéndose en uno de los pocos cirujanos que ingresó, para estudiar Medicina en París, en la hermandad de San Cosme. Hace años que nos conocemos, de antes que su buena fortuna le hiciera ascender para prestar sus servicios a los nobles. Aunque ahora su arte se dispensa entre los nobles y los «ciudadanos honrados» de Barcelona, gracias a mis contactos con el obispado pero sobre todo gracias al parcial conocimiento que en el pasado entrambos hubo, he podido acceder a él y nos ha honrado visitando a Eulàlia en nuestra morada. Tras escuchar su respiración después de posar su oído sobre el núbil pecho de la niña, Aimeric me ha recomendado tranquilidad y descanso; no es partidario, de momento, de sangrías o de purgas. Insiste en que la niña esté abrigada y alejada de corrientes para evitar un empeoramiento. Apenas me he atrevido a hablarle de mis miedos, pero ha debido de leerlos en mi rostro cuando con un sencillo gesto he señalado los bultos de la garganta y he susurrado:

—¿No será…?

—Es pronto —me ha interrumpido—. Que la afección ocupa los pulmones está claro. La inflamación no es extraña en casos similares. Por último, ¿se ha confesado últimamente? Recuerda que muchas enfermedades acaecen a causa de los pecados, y borradas las manchas con lágrimas de compunción, son curadas por el Supremo Médico; según aquello que se dice en el Evangelio…

—Eulàlia asiste a misa todos los domingos y festivos, y cumple con sus obligaciones con la Iglesia, como no podía ser de otro modo.

—Bien, haz entonces lo dicho; si su estado cambia manda recado.

Me llevé la mano a la bolsa, pero Aimeric negó de nuevo:

—Pere, tú eres un hombre de Iglesia. Reza por ella. Con eso me basta. Si más adelante su estado precisara alguna droga, ya hablaríamos de dinero.

Las necesidades de un hombre como yo son frugales. Nada tengo en dónde gastar y apenas tengo deudas: la casa es nuestra hace años, y salvo la paga de la guardesa y la compra de los alimentos que nos sustentan, no tiendo al derroche. Siempre procuré que nada le falte a Eulàlia; ésa fue la orden que dio Anna. Por tanto, he podido ahorrar una parte de los sueldos que me reporta mi paga como maestro de obras, y sé que podré afrontar cualquier gasto que Aimeric me demande…, hasta cierto límite. Es el médico de la nobleza y sus tratamientos son caros. ¡Pero lo daría todo con tal de que mi hija sanara!

Una semana. Ha pasado una semana desde mi última anotación en este improvisado diario donde puedo descargar mi conciencia y aliviar mi pena. Eulàlia ha empeorado. Las visitas de Aimeric son ahora diarias, y no oculto mi preocupación ante su solícita atención. Dice, cuando llega, que no tema nada, que la evolución de los humores es la normal, pero observo su rostro y percibo la concentración y, lo que es peor, percibo la duda tras la máscara de tranquila beatitud con la que intenta en vano tranquilizarme. La niña tose con frecuencia, y su esputo es de un color oscuro que días atrás dejó de ser amarillo para tornarse verdoso, y es tan espeso que apenas puede expulsarlo y se atraganta al hacerlo. Duerme mal y apenas come, pues la inflamación de la garganta es ahora tan grande que le impide ingerir cualquier alimento como no sea una sopa ligera, y todavía lo hace sin ganas y con gran dificultad.

Recuerdo que trece años atrás, en Narbona, donde habíamos acudido a resultas de una solicitud de colaboración para la edificación de las obras del claustro, Leonor fue la primera en sentir unos síntomas similares a los de Eulàlia. Vivíamos entonces cerca del barrio de los Canónigos, apenas a una suave marcha a pie de la catedral, en una casita de madera sencilla, con una huerta trasera, que había puesto a nuestra disposición el Cabildo Catedralicio. La catedral de San Justo y San Pastor estaba en el eje de una cerrada polémica entre las fuerzas civiles y las eclesiásticas de la ciudad. Los primeros deseaban mantener la muralla visigótica que cruzaba parte del frontal de la catedral para favorecer las defensas de la muralla; los segundos, por el contrario, tenían como principal objetivo derruir las murallas y finalizar el proyecto del maestro D'Arrás. Entre tanto se producían las deliberaciones, que de ser tal degeneraron en disputa enconada, las obras del claustro continuaban su normal desarrollo. Allí fue donde mi arte comenzó a desarrollarse en su plenitud, y la felicidad con la que adornábamos la casa del Señor pugnaba con la felicidad de ver a los míos, mi familia, creciendo en número. Verlos crecer sanos y felices era toda mi recompensa cuando, al anochecer, regresaba a la casita para encontrar en el orden interior el equilibrio perfecto para mi mente.

Pero aquella noche de primavera, todo cambió. Leonor estaba en la cama, tumbada, envuelta en mantas, con fiebre. Josep, de siete años, había dado de cenar a su hermana Lluisa. Los niños parecían perfectamente sanos, excepto Eulàlia, un bebé de apenas seis meses que lloraba desconsolada. Leonor no tenía fuerzas para darle el pecho, y tras unas breves palabras, le acerqué a la pequeña para que mamara su alimento. Cuando el bebé se hubo dormido lo llevé a la cuna y, poco más tarde, acosté a los dos niños. Por la mañana, temprano, acudí en busca de una vecina ya mayor, Marie, rogándole que cuidara de los míos en tanto Leonor mejoraba de su enfermedad, a la que no di, en principio, mayor importancia.

Regresé del trabajo como siempre, cansado pero satisfecho. Las obras avanzaban al ritmo previsto, el material no escaseaba y los pagos eran puntuales: todo funcionaba con precisión. Pero, en la puerta de nuestra casa, me esperaba la peor sorpresa que imaginar pudiera. Ahora, además de Leonor, también los pequeños Josep y Lluisa tenían fiebre y se encontraban postrados como solían dormir, juntos en su mismo lecho. Marie había preparado algo de cena para mí, y me propuso llevar a Eulàlia junto con un ama de cría que pudiera alimentarla con regularidad. En cuanto a los demás, yo podría encargarme de su cuidado durante las noches y ella lo haría de día. Acepté este acuerdo y Marie se fue con Eulàlia a casa del ama, una joven llamada Anne cuya hija de un año había muerto unos días atrás.

Continuamos así durante cuatro días más. La fiebre había bajado algo, era menos intensa durante el día, pero los hacía caer en el delirio apenas llegaba la noche. Y ese cuarto día, cuando enjuagaba sus cuerpos con agua para aliviarles del calor, descubrí la presencia de los bubones tanto en la garganta como en otras partes el cuerpo. Los tres tenían un aspecto similar, no muy grandes esa primera noche; paulatinamente aumentaron su tamaño. Preocupado, acudí por la mañana con las primeras luces en busca de ayuda: en el cabildo me recomendaron un cirujano competente; con él volví a visitar a mis enfermos. El cirujano, Jacques de nombre, una vez los hubo examinado tras ponerse unos extraños guantes de esparto, me confirmó mis peores temores. Los bubones eran síntomas claros de la Muerte Negra, la misma que diecisiete años antes había causado gran mortandad no sólo en Narbona, sino en toda Francia.

—¿Cómo se encuentra usted? —me preguntó mirándome a los ojos, junto a la puerta, pues se había alejado de las camas incluso con precipitación.

—No tengo ningún síntoma, ni fiebre ni dolores —contesté.

—Debe dejar la casa de inmediato. Aquí no está seguro, ni usted ni nadie. Además, debo cumplir las órdenes del príncipe y comunicar cualquier posible lugar infestado.

—Pero ¿cómo quiere que deje aquí a los míos? ¿Quién los cuidará? ¿Quién los alimentará? Y, sobre todo, ¿está seguro de lo que dice? ¿La Muerte Negra?

—La Muerte Negra, en efecto. Esos bubones repletos de materia putrefacta son la prueba incontestable.

—Pero, entonces… ¿no hay esperanza?

—Sólo podemos sajar los bubones, extraer los humores, y esperar. En algunos casos, pocos, los enfermos han sobrevivido. Yo mismo, cuando la Muerte Negra asoló Narbona en 1365, los padecí en mis carnes —y al decir esto se arremangó enseñándome varias cicatrices en sus brazos— y sobreviví. Atendí a todos aquellos que pude antes de caer, a mi vez, enfermo. Pero, maestro Casadevall, debo decirle que fuimos bien pocos los que superamos esa etapa, fueron más los que murieron. Ahora debe marcharse de aquí. Los enfermos deben estar solos.

Desde el umbral de la puerta hice ademán de entrar y acercarme a los míos, pero la mano de Jacques me retuvo con firmeza.

—Piénselo antes de entrar. Si cuando informe a los hombres del príncipe le encuentran aquí no podrá salir de la casa. Y usted está sano y se encuentra bien. Y recuerde, además, que tiene otra hija. ¡Piénselo! ¡Piénselo bien!

Recuerdo perfectamente la agonía que me causaron sus palabras. ¿Entrar? ¿No entrar? Mi Leonor, y Josep y Lluisa, allí dentro consumiéndose, muriendo poco a poco, y yo a salvo fuera, lejos de sus cuerpos…

—Y usted, ¿los dejará morir así? ¿No podrá salvarlos?

—Yo cumpliré mi cometido. El príncipe permite la asistencia a los enfermos, pero éstos deben estar aislados. En cuanto a las curas, pueden realizarse desde lejos, tenemos unos cuchillos especiales que nos permiten sajar los bubones a distancia. Eso es lo que puedo hacer, y así lo haré.

—¡Pero están sufriendo! ¡Algo habrá que pueda aliviarlos de su pesar!

Jacques me miró gravemente antes de contestar:

—Puedo hacer que duerman, pero eso tiene un precio. Existe una droga que les proporcionará descanso, pero el coste de sus componentes es alto: el beleño, la mandrágora, el opio, el euforbio, no son fáciles de conseguir.

—¡Pagaré lo que sea!

—Sólo le cobraré su justo precio. Y ahora, váyase. ¡Váyase antes de que regrese con los soldados!

Jacques se dirigió hacia Narbona para dar parte de la enfermedad al condestable del príncipe. Tendría apenas una hora antes de que retornara con la droga. Y allí me quedé, en el umbral, sin decidirme a entrar, con los cuerpos convulsos de los niños retorciéndose en su camastro, mientras, agitada, Leonor apretaba y retorcía sus puños sumida en el delirio de la fiebre. Una hora entera permanecí de pie, llorando frente a la casa, sumido en la desesperación, sin atreverme a cruzar la puerta y consolar a los míos. Una hora de duda y, lo que es peor, una hora de cobardía, pues ¿acaso no corresponde al marido auxiliar a su mujer, tal y como se promete en el rito nupcial? ¡Sí, cobardía! ¡Me conduje como un cobarde! No fui capaz de entrar en mi propia casa, y no lo hice por miedo. Los bubones de la Muerte Negra que perlaban los sudorosos cuerpos de los míos mostraban bien a las claras la certeza de la más terrible enfermedad conocida por el hombre, la enfermedad más mortal conocida en la historia.

En ésas estaba cuando Jacques retornó; no lo hizo solo. Seis guardias le acompañaban junto con un asistente que portaba un alargado paquete envuelto en cuero. El médico me observó, comprensivo, e hizo mediante una breve orden que los guardias me apartaran del quicio de la puerta.

—Ha hecho bien en no entrar. De lo contrario, estos hombres no le hubieran dejado salir de la casa. Ahora debe irse: vuelva con su otra hija, o vaya a rezar a la catedral.

—Quisiera ver las curas.

—Ésa es una petición morbosa, sólo lo podría presenciar una persona experimentada.

—Le ruego que me lo permita, nunca se sabe qué puede pasar y, de esa manera, también yo podría ser capaz de asistirlas en caso de revocar mi decisión.

Los soldados me sujetaron, quizá previendo alguna reacción violenta por mi parte. Jacques negó con la cabeza, pero su voz contradijo la negación.

—No pase más allá de la puerta. Yo apenas sí traspasaré su umbral.

Obedecí. Los soldados aflojaron su presa y me permitieron observar el proceder del médico. El asistente extrajo un cuchillo de cerca de dos metros de largo que portaba envuelto en la funda. Junto con el cuchillo montó un trípode donde apoyar el extremo para facilitar un manejo más preciso que no castigara en exceso la musculatura del brazo. Jacques y su asistente entraron en la casa con el rostro tapado, murmurando una salmodia que, más que una oración cristiana, recordaba a un conjuro de brujo, distorsionadas las palabras por la ropa que les ocultaba la faz. Ya en el interior, el asistente apartó las ropas que tapaban a los niños con un palo. Luego, entre ambos, prepararon en el suelo un recipiente donde introdujeron el contenido de una gran redoma, mezclándolo con agua. Cuando la disolución fue de su agrado, introdujeron en ella una esponja que, una vez empapada, acercaron a los rostros de los niños. El efecto fue casi inmediato: los niños se agitaron un tanto, pero acabaron por relajarse dormidos por la droga. Entonces procedieron a sajar los bubones con el largo cuchillo a distancia, uno a uno. Un aroma pestilente se extendió por la habitación a medida que el pus contenido en los bubones brotaba empapando las mantas. De la carne sajada, muerta, no brotaba sangre. Después de ocuparse de los pequeños hicieron lo propio con la madre. Una vez realizada la cura, procedieron a cubrirlos de nuevo con nuevas mantas, llevando las manchadas a una hoguera que los soldados habían encendido en el exterior. Allí las quemaron; los soldados se situaron a barlovento, donde el aroma de la Muerte Negra no les alcanzaba con su hálito de podredumbre. Después, Jacques me miró gravemente mientras me hablaba.

—Esta cura debe realizarse todos los días. Lo haremos cada mañana a primera hora. Sólo podrá acercarse en ese momento, cuando nosotros estemos en el interior; si lo hiciera en otro momento, los soldados tienen orden de, o bien usar sus armas, o bien obligarle a permanecer dentro. Sea prudente, tenga paciencia, y récele al Señor, en cuyas manos todos estamos desde el día de nuestro nacimiento.

Los soldados cerraron la puerta y la aseguraron por fuera con un pesado madero. Me fui de allí destrozado, rumbo a la catedral, donde me arrodillé frente al altar mayor. Recé durante horas hasta quedar agotado. Postrado por el cansancio fue mi compañero en la dirección de las obras, el maestro D'Arimon, quien se ocupó de calmar mi pesar y de retirarme de allí.

Toda Narbona parecía conocer las malas nuevas. Según D'Arimon me acompañaba hacia la casa del ama de cría, sentía las miradas de los ciudadanos converger sobre mi espalda como hirientes cuchillos. El desprecio y el temor eran patentes en todas las miradas, e incluso hubo quien nos evitaba como si ya estuviéramos ambos apestados en lugar de perfectamente sanos, tal era el miedo cerval que provocaba la Muerte Negra. No podíamos olvidar que unos años atrás la plaga había causado la muerte a más de la mitad de sus habitantes, y que en una colina cercana yacían los cadáveres amontonados en una fosa común de cientos de parientes y amigos. Comprendía su temor, yo mismo lo había sentido frente a la puerta de mi propia casa, pero ahora ese temor me importaba un ardite.

Ya en campo abierto, al entrar en el barrio de los Canónigos, observé la existencia de diversas hogueras en la que fuera mi propiedad alquilada: los campos y el granero también habían sido incendiados. Las columnas de humo se elevaban, ensortijadas, y ennegrecían el cielo azul, con el color mismo de la Muerte, que señalaba así dónde había marcado nuevas presas. D'Arimon me hizo beber gran cantidad de un fuerte vino y yo no me negué, pues deseaba el olvido que éste podía proporcionarme.

Desperté de madrugada, embrutecido por la bebida que, al menos, me había proporcionado cierto descanso y olvido. Asistí a las curas del médico, ya que nuevos bubones se habían formado en las castigadas carnes de mi familia. Exonerado del trabajo por la intercesión de mi colega D'Arimon, pasé los siguientes cuatro días contemplando languidecer a los míos, que no podían ni tan sólo alimentarse. Por fin, en el transcurso de una mañana, murieron los pequeños, justo después de la cura. Sus cadáveres fueron incendiados en una pira que los soldados, previsores, habían preparado al efecto. Esa misma mañana, cuando los cuerpos de los niños eran arrojados entre las llamas, a punto estuve de perder el juicio, pues intenté acercarme a ellos y abrazarlos. La intervención de un soldado lo evitó: un certero golpe en la cabeza con el pomo de un puñal de combate. Por la tarde, yo desplomado y aún sin sentido, falleció Leonor. Con ella no hubo enterramiento: al tener que incendiar la casa decidieron ahorrarse el trabajo y le prendieron fuego con su cuerpo dentro. Sólo al recobrar el conocimiento, sobre un montón de paja fresca, me enteré de la noticia: D'Arimon estaba a mi lado aguardando el fatídico instante. Lloré y lloré, hasta que mis ojos acabaron por secarse, horas y horas, y mi colega me hizo beber y beber, y la pena y el dolor, tan enormes, tan malditos, quedaron de nuevo atenuados por la complacencia del olvido que otorga el vino.

Recobré el sentido dos días más tarde. Se habían declarado otros dos casos de Muerte Negra, en la zona opuesta, extramuros: un barrio rural de gente menesterosa que a duras penas alcanzaba a sobrevivir. La respuesta del príncipe fue drástica: desalojó las casas y las incendió, llevando a los infestados a un improvisado lazarillo situado en el fondo de una cantera abandonada donde fueron depositados sin mayor miramiento. No hubo médico para ellos, apenas se les dejaban algunos alimentos con pértigas y cuerdas. Se impuso el toque de queda y se impidió cualquier contacto con el exterior durante los treinta días para los que existían los suministros necesarios. Después, ya se vería.

La pequeña Eulàlia, mi bebé, no mostraba síntoma alguno de la enfermedad. Mi decisión fue inmediata, nada me retenía en Narbona; sólo deseaba alejarme cuanto antes de aquel lugar maléfico, no tanto por la presencia de la peste, sino por el recuerdo omnipresente de los míos; esperaba que se atemperara cuando la distancia que me separase de sus restos fuera mayor. ¡Iluso de mí! ¡Como si la presencia o la ausencia pudieran tener influencia en los sentimientos más puros! En cualquier caso, la decisión estaba tomada. Sólo la condición de lactante de Eulàlia supuso freno a mi deseo de marchar, que en realidad no era más que una huida. Para convencer a la ama de cría tuve que emplear todos mis ahorros. El viaje hasta Barcelona era largo, con etapas seguras en Perpignan, Girona, y Vic, amén de otras intermedias en posadas del camino. Y debía, además, asegurar su viaje de retorno. Por fortuna, la perspectiva de alejarse de la ciudad constituía un acicate por el que Anne acabó por decidirse. Se despidió de su marido, un bruto con el que había contraído un matrimonio de conveniencia obligada por sus padres, con la promesa de volver al cabo de tres semanas, a lo sumo. Le entregué al bruto la suma pactada, más que generosa, y emprendimos el viaje ¡Tres semanas! Tres semanas para su marido, trece años para Eulàlia. Anne no tenía mayor intención de regresar a Narbona. No era feliz con su vida, su marido la maltrataba, y muerta su pequeña había encontrado en Eulàlia una sustituta de su difunta hija. En todo dependía Eulàlia de ella, no sólo en el alimento. Yo desconocía cómo se cuida a un bebé, eso pertenecía al mundo de las mujeres, y así, poco a poco, se fue estableciendo el vínculo que las unió de manera indeleble.

Llegados a Barcelona tomé en alquiler una vivienda en un lateral de la riera, cerca de la Plaça de la Trinitat. Era pequeña, pero tenía un patio interior con una diminuta huerta y recibía bastante sol por las mañanas. Recién instalados, Anne solicitó hablar conmigo.

—Señor, quiero comunicarle que he decidido no regresar a Narbona. Si lo desea, puedo continuar siendo el ama de cría de Eulàlia; así no será necesario que deba buscar otra, sobre todo ahora que se habrá acostumbrado a mi leche.

—Pero el acuerdo al que llegamos con tu marido suponía tu regreso en tres semanas, y ésas transcurrirán dentro de cinco días.

—De mi marido no quiero saber nada. Si me lo permite, me quedaré con usted y continuaré la crianza de la niña. Y, si no me quiere junto a ella, igualmente me quedaré en la ciudad y buscaré la manera de ganarme la vida honradamente.

—¡Ni siquiera conoces la lengua! ¿Qué sería de ti, sola, en Barcelona?

—El Señor me guiará en mi camino. Aunque preferiría que quien me guiara fuerais vos: bajo vuestro amparo podré sentirme segura, y os aseguro que nada tendréis que temer de mí, más que recibir todo mi agradecimiento eterno.

Así fue como Anne se transformó en Anna. Aprendió rápidamente el catalán y comenzó una nueva vida lejos de un pasado que supuse mucho más cruel de lo que cualquiera de sus convecinos de Narbona conociera.

Trece años después, la propia Anna me comunicó las malas nuevas de la última de mi linaje, aquella mañana del veintisiete de noviembre.

Parece que la sombra del pasado nunca perdona ni olvida, y que la infancia de Eulàlia no había sido más que la huida ante un enemigo cruel que tenía marcado su nombre; un enemigo que, presa de un descuido, la había dejado escapar. Pero, esta vez, Muerte cruel, no dejaré que, si te la llevas, sea en mi ausencia, tal y como ocurrió con su madre y sus hermanos. Lucharé por salvarla por todos los medios, haré todo aquello que pueda hacer y, si no queda más remedio y es la voluntad de Dios, morirá, pero lo hará conmigo a su lado.

Un día más. Hoy he rezado durante horas y he descubierto que no sirve de nada. ¿El Señor escucha mis ruegos? ¿Escucha los rezos y ruegos de los hombres? ¿No he servido acaso con fidelidad a la Iglesia, no he entregado mi vida, de corazón, a mostrar y levantar el esplendor y la gloria de nuestro Padre? Mis rodillas están despellejadas por la piedra y la arena de la estancia de Eulàlia, mi espalda dolorida por rezar con los brazos en cruz, y mi alma vacía de compasión y de amor a Cristo y a la Iglesia. *Mossen* Custodi, de la parroquia cercana de Sant Just, ha intentado consolarme. Es en vano: estoy más allá del consuelo, y tanta es mi confianza con él que así se lo he manifestado. Alarmado, *mossen* Custodi ha intentado que reflexionara sobre lo que considera una barbaridad; he decidido seguirle la corriente para evitar levantar sospechas ante mis nuevas intenciones: mis dudas existenciales como poco más que un arrebato pasajero. Pero no es tal: son profundas y están arraigando con firmeza, y lo son más a cada segundo que contemplo el rostro sudoroso de mi niña y su cuerpo, que se llena de incipientes bubones que marcan su destino.

He atado este librito a una cinta de cuero, y penderá por siempre de mi cuello. Hay demasiado de mí en él, y no debo exponerme a que pudiera caer en otras manos.

De nuevo un día más y el diagnóstico de Aimeric destapa la realidad oculta, hasta ahora merced a nuestros deseos y esperanzas. Es un caso de Muerte Negra. Los bubones han tardado en manifestarse, pero pueblan ahora su cuerpo. Aimeric está obligado a dar parte al *Batlle*; la ciudad debe prepararse para un posible brote de la peste, tal y como ya lo sufriera trece años atrás y, más recientemente, hace ocho, aunque su efecto fue menor. Las medidas serán similares: la niña debe ser aislada, bien en la casa, bien en un lazareto. Si se queda en la casa, los que permanezcamos junto a ella no podremos abandonar el edificio. No es el único caso. Hasta ahora se ha llevado en secreto, pero tanto en la ribera como en L' hort de Sant Pau consta la enfermedad.

Agradezco la ayuda de Aimeric. Es un buen hombre, y no ha abusado de su actual posición privilegiada. Quizá le recuerdo que, no hace demasiado tiempo, su posición no era superior a la mía. Quizá le caigo simpático, pues nos conocimos hace años, aunque luego la vida separó nuestros caminos. Cuando salía por la puerta se detuvo y, volviendo sobre sus pasos, me dijo:

—Pere, quizá no debería darte este consejo, pero lo voy a hacer.

—Dime.

—Todo lo que sé de mi arte lo voy a aplicar en Eulàlia. Pero puede que no baste, Pere, sabes que esta plaga ha acabado con miles de personas, por doquier. Contados fueron aquellos que se salvaron. Sin embargo...

—¡Continúa! —le urgí.

—Lo que los médicos cristianos podemos hacer es poco. Pero quizás otros puedan ayudar allá donde nosotros fracasamos.

—¿Qué quieres decir? ¡Habla claro!

Aimeric entró de nuevo en la casa, y cerró la puerta tras de sí, y solicitó que bajara el tono de voz.

—Nadie debe escuchar lo que voy a decirte. Sólo lo hago por la amistad que siento por ti. Si se supiera, ambos podríamos vernos en graves apuros.

—Juro por mi honor que nadie lo sabrá jamás.

—Bien, bien. Ahora escucha. En la plaga del 65, corrió un rumor por la ciudad acerca de los judíos del call. Los maledicentes los acusaron de ser los verdaderos responsables de la propagación de la Muerte Negra, tal y como ya se hizo durante la anterior plaga, en el 48… Yo no era más que un joven aprendiz de barbero y apenas recuerdo bien esos días de confusión y desastre, en el año 65. Sólo recuerdo ver los carros que recogían los cadáveres repletos día y noche, recorriendo las desiertas calles de Barcelona, con su carga de cuerpos hediondos en dirección a Porta Ferrissa o al Portal Nou, para ser incinerados y enterrados en las fosas comunes. Y no sólo se conformaron con acusarlos: se dijo que no morían, que la peste no les afectaba. Esto no es cierto, porque yo vi cómo salían cadáveres del call. Junto con mi maestro barbero recorríamos las calles; practicábamos sangrías y sajábamos los bubones de aquellos que no podían permitirse pagar a un médico o a un cirujano, y así pude ver que las mentiras creadas con maldad tienen siempre consecuencias previsibles para sus destinatarios. No, en aquel momento la ciudad estaba patas arriba, y nadie tenía ni las ganas ni la voluntad para intentar nada contra los judíos del call, pero el germen estaba plantado esperando su particular primavera, que llegaría, como bien sabes, hace dos años, el 3 de agosto. Uno de los argumentos que esgrimieron los asaltantes del call fue ese supuesto agravio que convertía a esas personas en culpables, culpables de cualquier cosa que pudiera justificar las ansias de saqueo de los asaltantes. Fue una matanza, Pere, tú también lo viste, como yo, como tantos otros, y no nos atrevimos a impedirlo. Sólo la autoridad del obispo, que valientemente intercedió por los judíos, impidió que los exterminaran personándose en las mismas puertas del call junto con cincuenta soldados del *veguer*. Ya antes hubo otros asaltos, en el 67 fueron ajusticiados tres hombres, pero eso no fue nada comparado con lo que vivimos hace apenas dos años.

—¿Y qué tiene esto que ver con la enfermedad de Eulàlia?

—Ten paciencia y escucha. Tras la gran plaga del 65 hubo una segunda plaga, menor en importancia, hace ahora ocho años.

—La recuerdo bien. Una vez se hubo declarado, abandonamos la ciudad durante tres meses. No quería exponernos al contagio.

—Bien, en ese momento ya había regresado de París. Ya no era el niño de antaño quien afrontaba la plaga y sus consecuencias; adulto como era, pude constatar que los rumores que clamaban por la supuesta inmunidad de los judíos, si bien no eran ciertos del todo, tampoco eran del todo errados. Murieron judíos, sí, como lo hicieran antaño, pero fueron menos los que lo hicieron que los que deberían haber muerto.

—No entiendo, ¿qué quieres decir?

—Sabemos que en 1348 murieron más de quince mil personas. En el 1365, lo hicieron siete mil. Y en el 1385, apenas murieron tres mil. Desconozco cuántos judíos murieron tanto en la primera como en la segunda plaga, pero sí sé que hace ocho años vivían en Barcelona treinta y cinco mil personas, y que de éstas eran judíos más de cuatro mil. Esto quiere decir que, por cada nueve cristianos muertos debería de haber muerto un judío, si las leyes de la lógica son exactas, y mis estudios así lo indican. Pero no fue así. ¡Apenas murió un judío por cada dieciocho cristianos! El censo que ordenó el *batlle* después de la plaga, lo confirmó.

—¿Quieres decir que quizá tuvieran un remedio para combatir la Muerte Negra?

—Sí, eso digo. Lo creo firmemente. Podría ser que hubieran muerto algunos menos, pues las casualidades son posibles, pero nunca en tal desproporción. Eso no fue azar. Creo que los médicos judíos poseen un secreto que ayudó a mitigar la epidemia.

—Pero, entonces, ¡debemos ir al call e intentar encontrar ese remedio! —dije incorporándome, dispuesto a convertir palabras en hechos.

—¡No! ¡No puedes hacer eso! —Aimeric me retuvo tomándome firmemente del brazo—. Si irrumpes en el call con esa demanda, abiertamente, expondrás a la escasa comunidad judía que allí aún reside a una nueva masacre, por mucho que ahora gocen de la protección del rey Joan y hayan devenido en conversos.

—¡Es la vida de mi hija la que está en juego!

—¿Y podrías vivir en paz sabiendo que quizá la debiera a la muerte de trescientas personas? Te conozco, Pere Casadevall, y eres un hombre honrado. Y sé que te arrepentirías una vez todo hubiera pasado.

Me retorcí las manos enfebrecido, corroído por las dudas. ¿Qué podía hacer? Aimeric tenía razón. Entrar en el call por cualquiera de sus dos entradas resulta vedado a los cristianos viejos, incluso en estos tiempos de protección real, pero hacerlo en demanda de una medicina desconocida que podía curar la peste solivantaría a la multitud justificando una matanza masiva, sobre todo cuando los casos de Muerte Negra se fueran extendiendo por Barcelona. Y, además, yo mismo conocía personalmente a algunos judíos conversos, varios entre los vidrieros que trabajaban preparando los ventanales de la catedral lo eran, y también había conocido a otros en Narbona y en otros lugares. No, no podía sacrificar así a esas personas, al albur de una esperanza inconcreta. Pero ¿cómo podía contactar con ellos? ¿Cómo podría, en el caso de encontrar a la persona adecuada, uno de sus doctores, convencerle de que compartiera conmigo su secreto? ¿No equivaldría el hacerlo, revelar la cura a un cristiano viejo, a exponerse y entregar la llave de su futuro a éste? Desde luego, si yo fuera el converso que guardara tal secreto, no me atrevería a compartirlo con uno de esos que apenas dos años atrás entraron en el call por el Portal de Sanahuja para asesinarlos.

—¿Qué puedo hacer, Aimeric, qué puedo hacer?

Tampoco Aimeric tenía respuesta. Pero, si ni él ni yo la teníamos, una voz surgida desde las sombras nos ofertó una posibilidad. Anna salió a la luz desde la despensa, donde había escuchado la conversación. Sentí que un rayo de esperanza iluminaba su hermoso rostro cuando habló para ofrecernos la solución.

—Señor Aimeric, mi señor Casadevall, no soy más que una guardesa, pero sabéis bien que llevo a Eulàlia en el corazón y no quiero dejar que muera.

—Pero ¿qué puedes hacer tú? —preguntó Aimeric.

—Allá donde los hombres no pueden llegar, las mujeres tenemos la posibilidad de hacerlo. Conozco a varias mujeres que ahora son cristianas, pero antaño fueron judías. Tomamos agua en la misma fuente, en la Plaça Nova. Y tras años de hacerlo es normal que hayamos hablado, y que sepamos cosas las unas de las otras. Yo podría hablar con ellas y exponerles el problema.

—¿Podrías entrar en el call sin llamar la atención?

—¿Quién se molestaría en mirar dos veces a una guardesa envuelta en mantones y que porta una jarra de agua?

—Si lo haces, podría detener unas horas la información al *batlle*, acaso hasta la tarde.

—En ese tiempo habré hablado con las personas adecuadas. Después sólo quedará esperar. Y, en cuanto al aislamiento, seré yo quien se quede junto a Eulàlia.

—¡No! —respondí de inmediato—. ¡No permaneceré alejado de ella!

—Anna tiene razón: si ambos os quedáis en la casa, ¿quién contactará con los conversos? Es necesario que, de momento, se os pueda localizar, y no encerrados aquí.

Tenían razón. Anna podía proporcionarnos el contacto, pero era responsabilidad mía lograr que éste fructificara. Encerrado en la casa, sería poco lo que pudiera hacer. Con gran dolor de mi corazón dejé marchar a Aimeric y a Anna; sentado junto al lecho de Eulàlia, esperé su regreso con las pequeñas manos de mi hija entre las mías.

Han pasado seis horas. La *Honorata* cumple sus funciones a la perfección y el tañido de sus campanas se escucha claro y fuerte en toda la ciudad. Todos los orfebres y menestrales que trabajan en las calles, y que siempre se han guiado por la luz solar para abrir o cerrar sus negocios, lo hacen ahora guiados por su sonido. Son ahora, mientras escribo, las siete de la tarde, y comienza a oscurecer. Todas esas estrechas calles repletas de actividad comenzarán a despoblarse; recogerán los menestrales los toldos que protegen sus mercancías y las introducirán en los almacenes. Los toneleros y los carpinteros permitirán el paso franco al pozo del Pla de l'Estany una vez desocupen la plaza. En la ribera, los marineros momentáneamente varados en tierra a la espera de un patrón que los contrate gastarán sus últimos sueldos en vino y en mujeres, y apenas cenarán un plato de *malcuinat*, grosero pero barato. Nacerá la ciudad a la noche, esa noche que la mayoría ignoramos o fingimos desconocer, esa noche que vive a nuestras espaldas y que ahora se cierne sobre la ignorante Barcelona. Ha sonado el *seny del lladre*: las puertas de la ciudad se cierran hasta que llegue la mañana. De esta manera creemos estar seguros, como si todo lo malo sólo pudiera llegar desde el exterior, cuando en realidad toda la maldad y el horror están tan cercanos que los llevamos dentro de nosotros, pobres muertos en vida ignorantes de esta cruel verdad. ¿Qué ocurrirá cuando la plaga se extienda por la ciudad? ¿Dónde quedará la alegría, la jarana, las ganas de juerga? ¿De qué servirán rogativas y devociones? ¿Cuántos de nosotros moriremos? ¿Cuántos de nosotros viviremos? Y Anna que no llega…

Eulàlia se ha recobrado un tanto. La he alimentado con una sopa de pescado, tomó varias cucharadas. Estaba en éstas cuando Anna ha regresado. Dejé a la pequeña tapada y corrí a su encuentro.

—¿Qué sabes? ¿Has encontrado a tus amigas?

—Sí. En casa de Ángel Martín, un converso que antaño se llamara Mossed Cayim. Ella antes se llamaba Miriam, pero ahora su nombre es Marta. Es sobrina de Martín, casada con uno de sus sobrinos. He podido hablar con ella, y pese a su reticencia inicial, que me ha costado mucho romper, no la culpo por ello, pues muchos motivos tienen para desconfiar de nosotros, ha prometido hablar con una persona capacitada para estudiar nuestra petición. Me dejó esperando tres horas en su casa mientras iba a transmitir esta información.

—¡Pero el tiempo pasa y la enfermedad avanza! ¡Muchos murieron en menos días de los que Eulàlia lleva ya enferma! ¡Deben darse prisa o su cuerpo no resistirá!

—Eso no está en nuestra mano. Cuando menos la he forzado a plantearse la cuestión, pues el mero hecho de conocer esa posible cura supone un chantaje que no puede ignorar, así como las consecuencias que de esa información se derivan y que ella, tal y como nosotros imaginamos, puede suponer.

—¿Entonces…?

—Mañana recibiremos noticias. Te buscarán en la posada del Blat a primera hora. Y ahora vete, ¡vete antes de que los soldados del *veguer* vengan a clausurar la casa! Necesitamos que estés fuera y puedas comprar la comida y atender a los conversos.

Asentí y me fui no sin antes besar a la niña en la frente. Su rostro, capricho de la enfermedad, no se ha visto afectado por los bubones, y sigue hermoso. Coincide mi beso con un momento de relativa paz, y si no conociera la realidad que ocultan las sábanas, nadie podría dudar de que a Eulàlia le quedan largos años por vivir. Me queda una noche más de espera. Y esta vez ni siquiera estaré con ella.

Día del Señor de 8 de diciembre de 1393

Ya ha anochecido. Todo lo que hoy me ha ocurrido ha sido tan extraño y particular que no puedo resistir la tentación de transcribirlo en este improvisado diario. Aunque será una larga explicación, puedo resumirla de una manera: ¡queda una esperanza! Pero debo aclarar mis ideas, y para ello será mejor que comience desde el principio.

Después de otra noche en vela amaneció un día lluvioso. Apenas podía contener mis deseos de ir a casa y comprobar el estado de Eulàlia, pero era evidente que no podía hacerlo sin correr el riesgo de que mi esperado visitante llegara a la posada del Blat y no me encontrara allí. Así pues, debí aguantar los nervios hasta la nueve, hora en la que entró ¡por fin! en el salón de la posada un hombre alto, de edad avanzada, cercana a los sesenta años, vestido con vulgares ropajes de menestral. Sin embargo, su rostro era inequívocamente judío, pues poseía esa nariz aguileña y el pelo rizado, característicos de los de su raza. A esas horas la posada estaba vacía, así que avanzó hacia mí saludándome con una inclinación de cabeza. Como le esperaba sentado en una mesa apartada, nadie habría de molestarnos.

—Me llamo Ángel Martín, y usted debe ser Pere Casadevall.

—Así es.

—Debo asegurarme. ¿Quién es la persona que me envía?

—Anna. No debéis temer de mí.

—El día que los conversos no temamos a los cristianos viejos será el día de nuestra caída definitiva, que no auguro lejano. Sin embargo, me desvío: ¿qué deseáis de mí?

—Señor Martín, usted de sobra sabe cuál es mi situación.

Anna le explicó lo que ocurría en mi casa y que no diré aquí.
Preciso de una ayuda que sólo ustedes pueden proporcionarme.

—Y, ¿realmente cree que esa, esa… «ayuda», como usted la
llama, existe de veras?

—¿Cómo explicar, entonces, la escasa mortandad que sufrieron los suyos años atrás cuando la… enfermedad se cebó con
Barcelona?

—Imaginemos por un momento que existiera algo así. ¿Es
consciente de lo que semejante información supondría para los
míos?

—Si mi objetivo fuera causarles dolor, ya hubiera podido
hacerlo. No sería necesario ni que realmente existiera un remedio para la plaga. Bastaría con salir al Pla den Llalla o a la Plaça
del Born y hablar sobre ello en los mentideros. No, no deseo
ningún mal a los conversos, como tampoco se lo deseo a los judíos. Sólo quiero que mi hija salga adelante. ¡Sólo quiero que mi
hija viva!

—Sé que es sincero. Cualquiera puede ver la pena en su corazón. Sé que no miente, pues desde que ayer Anna habló con
mi sobrina hemos averiguado mucho sobre usted, maestro Casadevall.

—Entonces, ¿me ayudará?

—No levante la voz. Éste no es lugar para hablar. Usted me
inspira confianza, pero este lugar, no. Acompáñeme a uno más
seguro.

He pagado al posadero quince sueldos, por una mísera cena
que no probé y por la habitación donde pasé la noche. Anduvimos hacia el call. Pese a la gran destrucción sufrida, todavía
mantenía parte de su estructura cerrada, aunque había planes
para derribar la torre del portal del call y habilitar calles para
asentamientos cristianos. Por otra parte, varias familias de conversos se habían trasladado extramuros, asentándose en el Carrer Tres Llits, junto al convento de trinitarios, quizá buscando la
protección cercana de eclesiásticos en su nueva condición de
cristianos nuevos. Atravesamos el Portal de Sanahuja; donde antaño se levantó la sinagoga conocida como escuela mayor, la sinagoga de los hombres, se ha edificado una pequeña capilla en
honor de san Cristòfol. Martín cruzó el umbral, persignándose;

yo lo imité. Avanzamos hasta un banco lateral al pequeño altar, lugar que nos permitía dominar toda la capilla.

—Nadie viene a esta iglesia, salvo el sacerdote en hora de misa, y eso sólo ocurre a las doce de la mañana y a las cinco de la tarde. Los cristianos viejos siguen recordando que, pese a su destrucción, aquí se erigió no hace tanto una sinagoga. Aquí estaremos tranquilos y nadie podrá escuchar nuestra conversación.

—Entonces, hablemos claro. Como ya he dicho no quiero causar ningún daño a los conversos. ¡Sólo quiero la medicina que pueda salvar a mi hija!

—Si reconociera que esa medicina existe, estaría dejando la vida de muchas personas en manos ajenas, y yo sería el responsable de ponerlas en la balanza. ¿Qué garantía tendría de que esa información quedaría entre nosotros? ¿Seríais capaz de, en caso de estar en mi lugar, hacer lo mismo? ¿Comprendéis la responsabilidad que recae sobre mis hombros?

He meditado la respuesta. Martín tenía razón. ¿Qué garantía podía ofrecerle? ¿Cómo obtener esa confianza imprescindible? Pero, de repente, una intuición: el hecho de estar allí, hablando conmigo, me permitía pensar que también Martín tenía alguna intención oculta que no mostraba. Yo hubiera podido, o bien denunciar el hecho y provocar una nueva matanza, o bien chantajearlo para obtener un beneficio. En ambos casos, Martín no precisaba sostener una larga conversación conmigo. Sólo si realmente deseara algo más que evitar la propagación de la noticia tenía sentido prolongar nuestro encuentro.

—Estoy dispuesto a hacer lo que queráis para demostraros mi buena fe.

—Estáis en una capilla, frente al altar. ¿Juraríais ante vuestro Señor guardar el secreto?

Tenía que ofrecerle toda mi confianza. He desnudado mi corazón ante él.

—Si me hubierais solicitado este mismo juramento hace ocho días, lo hubiera hecho sin dudar, poniendo mi alma en juego. Pero hoy, después de la enfermedad de Eulàlia, y habiendo muerto mi mujer y mis otros dos hijos años atrás por la misma plaga, no siento sino dudas e incertidumbres respecto a mi fe. Si jurara ante ese altar, mi alma no estaría en el juramento; mal que me pese, pues quisiera creer como creí, hoy no me siento vinculado a quien tanto he rogado, que tanto castigo me ha enviado, y que tan poco caso me ha hecho.

Martín ha permanecido en silencio, meditando acerca de mis palabras. Si se ha sentido sorprendido por ellas no lo demostró. Ha permanecido sumido en profundas meditaciones unos minutos antes de contestar.

—Ésas son graves palabras. Si los inquisidores supieran sobre tal, y también de vuestro contacto con nosotros, vuestra suerte quedaría echada. De nada os serviría ser el maestro de obras de la catedral. Seríais despojado de vuestros bienes, sometido a la tortura, tal vez hasta la misma muerte.

—Lo sé.

—¿Seríais capaz de escribir vuestro desapego? ¿Redactaríais un documento que os incriminara de tal modo?

—Entregadme papel y pluma y tendréis esa garantía escrita.

Martín ha dado dos fuertes palmadas. Desde la puerta, han entrado dos hombres a los que anteriormente no había visto. Uno de ellos se ha acercado a él y agachando la cabeza ha murmurado una palabra:

—Rabí.

Martín le ha hablado al oído y ambos han salido de la iglesia. Minutos después han regresado con una tabla de escritura, un recipiente con tinta y el papel de escriba preciso. Martín me lo ha entregado sin decir palabra. Nada he añadido, me he limitado a escribir lo que antes había dicho. Se lo he entregado.

—Sabéis lo que supone este documento.

—Supone confianza.

—Aquí puede estar la vida o la muerte.

—En efecto, pero no sólo la mía, también la de mi hija.

—Esto es una garantía. A partir de ahora podemos comenzar a hablar.

—¿Existe entonces una medicina?

—Hay una droga, un preparado que, en bastantes casos, tiene éxito y evita la muerte del enfermo. Pero no lo logra más que en la mitad de las veces. Sus componentes son raros, muy raros, vienen desde el lejano Oriente e incluso de más allá, y no nos quedan demasiadas existencias. Si la plaga se extiende por toda la ciudad, necesitaremos esa droga…, pero podríamos daros la suficiente para la joven Eulàlia. No para vos.

—¡Traedla cuanto antes! Mi hija lleva una semana enferma, necesita la medicina de inmediato.

—Aún no. El documento es una garantía, pero no basta.

—¿Qué más puedo hacer?

—Tendrás que prestarnos ayuda una sola vez. Y aún antes de la llegada de ese momento tendremos que hablar en otras ocasiones, pues para que puedas ayudarnos habrás de entender cosas que quedan hoy fuera de tu alcance y que son condición imprescindible para que puedas hacerlo.

—Deseo que mi niña se salve, y estoy dispuesto a aceptar esa condición. Pero, por el mismo motivo que expusisteis antes, tampoco podría permitir que para que Eulàlia viviera hubiera otros que tuvieran que sufrir.

—Nadie tendrá que sufrir, o morir, ni tendrás que hacer traición a la Corona de Aragón. Es algo bastante más sencillo que eso, pero también bastante más complicado. Si juras hacerlo, te entregaremos la medicina.

—Sabes bien que no puedo jurar por mi religión.

—Hazlo entonces por quien tú ya sabes.

Me he puesto en pie antes de hablar, mirando con franqueza a Martín.

—Juro por la vida de mi hija Eulàlia que, si se recupera de su enfermedad, cumpliré con la ayuda que se me demanda siempre y cuando esto no cause daño a terceros ni suponga traicionar a los míos.

—Entonces, todo queda dicho. Tomad. —Entonces ha extraído un frasco del interior de su túnica, repleto de un polvillo rojizo—. Éste es el preparado, sólo debéis disolverlo en una pequeña cantidad de agua y hacérselo beber tres veces al día durante una semana. Y, sobre todo, dejad de sajar los bubones. Hacerlo supone provocar la génesis de otros nuevos; se incentiva el desarrollo de la enfermedad. Sólo puede combatirse desde el interior de su cuerpo. Y recordad esto, Pere Casadevall, no podemos asegurar que surta efecto. Muchos de los nuestros lo consumieron y no bastó para separarlos del lado de la parca. No nos culpes si algo no saliera bien.

—No haré tal. Cuando menos me habéis traído una esperanza, y eso es ya bastante.

—Marchad entonces. No volveremos a vernos hasta que llegue la ocasión, si es que llega porque así lo dispone Adonai. Si todo fuera bien, sed discreto y esperad en silencio. Y recordad que nadie, absolutamente nadie, debe conocer la existencia de este preparado. La vida de todos nosotros y la de nuestros seres queridos estaría en juego.

—Diré entonces «hasta pronto» en lugar de adiós, pues dice mi corazón que volveremos a encontrarnos.

He abandonado la capilla de San Cristòfol sosteniendo el frasco del preparado en una mano dentro de mi jubón. Al principio he marchado despacio, pero la posibilidad de tener en mis manos la salvación de mi hija me hizo apretar el paso según me alejaba del recinto del call. De repente me he visto corriendo, sumido en una precipitada y desordenada huida hacia mi propia casa. He tropezado con el puesto de un cestero y, entre las protestas de éste y de uno de sus clientes, he recobrado la razón murmurando confusas disculpas. El frasco debía llegar intacto a su destino, pues no habría más preparado para nosotros.

Al llegar a casa, no había guardia alguno. Debían de haberse detectado otros casos de plaga, o acaso el viejo Aimeric no había informado del nuestro; fuera como fuese, el paso a la casa estaba expedito. Después, he cruzado el patio interior, extrañamente desierto a esas horas. Anna ha salido presurosa a mi encuentro.

—¿Encontraste el remedio?

Recordé la promesa realizada a Martín: nadie debía saberlo. Debía cumplirla. Pese a la total confianza que sentía por Anna, sólo me quedaba una opción.

—No hay tal remedio. Y ahora, Anna, debes marchar de aquí. No debemos estar ambos arriesgando nuestras vidas junto a Eulàlia.

—¡No la pienso abandonar! ¡Es una hija para mí!

—Anna, no hay opción para discutirlo. Harás lo que te digo, y lo harás ahora. Abandona la casa y dirígete a Sant Gervasi, podrás alojarte en casa de *mossen* Enric Sabaté; dile que vas de mi parte. En tanto en cuanto dure la plaga mantente alejada, tal y como ya hicimos hace ocho años.

—¡No quiero abandonaros!

Abandonarnos…, no sólo a Eulàlia, también se refería a mí. Nunca, en todos esos años, me he planteado que mi relación con Anna fuera más allá de ser el ama de cría de mi hija. Era cierto que, de haberlo yo querido, quizá nuestra situación fuera distinta a la actual. Pero tal cual vivimos desde la llegada a Barcelona todo quedó claro incluso para los vecinos, cuyas murmuraciones no llegaron ni a nacer, cortados de raíz por mis explicaciones previas y por mi relación con la construcción de la catedral, lo que investía de un matiz de credibilidad a cualquier afirmación que realizara en este o en otro sentido. En cualquier caso, jamás hubo, ni en público ni en privado, el más mínimo avance o la más pequeña insinuación. Y eso permitió refrendar nuestra relación impidiendo murmuraciones indeseadas. Ahora, por vez primera, Anna había expuesto, si bien con sutileza no con menor claridad, sus sentimientos a la luz.

—Si de verdad nos amas, deberás abandonar esta casa de inmediato —dije con toda frialdad—. Y si esa razón no es suficiente, hazlo por el amor que nosotros sentimos hacia ti. Hazlo, pues hay un poderoso motivo para obrar de semejante manera.

Anna tras contener sus lágrimas, ha preparado un hatillo. Desde el umbral de la puerta se ha despedido con un gesto de la mano y se ha ido hacia Sant Gervasi. Una vez hubo abandonado la casa corrí a la cocina. Allí he examinado el frasco. El polvillo colorado tenía un olor característico a planta, pero no conozco ninguna semejante a ésta. He preparado la dosis precisa y, junto al lecho de mi niña, he conseguido despabilarla lo justo para que lo tomara.

Esperar… Esperar día tras día, hora tras hora, segundo tras segundo, esperar un leve síntoma, un hálito de vida, un sencillo gesto, que abriera los ojos… Apenas hago otra cosa que proporcionarle la medicina y alimentarla con algo sopa. Ha adelgazado y parece consumirse cada vez más. La desesperanza me invade, a veces no puedo evitar verme rezando de nuevo y me sorprendo por ello, mi decisión de renunciar, tan firme antes, pierde sentido según la realidad se escapa a mi alrededor. Llevo cinco días aquí encerrado, y en este patio interior normalmente apenas se escucha el rumor de la ciudad que vive, que bulle, que se despereza por la mañana y que se recoge por la noche. Imagino que la plaga se ha ido extendiendo y eso hace que todos huyan y se escondan.

¡Pero sigue viva! No he conocido jamás a ninguna persona que sobreviviera tanto tiempo a la Muerte Negra. Los bubones han disminuido en número y tamaño desde que dejé de cortarlos; la fiebre ha disminuido. ¡Hay esperanza!

¡Eulàlia ha abierto los ojos! Dos días más y he recibido la primera señal de curación. Era por la tarde cuando, mientras cabeceaba a su lado sentado en una silla sentí que me observaba. Abrí los ojos y vi los suyos mirando, lánguidos, es cierto, pero abiertos al fin. Quiso hablar y no pudo hacerlo. La abracé y lloré largo rato. Cuando deshice el abrazo estaba de nuevo dormida, pero lo hacía en paz y ya sin fiebre alguna.

No hay duda: Eulàlia ha sanado.

Mi niña ya se incorpora en la cama y puede hablar un poco. Ha preguntado por Anna; le he explicado que la hice ir a Sant Gervasi. La echa de menos, está claro, pero es consciente de mis solícitas atenciones en estos días. Yo mismo he logrado dormir varias horas seguidas por primera vez en doce días. El cansancio de mi cuerpo se desvanece según aumentan las fuerzas de mi hija, como si existiera una invisible conexión que nos uniera alimentándonos al uno al otro. Todo va bien, excepto que los alimentos se han acabado. Tengo que salir a la ciudad en busca de víveres.

Acabo de regresar de mi búsqueda de comida. Barcelona está sumida en el silencio, sólo se escuchan campanas tocando a muerto; las calles se encuentran casi vacías. Aquí y allá se levantan hogueras donde se queman las pertenencias de los fallecidos. Pero, al menos, esta plaga no es como la de hace ocho años, y desde luego mucho menor que la anterior, que ya fue, pese a ser terrible, menor que la de 1348. Entonces los cadáveres se amontonaban en las calles y el *batlle* y el *veguer* a duras penas pudieron combatir el desorden y el caos que imperaban por doquier.

Esta vez, los muertos han debido de ser menos, como si el castigo divino de la plaga, que tal y como diría cualquier *mossen* podía ser el justo castigo para los pecados de los barceloneses, se redujera tal cual pasan los años. ¿Puede que los barceloneses hayamos pecado menos según pasaban estas décadas? Pienso que quizá los supervivientes de las plagas seamos más resistentes, o quizá murieran los más débiles, ¡quién sabe!, pero lo cierto es que, gracias a ello, he conseguido sin excesiva dificultad unas verduras y algo de carne, nada fresca, pero eso es mejor que nada.

Hemos comido con hambre. Las fuerzas de Eulàlia son mayores y se ha levantado para dar unos pasos por la estancia. Vivirá. El remedio de Martín resultó efectivo. Pero ella no recuerda nada de su periodo febril, así que el secreto está a salvo, sólo yo lo conozco.

Únicamente queda esperar.

Treinta días después, Barcelona ha recobrado la calma. Apenas se contabilizaron mil muertos, y aun siendo muchos, el impulso de la vida es mayor que el de la muerte y todo ha regresado a la normalidad. De nuevo la vida bulle alrededor. Anna regresó de Sant Gervasi según mandé recado. ¡Tan contenta, tan alegre! Sólo un brillo oculto detrás de su mirada parece guiñarme un reconocimiento privado que jamás expresará en público.

Las obras de la catedral se han reanudado. Vuelvo a desempeñar mis labores, como ayer, como mañana. Pero, en mi interior, algo ha cambiado para siempre. Ya no levanto la gloria del Señor. Ahora sólo edifico un edificio hermoso y complejo. Mi alma ha dejado de estar en esas piedras de la cantera de Montjuïc. Y, por desgracia, no sé a dónde se dirige.

Enrique dejó momentáneamente la traducción en la mesilla de noche y se levantó para beber agua. ¡Cuántas cosas explicaba la historia de Casadevall! Si antes no comprendía los motivos que le impelieron a tomar la extraña decisión de ayudar a los judíos, ahora todo quedaba explicado. Más que el juramento en sí, lo importante fue la crisis existencial que le hizo dudar y que propició la posibilidad de su acercamiento a ellos. Enrique no creía que en otra circunstancia, pese a la enfermedad pero sin tales dudas, Casadevall se hubiera atrevido a hacerlo. Pero el castigo de tantas muertes en su familia resultó excesivo. Ahora bien, seguro que fueron muchos los que, en aquellos años, perdieron a su familia entera, y es seguro que muchos de ellos no renunciaron al cristianismo... Se arrebujó entre las sábanas para proseguir con la siguiente parte de la traducción.

Hoy, 13 de junio de 1400, ha sido un día lleno de emociones. Hemos celebrado la boda de mi hija Eulàlia. Tras una relación de seis meses llevada según las buenas costumbres, contrajo sagrado matrimonio con Felip Bonastruc. Es el segundo hijo de Andreu Bonastruc, comerciante dedicado a la compra y venta de manufacturas de lana y lino. Este hombre comenzó siendo él mismo un simple artesano, pero arriesgó sus ahorros en un viaje a Valencia donde adquirió grandes cantidades de lana vendiendo tejidos franceses, allí difíciles de conseguir. Gracias a ello su familia disfruta de una posición desahogada, motivo por el que consentí la boda. Además, de haberme negado hubiera causado un gran disgusto a mi hija, pues es evidente que entre ambos jóvenes existe gran armonía. La boda se ha celebrado, cómo no, en la propia catedral, aunque Bonastruc hubiera preferido hacerlo en la Ribera, en Santa Maria del Mar. Pero aunque nuestra catedral sigue, y seguirá largos años en construcción, da mayor prestigio social que la alianza familiar sea sellada por el obispo, como ha ocurrido. Después, una larga tarde de fiesta y celebración, incluso con baile, de la que me retiré a una hora prudente no sin despedirme de mi niña... Mi niña, que ya no es tal. Ha crecido y está hermosa a sus veinte años. No queda recuerdo de la Muerte Negra en su cuerpo, apenas unas levísimas marcas en la piel allá donde sajábamos los bubones. Cuando llegue el momento, parirá a sus hijos y podrá vivir una vida plena. Y, mirándola, no me arrepiento en nada de lo hecho y dicho. Sólo puedo expresar alegría, y un pesar que no olvido, que Anna, nuestra fiel Anna, muriera unos meses atrás. ¡Cómo la echamos de menos! ¡Y cuán feliz se hubiera sentido!

Si escribo esto hoy, años después de la última anotación del cuaderno, es porque, al volver de la boda una persona me esperaba en el interior de mi casa. No sentí alarma, pues comprendí de inmediato de quién podía tratarse.

—Buenas noches y felicidad, Pere Casadevall, en el día de la boda de tu hija.

—Sed bienvenido, Ángel Martín. Consideraos en vuestra casa.

—Os lo agradezco. ¿Sabéis por qué estoy hoy aquí?

—Puedo imaginarlo. Pero me extrañaba que el momento haya tardado tanto en llegar.

—En realidad, llega demasiado tarde, mucho más de lo que imagináis. Pero necesitábamos soledad, y tras la muerte de Anna y la boda de vuestra hija se dan las circunstancias precisas. Nunca os hemos perdido de vista, viendo crecer a Eulàlia sana y fuerte. El preparado hizo bien su trabajo.

—Así fue. Y cumpliré fielmente mi parte.

—De eso quería hablaros. Casadevall, lo haré con claridad: que vuestra hija viviera fue una afortunada señal de Adonai. Seguimos teniendo guardado el documento que en su momento redactasteis. Comprenderéis que, más allá de vuestra propia seguridad, se encuentra la de vuestra hija. Y si ese documento saliera a la luz, su vida se desmoronaría por completo.

—No precisáis recordármelo. Aún antes que la seguridad de mi hija está mi propio juramento, y a él me atengo.

—Sois, entonces, un hombre de palabra.

—Por tal me tengo.

—Debo deciros que parte de las cosas que vais a conocer os afectarán seriamente.

—En tanto se respeten los términos del documento, haré lo que digáis.

—Entonces os diré que, durante el próximo año, recibiréis unas discretas visitas nocturnas. Acompañaré a un hombre a vuestra casa, Pere Casadevall, y este hombre os instruirá en aquello que debéis conocer. Ese hombre no tiene nombre. Le llamaréis S. Las visitas serán espaciadas en el tiempo, puede que a veces vengamos dos días seguidos, pero puede que entre una y otra transcurran incluso semanas. Tened paciencia y escuchad. Tened paciencia y aprended parte de la ciencia que os van a transmitir.

—Así lo haré.

—Entonces, ya puedo marcharme.

Cuando Martín su hubo ido, reflexioné sobre la conversación. La verdad era que casi había olvidado nuestro acuerdo, pues los años pasan y los recuerdos de lo malo se borran permitiéndonos seguir con nuestras vidas. De hecho, éste era el primer día en años en que lo había recordado, precisamente durante la boda. Así tenía que ser. En cuanto a ese misterioso S., ¿quién podría ser? Martín, tal como escuché antaño, es un rabí, el sacerdote de los suyos: la figura de mayor relevancia en su comunidad. Pero cuando hablaba de S., lo hacía con un tono de especial admiración, incluso con orgullo, pero también creí detectar cierta inferioridad, como si ese hombre estuviera más allá de su propia influencia social.

Lo que deba ser, será.

Hace un mes que S. vino por vez primera. Martín lo acompaña hasta la puerta y luego se marcha. Otras veces los encuentro ya en el interior, esperándome. Pero siempre nos quedamos solos. Y entonces S. habla. Su voz es suave, casi femenina. No es mayor, pero tampoco joven. Exige permanecer en la oscuridad y apenas logro distinguir sus rasgos. Sé que los he visto antes, no quiero decir en las calles de la ciudad, quiero decir que juraría recordarlos desde siempre, pero una vez sale por la puerta, deslizándose con cortos pasitos, inmediatamente esos rasgos tan particulares se desvanecen y, por más empeño que ponga, quedan borrados. Sólo sus ojos parecen brillar en la oscuridad, especialmente cuando comprendo alguna idea; entonces refulgen con fuerza, como joyas, y me da la sensación de que emiten una luz intensa que sólo yo puedo percibir. ¡Hay algo extraño en él! Pero, sea lo que sea, no provoca miedo ni rechazo, sólo sensación de afinidad, de proximidad.

S. habla y habla, y yo escucho y escucho. Cuenta mil historias, sin aparente orden, sin demasiada lógica. Habla a veces del Viejo Testamento, que es también libro sagrado para los judíos. Otras veces explica historias cortas con extrañas moralejas. Y otras veces habla de cosas que no entiendo, de ideas que, una vez enunciadas, se esfuman como sus rasgos, como si quedaran fuera de mi alcance o las dijera en una lengua diferente. ¡Pero yo sé que emplea catalán vulgar, y otras veces incluso se expresa en latín! Entonces, ¿por qué esas historias se me borran de la memoria una vez abandona la casa? ¿Qué peculiar magia hay en su voz o en su persona? Sólo sé que, según pasan los días, mis deseos de que regrese aumentan, pues S. es un reto que llega a mi vida en los tiempos del otoño, cuando es ya poco lo que los escasos años que nos restan pueden depararnos.

¿Quién es S.? Nos vemos con frecuencia, pero no sé cuántas veces nos hemos visto. Hablamos de muchas cosas, pero son pocas las que retengo y puedo recordar. Me mira y me ilumina, pero no hay luz alguna en la estancia. Cualquiera en mi lugar hubiera hablado de brujería, de condenación, del Infierno; sin embargo, sólo parezco encontrar elevación, salvación y gloria. ¿Qué hay en su interior? ¿Qué sabiduría esconde? No hay zozobra, sino calmada seguridad. ¡No hay perdición, sino sendero! Pero todo aquello que me ofrece parece inasible, inefable, completamente fuera de mi alcance. Lo inexplicable me ha salido al paso convirtiéndose en una realidad palpable, pero esquiva, que parece jugar conmigo sin malicia. No hay burla en la sensación que percibo, solo, solo… ¡una promesa! Cuál sea esta, lo desconozco.

Estamos en diciembre. Llevo seis meses recibiendo a S. y estoy aprendiendo a escuchar. Son ya muchas las historias que comprendo, y el fulgor de sus ojos brilla ahora en reiteradas ocasiones y con inusitada fuerza. Tal y como supuse, ese brillo sólo lo percibo yo: una vez me rodeó la luz, y miré en derredor, y todo estaba oscuro. Pero en cuanto mi mirada regresó a S., la luz me iluminó de nuevo. Cuando a veces habla en el lenguaje incomprensible que a estas alturas debería comprender, parece sonreír con indulgencia, como el buen profesor que estimula a este alumno distraído o poco apto, pero al que aprecia de corazón. Y esas historias enigmáticas se reiteran: no las entiendo, pero capto la sonoridad eufónica de la que hablan los músicos y sé que son las mismas, que las repite una y otra vez esperando que entren en mi dura mollera. Sólo capto ideas vagas, pero no la historia tal cual, como si aquello que me explica fuera tan ajeno a mi realidad que no hubiera posibilidad manifiesta de conocerlo, siendo ése el verdadero motivo de mi incapacidad de comprensión. Mi deseo de saber es tal que, en una de estas situaciones, lloré, pues deseaba sinceramente que su esfuerzo fuera válido no por el objetivo último que hubiera en los designios de Martín, lloré por él mismo, por su esfuerzo sin recompensa. Entonces, por vez primera, S. se me acercó, posó su palma sobre mi cabeza doblada sobre mis rodillas, y habló de infinita gratitud y de agradecimiento con su voz cautivadora. Me sentí maravillosamente reconfortado, como si hubiera en su contacto una cualidad sanadora, mística. Desde entonces, toda mi comprensión aumentó espectacularmente. Tanto que, por vez primera, S. me dijo que debía enseñarme un preciado objeto, que éste era, y no otro, el objetivo primero de nuestras reuniones, y que eso debería ocurrir obligatoriamente en el call, pues no había otra manera de acceder a él.

Hemos abandonado las reuniones en mi casa. Ahora, al anochecer, y sin que nadie venga a buscarme o haya señal alguna que me indique sea el día apropiado, abandono mi casita y me dirijo al call, a la casa de Ángel Martín. Camino por la calle casi en la oscuridad, pero no yerro el paso ni encuentro a nadie que me estorbe. No hay en mi camino guardias en la ronda nocturna o borrachuzos en busca de burdeles, no hay ladrones que busquen alguna presa indefensa a quien desvalijar, mi camino es siempre franco y despejado. Allí siempre me espera S., y las conversaciones que antes tuvieron lugar en mi terreno lo tienen ahora en el suyo. Lo comprendo todo, y sólo espero el momento adecuado para poder, por fin, contemplar el objeto. Siento impaciencia, y dice S. que esa impaciencia no es buena y que debe ser expurgada. Dice que al objeto hay que aproximarse con reverencia; conocedor de su importancia, explica que es un tesoro, pero no un tesoro en el concepto habitual de los hombres, de valor material, es algo de infinito valor espiritual. Si bien tal tesoro no puede en realidad ser poseído por los hombres, que sólo pueden ser temporales depositarios, pudiera ser que acabara por ser él quien poseyera a su depositario y no a la inversa.

Descendimos al abismo por la puerta de un sótano, no mencionaré aquí el mecanismo de apertura. Bajamos unos escalones gastados y sin apenas forma, muñones de piedra testigos de épocas pretéritas. Llegamos a una sala circular, donde, a su vez, nacen o convergen siete pasadizos. Tomamos uno de ellos. Un verdadero descenso, siempre hacia abajo, un camino sin fin por el que parecen pasar horas y del que apenas recuerdo nada una vez regresamos a la luz… Cuando faltaba poco para llegar al lugar —como ya he dicho no recuerdo ni cómo ni cuándo llegué—, S. me miró gravemente.

—Debemos regresar. Hoy no puede ser. Sientes el deseo. Me he equivocado, aún es pronto.

Regresamos de nuevo como en un sueño al salón de la casa de Martín; estaba decepcionado:

—Tendremos que trabajar más. —Su suave voz fue más armoniosa que nunca, tocando cada fibra sensible de mi ser—. Tienes el potencial, es una señal de Adonai que llegaras a nosotros. No llores, pues lo conseguirás. Pero sólo podrás verlo cuando no pueda hacerte daño.

Dicho esto, por segunda y última vez, su palma acarició mi cabeza.

Regresé a mi casa no sé cómo. Dormí un sueño profundo y la impresión que aquella aventura nocturna me había causado pareció desvanecerse con la llegada del día.

Una noche más. No ha venido S. Sí que ha venido Martín.

—Sólo he venido para entregarte esta carta. ¿La reconoces?

Me ha alargado un viejo pergamino enrollado, atado con un lazo. No tuve ni que abrirla para saber de qué se trataba.

—Los años han pasado, pero aún recuerdo el día que la escribí. ¿Por qué me la devolvéis?

—Lo hacemos porque ya no es necesaria. Sabemos que no nos traicionarás y es más justo que vuelva a tus manos a que permanezca en las nuestras. Destrúyela en el fuego del hogar, Pere Casadevall.

He arrojado la carta sobre los rescoldos del fuego, donde ha prendido de inmediato, hasta consumirse.

—En efecto, yo no os traicionaría. Pero la existencia de la

carta sólo podría perjudicar a mi hija, y no deseo que eso ocurra.

—No ocurrirá. Sabemos que en tu mano estará la solución a nuestro problema, Adonai así lo quiere.

—Mucho confiáis en mí.

—Como en su día te dije, llevamos mucho tiempo esperando. S. dice que la hora ha llegado. Y él no puede equivocarse. Yo no soy más que un humilde Rabí que ahora debe arrostrar en privado, forzado por las circunstancias que persiguen a los míos, aquello de lo que siempre sintió público orgullo. Pero él no, él no puede errar.

—Pero ¿quién es S.? ¿Quién es uno que no puede errar como lo hacemos los demás? ¿Acaso no es como nosotros? ¡Yo he sentido el contacto de su carne! Y vos, sois un rabí, fuisteis la más importante figura pública entre los vuestros, ¿en qué os supera?

—Maestro Casadevall, ¿acaso no supera la belleza del día a la belleza de la noche? Vos habéis hablado con él, tendríais que entender la diferencia. ¡Claro que es de carne, como lo somos todos nosotros, aunque también haya otros seres que no lo sean y no los podamos ver! Pero justo resulta que entre los sabios haya otros aún más sabios, que sean los que rijan los caminos de estos primeros: es el papel de algunos como S., el último de los cabalistas que queda en esta península, esperando a que concluya su misión.

—Todo me resulta excesivo.

—En realidad ya lo habéis hecho todo, Casadevall; sin embargo, aún no lo habéis entendido. Y el momento está ya cercano. Esperad sólo un poco más.

Después de esto, se ha marchado, dejándome ante el fuego sumido en mis pensamientos.

Enrique conocía bien el resto. Bety apenas había cambiado alguna palabra que otra de su traducción, y apenas un par de frases. Pero lo releyó todo con gran emoción, pues ahora el texto cobraba una vida nueva tras el relato de Manolo.

Estamos en pleno mes de mayo, el mes que los hebreos llaman *shevat* y los musulmanes *jumada*. Y en este mes se ha producido el prodigio: ¡hoy van a mostrármelo, con seguridad, por vez primera! S. me ha confirmado que hoy asistiré a un *gahal* diferente a los anteriores. Se lo había solicitado tantas veces que me cuesta creer que hayan decidido hacerlo. Que Dios, el Dios de todos, no el de unos o el de los otros, me asista e ilumine.

Lo que hoy he visto no puede nombrarse, lo que hoy he visto no debe mencionarse. Me condujeron desde la casa de S. a un lugar desconocido, a través de los pasadizos. Nos separamos de las rutas que usamos anteriormente; no sería capaz de encontrar el camino. Bajo nuestros pies, serpentean desconocidos laberintos que nosotros, presos de una despreocupada ignorancia, desconocemos, y que conducen a lugares prohibidos. Allí donde antes la impaciencia me impidió fijar el recuerdo, hoy, con la claridad de mi mente restaurada, recuerdo bien el sombrío camino. Primero descendimos largo rato, y luego creo que anduvimos en círculo durante mucho tiempo, quizá por ser el único camino, quizá para confundirme, de manera que no fuera capaz de memorizar el camino aunque desease hacerlo. Creo que confían en mí, pero nuestras diferencias son tan ostensibles como la existencia de unos túneles que les permitan la huida en caso de persecución. Mucho confían en mí al habérmelos mostrado, pero nadie en su sano juicio expondría el objeto, la reliquia, o como quiera llamarse, a los ojos de un extraño sin tomar determinadas precauciones. ¿Qué soy yo ante sus ojos sino un infiel? Y no sólo un infiel, no únicamente en la medida que nuestra religión es diferente; no, soy además uno de esos infieles que, cada ciertos años, los persiguen, roban y asesinan. Pero sea o no un infiel, o lo sean ellos ante mí y mi Dios, lo cierto es que pidieron mi ayuda y yo prometí prestársela.

Llegamos a una sala circular decorada con gruesos cortinones rojizos, ajados y oscurecidos por el polvo de innumerables décadas de soledad. La sala, con siete puertas, tenía en su centro un desnudo altar de piedra sobre el que reposaba una menorah, el candelabro de siete brazos. Grabados en el suelo, frente a cada puerta, había el nombre de los siete demonios de la casta de los shedim: Na'Amah, Kardeyakos, Ruah, Sam Ha, Mawet, Shibbetta y Ashmodai.

S. realizó una señal a sus acompañantes, que al mismo

tiempo, como si efectuaran un ceremonial mil veces repetido desde la noche de los tiempos, pisaron a la vez y con el mismo pie, el izquierdo, los nombres de los siete demonios. En ese momento creí escuchar un sordo murmullo, de tan leve casi inaudible, que no parecía provenir de ningún lugar concreto. Quiero creer que se trató de una imaginación producto de un entorno profano y extraño, capaz de sugerir cosas que en realidad no existen y que engañan a la mente. Quiero creer que la excitación de verse cumplido un ansiado anhelo largo tiempo diferido pudo alterar mi percepción de las cosas. Quiero creerlo. Sin embargo...

Los acompañantes permanecieron junto a los sellos, inmóviles. S. penetró en la habitación con cierto aire de contenida prudencia, con un recelo interior que no lograba ocultar plenamente. Encendió la menorah con una vara de resina que prendió en una de las antorchas de nuestros acompañantes, comenzando por la vela de la izquierda, y no permitió que me acercara hasta que las siete velas lucieran con esa palidez que caracteriza la grasa vieja.

Observé que bajo el candelabro había grabado un símbolo. S. me advirtió que bajo ningún concepto debía hacer o decir nada si él no lo indicaba, pero, presa de un impulso inexplicable, me vi impelido a tocar la inscripción. Cuando la yema de mis dedos casi rozaba la superficie de la Piedra, S. detuvo mi mano. Me miró con severidad, no carente de compasión, y murmuró unas palabras incomprensibles:

—Abreq ad Habra.

Después me dijo que era el nombre de un poderoso demonio, capaz de despertar el rayo que fulmina, y que el incauto o el ignorante que lo tocara moriría al poco entre grandes tormentos. El demonio tenía la suficiente fuerza para atrapar a los desprevenidos y castigar de esa manera su vinculación a un lugar tan sombrío. Si alguien me hubiera contado semejante historia antes de conocer eso y lo que vino a continuación, le hubiera tomado por un loco, fuera o no fuera infiel, pero cuando los ojos han visto lo que la razón niega, hay que creer en cualquier cosa extraña por disparatada que parezca.

Después, S. murmuró una extraña letanía en lengua hebrea, y pese a mis esfuerzos por entenderla debo confesar que me resultó imposible. Puede que hablara en algún dialecto poco frecuente, o quizá se tratara de alguna fórmula mágica perteneciente a eras remotas. A continuación apartó el candelabro y presionó un punto de la moldura que rodeaba el altar. El lugar donde se hallaba el sello descendió; la moldura controlaba un mecanismo que permitía mover la piedra. Introdujo sus manos en el hueco y lo extrajo.

Lo que ocurrió a continuación resulta demasiado increíble para ser relatado o inscrito en estas páginas. Todo lo relatado por S. resultó ser cierto. Baste con decir que Su Nombre estaba allí, y S. se atrevió a pronunciarlo.

Tenían razón. Es mi deber como cristiano, y como ser humano, ocultarlo para siempre. Debo encontrar la manera de esconderlo y de olvidar que lo he visto, que lo he tenido en mis manos. Lo ocultaré, sí, tal y como es su deseo, aunque considero que allá abajo se encuentra tan bien oculto que mi intervención no es necesaria; no es ése el parecer de Martín, pues según él, cuando llegue la inevitable expulsión, todo aquello que fue de los judíos será revuelto, y no podrá garantizarse la seguridad del objeto.

Que el Dios de todos me perdone, porque mi pecado ha sido el mayor de los pecados. Que me perdone, porque si pequé fue para evitar que otros pudieran hacerlo y que daños mayores descendieran sobre la humanidad. Así quizá me condeno, consciente de ello; que el Señor tenga piedad de mi alma.

He hecho lo que he podido. Al final, asistido y escoltado por el amor y el buen juicio, he encontrado en el Reino de Dios el único lugar lógico que el buen Señor ha tenido a bien señalar.

Tal y como hiciera días atrás, Enrique releyó el texto clave del manuscrito Casadevall. Si bien la traducción completa de Bety resolvía enigmas importantes, el principal seguía abierto, bailando burlón antes sus ojos: ¿dónde diantre estaría escondido? ¿Habría llegado hasta nuestros días? Y lo más importante, ¿serían capaces de encontrarlo? ¿Quién era el misterioso S., cuyo nombre siempre estuvo oculto? Y, ¿cómo pudo Casadevall ceder, hasta tal punto, al aparente embrujo de su visitante?

Tantas preguntas merecían una respuesta, cualquier hombre con una mínima inquietud no hubiera podido evitar el deseo de responderlas. ¡Y qué decir de un escritor! En buenas manos, como las suyas, con semejante material podía armarse el esqueleto de una poderosa novela, de un verdadero éxito. En realidad todo el trabajo estaba hecho, no era necesario sino darle una estructura más extensa e interrelacionar el argumento principal con un par de ramificaciones secundarias para aumentar la complejidad, para evitar la monocorde y aburrida seguridad de lo lineal... Sí, cuando las cosas importantes se hubieran resuelto, se lo plantearía. Cuando Mariola y él... Cuando todo estuviera cerrado. Hasta entonces, el manuscrito pasaría a un segundo plano.

LA CAÍDA DE LA MARIPOSA

13

*E*nrique tuvo sueños plácidos, de esos que no se recuerdan, pero que te dejan un buen sabor de boca, ni tan intensos como para desear que se repitan ni tan incoherentes como para olvidarlos con tan sólo despertarse. Así, al despertar, se sintió renovado. Relajado, casi ausente, preparó el desayuno con tranquilidad y se duchó. Era tarde: las doce y media. Con razón sentía reparados cuerpo y mente.

Bety no estaba. Antes de irse tuvo la gentileza de descolgar el teléfono para que nadie lo molestara. Algo vería en su actitud de la noche anterior que así se lo aconsejase. Unas pocas horas habían servido para modificar la actitud de Enrique; nada parecía como el día anterior. Había pasado lo peor: quizá no había logrado reconciliarse con su pasado, pero al menos ya no luchaba contra él. La herida se estaba curando con mayor rapidez de lo esperado. Antes o después, uno olvida, y con el olvido se desvanece la pena.

Colgó el teléfono y conectó el móvil: comprobó su buzón. Probablemente Mariola le habría llamado, en eso quedaron al despedirse.

Se vistió en un abrir y cerrar de ojos. Dispuesto a salir recogió del buzón dos ejemplares de diversos periódicos a los que estaba suscrito Artur. Decidió emplear la mañana en solventar problemas como ésos: anular las numerosas suscripciones de Artur, modificar el titular de los contratos de luz, agua, gas, contribución urbana, y visitar a los abogados.

Por su lado, Bety inició la mañana como siempre: unos kilómetros de carrera continua por las laderas del Tibidabo, lo suficiente para activar su cuerpo para el resto de la jornada. La costumbre adquirida en sus primeros días como profesora universitaria había devenido en regla; ya no podía prescindir de ella bajo ninguna circunstancia.

A su regreso a casa de Artur decidió descolgar el teléfono. Enrique parecía dormir plácidamente y ella no deseaba que lo molestaran. Los últimos días habían sido difíciles; la noche anterior pudo comprobar cómo perdió el control de sus actos durante la discusión de la cocina. Demasiada tensión: Enrique no había logrado alienarse del dolor causado por las revelaciones de las últimas horas, pocos en su situación lo hubieran conseguido. Después de la discusión quedó sumido en una infrecuente laxitud, que bebiera licor le resultó sorprendente. Con todo, el Enrique de antaño lo hubiera llevado peor, de eso estaba segura. El tiempo transcurrido desde su separación lo había cambiado más de lo que había imaginado. En cierto modo, ahora era una suerte de enigma para ella. Parecía más sensible y perceptivo, más dado a razones, gobernado no ya por el instinto o sus frecuentes cambios de humor, sino cada vez más por la pura y simple razón. Aunque quizá no se tratara más que de un cambio puntual... No era momento de considerar esa evolución. Manolo le había encargado un trabajo específico de investigación que debería servir para complementar la traducción definitiva del texto; la intención última, encontrar la Piedra de Dios. En el plazo de dos días debía disponer de un listado completo de los edificios tanto religiosos como civiles edificados durante los siglos XIV y XV, con especial atención a aquellos en los que Casadevall participara. Debía localizarlos y ubicarlos en un mapa de Barcelona con el objeto de poder investigar *in situ* los que aún se conservasen si, llegado el momento, resultaba necesario. Probablemente no serviría de mucho: la mayoría habría desaparecido con el paso del tiempo, pero siempre quedaba la esperanza de que Casadevall lo hubiera ocultado en algún lugar que, amparado en determinadas características, pudiera sobrevivir al paso de los siglos. O quizá se tratara de lo contrario, de que los siglos acabaran con su escondrijo convirtiéndolo en escombros y polvo, relegando para siempre el objeto al olvido. Era difícil plantearse el sistema elegido por Casadevall para ocultarlo: parecía más seguro arrojarlo al Mediterráneo, dejar que la profundidad de sus abismos lo envolviera con su manto de oscuridad. ¿Por qué ocultarlo en un lugar determinado? Sólo Casadevall hubiera podido explicarlo; él y el misterioso S., naturalmente. Debía existir una razón oculta, pero, en realidad, no valía la pena plantearse semejantes cuestiones. Ceñirse a los hechos reflejados en el manuscrito, al listado de las últimas páginas, y a ese «LLO. SÍ. D.» final que parecía alumbrar la solución para Casadevall y oscurecerla para ellos.

Con las referencias proporcionadas por Manolo en ebullición en su mente, partió hacia la biblioteca del Colegio de Arquitectos, donde esperaba encontrar toda la documentación precisa.

Pasó el largo trayecto en taxi, absorta, perdida en la enigmática y enmarañada red creada por el manuscrito, admirada por el poder que su misterio encerraba. Quinientos años, el pasado había convocado a un pequeño grupo de personas con el objeto de descifrarlo. Parecía que el documento tuviera una especie de fuerza vital propia. Había ido a parar a las manos de los pocos expertos que estaban preparados para descifrar su contenido: primero, un anciano anticuario amante del pasado; después, un joven y ya conocido escritor; por último, filólogos especializados en lenguas clásicas. Y el interés de sus sucesivos poseedores en resolver el misterio no había hecho sino aumentar. No, no podía ser, era ridículo, un manuscrito con capacidad semejante, casi con vida propia...

Comprobó, sorprendida, que el taxi se alejaba Via Laietana arriba, hacia el centro de la ciudad; estaba en la acera, junto a la calzada, y no recordaba ni haber abonado el trayecto. No era normal en ella, siempre tan centrada, tan distante respecto a sus intereses. No debía dejarse llevar, no debía ceder.

En la Plaça Jaume I, Bety se detuvo frente a un escaparate: su perplejo reflejo la miraba sin mirarla; no le gustó lo que vio: una mujer conquistada por una causa ajena a ella. Reemprendió el camino hacia el archivo, dispuesta a recobrar la distancia perdida. En su interior, el deseo de saber le roía las entrañas como nunca antes.

Enrique dejó pasar las horas sin pena ni gloria. Los trámites eran necesarios. Muchas personas en su situación preferían dejar pasar un tiempo prudencial antes de enfrentarse con lo que parece un no deliberado pero definitivo borrado de recuerdos. Dejó el coche en el aparcamiento del Carrer Hospital; no tenía ganas de enfrentarse al alocado tráfico de la gran ciudad, cogería taxis. La mañana transcurrió como un sueño borroso en el que parecía no participar. Estaba allí, hablaba normalmente, firmaba los cambios de titular, pero su alma se encontraba tan lejos que imaginarlo resultaba imposible. Lo único destacable fue la visita a la notaría; decidió vender el local de Artur. Los actuales Santfeliu provenían de una rancia estirpe de hombres de leyes, y fieles a la tradición, su despacho estaba situado en una finca regia cercana al Arco del Triunfo, en la parte baja de la Dreta de l'Eixample. La suntuosa entrada del edificio, decorada con gusto exquisito, no dejaba lugar a dudas. No había concertado entrevista alguna, pero le recibieron sin excesiva demora. Puede que el recuerdo de Artur estuviera presente, o que se debiera a un puro interés mercantilista por hacerse con la administración de la cuantiosa fortuna del difunto Artur. ¡Quién podía saberlo! Vendidas las antigüedades y cerrado el local, el pasado no tardaría en desvanecerse en su apartado material. Sólo la casa de Vallvidrera resultaba de su interés, pues gran parte de su vida se había desarrollado entre sus paredes. Puede que, en el plazo de unos años se trasladara a vivir a Barcelona, aunque, si no lo hizo tras su separación, ya acostumbrado a San Sebastián, no veía porque…, salvo que cierta persona… Y pensar en vender o alquilarla le resultaba desagradable. Que unos extraños ocuparan la que fuera su casa no le parecía correcto. Sin embargo, mantener ambas residencias simultáneamente no era lógico, pese a estar a su alcance.

Los Santfeliu prometieron hacerse cargo de todo. Pese a que el traspaso no era una de sus competencias, pondrían el asunto en manos de especialistas y se harían cargo de los documentos y pagos necesarios. Competentes, pero ¿hasta qué punto? ¿Podrían estar relacionados con las empresas de blanqueo creadas por Artur? Pudiera ser, pero ya no importaba. Prometieron llamarle cuando fuera necesario, y eso le bastó a Enrique, que deseaba acabar con todo aquel asunto cuanto antes.

Para su sorpresa, al abandonar la notaría se encontró con el inspector Rodríguez. Le tendió la mano.

—No esperaba encontrarle aquí; ¿cómo se encuentra? —preguntó con su habitual cortesía.

—Bien. —Enrique no tenía ganas de hablar, pero necesitaba saber qué había pasado con Brésard—. ¿Dispone de unos minutos?

—Sí, claro. Los Santfeliu no van a salir corriendo —bromeó para sí—. Podemos tomar algo en cualquier bar.

—De acuerdo.

Entraron en el primero que encontraron, un viejo bar, casi desierto, decorado al estilo de los setenta, con profusión de rojo *skay*, luces suaves, y unos camareros que, a juzgar por su edad y desgana, debían de llevar allí desde la misma inauguración. Tomaron asiento en una mesa junto al ventanal y pidieron dos cafés.

—¿Te parece que nos tuteemos? —preguntó Enrique.

—Sí, mejor. Dime.

—Llevo toda la mañana sin parar y no he tenido tiempo de hablar con Fornells. Quisiera que me dijeras cómo va el asunto del Francés.

—¿El Francés? El comisario habló contigo, ¿no es así? Aunque no sé por qué me sorprendo; debí suponerlo.

—¿Perdón?

—Mira, Enrique: esto es información reservada. Si se supiera, podría verse en un aprieto, aunque supongo que, a estas alturas, cerca de su jubilación, ya no hay nada que le importe demasiado.

—¿Sigue siendo reservada?

—Sí.

—Entonces no podrás decirme nada.

—No. Pero mira, si no lo hago y Fornells se entera, le sentará como una patada en los mismísimos y se dedicará a complicarme la vida más de lo habitual, así que pregunta lo que quieras. Yo te contestaré en función de mis posibilidades.

—¿Ha confesado?

—No. Y no parece probable que lo haga. Fornells le ha dado toda la caña habitual, y aún más…, pero Brésard no ha abierto la boca lo más mínimo. Es duro el tipo.

—¿Qué pasará ahora?

—Las pruebas contra él son circunstanciales, indirectas. El testimonio de un delator no identificado es insuficiente para formular una acusación consistente. La relación con tu padre puede ser y ha sido demostrada, pero con nuestra base actual es imposible considerarlo como el asesino que buscamos. Samuel Horowitz ha confirmado que conocía la existencia de discrepancias entre tu padre y el Francés, pero, a su vez, no deja de ser otra prueba circunstancial e insuficiente. Todo parece indicar que puede ser él, pero necesitamos más pruebas o acabaremos por perderlo.

—Me cuesta creer que pueda escurrirse de entre vuestros dedos así como así.

—Las cosas no son tan fáciles como la gente cree. —Negó con la cabeza—. Desde la llegada de la Brigada de Tráfico de Arte, Brésard queda fuera de nuestra jurisdicción. Si encontráramos pruebas sobre su culpabilidad, podríamos encausarlo, pero sin ellas… Y sobre él penden órdenes de busca de la INTERPOL, procedentes de toda Europa. De hecho, en breve lo van a trasladar a Madrid; se irá con un informe cursado por la comisaría acerca del caso Aiguader, como lo hemos llamado, pero...

—¡Joder, Rodríguez, no me digas que se va escapar de rositas!

Parecía que la muerte de Artur iba a quedar impune, pero no se sintió demasiado molesto por ello; acaso cierto resquemor, un leve malestar, pero nada más.

—No perdemos las esperanzas. En muchos casos, la prueba definitiva ha aparecido al final, con la investigación ya consumada y nuestra imaginación agotada...

Enrique lo silenció con una mirada inteligente. El razonamiento de Rodríguez le recordaba las piadosas explicaciones que los doctores proporcionan a aquellos pacientes aquejados de un mal incurable para mantener alta su moral. Pero él no estaba enfermo; el odio que lo aquejara en un principio se había desvanecido por sí solo. Artur estaba muerto y encerrar a su asesino de por vida no contribuiría a cambiar las cosas, pero le repateaba el hígado que pudiera quedar en libertad.

—Creo saber el motivo de tu visita a los Santfeliu.

Rodríguez lo observó con curiosidad.

—Si Fornells te explicó lo relacionado con tu padre, no debe extrañarte que tenga programada una entrevista con ellos desde hace un par de días —contestó el policía.

—¿Existe relación entre ellos y el blanqueo de dinero realizado por Artur?

—Pudiera ser —reconoció Rodríguez—. Los Santfeliu se encargaban de sus asuntos económicos y no parece probable que lo desconocieran, tanto por tomar parte activa en ello como por comprobar la existencia de un capital de procedencia no justificable. Si lo desconocieran, no serían los buenos gestores que presumen ser. Y eso genera nuevos problemas: entre sus clientes figuran conocidos empresarios y personal de variado pelaje que, claro está, por pura asociación de ideas, a lo mejor, quién sabe, pudiera ser, también podría cometer sus pequeños (o no tan pequeños) desfalcos con Hacienda.

—La trama se complica.

—Cuando la porquería asoma por algún lugar, suele salpicar a más de uno.

—Supongo que investigaréis su contabilidad.

—Claro. Pero se trata de un bufete de abogados con un padre notario y con los hijos especializados en Derecho Mercantil. La cosa, por tanto, no resultará sencilla. Antes de entrar a saco conviene negociar; ten en cuenta que operamos sobre la base de presunciones y ningún juez autorizaría una intervención con lo que tenemos. No podemos conseguir una orden judicial para investigar sus libros sin que existan ciertos indicios de delito. Las cosas no son tan sencillas como suele parecer.

Enrique pidió la cuenta y pagó.

—Así suele ocurrir. Bien, gracias por todo.

—No hay de qué. Doy por supuesto que nadie se enterará de nuestra conversación.

—Descuida.

Fuera del local, frente a la puerta, se estrecharon la mano.

—Te llamaremos si hay novedades —afirmó Rodríguez—. Y recuerda que si deseas regresar a San Sebastián debes ponerte en contacto con nosotros.

—Mañana subastan los muebles del local de Artur. Y todavía me quedaré esta semana para arreglar los papeles de la familia. Gracias.

Enrique lo observó alejarse; cruzó la Ronda de Sant Pere a la carrera en dirección al portal de los Santfeliu. En el ánimo de Enrique cundió cierto desánimo: todo parecía indicar que, salvo un golpe imprevisto del destino, Brésard podría escapar impune del asesinato. Con todo, seguía acorazado por esa poderosa capa de escepticismo o fatalismo que le forzaba a asumir las cosas tal cual vinieran, sin que, afortunadamente, le afectaran en demasía. Telefoneó a Mariola. Le contestó Samuel; Mariola no estaba, pero le había dejado un recado. Estaría esperándole en el centro del Pla de la Catedral entre la una y la una y media. Eran la una en punto; le daba tiempo para ir andando, pero no le apetecía hacerlo. Detuvo un taxi. Le cayó en suerte uno de esos conductores parlanchines, habituados a las tertulias de radio que pretenden arreglar el orden establecido por el vil procedimiento de la crítica continua. Para el conductor, tener un usuario silencioso resultaba irrelevante, pues era la excusa perfecta para poder explayarse a gusto. Afortunadamente, el trayecto no era largo; pese a ello, Enrique tuvo tiempo de escuchar el remedio contra el terrorismo de ETA, la solución a los males económicos del país, las fórmulas de regeneración de una vida política lastrada por la sospecha de corrupción, conocer detalles sobre su familia e incluso un remedio casero para los sabañones, todo ello adornado con un peculiar acento de emigrado residente en el extrarradio barcelonés reconvertido en charnego: ni de aquí, ni de allí, extraño híbrido convertido en muestra de un insuperable desarraigo. Al despedirse incluso tuvo tiempo para formular un comentario irónico: «¡Buenos días, y gracias por la conversación!».

No tardó en ver a Mariola. Su figura destacaba en el centro de la plaza, casi desierta a esa hora. Sólo algunos jubilados solitarios, perezosos, aburridos, vegetaban al sol en los bancos individuales que el Ayuntamiento había dispuesto, empecinado en imponer un estilo arquitectónico alejado del gusto popular. Estaba casi en el centro de la plaza: elegante, vestida con un traje de chaqueta tan oscuro como el resto de los complementos; un bolso de piel y unas gafas de sol que cubrían su inquisitiva mirada. Mientras caminaba hacia ella observó cómo era observada por los escasos transeúntes que cruzaban la plaza: unos la contemplaban con curiosidad, atraídos por su chocante elegancia; para otros no era sino un hermoso objeto, puro atractivo sexual, la típica mujer con la que sueñan los hombres normales y que jamás serán capaces de obtener, salvo en sus sueños o previo pago de sumas elevadas. Mariola lo vio a lo lejos, pero dejó que se acercara. Enrique aún se mostraba inseguro a la hora de saludarla. Ella disipó cualquier posible duda con un tranquilo beso en sus labios.

—Pensé que no vendrías —le susurró al oído—. Te he estado llamando toda la mañana y saltaba el contestador. Lo tuyo con los móviles es un problema.

—Tienes razón, pero aquí estoy —dijo Enrique, confortado por su presencia.

—¿Mejor que ayer?

—Sí.

—Conozco un sitio aquí cerca donde dan muy bien de comer. La comida es sencilla y la carta poco variada, pero guisan con esmero y atienden de maravilla. Si te parece, podríamos ir.

—Vayamos pues —concedió Enrique.

Mariola le envolvió el brazo con el suyo y así caminaron por la calle en dirección al restaurante.

—Venga, cuéntame qué has hecho hoy —pidió ella.

Enrique suspiró antes de responder.

—Nada especial. He pasado la mañana realizando trámites relacionados con Artur. Cambios de titularidad y todo eso, ya sabes.

—¿De verdad te encuentras bien? —insistió Mariola.

—Sí, de verdad. Desconozco la causa, pero me siento mucho mejor de lo que esperaba. La verdad es que en esta última semana han cambiado tantas cosas en mi vida que no puedo ni creerlo. Afortunadamente, entre tanta desgracia, te he encontrado a ti; eso no sólo equilibra la balanza entre lo bueno y lo malo, sino que la sitúa a favor de lo primero.

Una clara y franca sonrisa le iluminó el rostro.

—Eres tan galante… Incluso cuando hablamos sobre ti sale a relucir mi nombre. Juraría que piensas en mí muy a menudo.

—Más de lo que te imaginas.

—Los hombres de hoy no son como tú eres. Quizá por eso me gustas tanto —contestó ella.

—Las mujeres de hoy no son como tú eres. Quizá por eso me gustas tanto —repuso él.

No tardaron en sentarse confortablemente en un pequeño restaurante de tres pisos, decorado de manera rústica, rodeados de diversos aperos de labranza, antigüedades diversas y cuadros originales de pintores desconocidos pero de indudable habilidad y gusto. El edificio, tan viejo como la calle en la que se hallaba, permitía acceder a las diferentes alturas a través de unas retorcidas y empinadas escaleras. El tercer piso era, evidentemente, el menos frecuentado; Mariola, sin duda, lo sabía; los pisos inferiores resultaban más agradables a la vista, pero también se encontraban más concurridos.

El camarero sugirió unos entrantes variados; Mariola, cliente frecuente, aconsejó como segundo los revueltos. Una botella de buen vino acompañó la comida. Hablaron de diversos temas: música, cine, y cómo no, literatura. Para su sorpresa, los gustos de Mariola coincidían en parte con los suyos; cosa extraña, pues se consideraba un ecléctico, atraído por autores dispares de temas y estilos aparentemente irreconciliables. Por fin, era inevitable, acabaron por hablar de sí mismos, de su pasado, de sus relaciones.

—¿Por qué se acabó? —preguntó Mariola.

—No hubo más solución. Todo nos condujo a ello.

—Pero os queríais.

—Sí, nos queríamos. Bueno, al menos yo sí la quería, Y creo que ella me correspondía, pero no podría asegurarlo. Cuando me anunció que se marchaba fue tajante: no habría vuelta atrás; no había de qué hablar; no había de qué discutir. Se fue sin volver la vista atrás, e hizo bien. Tenía razón.

—Nosotras siempre tenemos razón —apuntó con dulzura Mariola—, pero los hombres no soléis comprenderlo hasta que resulta demasiado tarde. Apuesto a que te advirtió mil veces sobre el camino sin retorno que habíais emprendido.

—En efecto, lo hizo. Y no sólo con palabras, sino de muchas otras maneras. Pero no me di cuenta hasta más tarde, cuando era irremediable.

—No me censures por lo que voy a decirte: los hombres carecéis de sensibilidad. Pocas excepciones escapan a esta regla cierta. Sois diferentes, vivís las cosas de otra manera. Que la familia sea la forma de convivencia social aceptada resulta para mí un misterio. El noventa y nueve por ciento de las parejas no se aman. Al principio sienten atracción, deseo, lujuria; mientras dura el deseo, todo funciona, porque los problemas se minimizan, quedan arrinconados por el fuego que tenemos dentro. Luego, con el paso del tiempo, la pasión se apaga y los problemas cobran mayor protagonismo debido al enfermizo egoísmo que lleváis en vuestro interior y con el que, estoy segura de lo que te digo, contagiáis a vuestras parejas.

—Un discurso feminista, aunque no está carente de razón. La gente aparenta felicidad, aunque sus relaciones están tan deterioradas que viven en realidades diferentes.

—Y separarse sigue siendo un tema tabú para la mayoría de las mujeres. Lo viven con esperanza, pero también con miedo e incertidumbre,

—Eso no ocurrió con Bety.

—Tiene carácter. Cerró con el pasado… para siempre, espero. —Le miró con firmeza a los ojos.

—Para siempre —confirmó él.

Un silencio un tanto incómodo se enseñoreó del comedor. Los otros comensales ya se habían marchado, y sólo el leve rumor de actividad proveniente de las otras plantas acompañaba su presencia. Enrique deshizo las preocupaciones con un recurso manido, pero no por ello menos efectivo.

—Brindemos —alzó su copa.

Mariola, sonriente, levantó la suya; se mantuvo cierta duda en su rostro, que lo convirtió en aún más atractivo. Las copas chocaron: su chispeante y límpido sonido resonó por el salón. Enrique detuvo la copa de Mariola con su mano libre y se deleitó con una sensación que le mostraba bien a las claras los sentimientos de su amante.

—Estás esperando mi turno, ¿no es así? —preguntó ella.

—No, en realidad no. Pero no me importaría escuchar tu historia, saber de ti, conocerte en todo: lo pasado y lo presente, lo bueno y lo malo.

—Muy bien. En la tienda ya te comenté que estuve casada con un crítico y marchante de arte. Se llamaba Eric Keitel, y lo conocí en París, mientras estudiaba el último curso de Bellas Artes. Durante ese último curso los estudiantes realizamos una exposición colectiva en la que mostrábamos nuestras mejores creaciones. Eric solía frecuentar París y sus exposiciones a la búsqueda de posibles talentos. Ejercía de Pigmalión para numerosos artistas noveles; un Pigmalión interesado, evidentemente, pues una vez formalizado el contrato de representación, parte de las ganancias de los artistas recaían en él. La primera vez que lo vi no atrajo mi atención. Era demasiado mayor para mi gusto; más tarde supe que me llevaba dieciséis años. Sin embargo, no carecía de atractivo. Parecía un hombre de un tiempo pasado: elegante, educado, formal y muy galante. Como puedes imaginarte, una figura así llamaría forzosamente la atención de cualquier mujer.

»Yo era joven, era hermosa, tenía posibilidades económicas, y, por primera vez desde mi nacimiento, podía hacer lo que quisiera. La independencia, a la que no estaba acostumbrada, acabó por emborracharme, pero, afortunadamente, no tardé en recuperar el control. Tuve diversas aventuras e incluso un primer amor muy romántico que, como todos los primeros amores, acabó muy mal. Después me volví más prudente, o puede que más egoísta, es lo mismo.

»En aquellos días me encontraba sentimentalmente libre y me sentía realmente feliz, quizá como no he vuelto a serlo jamás. ¡Tenía tantas cosas que descubrir y el mundo era tan hermoso! Si te cuento todo esto es para que comprendas mi estado de ánimo. Estaba…, no sé, radiante, espléndida…, plena, ésa es la palabra.

—También lo estás ahora —la aduló Enrique.

Mariola le tomó las manos y le obsequió con una sonrisa.

—No, no es lo mismo. Me siento feliz, pero no es lo mismo —insistió vehemente Mariola—. Entonces era el despertar a una vida que ahora ya conozco. Por eso, cuando Eric trabó conversación conmigo el día de la exposición me quedé un tanto intrigada. No fue una conversación normal, me di cuenta enseguida. Yo le gustaba, lo supe desde el primer instante. ¿Qué podría ver en mí un hombre como él? No podía ser una simple cuestión sexual; un hombre como él, atractivo y con dinero, a buen seguro podía elegir la mujer que quisiera. Y, aun con esa convicción, me puse a la defensiva porque no deseaba una nueva relación. Me rondó en un par de ocasiones, siempre con delicadeza. Era ingenioso, cortés e interesante. Nunca se hizo pesado ni me incomodó, y acabé por sentirme halagada por su manifiesto interés. En nuestro tercer encuentro comentamos juntos las virtudes de un cuadro. Lo recuerdo bien: se trataba de una composición de rosas rojas sobre el fondo de un lienzo negro. Por algún motivo comenté que se trataba de mi flor favorita, y él tomó buena nota del detalle. Cerró su acoso con el envío diario durante una semana de una docena de rosas rojas a mi apartamento. No sé cómo obtuvo mi dirección, pues yo no se la proporcioné, y nunca me lo dijo. Las flores llevaban únicamente una tarjeta con su nombre y un número de teléfono. Le llamé para agradecerle el obsequio y, sin darme cuenta, acabé cenando con él en uno de esos lugares de Montmartre a los que se parece la Plaça del Pi.

»El resto fue cuestión de tiempo. Eric prolongó su estadía en París y, pasados unos meses, nuestra relación podía considerarse estable. Pero debíamos tomar una decisión; su oficina estaba en Manhattan y no podía desatenderla de aquella manera. Con mucho pesar nos separamos, aunque acabado el curso me trasladé a su casa con la excusa de perfeccionar mi inglés durante el verano. En esos meses tomamos la decisión: nos casaríamos lo antes posible y después yo entraría a trabajar en su oficina.

»Regresé de Nueva York acompañada por Eric. En casa, como te imaginas, la noticia fue un bombazo. Lo cierto es que sólo ahora soy consciente del daño que les causé a mis padres, a mi madre en especial. Pero en la vida tomamos muchas decisiones que hieren a nuestros allegados; ésa fue una de ellas. Nos casamos en la intimidad, creo que un poco a escondidas. Y después una nueva vida comenzó en Nueva York. Un trabajo atractivo y para el que estaba preparada, y un marido que viajaba por todo el mundo y al que no podía acompañar sino en contadas ocasiones. Al principio, como siempre, todo funcionó correctamente. La química existente se deterioró con el paso del tiempo; llegó un día en que sentí que aquel hombre con quien hacía el amor ocasionalmente era en realidad un extraño al que fingía querer. Necesitaba más: ni dinero ni placer, sino identificarme con él, compartir con él, ser él. Y Eric no podía darme nada de eso. Lo intentó, pero no sabía cómo hacerlo. Habíamos naufragado; cuando yo le expuse mi situación lo comprendió. Afortunadamente no tuvimos hijos. Nos divorciamos de mutuo acuerdo, sin rencores ni peleas. Él sufrió más, pues a su manera, aún me quería. Yo regresé a Barcelona con un pesar en el corazón: pesar por Eric, pesar por mis padres y pesar por mí misma. Estaba sola sin querer estarlo. Evidentemente lo superé y aquí estoy.

—¿Seguís en contacto?

—Lo normal en estos casos. Tarjetas de Navidad, felicitaciones por Año Nuevo… Si voy a Nueva York comemos juntos algún día… Poco más.

—No es bueno mantener el contacto. Lo pasado, pasado está.

—Quizá no seas la persona adecuada para decirlo.

Enrique acusó la insinuación de Mariola.

—Bety sólo vino a ayudarme. Entre nosotros no hay nada. Y, además, ¿crees que yo podría estar con ambas a la vez?

Mariola meditó la respuesta.

—No, tú no. Pero los hombres sois muy perversos, y la mayoría no hubiera tenido escrúpulos en hacerlo, o al menos en intentarlo.

—Bien, gracias por la confianza.

—No hay de qué. De todas maneras, yo quisiera…, bueno, no quiero que te enfades, pero deberías comprender que... —Estaba claro que Mariola sabía cómo expresar lo que quisiera decir, pero desconfiaba de la reacción que pudiera tener Enrique.

—Te comprendo. Quieres que Bety vuelva a San Sebastián.

—Sí —afirmó aliviada—. Entiéndelo, aunque no haya nada entre vosotros, estáis en la misma casa y fuisteis pareja durante unos años. Me cuesta decírtelo, pero es lo que siento.

Estaba realmente incómoda, y lo que era más importante, dolida por la situación. Sabía que Enrique no tenía la culpa, pero eso no cambiaba lo que sentía.

—No debes preocuparte. Se irá muy pronto.

Mariola asintió; sus ojos estaban húmedos.

—Es que no logro entenderlo —musitó, perdida la fuerza de su voz—. Comprendo que viniera a ayudarte cuando estabas solo, pero ahora no resulta lógico. No entiendo por qué prolonga su estancia aquí, a no ser que quiera volver contigo.

Mariola tenía razón... desde su punto de vista. Puede que, en un momento determinado, la magia que los uniera se dejara sentir, pero eso había pasado. Si Bety seguía en Barcelona era para descifrar el misterio del manuscrito. No cabía más solución que explicárselo todo. Todo o casi todo, al fin y al cabo los detalles tampoco eran tan importantes.

—Verás, Bety no se va de Barcelona porque está trabajando en una importante traducción. Ya sabes que es catedrática de Filología Clásica. Artur estaba trabajando en la traducción de un viejo manuscrito, cuyo autor identificamos como Casadevall, un maestro de obras de finales del siglo XIV. En él parecía encontrarse la clave de algún extraño misterio que, según parece, Artur había logrado desentrañar; una carta que me remitió el mismo fin de semana de su muerte así lo indica. Parece tratarse de un objeto que también desconocemos. Pero, de momento, tras una primera traducción, no hemos logrado nada. Existe un listado de posibles ubicaciones para ese «loque-sea»: son edificios de la época de los que, claro está, pocos se conservan en su estado original. Muchos han sufrido reconstrucciones o importantes mutilaciones, y otros fueron derruidos. Pero seguimos intentándolo con la esperanza de obtener una respuesta, aunque se me antoja una tarea harto complicada. Lo más probable es que el objeto haya desaparecido para siempre.

—Me dejas de piedra —recuperó en parte su sonrisa—. ¿Quieres decir que si Bety permanece en tu casa se debe a una investigación que tenéis en marcha? ¿Sólo a eso? ¿Crees que no tiene otro interés?

—Sólo a eso. Pero, con todo, le explicaré lo que pasa, y así arreglaremos el asunto. O, si lo prefieres —contestó ilusionado Enrique—, podría quedarme contigo, en tu casa. Así me evitaría un problema.

Mariola no contestó de inmediato. Parecía calibrar la proposición de Enrique.

—Aún no —respondió. Le miró directamente a los ojos con la cabeza levemente ladeada y una cautivadora y enigmática sonrisa en los labios—. Aún no. Es demasiado pronto.

—Bien, en ese caso tendrá que marcharse.

—No quisiera indisponeros…

—No, no es problema —le cortó Enrique—. Ella tenía previsto regresar a San Sebastián alrededor del miércoles. ¿Te parece bien?

Mariola asintió, satisfecha.

—Sí, me lo parece. —Le envió un beso por encima de la mesa—. Preferiría que lo hiciera hoy mismo, esta noche, pero comprendo la situación. Esperaré hasta el miércoles. Bien, tengo que irme. Es tarde, y ya he pasado toda la mañana fuera de la tienda.

Recogieron sus cosas y bajaron a la planta baja, donde Enrique abonó la cuenta. Ya en las Ramblas se despidieron: Mariola se dirigía a la tienda mientras que Enrique tenía que pasarse por la editorial.

—Enrique, quiero que sepas lo mucho que te agradezco tu comprensión, que me escuches.

—No tienes por qué hacerlo.

—Yo creo que sí —dijo, y le besó en la mejilla—. Una cosa más: ¿te ha molestado que no te dejara venir a casa?

—Me hubiera gustado estar contigo, pero comprendo que quizá voy demasiado rápido.

—No creas; será pronto, antes de lo que te imaginas —dijo, y le besó en los labios—. Ven a casa esta tarde, a eso de las ocho. Prefiero que no te quedes, pero eso no implica que no podamos estar un rato juntos.

—Lo haré —sonrió satisfecho.

Mariola se alejó entre las numerosas personas que paseaban por el barrio; según se alejaba, Enrique se congratuló de que aquella mujer formara parte de su vida.

14

*E*l Estudioso trasteaba en una mesa tan abarrotada por cientos de libros que parecía a punto de naufragar. La bibliotecaria, una señora de cierta edad seria y de tan rígida estirada, lo contemplaba ocasionalmente con una mezcla de curiosidad y de cierto desasosiego, básicamente debido al caótico desorden que reinaba en la mesa de trabajo. El extravagante personaje, sumido en un arrebato de fecunda creatividad, tomaba incesantes notas, sin interrumpir su actividad, excepto para reclamar nuevos y rarísimos documentos jamás retirados en los últimos treinta años, periodo de tiempo que ella llevaba en ese templo de quietud que era la biblioteca del Archivo de la Corona de Aragón. No era la única en sentirse algo incómoda con la invasión de un orden preestablecido y raramente turbado: los otros investigadores que honraban con su presencia el mundo del pasado también observaban al desaliñado joven trastear a un ritmo frenético entre los diversos manuscritos y libros; un ojo levantado con disimulo, un paseo hacia el lavabo con un leve desvío para pasar tras la espalda del investigador y poder comprobar qué libros repasaba el extraño intruso eran muestra de ello.

La bibliotecaria lo recordaba de ocasiones anteriores: no fueron muchas, pero resultaba fácil identificar a tan peculiar sujeto entre el resto de sus colegas investigadores. Los más, destacaban por ser hombres de cierta edad, viejos profesores retirados o investigadores profesionales; entre el colectivo, el Estudioso, como ella lo denominaba, rompía el esquema de trabajo habitual en el Archivo. La primera vez que lo vio, años atrás, se sintió incluso indignada por lo que parecía una presencia ultrajante: un jovencito enfundado en unos vaqueros ajustadísimos marcando paquete y con una camisa tan repleta de flores que hacía daño a la vista, acompañado por uno de los más venerables filólogos del mundillo académico barcelonés que lo presentó como su estudiante más valioso. Una impresión poco positiva contra la que no pudo luchar, pues las cartas de recomendación que el catedrático aportó resultaban suficiente para abrirle las puertas de cualquier biblioteca privada del país. Sin embargo, después de verle trabajar, repleto de entusiasmo y fe, acabó por modificar su percepción del joven: podría poseer una apariencia desaliñada, pero el brillo de sus ojos mientras estudiaba los viejos legajos resultaba especial. Por eso lo había bautizado como el Estudioso. Los demás también lo eran, qué duda cabía, pero ese joven de nombre desconocido reflejaba de verdad un gozo, una alegría sin par al estar rodeado del más puro y duro pasado. Además, era educado en extremo, y siempre agradecía con verdadero sentimiento los desvelos que ella le dedicaba.

Sin embargo, reconocer su capacidad profesional no equivalía a soportar el natural desorden inherente a su actividad. Siempre era lo mismo: un interminable rosario de peticiones que acababan por abrumar a la experta y tranquila bibliotecaria. Títulos cuya última fecha de extracción databa de 1950, legajos de los que ella misma apenas recordaba la ubicación, e incluso la existencia, se apelotonaban en un confuso montón sobre la mesa para hacerle suspirar por el orden con que el resto de los investigadores realizaban su trabajo: con metódico orden y de documento en documento, nunca con catorce a la vez. Sobre su atril se apelotonaban la *Crónica del Racional de la Civotat*, el *Llibre de les Solemnitats de Barcelona*, el *Dietari de la Diputació dels Generals*, el *Dietari Privat de Jaume Safont*, el *Memorial de Boscà*, y así otros muchos.

De cualquier modo, la bibliotecaria había logrado acostumbrarse a su presencia y a tolerar su confuso sistema de trabajo mediante el análisis comparativo. Que trajinara de documento en documento con la energía de un enjambre mientras, a su alrededor, el resto de los investigadores parecía ralentizado por el torbellino de actividad emprendida por el Estudioso no era nuevo para ella. Lo que sí resultó de veras extraordinario y turbador fue la repentina palabra que cruzó de lado a lado la sala de lectura para levantar una mirada incrédula en el resto de los investigadores:

—¡Coño!

Fue un «coño» seco, rotundo, con el inequívoco sabor de la conclusión definitiva, de la evidencia descubierta, del triunfo obtenido, pero, fundamentalmente, fue un «coño» que evidenciaba sorpresa. Con el eco de la palabra aún rebotando indolentemente en las paredes de la biblioteca, Manolo Álvarez Pinzón recogió apresuradamente las notas tomadas y el manuscrito; apiló todos los documentos de trabajo en un montón y corrió hacia la entrada, donde apenas se detuvo un instante para justificar su marcha.

—Perdone, pero me resulta imposible detenerme a recoger los libros; tengo demasiada prisa —dijo, y abandonó el archivo dejando a la perpleja bibliotecaria con la palabra en la boca.

Todavía estupefacto ante la evidencia, su delgada figura a punto estuvo de precipitarse por las oscuras escaleras al intentar bajarlas de dos en dos. El sol brillaba con fuerza y quedó deslumbrado una vez hubo traspasado el umbral de la puerta. Momentáneamente cegado conformó una patética figura que a punto estuvo de caer por las escaleras de acceso al archivo. El tropezón le hizo recobrar la cordura perdida y, pese a su estado de ansiedad, tranquilizó su marcha en la medida de lo posible. No tuvo que andar más de quince metros para encontrar el majestuoso edificio que buscaba: levantó la vista para contemplarlo en su plenitud y se sonrió a sí mismo. En realidad no hubiera sido necesario tanto esfuerzo para descubrir el edificio donde Casadevall había escondido la Piedra de Dios: bastaba con aplicar la pura lógica. ¿Acaso podía estar en otro lugar que no fuera aquél? Controló la hora: faltaban diez minutos para la una. La prisa no era necesaria. Tenía el tiempo suficiente para poner en marcha sus contactos antes de que cerraran el edificio al público. Con las notas de trabajo en la mano atravesó la puerta lateral, plenamente convencido de encontrar el objeto maravilloso. Evidentemente, no se fijó en la figura que lo seguía a distancia, pues, a fin de cuentas, ¿por qué habría de plantearse que alguien lo hiciera?

Y así selló su destino.

Una vez logró encontrar la clave oculta en el manuscrito se encontró abocado a una intensa actividad. Necesitaba conseguir una autorización que le permitiera desplazarse con libertad por todas aquellas zonas del edificio a las que los ciudadanos normales ven restringido su acceso. Porque no está al alcance de todo el mundo visitar determinadas zonas de la catedral de Barcelona, donde Casadevall había escondido la Piedra de Dios. No cabía lugar más lógico: lo conocía a la perfección, como la palma de su mano, no en vano pasó treinta años de su vida colaborando en su construcción. Además, en una sociedad cristiana, las catedrales se constituían en símbolos imperecederos, ajenos a las luchas intestinas que sacudían a un mundo en continua evolución. Nadie osaría profanarlas, salvo que el orden del mundo cambiara en tal medida que el mundo dejara de serlo. Si existía algún símbolo sagrado aceptado por la civilización cristiana, ese era la catedral. Por eso había escondido allí la Piedra. Amarga ironía, pensó Manolo: esconder un símbolo clave del judaísmo oculto en pleno epicentro del cristianismo en Barcelona. Imaginó a Casadevall con la Piedra en su poder. El mero hecho de poseerla debió de suponer un tremendo choque difícil de superar. Había aceptado la misión de ocultarla, cosa de por sí inusitada, y era consciente del valor de la misma, pues S. se lo había mostrado en el *gahal*. Lo que ocurrió al pronunciar el nombre secreto no constaba en el manuscrito, pero debió de ser en verdad impresionante para fortalecer de tal manera su resolución. Y ahora él, Manolo Álvarez Pinzón, el estudioso, el investigador, del que tanto se burlaban a sus espaldas rivales y profesores, estaba literalmente sobre la pista de un misterio envidiable.

No tardó en contactar con miembros de la cúpula eclesiástica poseedores de notable influencia, tanta que no le negarían la posibilidad de estudiar los diferentes grabados e inscripciones que adornaban la piedra de las paredes del edificio. Después de su celebrado trabajo doctoral sobre la evolución del latín eclesiástico, estaba seguro de poder disponer de semejante privilegio, nada en realidad que resultase demasiado llamativo. Relatar un imaginario estudio sobre la edificación de la catedral podía servirle perfectamente como excusa para deambular por cualquier parte de ella sin levantar sospecha alguna. La secretaría del Arzobispado de Barcelona le comunicó que la autorización estaría dispuesta a primera hora de la tarde, momento en que podría dirigirse al deán de la catedral. Así, con tranquilidad, preparó los útiles necesarios para la investigación: lápices y bolígrafos, el manuscrito Casadevall, una cámara fotográfica, una linterna, papel de lija de diversos grosores destinado a liberar las piedras de la capa de suciedad depositada por seis siglos a la intemperie, un pulverizador-marcador para dar brillo y relieve a las inscripciones que los buriles tallaron centurias atrás, un punzón y un martillo. Hubiera deseado incluir el pequeño libro donde guardaba todos los apuntes relacionados con la Piedra de Dios, pero ahora estaba en manos de Bety; no podía decirse que supusiera una pérdida excesiva, pues recordaba de memoria todo lo que contenía, pero no tenerlo junto a él rompía su cuidada meticulosidad.

Adecuadamente pertrechado, se presentó con toda puntualidad en la sacristía de la catedral a las cuatro de la tarde. Habló con el deán, a quien expuso el imaginario plan de trabajo. Le explicó que investigaba acerca de los diversos arquitectos que a lo largo de los años habían elevado el edificio. Necesitaba, en primer lugar, consultar los libros de obra que recogían las incidencias vividas por el edificio desde sus primeros tiempos hasta la actualidad. El archivo estaba situado sobre el claustro, y aunque tenía bastante claras sus ideas, deseaba confrontarlas con el documento existente más autorizado. Más tarde tendría que comprobar *in situ* los diferentes sellos con que los maestros de obras marcaban la piedra correspondiente a sus aportaciones para clarificar determinada documentación con la que estaba trabajando. El trabajo no interferiría en absoluto con el culto ni llamaría la atención de los fieles y visitantes del templo, pues se desarrollaría básicamente en las tribunas, en el triforio y en el techo del templo. El deán no puso demasiadas trabas: las recomendaciones de Manolo eran, contrariamente a su aspecto externo, inmejorables, e incluso había oído hablar de él al mismísimo obispo, aunque no había leído los estudios que lo acreditaban. Tras apenas media hora en el archivo lo acompañó hasta la escalera de acceso a las tribunas; eran dos, una situada junto a la Porta de Sant Iu y la otra junto a la puerta del claustro. Emprendieron la ascensión hacia el techo de la catedral por el acceso de la Porta de Sant Iu: la escalera era angosta y retorcida, mal iluminada, y los escalones estaban desgastados por el paso de los siglos. El deán anduvo con precaución: era ya mayor, y subir y bajar las escaleras no debía de ser de su agrado, pues no pudo disimular los resoplidos. Se detuvo para recobrar el aliento en dos ocasiones, una al llegar a las tribunas y otra a la altura del triforio. Por fin, en el techo, habiendo comprobado el adecuado conocimiento que tenía Manolo sobre la estructura de la catedral, excusó su presencia. El correcto funcionamiento de un templo tan complejo exigía mucho trabajo y dedicación y no podría prestarle toda la atención precisa. Si necesitaba realizar cualquier consulta lo podría localizar en la sacristía, donde le agradecería que se presentase cuando hubiera concluido el trabajo. Manolo agradeció las indicaciones del deán y lo acompañó en su descenso hasta las tribunas, donde se despidieron momentáneamente. ¡El hombre jamás imaginaría cómo era el favor que le hacía! Al proporcionarle semejante libertad de movimientos, le permitía desenvolverse sin tener que dar explicaciones.

A solas, sentado en uno de los bancos, extrajo el plano de una completa guía turística de la catedral adquirida en una de las tiendas situadas en el claustro. En él se reflejaba la estructura del templo, desde las veintiocho capillas laterales hasta una proyección de las bóvedas, con sus correspondientes claves y el trazado de los arcos de las bóvedas de la nave mayor y las naves laterales. Repasó un pequeño libro de bolsillo destinado a anotaciones, en blanco, donde realizó un peculiar diagrama donde una serie de círculos se relacionaban entre sí mediante varias flechas. Bajo el diagrama anotó una leyenda: el Árbol de la Vida, una ilustración cabalística que reflejaba la vinculación de los diversos sefirots. Sonrió ilusionado y se mesó los cabellos. Siempre soñó con encontrar el lugar, y sin el manuscrito Casadevall hubiera sido imposible. Y sin todos aquellos estudios de la religión y la cábala judías tampoco hubiera podido encontrarlo en un edificio tan grandioso como ése. Pero ahora sabía que lo encontraría en el Reino de Dios, y que cuando sus ojos vieran la marca correspondiente al Reino lo habría hallado. Y con ese objetivo se puso a trabajar.

Tres horas después, Manolo había regresado al punto de partida. En su estudio de la catedral había recorrido todas las zonas donde había pensado que podía encontrarse su destino, sin obtener resultado. Tanto los suelos de las tribunas como los techos de éstas, que se correspondían con el suelo del triforio dieron resultados negativos. Las estudió con detenimiento, pues aunque no esperaba encontrarlo allí, no podía descartarse nada, aunque no fuera razonable. No encontró nada. El tejado de la catedral, donde cifraba gran parte de sus esperanzas, proporcionó idéntico resultado. Las viejas piedras de la catedral estaban marcadas con los sellos de los diversos maestros de obras, pero ninguna marca se correspondía con la que él esperaba hallar como confirmación de su hipótesis. Confundido, pues consideraba irrefutable su razonamiento, se sintió desesperanzado. Algo fallaba, estaba seguro: tenía que ser una fruslería, un detalle sin importancia, algo elemental, tanto que lo hubiera pasado por alto, la típica nimiedad que provoca a partes iguales la mezcla de hilaridad y asombro una vez se ha descubierto la causa del error. Resultaba frustrante: siempre había destacado por su excelente capacidad en el análisis de los datos, y no tenía dudas acerca de la existencia de un error en alguna parte de su razonamiento.

Intentó centrar sus pensamientos, reiniciar el proceso de recogida y plasmación de todos los datos, pero obtuvo idénticas conclusiones. «Lógico. El error no puede estar ahí. Pero, si no está ahí, ¿dónde puñeta puede estar?».

Extrajo el manuscrito del maestro de obras y voló sobre las hojas hasta encontrar el punto que buscaba. Releyó con detenimiento la frase clave, aquella que escondía la compleja estructura donde él, Manolo Álvarez Pinzón, encontró la llave para localizar la Piedra de Dios, oculta durante 2.500 años. Lo decía bien claro, no cabía otra posible interpretación: tenía que existir una señal, una marca distintiva, una huella, un signo que lo confirmara. Guardó el manuscrito en la cartera, junto al resto de los documentos y material, y reemprendió el ascenso al techo de la catedral: deambuló sin rumbo, con la mente en blanco, en un intento de que su subconsciente se encargara de resolver el problema. Sus pasos lo guiaron por el techo deliberadamente abombado a causa de la tensión de los arcos y la forma de las bóvedas hasta el punto donde creyó que debía hallarse la solución: la bóveda cerrada por la cuarta clave, situada sobre el coro, y cuyo sellado y cierre había corrido a cargo del mismo Casadevall. Nada. Allí no había nada. Repasó de nuevo todas las piedras, una por una, minuciosamente, dejando que las yemas de sus dedos resbalasen sobre ellas en busca de cualquier depresión que ocultara un leve indicio de la marca deseada cubierta por la porquería acumulada de seis siglos. No obtuvo resultado. Caminó hasta la cruz de término, situada sobre la cuarta clave, la del presbiterio, y se sentó sobre la vieja piedra, hundida su determinación y perdida la fe en la pronta resolución del enigma.

El crepúsculo, todo él rojo y oro merced a la presencia de alargadas y furtivas nubes sobre los azulados cielos barceloneses, llenaba con afiladas sombras la techumbre de la catedral. Con la caída de la noche se vería obligado a descender de las alturas, a aplazar su búsqueda cuando menos unas horas. Puede que fuera preferible: la noche es buena consejera, capaz de reactivar y dinamizar una mente agotada por el esfuerzo de una continua concentración. Pasaron los minutos: las golondrinas, como cada atardecer durante los días de primavera, danzaban por los aires excitadas por un impulso interno irrefrenable, repletas de energía. Manolo contempló los negros puntos bailotear en el espacio de aquí para allá, realizando fantásticos y asombrosos quiebros. La formación se expandía detrás de su líder: arriba y abajo, delante y detrás. Miles de aves seguían a un diminuto punto cuyo tortuoso bailoteo probaba la rapidez de reflejos de sus congéneres. Con la espalda apoyada en la cruz de término, sus ojos se relajaron con el grácil vuelo de los pájaros: sintió adormecerse su mente, acompasada por el rítmico movimiento. Estaba en blanco, fugado de este mundo, cuando un quiebro brutal obligó a la enorme bandada a rectificar por completo su dirección. La golondrina líder había girado ciento ochenta grados sobre sí misma, y el resto de la bandada reaccionó con tardanza, muy inferior a un segundo, pero apreciable para cualquier observador atento a sus movimientos. Un instante hacia allá, otro hacia aquí, una diferencia insignificante para el mundo..., excepto para Manolo. La intuición golpeó su mente con fuerza sin igual. Se puso en pie y caminó hasta la cuarta bóveda, donde se detuvo para extraer de un tirón la libreta de anotaciones. Pasó las páginas con celeridad, pero sin dejar que el frenesí lo dominara, hasta encontrar el diagrama del Árbol de la Vida. La idea era tan absurda como imaginaba, tanto que era lógico haberla ignorado, haber prescindido de su posibilidad. Antes actuó siguiendo un razonamiento lógico: Casadevall había rehecho la cuarta bóveda y parecía razonable que fuera allí, precisamente allí, donde estuviera escondida la Piedra, en el Reino de Dios, como indicara el manuscrito. El cierre de la bóveda se correspondía con la posición que en la figura de la cábala conocida como el Árbol de la Vida ocupara el Reino de Dios, y por si tal casualidad no bastase, el lenguaje empleado por Casadevall en el manuscrito, aparentemente inocuo, apuntaba con toda claridad en esa dirección. Ésa era la teoría sobre la que se había visto obligado a recapitular sin encontrar opción alternativa… hasta ahora.

Manolo recordó lo que le decía su viejo tutor: «La simplicidad es la primera regla del investigador. No busquéis jamás estructuras complejas, enrevesadas, por atractivas que puedan resultar, salvo en aquellos casos donde se hayan descartado las opciones sencillas. La complejidad debe evitarse porque distrae el espíritu del investigador y adormece su imaginación». En este caso, la solución al misterio del emplazamiento era la adecuada, tenía que ser la adecuada, no cabía otra explicación plausible. Era la única que indicaba el manuscrito. El error en la resolución se debía exclusivamente a su propio discernimiento, distraído por un factor ajeno a la resolución del problema y que parecía coincidir con él: no, Casadevall no había escondido la Piedra sobre la cuarta bóveda de la nave central de la catedral. La Piedra estaba allí arriba, y su situación se correspondía con lo previsto, pero por lo previsto por Casadevall, no por el pobre, confuso y despistado Manolo. ¡Era todo tan simple! Bastaba con ampliar mentalmente el tamaño de la figura cabalística y entonces…

Anduvo con tranquilidad hacia el lugar adecuado: había soñado con ese instante mil y una veces a lo largo de mil y una noches, y ahora, estaba seguro, sí había acertado con la solución del enigma. Las sombras, más intensas, permitían vislumbrar los contornos de las formas, pero poco más. Iluminó con la linterna el lugar y no tardó en dar con el símbolo que buscaba. Con los ojos cerrados deslizó sus dedos sobre la vieja señal, sobre el pasado mismo, sobre la marca que Casadevall esculpiera con sus propias manos, pues en nadie más podría confiar, tantos años atrás. El símbolo, la letra, porque de eso se trataba, todavía resultaba perfectamente discernible para el que conociera su significado.

Gritó su alegría a los cuatro vientos y a las miles de golondrinas, con los puños cerrados y el rostro levantado hacia las estrellas. Los pajarillos corearon su llamada. Una alegre sonrisa se instaló en su rostro; extrajo de la bolsa el martillo y el punzón, dispuesto a arrancar la Piedra de la piedra, pese a la creciente oscuridad. Examinó el lugar: un bloque compacto, sujeto a sus semejantes con argamasa. La inspección táctil halló una leve ranura que la cruzaba de lado a lado, algo de lo que sus gemelas carecían. No tenía claro por dónde empezar, si por separarla del lugar donde se hallaba o si incidir en la peculiar ranura que, apostaba sobre seguro, tenía mucho que ver con el misterio. Colocó el punzón sobre la argamasa que separaba las piedras y golpeó con el martillo. No hizo mucho ruido, y los automóviles que circulaban por la cercana Via Laietana contribuyeron decididamente a ocultarlo. Tuvo que dejar a un lado las herramientas para, iluminando la ranura con la linterna, comprobar el efecto de su esfuerzo. Una blanquecina melladura indicaba que progresar no sería difícil, pero tampoco cosa de dos minutos. Además, era imposible sostener la linterna y las herramientas a la vez, y la irregular superficie del techo no permitía que posicionara la fuente de luz en el lugar adecuado y se sostuviera. Una lástima, pues lo tardío de la hora impediría que su actividad llamara la atención. No podría trabajar la piedra a plena luz del día: estaba obligado a dejar pasar las horas hasta la llegada del próximo atardecer, cuando las crecientes sombras de un nuevo crepúsculo disimularan su actividad. Y teniendo en cuenta su tardanza, el deán, en cualquier momento, podía subir a buscarle y pillarle con las manos en la masa. Muy a su pesar recogió la documentación y las herramientas y emprendió el camino hacia las escaleras de acceso a la planta de la catedral.

Manolo se acercó en su descenso hasta el triforio y miró hacia abajo. El templo estaba vacío. Se cerraba al público con toda puntualidad a las nueve, y pasaban veinte minutos de la hora fijada. La mayoría de la iluminación de las naves estaba apagada, y el espléndido gótico catalán se elevaba entre sobrio y sombrío, muy diferente al que los visitantes de la catedral podían observar. Sólo se mantenía encendida la iluminación de las vidrieras, enfocada hacia el exterior, y la correspondiente a las diferentes capillas. El conjunto, desde la privilegiada posición de Manolo, había adquirido unos matices peculiares que despertaron una vaga e indefinida inquietud. Jamás hubiera imaginado lo solitario e impresionante que parecía el templo, abandonado por completo, despojado de su objeto, ausentes las almas que contribuía a salvar. Se había transformado, despojado de los velos que lo cubrían y que ocultaban aquello que en el siglo XIV fue: la casa de un dios inflexible, rígido, que mandaba a la condenación eterna sin reparo alguno a todo aquel que se desviase del camino recto. Un templo oscuro para una época oscura y, sin embargo, perfecto y bello.

La escalera de caracol, empinada y carente del más mínimo punto de luz en todas sus prolongadas revueltas, le obligó, pese a utilizar la linterna que previsoramente incluyera en su equipo de trabajo, a descender tanteando con los pies antes de pisar para evitar caer a causa del irregular estado de los desgastados escalones. Perder pie equivaldría a una peligrosa caída difícil de frenar. Tomó todas las precauciones posibles y suspiró profundamente cuando, tras la última revuelta, divisó luz: estaba casi a la altura del suelo. Tras ganar la nave central divisó en la entrada de la sacristía al deán, quien hablaba con un guardia de seguridad. Al verlo, salió presuroso a su encuentro, que tuvo lugar frente a la escalera de la cripta.

—¡Por fin! Me tenía preocupado: al ser más de las nueve y aún no haberse presentado en la sacristía como convenimos... Precisamente le comentaba al encargado de seguridad que subiera al tejado a realizar una inspección, no fuera que la ausencia de iluminación en las escaleras hubiese supuesto un impedimento para descender del tejado.

—Y lo ha sido, al menos en parte, aunque, debo decirlo, se me pasó por alto la hora que era. Cuando caía el sol estaba en el tejado, y me entretuve contemplando el crepúsculo. Al descender tomé todas las precauciones posibles, bajé despacito y aquí estoy.

—Bien, me alegro de que no haya habido problema. ¿Ha ido todo bien?

—Sí. El trabajo de campo confirma mis previsiones, pero aún deberé trabajar sobre el terreno un par de días más para confirmar todas las marcas de los maestros de obras. Incluso es posible que pueda acabarlo mañana mismo, a última hora.

—La catedral se abre al público a las diez de la mañana, hora de la primera misa, pero si lo desea podrá acceder al interior antes, a partir de las ocho, por la puerta de la sacristía.

—Se lo agradezco, pero no será necesario. Por la mañana debo cotejar todas las inscripciones en el archivo, así que, si no es molestia, vendré por la tarde.

—Cuando guste. Ahora, si me disculpa, Pedro le acompañará a la salida. Aún quedan cosas por hacer, porque el trabajo no se acaba nunca.

—Faltaría más.

El deán regresó a la sacristía y Pedro, el guardia de seguridad, acompañó a Manolo hasta la puerta del claustro que daba al Carrer de la Pietat. Fuera de la catedral, Manolo respiró hondo. Caminó hacia la Plaça de San Iu, en el lado opuesto del edificio, dispuesto a gozar de la especial tranquilidad que siempre ha caracterizado el barrio gótico. Las cálidas notas de una flauta evocaron en su mente recuerdos de un pasado imaginado, la época de los constructores, cuando la catedral era más proyecto que realidad, un edificio hendido en su mitad, recubierto por andamios y telares y flanqueado por cientos de artesanos y obreros. El músico, ajeno a su presencia, solitario, se deleitaba en su creación, motivado más por el entorno que por la necesidad real de público. La ausencia de monedas en la funda de la flauta así lo indicaba. Tocaba para él y para nadie más, probablemente tan inspirado en las viejas piedras que lo rodeaban como el mismo Manolo, aunque por diferente motivo. Un entorno mágico, desconocido para la mayoría, diferente según los días e incluso las horas, capaz de ofrecer distintas caras en función del momento.

Exultante, seguro y confiado en su éxito, caminó por la calle hasta salir al Pla de la Catedral. Allí se volvió para contemplar la inmensa y vertical mole del templo cuyo oculto secreto desentrañara y se rio larga y profusamente. Un día más y la Piedra sería suya. Bueno, no exactamente suya: reconocía que Bety y Enrique tenían cierto derecho sobre ella, pero estaba claro que, sin su participación, todos sus esfuerzos hubiesen resultado baldíos. Pero eso no importaba, cuando tuviese la Piedra en su poder ya hablarían de ello. Eran personas inteligentes y educadas, y por ende, los supuso razonables. O al menos eso habían demostrado hasta el momento.

Tomó un taxi en la Via Laietana. Dio la dirección de su casa y se relajó en el asiento pensando en regalarse con una buena cena, darse un buen baño y disfrutar con la lectura de cualquier viejo libro mientras gozaba con una copa de añejo coñac. Aquel día se merecía que aparcara su habitual ascetismo: acabar a lo grande.

Dos horas después, Manolo había cumplido sus dos primeras previsiones para la noche. Enfundado en un viejo y raído albornoz paseaba ante la biblioteca, indeciso acerca de su elección. Pasó la mano por varios libros, sin decidirse a extraer ninguno. *La metamorfosis*, de Kafka, le hizo dudar: conocía casi de memoria su contenido, pero siempre disfrutaba con las desgraciadas aventuras y el extraño final de Gregorio Samsa. Su índice impulsó parte del volumen hacia el exterior. Hoy podía ser el día adecuado para su relectura: estaba de buen humor, demasiado bueno para plantearse el resorte psicológico que le obligaba a leerlo un par de veces al año. Pero, cercano a él, otro lomo marcado con letras doradas atrajo su atención. *Utopía*, en la edición inglesa de los hermanos O'Toole; una edición deliciosamente antigua, Liverpool, 1923, una verdadera joya para la vista de un entendido coleccionista como él. Un libro pesado, de gran tamaño y de letra prodigiosamente clara, repleto de deliciosas ilustraciones, con una encuadernación tan gruesa como su contenido. «Adelante con ello. Es la obra del día», se convenció.

Cuando se dirigía al sofá llamaron a la puerta. Un tanto perplejo por lo tardío de la hora, se dirigió a la puerta. No esperaba a nadie. Con el libro entre los brazos abrió la puerta; fue lo último que hizo. Una sombra se abalanzó hacia él.

Utopía cayó al suelo con un ruido sordo antes de que lo hiciera el cuerpo de Manolo. Antes de morir, su mente formuló un último pensamiento tan absurdo como su propio concepto de la existencia: ya nunca más volvería a releer aquel hermoso libro.

15

*E*nrique se encontró con Bety por la noche, tarde, sobre la una de la madrugada, al regresar del palacio donde vivía Mariola. Entró en silencio, sin hacer ruido alguno. No fue algo deliberado, pero cerró la puerta despacio y las gruesas alfombras amortiguaron el sonido de sus pasos. Bety estaba sentada en el escritorio de Artur, rodeada de un mapa y diversos libros, unos de historia, otros de carácter técnico, adquiridos en la sede del Colegio de Arquitectos. La mesa del escritorio estaba situada en un lateral de la habitación, rodeada por estanterías repletas de miles de libros de todas las épocas y contenidos destinados a calmar la insaciable sed de conocimiento propia de su antiguo dueño. Apoyado en el quicio de la puerta observó la intensidad y concentración con que trabajaba. Se sorprendió al verla utilizar gafas. Antes no le resultaba necesario, aunque solía cansarse después de varias horas de lectura.

Se disponía a anunciar su presencia cuando Bety, sobresaltada al comprobar la presencia de alguien más en la habitación se incorporó de golpe. La silla cayó al suelo mientras ella retrocedía un par de pasos antes de cerciorarse de que era Enrique.

—¡Serás desgraciado! —gritó—. ¿Cómo se te ocurre presentarte así, en silencio? ¡Menudo susto me has dado!

—Perdona, no era mi intención. Justo en el mismo momento en que te levantaste iba a saludarte.

Un evidente escalofrío recorrió la piel de Bety. Se estremeció, y un jadeo incontrolado salió de su boca. Con un repentino empujón arrojó al suelo parte de los libros que reposaban sobre el escritorio.

—¡Imbécil! —Se llevó las manos a la boca, aún nerviosa, para cruzarse de brazos después. Estaba realmente alterada.

—Perdona. No era mi intención asustarte.

—¡Menos mal! Con todo lo que ha pasado podías haber sido lo suficientemente considerado para pensar en ello, ¿no crees?

—Lo repito: perdona —dijo conciliador mientras recogía los libros que ella había tirado al suelo—. No pensé que fueras a reaccionar así.

—¿Y cómo se supone que debía hacerlo? ¿Te parece que la muerte de Artur, toda esta investigación, el famoso cebo y la historia de Diego de Siurana no son suficiente motivo para que una persona sola en un edificio apartado pueda ponerse nerviosa? ¡Me he llevado un susto tremendo!

Enrique dejó los libros sobre el escritorio e intentó cambiar de tema de conversación. Bety lo dejó con la palabra en la boca. Pasó a su lado como una exhalación y se perdió por el pasillo. Regresó, más serena, con un vaso de agua fresca en la mano.

—Venga, olvidémoslo. —Quedó patente su esfuerzo para no desenterrar fantasmas del pasado—. Tengo algo que enseñarte: vamos a sentarnos junto al escritorio.

Acercaron una silla a la mesa y tomaron asiento.

—Tú dirás.

—Estuve toda la tarde recabando datos acerca de los edificios del siglo XIV que aún siguen en pie. Manolo cree que puede ser de utilidad prepararlo en vistas a la posibilidad de tener que investigarlos uno a uno. Creo que me ha encargado este trabajo para mantenerme ocupada, o quizás alejada de él, más que por su utilidad real, pero, al fin y al cabo, no suponía demasiado esfuerzo realizarlo. Lo más probable es que, o bien la solución definitiva se encuentre en el manuscrito, o bien seamos incapaces de averiguar nada al respecto. En el segundo caso, el listado nos permitiría ganar tiempo.

—¿Lo has terminado?

—Sí. En el Colegio de Arquitectos fueron muy amables y me proporcionaron la bibliografía necesaria para investigar ese tema, bibliografía que, dicho sea de paso, tenían en su propia biblioteca. El caso es que con ella en mi poder pude dedicarme a realizar este mapa. Recoge la situación y el estado de los edificios históricos que, desde esa época, todavía se mantienen en pie. Ha sido un trabajo sencillo, aunque no son tan pocos como imaginábamos los que todavía sobreviven. Junto a su localización rellené estas cuartillas con los datos disponibles sobre ellos: arquitectos conocidos, estilos e influencias, estado de conservación, evolución en años posteriores, y demás cosas similares.

Enrique examinó el mapa.

—Caramba, son veinticuatro —observó sorprendido—. Nunca hubiera imaginado que permanecieran tantos en pie después de seiscientos años. Bueno, lo cierto es que tampoco me lo había planteado.

—Los siglos XIII y XIV constituyeron la cima política del Reino de Aragón. Incluso puede decirse que era la potencia más importante del Mediterráneo, probablemente con bastante más poder que la propia Castilla. Ambos reinos tuvieron una enorme inestabilidad política, pero la situación de Aragón junto a la costa y la vocación marinera de sus gentes le abrieron las puertas del comercio internacional de la época. Como es normal, Barcelona, su capital, creció espectacularmente tanto en población como en importancia política y sociocultural. En ese periodo se produjo una constatable fiebre constructora. La ciudad estuvo patas arriba, tomada literalmente por cientos de artesanos, canteros, obreros y orfebres. ¡La cantera de Montjuïc no daba abasto!

—¿Significa algo la numeración?

—No, lo hice por pura organización. En estas hojas, junto al mapa, está el listado de los edificios.

—Veamos… A simple vista reconozco la mayoría. —Enrique enumeró las marcas del mapa mientras las señalaba con su dedo—: La catedral, la iglesia del Pi, Sant Just y Sant Pastor,

Santa Maria del Mar, Sant Pau del Camp, Santa Anna, Santa Àgata, Sant Llàtzer, Sant Pere de les Puelles, Sant Martí de Provençals, Santa Llúcia, la capilla de Marcús, la capilla del Palau Reial Menor, el Palau Berenguer, el Palau Episcopal, las Drassanes, el hospital de la Santa Creu y Sant Pau, la Generalitat, antes Diputación General, éste es... —dudó antes de proseguir la letanía—, no me sale el nombre, caramba..., ¡el Palau Requesens!, y la Casa dels Canonges, el Saló del Tinell, que perteneció al Palau Reial mayor, la Lonja, la Casa de la Civotat y el Palau Bellesguard. ¿Qué tal, algún error?

—Ninguno. No cabe duda de que conoces bien tu ciudad.

—Bueno, no se suele apreciar lo que uno tiene al alcance, y los barceloneses no son una excepción. Apostaría a que el noventa y nueve por ciento de los habitantes de Barcelona desconoce incluso el nombre de una cuarta parte de esos edificios.

—Eso es apostar sobre seguro —rio Bety—. No seré yo la incauta que pique. Y ahora que ya has demostrado tus conocimientos viene la pregunta del millón: ¿serías capaz de decirme cuántos de ellos, si es que lo ha hecho alguno, han llegado inmaculados hasta el presente?

Enrique meditó con calma la respuesta.

—Imagino que, el que más o el que menos, habrá sufrido mutilaciones o modificaciones de algún tipo.

—Respuesta acertada. El listado recoge los edificios que han llegado hasta hoy con las menores modificaciones, aunque, si te soy sincera, alguno de ellos podría perfectamente no estar en la lista. Sant Martí de Provençals, la Casa dels Canonges o la Casa de la Ciutat sufrieron importantes mutilaciones. Y existen otros edificios de la época que no he incluido, porque, si bien su exterior sí se mantiene, las modificaciones interiores han sido tan profundas que resultaría imposible encontrar la Piedra en el caso de que se hubiese escondido en su interior.

—Es un buen trabajo —reconoció Enrique—. Ahora convendría compararlo con el listado de Casadevall.

—Ya lo hice. Los veinticuatro edificios constan en él, junto a otros doce cuya existencia se desconoce. Estos últimos pertenecían al ámbito civil y deben de haberse perdido con el paso del tiempo.

—Felicidades. Un buen trabajo en un tiempo récord.

Bety lo observó detenidamente antes de proseguir. Estaba analizando sus respuestas.

—¿Puedo saber qué te pasa? —preguntó sin rodeos.

—No sé a qué te refieres —mintió.

—No me tomes el pelo. Desde hace dos días no eres el mismo.

—¿Por qué lo dices?

—¡Vamos, Enrique! Hace muy poco deseabas fervientemente encontrar ese desconocido objeto que se convirtió en la dichosa Piedra de Dios, tanto que incluso estabas dispuesto a arriesgar tu integridad física para hacerlo. Y ahora parece que ya no te importa en absoluto encontrarla.

—No arriesgaba mi integridad física para encontrar la Piedra, cuya existencia entonces desconocíamos, sino para encontrar al asesino de Artur, que es muy diferente.

—Podríamos discutirlo, eso sólo me parece cierto en parte. Pero el hecho fundamental sigue ahí. ¿Qué te ha pasado? ¿Ya no te importa?

Pensó antes de contestar.

—No, ya no me importa —concedió Enrique—. Todo ha cambiado desde que Fornells me explicó la implicación de Artur en el tráfico de arte. Lo que le dije a Manolo era cierto: se trataba de un postrero homenaje, cuyo sentido se ha desvanecido. Ahora sigo vuestros esfuerzos con cierta curiosidad, pero desde la barrera.

—No te entiendo, es extraño…

—No más de lo que me parece a mí tu nueva vinculación con el asunto de la Piedra. Hemos recorrido el camino inverso: hemos pasado de que a mí me pareciera importante y a ti una tontería, a que para mí sea una tontería y para ti algo importante.

Bety lo miró desorientada, como un pez cogido de lleno en el anzuelo.

—*Touché, mon ami*. Tienes razón —reconoció.

—¿Por qué la siempre prudente y distante Bety se ha involucrado de semejante manera en un asunto que ni le va ni le viene? —preguntó mordaz.

—Porque es una historia maravillosa —contestó de inmediato, sin duda ni vacilación—. Es una historia maravillosa, única, una aventura imposible de vivir, salvo por casualidad. Y la casualidad nos ha llevado a ella sin que lo quisiéramos, nos ha otorgado un premio que no debemos ignorar. Por eso me extraña que precisamente tú, por mucho que te haya dolido conocer la verdad acerca de Artur, dejes de lado la oportunidad de proseguir el juego en el que estamos inmersos. Precisamente tú, el creador de mundos de fantasía, el amante de las aventuras, el mejor fabulador que he tenido el gusto de leer y escuchar, te evades de la fabulosa historia que el destino te ofrece.

Enrique negó con la cabeza. Bety no comprendía que desde que se separaron había cambiado. Ya no era el mismo, estaba claro. Bety seguía viéndolo como el irascible genio de las letras de caprichosa conducta y de recompensas elevadas, aunque no las suficientes para retenerla a su lado, ni a ella ni a ninguna otra.

—¿Qué demonios te pasa? ¡El Enrique que yo conocí jamás hubiera actuado como lo has hecho! —insistió Bety.

—El Enrique que tú conociste ya no existe —explicó, más próximo a la paciencia que al hastío.

Bety se soltó los cabellos aprisionados por la coleta y los acomodó a su gusto con ambas manos. Los tirantes del sujetador y de la camiseta del brazo derecho se desplazaron al hacerlo para colgar graciosamente inertes por debajo de su hombro. El pecho, descubierto justo hasta la aureola del pezón, exhibió la rotunda firmeza que las manos de Enrique antaño poseyeron. Parte de los cabellos cayeron sobre la frente; a través de ellos, Enrique observó el intenso fulgor de sus pupilas. Rememoró tiempos pasados que antaño consideró más felices, y cuyo valor ahora se desdibujaba ante el recuerdo de las esquivas formas de una belleza morena siempre presente.

—Has estado con ella, ¿no es verdad?

—Sí —reconoció Enrique.

—¿Qué tiene ella que no pueda darte yo? —Bety se sorprendió al oír su propia pregunta.

Enrique alargó la mano para acariciarle la mejilla. Sintió la cálida respiración sobre su palma y un cosquilleo muy familiar de placer recorrió su cuerpo.

—Nada. Y todo —contestó al fin—. Éste es su tiempo.

Bety, sin ser consciente de sus actos, atrapada por un deseo ajeno a su voluntad, tomó la mano de Enrique con la suya y la hizo descender sobre su alargado cuello con calculada lentitud. Los nudillos de Enrique vacilaron por el suave torso hacia el turgente pecho durante unos segundos inacabables, dulces y amargos, ajenos al tiempo real. Conocía bien el camino, mil y mil veces lo siguió años atrás; cerró los ojos, pues no los necesitaba para conocer aquel terreno explorado. Su imaginación rememoró encuentros pasados, situaciones felices, planeó sobre el recuerdo de placeres intensos y fugaces que casi había olvidado. No, el pasado no se olvida: sólo puede aparcarse en recónditos vericuetos de la mente, allá donde no pueda estorbar, allá donde no altere el presente. Recordó el cuerpo desnudo, húmedo por el sudor, crispado por el placer. Recordó las manos repletas por la carne de los firmes pechos, improvisadas copas de turbio cristal rellenas por un vino de inesperada solidez. Recordó los puntiagudos pezones enhiestos, duros, torcerse bajo el irresistible impulso de las yemas de sus dedos. Recordó la inacabable curva de su cadera, la grupa fuerte, musculosa, que acababa en unas piernas largas como noche sin luna. Recordó y recordó el mutuo placer, la jubilosa entrega, la dicha de la lucha, el placer de la espera, el orgullo de conseguir para el otro y no para uno mismo. Al abrir los ojos, su mano continuaba en el mismo lugar donde recordaba haberla dejado cuando los había cerrado. Los recuerdos fluyeron como un río desbordado en apenas un instante, el mismo que tardó en desligarse. La imagen de Mariola, entregada entre sus brazos, retrajo su mano. Bety lo miró con pena, los labios entreabiertos y las pupilas húmedas.

—Perdóname —dijo antes de apartar el rostro y retirarse hacia su habitación.

Enrique hizo ademán de levantarse, pero una desconocida fuerza interior lo detuvo; estaba lastrado por un peso que lo inmovilizó por completo, tanto en el cuerpo como en la mente. La mente castró el deseo que el cuerpo sentía. Mariola tenía razón, aun sin conocer a su rival. Puede que lo adivinara porque las mujeres compartan un substrato común que las impulsa a actuar de similar manera; puede que lo hiciera porque al conocerlo a él pudiera imaginar cómo reaccionaría Bety. Nunca lo sabría. En cualquier caso, Bety debía marcharse cuanto antes.

El miércoles amaneció fresco y nublado. El aire del norte trajo consigo el vivificante pero frío aire de las montañas, y la temperatura de Barcelona, pese a su peculiar microclima, descendió considerablemente. Enrique, al levantarse, atinó a escuchar el ruido de la puerta de la calle. Bety no estaba dispuesta a enfrentarse con su ex marido después del incidente de la noche anterior; al oír el despertador de éste, abandonó, por no decir que huyó, de la casa de Artur. Enrique lo prefirió así: verla supondría revivir una experiencia negativa para ambos. No podrían simular que nada había ocurrido, así que resultaba preferible soslayar su presencia en lo posible. Se asomó a su cuarto para comprobar si había salido a correr o había bajado a Barcelona. La ropa de deporte descansaba sobre una silla. Por una vez había roto su costumbre.

Tras un rápido aseo y un no menos veloz desayuno, Enrique condujo hacia Barcelona. A las doce en punto se iniciaría la subasta en el salón de actos y subastas del Boulevard dels Anticuaris. Había hablado con Mariola. No le contó nada de Bety, no era necesario. Si él lo hubiera querido, hubieran pasado del recuerdo y la caricia a cosas mucho más serias, estaba claro. La tentación existió, es cierto, porque el recuerdo del pasado pesa en las personas, y más cuando ha sido un pasado añorado largo tiempo. Ahora, ya superada la necesidad, el mero recuerdo no bastaba para que rompiera un compromiso no formulado pero presente. No le causaría daño a Mariola. Por eso hablaron respecto a la subasta. Ella explicó que todo estaba listo según lo previsto. A las doce, la flor y nata de los anticuarios se daría cita en el salón de actos, dispuestos a adquirir con buenos precios los objetos provenientes de la tienda de Artur. No todas las piezas saldrían a subasta: Mariola había decidido adquirir por su cuenta cinco muebles de diversos estilos, pertenecientes a aquel grupo que Artur guardaba para su exclusivo disfrute personal. La tentación, explicó, resultó ser demasiado grande; no constarían en el listado de los objetos subastados pues, de hecho, ya estaban en su casa del Putxet. Para Enrique no suponía problema alguno, ¿acaso podría importarle quién los tuviera? Si Mariola era feliz con ellos, de ella serían. Después de discutir sobre la conveniencia de abonar el valor previsto de antemano —ella deseaba pagarlos, cosa que a él le parecía ridículo—, Enrique zanjó la conversación hasta el día siguiente. Ya se encargaría de quitarle de la cabeza semejante tontería. Quedaron a las diez, con tiempo suficiente para discutir los últimos detalles de la subasta, en la oficina de Passeig de Gràcia.

Tuvo la infrecuente fortuna de aparcar justo enfrente de su destino, lo que le pareció un buen augurio para el día que empezaba. El Passeig de Gràcia, calle comercial por excelencia, estaba repleto de compradores cargados de bolsas, transeúntes y numerosos ejecutivos de traje caro última moda y de teléfono móvil, que circulaban de aquí para allá, entre bancos, cajas de ahorros y demás entidades financieras. Esquivó la marea humana que lo separaba del acceso al *boulevard* y subió las escaleras. Mariola, aún más bella si eso era posible, vestida con la sencilla elegancia que la caracterizaba, hablaba con el más puro

acento neoyorquino por teléfono; le indicó una silla con el pulgar. Él negó; prefería pasear por la tienda del viejo Puigventós.
Cuando hubo colgado se acercó para darle un beso.

—¿Cómo estás? —le dijo con una dulce sonrisa.

—Muy bien. Aunque estaría mejor si hubiera pasado la
noche junto a ti.

—No lo dudo —rio—. Ven, acompáñame a la sala de subastas.

Lo condujo de la mano a un amplio ascensor; descendieron
un único piso. Dieron a un pasillo en cuyo final estaba la sala.

—Hemos llegado por la parte posterior. Es un pasillo de
servicio; ahí está la entrada que permite el acceso de los muebles desde el aparcamiento.

La sala era grande, moderna, ante todo funcional. La decoración era escasa y las sillas, unas cien, cómodas. Estaba compuesta por un pequeño estrado con un atril destinado al director de la subasta y una cinta rodante, sobre la cual desfilarían
en sucesión los muebles y diversos objetos, que daba a una amplia sala posterior. Algunos muebles, los más pesados pero aún
transportables, estaban situados detrás del atril del director, expuestos en su esplendor a la codicia y el deseo de los compradores. Sólo se proyectarían fotos de aquellos que realmente resultaban imposibles de introducir en la sala debido a su excesiva
envergadura. Un par de operarios ajustaban la megafonía con
los típicos «un, dos, probando». En el extremo opuesto, otros
dos operarios ajustaban la alfombra del pasillo, levemente torcida. A Enrique le recordó los intensos preparativos que se producen en los boxes antes de la salida de un gran premio de Fórmula Uno. Un batiburrillo de actividad no febril, pero sí
continua. Anduvieron sobre la alfombra hacia la entrada.

—Todo está preparado. He dispuesto un pequeño cóctel,
como es tradicional. Si los compradores se sienten a gusto son
más generosos. El cóctel será dentro de un rato, a las once, en
la sala anexa.

Apartó la cortina con la mano. Tres camareros ultimaban

los detalles de unas mesas cargadas con diversas tapas; tras ellas, las bebidas esperaban a quien deseara saciar su sed.

—No pensaba que montar una subasta fuera tan complejo —comentó admirado Enrique—. Me da la impresión de que no tendrá nada que envidiar a las de las películas.

—Ten en cuenta que la de hoy se dirige a un público muy especializado, el gremio y algunas personas ajenas a él pero con suficiente conocimiento. Merecen más cuidado del habitual por una pura cuestión de prestigio. Mi padre es muy puntilloso en estas cosas y ha insistido en supervisar personalmente todos los detalles. Mira, por ahí viene.

Pere Puigventós bajaba las amplias escaleras apoyando su mano izquierda en el pasamanos y con un bastón en la diestra. Descendía trabajosamente, curvada la espalda por el paso de los años, inseguro y vacilante el andar. Mariola se le aproximó sin ocultar su enfado.

—Padre, ya sabes que no deberías bajar escaleras solo. Corres el peligro de caerte.

—¡Quita, quita! —protestó el anciano sin rechazar el brazo ofrecido por su hija—. ¡Hola, Enrique! Ya ves: no puede uno ni bajar las escaleras sin ayuda.

—Buenos días. Me parece que no debiera quejarse: poder apoyarse en el brazo de Mariola supone un verdadero honor.

—Amigo mío, te aseguro que es la única persona del mundo a la que le permito tomarse semejantes libertades. Sólo su difunta madre y ella han tenido el privilegio de importunarme siempre que lo han deseado.

—No es importunarte —le reprendió su hija—. Hace dos años sufrió una caída en las escaleras de casa, y no quiero que se repita la historia —le explicó a Enrique.

Puigventós acarició el oscuro cabello de su hija, enternecido.

—Te quejas por vicio: si no te mimara, lo echarías de menos.

—Tienes razón, tienes razón —concedió—. Pero hoy es un día especial, y quiero que todo salga a la perfección. Por eso estoy arriba y abajo, esquivándote continuamente. No olvides que la de hoy es una reunión sobre la que planea el nombre de nuestro querido Artur.

—Lo tengo presente, padre. Y precisamente por ello puedo asegurarte que todo, absolutamente todo, está en perfecto orden. En realidad lo estaba anoche, a excepción del programa de mano. La imprenta prometió traerlo a primera hora, y está en el vestíbulo.

—Está bien, está bien. Puesto que me aseguras el perfecto orden de la subasta, regresaré a las oficinas para vestirme. Ven a recogerme un poco antes del comienzo, cuando empiecen a llegar los asociados.

—Así lo haré —prometió ella—, pero ten en cuenta que no tardarán en hacerlo. Mientras, descansa. La mañana será larga y tendrás que acumular fuerzas.

Mariola lo acompañó hasta el ascensor, donde su padre la saludó con la mano al cerrarse la puerta.

—Es un viejo testarudo. Su mente posee demasiada energía para su cuerpo. Está muy gastado por el paso de los años, y después de la muerte de mi madre sufrió un importante bajón. Normalmente es más prudente, pero estos días está un tanto excitado por la muerte de Artur. Desconozco el motivo, pero diría que siente una suerte de remordimiento: ayer me dijo que no era lógica la pronta muerte de personas todavía jóvenes y que los ancianos como él continuaran con vida.

—No tiene por qué sentirlo. La muerte de Artur fue una desgracia que no tiene solución y con la que él no tuvo nada que ver.

—Los ancianos ven las cosas de una manera diferente. Él cree que ha finalizado su camino en la vida. Desea reunirse cuanto antes con su Elisa, mi madre. A veces me preocupa, mucho.

—En casos como éste de nada sirven razones u opiniones. La percepción de la vida se modifica con el paso de los años, y los ancianos ven matices que a nosotros nos resultan ilógicos, pero que no son irracionales. Tu padre siente que ha llegado al final de su camino. Vive la vida sin desmayarse, con ánimo, pero es consciente de una realidad que él ha transformado en su realidad. Si vive además con el recuerdo de tu madre…

Mariola lo miró con admiración.

—Tú comprendes cosas que a los demás nos parecen difíciles de comprender. Ahora me doy cuenta: los personajes hablan por boca de su creador. Félix dice algo semejante en el *Elogio del amor imposible*.

Enrique no pudo evitar sonreír.

—Entonces es cierto que los leíste…

—¡Tonto! —le reprendió Mariola con fingido enfado—. ¡Claro que los leí! No hay uno solo de tus libros que no haya leído y admirado.

—Sólo bromeaba, sólo bromeaba —dijo con las palmas de ambas manos abiertas—. ¿Por qué no me enseñas el programa de mano?

—Bien, subamos al vestíbulo.

Subieron las escaleras cogidos del brazo, sin ocultar su reciente vinculación. A Enrique le sorprendió la actitud de Mariola: no hacía ostentación de sus sentimientos, pero tampoco los ocultaba. Cualquier espectador podría verlo a la perfección. La observó, ensimismado ante su belleza. Llegaron arriba y Mariola le tendió un programa.

—Bueno, aquí tienes —le alargó un librillo de varias páginas—. En realidad se trata de la relación de objetos y muebles que confeccionamos el fin de semana, pasada a limpio y adornada con descripciones más someras. No es necesario más: los asistentes conocían bien a Artur, y saben que los productos de su tienda son de gran calidad.

—¿Esperas venderlo todo?

—Es casi seguro. El altar, la pieza del lote más complicada por ser demasiado grande, pesada y peculiar, nos lo quedaremos Samuel y yo, salvo sorpresa. Se corresponde muy bien con el estilo de nuestra tienda. Si la eliminas del listado, no quedan piezas demasiado complejas. Creo que saldrá todo.

—... o al menos eso esperamos —intervino Samuel ofreciendo su mano a Enrique.

El socio de Mariola y quien fuera mejor amigo de Artur hizo su aparición detrás de la pareja. Impecablemente vestido, llevaba en la mano uno de los programas confeccionados por la imprenta repleto de diversas anotaciones a lo largo de las páginas.

—¿Has visto alguna vez una subasta? —preguntó a Enrique.

—Será la primera —contestó Mariola.

—Es un espectáculo digno de verse. Para los que ya somos veteranos es como un juego, pero no pierde su encanto por muchas veces que a ellas hayas asistido. Tendrás ocasión de ver de todo, en especial las cordiales rivalidades propias de la profesión.

—¿Qué llevas marcado ahí? —preguntó Mariola, que señaló el programa.

—Ya lo sabes —sonrió Samuel.

Enrique observó el programa mientras Mariola ojeaba las páginas. Casi todos los productos estaban señalados con determinados nombres, alguno de ellos con dos o tres. Mariola aclaró su significado antes de que Enrique se lo pidiera.

—Es un juego entre Samuel y yo —explicó—. En cada subasta apostamos sobre qué compañeros pujarán por los objetos.

—Un inocente divertimiento en el que tienen cabida la sorpresa y la imaginación. Pero me parece que en esta ocasión carezco de oponente. Mariola ha estado demasiado ocupada con los preparativos de la subasta para plantearse semejante nimiedad, ¿no es así?

—Sí. Normalmente, quien oferta se convierte en el organizador; el gremio pone a su disposición las instalaciones a cambio de una pequeña comisión. Pero como tú careces de experiencia y Artur era quien era...

—Preparar una subasta no es difícil, pero requiere cierto conocimiento del medio —intervino Samuel—. Mariola es, pese a que, relativamente, lleva pocos años en nuestro mundillo, una experta en la materia. Y te aseguro que prepararlo todo en cinco días no está al alcance de cualquiera. Eso sí, ha descuidado casi por completo sus obligaciones en la tienda obligándome a quedarme solo al frente del negocio; pero como se trata de ayudar a un amigo no se lo tendré en cuenta. Créeme, ha hecho un buen trabajo.

Enrique miró a Mariola.

—Lo creo. —Esas dos sencillas palabras expresaban todo su agradecimiento.

—Bueno, bueno: cuando salía del aparcamiento he visto llegar a los Massachs y a los Ribó. Dentro de menos de veinte minutos, la sala estará tan repleta que no cabrá ni un alfiler. ¿Dónde está Pere? —preguntó a Mariola.

—Ha subido a su despacho para cambiarse. Iré a buscarlo.

Mariola se alejó hacia la exposición del piso superior, en cuyo despacho encontraría a su padre. Enrique la contempló alejarse, todavía embriagado en parte por el arrebato que había sentido en la escalera y que la conversación no había logrado apagar.

—Es una criatura espléndida —comentó Samuel—. Si tuviera treinta años menos y no la quisiera como a una hija, me plantearía nuestra relación de un modo diferente. Aunque parece que ella ya ha elegido —dijo, y le guiñó un ojo.

—Te has dado cuenta.

—¡Cómo no! Tantas llamadas y recados en estos días podían responder a una necesidad coyuntural de la subasta, pero desde que os vi juntos supe que había algo más. Tu forma de mirarla te delata.

—Tienes razón, creo que hay algo más —concedió Enrique.

—Y me alegro, muchacho, me alegro de veras. —Lo cogió por los hombros—. Es una mujer con mucho carácter y personalidad.

—Gracias.

Los primeros participantes de la subasta, tal y como Samuel

había señalado, no tardaron en aparecer. Faltaba un buen rato para la hora indicada en los programas, pero la subasta era un acontecimiento especial en un gremio con una fuerte ligazón social. Para todos los invitados, asistir implicaba honrar la memoria de Artur a la par de tener la ocasión de beneficiarse con el excelente material del que éste hizo gala en su local. Al cabo de poco más de veinte minutos, la sala se había llenado con la flor y nata de los asociados al gremio de brocantes, vestidos con la apropiada corrección y exhibiendo la educación propia de las buenas familias a las que pertenecían. Afortunadamente para Enrique, Mariola, y sobre todo Samuel, se turnaron para evitar que Enrique quedara al servicio de la excesiva buena educación de los anticuarios, deseosos de presentarles respetos, condolencias, agradecimientos, anécdotas y vivencias compartidas con quien ejerciera de padre con él durante veinte años. Mariola, en contra de sus deseos, y debido a su condición de anfitriona, apenas pudo prestarle atención, ocupada en agradar a unos y otros, en hacerles creer que los consideraba necesarios, que eran el verdadero centro de la reunión. Y, pese a la amable tutela de Samuel, Enrique no tardó en sentirse ajeno al ambiente de la sala.

Sólo Guillem y Enric permanecieron junto a Enrique más tiempo que el resto de los invitados porque así lo permitió el viejo amigo de su padre. Enrique, una vez se alejaron entre la multitud, se sorprendió al comprobar cómo aquellos dos personajes, tan aparentemente inocuos, habían llegado a suscitar las sospechas de varias personas como posibles responsables del asesinato de Artur. Los estudió con disimulo: Guillem, con su habitual mezcla de dinamismo y cortesía, se constituyó en centro del mayor corro de la sala. Enrique no perdió de vista sus movimientos: en un grupo social con personalidad propia, donde primaban la elegancia, el encanto y el *savoir faire*, él era el rey. Todos seguían la estela de su atractivo y jaleaban sus anécdotas con la debida corrección; no era el simpático bufón que alegra las reuniones, sino su misma alma, el centro sobre el cual gravitaba la vida del grupo. Un hombre con un don especial, el don de ser admirado y querido por los demás. Por su parte, Enric hablaba pausadamente en un rincón de la sala con tres o cuatro personas mayores, investido con la seriedad habitual propia de su carácter. Difícilmente hubiera podido encontrarse pareja de amigos más dispar en lo físico y en lo social, no así en lo intelectual.

Del resto de los invitados extrajo una conclusión: era cierto que constituían un verdadero grupo, donde la tradición familiar tenía mucho que ver con la unidad del mismo. Él, Enrique Alonso, aún siendo considerado como el hijo de Artur Aiguader, no se sentía integrado entre los amables tertulianos. El mundo de las antigüedades jamás lo atrajo, y Artur nunca se planteó que debiera continuar con lo que para él era su mundo. El ambiente era demasiado exclusivo, los asistentes se recreaban en ser quienes eran, sin hipocresías o fingimientos de ningún tipo. No es que creyeran ser diferentes, sino que realmente lo eran.

Cuando sonó la campana que indicaba el inicio de la subasta, Enrique se sorprendió bebiendo un vaso de zumo que ni recordaba haber pedido. Mariola acudió decidida a su encuentro y Samuel se desvaneció entre la multitud. Avanzaron entre las filas de asientos hasta la cabecera de la subasta, donde unos asientos laterales estaban reservados, y a su paso Enrique pudo escuchar, entre diversos comentarios acerca del programa, susurrados cotilleos acerca de ellos. Mariola dejó solo a Enrique, quien se sentó junto a Samuel, para retroceder por el pasillo y ayudar a su padre, que avanzaba trabajosamente por el pasillo y a quien acompañó hasta el atril del subastador. Allí, Pere Puigventós, tomó el micrófono e hizo uso de la palabra para dirigirse a sus atentos y repentinamente silenciosos oyentes.

—Apreciados colegas y amantes del arte, buenos días. No es habitual que el presidente del gremio se dirija al colectivo antes de iniciar una subasta, pero hoy es un día especial que me brinda la oportunidad de realizar un último homenaje en memoria de un viejo amigo que ya no se encuentra entre nosotros. No pretendo trazar un panegírico, sino un pequeño esbozo sobre su persona, así que tened un poco de paciencia con este pobre anciano. Todos lo conocíais muy bien: me refiero, naturalmente, a Artur Aiguader.

»Hace cuarenta años, un joven inteligente tuvo la osadía de adquirir, también mediante una subasta, el local de un viejo asociado presente en el recuerdo de los más ancianos de nosotros, Lluís Foxà. Lluís, debido a causas políticas, se vio forzado a emigrar para evitar la cárcel o algo peor. El local, uno de los más clásicos del Carrer de la Palla, apenas le costó cuatro duros debido a su procedencia; eran malos tiempos, el mercado casi no existía, y Artur realizó una apuesta arriesgada. Por eso, cuando Artur continuó con el negocio de Lluís, no fueron pocos, y yo me incluí entre ellos, los que le criticaron abiertamente o a sus espaldas. ¿Quién era aquel joven advenedizo que se atrevía a inmiscuirse en nuestro mundo sin pertenecer a él? Como siempre, también como hoy en día, pecamos de egocentrismo: le criticamos con cierta saña sin saber que había logrado enviar una suma elevada, que se correspondía con el montante aproximado del valor real del local y su contenido, a su legítimo propietario, a la sazón en México DF. Artur fue paciente: nunca se molestó por la actitud de menosprecio del gremio, y logró hacerse poco a poco con la simpatía personal, que no colectiva, de muchos de nosotros. Cuando, años más tarde, Lluís restableció el contacto con mi padre, entonces presidente del gremio, pidió en su carta que agradeciera a Artur el no haberse aprovechado de la situación y enviarles la cantidad de dinero necesaria para poder iniciar una nueva vida en México. Como podéis imaginar, la noticia causó en el gremio una notable conmoción, y forzó la total aceptación de aquel joven como uno más entre nosotros.

»Así era Artur: discreto y generoso, un verdadero caballero en el sentido clásico del concepto, siempre dispuesto a ayudar a los demás sin exigir nada a cambio. Una persona de otro tiempo.

»Artur, por desgracia, se nos fue. Alguna persona sin corazón ni escrúpulos nos arrebató a un buen hombre, a un buen amigo. Porque, por encima de muchas otras virtudes, Artur fue, como dijo Machado de sí: «un hombre bueno».

Puigventós se detuvo para recobrar el aliento. Enrique, sorprendido por el alegato en favor de su difunto padre, contempló la reverente atención de los presentes, tanto componentes del gremio como ajenos a él, que conocieron y apreciaron a Artur durante muchos años. Mariola, sentada junto a él, tomó su mano sin disimulo y le sonrió.

—Hoy está aquí, con nosotros, Enrique, su hijo. También lo conozco hace muchos años, tantos que, creo recordar, entonces no me llegaba ni a la altura de la cintura. Enrique creció rodeado de antigüedades, de viejos muebles cubiertos de polvo, de sombríos cuadros necesitados de una buena limpieza, rodeado por cientos de viejos libros que para Artur fueron pasión.

»Hoy, Enrique, único heredero de los bienes de su padre, ha decidido desvincularse del mundo de los anticuarios. Es algo que en parte lamento, pues supone la desaparición de un local histórico y de una vinculación que deseábamos que también lo fuera. Pero también me causa alegría, porque sé que él es poseedor de un talento escaso y especial al que así podrá dedicar toda su atención. Prefiero que se dedique a escribir los maravillosos libros a los que nos tiene acostumbrados que verlo encerrado en un pequeño local por el que no siente el amor que los demás sentimos. Y para Enrique, como heredero de Artur, quien fuera amigo, colega y vicepresidente del gremio, por ese orden, hago entrega de esta placa como principal representante del gremio, en su honor y memoria.

Puigventós extrajo de debajo del atril un estuche que abrió entre los gentiles aplausos de los asistentes. La plateada placa centelleaba bajo el reflejo de las luces de neón; Mariola animó a un sorprendido Enrique para que saliera a recoger el inesperado presente. El presidente del gremio, con lágrimas en los ojos, bajó del atril y abrazó al hijo del homenajeado, quien tampoco tuvo reparo en disimular su emoción. Tras el abrazo, Enrique murmuró un inaudible gracias mientras enseñaba la placa. Después tomó asiento de nuevo junto a una sonriente Mariola.

—Seguro que lo has preparado tú —musitó a su oído—. La organización corría a tu cargo, así que debías saberlo. ¡Podías habérmelo dicho!

—No ha sido idea mía, sino de mi padre —le contestó ella de igual forma—. Tenía ganas de hacer algo así y la ocasión era propicia. Y, desde luego, no tenía la menor intención de estropearle la sorpresa. Y hay otra razón…

—¿Cuál?

—Seguro que los deseos de pujar a la baja se habrán desvanecido con esta escena emotiva. Conozco bien a mis colegas, somos así.

Una voz de bajo se enseñoreó de la sala de subastas. Su propietario era un hombre de unos cuarenta años, alto, delgado, de porte aristocrático, vestido con un riguroso traje negro, verdadero epítome de la seriedad. Presentó el lote que iban subastar como «una fantástica colección de diversas piezas, todas de excelente calidad», y procedió de inmediato a presentarlas de acuerdo al orden establecido en el programa de mano. Después de ensalzar las propiedades de cada una de ellas pasaba a marcar un precio de salida, estipulado por Mariola, que, con inteligencia, había situado los precios un tanto por debajo de lo habitual, para fomentar las pujas de los asistentes. El comportamiento general de la sala respecto a esta iniciativa fue correcto, aunque en ningún caso hubo quien se empecinase en una absurda lucha por cualquier objeto. Cuando se sobrepasaba el precio de salida aproximadamente en un tercio de su valor, siempre acababa por ceder alguno de los litigantes. Enrique comprobó con sorpresa que los participantes disfrutaban de un ambiente relajado, incluso poco silencioso, donde predominaban los murmullos y comentarios. El mismo Samuel pasó de participar en contadas ocasiones a moverse por la sala para comentar diversas incidencias con otras personas, hasta salir a la sala anexa donde los camareros continuaban con su labor con todos aquellos que precisaran un refrigerio. Samuel actuaba en representación de Samuel Horowitz, Anticuario, pues Mariola, como organizadora del evento, prefería quedar al margen y comentar con Enrique las incidencias de la subasta. Cuando llegó el turno del altar que Samuel y Mariola habían señalado como pieza de su predilección, se enfrentaron a la puja de un particular bastante adinerado. Mariola le indicó al oído que se trataba de una cuestión personal, un capricho del otro pujante con el que no habían contado; el altar carecía de la salida habitual en el mercado, pues únicamente podría utilizarse de la misma manera que lo utilizó Artur: punto focal de la decoración de una gran sala o terraza. Ellos mismos tenían previsto colocarlo en exposición, que no en venta, y aprovecharlo para redistribuir todo el espacio interior de su local. Enrique protestó porque el altar hubiese salido a subasta, pero Mariola repuso que se trataba de obtener el mayor beneficio posible para él; perder la puja no era tan importante. Finalmente el particular se hizo con el altar, eso sí, pagando una suma sensiblemente superior a lo previsto inicialmente.

—Estoy seguro de que ha pujado sin intención de comprarlo, sino para tocarnos las narices —declaró Samuel, que había perdido el buen humor exhibido hasta el momento.

Mariola le explicó a Enrique el origen de la enemistad, basada en una antigua disputa cuya causa era tan absurda que ni los mismos contendientes la recordaban. Sólo el empecinamiento de dos partes dispuestas a no ceder un ápice con tal de no dar la posibilidad de una satisfacción a la otra mantenía vivo su antagonismo.

—Historias semejantes son habituales en el mundo de los anticuarios —explicó ella—. Los componentes del gremio son, en su mayoría, personas con personalidad y bastantes «particularidades». Existen entre ellos numerosas rencillas a las que dicen no conceder valor alguno; las justifican como sana rivalidad, pero cualquier observador avezado en nuestro entorno lo calificaría como ganas de fastidiar al prójimo.

—¿Por eso realizáis tú y Samuel el juego de adivinar quiénes pujarán por los diferentes objetos?

—En eso se basa. Los propietarios de las tiendas reflejan en su actividad gustos personales. Esos gustos no suelen ser compartidos por la mayoría de los anticuarios, sino únicamente por otros dos, o a lo sumo, tres anticuarios más. Por eso, conociendo los gustos y estilos de la mayoría de los compañeros, podemos dedicarnos a especular sobre las pujas.

—Me da la impresión de que es una diversión menos inocente de lo que pueda parecer a simple vista.

—No lo hacemos con mala fe... casi nunca —rio Mariola—. Lo cierto es que, a veces, resulta muy divertido ver los esfuerzos de más de uno por disimular la cara larga que se le queda después de sufrir un tropiezo ante sus compañeros.

—Hasta que, claro está, os sucede a vosotros —señaló al enfurruñado Samuel.

—Eso a mí no me afecta. Samuel se enfada porque las posibles rencillas que pueda tener se remontan a muchos años atrás. Yo sólo llevo cuatro años en el negocio y aún no me he ganado ningún rival. Y no me lo ganaré, porque me parece una tontería desperdiciar el tiempo en semejantes necedades. *C'est ne pas vrai?* —preguntó, melosa, Mariola.

—*Oui, mon chère.*

La subasta transcurrió con cierta rapidez a pesar de la multitud de objetos que Artur exhibía en venta o almacenaba en su particular museo. Alrededor de las tres de la tarde se subastó la última pieza, un antiquísimo jarrón de porcelana china que alcanzó la respetable suma de siete mil euros. Los brocantes, una vez concluido el espectáculo que constituía la subasta, comenzaron a retirarse entre nuevas manifestaciones de pesar y aprecio. Enrique, en esta ocasión escoltado por Mariola, se vio forzado a repetir el ciclo de estrechar innumerables manos, estampar y recibir cientos de besos, y agradecerles a todos la asistencia a la subasta. La gran sala, abarrotada unos minutos antes, estaba ahora vacía a excepción de Mariola Puigventós, Pere, su padre, Samuel y Enrique.

—¡Bueno, ya acabó todo! —comentó Puigventós con una vitalidad que desmentía sus años—. Y debo decir que, a juzgar por mis cálculos, ha sido para bien —dijo mientras frotaba los dedos índice y pulgar.

—¿Ya has calculado las ganancias? —preguntó Samuel.

—Apostaría que superan los ciento veinte mil euros, unos veinte millones de las antiguas pesetas —intervino Mariola—. Tres de los muebles más hermosos estaban cerca de los dos millones, y el resto bien puede dar una cifra cercana a otros dieciocho.

—Coincide con mis cálculos —confirmó Puigventós—. Si descuentas la parte de Hacienda y la comisión de la sala, te quedarán limpios unos noventa mil euros. Pero eso te lo confirmaremos en el transcurso de la semana, cuando la secretaria haga efectivo el importe de las adquisiciones y cerremos las cuentas.

—Un buen pellizco —observó Samuel.

—Ni siquiera sé en qué gastarlo. La verdad, preferiría no tener ese dinero y que Artur estuviera con nosotros. Pero me temo que no hay nada que hacer.

—Enrique. —Una nueva voz proveniente del otro lado de la sala.

Todos se giraron a la vez. En el umbral estaba el inspector Fornells, con aspecto cansado, incluso abatido. Su rostro denotaba falta de sueño y un vago pesar apenas perceptible. Avanzó hacia el grupo pero se detuvo a mitad de camino, incómodo en apariencia, quizá por sentirse en tierra extraña a la que no tenía costumbre pisar. Con un gesto cansino indicó a Enrique que se acercara. Éste obedeció tras disculparse de los otros.

—Fornells, ¿qué le ocurre? Tiene mal aspecto.

Las ojeras le colgaban flácidas como bolsas medio vacías, la nariz enrojecida, la cara abotargada propia de los alcohólicos, hinchada toda ella, producto de incontables horas de trabajo, ninguna de descanso, y un buen número de carajillos para mantenerse.

El inspector se limitó a mirarlo largo rato con sus ojos fatigados, cruzados por infinidad de rojizas venillas.

—Tenemos que hablar —dijo por fin.

—Bien, si lo desea podemos hablar en algún despacho que el señor Puigventós ponga a nuestra disposición…

Fornells, impasible, negó con la cabeza.

—No, no. Tenemos que hablar en la comisaría. Tengo un coche patrulla ahí afuera esperándonos.

Enrique se sintió intranquilo por la petición de Fornells. Siempre había considerado que las fuerzas del orden están para servir y ayudar a los ciudadanos, no para castigarlos. Por eso jamás sintió en su interior esa sensación de intranquilidad que a muchos les recorre la espalda al pasar junto a cualquier policía. Sin embargo, en esta ocasión, pese a tener la conciencia tranquila, percibió que algo no funcionaba correctamente. El detalle de tener que acudir a la comisaría… Y ese tono tan distante, tan poco cordial respecto a conversaciones anteriores, así parecían indicarlo.

—Bien, si me disculpa me despediré de mis amigos.

—Claro —concedió Fornells con un gesto de la mano—. Te esperaré en la calle, junto a la escalera de entrada. No tardes.

—Descuide. El tiempo de despedirme y subir a las oficinas para recoger mi chaqueta.

Fornells emprendió el camino de la salida sin añadir más. Enrique regresó junto al grupo que, desde la distancia, se mantuvo en expectante silencio mientras duró su conversación.

—¿Qué ocurre? ¿Hay alguna noticia? —preguntó Samuel—. ¿Han averiguado algo?

—No lo sé. Me ha dicho que tenemos que hablar en la comisaría, pero no ha querido decir nada más.

—A lo mejor han descubierto algo… —apuntó Puigventós.

—No lo creo. Como sabéis, Fornells era un viejo amigo de mi padre y se había tomado el caso como algo personal. Parecía demasiado enfadado para traer buenas noticias. Voy a las oficinas a recoger la chaqueta. ¿Me acompañas? —preguntó a Mariola.

—Claro.

—Si hay novedades os las comunicaré. Hasta pronto, y gracias por vuestra ayuda.

Puigventós y Samuel se despidieron. Luego, Mariola lo condujo hacia el ascensor de servicio. Enrique, silencioso, no podía ocultar su preocupación.

—Ojalá sean buenas noticias —dijo Mariola.

—Sí, eso espero —contestó ausente Enrique.

Mariola se abstuvo de continuar hablando. Llegaron a la oficina; allí Enrique cogió su chaqueta y emprendieron en silencio el camino hacia la salida. Desde la parte superior de las escaleras de acceso al Boulevard dels Anticuaris podía verse a Fornells esperando, apoyado en una esquina de la pared, con un cigarrillo colgando indolente entre sus labios.

—Verte preocupado me preocupa a mí también. Llámame en cuanto salgas de allí. Estaré en casa.

—Te llamaré.

—Por favor, no te olvides. —Enrique detectó en su voz un ruego oculto.

—Descuida, no lo haré —dijo, y le devolvió un suave beso como fiel confirmación de sus intenciones.

Al verlo acercarse, Fornells arrojó el cigarrillo al suelo y lo apagó con un descuidado pisotón.

—Vamos, ahí está el coche. —Señaló a un vehículo estacionado en doble fila en el lateral del Passeig de Gràcia.

Junto al vehículo, Fornells, silencioso, le indicó a Enrique la puerta trasera. La abrió; en su interior estaba el inspector Rodríguez, que lo saludó con una inclinación de la cabeza. Tomó asiento y tiró de la puerta, que crujió con un sonido ominoso al cerrarse. El coche patrulla se puso en marcha y maniobró con dificultad entre el siempre denso tráfico. Fornells, impaciente, musitó una sola palabra.

—Arrea.

El conductor, un policía de uniforme, activó la ululante sirena. El coche ganó velocidad. Todos los vehículos le cedían el paso como harían con un apestado, por lo que, apenas cinco minutos después, aparcaron frente a la comisaría del Raval. A Enrique tuvieron que abrirle desde fuera, ya que la puerta estaba bloqueada desde el interior. Con Fornells a un lado y Rodríguez al otro, y seguidos por el policía de uniforme, Enrique fue, por primera vez desde que salieran del *boulevard*, consciente de su situación: estaba, lisa y llanamente, detenido.

16

*E*n el despacho del comisario Fornells, sentado frente a una desordenada mesa repleta de papelotes, carpetas y documentación diversa, Enrique aguardaba pacientemente a que alguien se dignase a explicarle qué demonios estaba sucediendo. Llevaba casi una hora sentado allí, solo; tras llegar a la comisaría, el policía de uniforme se retiró, y Fornells y Rodríguez le hicieron pasar al despacho sin decir ni una palabra. El tiempo transcurría con lentitud, y la incertidumbre se cebaba en Enrique. Algo no iba bien, pero ¿qué podía ser? ¿Habrían descubierto información relacionada con la ocultación del manuscrito? Era plenamente consciente de haber encubierto una posible pista relacionada con el asesinato de Artur; así lo había señalado Carlos. Pero el asesino estaba entre rejas; haberlo hecho no podía resultar menos intrascendente. Si lo habían averiguado tenían todo el derecho a estar enfadados, pero no a montar toda aquella parafernalia. En cualquier caso, dudaba que lo hubieran llevado hasta allí por ese motivo. Parecía demasiado insustancial.

Rodríguez abrió la puerta del despacho, pero se detuvo antes de entrar.

—Es Fornells; dice que no tardará en venir —se escuchó decir a alguien.

Después, el ayudante del comisario cerró la puerta y tomó asiento junto a Enrique, frente a la mesa de su jefe.

—Te ruego que disculpes el retraso. Justo al entrar en la comisaría recibimos una llamada del forense y tuvimos que dejarte para atender diferentes asuntos. Fornells está de camino; lo tendremos aquí dentro de diez minutos. Mientras, si lo deseas, podemos comenzar.

—¿Comenzar a qué? —preguntó extrañado Enrique.

Rodríguez extrajo una fotografía de su portafolios y se la entregó.

—¿Lo conoces?

—Sí, lo conozco.

La fotografía, de gran tamaño, era del rostro de Manolo. La instantánea debió realizarse en alguna ocasión solemne: Manolo, con americana y corbata, estaba bien peinado y presentaba un buen aspecto muy alejado de su habitual desaliño.

—¿Sabes cómo se llama y a qué se dedica?

—Se llama Manuel Álvarez. Es filólogo.

—¿Cuándo lo conociste?

—Perdona, pero antes de continuar y si no tienes inconveniente quisiera hacerte una pregunta. ¿Es esto un interrogatorio?

El policía meditó la respuesta.

—No es oficial, pero puedes considerarlo así.

—No entiendo qué está pasando. ¿Puedes aclarármelo?

—Es bien sencillo. Te haré un breve resumen. Aproximadamente a las 00.40 de esta madrugada recibimos una llamada identificada que nos alerta acerca de una situación irregular en un inmueble de la zona alta de Barcelona. Nos dio el aviso un jubilado que vive solo. Ha escuchado unos gemidos; después, silencio. El vecino en cuestión no les da importancia, puede ser cualquier cosa, desde una pareja haciendo el amor hasta el perro del cuarto, animal desobediente que suele recibir más palos que caricias. Pero al bajar la basura, se da cuenta de que la puerta del segundo piso está entreabierta. Piensa que el propietario, al que conoce hace tiempo y que califica como de muy despistado, se la ha dejado abierta sin querer. Golpea la puerta con los nudillos, pero nadie le responde. Después usa el timbre, con idéntico resultado. Decide cerrar la puerta, pero le vence la curiosidad y echa una mirada al interior. En medio del recibidor encuentra al propietario del piso convertido en cadáver.

—Manolo, ¿muerto?

—Sí, muerto. Muerto del todo.

En ese punto, Rodríguez guardó unos segundos de silencio. Durante el intervalo de tiempo en que estuvo callado observó con total descaro las reacciones de Enrique.

—Mira, ahí está Fornells. Viene del depósito de cadáveres, donde han finalizado la autopsia. Traerá consigo el informe del médico forense con todos los datos.

—Asesinado… —murmuró Enrique, desolado.

—Sí, asesinado —contestó Fornells después de abrir la puerta del despacho y cerrarla tras de sí—. ¿Le has informado?

—Únicamente le he hablado del informe realizado por el vecino.

—Curioso. ¿Cómo sabes que ha sido asesinado si no te lo ha dicho nadie?

—Una intuición —concedió Enrique.

—Buena intuición. Tan buena que tendrás que explicárnosla detalladamente. Verás, a don Manuel Álvarez Pinzón, nacido en Mérida la curiosa fecha de un 29 de febrero, se lo cargaron anoche mismo, no hace ni diecisiete horas, por un motivo que desconocemos por completo. En la puerta no constan signos de fuerza, y debido a la postura del cuerpo en el recibidor se deduce que lo asesinaron justo en el momento o muy pocos segundos después de abrirla. El asesino utilizó un arma punzante estilo tijera, abrecartas o destornillador. El golpe se insertó en la cavidad orbital derecha hasta alcanzar el cerebro; la muerte tardó en producirse alrededor de un minuto. Durante ese tiempo el asesino intentó silenciar los gemidos de su víctima con un pañuelo de color blanco, aunque sin conseguirlo por completo, a juzgar por la declaración del vecino.

»La identidad del asesino se desconoce, así como el motivo. Sin embargo, poseemos diversos datos considerados útiles para iniciar una investigación. Uno de ellos es muy revelador: la casa fue registrada por completo, sin duda hasta encontrar lo que quienquiera que fuese buscase. El otro dato no nos aclara demasiado, pero esperamos que tu contribución nos permita atar cabos: Beatrice Dale, tu ex mujer, que actualmente reside en el que fuera domicilio habitual de Artur y ahora tuyo, acudió la mañana del lunes a la Universidad de Barcelona, donde mantuvo una entrevista con Joaquim Pagés, catedrático de Filología Clásica. Beatrice precisaba ayuda para realizar una traducción, y el señor Pagés le presentó al mejor experto de su departamento, el señor Álvarez. Continúa, Joan.

Rodríguez, abstraído, tardó en responder a la invitación de su superior.

—Perdone, Fornells, estaba distraído. Fíjese, hoy es miércoles; hace exactamente dos semanas, casi a esta misma hora, Enrique entraba en la comisaría para ser informado acerca del asesinato de su padre adoptivo. Incluso creo recordar que fui yo quien le explicó nuestras sospechas y que usted, exactamente igual que hoy, llegó con cierto retraso a la reunión.

—Tienes mucha razón, la vida está repleta de casualidades —concedió Fornells—. Pero la reunión de hoy difiere en mucho de la que mantuvimos hace catorce días. Aquella vez fuimos nosotros los que intentamos informar a Enrique acerca de un asesinato…

—… y hoy será Enrique quien nos informe a nosotros sobre otro asesinato. ¿No es así?

Ambos policías escrutaron con detenimiento a Enrique, esperando la única e inevitable respuesta posible.

—Sí. —Se frotó los ojos al contestar—. Os contaré todo lo que sé sobre este asunto.

Durante las tres horas siguientes, mientras ambos policías tomaban un sinfín de anotaciones, Enrique relató de forma detallada todo lo ocurrido desde que Bety le había comunicado la muerte de su padre. Comenzó por la carta que Artur le envió antes de morir, donde se hacía referencia a su descubrimiento y al miedo que éste la causara. Hizo hincapié después en sus sospechas iniciales, donde Guillem y Enric, y en un segundo término, Samuel, podían considerarse sospechosos de haber cometido el crimen al tener constancia del descubrimiento durante el postrer encuentro que tuvieron el viernes 22 de abril. Esas sospechas se confirmaron al recibir ofertas de compra firmes por parte del trío. Explicó la ayuda que su amigo Carlos Hidalgo le prestó al investigarlos —las buenas coartadas parecían descartarlos como culpables—, así como la idea del cebo, último recurso para desenmascarar al posible asesino. Cuando el domingo 8 de mayo, Bety le explicó la detención del francés quedó automáticamente descartada la vinculación de sus tres sospechosos con el asesinato. Brésard parecía reunir todas las condiciones para ser el deseado culpable, por lo que Carlos desmontó la camuflada vigilancia que mantuvo sobre Enrique dando al asunto por zanjado. Mientras, por su cuenta, Bety realizaba averiguaciones sobre el manuscrito origen de todo; en el transcurso de éstas conoció a Manolo, como bien habían dicho, mediante Quim Pagés. Manolo, por un azar inimaginable, también conocía la existencia del objeto al que se refería el manuscrito y ofreció gustoso su colaboración. Explicó la naturaleza e historia del objeto, la Piedra de Dios. Después, Enrique le entregó el libro para que lo estudiara detenidamente, requisito indispensable para la resolución del caso, según le dijo el propio Manolo. A partir de ahí desconocía lo sucedido.

Después de finalizar el relato, Fornells y Rodríguez se miraron, dubitativos. El veterano comisario cedió la iniciativa del interrogatorio a su subordinado con un dejado gesto de su mano derecha. Rodríguez expuso su intención de extraer toda la verdad de las declaraciones de Enrique.

—Debo decirte que hay numerosos puntos donde necesitaremos que nos clarifiques ciertas cosas. Pero antes de empezar con las preguntas quisiera que nos explicaras por qué no nos contaste antes todo lo relacionado con el manuscrito. Recuerdo perfectamente que estabas sentado en esa misma silla cuando Fornells te pidió que hicieras memoria sobre cualquier asunto que pudiera estar relacionado con la muerte de Artur.

—Antes de contestar quiero pediros perdón. Creo que he actuado con irresponsabilidad...

—No debes preocuparte por nosotros —le interrumpió Fornells—, sino más bien por el difunto Álvarez. Si hubieras hablado en su debido momento, puede que ahora estuviese vivo en lugar de ser un frío montón de carne recién destripado que reposa en el frigorífico del anatómico forense.

Enrique se quedó sin habla. Fornells había puesto el dedo en la llaga: ¿qué parte de responsabilidad tenía él en la muerte del pobre Manolo? Sin duda, mucha más de la que pudiera imaginar.

—Fornells tiene razón, pero sólo en parte. Que tú hubieras hablado cuando debiste hacerlo no implica la necesaria detención del asesino, aunque puede que hubiéramos podido evitar esta desgracia. Responde a mi pregunta.

—Yo... Cuando Fornells me pidió más información no quise decir nada para intentar averiguar el misterio contenido en el manuscrito. Supuse que si os lo explicaba lo recabaríais como prueba. Eso fue en un primer momento; luego, cuando recibí las ofertas de compra por el negocio de Artur, caí en la cuenta de que resultaba una extraña casualidad. Carlos estuvo de acuerdo: dijo, textualmente, que las casualidades no existen. Por eso investigó a los tres sospechosos, aunque no encontró nada que los involucrara.

—En resumidas cuentas, guardaste silencio para ser tú quien resolviera el desconocido enigma del manuscrito —intervino de nuevo Fornells—. Actuaste movido por la ambición, ¿no es así? Querías para ti toda la gloria, todos los honores: descifrar el manuscrito y resolver el misterio, atrapar al asesino con tus propias manos. —A medida que hablaba iba perdiendo el control y aumentando su hostilidad—. ¿Por qué coño no pudiste confiar en nosotros? ¡Eso es, con diferencia, lo que más me jode! ¡Viniste aquí con el rabo entre las piernas, te cuidamos como no cuidamos a ninguna otra persona, y así nos lo pagaste!

—Fornells —intervino Rodríguez, para sosegar los ánimos—. Vayamos un momento afuera.

Los policías abandonaron la sala unos instantes. Enrique, además de sentirse en parte responsable de la muerte de Manolo, se sintió profundamente arrepentido por haber engañado a Fornells. El comisario tenía razón: gracias a su vieja amistad con Artur le había puesto al tanto de pormenores de la investigación que los allegados de las víctimas nunca conocen. Y guardaba también en la memoria el recuerdo de la mañana del lunes, cuando le explicó en el Londres la historia de aquel joven Artur que Enrique jamás hubiera conocido de no ser por su gentileza. Tenía todo el derecho a sentirse defraudado, tanto en lo profesional como en lo personal.

Pasados unos minutos en los que ambos policías discutieron, Rodríguez entró de nuevo en el despacho.

—Está muy dolido. También está cabreado, pero lo que más le molesta es que no se lo contaras, la falta de confianza que eso supone.

—Quisiera poder expresar cuánto lo siento.

—Es tarde —sentenció inmisericorde Rodríguez—. Lo de Álvarez no tiene remedio y a Fornells se le pasará el enfado antes o después. Ahora, si tan arrepentido te sientes, y no dudo de la sinceridad de tus palabras, olvida tu malestar y concéntrate en responder a mis preguntas.

—Está bien.

—¿Tienes en Barcelona la carta que te envió Artur?

—Sí.

—La necesitaremos. ¿Qué opinaba Hidalgo acerca de tu teoría?

—Consideraba que las coartadas de nuestros tres sospechosos eran correctas. No creyó que el culpable fuera uno de ellos, pero estaba dispuesto a concederme una oportunidad mediante el cebo que les tendimos. Quiero que sepáis que era partidario de compartir la información con la Policía; mantenernos al margen le parecía una locura, e incluso me informó de que podía ser considerado delito.

—Hizo bien al informarte y mal al no comunicarnos tus

teorías —observó Rodríguez—. Pero es su privilegio como investigador privado mantener la reserva sobre informaciones de esta índole. Dime: ¿eras consciente del peligro al que te exponías actuando como cebo?

—Sí. Pero confío plenamente en Carlos: somos amigos desde la infancia y sé que es un profesional competente. Organizó un servicio de vigilancia que anulamos la misma noche del domingo, cuando llegué a casa y Bety me explicó la detención del Francés.

—Recuerdo que, cuando hablamos por teléfono, soltaste un taco al conocer la identidad de Brésard.

—Me pareció increíble que el asesino no fuera Guillem o Enric. ¡Todo los señalaba como culpables!

—Observo que no incluyes a Samuel Horowitz.

—No, no pudo ser él. Jamás sospeché que pudiera estar involucrado. Era amigo de mi padre desde los años cincuenta. Y no un amigo cualquiera, sino uno de los mejores.

—Samuel Horowitz es de origen hebreo, igual que esa piedra de la que nos has hablado.

—Él jamás hubiera hecho algo semejante —negó Enrique—. Además, tiene una coartada.

—Igual que tus otros dos sospechosos. Como comprenderás, al ser las últimas personas que vieron vivo a Artur, nos vimos obligados a estudiar sus movimientos durante el fin de semana. Y, como Carlos te explicó, las coartadas son adecuadas. Descríbeme el manuscrito.

—Es un ejemplar muy antiguo, de gran tamaño, acaso dos palmos de alto por uno de ancho. La encuadernación es de piel de becerro, casi negra, muy oscurecida por el paso de los años. La portada presenta unos adornos repujados sobre el cuero, unos filetes gofrados…

—Espera, eres demasiado técnico. ¿Podrías dibujarlos? —Le acercó papel y bolígrafo.

—Sí.

Enrique se aplicó a la tarea de reproducir la portada del manuscrito Casadevall. Tras finalizar, le tendió el bosquejo a Rodríguez, que salió al exterior de la sala y se lo entregó, junto a determinadas instrucciones, a uno de los subinspectores.

—Va a comprobar si se encuentra en casa del difunto. Sé positivamente que no lo va a encontrar, pero debo hacerlo igualmente. ¿Tienes alguna copia de su contenido?

—Diversas anotaciones y una traducción incompleta e incorrecta. Es posible que Bety guarde una trascripción que supla las carencias de la mía.

—¿Cuál es el valor del manuscrito?

—No soy un especialista, pero debe de ser muy alto.

—¿Es la Piedra de Dios algún tipo de piedra preciosa?

—Sí. Podría tratarse de una esmeralda de gran tamaño.

—Alguien se está tomando demasiadas molestias para que se trate de un objeto inexistente o sin valor. Siguiente pregunta: ¿por qué está Bety en Barcelona?

Enrique suspiró.

—Vino a ayudarme. Yo estaba muy unido a Artur, más de lo que la mayoría de las personas suelen estarlo con sus padres. Puede que se debiera a mi condición de hijo adoptivo. Bety estaba preocupada, así que arregló sus asuntos de la universidad y apareció por sorpresa el miércoles pasado.

—Estáis separados, ¿verdad?

—Sí.

—¿Vuestra relación es simplemente amistosa?

—No hay sexo —aclaró directamente Enrique—. De hecho, llevábamos varios meses sin vernos.

—¿Dónde estuviste ayer por la tarde y por la noche?

Enrique comprendió la intención subyacente en las preguntas de Rodríguez. Estaba, lisa y llanamente, comprobando su coartada en el momento del crimen.

—En casa de Mariola Puigventós.

—¿Hasta qué hora?

—Creo que me fui alrededor de las doce y media.

—Dime la dirección y teléfono de la señorita Puigventós.

Enrique le dictó ambos datos.

—Ahora háblame de ella.

—Es la hija de Pere Puigventós, presidente del Gremio de Anticuarios de Cataluña.

—¿Cuál es vuestra relación?

Dudó. No tenía claro cómo contestar la pregunta.

—Bueno, supongo que podrías anotarlo como, pues, como pareja.

Rodríguez levantó la vista de la carpeta para mirarlo con cierta sonrisa no desprovista de cinismo.

—¿Quieres decir que resides en Barcelona con tu ex mujer, pero que tienes aquí una pareja estable en la persona de Mariola Puigventós?

—Si, así es —contestó incómodo—. Verás, puedo explicarlo…, supongo.

—Tengo curiosidad por escucharte —le interrumpió con una sonrisa juguetona.

—Cuando Bety vino el pasado miércoles, Mariola y yo, todavía no… En realidad no nos veíamos desde hacía por lo menos doce años o más. Ella residía en Nueva York; estaba casada, pero se separó hace cuatro años y decidió regresar a España… —Enrique detuvo su historia. La situación se le escapaba de las manos y tener que contar todo aquello le parecía fuera de lugar—. Escucha, ¿es realmente necesario que te cuente esto?

—Si preguntas eso es que aún no eres muy consciente de tu situación. —Su rostro había perdido todo atisbo de diversión para revestirse de una gravedad inusitada.

—Quizá debas explicarme cuál es mi situación —exigió Enrique.

—Bien sencillo. Fornells no te considera sospechoso ni del asesinato de Artur ni del de Manolo. Respecto al primero estoy de acuerdo; Mikel Garaikoetxea confirma que saliste a navegar la mañana del domingo 24 de abril. No consta que tu yate, el *Hispaniola*, pasara noche alguna en ninguno de los puertos cercanos y fondearlo era, según los expertos consultados, imposible debido al tiempo. Nos dijeron que las mejores anclas hubieran acabado por ceder y el yate se hubiera estrellado contra las rocas. En cuanto al segundo asesinato, si no te importa, mantendré cierta reserva hasta que finalice el interrogatorio. En cualquier caso, te recomiendo que no te sientas molesto por las preguntas que pueda hacerte. Las hago porque la investigación las convierte en necesarias. ¡No soy el consultorio de la señora Francis, así que contesta y déjate de leches!

Enrique se preocupó al saberse investigado en relación con el asesinato de Artur y comprendió definitivamente lo expuesto de su situación. Rodríguez analizaba todas y cada una de sus respuestas con la clara intención de descubrir su verdadero papel en esa historia. Sin embargo, antes de continuar, tuvo que formular una pregunta inevitable.

—¿De veras pensasteis que podía tener algo que ver con la muerte de mi padre? —inquirió incrédulo.

—¡Vamos! ¡Que seas una figura pública no te convierte en inmune a las delicias de un enriquecimiento súbito! —sonrió Rodríguez—. Es evidente que nuestra labor pasa por investigar a los familiares y amigos; la estadística demuestra que entre el noventa y el noventa y cinco por ciento de los asesinatos los comete algún pariente o conocido del difunto. Y si a esa regla sumas la existencia de una herencia como la dejada por Artur, comprenderás que investigar resulta poco menos que inexcusable. En cualquier caso, estabas navegando; no hubieras podido cometer el asesinato. Pero no divaguemos; me intentabas explicar la relación existente entre Mariola Puigventós y Beatrice Dale.

—Puigventós, el padre de Mariola, se ofreció para organizar una subasta para liquidar el negocio de Artur —prosiguió Enrique—. Mariola se encargó de preparar la subasta, donde me recogió Fornells al mediodía. Bueno, el caso es que el domingo por la tarde, después de pasar el fin de semana trabajando en la tienda, me invitó a cenar en su casa y … De momento vivo en casa de Artur, donde también reside Bety hasta que se vaya, pero Mariola y yo somos, bueno, pareja. Creo.

—No era tan difícil de explicar. ¿Conoce la señorita Puigventós la existencia del manuscrito Casadevall y la Piedra de Dios?

—En parte.

—Normalmente las parejas no suelen guardarse secretos.

—Le expliqué parte del misterio para que comprendiera por qué Bety permanecía en Barcelona.

—No comprendo. ¿Quieres decir que estaba celosa de la señorita Dale?

—No, bueno, sí. Quiero decir que no duda de mi fidelidad, pero que no le parece correcta nuestra situación.

—¿Hasta qué punto conoce la historia de la Piedra de Dios?

—Para ella, Bety está aquí intentando traducir un viejo manuscrito que debe conducirnos a un posible misterio aún ignorado. No sabe nada más.

—¿Por qué se lo has ocultado?

—No le oculto nada. Ocurre que, cuando hablamos sobre la traducción, yo ya no tenía interés alguno en la resolución del misterio. Por eso únicamente le conté lo básico, lo que realmente explicaba la situación de Bety, de la señorita Dale, en Barcelona.

—Eso es difícil, muy difícil de creer. —Le señaló con el bolígrafo—. Convénceme de que estoy equivocado.

—Te sorprenderá, pero parte de la culpa la tiene Fornells.

Enrique trazó un resumen acerca de las revelaciones sobre el pasado de Artur que Fornells le había contado la mañana del lunes, y sobre la influencia de éstas en su estado de ánimo. Rodríguez tomó cumplida nota de la historia en su libreta.

—Bien. Prosigamos. Abandonaste la residencia de la señorita Puigventós sobre las 12.30. ¿Qué hiciste después?

—Regresé a Vallvidrera. Llegué sobre la una. —Se adelantó Enrique a la pregunta de Rodríguez.

—Interesante. Muy interesante. ¿Sabes dónde residía el difunto Manuel Álvarez?

—No. Bety se ofreció a acompañarlo hasta su casa la noche del lunes, pero no presté atención.

—Vivía en el Carrer Muntaner, junto al primer Cinturó de Ronda.

Enrique comprendió la cristalina realidad mostrada por la observación de Rodríguez. El domicilio de Manolo estaba de camino entre la casa de Mariola y la de Artur. Tan cercanas que, caminando, no las separarían más de diez minutos. Cualquier persona que abandonara a Mariola a las doce y media hubiera podido cometer el asesinato y luego llegar a Vallvidrera al cabo de unos veinte minutos.

—Llegaste a tu casa alrededor de la una y allí estaba la señorita Dale.

—Sí.

—¿Tiene prevista la señorita Dale alguna fecha para regresar a San Sebastián?

—La idea inicial era que regresase hoy o mañana. Pero no creo que Bety lo haga hasta haber resuelto el misterio del manuscrito.

—Tuviera o no previsto su regreso, deberá posponerlo hasta que haya hablado con nosotros. ¿Por un casual sabes dónde podríamos encontrarla?

—No. Anoche tuvimos una… podríamos llamarlo discusión, y esta mañana, cuando me levanté, ya se había ido. Supongo que podrían encontrarla en el archivo del arzobispado, o en Ca l'Ardiaca.

—¿Puede saberse cuál fue el motivo de la discusión?

Se sintió como un boxeador tocado que busca refugio en los rincones del cuadrilátero. De todo el interrogatorio, aquélla era la parte que más le estaba doliendo; se sintió como un chulo de barrio al verse obligado a contestar.

—Creo que estaba celosa de Mariola —suspiró.

—Veamos: has dicho que vuestra relación era puramente amistosa. Tu pareja es Mariola, no Bety: ¿me equivoco?

—No, no te equivocas. Supongo que Bety todavía almacena en alguna parte la vieja pasión que sintiera por mí.

—¿Y no sucede a la inversa?

—Antes de conocer a Mariola, sí. Ahora ya no.

—Ya. Bueno, bueno. Menuda historia —comentó para sí mientras pasaba las abarrotadas páginas de la libreta—. Menuda historia. Bien… Imagino que con esto tenemos todo lo necesario.

—Entonces…, ¿podría irme?

Rodríguez castigó deliberadamente a Enrique al meditar la respuesta con toda la calma posible.

—Sí, pero antes de que te vayas quiero que sepas dos cosas. Primero, que tu versión de los hechos coincide con la dada por la señorita Dale, a quien ya habíamos interrogado en otra dependencia de la comisaría y que ahora te espera en el vestíbulo. —Enrique, asombrado, sintió difuminarse sus fuerzas. ¡Bety también interrogada! ¡Gracias a Dios que había dicho toda la verdad!—. Eso es bueno para vosotros. Segundo, que todavía no podéis considerados libres de sospecha. Especialmente en tu caso, por motivos que te resultará fácil imaginar, al menos hasta que hablemos con la señorita Puigventós. Os recomiendo prudencia. Estad, dentro de lo posible, localizables, los móviles encendidos. El departamento tiene en marcha diversas investigaciones que pueden requerir vuestra participación. ¿Está todo claro? ¿Alguna pregunta?

Enrique negó con la cabeza.

—Fornells… —insinuó.

—Olvídalo. Sería contraproducente.

Cuando Enrique abría la puerta del despacho Rodríguez lo detuvo con un nuevo comentario.

—Una cosa más —le habló sin levantar la vista de las anotaciones—. Te dije durante el interrogatorio que cuando finalizara tendría una opinión sobre tu culpabilidad. Son bastantes los datos que pueden incriminarte, o cuando menos relacionarte con la muerte de Álvarez, pero no creo que seas el asesino. Todo resulta demasiado obvio, excesivamente evidente. No, si fueras culpable serías el asesino más imbécil de la historia de la criminología. Aunque precisamente así, como un imbécil, pienso que te has conducido en este asunto.

Después de abandonar el despacho con el rabo entre las piernas, Enrique descendió por las oscuras escaleras hasta el vestíbulo que le indicó Rodríguez. Allí, en efecto, estaba Bety, sentada en un sillón tan viejo y destartalado como el resto de la comisaría, junto a una mesilla donde descansaban los manoseados restos de lo que parecían ser revistas del corazón. Bety tenía la mirada perdida en el desconchado techo; sus profundas ojeras demostraban bien a las claras que había llorado profusamente. Al verlo se puso repentinamente en pie y corrió a su encuentro. Lo abrazó en medio del vestíbulo. Los dos guardias que custodiaban la entrada a la comisaría los contemplaron sin curiosidad, seguramente curtidos por años de experiencia en observar las miserias de la humanidad. Enrique, incómodo, avanzó por el vestíbulo hasta abandonar el piso. Descendieron las escaleras despacio, en un silencio interrumpido por algunos sollozos ahogados de Bety.

Salieron a la calle. Estaba lloviznando. Caminaron en dirección a las Ramblas bajo un cielo gris ribeteado con un leve resplandor rosáceo ocasionado por el reflejo de las luces de Barcelona. Algunas personas los miraron con curiosidad, aunque la mayoría, pertenecientes a un barrio pobre y marginal, sumidos en sus propios problemas, no les hizo el menor caso. Que una pareja saliera de la comisaría en su estado no resultaba demasiado extraño.

Llegaron a las Ramblas. Los viandantes hubieran sido numerosos de no ser por la incipiente lluvia. Enrique anduvo, sin ser consciente de ello, en dirección al mar, pero se detuvo frente a la iglesia de Santa Mónica. Bety estaba demasiado nerviosa para continuar andando. Allí, bajo el refugio de un inmenso plátano cuyas hojas apenas bastaban para guarecerles de la creciente intensidad de la lluvia, se abrazaron de nuevo hasta que por fin ella dejó de agitarse y se calmó.

$\mathcal{U}$na hora después, Bety y Enrique llegaron a la casa de Vallvidrera. Ella estuvo callada durante todo el viaje, impresionada todavía por el devenir de los acontecimientos, tan alejados de lo previsto. La imagen de Manolo parecía flotar en el cristal, acompasada con el movimiento de los limpiaparabrisas, y se difuminaba de nuevo gracias al agua de lluvia que fugazmente se posaba sobre el cristal. Por su parte, Enrique condujo por pura inercia, con la mente en blanco, vacía de todo pensamiento. Hubiera querido decir muchas cosas, pero no sabía ni cómo decirlas ni tampoco creyó que hacerlo valiera la pena. En el trayecto hasta el Passeig de Gràcia, donde aparcó su coche por la mañana, comprobó que cualquier intento de razonar sobre la situación era tan vano como imposible. El sentimiento de culpa había crecido y crecido, fustigaba su mente, se retorcía en su interior; incluso le afectó físicamente: un inicial malestar había acabado por convertirse en el deseo de tirarse en la cama y dormir, dormir, olvidar el mundo real y perderse entre los sueños durante mucho tiempo, hasta despertar y no recordar nada.

Al entrar en la casa preparó la bañera con un potente chorro de agua casi hirviendo. Ayudó a Bety a desvestirse, con toda naturalidad; parecía tranquila, demasiado tranquila, la cara relajada, pero una mirada perdida no la abandonaba. Le puso un albornoz y la acompañó hasta la bañera. Tan frágil, tan indefensa, con aquella mirada propia de los niños atacados por la crueldad del mundo, le cogió la mano. Un rato más tarde el brillo de su mirada se modificó sutilmente: la pupila se contrajo. Bety regresaba a la realidad, mecida por el mimoso vaivén que Enrique le daba a la esponja sobre su cuerpo.

—¿Qué he hecho? ¿Qué he hecho?

—Tú no has hecho nada. En todo caso, sería culpa de los dos.

Bety se agitó en la bañera.

—No es cierto, no es cierto —murmuró, desconsolada—. Deseaba encontrar la Piedra cuando tú ya habías abandonado. Busqué un traductor que fuera capaz de clarificar el enigma. Yo soy la responsable de su muerte.

—No digas eso, no es cierto. Toda esta locura comenzó cuando yo oculté la existencia del manuscrito a la Policía. Ésa es la única verdad. O quizá comenzó aún antes, cuando el propio Casadevall aceptó el misterioso encargo de S. y decidió escribir el jodido manuscrito. ¿Por qué tuvo que dejar la huella del misterio al alcance de todos? ¿Por qué no pudo guardar dentro de sí el enigma y acallarlo para siempre con su muerte?

—Da igual lo que puedas decirme. Nada puede cambiar lo que ha pasado; nada puede hacer que no me sienta culpable.

Bety no estaba dispuesta a permitir que argumento alguno turbara el nefasto papel que había escogido para sí. Enrique la observó, preocupado: estaba ante él, desnuda, sentada en la bañera repleta a rebosar, con las piernas encogidas y el torso inclinado sobre ellas de tal manera que los brazos las abrazaban; la barbilla reposaba sobre las rodillas sosteniendo la cabeza; la mirada, huidiza, esquiva, se perdía en el infinito de la pared del baño. Necesitaba enfrentarse al problema sin eludir su parte de responsabilidad, que no podía negarse, pero sin acrecentarla de manera irracional. La necesitaba junto a él; necesitaba su perspicaz inteligencia, su pragmático racionalismo. Tenía que romper la situación como fuera; necesitaba su ayuda. Y el procedimiento más sencillo para hacerla reaccionar podía ser el enfado.

—Empecinarte en tu culpa no nos llevará a ninguna parte —reflexionó repentinamente inspirado—. El destino juega sus bazas como quiere. Sus dados están trucados y ruedan según su voluntad. ¿Crees que la muerte de Manolo fue culpa tuya? ¡No seas necia! Él estaba tan cegado por el resplandor del conocimiento, o mejor dicho, de la ambición, como pudieras estarlo tú. ¿Acaso no investigó durante años todo lo referido a la Piedra de Dios? Puede que, al principio, atrapado por un misterioso enigma del pasado, lo guiara la curiosidad, el deseo de conocimiento, como él mismo nos explicó en el estudio. Pero a mí no podía engañarme —Bety abandonó su laxitud, dispuesta a intervenir, pero Enrique prosiguió su perorata—, y no podía hacerlo porque yo mismo pude ver perfectamente dibujados en su rostro, como los vi en el tuyo, como los vi antes en el mío, los síntomas del insano deseo de conocimiento. Los tres estuvimos poseídos por el demonio de la ambición: la ambición de descubrir, la ambición de poseer, la ambición de dar a conocer. ¿Acaso no soñaste con el prestigio que la Piedra pudiera otorgarte? ¿No soñaste con la fama, las entrevistas, la gloria? ¡La Piedra era, en sí misma, al margen de todas esas locas fantasías que Shackermann le explicara a Manolo, un objeto de valor incalculable! ¡Contesta! ¿No lo soñaste?

—¡Sí! ¡Claro que lo soñé! —contestó ahogando el nacimiento de un sollozo—. ¿Por qué me culpas de ello? ¡Tú también lo hiciste!

—Es cierto —contestó con la mayor flema posible—, y ahora me maldigo por ello. Quise ir más allá de lo razonable y las consecuencias resultaron ser incalculables. Mi imprudencia nos ha llevado a esto.

—Nada nos devolverá a Manolo —señaló, compungida, Bety.

—Te pierdes en lo accesorio sin percibir el detalle.

—Pues explícamelo. —El enfado comenzaba a sustituir a la pena.

—Lo haré, pero la verdad no es agradable.

Bety esperó impaciente la gran revelación, dispuesta a rebatirla con uñas y dientes, presa de la celada que Enrique había dispuesto.

—¿Te has parado a pensar en ti misma en lugar de en los demás? Porque es lo primero que deberías hacer cuando tu vida puede estar en peligro. ¿O acaso crees que el asesino, que ha eliminado sucesivamente y con sistemática y premeditada frialdad a todos sus competidores, no estará al tanto de nuestra vinculación con Manolo? Sólo pudo saber que él estaba sobre la pista por tenernos bajo vigilancia. Seguro que la Policía ha llegado a la misma conclusión.

Bety se sintió desarmada. No cabía otra explicación. Hundida en su pena no había sido capaz de pensar en las causas del asesinato de Manolo.

—Para la Policía, según dijo Rodríguez, no somos sospechosos; podemos creerle o no. Puede haberlo dicho para proporcionarnos una falsa confianza y así estudiar nuestras reacciones. Puede que sea cierto; cuando ya me marchaba dijo una frase que no olvidaré jamás: sin tomarse la molestia de levantar la vista del expediente, me dijo que, en todo este asunto, me había conducido como un imbécil. Y tenía mucha razón. Pero ¿y qué ocurre con el asesino? ¿Te has parado a pensar en él?

—No.

—Pues ha llegado el momento —asintió Enrique—. Y no para resolver el misterio, sino por muchas más cosas. La primera, para probar nuestra inocencia. ¡Me repatea pensar que haya quien me relacione con la muerte de Artur! La segunda, por nuestra propia seguridad: han muerto dos personas relacionadas con el manuscrito, y no deseo que ni tú ni yo pasemos a engrosar la lista. Y la tercera, para desenmascarar al hijo de puta que va por la calle tan tranquilo asesinando a todo aquel que se le antoja. ¿Estás dispuesta a ayudarme o te vas a quedar sentada todo el día en la bañera? —Se incorporó y le tendió la mano con el albornoz.

—Te ayudaré.

Y

Una hora después, sentados en la cocina, rodeados por los restos de la comida —Bety apenas había probado bocado—, Enrique recapituló todo lo que había pasado desde tres semanas atrás. Trazó sobre el papel un esquema de los sucesos principales, imitando el sistema que utilizaba con frecuencia para preparar sus novelas. En la hoja, una sucesión de rayas y círculos de diferentes grosores se cruzaban aquí y allá, fiel reflejo de esa loca búsqueda de un asesino inexistente que resultó real y de una piedra extravagante con el nombre de Dios escrito sobre ella. Bety, envuelta en el albornoz, sorbía lentamente un café mientras escuchaba con atención las explicaciones de Enrique.

—Dime, ¿qué te parece? —preguntó Enrique, una vez hubo finalizado.

—¿Has pensado si aquella libreta que te prestó Manolo puede contener algo de ayuda?

—Sí. La leí con atención. Está repleta de anotaciones y de dibujos. Pero, si tiene la clave, no está a mi alcance.

—Carlos —dijo ella por fin—. Tienes que acudir a Carlos. Lo que has relatado es correcto, pero no soy capaz de encontrar un nexo de unión entre todo ello, la clave sobre la que se articulen los asesinatos. Carlos podría ayudarnos.

Enrique sopesó sus palabras. Aquel aguzado ingenio que tantas veces le había ayudado cuando se atrancaba en el argumento de sus novelas brillaba ahora por su ausencia. Pero tampoco podía censurarla; esperaba que un imprevisto golpe de genio le sirviera en bandeja de plata una solución, la típica clave escondida pero siempre visible, una fruslería que, precisamente por serlo, pasaban por alto. Estaba seguro de tener suficientes elementos de juicio para resolver el misterio, pero no conseguía casar las piezas. Aun así, Bety ofrecía una solución razonable: acudir a Carlos aumentaría su seguridad. Su punto de vista, ayudarlos.

—Deberías explicarle todo —dijo ella—. En primer lugar,

porque lo involucraste en esta historia y ahora podría verse importunado por la Policía. Y en segundo lugar, porque es la única persona capacitada para ayudarnos.

—De acuerdo.

Telefoneó a su viejo amigo. La misma voz femenina de hacía dos semanas atrás descolgó de nuevo el auricular para contestar con voz cansada. Enrique preguntó por Carlos, que enseguida se puso. Informado de las espectaculares novedades de un caso que ya parecía cerrado, prometió realizar averiguaciones en el transcurso de las siguientes horas. Les recomendó que permanecieran juntos y localizables, a poder ser, en la casa de Vallvidrera, hasta que se pusiera en contacto con ellos.

Enrique telefoneó a Mariola; estaba preocupada y enfadada, a partes iguales, pues, en vista de la tardanza en recibir noticias, había telefoneado a la comisaría del Raval preguntando por Enrique. Allí le habían explicado que había abandonado las dependencias policiales alrededor de las ocho y media. Mariola supuso que algo importante debía de suceder cuando Enrique no la telefoneaba, pero también se sentía menospreciada precisamente por ello. Dedujo, acertadamente, que no se encontraba solo, sino acompañado por Bety. Su enfado era superior a su preocupación. La presencia de la ex de su amante incrementaba sus celos. Pasó un largo rato hasta que ella se dio por satisfecha; la mención al peligro que podían correr resultó ser argumento suficiente para superar la dificultad que entrañaba pasar una noche más junto a su ex mujer. Cuando, media hora después, Enrique colgó, se sintió aún más agotado que unas horas antes, al abandonar la comisaría. Entre una cosa y otra estaba exhausto. Necesitaba, para poder pensar con claridad, meterse en la cama y dormir doce horas seguidas.

Unas ojeras profundas y un aspecto ausente indicaban que a Bety le pasaba algo parecido. Sin embargo, indicó que debían descansar, dio nuevas muestras de su tremenda fortaleza, algo que desmentía su apariencia frágil.

—Espera. Mientras hablabas con Mariola he estado dándole vueltas al asesinato de Manolo ... —Bety se detuvo al comprobar la expresión de cansancio dibujada en el rostro de Enrique—- Haz el favor de concentrarte un minuto; no me encuentro mejor que tú, y no te impediría ir a la cama si no se tratase de algo importante.

—Está bien —concedió él con un gesto de hastío—. Sigue.

—No tengo muy claro por qué asesinaron a Artur; creo que, quien fuese, conocía la existencia del manuscrito y lo quería para sí. Es posible que Artur fuera consciente del valor que la Piedra suponía, no lo sabemos. Tú creíste que sólo uno de los tres sospechosos, Samuel, Enric o Guillem, podía ser el culpable. Pero ¿no pudo haber alguien más, alguien que no conocemos? ¿Alguien que hablara con Artur después de la reunión del viernes?

»Pensemos en unos días antes de la muerte de Manolo. El asesino sabía que el manuscrito lo teníamos nosotros. Nos estaba siguiendo. Es la única explicación posible; pudo asesinar a Manolo porque sabía que el manuscrito lo tenía él, y no sólo por eso, sino porque tenía bien claro que en ese momento era él quien comandaba la investigación sobre la localización de la Piedra de Dios. De hecho, pudo asesinarnos a nosotros: ¿podía alguien habérselo impedido después de que la Policía encontrara un presunto culpable en el Francés y que Carlos levantara la vigilancia establecida tras el cebo? Hubiera podido actuar cuando le viniese en gana. Y, ¿sabes?, le estoy dando muchas vueltas a esta parte del problema para obtener una única conclusión: no lo hizo porque él tampoco tenía ni idea de cómo encontrar la Piedra. No tenía el manuscrito. Pero prefirió seguir a Manolo para aprovecharse de su trabajo, y si lo eliminó fue porque éste ya sabía dónde encontrarla. Estoy segura de ello. El pobre Manolo la había descubierto, eso si no obraba ya en su poder.

Bety ratificó su convencimiento a medida que hablaba, aumentando el énfasis de sus palabras. La explicación parecía haber contribuido a despejarla definitivamente.

—Y con eso, ¿qué?

—Tenemos que averiguar si Manolo había encontrado o no la Piedra. Puede que lo hubiera conseguido; en ese caso, el asesino se llevó la Piedra y el manuscrito para borrar cualquier posible clave que nos llevase a ella, y claro está, en este caso ya no tenemos importancia para él. También es posible que sepa dónde la escondió Casadevall y aún no haya podido obtenerla. Por último, en el caso de que él no la tenga, puede que crea que nosotros sí sabemos cómo encontrarla. En este caso seguimos en peligro; seguimos siendo sus rivales.

—¿Por qué no iba a tenerla si ya sabía dónde estaba escondida?

—¿Y qué sé yo? Creo que, si el asesino se llevó el manuscrito, lo hizo porque ni Manolo la tenía ni él sabe todavía dónde se esconde.

—Puede ser que se lo llevara para borrar rastros, eliminar pistas… Si reconstruyéramos las últimas horas de Manolo sabríamos…

—… dónde estuvo, o más probablemente, dónde está escondida la Piedra. La Policía debe de saberlo; conocerán todos sus movimientos en las últimas horas, de igual modo que averiguaron por medio de Quim nuestra relación con Manolo.

—Por otra parte, si encontramos la Piedra, atraeríamos al asesino.

—Si la tuviéramos, se vería tan atraído como los insectos a la luz. O puede que bastara con establecer una discreta vigilancia sobre el lugar donde se esconde.

—Es probable que Carlos lo averigüe. Si tuvo acceso a la información del asesinato de Artur, podrá tenerlo a la de Manolo. Pero eso no lo sabremos hasta mañana. —Bety asintió—. Mientras tanto, aprovechemos para descansar.

Sus miradas se cruzaron. Bety esbozó una débil sonrisa que no por fugaz fue menos hermosa. Su instinto volvía a funcionar.

Enrique pasó la noche sin sueños; estaba dominado por un infrecuente sopor que sólo había sentido en ocasiones muy especiales, como en las largas navegaciones solitarias, de una semana o más. Después de arribar a puerto, en su casa o incluso encerrado en el mismo camarote, era capaz de dormir veinticuatro horas consecutivas; hoy también lo hubiera hecho de no ser por un juguetón rayo de sol que entró por la ventana y se posó sobre su cara. Se incorporó de la cama con un poderoso bostezo; levantó las persianas y corrió las cortinas. El día estaba medio nublado, pero el sol luchaba con una persistencia digna de todo elogio contra los vaivenes de los nubarrones, grandes y algodonosos. La tormenta que descargó sobre la ciudad la noche anterior se alejaba hacia el Mediterráneo, y con ella parecían escapar todos los malos presagios de la tarde anterior.

Enfundado en su bata, buscó a Bety por la casa; encontró una nota: había salido a correr. «Cada uno combate sus problemas como quiere. Yo prefiero dormir, ella es partidaria de correr», se dijo. Consultó la hora: las doce y media. Había dormido doce horas consecutivas y su cuerpo todavía le reclamaba más. Preparó el desayuno y se instaló en la terraza. Al cabo, Bety, sudorosa y con una toalla sobre sus hombros apareció:

—Buenos días —dijo con un tono neutro que no revelaba su estado de ánimo.

—Hola —contestó él—. ¿Qué tal el entrenamiento?

—Cansado —reconoció ella—. No he dormido nada bien. Bueno, en realidad creo que no habré dormido más de un par de horas. Pero unos kilómetros sientan de maravilla.

El viento, constante aunque no fuerte, había despejado por completo la atmósfera habitualmente cubierta del gris *smog*. Barcelona, a sus pies, lucía hermosa. En algún lugar de la gran ciudad, una persona estaba afanándose con el manuscrito Casadevall para intentar dar con el escondite de la Piedra de Dios.

Y él sólo podía quedarse allí sentado y esperar.

El teléfono lo despertó de sus ensoñaciones. Tanto Bety como él se levantaron de improviso, como conectados a la señal sonora del aparato. Con una mirada, Enrique dejó claro que contestaría él; Bety lo siguió hasta la sala, expectante.

—¿Diga?

—Soy Carlos. Enrique, tenemos que hablar. ¿Podéis acercaros a la oficina?

—Sí, claro. Iremos enseguida.

—Os espero —dijo, y colgó.

—Carlos quiere hablar con nosotros. Nos ha citado en la oficina de la Plaça Reial dentro de un rato.

—Me daré una ducha rápida. Puedo estar lista en un cuarto de hora.

—Perfecto.

Enrique condujo sin prisa pero sin pausa. Treinta minutos después dejaban el coche en el aparcamiento del Carrer Hospital, y tras un breve paseo por las Ramblas llegaron a la Plaça Reial. Allí pulsaron el timbre de la oficina; por toda respuesta alguien les abrió la puerta. Subieron en el ascensor, que ya funcionaba. La oficina estaba ocupada por varias personas. Una joven de unos veinte años escuchaba atentamente las explicaciones de una pareja; más allá, dos detectives parecían discutir sobre aspectos de cierto caso. Enrique anduvo por entre las mesas hasta el despacho de Carlos, que estaba hablando por teléfono. Les indicó con la mano libre que se sentaran, mientras se despedía de su interlocutor.

—Menuda mañana —explicó—. Parece que todos los cornudos de Barcelona se han puesto de acuerdo para requerir nuestros servicios. Tengo a todo el equipo dando vueltas por la ciudad para controlar a los y a las posibles infieles. Hasta mi mujer ha tenido que venir a la oficina para ayudarnos. Y, por si no tuviéramos suficientes problemas, aquí tenemos esto. —Les presentó unas hojas de fax grapadas por la esquina superior izquierda.

Enrique las ojeó por encima.

—¿Es lo que me imagino? —preguntó Bety con voz queda.

—Lo es —dijo Carlos.

Enrique le devolvió las hojas; un súbito escalofrío recorrió su espalda.

—Voy a quemar mi contacto en la comisaría; la investigación está abierta y este documento jamás debería encontrarse en mi poder. Si no fuera porque me debe muchos favores, me habría mandado a paseo en cuanto se lo pedí. Y la verdad es que casi lo hizo. Veamos. Bety, no va a ser agradable, pero creo que deberías oírlo.

Ella asintió.

—A vuestro amigo Manolo se lo cargaron de una manera que guarda cierta similitud con el asesinato de Artur —prosiguió Carlos—. Emplearon como arma un abrecartas o un estilete de hoja gruesa pero afilado. El diámetro y la longitud de la incisión así lo indican. Por la posición del cadáver se deduce que murió instantes después de abrir la puerta de la calle, apenas pasaron unos segundos. Quienquiera que fuese lo cogió total y absolutamente desprevenido. No existió movimiento defensivo ni tuvo tiempo para intentar esquivar el golpe. La Policía deduce que el asesino podía conocer a la víctima; es una suposición, no una certeza —aclaró levantando la vista del informe forense—. Era tarde, más de las doce, una hora poco apropiada para visitar a los amigos. La hora aproximada de la defunción es las doce y media. Lo cierto es que el arma homicida se introdujo por la cavidad orbital derecha hasta el cerebro de la víctima. La herida era mortal de necesidad; podemos decir que tardó en morir el tiempo justo en que su cerebro reconoció el daño causado.

Carlos levantó la cabeza para observar la reacción de Bety. Estaba pálida, con los labios apretados y el ceño fruncido, pero no dijo nada ni hizo ademán de levantarse.

—El asesino golpeó con eficacia en la única zona descubierta que resultaba mortal. Os aseguro que eso no es una casualidad. He visto multitud de asesinatos y he ojeado montones de informes como éste. Lo normal es que, para matar a una persona con arma blanca, el asesino tenga que asestar veinte o treinta golpes. El ensañamiento es más producto de la igno-

JULIÁN SÁNCHEZ

rancia sobre anatomía que de auténtica saña, tal y como la concibe el Código Penal: uno golpea, y al no encontrar un punto mortal que acabe con la víctima, continúa golpeando una y otra vez. La víctima se duele, pierde en parte la conciencia debido al dolor de las cuchilladas, pero sigue viva y, sobre todo, se mueve, se menea de aquí para allá, sin control; el asesino pierde el escaso dominio de la situación que posee y asesta puñalada tras puñalada a un cuerpo en movimiento que le rehúye con tanta vitalidad como si estuviese vivo. En realidad, la mayoría de las muertes por arma blanca se producen como consecuencia de lo que se denomina un *shock* hipovolémico, una abundante pérdida de sangre que produce una rápida disminución de la temperatura corporal y que acaba en parada cardiorrespiratoria. La muerte de Manolo resultó inusitadamente rápida: un solo golpe bastó y sobró para enviarlo a dondequiera que vayamos después de esta vida.

—Perdón —murmuró Bety—. Creo que no me encuentro bien.

Su palidez inicial se había tornado una blancura lechosa que confirmaba sus palabras. Estaba a punto de desvanecerse; Enrique la sostuvo en la silla mientras Carlos abría la ventana y traía un café cargado. El líquido, bien fuerte y espeso, unido a la fresca brisa que entraba por la ventana, contribuyó a restablecer su tensión. Carlos prosiguió con su explicación.

—Respecto al informe del forense no hay mucho más que añadir. En el minuto que sigue al impacto, el asesino aparta las piernas de Manolo, cierra la puerta, y coloca un pañuelo sobre su boca con la intención de ahogar los posibles gritos. Lo consigue en parte; el vecino que encontró el cadáver debió de escuchar los gorjeos de Manolo; apenas tres o cuatro segundos, hasta el momento en que el asesino, tras cerrar la puerta, puso el pañuelo sobre su boca. Cuando comprueba que Manolo ha muerto se dedica a registrar el piso. En los informes de la Policía no consta cuál es el motivo del asesinato ni del registro, pero tengo la curiosa sospecha de que vosotros

402

podréis confirmar si mi intuición es correcta: buscaba el manuscrito.

Enrique asintió.

—Dices que el asesino cierra la puerta —intervino Bety—; sin embargo, en el interrogatorio, me dijeron que el viejo encuentra el cadáver cuando baja la basura y ve la puerta abierta.

—La puerta del piso no ajusta bien; eso lo explica el informe de la Policía. Para que cierre correctamente precisa un fuerte empujón. El asesino creyó que cerraba la puerta, pero sólo quedaba ajustada, sin que saltase el pestillo de la cerradura. Pasados unos segundos, la puerta se abre parcialmente. Es probable que, después de matar a Manolo, se apoyase con el peso de todo su cuerpo sobre la puerta, lo que en ese momento contribuyó a cerrarla. El caso es que, al huir de la escena del crimen, intentaría cerrarla con cuidado para no hacer ruido. Debió de abrirse cuando estaba un piso más abajo; no se daría cuenta.

Se sirvió una nueva taza de café bien cargada con azúcar.

—Bueno, el informe de la Policía remite diversas muestras identificadas como cabellos, polvo, y diversas fibras, al laboratorio. Como la muerte se produce pasadas las doce y el vecino encuentra el cuerpo antes de la una, la maquinaria policial, que en contra de la creencia popular es muy efectiva, se pone en marcha. Establece la identidad y la ocupación del difunto y, a través de un número de teléfono bien visible anotado en la mesa del escritorio, descubren que se trata del de tu casa de Vallvidrera. El inspector encargado del caso no es Fornells, pero el número de teléfono coincide con los datos de una persona asesinada hace tres semanas. Es el ordenador quien da la alarma, están programados para cruzar datos de diferentes investigaciones, y al comprobar la peculiar coincidencia de datos, el inspector se pone en contacto con Fornells, que se apropia del asunto con la aquiescencia del otro. Fornells realiza las averiguaciones pertinentes en la universidad y encuentra una conexión con Bety. A partir de ahí os localizan, os conducen a la comisaría…, y os interrogan de manera ilegal.

—Rodríguez dijo que era un interrogatorio no oficial.

—No quería que la presencia de un abogado cortara su capacidad de actuación.

—Un abogado no era necesario; somos inocentes —aclaró Bety.

—Eso lo sabéis vosotros, pero no la Policía —contestó Carlos—. Supongo que ellos contaban con vuestra inocencia; eso convierte el interrogatorio en doblemente diabólico. Un inocente no se plantea requerir la asistencia de un abogado. En este caso existe un agravante: os conocen y confiáis en ellos, por lo que no podéis pensar que puedan perjudicaros. Tuvisteis suerte de coincidir en las declaraciones; un solo error entre ambas versiones y hubierais pasado la noche entre rejas. Bety no tiene coartada y tú, de acuerdo con el horario, bien podrías haber cometido el crimen.

—¡Pero hubiera sido un absurdo! ¡Yo tenía el manuscrito! ¿Por qué habría de matar a Manolo?

—Porque quizá tú no eras capaz de encontrar la Piedra… y él sí.

—¿No son elementos suficientes para que nos detuvieran? —intervino Bety.

—Que os conozcan también supone un punto a favor. Me da la impresión de que Fornells, en contra de lo dicho, os considera absolutamente inocentes. Pero está muy cabreado, especialmente contigo, Enrique, por haberle ocultado una información clave. Yo diría que vuestro «interrogatorio» se debió más a la necesidad de recabar datos que a consideraros como posibles culpables.

Enrique suspiró profundamente.

—¿Tienen coartada…?

—¿Tus tres sospechosos? Sí, la tienen. Y son coartadas sólidas. Samuel cenó con viejos conocidos israelitas de paso por España en un restaurante público. Guillem estuvo en el cine acompañado por una mujer y por otra pareja. Enric pasó la noche en casa de su amiga de Gerona. Todo comprobado y firme.

Ni son ni serán sospechosos —afirmó con toda rotundidad—. Olvídalos.

—¿Y ahora?

—Primero os explicaré los últimos movimientos de Manolo, de acuerdo con el informe policial; después, ya veremos. Pasó la mañana del martes en el Archivo de la Corona de Aragón. Al mediodía obtuvo un permiso del Arzobispado para acceder a las partes cerradas al público de la catedral. La solicitud hacía referencia a una investigación sobre la evolución del latín en los ámbitos arquitectónicos. De acuerdo con la declaración del deán, estaba interesado en comprobar las inscripciones que los diferentes maestros de obras realizaban sobre las paredes y el suelo del edificio. Estuvo toda la tarde, hasta el anochecer, en el triforio, que no tengo ni idea de qué es, y en el tejado del edificio. Y eso es todo.

Bety y Enrique se miraron. ¡La catedral! No cabía duda: Manolo había encontrado el emplazamiento de la Piedra. Sólo eso explicaba que hubiera solicitado el permiso al Arzobispado. Se atropellaron en su intento de hablar; Bety tomó la iniciativa:

—¡La había encontrado! Nosotros fuimos incapaces de descubrir dónde la había escondido Casadevall; supusimos que la clave debía de hallarse en las anotaciones laterales y por eso acudimos a él.

—Entonces, el asesino tendrá la Piedra —apuntó Carlos.

—No podemos estar seguros —apuntó Enrique—. Es posible que Manolo descubriera el edificio donde la escondió Casadevall, pero no el lugar exacto. O puede que sí lo supiera, pero que no lograra extraerla a la luz por falta de medios o de tiempo.

—O puede que sí la encontrara y esté ahora en manos de su asesino —terció Bety—. Tres opciones.

—Casadevall era arquitecto, ¿no es así? —preguntó Carlos.

—Maestro de obras —contestó Bety—. Viene a ser lo mismo.

—Que escondiera la Piedra en la catedral me parece tan aplastantemente lógico que me extraña que no lo pensarais antes. Al fin y a la postre, la catedral fue la gran obra de su vida.

—¿Qué quieres decir?

—Que si escondió la Piedra en algún lugar de la catedral, como parece, dudo mucho que se pueda acceder a ese lugar con facilidad. Si su intención era ocultar la Piedra no la dejaría en un lugar de libre o de fácil acceso. Yo diría que, si Manolo encontró el lugar exacto, teniendo en cuenta la hora y el material de su mochila, no pudo hacerse con ella.

—Suena plausible —admitió Enrique—, aunque no tenemos esa seguridad.

—Debemos averiguar dónde la ocultó Casadevall —terció Bety—. Todo depende de eso.

—Sí, estoy de acuerdo. Pero ¿cómo? Si antes no fuimos capaces de encontrar el lugar, ¿qué os hace pensar que ahora podremos conseguirlo?

—Antes no teníais esta información. La búsqueda se circunscribe a la catedral, no a veintitantos edificios. Y Casadevall trabajó en esa catedral. ¿No parece lógico que la escondiera en algún lugar donde él dirigió los trabajos?

—Enrique conoce a la perfección esos lugares. —Bety no ocultó su excitación—. Recuerdo que me lo explicaste cuando llegué de San Sebastián.

—Los conozco. E incluso imagino dónde pudo esconderlo. Si Manolo lo buscó en el triforio, que, por cierto, es la galería elevada que recorre la parte superior de las naves laterales de la catedral, o en el techo, descartó por completo su contribución a las obras del claustro y del coro primitivo. De esa manera, creo que sólo pudo esconderlo en la cuarta clave de la nave mayor, que restaurara en 1413.

—Parece lógico —convino Carlos—. ¿Estás seguro?

—No —reconoció sonriente Enrique—. Puede haber otras soluciones, pero creo que ésa es la más probable. Y una vez allí podremos comprobarlo.

—Sabía que podrías encontrarlo —le arrulló Bety con voz melosa—. ¡Estaba segura de ello!

—No cantes victoria. Aun en el hipotético caso de que esté ahí, ¿cómo podremos encaramarnos al tejado de la catedral para buscar la Piedra? ¡No creo que el deán nos lo permita así como así! Y, desde luego, no podemos subir allí arriba y ponernos a dar martillazos como quien no quiere la cosa.

—En eso tiene razón —admitió Carlos—. No conozco los procedimientos administrativos eclesiásticos, pero sí sé que acostumbran a ser prudentes. Con un asesinato de por medio puede que no otorguen el permiso. Introducirse «de tapadillo» puede ser posible, pero no creo que en vuestra posición, con la Policía de por medio, resulte lo más aconsejable. Lo mejor sería realizar una petición que no despertara ninguna sospecha. ¿Se os ocurre algún sistema?

—Me parece que le dais demasiadas vueltas; el asesinato no se cometió en la catedral, sino en la casa de un particular. La muerte de Manolo no tiene porqué relacionarse con su estancia allí; la Policía sí podría relacionarlo, pero el deán no tendría por qué hacerlo. Y el permiso podría lograrse a través de la editorial de Enrique bajo cualquier pretexto. O, sencillamente, podías solicitarlo tú —se dirigió a Carlos—, a título particular, como detective contratado por nosotros. ¿Por qué habrían de negártelo?

—La voz de la razón —reconoció su mérito Enrique—. Como siempre, en línea recta hacia la solución.

—Prepararé un escrito y lo llevaré en persona a la secretaría del arzobispado. A partir de ahí, veremos. Y ahora —introdujo la mano en uno de los cajones— coged esto.

Sobre la mano izquierda de Carlos descansaba un revólver. El brillante metal lanzó relucientes destellos que parecieron hipnotizar a Enrique.

—No me parece una buena idea —negó Bety—. Además, ¿sabes manejarla?

—Sí, sabe —la cortó Carlos—. Cuando estaba escribiendo *Muerte, cruel amante*, le enseñé todo lo necesario sobre calibres y armas cortas para que todo sonara más verosímil. Incluso hicimos prácticas de tiro. Pero no nos desviemos: lo que te parezca me trae sin cuidado —continuó, severo—. A partir de este momento debéis obedecerme en todo. Hay dos muertos por el camino, así que un arma me parece imprescindible. ¿Recordáis cuando os hablé del informe forense sobre Manolo? —prosiguió el investigador—. Dije que el asesino había actuado con total premeditación. Si tenéis dudas en cuanto a su posible utilidad —y empuñó el revólver—, quiere decir que no habéis comprendido la magnitud del problema. Enrique, hace tres semanas mataron a tu padre. El asesino lo hizo sobre la marcha; estoy seguro de ello, porque utilizó un pisapapeles que estaba en su mismo escritorio. Ayer mataron a Manolo; esta vez no hubo lugar a la improvisación. Su muerte fue meticulosamente planeada; ejecutada por una persona sumamente fría y racional. No se encontró el arma homicida; el asesino la llevó consigo, la utilizó, y después, con toda seguridad, se deshizo de ella. Todo estuvo tan bien planificado que a Fornells le va a costar un triunfo ensamblar las piezas.

»Ahora imaginad, sólo por un segundo, la figura del asesino. Hacedlo como lo que es, una sombra sin rostro, sin contornos. Hacedlo y reflexionad: ha matado a dos personas porque, sencillamente, dificultaban sus propósitos. Ha matado. ¿Pensáis que tendría escrúpulos en hacerlo otra vez?

Sin decir palabra, Enrique tendió la mano hacia el revólver que descansaba sobre la mesa. Mariola tenía razón: con la adecuada motivación cualquiera era capaz de aceptar situaciones o de realizar actos extraños a su carácter.

—Eso está mejor —aprobó el detective su iniciativa—. La vida se nos hace demasiado corta para no llegar a vivirla en su totalidad.

18

Llevaban un buen rato sentados en aquel destartalado banco de madera repleto de pintadas, frente al muelle deportivo del puerto viejo de Barcelona. No hablaban. En el momento en que Enrique cogió el revólver, algo pareció retorcerse en su interior. Todos los sentidos de Enrique parecían haberse agudizado misteriosamente para percibir que el revólver, efectivamente, estaba allí, en el bolsillo izquierdo de su cazadora. Ni grande ni pesado, en absoluto molesto: un arma discreta que nadie pudiera imaginar en las manos de un escritor de izquierdas, ecologista y pacifista declarado. Pero estaba allí, y los dos lo sabían. Durante el breve trayecto que separaba la Plaça Reial del Moll de la Fusta, Bety no le dirigió la palabra ni una sola vez. Se limitó a acompañarlo perdida en pensamientos inescrutables. Enrique era consciente de las esporádicas y furtivas miradas que lanzaba al bolsillo de la cazadora, inquieta por la callada presencia de aquel objeto extraño, tan ajenos a sus vidas.

Además, Enrique se sentía entre dos fuegos. Estaba ante la peligrosa disyuntiva de comunicar o no a Bety la necesidad de explicarle a Mariola las últimas novedades. Pero Carlos había hecho especial hincapié en la necesidad de no separarse. De esa manera, hablar con Mariola supondría un encontronazo inconveniente, algo que nadie deseaba. No creía que terminara en un enfrentamiento, pero tampoco sería una situación muy cómoda. Demasiados factores estaban en contra: Mariola, a pesar de su naturaleza reservada, expresó que se sentía celosa por la presencia de Bety; por otro lado, estaba aquel flirteo con Bety, aunque Mariola lo ignoraba. No, la situación no sería en absoluto cómoda, pero resultaba tan inevitable y molesta como la presencia del revólver en su bolsillo. Sin embargo, no se atrevía a plantearlo. Estaba sorprendido por lo ridículo de su situación: sumido en una intriga salpicada por la sangre de dos muertos, no se atrevía a hablar con Bety acerca de semejante tontería.

Una fantástica goleta esperaba con paciencia a que el puente móvil de la Rambla de Mar la permitiera el paso a aguas todavía del puerto, pero libres ya de toda traba para la navegación. En la cubierta, cinco personas preparaban todo lo necesario: libraban las velas de las fundas protectoras y recogían las amarras y los balones protectores. Envidió la armonía que parecía reinar a bordo y el gozo sin par que el viento racheado iba a depararles con sólo cruzar la bocana del puerto. Se imaginó, por un instante, alejado de aquella extraña tragedia que se desarrollaba a su alrededor, impasible ante sus desesperados intentos por olvidarla, por recluirse en la particular privacidad de su mundo, la vela y la pluma. Estaba harto de avanzar en pos de no sabía qué: tres semanas de incertidumbre, de desconcierto, manejado por todo y por todos, privado de su libertad. Ni Mariola valía tanto como la brutal ruptura de su ordenado mundo.

Mentira. Sólo el hastío que le producía aquella historia le había llevado a pensar semejante disparate. Ella sí lo valía. De todo lo ocurrido, lo único bueno había sido encontrarla. Aunque apenas la conocía, y no se había planteado cuál sería su futuro en el caso de que lo hubiera, sí valía la pena. ¿Cómo olvidar aquellas dos noches? Trascendieron del sexo para convertirse en la promesa de ese algo más que las personas siempre buscamos anhelantes, hasta cuando no somos conscientes de ello. No se trataba de un arrebato pasional capaz de cegar los sentidos y enajenar la razón. Era algo más. Tanta pasión y entrega merecían intentar llevar adelante el no formulado compromiso.

—Tengo que ver a Mariola —le dijo de repente a Bety.

—¿Qué? —contestó ella. No es que le pareciera sorprendente, sino que, sencillamente distraída, no le había escuchado.

—Tengo que ver a Mariola —repitió con cautela él.

—Está bien. Vamos.

Enrique no daba crédito a la respuesta de Bety. Hubiera esperado cualquier reacción excepto semejante indiferencia y ese «vamos» plural. Pero ¿era verdadera indiferencia?

—Estará preocupada, y creo que debo explicarle lo que está pasando —aclaró innecesariamente—. Anoche le prometí que hoy pasaría por la tienda. Y además, seguro que Fornells querrá hablar con ella.

—Por mí no hay problema. ¿Dónde está el local?

—Más allá de la tienda de Artur, hacia la catedral.

—Venga —y se puso en pie.

La decisión de Bety lo dejó completamente desorientado. En lugar de manifestar falta de interés obtuvo todo lo contrario. De eso se trataba: Bety estaba dispuesta a satisfacer su curiosidad y conocer a su sustituta, y él le había proporcionado la oportunidad adecuada para hacerlo.

—Pensé que preferirías no conocerla —explicó débilmente.

—Pues te equivocas —contestó ella.

Así como en el trayecto de ida estuvo silenciosa y retraída, en el de vuelta se mostró parlanchina y desenvuelta. Compró el *Diario Vasco* en el primer quiosco de las Ramblas y se dedicó a comentar las noticias de Guipúzcoa con una intensidad que a Enrique le sugería su verdadera falta de interés en ellas. Ni el tono humorístico con que repasó los chismes locales ni los facilones chistes políticos fáciles de improvisar en un lugar tan desgraciadamente desquiciado como el País Vasco ocultaban la verdadera ansia de conocer a Mariola. Enrique, a remolque, no ocultaba su inquietud.

—¿Crees que es adecuado?

—No te entiendo. Si tú mismo me lo has propuesto ya habrás considerado esa posibilidad.

No contestó. Sabía que ella desarmaría cualquier objeción que pudiera realizar de la manera más sencilla y casual del mundo. Recordaba demasiado bien experiencias anteriores para plantearse perder el tiempo con discusiones perdidas de antemano. Y su preocupación, en realidad, era otra. ¿Cómo reaccionaría Mariola cuando les viera aparecer por la puerta del local? Prefirió obviar tan incómoda pregunta, postergando su resolución al inevitable enfrentamiento entre ambas mujeres.

—Quisiera preguntarte una cosa —continuó con su cháchara Bety.

—Dime.

—Verás, me dijiste que Mariola regresó a Barcelona después de su divorcio. ¿Por qué se asoció con Samuel?

Menos mal. La pregunta carecía de la malicia esperada.

—No conozco la historia con exactitud; Artur me lo explicó en alguna de mis visitas, pero no presté demasiada atención. Si no me equivoco, ella no tenía trabajo, y su llegada coincidió con un viejo proyecto que tenía Samuel de ampliación del local. Puigventós padre lanzó la idea y ambos aceptaron asociarse. De eso hará unos cuatro años.

—Entiendo. Otra cosa más: si nos encontramos con Samuel, cosa probable, ¿has pensado qué explicarle respecto al interrogatorio?

—No —contestó él tras meditarlo un instante—. Pero ya se me ocurrirá algo.

Remontaron la Rambla hasta el Pla de la Boqueria; allí se introdujeron en el casco antiguo de la ciudad por el Carrer Cardenal Casañas. En la Plaça del Pi encontraron la pequeña muestra de antigüedades que todos los jueves exponía ante los ojos de los viandantes los recuerdos del ayer, para gozo y disfrute de los amantes del pasado. Una abigarrada multitud curioseaba entre las mesas; un poco más allá, un saxofonista acompañado por la música de fondo emitida por un disco compacto ejecutaba con concentrada sobriedad alguna pieza de jazz vagamente conocida, pero cuyo título no recordaba Enrique, quizás el *All Blues*, de Miles Davis.

En el Carrer de la Palla pasaron, una a una, por enfrente de las viejas tiendas. Casi todas estaban vacías, aunque vieron a algún cliente despistado en la tienda de Guillem. Al llegar al que fuera el establecimiento de Artur no pudo evitar echar una ojeada a su interior. Estaba vacía, ocupada por una fina capa de polvo que, proveniente de ningún lugar, empezaba a posarse en el suelo. Las paredes, pintadas con aquellos poderosos verdes y azules, sin objetos cuya luminosidad resaltasen, parecían desvaídas, más propias de una casa de muñecas repentinamente agrandada, momentáneamente vaciada por su caprichosa dueña, que de un edificio verdadero, de tamaño natural. En el altillo, la barandilla rota recordaba como mudo testigo la tragedia ocurrida tres semanas atrás; al verla, a Enrique se le atragantó la saliva y tuvo que esforzarse para tragar.

—Vamos. —Bety, con un suave tirón del brazo, le pidió que continuara andando—. Este lugar pertenece a un pasado que debes dejar atrás.

—No es tan sencillo —contestó él con una mano en su bolsillo izquierdo— cuando el pasado se esfuerza en no abandonar tu presente.

S. HOROWITZ. ANTICUARIO. El viejo cartel, escrito con letras de estilo gótico, estaba desgastado, lo que le confería un aspecto razonablemente relacionado con la tienda. El local lucía hermoso, una alargada arcada oculta bajo piedra que la restauración de Samuel y Mariola había sacado a la luz. Allí, en el viejo escritorio barroco estaba Samuel ojeando un periódico. Al abrir la puerta levantó la cabeza; una amplia sonrisa iluminó su arrugado rostro.

—¡Muchachos! ¡Qué alegría! —le dio dos besos a Bety, y le tendió la mano a Enrique—. Pero sentaos, sentaos —ofreció cortés—. Estás preciosa, Bety. Tenía muchas ganas de verte. Enrique me dijo que llevabas varios días en Barcelona, pero entre unas cosas y otras no encontraba la ocasión propicia para saludarte.

—Te lo agradezco de corazón —reconoció sincera su solicitud—. Lo cierto es que yo también lo deseaba. Hacía muchos años...

—Así es. Son las cosas de la vida. Bueno, bueno —sonrió de nuevo Samuel—. Enrique, ayer nos dejaste muy preocupados. Fornells parecía tan agitado cuando os fuisteis… Y Mariola apenas me explicó nada esta mañana: que tenían que confrontar unos datos contigo, pero que se trataba de secreto de sumario y que no le habías contado nada.

—La investigación parece complicarse más de lo previsto —reconoció Enrique—. Por desgracia, Mariola tiene razón; Fornells me pidió absoluta reserva sobre nuestra conversación —mintió sobre la marcha.

—Bueno, ya llegará el momento en que todo se resuelva.

—Quisiera ver a Mariola —pidió Enrique—. Anoche me dijo que podría encontrarla aquí.

—Y así es; está en el sótano. Perdonad, voy a llamarla.

Extrajo un intercomunicador de un cajón y activó el encendido. Un molesto crepitar se adueñó del local; contestó una distorsionada voz.

—Mariola, están aquí Enrique… y Bety.

—Enseguida subo —contestó Mariola.

Un par de minutos después, por unas escaleras de caracol situadas en el fondo de la exposición y que comunicaban ambos pisos, apareció Mariola, tan impecable como siempre. Vestía una falda de color pistacho acompañada por una americana blanca, sencilla pero elegante, ceñida en la cintura, con unos zapatos blancos de medio tacón. El oscuro cabello, suelto y peinado con esmero, parecía flotar a medida que caminaba hacia el escritorio. Enrique se puso en pie, igual que Bety y Samuel. Al llegar a su altura saludó con un suave «hola» y le dio un prudente beso en los labios a Enrique.

—Mariola, te presento a Bety.

—Encantada.

—Igualmente.

Se tendieron la mano de mutuo acuerdo, con toda naturalidad.

Enrique fue consciente de lo particular de la situación

cuando percibió la disimulada pero no menos inquisitiva mirada de Samuel. Estaba estudiando tanto a las dos mujeres como sus reacciones.

Parecía, en cierto modo, una fotografía junto a su negativo. Mariola, cabello oscuro suelto, piel clara, elegante, ante Bety, cabello rubio recogido en una coleta, piel morena, vestida con la deportiva comodidad de un pantalón de pinzas y una camiseta de flores y calzada con botines de ante. Dos bellezas también opuestas: clásica una, actual la otra. Mariola recordaba a esas mujeres del siglo pasado, con sus rasgos delicados y bien definidos, la delgada nariz, los finos labios, ojos grandes pero alargados; Bety era más de hoy, los rasgos más asequibles, menos distantes que los de su rival, labios gruesos y mejillas redondeadas, ojos con forma de almendra. La belleza de Mariola resultaba más distante, menos habitual, demasiado perfecta. Bety, sin ser ni mucho menos vulgar, personificaba un estilo opuesto, más próximo a los gustos modernos.

No sólo los dos hombres contemplaron la escena con curiosidad. Ellas, las verdaderas protagonistas de tan peculiar situación, se observaron también con un camuflado interés. Mariola estaba frente a quien durante años fuera pareja de Enrique, por quien había sentido celos un par de días antes. Para Bety era diferente; ni ella misma comprendía el poderoso impulso que la llevó a ofrecerse a su ex. Porque, no le cabía duda, eso había hecho: ofrecerse a él, a quien rechazara para siempre años atrás. No sabía qué la llevó a hacerlo, pero sí tenía bien claro que, fuera lo que fuese, le disgustaba profundamente. Cuando él la rechazó se sintió humillada, no por el propio rechazo, sino por su mismo ofrecimiento. Al fin y al cabo, aunque Enrique había cambiado mucho, no dejaba de ser quien era, o mejor dicho, no podía dejar de ser quien fue. Y ser consciente de que la atracción —puede que enamoramiento— que Enrique todavía sentía por ella, pese al paso de los años, se había desvanecido con la aparición de Mariola, no le agradaba en absoluto. Su reacción, se dio cuenta allí, frente a Mariola, tan hermosa, tan serena, tan distante, se produjo al comprender que estaba perdiendo a su eterno adorador. No actuó porque ella lo perdiera, sino porque, a su vez, él la perdía. Lo hizo por iniciativa ajena, no propia. Saber el motivo le hizo sentirse bien, pero todavía notaba alguna disfunción en su razonamiento, pues, si todo era tal y como había imaginado, ¿por qué todavía miraba a Mariola con envidia?

—Tenemos que hablar. —Enrique rompió el peculiar embrujo de la situación. Habían tardado en hablar apenas unos segundos más de lo normal, en principio nada apreciable. Al decirlo, Enrique miró a Samuel, quien comprendió de inmediato su petición.

—Bueno, yo os dejo. Aprovecharé para tomar un aperitivo. —Se incorporó y cogió la americana de un perchero próximo—. Vendré dentro de unos veinte minutos, ¿os parece bien?

—Cuando quieras —dijo Enrique.

—Bien, entonces, hasta pronto —se despidió después de mirar consecutivamente a los tres jóvenes.

Observaron a Samuel, que salió por la puerta y colgó el cartel de «cerrado» en la puerta. Mariola tomó entonces la iniciativa.

—Bien, sentaos, por favor. Si lo deseáis, puedo prepararos un café. Artur extendió la costumbre entre el resto de los anticuarios —explicó—. Lo cierto es que a los buenos clientes les encanta este tipo de atenciones.

—Por mí no te molestes —dijo él.

Bety negó con la cabeza sin apartar la vista de Mariola ni un solo momento. Parecía fascinada por su anfitriona.

—En ese caso… —Dejó la frase muerta a conciencia. También a ella le parecía extraña la presencia de Bety. Deseaba una explicación.

—Samuel nos ha dicho que no le has contado nada. Ayer ni se me ocurrió que también estaría preocupado por lo sucedido y que podría preguntarte algo.

—No sabía hasta qué punto podía explicárselo. Preferí no decirle nada hasta hablar contigo. Pero junto a la preocupación se encuentra la curiosidad, también importante. Últimamente hemos recibido numerosas llamadas de asociados al gremio preguntando por Samuel, demasiadas para considerarlo normal. Me da la impresión de que existe un soterrado interés en conocer más detalles sobre la detención del Francés. Ya te dije, cuando ocurrió, que más de uno y más de dos estarían vinculados a sus actividades. Y, como Samuel estaba muy unido a vosotros…, bueno, piensan que, a lo mejor, sabe alguna cosa. Lo que no podía imaginar es lo que me contaste anoche.

—Ni nosotros —intervino Bety. El turno de observar con atención a la otra recayó ahora sobre Mariola—. Pero, por desgracia, ocurrió.

—Veníamos a explicarte, con un poco más de calma, cómo está la situación y lo que hemos pensado —terció Enrique, que explicó las conclusiones más importantes a las que habían llegado tras la reunión con Carlos: los habían vigilado desde el principio; Manolo, al que Bety pidió ayuda, logró conocer el emplazamiento de la Piedra, en la catedral. Su intención era comprobar si la Piedra aún se encontraba allí o, por el contrario, estaba en manos del asesino.

—Entonces, sabéis dónde la escondió Casadevall.

—No tenemos ninguna certeza, sólo algunas ideas —contestó Enrique.

—Me da la impresión de que no queréis decírmelo.

—Es más prudente —observó él—. Creo que explicártelo supondría ponerte en peligro. No sabemos qué sabe el asesino, pero probablemente imagine que sí lo sabemos. Y no vale la pena hacerlo. Basta con que lo sepamos nosotros dos.

—Enrique tiene razón —intervino Bety—. No vale la pena compartir los riesgos cuando el precio que podría pagarse puede ser tan alto. Las muertes de Artur y Manolo dan fe de ello.

—Comprendo. La verdad es que no me gusta, preferiría estar con Enrique y compartir con él todos los riesgos —y al decirlo obsequió con una mirada nada casual a Bety—, pero me temo que la decisión está tomada.

—Sí —dijo Enrique—. No voy a exponerte a ningún peligro; bastante mal lo paso pensando que Bety comparte los peligros de esta absurda historia.

—Es mucho lo que compartís —insinuó Mariola.

—Menos de lo que te imaginas —repuso Bety—. Y preferiría que todavía fuese mucho menos.

Se miraron largamente. No hubo en sus miradas ni hostilidad ni agresividad, pero Enrique percibió a la perfección el evidente pulso mental que sostenían. Mariola deseaba saber cuál era la verdadera naturaleza de la relación entre ellos dos; por su parte, Bety sentía un impulso irresistible de profundizar, de conocer a la verdadera mujer, por debajo de la tranquila máscara de autodominio que exhibía. Enrique, quien en parte esperaba el curso que tomaba la conversación, se veía impotente para modificar el rumbo de los acontecimientos. Sin embargo, Mariola zanjó la cuestión cambiando de tema con una nueva pregunta.

—¿Cuándo pensáis investigar en la catedral?

—Carlos piensa que será posible obtener el permiso pertinente esta tarde o mañana por la mañana. En cuanto lo tenga subiremos a ver qué diantre ocurrió la tarde del martes.

—Imaginad que encontráis la Piedra —expuso Mariola—. ¿No equivaldría eso a incrementar considerablemente el peligro? Si el asesino os vigila puede verse forzado a actuar. No permitirá que nadie le quite el objeto por el que tanto ha luchado.

—Tienes razón —comentó Enrique—. Pero, si por casualidad la encontráramos, está bien claro que se terminó el juego de los investigadores. Iríamos directos de la catedral a la Policía para entregársela al comisario Fornells. Supongo que, de ese modo, finalizaría este asunto de una vez por todas.

—Además, contamos con la colaboración de Carlos —apuntó Bety—. No nos dejará solos; de hecho, si hemos venido juntos, es siguiendo su recomendación de estar acompañados a todas horas y en cualquier situación.

—Eso me tranquiliza un poco. ¿Dices que ese Carlos es un profesional competente?

—Es un detective experto que ha resuelto casos importantes. Con él a nuestro lado no debemos temer nada.

—Bien. Creo que lo habéis dejado todo claro. Bety, si no te importa, quisiera hablar con Enrique a solas.

—Claro, no faltaba más.

Mariola y Enrique se apartaron hasta el extremo más alejado de la exposición, a distancia suficiente para que Bety no pudiera oírlos. Estaban de perfil respecto a Bety, quien, con disimulo, y odiándose por ello, intentaba atisbar por sus gestos y expresiones lo que se decían.

—Enrique, hay una cosa que no comprendo de todo este asunto. No se trata de la Piedra ni del asesinato de Artur y de ese otro hombre, Manolo. Se trata de ti, de mí y, sobre todo, de Bety.

Enrique se temió lo peor.

—Dime.

—¿Y aún me lo preguntas? —exclamó ella.

—No sé a qué te refieres.

—Creo que no quieres saberlo. —Hizo una pausa esperando una respuesta que no llegó—. Está bien, te lo diré. Quiero saber por qué no has sido capaz de explicarme todo lo referente a la Piedra de Dios desde el momento en que decidimos compartirlo todo. Quiero saber por qué me explicaste un sucedáneo de la verdad durante el mediodía del martes.

—No era mi intención ocultarte nada… —intentó explicarse.

—Vaya, menos mal; pero parece que entre acción e intención media un abismo profundo.

Enrique se armó de paciencia. Al fin y al cabo, Mariola tenía parte de razón, aunque no como ella imaginaba; le había ocultado información no por mantenerla al margen, sino porque, según transcurría la historia, ésta perdía todo interés para él.

—Escucha, por favor, y no me interrumpas —rogó—. Si no te dije nada fue porque la verdadera interesada era Bety. Quiero decir que, antes de conocerte, yo también me sentía involucrado en la resolución del misterio, pero el interés se difuminó a medida que nuestra relación se afianzaba. Para Bety ocurrió precisamente a la inversa: vino a Barcelona, como ya te expliqué, para ayudarme después de la muerte de Artur, pero cuando conoció la historia pasó de llamarme loco por no contársela a la Policía a ser la primera en querer conocer el secreto.

—No lo entiendes. —Negó con la cabeza—. Precisamente por eso que has dicho estoy enfadada, o más concretamente, dolida, herida en lo más profundo. Siento que ella ocupa el lugar que me corresponde por derecho, aunque reconozca que se debe en parte a un hecho puramente circunstancial. Pero tengo claro que me has mantenido al margen, y no me creo que se deba a la casualidad.

Enrique aguantaba el chaparrón con los labios fruncidos; se sentía injustamente tratado, y aún peor, se sentía incomprendido. Parecía ser su destino cuando había una mujer de por medio: meter la pata de manera involuntaria, sin desearlo, y echarlo todo a rodar por una larga y empinada pendiente, como la diminuta bola de nieve que acaba por generar un poderoso alud.

—Te aseguro que está muy lejos de mi intención causarte daño.

—¿Es que no lo comprendes? ¿De verdad puedes estar tan ciego? Si no me hubieras explicado nada o me lo hubieras contado todo, esta conversación no tendría lugar. Pero no, tuviste que ocultarme parte de la verdad para justificar la presencia de Bety en Barcelona, junto a ti. Porque es eso, ¿verdad? —Le brillaron los ojos, iluminados por la repentina fuerza de una reveladora convicción—. Quieres estar junto a Bety, estoy segura.

—Te equivocas —dijo él con tranquilidad, al comprender la intensidad de sus celos. Los nervios sólo contribuirían a provocar nuevos errores, como lo haría extenderse en la conversación—. No quiero estar con ella, sino contigo. Cada minuto que estoy alejado de ti deseo más que estemos juntos. Pero no puedo abandonarla hasta que deje de haber peligro. ¡Debes comprenderlo!

—Y tú debes comprenderme a mí. Quiero que dejes esta historia, que te olvides de todo lo que ha sucedido. No quieres verme en peligro; eso has dicho. Pues bien, yo tampoco quiero verte en peligro a ti. ¡Vámonos a Venecia, vámonos ahora! A Samuel no le importará hacerse cargo del negocio. ¡Deja que pase el tiempo y todo se resolverá por sí solo!

—Quizá yo pueda escapar, pero ¿y Bety? Es demasiado tarde y estamos demasiado involucrados: la única salida es meternos hasta el fondo y averiguarlo definitivamente todo. Además, la Policía nos ha pedido que estemos localizables. No podría abandonar Barcelona aunque quisiera.

—En realidad no debería sorprenderme —contestó Mariola, pesimista, negando con la cabeza—. Será mejor que te vayas. No, será mejor que os vayáis —rectificó la frase mientras le daba la espalda volviéndose hacia el escaparate.

Enrique asintió sin que ella pudiera verlo.

—Despídeme de Samuel.

Mariola no contestó. Enrique se detuvo un instante: iba a intentar explicar su posición, pero percibió lo fútil del intento. Cerró la boca antes de empezar a hablar, consciente de la escasa predisposición de Mariola a escuchar. Había sentenciado en su contra, y la única apelación posible sería la permitida por el paso del tiempo y la definitiva resolución del misterio. Hasta entonces no valía la pena malgastar esfuerzos. Anduvo hacia el escritorio, donde le esperaba Bety, ya de pie. Supuso, acertadamente, que algo no había ido bien.

—¿Problemas? —aventuró.

—Problemas —confirmó él.

Enrique recogió la cazadora y salieron a la calle.

—Si quieres, podría intentar hablar con ella —se ofreció Bety—. Aunque parezca un tópico, lo cierto es que las mujeres nos comprendemos con mayor facilidad de lo que hacéis los hombres, y, en su lugar, puede que yo hubiera reaccionado de igual forma.

—¿A sabiendas de la verdadera situación?

—Aun así —reconoció Bety.

—No, no creo que sirva de mucha ayuda. Contribuiría a complicar las cosas, no a solucionarlas. —Tomó una bocanada de aire y suspiró con fuerza—. A medida que pasan los años creía empezar a conoceros; ahora he comprobado lo equivocado que estaba.

Se dirigieron hacia las Ramblas desandando el camino que los había llevado hasta la tienda de Samuel.

—¿Qué haremos ahora? —preguntó Bety.

—Esperar —contestó él después de un nuevo suspiro—. Esperar.

Enrique estaba apesadumbrado; sabía de antemano que la visita a Mariola iba a proporcionarle un nuevo quebradero de cabeza, pero aun así… Por su parte, Bety creía comprender a Mariola: no había que ser un genio para darse cuenta de la posición que ostentaba en la pareja, distorsionándola hasta el punto de convertirla en un triángulo. No les deseaba ningún mal. Pero aquella pequeña parte malévola de su ser, que siempre intentaba reprimir pese al escaso éxito obtenido, aquella pequeña parte, molesta, incómoda, que sentía ajena a ella, a veces agobiante y siempre malvada, estaba pletórica, colmada de alegría.

19

—*L*o tengo. —Carlos les mostró un documento con membrete del Arzobispado e impreso por ordenador, adornado por una firma tan recargada y compleja como la rúbrica—. Les tomó su tiempo decidirse; puede que lo emplearan para comprobar mi identidad, pero finalmente aceptaron concedérmelo.

—¿No pusieron pegas? —preguntó Bety.

—Bueno, no creo que les hiciera gracia ver a un investigador privado dando vueltas en el arzobispado. Y puedes llegar a ser muy persuasivo cuando las personas no atienden a unas necesidades dictadas por la razón. Tampoco podemos olvidar que la muerte de Manolo, aunque no les ha salpicado directamente, se produjo justo después de sus investigaciones en la catedral, así que… Pero no tenían razones para negarme un permiso que ya han concedido a la Policía.

—Fornells —apuntó Enrique.

—Ajá. Estuvieron en la catedral esta mañana. Pero claro, no encontraron ni rastro de lo que buscaban. De hecho, no creo que supieran lo que estaban buscando. No saben lo que nosotros sabemos.

—Entonces, ¿cuándo podemos ir a la catedral? —quiso saber Bety.

—Ya. Ahora mismo.

—Cuanto antes vayamos, antes acabará este asunto —murmuró malhumorado Enrique.

Carlos cogió una mochila y desparramó su contenido sobre el escritorio: una linterna, un martillo y un escoplo, papel de lija de diversos grosores y un pulverizador de uso desconocido.

—¿Y eso? —señaló Bety.

—Ya os adelanté ayer que Manolo llevaba cierto equipo consigo. Me he guiado por el informe de la Policía. Estaba en su casa, dentro de un viejo macuto. Pienso que él previó la posibilidad de tener que utilizar parte de estos utensilios en su búsqueda, así que me he tomado la molestia de conseguir una copia de cada uno de ellos por si fuera necesario. También había una cámara de fotos, pero creo que llevarla está fuera de lugar.

—¿Para qué sirve el pulverizador?

—Es aire comprimido, funciona por presión. Me lo explicaron en la tienda especializada donde lo encontré. Lo utilizan, sobre todo, arqueólogos, para eliminar la suciedad y realzar las inscripciones gastadas que encuentran en la piedra; permite estudiarlas mejor sin alterar el soporte. Creo probable que Manolo buscara una inscripción especial que indicara el lugar exacto donde está escondida la Piedra, aunque me explicasteis que realizaba numerosas investigaciones, y podría ser que formase parte de su equipo habitual, no necesario en este caso.

—Parece que iba bien preparado —comentó Enrique—. No creo que llevara todo eso, en especial el pulverizador, si no tuviera claro qué estaba buscando. Y el martillo y el escoplo hablan por sí mismos.

—Lo sabremos dentro de bien poco. —Se puso de pie—. Ha llegado la hora de averiguarlo.

Para ir de la Plaça Reial a la catedral hay diversos caminos posibles. No existe uno más directo o más cómodo; es inevitable callejear para llegar hasta ella. Además, todos ellos guardan, por un motivo u otro, algún atractivo que los hace especiales. Se pueden remontar las Ramblas hasta el Carrer Portaferrisa, llamada así en recuerdo de una de las puertas que jalonaban la segunda muralla de Barcelona. También, sin necesidad de ascender tan arriba, uno se puede desviar en el Pla de la Boqueria; allí se coge Cardenal Casañas y se atraviesan las plazas del Pi y de San Josep Oriol, para, siguiendo el Carrer de la Palla, llegar hasta el Pla de la Catedral. Una tercera opción es remontar la ascendente cuesta del Carrer Ferran hasta el mismísimo Mons Taber, el que fuera centro neurálgico de la antigua ciudad romana. Allí, el caminante puede desviarse por las viejas y estrechas calles que recuerdan el call barcelonés, o alcanzar la inmensa mole catedralicia desde el Carrer Bisbe Irurita. Carlos eligió la última opción; abandonó la Plaça Reial por una doble arcada que desemboca en el Carrer Ferran. Al llegar a ella dobló hacia su derecha, hasta la Plaça Sant Jaume. Allí, entre los diversos coches oficiales y los grupos de turistas, pululaban guardias urbanos y *mossos d'esquadra* mezclados con algún chorizo nada despistado a la caza y captura de una oportunidad propicia. Esquivaron a un numeroso grupo de turistas japoneses, que, fascinados por la calavera que atravesada por un cuchillo se les ofrecía en la arcada que cruza la calle del conocido obispo, colapsaban la libre circulación de los peatones. Entraron en la catedral por la puerta del Carrer Pietat. Enrique, sin saber por qué, miró la hora: eran las seis y media.

Encontraron la sacristía, tal y como indicó Enrique, a la derecha del altar mayor. Preguntaron por el deán; no estaba allí, pero no tardó en aparecer seguido por dos seglares cargados con papeles y carpetas. Carlos se presentó con suma educación y le explicó lo que querían. El deán examinó la carta del Arzobispado con gran atención y evidentes muestras de fastidio.

—Parece que esta semana no tienen más entretenimiento que conceder permisos como éste —refunfuñó—. Es el tercero en tres días y, se lo diré con claridad, cuanto más los veo, menos me gustan. El primero, el de aquel pobre joven de aspecto raro, podía estar justificado. Pero que la Policía y, acto seguido, ustedes se presenten así, en mi catedral, en busca de no sé qué, la verdad, no me gusta. No me gusta en absoluto. Estamos cargados de trabajo; además, hoy, por si todo eso no bastase —señaló el abundante papeleo que esperaba en la mesa de la sacristía— tenemos un concierto de música sacra para órgano en el que intervendrá un coro y que nos pondrá la catedral entera patas arriba.

—No queremos estorbarle, todo lo contrario —indicó Carlos—. Comprendemos que está muy atareado y basta con que nos permita recrear los movimientos de su primer visitante por el triforio y el tejado.

—Exactamente lo mismo que me pidió la Policía, sólo que a ellos tuve que explicarles dónde realizó sus investigaciones el difunto señor Álvarez, que en paz descanse, y a ustedes no —observó sagaz el deán—. Supongamos que me viera asaltado por un defecto tan humano como es la curiosidad y les preguntase qué demonios, que Dios me perdone y disculpen la expresión, buscan en mi catedral. —Los miró con una candidez tan absoluta que sorprendió a sus tres interlocutores.

—Me temo que no lo sabemos ni nosotros mismos —contestó presuroso Carlos para evitar cualquier intervención por parte de Bety o Enrique—. Precisamente tratamos de averiguarlo.

—Curioso. Una respuesta idéntica a la que me dio la Policía esta mañana. Bien, no es correcto meterse en asuntos ajenos, máxime cuando es el superior de uno quien lo autoriza. Acompáñenme.

Salieron de la sacristía. El coro que debía acompañar al órgano había llegado. Eran unas cuarenta o cincuenta personas de diversas edades, vestidas con el uniforme de su respectiva asociación. Su director intentaba acomodarlos en las sillas preparadas al efecto rodeando el altar mayor; varios participantes intentaban reprimir la natural excitación ante la proximidad del concierto de sus componentes más jóvenes, de acaso diez o doce años. Por su parte, el numeroso público asistente pululaba en busca de algún hueco libre en los bancos o en las numerosas sillas instaladas al efecto, repletas por los apasionados de la música.

—Menudo follón tienen organizado —comentó Bety en voz alta sin dirigirse a nadie en particular.

—Y usted que lo diga —contestó atento el deán—. La sede catedralicia suele parecerse más a las Ramblas que a una verdadera iglesia, pero esto de hoy parece una guardería o un colegio. Menos mal que éste será el último concierto de esta temporada musical.

—¿Suelen realizar muchos conciertos? —preguntó Bety.

—Si todo es como era hace unos años, son seis cada temporada —apuntó Enrique.

El deán lo miró, sorprendido.

—Siguen siendo seis, a Dios gracias no han aumentado. ¿Le gusta la música sacra?

—Solía venir cuando mis obligaciones me lo permitían. Es una música muy hermosa, invita a relajarse y a la meditación. Y el entorno es, sin duda, excepcional.

—Mire, en algo estamos de acuerdo —contestó el deán—. Cuando las voces del coro comienzan a cantar parece que sea el mismísimo Señor quien las dirige. Lástima que al concierto le precedan estas ceremonias de la confusión —dijo, y señaló los aparentemente vanos esfuerzos organizativos del director del coro.

Llegaron hasta el lado opuesto de la catedral, junto a la Porta de Sant Iu, que da paso a la calle del mismo nombre. Allí se despidió.

—Señores, hasta aquí les acompaño —dijo después de abrir la puerta con una pesada llave—. Esa escalera conduce a las tribunas, después al triforio y, por último, al tejado. Es empinada y estrecha, muy apropiada para que un vejete como yo se caiga en un despiste y se rompa la crisma o una pierna, así que prefiero evitarla. En el tejado encontrarán una puerta de hierro; para abrirla no tienen más que empujar con fuerza. Un último consejo: sean prudentes con el suelo del tejado. En según qué partes es irregular, debido a la acción de las nervaduras de los pilares.

—¿Dejará abierta esta puerta? —Carlos señaló la puerta que daba acceso a la escalera.

—Sí, debo hacerlo. El organista está a punto de llegar y éste es el único acceso hasta el instrumento. No puedo estar pendiente de él, tenga en cuenta que falta algo menos de una hora para que comience el concierto. En fin, eso es todo. Eso sí, les ruego que si no les importa, cuando acaben sus investigaciones, o como muy tarde a las nueve, la hora de cerrar, pasen por la sacristía y me lo comuniquen. Así sabré que puedo cerrar la puerta.

—Descuide.

Frente a la puerta, solos, se miraron entre sí. Carlos tomó la iniciativa al abrir la puerta e iniciar el ascenso hacia las alturas de la catedral. Bety y Enrique, por ese orden, le siguieron, no sin antes ajustar la puerta.

La escalera, de caracol, era realmente larga y retorcida, apenas iluminada por la escasa luz que penetraba procedente de la nave central por unas diminutas aspilleras. No tardaron en alcanzar el nivel de las tribunas, a unos diez metros de altura. Una pequeña puerta rectangular comunicaba la escalera con la Tribuna Real y el órgano; prosiguieron su avance sin detenerse. Bastante más arriba, a unos veinticinco metros de altura, estaba el acceso al triforio, un pasillo estrecho y sumido en la oscuridad, pensado para las medidas de los hombres de antaño, mucho más bajos que los de hoy. Enrique, el más alto de los tres, tuvo que agachar un poco la cabeza para evitar cualquier posible golpe.

A medida que avanzaban, la luz proveniente de la nave mayor iluminó el pasillo. Llegaron hasta el mismo borde del triforio, donde unas sencillas barras cruzadas de columna a columna eran el único sistema de seguridad destinado a impedir la que sería una larga y definitiva caída desde esos treinta y cinco metros de altura. Allí quedaron asombrados por el espectáculo de poder contemplar la catedral desde una perspectiva inédita para ellos. Frente a sí tenían la nave central y la de la epístola, que se prolongaban hacia el cimborrio. Casi bajo sus pies se abría la cripta de Santa Eulàlia, y los bancos situados frente a ella estaban repletos de una multitud ansiosa de las peculiares sensaciones de paz que provoca la música sacra. Se escuchaba un indefinido pero específico murmullo similar al de las grandes salas de conciertos, quizás un tanto más discreto por mor del entorno catedralicio, o puede que la elevada altura hiciera disminuir su intensidad. El coro, correctamente instalado en el presbiterio, alrededor del altar, esperaba pacientemente el momento de iniciar su intervención. Sus componentes, mientras esperaban la señal del director, afinaban sus excepcionales gargantas en un confuso guirigay.

Unas primeras notas de prueba llegaron desde los inmensos tubos del órgano, apenas un sencillo repaso de la capacidad del instrumento. El organista había llegado justo después de ellos. El director del coro, con la mirada fija en el órgano, esperaba la señal de éste para comenzar. Después de realizar los ajustes pertinentes, el organista debió de hacer la señal estipulada al director, pues éste se colocó de cara a la coral con los brazos en alto. Pasaban cinco minutos de las siete de la tarde cuando el órgano inició la poderosa obertura del oratorio *La pasión según san Mateo*, de Johan Sebastian Bach. Carlos les susurró a sus amigos: «a trabajar».

Con la armoniosa música de fondo, omnipresente en todos los rincones del edificio gracias al poderío del maravilloso órgano y a la excepcional sonoridad de la catedral, Carlos reemprendió el camino hacia el tejado. Deshizo el camino andado por el pasillo hasta ganar la escalera y, un poco más arriba, apenas una vuelta, se encontraron con la verja. Se abrió, con un ominoso crujido, merced a un fuerte empujón: estaban sobre el tejado.

—¿Y ahora? —incitó el detective a sus compañeros de investigación.

Bety se encogió de hombros: estaba claro que la cosa no iba con ella. Era Enrique quien había hablado de la cuarta clave.

—Observad este viejo plano. Lo obtuve de un viejo libro inglés de viajes, de un tal Richard Ford. Representa el alzado de la catedral. Cada bóveda de las naves está cubierta en su punto central por lo que los arquitectos llaman una clave —explicó Enrique sin moverse del lugar—. El techo, como dijo el deán, permite en parte el paseo, pero hay otras zonas donde respeta la tensión de las bóvedas. Por eso nos pidió prudencia. Bien, las claves son el lugar exacto en el que concluyen las diferentes nervaduras de las bóvedas, de manera que resultan piezas fundamentales en el edificio. En la catedral existen seis claves en la nave mayor. Fueron construidas desde el presbiterio hasta el cimborrio. Casadevall, como os dije en tu oficina, y según consta en el libro de obra, fue el encargado de sellar la cuarta clave. Esa clave se cerró diecinueve años antes, pero un defecto en su colocación hizo precisa una restauración. De ella también se ocupó Casadevall. Por eso creo que es el lugar adecuado para que escondiera la Piedra. Es, dentro del edificio, un lugar apartado, y que muy difícilmente precisará restauración alguna. Mover semejante monstruo, una vez colocado, es para las artes de la época poco menos que imposible. Incluso hoy en día supondría todo un reto arquitectónico.

—Un lugar idóneo —confirmó Carlos—. Pero si las claves son esas piezas inmensas de piedra que vemos desde la planta de la catedral, ¿cómo accederemos hasta ellas?

—No tiene pérdida. El tejado marca una inflexión en el lugar que se corresponde con su posición. En cuanto lo veáis, lo comprenderéis.

—Vayamos a ello.

Al llegar al lugar ocupado por la cuarta clave, Enrique se detuvo.

—Ahí está —señaló el lugar.

Nada parecía indicar que allí hubiera algo más que una acumulación de piedras destinadas a cubrir el techo de la catedral. Bety las contempló desanimada.

—No podemos ponernos a dar martillazos en la piedra y esperar pasar desapercibidos. Imaginad que caen trozos de piedra o polvo sobre el coro de la catedral; se darían cuenta de inmediato.

—El techo es muy grueso —observó Enrique—. No creo que pasara tal cosa. Pero sí creo que deberíamos encontrar alguna señal especial, un símbolo que nos indique el lugar exacto. Si no lo hacemos…

Dejó la frase en el aire y se sentó en el tejado. La cuarta clave no presentaba ni un solo símbolo en las diversas piedras que la cubrían.

—A medida que nos movíamos por el interior de la catedral, y también aquí, en el tejado, he visto diversos símbolos inscritos en la roca. Mirad aquí. —Esperanzado, señaló uno cercano—. Y ese otro. ¿Pueden tener relación?

—No. Son marcas de arquitectos o picapedreros: compases, regletas, triángulos…, pertenecen al lenguaje de sus gremios —explicó Enrique—. Servían para señalar sin género de dudas en qué puntos habían trabajado. Y no tienen mayor interés que, según las marcas, establecer a posteriori los pagos. Puedes encontrarlas en todas las iglesias de la época.

—¿Por qué debemos buscar una marca? ¿No pudo esconderla sin más? —preguntó Carlos.

—Manolo dedujo, a partir de las anotaciones del manuscrito, que Casadevall marcó el lugar con un símbolo. El problema es que desconocemos cuál.

—Y no es el único problema: pensad en ese pulverizador que llevaba Manolo. Su única utilidad es realzar inscripciones antiguas, apenas legibles, ¿no es así?

—Eso dije —confirmó Carlos.

—Las bóvedas fueron selladas hace seiscientos años. Y muchas de las marcas están tan borrosas que apenas se ven.

—Comprendo.

—¡Pero Manolo lo encontró! —exclamó Bety —¡Y si él lo hizo, nosotros podemos hacerlo!

—Estás demasiado segura de que lo encontró. —Enrique negó con la cabeza—. Eso es una suposición nuestra.

—Los asesinos actúan impelidos por la necesidad, y la necesidad, en este caso, se traduce en el descubrimiento de la Piedra. Pienso que Manolo sí descubrió el lugar.

—Escucha —continuó la argumentación Bety—: la única diferencia entre él y nosotros es, quiero decir, era, sus superiores conocimientos en el tema religioso y cabalístico. Y apuntó todo lo que pudiera tener importancia en la libreta que te entregó y que llevas encima.

—Eso no quiere decir nada.

—¿No? Él tenía los datos de la libreta y no le bastaban. Cuando tuvo en su poder el manuscrito encontró el lugar. Nosotros teníamos el manuscrito y ahora tenemos su libreta. La solución radica en combinar ambas piezas, ¡estoy segura!

Enrique le tendió la libreta sin decir ni una palabra. Bety comenzó a pasar sus páginas junto a Carlos; comprendió de inmediato el pesimismo de su ex. Gran parte de las cincuenta páginas de anotaciones eran en realidad dibujos. Unos reproducían edificios o escenas. Los más resultaban extraños, incomprensibles para el no iniciado en sus secretos. El círculo de Tserouf, el signo de Zimzun, el Alef del padre Rimomin, un diagrama cabalístico, el Árbol de la Vida, y otros más, ilustraban, dibujados con trazo firme y sin vacilar, la libreta que perteneciera a Manolo. Las ilustraciones, al igual que el texto, estaban repletas de las letras correspondientes al alfabeto hebreo junto con una traducción al español.

—¿Comprendéis ahora? —preguntó Enrique después que sus amigos ojearan las páginas—. No pongo en duda tu razonamiento: la solución al enigma, si lo que dijo Manolo era cierto, y no tenía por qué no serlo, debe estar ahí. Pero...

—Ayer dijiste que existía otra posibilidad —apuntó Carlos—. Dinos cuál es.

—Bueno, en su momento estuve meditando sobre ella. Verás: tú, Carlos, no lo sabes, pero Bety conoce el que quizá sea párrafo clave del manuscrito Casadevall. Después de una prolija relación de edificios, el maestro escribió la siguiente: «Al final, asistido y escoltado por el amor y el juicio, he encontrado en el Reino de Dios el único lugar lógico que el buen Señor ha tenido a bien señalar». Con esa frase nos peleamos durante horas. Cabían dos posibilidades: la primera, que Casadevall expresara en ella su agradecimiento a Dios por haber encontrado una solución a su problema, dónde ocultar la Piedra; la segunda, que en sí misma expresara una clave que revelase ese lugar.

»Esas dos opciones me supusieron un considerable quebradero de cabeza. Para mí, prevalecía la primera opción; para

Bety, la segunda. Si Casadevall quería esconder la Piedra para que jamás fuera hallada, no tenía sentido que escribiese una pista, por mínima que fuese, sobre su escondrijo. Pero Bety enfocaba el asunto desde una perspectiva diferente. Cualquier persona, sometida a la presión que debió de sentir Casadevall, precisaría una válvula de escape. Evidentemente no podía ir explicando por ahí cuál era su situación, así que utilizó su dietario como diario para reflejar en él todo aquello que lo angustiaba. La historia sobre la enfermedad de su hija así lo demuestra. De esa manera, la frase cobraba un nuevo interés. Un interés para el que no encontramos solución… hasta ayer.

—¿Quieres decir que comprendes su significado? —dijo Bety atropelladamente.

—Creo que sí, pero me parece tan excelentemente casual que preferí, en primer lugar y de acuerdo con la lógica, investigar la cuarta clave. Al ver que eso no daba resultado, no quedaba otra opción.

—Venga, explícate.

—Déjame la libreta.

Se la devolvió Bety mientras Enrique se ponía de pie. Después la ojeó hasta encontrar un diagrama determinado.

—Mirad aquí.

Bajo el título del «Árbol de la Vida», la página recreaba las relaciones entre conceptos cabalísticos. Tres columnas verticales de diez círculos. Cada uno de ellos encerraba una palabra hebrea en la lengua original, y en su adaptación al castellano. Las columnas izquierda y derecha estaban formadas por tres círculos cada una; la central, por cuatro. Las relaciones entre los círculos se producían de muy diversas maneras: en horizontal, mediante líneas inclinadas, y también incluían tríadas nominadas como «Brazo de Dios», «el Gran Rostro» o «el Pequeño Rostro».

—¿Habéis oído hablar antes del Árbol de la Vida? —preguntó Enrique.

Ambos negaron con la cabeza.

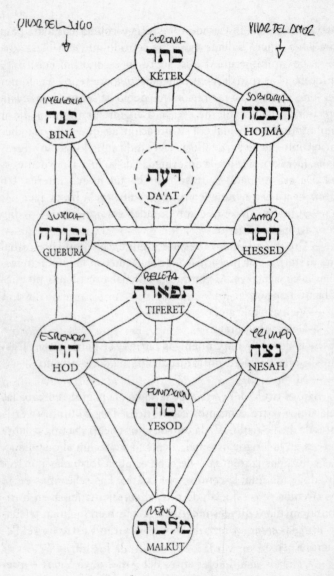

Árbol de la Vida
—Es la representación de las relaciones existentes entre los

sefirots. Una estructura compleja desarrollada por los cabalistas de los siglo X, XI y XII. ¿Entendéis? Y la Piedra de Dios es, al tener escrito el verdadero nombre del dios hebreo, la manifestación de un sefirá. Fijaros en los nombres de las columnas laterales.

Bety y Carlos leyeron la apretada y minúscula letra de Manolo. Una de las columnas se llamaba el Pilar del Juicio; la otra, el Pilar del Amor.

—«Asistido y escoltado por el amor y el juicio» —repitió Bety como si tratase de una letanía.

—¡Eso es! —exclamó Enrique.

—Pero ¿qué relación tiene todo esto con la frase clave del manuscrito? —preguntó Carlos, un tanto desorientado.

—Cada sefirá tiene un nombre —le contestó Enrique—. Están ahí, dentro de los círculos. Sefirá es el singular de sefirots —le aclaró antes de que lo preguntara.

—¡Pero están en lengua hebrea!

—Basta con saber dónde buscar para encontrar la solución correcta.

Su confianza aumentaba de manera directamente proporcional a la explicación de sus descubrimientos. Si al principio se mostraba reticente, se debía a la falta de confianza, por lo complejo de la estructura que envolvía todo el misterio. Sin embargo, exponer a sus amigos la relación de los hechos sirvió para reafirmar su presunción de veracidad sobre éstos.

—¿Dónde encontraste los elementos para la traducción? —preguntó Bety, que quería confirmar la idea que rondaba por su cabeza.

—Tan cerca como te imaginas: estaban en la biblioteca que Artur tenía en la tienda y que me trajeron a Vallvidrera la semana pasada, antes de tu llegada.

—¿Entonces…?

—Artur era un verdadero fanático de los libros viejos; su colección era extraordinaria. Pero no disfrutaba sólo con su posesión: lo que más placer le proporcionaba era su lectura, investigar y ampliar mediante la adquisición de nuevos volúmenes, más modernos, los conocimientos recién adquiridos. Disfrutaba investigando.

»Uno de los libros que tenía en su biblioteca de la tienda era un Zohar, según su primera versión impresa en Mantua de 1559. Su comprensión estaba fuera de mi alcance, pero junto a él encontré libros modernos con interpretaciones del texto original. Como es evidente no los relacioné con la Piedra hasta que tuve en mis manos el librito repleto de anotaciones de Manolo. Fue entonces cuando me dediqué a ojearlos hasta atar cabos: Manolo nos explicó qué era el objeto oculto, los libros estaban en la tienda, trataban sobre la cábala… Al fin relacioné los datos suficientes para deducir que la figura cabalística conocida como el Árbol de la Vida tenía relación con el manuscrito Casadevall. Sólo una persona con la increíble cultura que tenía Artur hubiera podido desentrañar el misterio del manuscrito aún sin conocer el objeto escondido. Yo, desde luego, no puedo ni compararme con mi padre; sin la ayuda proporcionada por Manolo no lo hubiera conseguido jamás.

»El problema era definir cuál era la relación entre el manuscrito y los sefirots; que existieran elementos comunes entre ambos no significaba encontrar una solución al enigma. Y al saber que Manolo estuvo investigando aquí, en el tejado de la catedral, donde Casadevall selló la cuarta bóveda el mismo año que, según su manuscrito, decidió ayudar al misterioso S., las piezas encajaron por sí solas. Escondió la piedra aquí, pero no donde yo supuse.

—Pero ¿por qué buscabas un símbolo sobre la clave? —Carlos hacía verdaderos esfuerzos por no perder. el hilo de una historia cuyos detalles desconocía.

—Como os estaba contando, el Árbol de la Vida representa la disposición de los sefirots. Bien, uno de ellos, el correspondiente a la parte inferior del diagrama, es el llamado Reino. El manuscrito hablaba del Reino de Dios, y decía después que «el buen Señor ha tenido a bien señalar». Busco el símbolo del Reino según la palabra hebrea porque allí donde lo encontremos será donde Casadevall escondió la Piedra.

—Y creías poder encontrarlo sobre la cuarta clave —comprendió Carlos—. Sin embargo, ¡aquí no está! Y si no está aquí, ¿dónde demonios está?

—Pues… no lo sé —reconoció con pesar Enrique—. Verás, conocer la relación entre los hechos no implica resolver el enigma. Esperaba encontrarlo ahí, en la cuarta clave, de acuerdo con los movimientos de Manolo. Parecía el lugar lógico.

—Esperad —interrumpió Bety—. El manuscrito hacía referencia a que «el buen Señor ha tenido a bien señalar». Tú crees que Casadevall se refería al símbolo correspondiente a la palabra hebrea Reino. Pero ¿no es más razonable que la señal se refiera a un lugar determinado? De la frase se deduce un lugar, el Reino de Dios, donde escondió la Piedra. Y creo que la parte final de la frase, «ha tenido a bien señalar», contiene una pista, indica el lugar exacto donde la escondió.

—Es factible —reconoció Enrique.

La mirada de Bety tenía un brillo especial; la tarde caía y el verdor de su mirada refulgía con fuerza.

—Mirad allá. —Bety señaló el extremo de la catedral situado a sus espaldas.

En todo el desnudo tejado no existía señal alguna tan clara y evidente como la cruz que indicaba el cierre de las bóvedas. Sus miradas se cruzaron expectantes; a Enrique se le erizó la piel de todo el cuerpo con un súbito estremecimiento. Unas pequeñas nubes oscurecieron la bóveda de la catedral y un viento fresco se levantó de repente.

—El Reino de Dios. El Árbol de la Vida. Confrontad el alzado con el diagrama. Cada bóveda de la catedral coincide con cada uno de los sefirots. El sefirot del Reino. Es allí —señaló Bety.

—Sí —confirmó con seguridad Enrique—. Tiene que ser allí.

Anduvieron hacia la cruz. Desde donde estaban, merced a la mayor altura de la catedral respecto a los viejos edificios del barrio gótico, observaron el cielo rodeando la cruz como si de una orla se tratase, y en ese instante supieron que Bety tenía razón, que no podía ser de ninguna otra manera. Al llegar a su altura, la observaron. Era una obra sencilla, como todo el tejado de la catedral, de apenas en dos metros de alto si se contaba la base sobre la que se elevaba, compuesta por dos escalones circulares y un pedestal. La parte superior de la cruz, así como la barra transversal acababan en un suave adorno en forma de flor de lis. La obra no parecía haber sido alterada con el paso de los siglos, no así su entorno cercano, en el que se divisaban sobre el tejado con total claridad canalizaciones y refuerzos de época reciente.

—Tenéis que buscar este símbolo. —Enrique les enseñó el correspondiente al Reino según el diagrama del Árbol de la Vida—. No creo que lo inscribiera entero; lo más probable es que sólo grabara la inicial.

Rodearon la cruz con el cuerpo encogido, medio a gatas, falsa reverencia ante un símbolo sagrado bajo el cual esperaban encontrar otro muy diferente. Fue Carlos quien llamó su atención al encontrarlo. Los otros acudieron prestos a su llamada para reconocer sobre la piedra, tal y como previera Enrique, la primera letra de la palabra Reino.

Lo habían encontrado.

Estaba en el lateral de una de las piedras correspondientes al segundo escalón. Bety reconoció suavemente la piedra con la yema de los dedos hasta encontrar la leve ranura que la dividía en dos. Allí, como definitiva confirmación de su intuición, la marca de un cincel demostraba el paso de Manolo. Señaló la incisión a sus compañeros. Carlos extrajo el martillo y el escoplo de su macuto. Situó el segundo sobre la ranura y miró a Enrique pidiendo una confirmación.

—Adelante —dijo éste, y el martillo, acallado por el rumor del órgano y las voces del coro, inició su monótono canto sobre la piedra.

Cinco minutos después, Carlos, entre sudores, mostró el

resultado de sus esfuerzos. El cincel había penetrado hasta un punto en que no encontraba resistencia. En el interior de la roca existía un espacio vacío, un hueco. Le pasó las herramientas a Enrique, que centró sus esfuerzos en ambos laterales de la piedra. Transcurrieron otros cinco minutos·hasta que decidió probar si la piedra estaba o no suelta. Le pasó el cincel a Carlos, que se situó justo a su lado, e insertó el martillo por entre la ranura. Hicieron palanca con ambas herramientas hasta que, con un crujido, una sección de la piedra se separó repentinamente de la base de la cruz para caer a los pies de Bety. La piedra caída, en forma de ele, servía para cubrir un hueco del tamaño de un puño. En la base descansaba una bolsa de grueso cuero fuertemente cosida, cubierta ahora por el polvo desprendido a causa de los martillazos. Carlos, entre un silencio reverente, iba a tomar la bolsa cuando Enrique lo detuvo.

—Espera. Un momento semejante hay que disfrutarlo. Cosas como ésta no suceden más que una vez en la vida; vale la pena recrearse en ellas.

—Tienes mucha razón —reconoció Carlos con una reverencia destinada a su amigo—. De nuevo aparece el Enrique escritor. ¡Y me congratulo por ello!

Carlos encendió un cigarrillo. Estuvieron en silencio un par de minutos, el tiempo suficiente para que Carlos se recreara con el humo, perdidos los tres en sus pensamientos, paladeando aquel momento. Para Enrique fue el momento de rendir especial homenaje a los que murieron por el contenido de aquel pequeño saquito de cuero. Carlos disfrutó saciando momentáneamente el sentido de la aventura que lo había llevado a convertirse en investigador privado. Bety, más pragmática, encontró esa reverencia poco apropiada, pero se guardó muy mucho de objetar al respecto. Enrique y Carlos eran viejos amigos con mucho en común, y no le importaba que se condujeran como dos héroes de película. Cuando Carlos hubo exhalado la última bocanada de humo, Enrique se agachó para recoger la funda de cuero. La sopesó. No parecía en absoluto pesada. Sus intentos de abrirla fracasaron.

—Felicidades, Bety. Tenías razón. Pero me temo que no podremos abrirla sin utilizar un cuchillo, unas tijeras o algo similar. El cuero parece soldado. Tendremos que ir a la oficina de Carlos o a casa.

—No será necesario; tengo en el bolso unas tijeras plegables que servirán para eso. —Hurgó entre las diversas cosas que atestaban su pequeño bolso hasta encontrar la herramienta—. Aquí tienes.

Enrique desplegó las tijeras; eran pequeñas, pero fuertes, de hoja ancha y afilada. El saquito estaba cosido por lo que parecía una larga tira de fino cuero. Insertó la punta de las tijeras en uno de los pespuntes y, por prudencia, tiró con fuerza hacia delante. La correa, transcurridos tantos años, debía de estar soldada al saquito, y requirió un tira y afloja que se prolongó un par de minutos. Por fin, cedió con un seco chasquido que le hizo estremecer. Una poderosa sensación de *déjà vu*, la más intensa que había sentido en su vida, le erizó la piel de todo el cuerpo. Aquella escena le parecía sumamente familiar. Hubiera jurado que ya había abierto el saco en otra ocasión. La fuerza de la impresión fue tal que se quedó alelado por completo; intentó aprehender las furtivas imágenes que se deslizaban por los recovecos de su imaginación, o quizá de sus recuerdos, pero se le mostraron esquivas. Sólo se recuperó cuando Bety, que conocía bien aquellas reacciones extrañas para la mayoría pero no inusitadas para ella, puso la mano sobre su hombro.

—¿Te encuentras bien?

—Sí, no es nada, me había parecido haber vivido esto antes —se justificó.

—Bueno, ahora que has regresado, veamos la Piedra —intervino Carlos.

Enrique asintió e introdujo la mano dentro del saco con idéntica prudencia a la que emplearía un encantador de serpientes al extraer sus animales del cesto donde los había guardado. La Piedra era ovalada, del tamaño de un puño, de contornos suavemente redondeados; estaba fría al tacto. La agarró con fuerza y la extrajo a la luz. Puso la mano boca arriba y la abrió sin ser consciente de la lentitud con que lo hacía. Allí, en su palma, expuesta ante sus ojos, estaba, ¡por fin!, la Piedra de Dios, el místico y mítico objeto cuyo último eslabón de su historia había acabado en la muerte de dos personas.

Era verde, de un verde suave, agradable al ojo, entre opaco y traslúcido. El tono, indeciso, parecía fluctuar según el ángulo desde donde se observase. Ninguno de los tres hubiera jurado que pudiera emplearse como piedra para una honda; parecía frágil, más un bello objeto de adorno que el mensajero de muerte en que se convirtió. La cara a la vista carecía de toda inscripción; Enrique le dio la vuelta y pudieron ver unas finas letras grabadas en su superficie.

—¿Puedes traducirlo? —preguntó Carlos.

—No tengo ni la más remota idea de hebreo. Pero sé quien podría ayudarnos: Samuel.

—Quién iba a decirlo —repuso Carlos—, de sospechoso a colaborador necesario para la definitiva resolución del misterio. Porque tú, Bety, tampoco sabrás…

—Tampoco yo —añadió Bety—. Me temo que eso tendrá que esperar hasta mañana…, si es que de verdad queréis leerlo.

—¡Vaya, no esperaba esto de ti! —se burló Enrique—. ¿Tienes miedo de una leyenda que se remonta a cuatro mil años?

—Sí, cuando por esa tradición alguien es capaz de infestar una mente hasta conducirla hacia el asesinato. ¿Recuerdas las palabras que Manolo puso en boca de Shackermann? «Él creía», dijo.

—Bueno, discutiremos eso en otro lugar. —Enrique se sentía incómodo.

—¿Estáis completamente seguros de que es la Piedra? —Carlos señaló la funda de cuero.

—¿Y qué otra cosa podría ser? —repuso condescendiente Bety—. Todo nos ha llevado hacia ella. En esa pequeña bolsa de cuero se encuentra uno de los objetos históricos más importantes descubiertos este siglo. Estamos haciendo historia.

—No perdamos el tiempo. Carlos, ayúdame a dejar la base de la cruz tal y como estaba.

Lo hicieron sin demasiado esfuerzo; el bloque no pesaba más de quince o veinte kilos. Faltaba la argamasa en las junturas, pero no tenían por qué preocuparse, pues su propio peso lo mantendría fijo en el lugar. A simple vista, nadie hubiera imaginado que debajo de aquella piedra en particular podría haberse escondido algo durante seiscientos años.

—Vámonos de aquí —ordenó Carlos—. Tenemos la Piedra; ni Manolo ni el asesino lograron ponerle las manos encima.

—Manolo estuvo bien cerca. La marca de la juntura tuvo que hacerla él —suspiró Bety—. ¿Por qué no la extraería?

—Según los informes que nos leíste, abandonó tarde la catedral. Puede que no la encontrara hasta la hora de irse, o que tuviera miedo de ser descubierto al golpear con el martillo —razonó Enrique—. Que hoy estuviera programado el concierto es un inesperado golpe de buena fortuna con el que no contábamos.

—¿Fortuna? De no creer en esas cosas juraría que todo responde a un plan establecido de antemano —contestó Carlos—. Tantas casualidades parecen indicar que tú, y no otro, estabas destinado a encontrarla. Pero vayámonos de una vez; tengo verdaderas ganas de ver con tranquilidad el aspecto de esa dichosa piedra.

Anduvieron sobre el tejado en dirección a la escalera. Después de ajustar la pesada verja iniciaron el descenso hacia la catedral por la empinada escalera, convertida ahora en un túnel de resonancia gracias a la potencia del órgano. A la altura del triforio, apenas bajado un tramo de la escalera, Carlos, que descendía en primer lugar, creyó ver una figura. Se detuvo en seco, alarmado por la fugitiva sombra que esperaba el descenso del trío. Se llevó la mano al interior de la cazadora. Con la otra mano detuvo el avance de Enrique, que bajaba detrás de él.

—¿Quién anda ahí? —preguntó con voz firme.

—¿Enrique? ¿Estás ahí, Enrique? —preguntó angustiada

una voz femenina—. ¡Contesta, por favor!

—Es Mariola —murmuró él, sorprendido por su presencia—. ¡Mariola, no te preocupes, estoy aquí! Déjame pasar, no pasa nada, es Mariola —explicó Enrique a su amigo como si su sucinta frase pudiera despejar todas las dudas.

Carlos descendió hasta el rellano que unía el pasillo de acceso al triforio y la escalera; allí, después de echar una ojeada y comprobar la solitaria presencia de la mujer, permitió que Enrique se adelantara hacia ella. Mariola, en el triforio, le ofreció ambos brazos, dispuesta para ser abrazada. Los otros dos se quedaron en segundo término, a un par de metros de la pareja.

—¿De qué va esto? —le susurró Carlos a Bety.

—Se pelearon esta mañana, mientras le contábamos a ella las novedades del asunto.

—¿Le dijisteis vosotros que íbamos a estar aquí?

—Sí.

—Me parece que aquí hay algo que no encaja.

Al llegar a su altura pudieron escuchar parte de la conversación entre la pareja.

—¡Perdóname! No he podido esperar a que me llamaras. Llevo todo el día dándole vueltas a lo que te dije; como dijiste que vendríais aquí, he dejado a Samuel solo en la tienda para venir a verte y disculparme.

—No hay nada que perdonar —repuso él entre los arpegios del órgano—, nada en absoluto.

Enrique se volvió hacia sus amigos; alcanzó a ver como Carlos fruncía el ceño mientras se llevaba la mano al interior de la cazadora junto a la rotunda expresión de sorpresa en el rostro de Bety; intentó girarse hacia Mariola para comprobar qué podía motivar esa reacción, sin conseguirlo. Tuvo conciencia de un movimiento súbito, brusco, apenas perceptible, y recibió un golpe entre la oreja y la nuca que le hizo caer al suelo de lado hecho un ovillo; no perdió el sentido, pero era incapaz de reaccionar; sus músculos parecían de mantequilla derretida; brillantes destellos poblaron sus pupilas forzándole a pestañear compulsivamente. No tuvo ni tiempo para pensar en lo que estaba sucediendo, no pudo considerar qué había llevado a Mariola a cometer aquella locura, no pudo o no supo comprender que ella podía ser la responsable de los dos crímenes. Mariola ignoró el cuerpo de su amante y prosiguió su camino. Levantó su pistola sin que él pudiera hacer nada y disparó. En aquel estrecho pasillo y a tan corta distancia no era necesario ser un tirador de elite para acertar en el blanco; vio a Carlos saltar hacia atrás como si se tratara de una marioneta a la que su titiritero extrajera de la escena con un brusco y salvaje tirón. El impulso le hizo caer sobre Bety, que perdió pie para quedar atrapada bajo el cuerpo del detective, pequeño pero macizo. Curiosamente no percibió sonido alguno, sólo alcanzó a ver una diminuta nube de humo flotando entre Mariola y Carlos. El arma debía llevar incorporado un silenciador. Con la conjunción de todos sus esfuerzos Enrique logró avanzar la mano para retener el tobillo de Mariola, quien iniciaba un paso después de haberse detenido, como si a continuación no supiera qué hacer. O puede que él lo viera desde otra óptica, ralentizadas sus reacciones, y que la acción se estuviera desarrollando a una velocidad vertiginosa, no podía saberlo. Su manotazo logró el objetivo: la hizo trastabillar; el cuerpo, sin encontrar punto de apoyo, cayó también al suelo después de golpear la pared.

Mariola cayó y se propinó un golpe fuerte, seco. Enrique, aturdido, intentó incorporarse. Estaba ahora a cuatro patas. Vio cómo la pistola de Mariola se deslizaba con inusitada lentitud en dirección a Carlos y se detenía a medio camino entre los dos; vio a su amigo con el rostro crispado por el dolor, la mandíbula desencajada y ambas manos sobre el pecho; a Bety intentando zafarse del cuerpo del detective para poder moverse. No alcanzó a ver ni la abundante sangre que se desparramaba sobre el cuerpo de su amigo ni la sangrante rozadura que cruzaba el rostro de Mariola, que, misteriosamente, parecía situarse ahora a su misma altura, para de inmediato quedar relegada a un segundo término, como si él se moviera encima de una cinta rodante y la dejara atrás. Tampoco divisó la pura expresión de pavor que cruzaba el rostro de Bety, y mucho menos pudo ver la patente incredulidad escrita en su cara mientras intentaba alargar la mano para coger la pistola que había perdido Mariola. Estaba a punto de conseguirlo, veía sus dedos junto al metal, es más, pensaba que la estaba tocando y que, debido al golpe sufrido, no era capaz de discernir correctamente con sus sentidos. Pero aunque la razón le indicaba que podía cogerla, la mano era incapaz de obedecer los dictados de su mente. Un instante apenas, el tiempo suficiente para que Mariola, a su vez, alargase la mano y se dejase caer hacia atrás con el arma en su poder.

Con un esfuerzo sobrehumano, logró incorporarse un segundo más tarde de que lo hiciera Mariola. Estaban allí, en el estrecho pasillo, frente a frente. Su respiración era muy rápida, casi un jadeo que, lejano, llegaba a oír muy atenuado. Mariola parecía indecisa; cuando Enrique se hubo incorporado tenía la pistola apuntando hacia Bety, pero ahora la retrajo un tanto.

—Sal de ahí. —Escuchó la voz de Mariola, lejana—. ¡Quítate de en medio!

—Fuiste tú —se oyó decir a sí mismo—. Fuiste tú quien los mató.

Ahora, por primera vez desde que había recibido el golpe, era capaz de pensar con claridad.

—Dame la Piedra —ordenó. Enrique dudó; Mariola alargó la mano para animarle a desprenderse de ella—. Si me la das, me iré de aquí por donde vine sin que ocurra nada más, te lo juro.

—¡Si se la das nos matará! —exclamó Bety.

—Dile a esa zorra que le conviene callarse y quedarse quietecita.

—¿Por qué tuviste que matarlos? —Enrique hizo caso omiso a su petición, afectado por la tremenda revelación de verla con la pistola en la mano—. ¿Por qué tuviste que matar a Artur? ¿Por qué tuviste que matar a mi padre?

—Dame la Piedra —exigió de nuevo.

—¿Por qué?

—Porque la Piedra tenía que ser mía.

—Yo confiaba en ti y tú te aprovechaste. Todo lo que hubo entre nosotros fue un engaño, lo hiciste para obtener la información relacionada con la Piedra. ¡Me engañaste, me manejaste como a un idiota!

—No es cierto —negó—. Jamás pensé en utilizarte. Y lo que ocurrió entre nosotros también hubiera ocurrido si no existiera la Piedra.

—¿Cómo quieres que te crea después de lo que has hecho?

—No espero que me creas, pero es la pura verdad.

—Nada te impide disparar. Si lo haces, no tendrás ningún problema para cogerla.

—No me obligues a hacerlo. —Su gélida voz dejó asomar un atisbo de preocupación—. No me obligues a hacerlo, porque de eso sí que me arrepentiría.

Enrique meditó durante largos segundos. Hubiera podido matarle fácilmente. Si urdió aquella trama para atraerle hacia ella y así poder golpearle en la cabeza para dejarlo sin sentido era porque no deseaba su muerte, eso estaba claro. Pero, en cambio, no había dudado en disparar a Carlos, y seguro que tampoco tendría escrúpulos en hacer lo propio con Bety. No sabía qué hacer. Tenía el revólver en el bolsillo de la cazadora, junto con la piedra, el saco de cuero y las llaves del coche y de la casa de Artur. Pensó en utilizar el arma; ella no podría esperar algo así. No tendría más que apretar el gatillo para cogerla por sorpresa, pero se sorprendió al comprobar que, por encima de todo el miedo, el odio y el dolor, no deseaba su muerte; una punzante premonición le dijo que, si intentaba hacer eso, al final Mariola se vería obligada a disparar. ¿Qué hacer? Una súbita inspiración le hizo revolver en su bolsillo unos segundos hasta extraer el saquito que contenía la Piedra; a continuación, puso su mano sobre la barandilla, veinticinco metros por encima del suelo de la catedral, ahora atestada por los melómanos adoradores de la música sacra.

—Si disparas, abriré la mano y perderás la Piedra para

siempre.

—Si no me la entregas de inmediato dispararé a Bety sin la menor compasión. —Modificó el ángulo del cañón de la pistola y apuntó hacia Bety—. Por mucho que te esfuerces en cubrirla, te resultará imposible hacerlo. Además, tu amigo se está desangrando. Míralo; su única oportunidad es que me entregues la Piedra. Eso permitirá que reciba la atención precisa.

Enrique echó una rápida ojeada por encima del hombro. Mariola tenía razón: Carlos, tumbado en el suelo, sin conocimiento, estaba perdiendo mucha sangre, tanta como no había visto en su vida. Se esparcía en un amplio charco que amenazaba con desparramarse por el borde del triforio y caer hacia el presbiterio. Bety se había zafado del cuerpo de su amigo y, en cuclillas, junto a él, pugnaba por contener la hemorragia con ambas manos.

—Después de lo que has hecho no puedo fiarme de ti.

—¡No me pongas a prueba! Haría por ti tanto como lo que he hecho por obtener la Piedra.

—¡Vete entonces! Si lo haces, intentaré olvidarte junto con todo el dolor que me has causado.

—¿Olvidarme? No podrías, es demasiado tarde. En lo bueno y en lo malo estamos inexorablemente unidos. Te lo repito por última vez: dame la Piedra.

—Está bien; cógela —extendió el brazo hacia ella.

Mariola se aproximó con prudencia, dando pasitos cortos, la pistola empuñada con la mano derecha y con la mano izquierda extendida hacia la mano que sostenía el saquito, con un ojo controlando los movimientos de Bety y otro puesto en las reacciones de Enrique. Sus dedos rozaron los de su amante; Enrique pudo sentirlos como si todos sus sentidos estuvieran concentrados en las yemas y nada más existiera.

Y el saquito voló hacia el rostro de Mariola. Cogida por sorpresa, recibió el impacto entre los ojos y retrocedió mientras apretaba instintivamente el gatillo de la pistola. El saco voló por entre los barrotes de protección que circunvalaban el triforio para caer hacia la multitud. Enrique impulsó todo su cuerpo hacia delante, con los ojos cerrados; la bala, modificado el ángulo de disparo por el golpe en el rostro, cambió su trayectoria y le rozó el brazo; sintió con claridad el mordisco del acero, no así el dolor. Apenas le separaban de Mariola un par de metros y ambos cuerpos se encontraron con una desconocida brusquedad. Cayeron al suelo en un confuso revoltijo de cuerpos y miembros. Mariola esquivó en parte el ciego envite de Enrique. La pistola seguía en su poder, pero su amante atinó a agarrar con fuerza el brazo que la empuñaba: no la suficiente para obligarla a desprenderse de ella ni tan poca como para que ella se zafase de su opresión. Se retorcieron medio a gatas, medio a rastras; ella se contorsionó hacia un costado. El brazo herido de Enrique adquirió un ángulo imposible donde sus fuerzas se desvanecieron. Mariola exhibió una sonrisa triunfante que se quebró al sentir en sus espaldas un ominoso sonido metálico. La barra de protección se había quebrado al recibir el peso de su cuerpo. Se deslizaba hacia el vacío. Sus manos exploraron implorantes la nada en busca de algún punto de apoyo, de algún sostén, pero la inexorable fuerza de la gravedad la hacía deslizarse irremediablemente hacia el lejano suelo del presbiterio.

Enrique se arrojó sobre el cuerpo que caía con un grito de desesperación y atinó a detener la loca caída al atrapar el cuerpo de Mariola por la cintura. El impulso de su cuerpo, sumado a la inercia del descenso, estuvo a punto de incluirlo en el nefasto destino de Mariola, pero logró detenerse cerca del mismísimo límite, con medio cuerpo colgando en el vacío. Abajo la multitud se disgregaba como pequeñas hormigas sorprendidas por un aguacero. Un mortal silencio roto por algún que otro aislado grito histérico. El órgano había dejado de tocar.

—¡Agárrate! ¡Por lo que más quieras, agárrate! —Enrique pataleó, desesperado, hasta encontrar una columna y hacer palanca con la pierna en una incomprensible contorsión que detuvo el lento pero inexorable avance que, centímetro a centímetro, recorría su cuerpo hacia el abismo—.

¡Bety! ¡Ayúdame!

—¡Enrique! —rogó Mariola —¡Enrique!

—¡Bety! —rugió él, desesperado.

El brazo herido cedió en parte. Ahora sólo sostenía a Mariola por la axila.

—¡¡Bety!!

Sintió una mano hurgar sobre los crispados músculos de la espalda hasta detenerse en el cinturón del pantalón. Allí se agarró Betty con fuerza para retener a Enrique.

—¡Enrique! ¡No puedo sujetarte! —gritó Bety —¡Si no la sueltas nos caeremos todos juntos!

Mariola volvió el rostro hacia el de Enrique. No había en él ni miedo ni desesperación, sólo un inefable sentimiento que él pudo apreciar en toda su magnitud.

—Adiós, mi amor —dijo, y se soltó.

—¡¡No!!

Enrique cerró los ojos y puso toda su alma en su mano, el único sostén que le quedaba a Mariola, concentró todas sus energías y deseos, todos sus sueños y esperanzas, todos sus ruegos y plegarias. Fue en vano. La mano, empapada en sudor, se escurría por la desnuda piel del brazo de ella. Estaba ya en el codo, más arriba ahora, llegaba a la mano, completamente laxa, se esforzaba por agarrar los dedos, los estrujaba entre los suyos con una fuerza nacida en la más completa desesperación.

Su mano quedó libre.

Abrió los ojos. Mariola caía, la falda de su vestido hinchada por el aire con el trazo de una mariposa de alas temblorosas, los brazos elevados hacia él, implorantes. Alcanzó a ver el brillo de sus ojos hasta abajo, muy abajo, tanto que dejaron de distinguirse para acabar confundiéndose entre el óvalo de su rostro. Por fin, la caída se detuvo. Una multitud más morbosa que curiosa convergió en círculo sobre el cuerpo.

Enrique cerró los ojos.

—No —dijo bajito, para sí mismo—. No…

Bety le ayudó a incorporarse. Ignoró los ruegos de ésta y

JULIÁN SÁNCHEZ

descendió escaleras abajo en un confuso y salvaje descenso en el que su precipitación le hizo besar los muros de piedra en más de una ocasión. Al final de la escalera empujó con una violenta patada la puerta para salir al presbiterio. El público, al verlo aparecer con la cara desencajada, dejando tras de sí un reguero de sangre proveniente de la herida de su brazo, se apartó, temeroso ante su posible reacción, desconociendo que no era el responsable de aquella muerte. Enrique apartó las desordenadas sillas hasta llegar al cuerpo de Mariola. Había caído sobre uno de los asientos, ahora convertido en astillas por la violencia del impacto. La falda verde y la americana blanca estaban cubiertas de sangre. Enrique, sollozando, se arrojó sobre ella y la abrazó. Al estrechar su sangrante rostro contra el suyo, sorprendido, pudo oír un leve hálito: todavía respiraba.

—Mariola, Mariola, soy yo, Enrique.

—Enrique… —musitó con voz tan débil que él pensó que la estaba imaginando—. Enrique, no te engañé, te lo juro. —Expulsó por la boca un violento espumarajo de sangre que la hizo toser—. Enrique, ¿me oyes?

—Sí, mi amor, estoy aquí.

—Te quiero, Enrique. Debes creerme…

—Te creo —contestó él.

—Pero yo no sé si creerte…, puedes decirlo por pena…

—¿Sabes que no es así?

—No…

—Entonces concédeme el beneficio de la duda —susurró al oído, sólo para ella.

La respiración de Mariola se hizo más tenue, más ligera, menos apreciable. Enrique la sostuvo entre sus brazos, el cuerpo destrozado por la brutal caída, los miembros exangües. No tuvo conciencia del momento en que dejó de respirar. Unas manos desconocidas intentaron separarlo de ella, pero se resistió con toda su menguante voluntad, aferrado a aquel despojo que fuera Mariola. Cuando, después de un tiempo inexistente por lo eterno se sintió desfallecer, cayendo entregado a la desdicha, aquellas mismas manos lo acomodaron en una camilla y lo trasladaron al hospital.

Horas después, Bety y Enrique, éste con el brazo en cabestrillo, comparecían frente a Rodríguez y Fornells en una sala del Hospital Clínico. Fornells les confirmó que Carlos había sido operado con éxito y que su situación se consideraba estable dentro de la gravedad; saldría adelante. Bety, ante el mutismo de Enrique, relató la parte de la historia que debía importarles a los atentos policías. Éstos tomaron numerosas anotaciones, aunque no dudaban de la palabra de Bety; fueron cientos los testigos que vieron a Enrique intentando sujetar a Mariola aun a riesgo de perder la vida. Cuando aclararon lo sucedido, se fueron y los dejaron solos.

20

*S*eis meses después, Enrique trajinaba con diversas cuerdas sobre la cubierta del *Hispaniola* cuando vio aproximarse a Bety por el flamante pantalán recién instalado por la Junta Portuaria en el puerto de San Sebastián. «Que hermosa está», pensó tras observarla detenidamente.

—¡Hola! —dijo ella mientras saltaba a bordo del yate.

—Hola —saludó Enrique—. Estás preciosa.

Obtuvo una cortés sonrisa por toda respuesta.

—¿Cómo sabías que estaba aquí? —preguntó él.

—Lo imaginé al comprobar que durante toda la mañana y la tarde de ayer no había manera de hablar contigo por teléfono. Tenía que hacer un par de recados por aquí y aproveché para acercarme.

—Estoy repasando todo el material —explicó él innecesariamente—. Tengo prevista una larga travesía y quiero tenerlo todo a punto.

Bety se sentó en el lado opuesto de la bañera, frente a Enrique, que estaba enrollando un par de cabos.

—¿Hacia dónde piensas ir?

—De momento, a Galicia. Allí, según el viento me dé; pondré proa hacia el sur para entrar en el Mediterráneo o, si sopla de verdad, intentaré mi primera travesía por el Atlántico. Carlos me propuso una navegación conjunta hasta Grecia, pero ya veremos.

—¿Cómo está?

—Mejor que nunca. Tiene una bonita cicatriz en el pecho.

Hace un par de meses estuve en Barcelona para ultimar determinadas correcciones del texto definitivo y cenamos juntos. Se siente un poco fuera de forma, pero espera recuperarla con un par de semanas en la mar. Es el único que guarda un recuerdo material de toda esta aventura…. en forma de plomo.

—Tu editorial me ha enviado esto —extrajo un grueso libro de su bolso y se lo tendió.

—*El secreto del anticuario*. Vaya, al final Juan se decidió por este título —reflexionó Enrique—. Bueno, no se lo reprocho; realmente suena mejor que los otros que barajamos.

Enrique percibió también qué la había llevado hasta allí, pero se resistió a los deseos no manifestados de Bety. Si lo que quería era hablar, la iniciativa era suya.

—Es un gran libro, de los mejores que has escrito. Atrapa al lector desde el principio.

—Haberlo escrito carece de mérito —confesó él—. Todo estaba en mi cabeza; no tardé ni cuatro meses en concluirlo. Las pruebas de imprenta tardaron otro mes. Lo demás fue pura rutina editorial.

—Va por la cuarta edición en dos semanas. Es el libro de la temporada, no —corrigió sobre la marcha—, el libro del año. Será un bombazo.

—Absurda manera de convertirme en uno de los «grandes». Si los lectores no supieran que se trata de una historia basada parcialmente en hechos reales se hubiera vendido mucho menos. Sólo lo comprarían mis lectores habituales.

—Me gustó la dedicatoria. Es la primera que haces en toda tu carrera.

—A Artur —recitó Enrique—. Ya era hora. Se la merecía. Un homenaje tardío a aquel hombre que me hizo ser como soy.

Bety guardó el libro en el bolso. Miró a Enrique. Continuaba absorto en su tarea.

—¿Te apetece navegar? —dijo él de improviso —Podríamos dar un paseo tranquilo por la bahía. Hay algo más de viento del que a ti te gusta, pero te prometo ser comedido.

Bety dudó; no deseaba en absoluto salir a la mar, pero Enrique se encontraría más a gusto en su elemento. Y eso podría facilitar sus verdaderas intenciones.

—Está bien. Pero no salgas de la bahía.

—Te lo prometo. Encárgate de la amarra de proa.

Se desplazó por la cubierta con cierta inseguridad. No navegaba desde que se habían separado; nunca le había atraído demasiado hacerlo, no porque despreciara la belleza y la libertad implícitas al acto de abandonar la tierra y gobernar el yate, sino por la sensación de frágil inseguridad que los veleros le provocaban. Aquellas estrechas paredes impidiendo el paso de todo un océano le inspiraban escasa confianza, por mucha que fuera la experiencia de Enrique como patrón. Y nunca perdió el temor a que el yate volcara, pese a las explicaciones de Enrique sobre la práctica imposibilidad de que tal cosa pasara. Al fin y al cabo, los miedos son algo irracional, algo que no se puede dominar.

Tiró del cabo cuando Enrique hubo deshecho el nudo. Lo enrolló mientras él encendía el motor y soltaba la amarra de popa. Se encontró oxidada, falta de rodaje; años atrás no hubiera tardado tanto tiempo en hacer algo tan sencillo.

Un minuto después traspasaban la bocana del pequeño puerto de San Sebastián. Enrique aproó el yate al viento e izó primero la vela mayor, y después, con el costado de estribor a barlovento, hizo lo propio con la génova. Con una grácil bordada, el *Hispaniola* se deslizó hacia el interior de la bahía. Estaban sentados a la izquierda del timón, que Enrique manejaba con su mano derecha. El viento, en la mar, jamás es tan suave como lo parece en tierra. Soplaba con ganas, ráfagas del sureste que hicieron cabecear ligeramente el yate pese a los esfuerzos de Enrique por evitarlo.

—Si lo prefieres, podemos volver a puerto —observó al comprobar que el movimiento del yate parecía ser superior a lo que Bety podría estar dispuesta a soportar.

—No.

Ella estaba disfrutando con la navegación más de lo que se

atrevía a confesar. Estaban a finales de octubre, que en el Cantábrico probablemente sea la mejor estación: vientos constantes que mantienen limpia la atmósfera y, contra el parecer general de los poco entendidos, una época sin apenas lluvias o nubes, climatológicamente estable. El sol brillaba con fuerza, aumentando mágicamente los contornos de los objetos que sus cálidos rayos acariciaban, extrayendo al exterior aquella cualidad interior que escasamente podemos apreciar. La bahía refulgía con toda la fuerza de una gigantesca gema.

—Está hermosa, ¿no te parece? —preguntó Enrique con la complicidad de conocer de antemano la respuesta.

Bety comprendió, de repente, que también él tenía algo que decir; por eso le había propuesto navegar.

—Nuestro «marco incomparable». Jamás la había visto así.

Bordeaban la isla alejándose de ella, hacia la playa, para evitar acercarse a los bajíos que la rodeaban. Detrás, el Urgull, perdidas la mayoría de sus hojas, adornaba su cima con la corona del castillo. Delante, el Igueldo relucía abrasado por el sol, y a lo lejos, hacia el interior, se divisaban nuevos montes y montañas, cubiertos por el inevitable verdor de las tierras vascas.

—Tampoco yo. Y eso que navegar por la bahía es para mí lo que para otros es pasear por la Concha.

Se quedaron en silencio. Bety intentaba ordenar sus pensamientos. Enrique…, ¿quién podía saberlo? Ella hizo acopio de todo su valor y fue la primera en hablar. Tenía que saber todas aquellas cosas que en su día, por prudencia o por respeto a los sentimientos de Enrique, no se atrevió a preguntar.

—¿Por qué lo hizo? —decidió comenzar por la pregunta más difícil—. En el libro no lo has explicado claramente.

—No era necesario hacerlo. Que cada cual, como siempre, piense lo que quiera.

—La Piedra podía conferir a su poseedor un gran poder. Eso es lo que nos explicó Manolo. ¿Crees que pudo deberse a ello? ¿Fue por ambición?

—¿Tú qué crees?

—No sé qué creer, Enrique. No lo sé. Si lo supiera no hubiera venido a preguntártelo.

Él sonrió, divertido por un pensamiento privado que no llegó a formular.

—¿Crees que las propiedades mágicas de la Piedra eran reales?

—Antes, cuando estábamos sumidos en la intriga, pensaba que sí, que todo era posible —contestó ella—. Ahora... supongo que no creo en ello. Es... demasiado irracional, demasiado extraño. La magia no pertenece a nuestro tiempo. Pero, dime, ¿y tú?

—¿Yo? La Piedra desapareció cuando se la lancé a Mariola y cayó al presbiterio; por mucho que los hombres de Fornells la buscaron no apareció. Nunca podremos saber si su supuesto poder era más que una leyenda. Suponen que alguno de los melómanos presentes tenía larga la mano..., quién sabe.

—¿Se supone? ¿Qué otra explicación puedes darle?

—Prefiero pensar que el mismo Dios, viendo que los hombres no son capaces de darle el uso adecuado, decidió por fin reclamarla para sí. Reconozco que es una visión romántica y pasada de moda, poco acorde con los tiempos que corren, pero... es más hermosa que explicar su desaparición por algo tan vulgar como la avaricia.

—Aún no has contestado a mi primera pregunta.

—Vamos a virar —dijo, para eludir momentáneamente la respuesta.

Estaban llegando al extremo opuesto de la bahía, cerca de la playa de Ondarreta. La maniobra era necesaria so pena de embarrancar en los bajíos de la zona. Con una mano en el timón, a Enrique le bastó la otra para modificar la posición de la génova. El yate respondió a la orden de su propietario con una docilidad que probaba el grado de conocimiento que tenía éste del *Hispaniola*.

—No podrás aceptar mi explicación. Es demasiado... —buscó la palabra adecuada hasta encontrarla— extraña, por decirlo de algún modo.

—Prueba.

—Yo creo que lo hizo… por la Piedra. —Observó la reacción de Bety; si estaba sorprendida no se le notó—. Es una cuestión muy compleja a la que he dado muchas vueltas, de manera poco satisfactoria. No quiero explicarme mal, pero cuando me lo planteo, las ideas parecen bailar en mi cabeza sin darme tiempo a fijarlas correctamente. Verás, no creo que hubiera ambición, ni ansia de poder ni avaricia. Una vez que conoció el verdadero significado de la Piedra por medio de Samuel, se propuso conseguirla para sí costara lo que costara.

—¿Por qué?

—Porque no le quedaba otra elección.

—Tenías razón, no te comprendo.

Enrique exhibió una nueva sonrisa, poco natural.

—La Piedra estaba investida de una magia poderosa. Esa magia fue la que impulsó a Mariola a actuar como lo hizo. Manolo supo, a través de Shackermann, que la Piedra debía ser ocultada para «evitar que cayera en manos de simples mortales». Recuerda que el suyo era un objetivo mortífero. Estaba tan cargada de sentimientos negativos que incluso los judíos liderados por el misterioso S. la tuvieron oculta, protegida por un ritual secreto; quien lo infringiera conocería la muerte inmediata a manos de un poderoso demonio. La Piedra, por decirlo de alguna manera comprensible, estaba viva. No viva como nosotros, pero sí animada por la presencia de un sefirá. La Piedra tenía conciencia de sí misma y deseaba ver la luz. Mariola fue el medio que escogió para conseguirlo.

Bety se lo quedó mirando absolutamente alelada. No sabía si reírse ante la increíble explicación de Enrique o intentar rebatir aquel extravagante puñado de tonterías justificativas. Él decidió por ella.

—No me crees, ¿verdad? Lo leo en tu rostro. Crees que me he vuelto loco, que el dolor me ha afectado, que los libros en cuya lectura me he sumido cuando finalizaba el trabajo diario en el ordenador han atontado mis neuronas. Pues te equivocas. Voy a intentar convencerte, aunque no me siento obligado a hacerlo ni por ti ni por nadie.

»Piensa en ella desde el principio. La Piedra estuvo oculta junto al Arca para que ningún desgraciado no avisado pudiera caer bajo su influjo. Sólo los sumos sacerdotes tuvieron acceso a ella, pues estaban preparados para resistir su influjo. Con la caída de Jerusalén, viajó en amargo exilio junto a uno de esos sacerdotes, un hombre responsable; responsable porque sabía que abandonar la Piedra allí suponía investir a quien la encontrara de un poder que no debe permanecer en manos humanas; y también responsable porque la tentación de utilizarla para fines particulares debió de ser muy grande. Con el paso de los años, quizá de los siglos, el poseedor de la Piedra, heredero del primer exiliado, se estableció en Barcelona, junto con muchos de los suyos, y con los años prosperaron. Sólo la envidia de los resentidos, numerosos siempre, incapaces por sí solos de progresar en la sociedad, provocó la caída en desgracia de los judíos. El clima se hizo tan insoportable que se produjeron robos y matanzas. S., sin duda un rabino versado en la ciencia de la cábala, supo que sus horas de estancia en Barcelona estaban contadas; antes o después serían expulsados y desposeídos. La Piedra estaba, por tanto, en peligro. Si la llevaban consigo sería confiscada; si la dejaban atrás, acabaría por ser descubierta. Casadevall fue la solución. S. encontró en él al hombre adecuado para confiarle el secreto. Casadevall le creyó, y se convirtió en el siguiente depositario de la Piedra. Pero tampoco él pudo resistirse al poderoso influjo que la magia de la Piedra ejerció sobre él. ¿Por qué crees que, si su misión era ocultarla para siempre, escribió el maldito manuscrito que bautizamos con su nombre y que causó en parte la muerte de mi padre? ¿Qué razón tenía para hacerlo? Te lo diré, alto y claro: ¡ninguna! La Piedra le forzó a hacerlo.

Concluyó la frase, jadeante. Las ideas que durante meses habían rondado por su mente parecían, repentinamente, haber cobrado forma, y no estaba dispuesto a desaprovechar aquella ocasión de exponerlas a otra persona. Bety no daba crédito a lo que escuchaba: parecía verosímil. ¡Pero no, pensar eso era una estupidez! Enrique no le concedió más tiempo; recuperado el aliento se lanzó de nuevo a su fantástica historia.

—El poder, la magia, llámalo como quieras, de la Piedra, es incuestionable. Diego de Siurana fue el siguiente en caer bajo su embrujo, y bien caro que lo pagó. Estuvo a punto de descubrirla, pero la Inquisición, por pura casualidad, le impidió lograr su objetivo. Sin embargo, soportó estoicamente la tortura más prolongada de la que se tenga constancia en los archivos inquisitoriales. ¿Cómo te explicas eso? Nadie sería capaz de resistir las barbaridades que cometieron con él. ¿Cómo me explicas que no hablase? Una sola palabra hubiera detenido su sufrimiento. Lo hubieran matado, pero con limpieza, sin nuevas torturas. Pero no lo hizo. ¿Sabes por qué no lo hizo? Porque la Piedra se encargó de silenciar sus labios. La Piedra fue consciente de cuál sería su destino si caía en manos de la Inquisición: la destruirían. Y recuerda lo que te dije al principio: no está viva, pero sí sabe lo que le conviene. Por eso los judíos de S. la tenían en un lugar oculto e inaccesible, y su conocimiento estaba restringido a unos pocos iniciados.

»Cuando Artur tuvo conocimiento de su existencia, aunque fuera de manera indirecta, la Piedra despertó del letargo en que estaba sumida por siglos de aislamiento. Artur, en primera instancia, no sabía qué era el objeto misterioso. Intuía que debía de ser importante, pues la descripción del ritual empleado por S. para protegerla incluso constaba en uno de sus viejos libros sobre ocultismo. Hasta ese momento ni él, ni yo, ni nadie hubiera dado crédito a los conjuros y remedios de los polvorientos libros y manuscritos medio olvidados en su biblioteca. Él mismo los conservaba por su valor histórico; sugerir otra posibilidad era un absurdo. Pero los había leído y recordaba vagamente aquella fórmula. La misma mañana del sábado consultó por teléfono con Samuel acerca del objeto. Su amigo no le proporcionó ninguna solución; la magia del pasado remoto se pierde y se adultera con el paso de los años, y se conserva en el recuerdo de viejos estudiosos. Apuntó que podía tratarse de la Piedra, pero no estaba seguro; su conocimiento del particular era limitado, y era para él poco más que una vieja leyenda.

»Eso selló su suerte. Samuel, por pura casualidad, o quizá tal casualidad no existió, habló con Mariola aquella misma tarde, en la tienda. Al día siguiente, Artur murió.

—¿Pretendes exonerarla de toda culpa con semejante sarta de invenciones? —estalló Bety —Estaba enferma, Enrique. La persona que mata a otras para lograr un fin determinado padece una grave disfunción mental, no sabe distinguir entre lo bueno y lo malo. Sacrificó deliberadamente a Artur porque, aun sin conocer totalmente la magnitud de su descubrimiento, había encontrado el escondrijo de Casadevall. Eliminó con absoluta frialdad a Manolo por idéntico motivo. Y a punto estuvo de hacer lo mismo con nosotros. Enrique, aunque te cueste aceptarlo, Mariola era una asesina despiadada. En realidad, era una psicópata.

—¿Psicópata?

—Tampoco yo he podido sustraerme a su muerte durante estos seis meses. También he investigado por mi cuenta, aunque no en la misma dirección. Leí libros de psiquiatría y psicología hasta quemarme las cejas. Y Mariola, de acuerdo con las definiciones del término globalmente aceptadas, era una psicópata en toda regla. Sólo la brillantez propia de la locura pudo llevarla a dar el golpe más genial que podía imaginarse: aprovechar su conocimiento sobre el refugio del Francés para, al denunciarlo a la Policía, relacionarlo con el asesinato de Artur; así despejaba su camino.

—No lo acepto. Sé que Mariola mató a mi padre. Pero también sé que, voluntariamente, se dejó caer al vacío para no arrastrarme junto a ella hacia una muerte segura.

—Eso no la redime de sus culpas.

—No existieron tales culpas. Actuó siempre influenciada por la Piedra, más allá de su voluntad.

—¡No puedo creerlo!

—¿Lo ves? Te dije que sería inútil. Para ti era una psicópata; para mí será siempre una pobre desgraciada que cayó presa de un irresistible embrujo, herencia de un pasado remoto, cuando el mundo y las personas eran diferentes a las que ahora lo habitan. ¡Escucha! ¡Lo que le pasó a ella pudo haberte ocurrido a ti, o quizás a mí, si la Piedra hubiera aparecido dos días antes en nuestras vidas! Y, de hecho, ¿no te has parado a pensar en ti misma? Al principio, la Piedra no significaba nada para ti, era yo quien tenía un comportamiento extraño y quien ocultaba información a la policía. Pero luego fuiste tú quien cayó bajo su embrujo, presa del deseo de tenerla. Es así. ¡La Piedra nos influyó a todos! ¡Lo sabes! Pero qué más da. —Su resignación era evidente—. Nunca podrás creer porque no deseas dudar de los valores del mundo que la sociedad actual ha construido. Hacerlo supondría erigir una serie de interrogantes demasiado molestos, dudas que, sin duda, es mejor olvidar en algún apartado y recóndito rincón de tu rubia cabeza.

Bety meditó acerca de la conducta seguida por Enrique en los últimos meses. Después de la muerte de Mariola, una vez resueltos los asuntos policiales y recuperado Carlos de la parte más peligrosa de la intervención quirúrgica, Enrique regresó a San Sebastián. Ella lo telefoneó en, por lo menos, veinte ocasiones hasta que por fin él se dignó a contestar. Pidió soledad; tenía mucho trabajo y deseaba toda la tranquilidad posible. Ella, con toda su buena voluntad, deseaba ayudarle a olvidar, pero estaba claro que Enrique prefería recluirse en su mundo y dejarla a ella aparte, a ella y a todos sus amigos donostiarras con los que Bety tuvo la oportunidad de hablar. Dedujo que se debía a la preparación del nuevo libro, pero más tarde llegó a la conclusión de que aquello no era del todo cierto. Había algo más.

Tras poner en la balanza la conveniencia de intentar averiguar el críptico sentido de sus palabras obtuvo una conclusión desfavorable: nada tenía que ganar; además, el objeto de su visita era otro. Deseaba hablar sobre Mariola, y eso ya estaba aclarado. Pero existía un segundo tema que la persiguió durante noches de insomnio: la Piedra. Y parte de lo que tenía que decir sobre eso guardaba estrecha relación con las teorías de Enrique.

—Imagina que aceptara tu historia y que creyera en la capacidad de la Piedra para influir en su propio destino. Si fuera así, la persona que la hubiera recogido sería incapaz de entregarla a la Policía y la guardaría para sí.

—Es probable. No puedo saberlo.

—Pero esa persona desconocería todo sobre ella. No sabría ni qué es ni para qué puede servir. Si no conociera su forma, bien podría confundirla con un objeto decorativo como, por ejemplo, un pisapapeles.

—¿Y?

—Verás, algo no acaba de casar entre tus teorías y los hechos. Dices que la Piedra es potencialmente peligrosa, y que requiere determinados rituales para impedir el libre acceso a ella. Se supone que quien desconoce sus propiedades no debe sentir inclinación a utilizarla en la forma que fuere, pues desconoce tales posibilidades. ¿Correcto?

Enrique asintió.

—Entonces, ¿cómo se entiende que cayera al presbiterio y acabara en manos de una persona cualquiera?

Enrique se mantuvo en silencio.

—Cuando repaso los hechos de aquel día, hay una imagen que no logro apartar de mi memoria. Fueron tantas las cosas que pasaron que resulta estúpido recordar precisamente ésa, en lugar de cualquier otra, pero… Recuerdo a Mariola apuntándote con la pistola. Te pidió que le entregaras la piedra y tú revolviste en el bolsillo hasta extraer el saco de cuero. Luego, cuando se lo arrojaste al rostro, lo vi caer con toda nitidez. Después… ya sabemos lo que ocurrió.

»Por sí sola, tal cosa carece de importancia. Parece un absurdo que semejante tontería siga rondando por mi cabeza, pero es algo que me ocurre cuando alguna pieza del rompecabezas no encaja correctamente. Esa escena corresponde a la primera pieza del rompecabezas.

»La segunda apareció durante la estancia en el hospital. Fornells, una vez inmovilizado tu brazo, después de aquel inacabable interrogatorio, bien entrada la mañana siguiente, nos ordenó ir a casa. Lo hicimos, y cuando te disponías a abrirla no encontraste las llaves. No te sorprendió que no estuvieran en su lugar; te pareció absolutamente natural. Mascullaste que debías de haberlas perdido y le pedimos la copia al propietario de la casa de enfrente, viejo conocido de Artur.

»No le di importancia; en el transcurso de la disputa del triforio y tras aquella nefasta noche en el hospital, que las hubieras perdido no parecía extraño. Sin embargo, a medida que pasaba el tiempo, la imagen de tu mano hurgando en el interior del bolsillo de la cazadora se me antojó demasiado chocante. Allí no había tantas cosas: tenías el revólver, las llaves de casa... y la Piedra dentro de su correspondiente funda. No había más, eso era todo.

»La unión de ambas piezas del rompecabezas tampoco tiene nada de peculiar. Estabas nervioso, como lo estaría cualquier otra persona en tu situación. Introdujiste la mano en el bolsillo y tocaste el revólver. Mariola estaba apuntándote con su pistola, pero desconocía que tú estuvieras armado. Quizá la anormal demora que percibí en tus acciones se debió a que no sabías qué hacer. Quizá. O quizá no. Quizá, mientras ella te apuntaba, extrajiste la Piedra de la funda e introdujiste en su lugar el manojo de llaves para dar la impresión, por el peso, de que la Piedra estaba allí. Podría pensar que no pretendías arriesgar tan preciado objeto en la celada que habías ideado para sorprender a Mariola, de ahí la hábil impostura que maquinaste en esos segundos. Y, cuando todo hubo finalizado, te encontraste con la Piedra en tu poder sin que nadie lo sospechara. Eso es lo que ocurrió. Y mi teoría, por absurdo que me parezca, casa a la perfección con la tuya: la Piedra no podía permitirse el lujo de ir a parar a manos de una persona inadecuada. Por eso aparecieron tus llaves al día siguiente, junto con el saco de cuero vacío.

—Una teoría muy atractiva. —Enrique apenas contuvo el deje de burla—. Parece sumamente lógica.

—Entonces, ¿es cierto que la tienes?

Enrique sonrió tímidamente al principio, abiertamente después, hasta regalarle a Bety una espontánea, sincera y tintineante carcajada. La franqueza con que ella asumía el destino final de la Piedra resultó de su agrado.

—¿Tú qué crees? —preguntó cuando se hubo recuperado.

—La tienes. Estoy segura —afirmó con convencimiento—. Está claro, no sólo me lo dice la intuición.

—¿Y qué importancia puede tener el destino de la Piedra? Con todo lo pasado, ¿vale la pena dedicarle un solo segundo más de nuestro tiempo? Creo que no.

—No resultas muy coherente. Dijiste que investigaste sobre ella con todos los medios a tu alcance. Si lo hiciste fue porque pensabas que sí valía la pena, y si lo hiciste fue porque estaba en tu poder.

Enrique abandonó toda muestra de alegría o diversión y dejó paso a una profunda concentración. Parecía mesurar la conveniencia de continuar con aquella conversación. En un par de ocasiones llegó a abrir la boca, pero las palabras murieron antes de ser pronunciadas. Bety percibió la lucha que mantenía en su interior; una parte estaba deseosa de compartir, la otra juzgaba preferible olvidar.

—Vamos a virar. Volvemos al puerto —dijo por fin sin decidirse a resolver el conflicto.

Bety apartó su mirada de la cara de Enrique por primera vez en la última media hora. Habían abandonado la bahía sin que ella se diera cuenta, absorta en la conversación. La bocana del puerto de Pasajes se abría no muy lejos de su posición. El cielo se había cubierto por completo. Las nubes eran oscuras como el carbón, cargadas de agua, con todo el aspecto de ponerse a descargar de inmediato. A lo lejos, veinte o treinta millas mar adentro, un velo fácilmente reconocible para los navegantes indicaba que había comenzado a llover. Sentía los huesos helados;

la brisa norteña soplaba con fuerza creciente. Tras un día de viento Sur se estaba formando una galerna. Enrique, al verla tiritar, fijó el timón y bajó a la cubierta. Un minuto más tarde estaban vestidos con gruesos trajes térmicos, capaces de soportar las peores tormentas sin variar la temperatura corporal.

—¿No vas a contestarme? —insistió Bety cuando hubo entrado en calor.

—Mientras estuvimos en Barcelona descubrí que conocer la verdad no sirve de nada si ésta no se corresponde con nuestros deseos —reflexionó Enrique—. La ignorancia puede llegar a ser un bien preciado.

—Quiero saberlo, Enrique.

—Está bien. Todo sucedió como has relatado.

—¡Entonces la tienes!

—No. Ya no.

—¿Qué quieres decir?

—La Piedra era un objeto demasiado peligroso para permanecer en manos humanas. No quise convertirme en un nuevo candidato a engrosar, de una u otra manera, la larga lista de personas muertas por su culpa.

—¿Qué hiciste con ella?

—Lo que Casadevall debió de haber hecho. Puede que recuerdes una conversación que mantuvimos por aquel entonces en Barcelona; en ella especulamos acerca de por qué Casadevall la había escondido en lugar de deshacerse de ella.

—Lo recuerdo vagamente.

—Mencionamos un lugar donde nadie podría encontrarla, un lugar donde quedaría por siempre fuera del alcance de la ambición de los humanos. Un lugar donde podría descansar hasta que se perdiera toda noticia de su existencia.

—Tú..., entonces, el mar. Para ti ese lugar es el mar.

—Sí, la mar. La Piedra se encuentra en algún punto en pleno centro de la fosa del Atlántico, a nueve mil metros de profundidad, rodeada por la más absoluta oscuridad, fuera del alcance de los mortales. La dejé caer en un lugar alejado de las rutas marítimas habituales, y nadie, excepto tú, sabe hacia dónde me dirigí el día que lo hice.

—La dejaste caer… —murmuró perpleja Bety—. Puede que fuera lo mejor.

—Fue lo mejor —explicó él—. No importa si estaba realmente investida por algún influjo mágico; no importa que se tratara de una hermosa esmeralda tallada por el buril de un desconocido o divino artesano. Importa, como en su día dijo Manolo, que siempre habrá personas crédulas, con o sin fundamento, dispuestas a todo por obtenerla. Ahora no existe una sola persona en el planeta, ni yo mismo, que pueda encontrarla.

—Tienes razón —reconoció Bety—. No puedo creer en tus teorías, pero es cierto que la ambición es un rasgo propio del ser humano, y que la inclinación de las personas hacia el mal es parte ineludible de nuestra condición. Hiciste bien.

Él sonrió, agradecido por su comprensión. La decisión que había tomado meses atrás, al encontrarse con la Piedra en su bolsillo cuando todos la daban por perdida, había sido correcta. Navegaron hacia la bahía sumidos en sus pensamientos. El viento continuaba aumentando; la galerna, no prevista por el servicio meteorológico, enviaba sus primeros envites hacia la costa. Enrique ganó la protección del puerto cuando las olas, impulsadas por la fuerza del viento, comenzaban a mojar la cubierta del *Hispaniola*. Amarraron el yate con rapidez; Enrique recogió las velas, desconectó los aparatos de a bordo y cerró el tambucho con llave. Con un último repaso visual de la cubierta anduvieron hacia el malecón.

—Asomémonos a la bahía —ofreció Bety—. Quiero ver llegar la galerna.

Enrique asintió, complacido por su deseo. El malecón del pequeño puerto, normalmente abarrotado, estaba solitario. Los paseantes preferían admirar la fuerza de la naturaleza desde detrás de cualquier ventana, y a ser posible, en un lugar bien caliente. El viento empujaba con fuerza la superficie del mar; las olas, impulsadas por el ululante viento, se superponían unas a otras para aumentar en tamaño y poderío. Las primeras gotas de lluvia caían erráticas aquí y allá. Contemplaron un rato el poder de la naturaleza y luego Bety volvió a hablar.

—Enrique, hay una cosa que no acabo de comprender. De acuerdo con tu historia, o con tu percepción de los hechos, o como quieras llamarlo, la Piedra cuida de sí misma. Si fue a parar a tus manos, ¿cómo es posible que la arrojaras al mar?

Enrique pareció meditar la respuesta y comenzó a explicarse poco a poco, como si careciera de convicción al hacerlo o como si sus palabras supusieran una barrera que se rompía a medida que lograba hablar de ello. De las dudas iniciales pasó a una explicación arrolladora, de la reticencia a hablar pasó a la elocuencia incontenible. Por fin desnudaba su secreto.

—He pensado en ello sin encontrar una respuesta válida a tu pregunta. Confieso que no lo sé. Cuando decidí hacerlo esperaba algún impedimento; pereza, o simplemente cambiar de opinión, o…, no lo sé, una intervención divina. Pero me hice a la mar y navegué y navegué hasta el lugar adecuado sin que nada ni nadie me molestase, una navegación franca y hermosa, llena de armonía, en paz conmigo mismo. Luego… sentí que tenía que ser en un lugar muy preciso y que estaba allí. Me puse al pairo, y extraje la Piedra de mi bolsillo y la miré. Recuerdo que pensé que era hermosa, pero que había llegado la hora de que desapareciera para siempre. Junto a la popa deslicé la mano sobre la superficie del océano; el agua me acarició la piel y deseé hacerlo con toda mi alma. Había navegado con esa intención, y el deseo de desprenderme de ella se había acumulado y se había acrecentado de tal manera que no cabía otra solución posible. Y en ese momento ocurrió lo extraño, Bety, justo ahí ocurrió, debes creerme. Mi mano estaba justo allí, sobre las aguas, y estuvo mucho tiempo con la Piedra en el hueco de la palma, y no la pude abrir, Bety, ¡no era capaz de abrirla! Pasaron quizás horas y seguía allí quieto, con toda la mar encalmada, tanto tiempo que me parecía estar en suspenso, fuera del mundo, contemplándolo desde otro lugar.

»Me sentí como si tuviera en mis manos el poder de realizar cualquier sueño, de lograr cualquier objetivo, si tan sólo hiciera una única cosa, un simple movimiento, meter la mano en el tambucho y la Piedra en mi bolsillo; sólo tenía que dejar que ella estuviera junto a mí y, llegado el momento, pronunciar el nombre escrito. ¡Sí, te juro que lo sentí, Bety, te lo juro! No quería creer que quería sentirlo…, y por eso lo sentí. Desde fuera de mí, algo parecía decirme que no lo hiciera, algo exterior atenazaba mi voluntad y por eso mi mano no se abría cuando yo quería abrirla. ¡Quería abrirla y no era capaz de hacerlo! Nunca en mi vida había sentido una sensación semejante, y afortunadamente creo que nunca volveré a sentirla. Conseguí introducir un único pensamiento en aquel vicioso círculo cerrado que me impedía reaccionar: recordé a Mariola cayendo en el vacío, chocando contra el suelo, yaciendo envuelta en sangre sobre la fría piedra de la catedral… Entonces, sólo entonces, mientras la imagen de Mariola se iba fijando, ensangrentada, ¡y tan hermosa!, en mi mente, fui capaz de abrir la mano, de sentir cómo la Piedra se deslizaba sobre mi palma y caía a las aguas.

»No hice nada más. No sentí nada más, ni alegría ni pena, ni dolor ni euforia. No miré cómo descendía hacia el abismo. Maniobré el timón, icé la génova y gracias a un repentino viento de poniente emprendí rumbo a casa. Así es cómo me desprendí de la Piedra para siempre. Gracias a Mariola. Sin ella no hubiera podido hacerlo.

Bety escuchó con el aliento contenido, sobrecogida. No cabía duda, así había ocurrido, era imposible que semejante elocuencia, que tanta convicción, surgieran de una impostura. La Piedra había descendido para siempre más allá del alcance de los hombres, donde pudiera reposar en paz. Y, sin embargo…, reconocer la propiedad mágica de la Piedra con ese extraño incidente acaecido justo en el momento de arrojarla al mar era la única forma de atenuar la responsabilidad de Mariola y permitir que su recuerdo entrañase cierta belleza. ¿Y si la historia no fuera cierta? ¿Y si Enrique hubiera deseado que las cosas ocurrieran de esa precisa manera? Ella conocía su portentosa imaginación, su poderosa capacidad para narrar, la enorme facilidad con la que en las reuniones, en las ruedas de prensa o en las promociones editoriales atrapaba al público y a los periodistas con su discurso, y les transmitía la emoción que empapaba las páginas de sus libros. Si Enrique creía que las cosas tenían que ser mejor de esa manera que de otra, era perfectamente capaz de convencerlos a todos de que aquello era verdad.

—No me crees —le dijo sin mirarla—. Piensas que lo que te he explicado es mentira, si no todo, al menos en parte. Debes de creer que la Piedra está en uno de los cajones de mi escritorio y que como aprendiz de brujo realizo con ella rituales mágicos noche sí y noche también.

—No te esfuerces. Tienes razón: no importa lo que yo crea. No tenías por qué haberme dado explicaciones; lo has hecho, y ya está. Es mejor olvidarlo.

—Siento que mis respuestas no sean de tu agrado. Te lo advertí.

—Todavía la añoras —afirmó de repente Bety.

—Sí. Tanto como te añoré a ti. Tanto como todavía te añoro a ti.

Ella guardó silencio. Esperaba algo así desde que decidiera hablar con él.

—Me siento solo, Bety, muy solo. Infinitamente solo.

—No puede ser, Enrique —negó ella con tristeza.

—En la vida he querido a dos mujeres. La primera, tú, y te perdí por estúpido; la segunda me la arrebató el destino. Y sé que no podré querer a ninguna otra. Mi corazón os pertenece a ambas. Nada podrá cambiar eso.

La llovizna dejó paso a una lluvia aún incipiente, pero que prometía convertirse en tormenta. La galerna se cernía sobre La Concha.

—Es demasiado tarde —musitó Bety—. Muchas cosas nos unen, tantas como nos separan. Y Mariola es la más importante de ellas. Aunque estuviéramos juntos no podríamos evitar su constante recuerdo. Tengo razón. Tú lo sabes.

—Sí. Y aun así lo deseo.

—Conoces mi respuesta.

—Claro.

Comenzó a llover con más intensidad. De quedarse allí se empaparían en menos de un minuto.

—Me voy, Enrique. Es mejor así.

Él asintió imperceptiblemente, sin apartar la vista de la bahía. Bety estuvo a punto de apoyar la mano en su hombro, pero se detuvo en el último instante. Con un nudo en la garganta y toda la pena del mundo en el corazón, se alejó entre la lluvia, sin mirar atrás. Enrique, solo en el malecón, empapado por el intenso aguacero, las lágrimas de sus mejillas confundidas entre la lluvia, aferrado con fuerza al muro de piedra, aguardó en vano un milagro que, lo sabía, nunca podría llegar.

San Sebastián, junio de 1995

LA BARCELONA DE 1390

Existe numerosa documentación sobre el particular. Especialmente recomendada es la visita al Arxiu Històric de la Ciutat, sito en Ca l'Ardiaca (Carrer Ciutat, 1), al que agradezco su colaboración. La visita, por sí misma, merece la pena, pues se trata de un edificio hermoso; es una feliz coincidencia que en su interior albergue la mayor documentación posible sobre la historia de Barcelona.

Puestos a elegir, visítenlo en la festividad del Corpus y podrán disfrutar de su patio engalanado con cientos de flores y del famoso «Ou com balla», una cáscara de huevo vaciada que baila enloquecida sobre el chorro de su fuente.

En el Archivo de la Corona de Aragón (sito en el Carrer Comtes, 2; palacio de Lloctinent), dependiente del Ministerio de Cultura, se puede acceder a numerosísima documentación sobre la época que nos ocupa, máxime desde que en el año 2006 se derogó la obligatoriedad de la posesión de la tarjeta de investigador para acceder a sus fondos. Pero, por sí mismo, es otro de esos lugares hermosos que también deben conocerse, justo al lado de la catedral. Además, bajo sus mismos cimientos se halla la increíble Barcino romana, que puede ser visitada desde la planta baja del Museu d'Història de la Ciutat de Barcelona.

El libro *Història de la ciutat de Barcelona,* de la editorial Aedos, publicado en Barcelona en el año 1975, me ayudó en gran manera a situar la sociedad del momento.

Otras fuentes de documentación son fáciles de encontrar en Internet, pero acéptenme un consejo personal: no se fíen demasiado. Según la fuente, las fechas de los datos buscados pueden llegar a oscilar entre cinco y quince años. Cotejen los datos de Internet con fuentes históricas documentadas. Si existe alguna leve discrepancia entre las fechas históricas, los personajes y los sucesos reales mencionados en la presente obra deben considerarse pequeñas licencias narrativas por las que pido disculpas anticipadas.

LA CATEDRAL DE BARCELONA

Sobre la construcción de la catedral existen diversos estudios disponibles para el profano. En la propia catedral pueden adquirirse algunos de ellos, naturalmente adecuados al entendimiento de cualquier persona no versada en cuestiones propiamente arquitectónicas.

Sin embargo, si se desea una documentación profunda sobre su proceso de construcción, la visita al Archivo del Col.legi d'Arquitectes de Catalunya (Delegación de Barcelona, sito en el Carrer Arcs, 1-3, 4.ª planta) es obligada. El acceso está, en principio, restringido a arquitectos e investigadores. Aunque la mayoría de sus fondos se centran en los siglos XIX y XX, existe documentación precisa sobre la catedral, en especial sobre las labores de restauración realizadas en los años setenta, que sirvieron para devolver el esplendor cromático a un edificio oscurecido por el paso de los siglos.

Por último, un consejo: el tejado de la catedral, que cuando redacté esta novela no permanecía abierto al público, ahora puede ser visitado... ¡Qué inmenso placer poder acercarse junto a la cruz de término y saber que fue allí, junto a nuestros pies, donde estuvo escondido largos siglos el «objeto»! Si se fijan bien, quizá puedan observar que en cierta piedra de la base la argamasa es más bien reciente...

LA TRADICIÓN CABALÍSTICA

Es uno de los grandes misterios que nos ocupa. No puedo extenderme en exceso ya que me he comprometido a ello, y tal y como dijera largos años atrás el propio Casadevall al converso Ángel Martín: «soy un hombre de palabra».

Diré, únicamente, que la tradición cabalística ha existido, existe y existirá. Hay mucho engañabobos que no merece el mayor crédito. Quien realmente desee acercarse a ella deberá dedicar años de estudio y de entrega personal para poder siquiera acariciar los misterios que nos ofrece. Eso, o ganar la confianza de quien sí sabe. Ningún conocimiento se obtiene o se otorga sin esfuerzo, doy fe de ello.

En cuanto a los sefirá, son el mismo aliento de Dios. Sobre ellos podrán encontrar documentación diversa; la mayor parte es falsa o tergiversada; otra, muy escasa, verídica. Que el «Árbol de la vida», la estructura cabalística que conforma las relaciones entre los sefirots, y la arquitectura de las claves del tejado de la catedral de Barcelona sean tan extraordinariamente similares constituye una de esas raras casualidades que cualquier escritor con dos dedos de frente no puede dejar escapar, asombrado por su propia capacidad de asociar ideas… Quizá no haya tal. Tal vez, como escribió el investigador Carlos Hidalgo en la pantalla de su ordenador: «Las casualidades no existen».

De cualquier posible estudio que deseen realizar sobre la presente novela, éste será el más complejo de todos, pues la sensación de que las ramas impedirán seguir el camino será en todo momento cierta, acusada y profunda: nada hay más extraño que intuir una verdad y saber que ésta jamás podrá ser aprehendida. Pero en el intento está el verdadero fin: llegar carece de importancia cuando caminar se convierte en auténtica pasión.

EL AUTOR

Julián Sánchez

Nació en Barcelona en 1966, Julián Sánchez vive en San Sebastián desde el 1993. Toda su vida ha girado en torno a dos pasiones fundamentales: la literatura y el baloncesto. En el plano deportivo llegó a desarrollar su actividad a nivel profesional participando como árbitro durante cinco temporadas en la Liga ACB. Todavía hoy sigue vinculado al mundo del deporte como responsable técnico y formador.

En cuanto a la literatura, se declara lector apasionado, ecléctico y compulsivo. Y esa misma pasión, variedad e intensidad es la que intenta transmitir en todas sus obras.

4/14 ④

12/16 ④ 7/16